을 유 세 계 문 학 전 집 · 52

베를린 알렉산더 광장

을유세계문학전집 · 52

베를린 알렉산더 광장

BERLIN ALEXANDERPLATZ

알프레트 되블린 지음 · 권혁준 옮김

을유문화사

옮긴이 권혁준

서울대학교와 동 대학원에서 독문학을 공부하였고, 독일 쾰른 대학교에서 독문학, 철학, 영문학을 전공한 뒤 2006년 프란츠 카프카 연구로 문학 박사 학위를 받았다. 박사 학위 논문 「카프카 문학에 나타난 성서의 '인류 타락' 신화 수용과 형상화 연구」는 같은 해 독일 쾨니히스하우젠 & 노이만 출판사에서 학술 총서의 하나로 출판되었다. 현재 서울대 통일평화연구원(IPUS)에서 HK 연구교수로 재직 중이고 서울대, 한양대 등에서 독일 문학, 독일 및 유럽 문화, 독일 영화 등을 강의했다. 옮긴 책으로는 카프카의 『소송』 등이 있다.

을유세계문학전집 52
베를린 알렉산더 광장

발행일 · 2012년 5월 20일 초판 1쇄 | 2022년 12월 30일 초판 2쇄
지은이 · 알프레트 되블린 | 옮긴이 · 권혁준
펴낸이 · 정무영, 정상준 | 펴낸곳 · (주)을유문화사
창립일 · 1945년 12월 1일 | 주소 · 서울시 마포구 서교동 469-48
전화 · 02-733-8153 | FAX · 02-732-9154 | 홈페이지 · www.eulyoo.co.kr
ISBN 978-89-324-0382-3 04850 978-89-324-0330-4(세트)

• 값은 뒤표지에 표시되어 있습니다.
• 옮긴이와의 협의하에 인지를 붙이지 않습니다.

차례

이 책은 한때 베를린에서 시멘트 공장 노동자이자 가구 운반 인부였던 프란츠 비버코프에 관한 보고서이다. 그는 과거에 저지른 일로 교도소에 수감되었다가 풀려나 다시 베를린으로 돌아오면서, 앞으로는 진실하게 살기로 마음먹는다.

처음에는 이러한 결심이 성공을 거두기도 한다. 하지만 그는 경제적으로는 그럭저럭 지낼 만하게 되었는데도 외부에서 운명처럼 닥쳐온 알 수 없는 무엇과의 싸움에 휘말린다.

그것은 세 번이나 이 사나이에게 들이닥쳐 그의 인생 계획을 방해한다. 그것은 기만과 사기의 모습으로 달려든다. 하지만 사나이는 다시 벌떡 일어나 꿋꿋하게 버틴다.

그러자 그것은 야비한 방법으로 그를 몰아치며 한 방을 날린다. 그는 이제 일어서기가 힘들고, 거의 쓰러질 지경에 이른다.

결국 그것은 잔혹하게 그를 침몰시킨다.

마지막 순간까지 굳건하게 버티던 우리의 선량한 주인공은 이로써 뻗어 버린다. 그는 자신의 패배를 인정하고, 이제 더는 어찌할 바를 모른다. 완전히 끝장난 것처럼 보인다.

그러나 과격한 최후를 맞이하기 직전에 그는 내가 여기서 밝힐 수 없는 방법을 통해 눈을 번쩍 뜬다. 이제 그는 자신의 인생이 왜 그렇게 되었는지 확연히 깨닫는다. 바로 자신에게, 그리고 자신이 세운 인생 계획에 원인이 있었다. 그의 인생 계획은 처음에 별문제 없어 보였지만 지금 돌아보니 그렇지 않았다. 즉 단순하고도 자명한 것이 아니라 오만하고, 현실을 제대로 알지 못하고, 뻔뻔하고 비겁하며, 게다가 허점투성이 계획이었다.

참혹했던 그의 인생은 이제 나름대로 의미를 얻는다. 프란츠 비버코프에게 강제 치료법이 가해진 결과였다. 우리는 소설의 마지막에서 많이 변하고 망가지기는 했지만 올곧은 이 사나이가 다시 알렉산더 광장에 서 있는 것을 본다.

이것을 관찰하고 그 연유를 들어 보는 것은 프란츠 비버코프처럼 인간의 모습으로 살아가면서 비버코프와 같은 일을 겪는 사람들, 다시 말해 삶에서 버터 바른 빵 이상의 것*을 원하는 많은 이들에게 유익할 것이다.

제1권

여기 시작 부분에서, 프란츠 비버코프는 과거 무의미한 삶을 살다가 들어갔던 테겔 교도소에서 나온다. 베를린에서 다시 자리를 잡는 일은 어렵지만, 그는 마침내 성공을 거둔다. 그는 그것을 기뻐하면서 앞으로는 진실하게 살아가겠다고 맹세한다.

41번 전차를 타고 시내로

그는 자유의 몸이 되어 테겔 교도소 정문 앞에 서 있었다. 어제까지만 해도 죄수복을 입고 수감자들과 밭에서 감자를 캤지만, 이젠 누런 여름 외투를 입고 밖을 걸어가고 있었다. 그들은 안에 남아 여전히 감자를 캐고 있겠지만 그는 석방되었다. 하지만 그는 전차가 잇따라 지나가는데도 붉은 담에 등을 기댄 채 움직이지 않았다. 정문의 수위가 몇 번이나 그의 곁을 오가며 손가락으로 전차를 가리켰지만 그는 걸음을 떼지 않았다. 끔찍한 순간이 다가온 것이다. (끔찍하다니 프란츠, 어째서 끔찍하다는 거야?) 4년의 세월이 흘렀다. 그가 1년 전부터 점점 심해지는 반감을 품고 (반감이라니, 어째서 반감을 갖는 거지?) 바라보았던 검은 철문이 그의 등 뒤에서 닫혔다. 그들은 그를 다시 바깥세상으로 내보냈다. 다른 죄수들은 저 안에 남아 목공 일을 하거나 광택을 내거나 물건을 분류하거나 풀칠을 하면서 2년 또는 5년의 형기를 더 마쳐야 한다. 그런데 그는 전차 정거장에 서 있었다.

바야흐로 형벌이 시작된다.

그는 몸을 부르르 떨며 침을 꿀꺽 삼켰다. 그리고 엉겁결에 자기 발을 밟았다. 그러다가 그는 한달음에 달려 전차에 올라타 자리를 잡았다. 사람들 사이에 섞여서. 자, 출발이다. 처음에는 마치 집게로 이뿌리를 잡아당기는 치과 의사 앞에 앉아 있는 기분이었다, 통증이 심해지고, 머리가 터질 것만 같다. 그는 고개를 돌려 붉은 담을 바라보았지만, 그를 실은 전차가 요란한 소리를 내며 선로를 달리기 시작해 이제는 그의 머리만이 교도소 쪽을 향하고 있었다. 전차가 커브를 돌자 나무와 집들이 그 사이로 들어왔다. 생동하는 거리들이 모습을 드러냈다. 호반 거리, 사람들이 타고 내렸다. 그때 그의 내면에서 뭔가가 깜짝 놀라 소리쳤다. '조심, 조심, 이제 시작이야.' 코끝이 얼얼하고, 뺨 위로 뭔가 휙 스쳐 지나갔다. "12시 정오 신문이오." "베를린 신문이오." "화보 신문 최신판이오." "베를린 라디오 방송입니다." "탈 사람 더 있습니까?" 경찰관 제복이 푸른색으로 바뀌었다. 그는 슬그머니 전차에서 내려 사람들 사이로 끼어들었다. 대체 무슨 일이 있었지? 아무 일도 없었어. 차렷, 굶주린 돼지야, 정신 차려. 내 주먹맛을 봐야겠어? 혼잡한 군중. 왜 이리 복잡할까. 저 움직이는 모습들이 다 뭐야. 내 머릿속은 지방분이 하나도 없고 다 말라 버린 것 같군. 저건 다 뭐야. 신발 가게, 모자 가게, 백열등, 술집들. 하기야 저렇게 돌아다니려면 사람들은 신발이 있어야겠지. 그래, 우리가 있던 곳에도 구두 수선소가 하나 있었지, 그것은 분명히 짚고 넘어가자. 수백 개의 번쩍이는 유리창, 저런 건 그냥 번쩍이게 내버려 두자고, 까짓, 겁낼 거 없어, 저것들은 네가 다 때려 부술 수도 있는 거야, 저게 뭐 별거라고, 그저 번쩍거리게 닦아 놓았을 뿐이야. 로젠탈 광장에서는 도로의 포석을 뜯는 작업이 한창이었고, 그는 사람들 틈에 끼여 널빤지 위로 걸어갔다. 자, 다른 사람들 틈에 끼어드는 거야. 그럼 모든 게

다 잊히고 넌 아무것도 느끼지 못할 거야, 이 녀석아.

쇼윈도에는 정장이나 외투, 스커트, 스타킹과 구두를 신은 마네킹들이 서 있었다. 밖에서는 모든 것이 움직이고 있는데 저 안에는 아무것도 없었다. 아무것도 — 살아 있지 — 않았다! 사람들은 즐거운 낯빛으로 아싱거 맥주홀 맞은편의 교통 안전지대에 두셋씩 서서 신호를 기다리며 담배를 피우거나 신문을 뒤적거렸다. 그것은 그렇게 가로등처럼 서서 점점 더 경직되었다. 그들은 건물들과 하나가 되었는데, 모든 것이 하얗고 모든 것이 목재였다.

로젠탈 거리를 따라 걷다가 작은 선술집에서 남녀가 창가에 바싹 붙어 앉아 있는 모습을 본 순간, 두려움이 엄습했다. 그들은 맥주잔을 들어 맥주를 목구멍으로 들이붓는다. 그런데 저게 뭔가. 그들은 방금 맥주를 마시고, 포크로 고기 조각을 찍어 입으로 가져갔다가 다시 포크를 뺐는데도 피가 흐르지 않는다. 아, 그의 온몸이 바싹 오그라든다. 이것은 어떻게 떨쳐 버릴 수 없구나. 도대체 나는 어디로 가야 하지? 그때 대답이 들려왔다. 이게 바로 형벌이야.

그는 다시 돌아갈 수도 없었다. 전차를 타고 이렇게 멀리 온 데다 교도소에서도 석방되었으니 이 도시로 들어가야 한다, 더 깊이 안으로 들어가야 한다.

나도 알고 있어. 그의 마음속에서 탄식이 흘러나왔다. 내가 이 안으로 진입해야 한다는 것, 이제는 교도소에서 석방되었다는 것 말이야. 그들은 나를 바깥으로 내보내야만 했어. 형기가 끝났고, 규정대로 일이 처리된 거야. 관리들은 자기 의무를 다할 뿐이지. 그래서 나도 이곳으로 들어가고자 시도하고 있는 거야, 하지만 그렇게 하고 싶지가 않아. 맙소사, 그럴 수가 없어.

그는 로젠탈 거리를 걷다가 베르트하임 백화점 앞을 지나 오른쪽에 있는 좁은 조피 거리로 들어섰다. 그는 생각했다. 이 거리는 조금 어둡군, 어두운 곳이 낫겠어. 죄수들은 독방 격리 감금, 독방 감금, 집단 감금의 형태로 수용된다. 독방 격리 감금을 당한 죄수는 밤낮 구분 없이 다른 죄수들과 격리되어 지낸다. 독방 감금의 경우는 개별 감방에 갇히기는 해도 옥외에서 운동을 하거나 학습 시간, 예배 시간에 다른 죄수들과 함께 움직인다.

자동차들이 난폭하게 질주하며 경적을 울려 댔고, 건물들의 전면이 끊이지 않고 이어졌다. 건물 위로는 지붕들이 날아갈 듯이 덮여 있고, 그의 두 눈은 위쪽을 향했다. 저 지붕들이 미끄러져 내려오지만 않았으면 좋겠어. 하지만 집들은 반듯하게 서 있었다. 이 가련한 놈은 어디로 가야 할까? 그는 건물의 벽을 따라 터덜터덜 걸어갔다. 벽은 끝날 줄 몰랐다. 난 참으로 멍청한 놈이야. 웬만한 사람이라면 이 정도야 5분, 10분이면 빠져나가 벌써 코냑을 한잔 마시고 있을 거야. 작업 종소리가 울리면 곧장 작업을 시작해야 한다. 작업을 중단할 수 있는 것은 식사나 산책, 학습 시간뿐이다. 산책할 때 수감자들은 두 팔을 쭉 뻗어 앞뒤로 흔들어야 한다.

어느 건물 앞에 이르자, 그는 포석에서 눈을 떼고 현관문을 밀어젖혔다. 그의 가슴에서는 아, 아 하는 슬픔의 외침이 터져 나왔다. 그는 팔짱을 끼며 말했다. 그래, 이 녀석아, 여기 있으면 얼어 죽지는 않을 거야. 그때 안뜰로 통하는 문이 열리더니 한 남자가 신발을 끌며 나오다가 그의 등 뒤에서 발걸음을 멈추었다. 비버코프는 신음 소리를 냈고, 신음 소리를 내자 마음이 조금 편해졌다. 처음 독방 격리 감금을 당했을 때도 그는 이런 신음 소리를 냈으며, 자신이 내는 소리를 들으면 행복했다. 아직은 뭔가 남아 있고, 모든 게 끝장난 것은 아니니까. 독방에 수감된 죄수들이 대부분 그런 신음 소리를 냈다. 어떤 이들은 처음부터, 그리고 어떤 이들은 나중에 고독하다고 느낄 때마다 그렇게 했다. 거기엔 뭔가 인간적인 것이 들어 있었고, 그것은 그들에게 위안을 주었다. 우리의 사나이는 그렇게 건물 현관에 서 있었다. 거기에선 거리의 끔찍한 소음이 들리지 않았고 미쳐 있는 건물들도 없었다. 그는 오므린 입으로 계속 중얼거렸고, 주머니 속의 주먹을 불끈 쥐면서 스스로 용기를 북돋웠다. 누런 여름 외투 속의 양어깨가 잔뜩 움츠러들면서 방어 태세를 갖추었다.

낯선 남자가 교도소에서 막 석방된 사나이 곁에 서서 그를 살펴보고 있었다. 그 사람이 물었다. "무슨 일이오, 몸이 안 좋은가요, 어디 아파요?" 석방된 사나이는 그제야 낯선 남자를 의식하고는 웅얼거리는 소리를 즉시 멈추었다. "어디 편찮은가요? 혹시 이 집에 삽니까?" 그 사람은 붉은 수염을 덥수룩하게 기른 유대인이었다. 외투 차림에 검은 벨벳 모자를 쓰고 손에는 지팡이를 든 작은 남자였다. "아니, 여기 안 살아요." 그는 거기서 나갈 수밖에 없었는데, 현관만 해도 아주 아늑했다. 이제 다시 거리가 시작되었다. 건물 현관들, 쇼윈도들, 바지나 밝은색 스타킹 차림으로 분주하게 움직이는 사람들이 나타났다. 모두가 서두르고 아주 민첩하게 움직였다. 눈 깜짝할 사이에 벌써 다음 모습으로 바뀌었다. 그는 마음을 굳게 먹고서 어느 건물 현관으로 다시 들어섰는데, 그 건물의 출입문은 자동차 통행을 위한 것이었다. 그는 얼른 옆 건물로 가 계단 옆에 있는 좁은 통로로 들어갔다. 그곳은 자동차가 들어올 수 없는 공간이었다. 그는 난간을 단단히 움켜잡았다. 난간을 잡고 있으면서 그는 자신이 이 형벌에서 벗어나려 한다는 것을 알았다.(오, 프란츠, 뭘 원하는 거야. 너는 그것을 벗어날 수 없어.) 아니, 그는 분명히 해낼 것이다. 그는 출구가 어디 있는지 벌써 알고 있었던 것이다. 이어서 그는 나지막한 소리로 자신의 노래를 시작했다. 낮게 웅얼거리고 투덜거리는 소리. 난 다시는 거리로 나서지 않을 거야. 그때 붉은 수염의 유대인이 다시 그 집 안으로 들어왔는데, 처음에는 난간에 붙어 있는 사나이를 알아보지 못했다. 하지만 유대인은 그가 웅얼거리는 소리를 들었다.

"자, 말해 봐요. 대체 여기서 뭘 하는 거요? 몸이 안 좋은 거요?" 그는 난간 기둥에서 물러나 안뜰 쪽으로 걸어갔다. 안뜰로 통하는 문짝을 잡으면서 그는 상대방이 조금 전 다른 건물에서 만났던 그 유대인임을 알아차렸다. "저리 가요! 대체 당신은 무엇 때문에 참견이오?" "아니, 아무것도 아니오. 당신이 그렇게 신음 소리를 내니 상태가 어떤지 물어본 것뿐이오."

저쪽 현관문 틈새로 다시 그 빌어먹을 낡은 집들, 북적대는 사람들 그리고 당장이라도 미끄러져 내릴 듯한 지붕들이 보였다. 석방된 사나이가 안뜰로 통하는 문을 열자 유대인이 뒤따라오면서 말했다. "무슨 일이 일어나든 그리 나쁘지는 않을 거요. 설마 파멸이야 하겠소. 베를린은 큰 도시요. 수많은 사람들이 살고 있으니, 한 사람쯤은 더 살 수 있을 거요."

안뜰은 높은 건물로 둘러싸여 있어 어두침침했다. 그는 쓰레기통 옆에 가서 섰다. 그러더니 갑자기 우렁찬 목소리로 벽을 향해 노래를 불렀다. 그러면서 거리의 손풍금 악사처럼 머리에 쓰고 있던 모자를 벗어 들었다. 노랫소리가 벽에 반사되어 되돌아왔다. 기분 좋은 일이었다. 그의 목소리가 귀를 가득 채우며 울렸다. 그는 교도소에서는 결코 용납되지 않을 정도의 큰 소리로 노래를 불렀다. 그런데 그는 대체 벽에 반사가 되도록 큰 소리로 무슨 노래를 불렀을까? "함성이 천둥처럼 울려 퍼진다."* 전사처럼 용감하고도 우렁차게 불렀다. 그는 중간에 다른 노래에서 따온 후렴구

"랄랄라 랄라"를 외쳤다. 그를 주의 깊게 보는 사람은 아무도 없었다. 유대인이 문간에서 그를 맞으며 말했다.

"노래를 참 잘하네요. 정말 훌륭하게 불렀소. 당신 정도의 목소리라면 돈도 벌 수 있을 거요."

유대인은 거리까지 그의 뒤를 따라오면서 그의 팔을 잡고는 끊임없이 떠들었다. 이윽고 그들, 즉 유대인과 여름 외투를 입은 강골의 키 큰 사나이는 고르만 거리로 접어들었다. 장신의 사나이는 마치 신물이라도 올라오는 것처럼 입을 잔뜩 오므렸다.

여전히 도착하지 못하다

유대인은 그 사나이를 쇠 난로가 있는 어느 방으로 데려가서 소파에 앉혔다. "자, 다 왔어요. 편하게 앉아요. 모자는 그대로 쓰고 있든, 벗어 놓든 마음대로 하시오. 다만 내가 어떤 사람을 데려올 텐데, 당신 마음에 드는 사람일 거요. 사실 난 여기 살지 않아요. 당신처럼 손님일 뿐이오. 그런데 방이 따뜻한 덕에 손님이 다른 손님을 데려온 셈이죠."

교도소에서 갓 나온 그 사나이는 혼자 앉아 있었다. 함성이 천둥처럼 울려 퍼진다. 칼이 부딪치는 소리, 바위에 파도가 부딪히는 소리처럼. 그가 전차를 타고서 차창 밖을 내다보았을 때 나무들 사이로 붉은 벽돌담이 보였고, 울긋불긋한 나뭇잎이 우수수 떨어지고 있었다. 그 벽돌담이 눈앞에 떠올랐다. 그는 소파에 앉아 담벼락을 바라보고 또 바라보았다. 저 담벼락 안에 산다는 것은 큰 행운이야. 저기서는 하루가 어떻게 시작되어 어떻게 흘러가는지를 알지. (프란츠, 설마 저 안에 숨고 싶은 것은 아니겠지. 넌 벌써 4년이나 숨어 있었잖아. 용기를 내, 주위를 둘러보라고. 숨어 사는 일은 언젠가는 끝나는 거야.) 노래나 휘파람, 그 밖에 소리를 내는 일은 모두 금지다. 아침마다 기상 신호가 울리면 수감자들은 즉시 일어나 침구를 정돈하고 얼굴을 씻고 머리를 빗질하고 옷을 단정히 입어야 한다. 비누는 넉넉히 공급된다. 땡, 종소리, 기상, 땡, 5시 반, 땡, 6시 반, 감방 문 열기, 땡땡, 밖으로 나가기, 아침 배식, 작업 시간, 휴식 시간, 땡땡땡, 정오, 이보게, 주둥이를 그렇게 삐죽거리지 말게, 이곳이 자네를 살찌우는 곳은 아니니까, 노래를 하고 싶은 사람은 자진 신고할 것, 가수들의 등장은 5시 40분, 나는 목이 쉬었다고 신고함. 6시 감방 문 닫기, 취침, 좋은 저녁, 하루 일과가 무사히 끝난 것이다. 저 담벼락 안에서 사는 것은 큰 행운이야. 저들은 나를 여기 진창으로 내몰았어. 난 거의 살인을 저질렀어. 그러나 그것은 과실치사에 불과했던 거야. 신체에 상해를 가한 것이 치명상이 된 거지. 사실 그 정도로 악한 일은 아니었어. 그런데 극악무도한 악당이 되어 버렸어. 불량배, 거의 부랑자나 다름없게 된 거야.

머리가 긴 장신의 유대인 노인이 뒷머리에 검은 모자를 쓰고서 아까부터 그의 맞은편에 앉아 있었다. 옛날에 수산이라는 도성에 모르드개라는 유대인이 살았는데, 그는 숙부의 딸인 에스더를 키웠다. 그 소녀는 몸매가 아름답고 용모도 단정하였다.* 노인은 그 사나이에게서 눈을 떼고는 붉은 수염의 유대인을 쳐다보며 물었다. "저 친구를 어디서 데려온 거요?" "이 집 저 집 돌아다니고 있더군요. 그러다가 어느 집 안뜰에 서서 노래를 불렀어요." "노래를 불렀다고?" "군가였어요." "추웠나 보군." "그랬나 봐요."

노인은 그를 찬찬히 뜯어보았다. 유대인들은 축제 첫날에 시체를 만져서는 안 되고, 이스라엘 자손들은 둘째 날에도 그래서는 안 되는데, 이 규례는 신년 명절*의 첫째 날과 둘째 날에도 적용된다. 그렇다면 다음과 같은 랍비의 규례, 즉 정결한 새의 죽은 고기를 먹는 자는 부정하지 않지만 내장이나 모래주머니를 먹으면 부정하다는 규례를 만든 사람은 누구일까? 유대인 노인은 누르스름한 긴 손을 내밀며 외투 위에 올려져 있던 석방된 사나이의 손을 어루만졌다. "보시오, 외투를 벗는 게 어떻소? 여기는 따스하다오. 우리 같은 늙은이야 늘 추워서 1년 내내 떨며 지내지만, 당신한테는 너무 더울 거요."

석방된 사나이는 소파에 앉아 자기 손을 힐끔 내려다보았다. 그는 이 골목 저 골목 누비며 이 집 저 집을 기웃거렸는데, 이 세상에 무엇이 있는지 살펴보기 위해서였다. 그는 벌떡 일어나 문밖으로 나가려고 어두운 방 안을 두리번거리며 문을 찾았다. 그러자 노인이 그를 다시 소파에 주저앉혔다. "그냥 앉아 있어요. 대체 어쩌려는 거요." 그는 밖으로 나가려 했다. 하지만 노인은 그의 손목을 잡고 거듭 힘을 주었다. "누가 더 힘이 센지 해보자는 거요? 내가 말을 하는 동안 그대로 앉아 있어야 하지 않겠소." 노인은 이제 소리를 질렀다. "이봐요, 얌전히 앉아 있어요. 내가 하는 말을 잘 들어요, 젊은 친구. 정신 똑바로 차리라고, 이 고약한 친구야." 그러더니 그 사나이의 어깨를 잡고 있던 붉은 수염을 향해 말했다. "자네는 가 보게, 나가라고. 내가 자네를 불렀는가? 이 친구는 내가 알아서 할 테니까."

이 사람들은 도대체 그를 어쩔 셈인가. 그는 밖으로 나갈 생각으로 자리에서 일어났으나 노인이 그를 다시 주저앉혔다. 그러자 그는 소리를 버럭 질렀다. "대체 나를 어떻게 하려는 거요?" "욕을 해도 좋소. 그럼 더 심한 욕이 입에서 나오게 해 줄 테니." "나를 놓아줘요. 밖으로 나가야겠어요." "다시 길거리로 나서겠다는 거요? 아니면 이 집 저 집 돌아다닐 거요?"

노인은 의자에서 일어나더니 저벅 소리를 내면서 방 안을 오갔다. "저 사람 마음대로 소리치게 해. 하고 싶은 대로 내버려 두라고. 하지만 여기 내 집에서는 곤란해. 그냥 나가게 문을 열어 줘." "왜 그러세요. 보통 때는 이 집에서도 소리를 지르잖아요." "소란 피우는 사람들은 내 집에 데려오지 말게. 딸애의 아이들이 아파서 저 안쪽에 누워 있어. 이제 소란은 질렸어." "아, 그런 우환이 있군요. 몰랐습니다, 용서해 주세요." 이제 붉은 수염의 남자가 그의 두 손을 잡으며 말했다. "자, 나갑시다. 랍비 선생님의 집은 이미 꽉 찼어요. 손자들도 아파서 누워 있고요. 다른 곳을 찾아봅시다." 하지만 이번에는 그 사나이가 일어서려 하지 않았다. "자, 갑시다." 그는 마지못해 일어서더니 속삭였다. "잡아당기지 마요. 여기 있게 해 줘요." "선생님의 집은 꽉 찼다니까요. 당신도 들었지 않소." "제발 여기 머물게 해 주시오."

노인은 번뜩이는 눈빛으로 그 낯선 사나이가 애원하는 모습을 바라보았다. 선지자 예레미야는 이렇게 말했다. 우리가 바빌론을 치료하고자 했지만, 바빌론은 치료되지 않고자 했다. 그러니 우리가 바빌론을 버리고 각자 고향으로 돌아가자. 칼데아 사람들과 바빌론 거주민들에게 칼의 심판이 내릴 것이다.* "저 친구가 조용히만 한다면 자네와 함께 여기 머물러도 좋아. 하지만 조용히 할 수 없다면 여기서 떠나게." "좋아요, 좋아. 소란 피우지 않을 거요. 내가 이 친구 곁에 있지요. 내 말을 믿어 주세요." 그러자 노인은 말없이 방에서 나가 버렸다.

차노비치의 예에서 얻은 교훈

석방된 사나이는 누런 여름 외투를 입은 채 다시 소파에 앉았다. 붉은 수염의 남자는 한숨을 내쉬고 고개를 가로저으며 방 안을 서성거렸다. “노인이 저리 거칠게 대한다고 기분 나빠 하지 마요. 당신은 외지에서 왔소?” “그래요, 지금 형편은 그렇소. 내가 있던 곳은…….” 붉은 벽돌담, 아름다운 벽돌담, 감방들, 그는 그것들을 그리움에 젖어 바라보지 않을 수 없었다. 그는 붉은 담벼락에 등을 바싹 붙이고 섰다. 어떤 영리한 사람이 쌓은 벽돌담이었고, 그는 그곳을 떠나지 않았다. 그 사나이는 이러한 생각에 잠겨 있다가 인형처럼 소파에서 양탄자로 미끄러져 내려왔는데, 미끄러지면서 테이블을 한쪽으로 밀쳤다. “왜 그래요?” 붉은 수염의 남자가 소리쳤다. 갓 석방된 사나이는 양탄자 위에서 몸을 웅크렸고, 그 바람에 모자가 굴러가 그의 손 옆에 멈추었다. 그는 머리로 바닥을 찧으면서 신음하듯 내뱉었다. “에이, 저 바닥 속으로, 어두운 땅속으로나 들어가자!” 붉은 수염의 남자가 그를 잡아당겼다. “맙소사, 당신은 지금 남의 집에 와 있어요. 주인 노인이 달려오기라도 하면 어쩌려고. 어서 일어나요.” 그러나 그 사나이는 꿈쩍도 하지 않은 채 양탄자에 달라붙어 계속 신음 소리를 냈다. “제발 조용히 좀 해요. 노인이 들으면 어쩌려고. 그럼 우린 볼 장 다 보는 거요.” “아무도 나를 여기서 끌어내지 못해.” 영락없는 두더지 꼴이었다.

도저히 그를 일으켜 세울 수 없자, 붉은 수염의 남자는 구레나룻을 긁적이며 문을 닫고는 단호한 표정으로 그 사나이 곁으로 다가와 자신도 바닥에 주저앉았다. 그는 무릎을 세우고 눈앞에 있는 탁자의 다리를 바라보았다. “ 좋아요. 그렇게 가만히 있어요. 나도 이렇게 앉겠소. 그리 편하지는 않지만 그렇게 못할 이유도 없소. 당신은 분명 사정을 말하지 않을 테니, 대신 내가 이야기를 하나 하겠소." 교도소에서 갓 석방된 사나이는 머리를 여전히 양탄자에 처박은 채 신음 소리를 냈다. (그런데 어째서 이렇게 신음 소리를 내는 거야? 단호하게 결심을 해야지. 어떤 길이든 골라서 가야 해. 하지만 넌 어떤 길도 알지 못하는구나, 프란츠. 옛날의 똥구덩이야 원치 않겠지. 감방에서도 넌 끙끙거리며 숨기만 했어. 아무 생각도 하지 않았어, 아무 생각도, 프란츠.)

붉은 수염의 남자가 화난 목소리로 말했다. "그렇게 자기 생각에만 빠져 있으면 안 되는 법이오. 다른 사람의 말도 들어야지. 당신만 문제가 많다고 누가 그러던가요. 하느님은 그 누구도 손에서 떨어뜨리지 않아요. 하지만 다른 사람들도 있다는 걸 잊지 마시오. 대홍수가 났을 때 노아가 자기 방주에 무엇을 실었는지 읽어 본 적 없소? 세상의 모든 생명을 종류마다 한 쌍씩 실었어요. 하느님은 그들 중 누구도 잊지 않았지요. 머리카락에 있던 이까지 잊지 않았단 말이오. 모든 존재가 하느님께는 사랑스럽고 소중했던 거요." 갓 석방된 사나이는 바닥에 엎어져 계속 끙끙거렸다. (끙끙거리는 거야 돈이 드는 것도 아니지. 병든 쥐도 끙끙거릴 수는 있거든.)

붉은 수염은 그가 끙끙거리도록 내버려 두고 자신의 양 볼을 긁었다. "세상에는 정말 온갖 일이 다 일어난다오. 그러니 젊은 사람이나 늙은 사람이나 할 이야기가 많은 법이지요. 당신한테 이야기를 하나 들려주겠소. 그래요, 차노비치, 슈테판 차노비치에 관한 이야기요. 아마도 들어 본 적 없을 거요. 좀 진정되거든 잠깐만 일어나 앉아 봐요. 피가 머리로 몰리면 좋지 않아요. 선친께서는 생전에 우리에게 많은 이야기를 들려주셨어요. 우리 민족이 다 그렇지만 아버지도 세상을 많이 돌아다녔어요. 일흔이 되셨을 때 어머니의 뒤를 따라 돌아가셨는데, 정말로 아는 게 많은 영민한 분이었소. 우리 일곱 식솔은 먹을 것이 없어 굶주리곤 했는데, 그럴 때면 아버지는 이야기를 해 주었소. 이야기를 듣는다고 해서 배가 부르지는 않았지만, 그래도 배고픔은 잊을 수 있거든." 바닥에서는 여전히 둔탁한 신음 소리가 멈추지 않았다. (끙끙거리는 것이야 병든 낙타도 할 수 있다.) "그런데 말이오, 우리도 알다시피 이 세상에는 황금과 아름다움, 행복만 있는 건 아니오. 차노비치라는 사람이 누군지, 그의 아버지는 어떤 사람인지, 그의 부모는 누군지 말할까요? 우리 대부분처럼 거지요, 잡화상, 행상, 장사꾼이었어요. 아버지 차노비치는 알바니아 태생으로 베네치아에 갔지요. 그는 자신이 베네치아로 간 까닭을 잘 알고 있었어요. 어떤 사람들은 도시에서 시골로 들어가고, 또 어떤 사람들은 시골에서 도시로 가지요. 시골이 훨씬 평온해요. 사람들은 뭐든지 따져 보고 손을 대 볼 수도 있고, 몇 시간이고 수다를 떨 수도 있으며, 운이 좋으면 돈 몇 푼을 벌 수도 있어요. 그런데 도시에서는 어림도 없어요. 물론 사람들이 더 조밀하게 붙어 지내기는 하지만, 도무지 시간적인 여유가 없어요. 그리고 이 사람, 저 사람 모두 사정이 달라요. 황소는 없지만, 마차가 딸린 여러 필의 준마가 있기도 해요. 잃는 사람이 있는가 하면, 버는 사람이 있는 법이오. 아버지 차노비치는 이런 사정을 꿰고 있었어요. 우선 그는 수중에 있는 것을 다 팔고, 그 돈으로 카드를 구해 사람들과 노름을 했어요. 정직한 사람이라고는 할 수 없지요. 도시 사람들이 시간은 없지만 재미를 보려 한다는 것을 이용해 사업을 벌인 거요. 그는 사람들을 즐겁게 해 주었어요. 물론 그들은 상당한 금전적인 대가를 치렀어요. 그러니까 야바위꾼, 사기 도박꾼, 그게 아버지 차노비치의 모습이었소. 그래도 그는 영리한 구석이 있었어요. 시골에서 농부들을 상대하는 일은 힘들었는데, 도시에 와서는 모든 것이 훨씬 수월했지요. 그는 아주 잘 나갔어요. 그러다 어떤 사람이 갑자기 자신이 부당한 일을 당했다고 생각한 거요. 차노비치가 미처 예상하지 못한 사태였지요. 주먹다짐이 오갔고, 경찰이 출동했어요. 결국 차노비치는 아이들을 데리고 줄행랑을 칠 수밖에 없었죠. 베네치아의 사법 당국이 그를 추적했는데, 그는 사법 당국과는 상대하지 않는 게 좋다고, 저들은 나를 이해하지 못할 거라고 생각했어요. 실제로 사람들은 그를 붙잡지 못했어요. 그는 말과 돈을 갖고 있어 다시 알바니아로 가서 정착했는데, 영지에 해당하는 마을 하나를 통째로 사들였고 자식들을 상급 학교까지 보냈어요. 그리고 고령이 되어 다른 사람들의 존경을 받으면서 조용히 세상을 떴어요. 여기까지가 바로 아버지 차노비치의 일생이오. 농부들은 그의 죽음을 애도하며 울었지만, 정작 그 사람은 그들을 달갑게 여기지 않았어요. 그들 앞에서 자질구레한 물건과 반지, 팔찌, 산호 목걸이를 팔던 시절이 떠올랐기 때문이죠. 그때 농부들은 그가 가져온 물건을 요모조모 살펴보고 만지작거리기만 하다가 그냥 가 버렸지요.

그런데 아버지라는 존재가 자신은 하잘것없는 풀에 그칠지라도 자식은 거목이 되기를 소망한다는 것쯤은 알고 있겠죠. 또 자신은 돌멩이여도 아들은 산이 되어야 한다고 생각하는 법이죠. 늙은 차노비치는 자식들에게 이렇게 말했어요. 내가 이곳 알바니아에서 행상을 하던 그 스무 해 동안에는 별 볼일 없는 존재였는데, 왜 그랬을까? 그것은 머리를 써야 할 곳에 제대로 쓰지 못했기 때문이야. 나는 너희를 파도바에 있는 큰 학교로 보낼 생각이니, 말과 마차를 타고 가라. 그리고 공부를 다 마치거든 이 아비를 생각해 다오. 너희 엄마, 그리고 너희와 함께 온갖 고생을 하고 밤이면 너희를 데리고 숲에서 멧돼지처럼 잠자던 이 아비를 말이다. 그런데 그것은 다 내 탓이었어. 농부들은 흉년이 든 해처럼 나를 바싹 여위게 만들었고, 난 거의 파멸할 뻔했지. 그래서 나는 사람들 속으로 뛰어들었고, 그렇게 해서 죽지 않았던 거야."

붉은 수염의 남자는 혼자 씩 웃더니 고개를 갸우뚱거리고 몸을 이리저리 흔들었다. 두 사람은 바닥의 양탄자 위에 그대로 앉아 있었다. "지금 누군가 우리 꼴을 본다면 아마 미쳤다고 생각할 거요. 멀쩡한 소파를 두고 맨바닥에 앉아 있으니 말이오. 하지만 그러고 싶다면 못할 것도 없지요. 아들 차노비치, 즉 슈테판 차노비치는 스무 살 젊은 시절부터 언변이 대단한 사람이었어요. 그는 예의 바르게 처신할 줄 알았고 사람들의 인기를 얻는 법도 알았어요. 여자들과 노닥거릴 줄도 알고 남자들을 의젓하게 대할 줄도 알았어요. 파도바에서는 귀족들이 교수들에게 배우는데, 슈테판은 귀족들에게 배웠어요. 그들은 그를 잘 대해 주었어요. 그가 알바니아의 고향 집으로 돌아왔을 때 아버지는 아직 살아 있었지요. 아들을 보자 그는 아주 흡족해하면서 이렇게 말했어요. '여러분, 내 아들을 보시오. 어엿한 대장부가 됐소. 이 녀석은 예전의 나처럼 스무 해씩이나 농부들을 상대로 장사하지는 않을 거요. 이 아비보다 스무 해는 앞섰소.' 그러자 아들은 비단 옷소매를 만지작거리고 이마에 흐른 멋진 곱슬머리를 쓸어 올리더니, 행복해하는 늙은 아버지에게 입맞춤을 했어요. '하지만 저로 하여금 그 고난의 스무 해를 겪지 않게 해 준 분은 바로 아버지예요.' '그렇다면 그 기간을 네 인생에서 최상의 시절로 만들어라.' 아버지는 이렇게 말하며 아들을 쓰다듬고 어루만져 주었어요.

그런 다음 젊은 차노비치는 기적처럼 일이 잘 풀렸는데, 사실

기적은 아니었지요. 어디를 가나 그에게 사람들이 몰려들었어요. 그는 누구의 마음이든 열 수 있는 열쇠를 가졌어요. 한번은 그가 몬테네그로로 여행한 적이 있어요. 마차와 말 그리고 하인들까지 거느린 모습이 기사의 행차처럼 거창했고 아버지는 아들의 위풍당당한 모습을 보고 매우 기뻐했지요. 아버지가 하잘것없는 풀이었다면, 아들은 나무였던 거요. 그리고 몬테네그로에서 사람들은 그를 백작이나 후작으로 불렀어요. 그가 만일 이렇게 말했더라도 사람들은 그의 말을 믿지 않았을 겁니다. '나의 아버지 이름은 차노비치이고, 우리는 파스트로비치라는 마을에 살고 있어요. 나의 아버지는 그걸 아주 자랑스럽게 생각해요.' 그래서 그는 파도바 출신의 귀족처럼 행동했고, 실제로 그렇게 보였어요. 그리고 그는 그들 하나하나를 잘 알았어요. 슈테판은 웃으면서 '여러분 마음대로 생각하세요' 라고 말했어요. 그는 자신이 부유한 폴란드 사람인 것처럼 행세했고, 사람들은 정말로 그렇게 믿고 그를 바르타 남작이라고 여겼어요. 그러자 사람들도 기뻐했고, 그도 기분이 좋았어요."

교도소에서 갓 석방된 사나이는 갑자기 자리에서 벌떡 일어났다. 그는 무릎을 세운 채 쪼그리고 앉아 은근슬쩍 상대방을 내려다보았다. 그러더니 냉담한 눈길을 보내며 말했다. "원숭이." 붉은 수염의 남자는 대수롭지 않다는 투로 응수했다. "그래, 내가 원숭이라고 합시다. 그런데 그 원숭이는 여느 사람들보다 많은 것을 알고 있다오." 상대는 어쩔 수 없이 다시 바닥에 주저앉았다. (너는 후회하게 될 거야. 무슨 일이 있어났는지 깨달아야 해. 필요한 게 뭔지 깨달아야 한다고!)

"그러면 하던 이야기를 계속해도 되겠군요. 사람은 무릇 다른 사람들한테서 많은 것을 배울 수 있는 법이지요. 젊은 차노비치는 바로 이 길을 택했고, 계속 그 길로 갔어요. 나야 그 사람을 본 적도 없고 우리 아버지도 그를 겪어 본 적 없지만, 그가 어떤 사람인지는 충분히 짐작할 수 있어요. 조금 전에 나더러 원숭이라고 했는데, 그런 당신한테 내가 하나 묻겠소. 사실 우리는 신이 창조하신 이 땅의 어떤 짐승도 경멸해서는 안 되오. 짐승들은 우리에게 고기도 주고, 그 밖의 좋은 일을 많이 하지요. 말이나 개, 지저귀는 새들을 한번 생각해 봐요. 내가 원숭이를 본 건 대목장에서뿐인데, 그것들은 사슬에 묶인 채로 곡예를 보여야 했어요. 정말 가혹한 운명이에요. 사람들은 그런 가혹한 운명을 겪지는 않지요. 그건 그렇고 당신에게 하나 묻겠소. 그런데 아직 이름을 가르쳐 주지 않았으니 당신 이름을 부를 수가 없군요. 아버지 차노비치나 아들 차노비치는 어떻게 세상에서 그 정도의 성공을 거두었겠소? 아마 그들이 머리가 좋아서, 영리해서라고 생각하겠죠? 다른 사람들도 머리가 좋았지만 그들은 슈테판이 스무 살의 나이로 해낸 일을 여든에도 하지 못했어요. 그런데 사실 사람에게 중요한 것은 눈과 발이오. 세상을 제대로 볼 줄 알아야 하고, 세상에 뛰어들 수 있어야 하니까요.

자, 그러니 잘 들어 봐요. 세상 사람들을 많이 접하고 사람들을 두려워할 필요가 없음을 깨달은 슈테판 차노비치가 무슨 일을 했는지 말이오. 사람들이 어떻게 다른 사람의 길을 평탄하게 해 주고, 눈먼 사람들에게는 길까지 알려 주는지 잘 보란 말이오. 사람들은 바로 이런 것을 원했어요. '당신은 바르타 남작입니다.' 그러자 그 친구가 말했어요. '좋아요, 그러면 나는 바르타 남작이오.' 그런데 나중에 그 정도로는 그 자신이 만족하지 못했거나, 어쩌면 사람들도 만족하지 못했을 거요. 이미 남작인데 그 이상 되지 못할 이유가 뭐 있겠어요. 당시 알바니아에는 명사 한 분이 있었는데, 이미 고인이 되었지만 사람들은 그를 민족의 영웅처럼 추앙했어요. 그분의 이름은 스칸데르베그였어요. 사실 그럴 수만 있었다면 차노비치는 자신이 스칸데르베그라고 했을 거요. 하지만 스칸데르베그는 타계한 인물이므로 그는 스칸데르베그의 후손이라고 자랑했지요. 아주 으스대면서 자기가 알바니아의 왕자 카스트리오타라는 거였어요. 그는 자신이 다시 한 번 알바니아를 위대한 나라로 만들 것이며, 추종자들이 자신을 기다리고 있다고 호언했어요. 그러자 사람들은 그가 스칸데르베그의 후손답게 살 수 있도록 돈까지 주었어요. 그는 사실 사람들에게 호의를 베푼 셈이죠. 사람들은 극장에 가서 자신의 기분을 흡족하게 하는 꾸며 낸 말들에 귀를 기울이고, 그 대가로 돈을 지불하지요. 그들은 그런 유쾌한 일이 오후에 일어나든 오전에 일어나든 상관없이, 그들 스스로 거기에 동참할 수만 있다면 그런 일에 돈을 지불할 의향이 있어요."

그러자 누런 여름 외투 차림의 사나이가 다시 벌떡 일어나더니 잔뜩 찌푸린 얼굴로 붉은 수염의 남자를 내려다보면서 헛기침을 했다. 그의 목소리는 달라져 있었다. "어이, 젊은 양반, 당신 돌아버린 것 아니오? 살짝 제정신이 아니죠?" "어쩌면 그럴지도 모르죠. 아까는 나더러 원숭이라고 하더니, 이제는 아예 미친 사람이라고 하는군요." "자, 말해 봐요. 무엇 때문에 여기 앉아서 내게 그런 허튼소리를 지껄이는 거요?" "바닥에 주저앉아 일어날 생각도 안 한 사람이 누구였죠? 나요? 소파가 바로 등 뒤에 있는데도 말이오. 좋소, 당신한테 거슬린다면, 이야기는 그만하겠소."

붉은 수염의 남자는 방을 휘둘러보고 나서 두 다리를 쭉 뻗으며 소파에 등을 기대고 앉아 양손으로 양탄자를 짚었다. "당신도 이렇게 앉으면 더 편할 거요." "그 허튼 소리 좀 그만뒀으면 좋겠소." "원하신다면야. 나야 그 이야기를 전에도 여러 번 했으니 해도 그만, 안 해도 그만이오. 당신만 개의치 않는다면." 그러나 그의 상대방은 잠시 잠자코 있더니 다시 그에게 고개를 돌리고 말을 걸었다. "하던 이야기를 계속해 봐요." "그것 봐요, 서로 이야기하고 떠들다 보면 시간이 더 잘 가는 법이오. 나는 그저 당신의 눈을 뜨게 해 주고 싶었던 거요. 아까 이야기하다 만 슈테판 차노비치는 사람들로부터 많은 돈을 받아서 독일 여행까지 할 수 있었어요. 몬테네그로에서도 그의 정체는 밝혀지지 않았어요. 슈테판 차노비치에게서 배울 점은, 그가 자신뿐만 아니라 사람들을 잘 알았다는 겁니다. 그는 지저귀는 작은 새처럼 순진했어요. 그런데 봐요, 그는 세상에 대해 두려움이 없었어요. 당시에 가장 위대하고 힘이 셌던 인물들, 가장 겁나는 사람들이 그의 친구였거든요. 예를 들어 작센의 선제후나 프로이센의 왕세자가 있소. 프로이센의 왕세자는 나중에 대단한 맹장이 된 사람으로 오스트리아의 테레지아 여제(女帝)까지 옥좌에서 벌벌 떨게 만들었지요. 하지만 차노비치는 그런 사람 앞에서도 떨지 않았어요. 한번은 슈테판이 빈을 방문했다가 그를 추적하던 사람들에게 둘러싸이게 되었는데, 그때 여제가 직접 손을 들고서 이렇게 말했지요. '그 젊은이를 자유롭게 놓아주라!'

뜻밖의 방향으로 이야기가 완성되고 덕분에 출소한 사나이가 활기를 되찾다

상대방은 소파에 기댄 채 껄껄 웃기 시작하더니 아예 말처럼 킥킥거렸다. "당신 참 재미있는 양반이오. 어릿광대 역으로 서커스에 출연해도 되겠어." 붉은 수염의 남자도 함께 낄낄댔다. "이제 일이 어찌 된 건지 알겠죠? 하지만 좀 조용히 해요. 주인 노인의 손자들 생각을 해요. 그건 그렇고 우리 소파에 앉는 게 낫지 않을까요? 어때요?" 상대방은 웃음을 터뜨리며 천천히 몸을 일으켜 소파의 한쪽 구석에 가 앉았고, 붉은 수염의 남자는 반대쪽 구석에 앉았다. "이렇게 앉으니 더 편하고, 당신 외투도 구겨지지 않아요." 여름 외투를 입은 사나이는 소파 구석에서 붉은 수염의 남자를 쏘아보았다. "당신처럼 웃기는 별종은 정말 오랜만이군요." 그러자 붉은 수염의 남자는 이에 개의치 않고 말했다. "아마 눈여겨보지 않아서 그럴 거요. 나 같은 사람도 더러 있다오. 그런데 당신 외투가 더러워졌네요. 이곳 사람들은 신발을 닦지 않고 돌아다니죠." 30대 초반으로 보이는 그 출소한 사나이는 눈이 초롱초롱해졌고, 얼굴에도 한결 생기가 돌았다. "이봐요, 당신은 대체 무슨 장사를 하는 거요? 혹시 달나라에 사는 건 아니겠죠?" "그래, 좋아요. 그렇다면 달나라 이야기나 좀 할까요."

그런데 한 5분 전부터 곱슬곱슬한 갈색 턱수염의 남자 하나가 문간에 서 있었다. 그는 이제 테이블로 다가오더니 의자에 가서 앉았다. 젊은 사람으로 붉은 수염의 남자처럼 검은 벨벳 모자를 쓰고 있었다. 그는 손을 들어 허공을 휘젓더니 날카로운 목소리로 외쳤다. "저 사람은 누구죠? 저 사람하고 지금 뭐 하는 거요?" "그런 자네는 여기 웬일이야, 엘리저? 저 사람이 누군지는 나도 몰라. 이름을 말해 주지 않으니." "저 사람에게 또 이야기를 들려주었군요." "그게 자네하고 무슨 상관이야." 갈색 수염이 출소한 사나이를 향해 말했다. "저 사람이 당신한테 무슨 이야기를 들려주었죠?" "그 사람은 도통 말을 하지 않아. 그냥 이리저리 돌아다니며 남의 집 안뜰에서 노래나 부르지." "그럼 저 사람을 내보내요."

"내가 뭘 어떻게 하든 자네가 상관할 바 아니지." "하지만 난 문간에서 다 들었어요. 저 사람한테 차노비치 이야기를 해 주었죠? 이런저런 이야기만 늘어놓고 있는데, 그것 말고 뭘 할 셈인가요?" 그때 갈색 수염을 쏘아보고 있던 그 낯선 사나이가 구시렁거리는 투로 물었다. "당신은 대체 누구요, 여기는 어떻게 들어온 거요? 어째서 저 사람 일에 참견하고 나서는 거요?" "저 사람이 당신한테 차노비치 이야기를 했나요, 안 했나요? 분명 이야기했을 거요. 우리 자형 나훔은 사방으로 돌아다니며 이 얘기 저 얘기를 하죠. 하지만 정작 스스로는 돌보지 못하는 무능한 사람이오." "하지만 난 아직 자네한테 도움을 청한 적 없어. 자네 눈에는 이 사람의 상태가 안 좋은 게 보이지도 않나, 이런 고약한 사람." "저 사람의 상태가 안 좋은 게 무슨 상관이에요? 하느님이 자형한테 그런 임무를 준 것도 아니잖아요. 저 사람을 한번 봐요. 하느님은 저 사람이 올 때까지 기다리고 있었어요. 하느님도 혼자 힘으로는 어쩔 수 없지만요." "고약한 사람." "당신은 이 사람을 멀리하는 게 좋을 거요. 이 사람이 말했겠죠. 차노비치나 그 밖의 다른 사람들이 어떻게 성공을 했는지 말이오." "당장 나가지 못하겠어?" "자선가처럼 구는 사기꾼의 말을 듣는 거라고요. 차라리 내 말을 듣는 게 나아요. 여기가 이 사람 집인가요? 그래, 차노비치라는 인간에 대해 이번에는 무슨 이야기를 한 거죠? 그 차노비치한테서 무엇을 배울 수 있다는 거죠? 자형은 우리를 위해 랍비가 되었어야 하는 건데. 그러면 우리가 충분히 먹여 살렸을 텐데." "자네들의 선심은 필요 없어." 그러자 갈색 수염의 남자가 다시 소리를 버럭 질렀다. "우리도 남의 옷자락에나 매달리는 식충이는 필요 없어요. 그런데 저 사람이 당신한테 차노비치가 결국 어떻게 되었는지도 얘기해 주었나요?" "이런 나쁜 사람, 비열한 인간!" "그 이야기를 해 주었소?" 붉은 수염의 남자는 주먹을 흔들며 문간으로 갔고, 출소한 사나이는 피곤해 보이는 눈을 껌벅대며 그 모습을 바라보다가 붉은 수염의 등 뒤에 대고 투덜대는 투로 말했다. "이봐요, 그렇게 나가 버릴 것 없잖아요. 너무 흥분하지 말고 저 사람 멋대로 지껄이도록 내버려 둬요."

그러자 갈색 수염의 남자는 안절부절못해 두 손을 비벼 대고 혀를 끌끌 차기도 하고 갑자기 머리를 움찔거렸는데, 순간순간 표정을 바꾸면서 때로는 낯선 사나이를 향해, 때로는 붉은 수염의 남자를 향해 격하게 말을 퍼부었다. "저 사람은 사람을 좀 미치게 만들죠. 저 사람은 슈테판 차노비치가 결국 어떤 종말을 맞았는지도 얘기해야 옳아요. 그런데 그런 이야기는 해 주지 않죠. 난 어째서 그걸 말해 주지 않는지 이유를 묻는 거요." "그거야 자네가 고약한 사람이어서 그렇지, 엘리저." "그래도 자형보다는 나아요. 사람들은 결국 (갈색 수염의 남자는 역겹다는 듯 두 손을 쳐들고 눈을 부릅떴다.) 차노비치를 도둑놈 내쫓듯 피렌체에서 쫓아냈어요. 왜 그랬을까요? 그의 정체를 알아 버렸던 거죠." 이때 붉은 수염의 남자가 위협하는 태도로 다가섰으나, 갈색 수염은 손사래를 치며 말을 이었다. "이제 내가 말할 차례예요. 그는 영주들에게 편지를 보냈어요. 영주는 보통 많은 편지를 받기 때문에 필체만 보고는 누가 보냈는지 알 수 없죠. 그래서 그는 자신을 부풀려 알바니아의 왕자 행세를 하며 브뤼셀로 가서 현실 정치에 끼어들었어요. 그에게 그렇게 하라고 부추긴 것은 그의 내부에 있는 악한 천사였죠. 그는 정부 관리를 찾아갔는데, 한번 상상해 봐요. 그 애송이 슈테판 차노비치가 관리들을 찾아가 전쟁을 하면 자신이 10만이든 20만이든 병력을 제공하겠다고 약속한 거요. 전쟁 상대가 누구인지는 모르겠고 숫자도 그리 중요하지 않아요. 정부 쪽에서는 뜻은 고맙지만 불확실한 거래에는 뛰어들지 않겠다는 짤막한 답신을 보냈어요. 그러자 악한 천사는 슈테판에게 이렇게 속삭이면서 다시 부추겼어요. '그 편지를 이용해 돈을 빌려. 네겐 수신인이 알바니아 왕자로 되어 있고 전하니, 각하니 하는 호칭으로 보내 준 각료의 편지가 있어.' 사람들은 정말로 그에게 돈을 빌려 줬고, 그 바람에 그 사기꾼은 결국 끝장이 났죠. 당시 그가 몇 살이었을까요? 고작 서른 살, 그는 자신이 저지른 악행에 대해 처벌을 받느라고 더 이상은 살지 못했어요. 그는 돈을 갚을 수 없었고, 사람들이 그를 브뤼셀 당국에 고발하자 모든 것이 백일하에 드러났지요. 이게 바로 나훔이 말하는 영웅이오! 자형은 감옥에서 스스로 혈관을 끊었다는, 그 인간의 비참한 최후 이야기도 해 주었나요? 그렇게 해서 그가 죽자 — 그야말로 멋진 인생, 멋진 최후라고 할 수 있겠지 — 형리가 달려왔고, 이어 도축업자가 죽은 개나 말, 고양이 따위를 나를 때 쓰는 수레를 끌고 와서 슈테판 차노비치를 싣고 가더니 교외의 교수대 옆에 던져 버리고는 시체 위에다 도시에서 나온 온갖 쓰레기를 쏟아부었죠."

여름 외투를 입은 사나이의 입이 떡 벌어졌다. "그게 사실이오?" (끙끙거리는 신음 소리야 병든 쥐도 낼 수 있다.) 붉은 수염의 남자는 그의 처남이 내뱉는 말을 하나도 놓치지 않고 다 듣고 있었다. 그는 집게손가락을 갈색 수염의 얼굴에 들이대고 다음 말을 기다리더니, 이윽고 갈색 수염의 가슴을 톡톡 치고 나서 그의 발치에 침을 뱉었다. "이건 자네한테 하는 얘기야. 자네가 바로 그런 종류의 인간이거든. 이 처남 녀석아." 갈색 수염은 버둥거리며 창가로 물러갔다. "그래요, 그럼 자형이 한번 말해 봐요. 사실이 그렇지 않다고."

담벼락은 더 이상 거기에 없었다. 천장에 램프가 매달린 작은 방에서 검은 벨벳 모자를 쓴 갈색 수염과 붉은 수염의 두 유대인이 이리저리 내달리면서 싸우고 있었다. 출소한 사나이는 붉은 수염의 친구를 따라붙으며 말했다. "이봐요, 방금 저 친구가 한 이야기가 맞는 거요? 그가 어떻게 파멸했는지, 또 어떻게 그들에게 살해당했는지 말이오." 갈색 수염이 소리쳤다. "살해당했다고? 내가 언제 살해당했다고 했소? 그는 스스로 목숨을 끊었다니까." 붉은 수염의 남자가 말했다. "그렇다면 스스로 목숨을 끊었다고 치지." 출소한 사나이가 말했다. "그럼 그 사람들은 도대체 뭘 한 거요? 다른 사람들은?" "누구, 누구를 말하는 거요?" "그러니까 슈테판과 같은 처지의 사람들도 있었을 것 아니오. 각료나 도축업자, 은행가 같은 사람들만 있었던 것은 아니겠죠." 붉은 수염의 남자와 갈색 수염의 남자는 눈길을 주고받았다. 붉은 수염의 남자가 말했다. "글쎄, 그들이 뭘 할 수 있었겠소? 그저 구경이나 할밖에."

감옥에서 출소한 누런 외투 차림의 덩치 큰 사나이는 소파 뒤에서 걸어 나와 모자를 집어 들더니 먼지를 털고는 테이블에 올려놓았다. 이어 그는 외투를 뒤로 젖히더니 말없이 조끼의 단추를 풀었다. "자, 여기 내 바지를 좀 봐요. 예전에는 이렇게 살이 쪘었는데 지금은 헐렁해졌어요. 큼지막한 주먹 두 개가 들어갈 정도죠. 지독하게 굶어서 그런 거요. 몽땅 사라졌어요. 배 속에 들어 있던 것이 다 마귀들한테 가 버린 거요. 이렇게 망가진 것은 사람이 해야 할 도리를 다하지 않았기 때문이죠. 다른 사람들이라고 나보다 형편이 훨씬 낫다고는 생각지 않아요. 아니, 절대로 그렇게 생각 안 해요. 그 사람들은 다만 다른 사람을 미치게 만들려고 안달이지요."

갈색 수염의 남자가 붉은 수염의 남자에게 소곤거렸다. "이제 알겠죠." "뭐가 어쨌다는 거야?" "복역수잖아요." "그래서 뭐가 문제야." 출소한 사나이가 말했다. "사람들이 그러더군요. '너는 이제 석방되었고 다시 시궁창으로 들어가는 거야. 그것도 옛날과 똑같은 시궁창이지.' 이건 웃을 일이 아니죠." 그는 조끼의 단추를 다시 잠갔다. "이런 걸 보면 그들이 무슨 짓을 했는지 알 거요. 그들은 사람이 죽으면 감방에서 끌어내고, 돼지 같은 더러운 자식이 개 운반 수레를 끌고 와서 스스로 목숨을 끊은 자를 실어 내죠. 그럴 거면 왜 진작 때려죽이지 않고서 사람에게 그런 몹쓸 짓을 저지르는 거죠. 그런 일은 누구한테나 닥칠 수 있는 거요." 붉은 수염의 남자가 우울한 표정으로 말했다. "할 말이 없네요." "그래, 우리가 못된 짓을 저질렀으니 이렇게 무가치한 존재가 되었다는 말인가요? 교도소에 한 번 들어갔던 사람도 누구나 자기 발로 다시 일어설 수 있고, 자기가 바라는 일들을 해낼 수 있다고요." (무슨 후회야! 시원하게 털어 버리는 거야! 한번 달려들어 보는 거야! 그러면 모든 것이 끝날 거야. 모든 것이 지나갈 거야. 불안을 비롯한 모든 것이.) "나는 다만 당신한테 말해 주고 싶었을 뿐이오. 우리 자형이 하는 말을 전부 믿어서는 안 된다고 말이오. 사람은 때로는 자신이 원하는 것을 다 할 수 없는 법이죠. 어떤 경우는 일이 엉뚱한 방향으로 흘러가기도 하니까요." "사람을 개처럼 쓰레기 더미에 내팽개치고 그 위에 쓰레기를 쏟아붓는 것은 분명 정의가 아닐 텐데, 그들은 죽은 사람에게 그런 식의 정의를 베푼 것이죠. 에이, 빌어먹을. 그건 그렇고 이제 당신들과 작별해야겠어요. 손이나 한번 잡아 봅시다. 당신은 좋은 뜻에서 말해 주었고, 당신도 마찬가지지요. (그는 붉은 수염의 손을 꽉 잡았다.) 나는 프란츠 비버코프요. 당신은 나를 받아들여 주는 친절을 베푸셨소. 나의 작은 새가 뜰에서 노래를 거의 다 불렀을 때였죠. 자, 즐거운 일을 위해 건배, 그런 시절은 다 지나갈 거요."

두 유대인은 그와 악수를 나누며 미소를 지었다. 붉은 수염의 남자는 그의 손을 오랫동안 붙잡고는 밝은 표정을 지어 보였다. "당신은 이제 정말 괜찮군요. 나중에 시간 내서 한번 들러 주면 기쁠 거요." "고맙소, 염두에 두겠소. 시간이야 나겠지요, 다만 돈이 없는 게 문제지. 아까 그 노인장께도 인사 전해 주십쇼. 손힘이 대단하던데, 왕년에 백정 노릇을 한 것 같더군요. 이런, 양탄자를 반듯이 펴야겠어요. 완전히 구겨졌네요. 이 정도는 우리가 스스로 해치우죠. 테이블은 이렇게 하고." 그는 바닥을 정리하며 어깨 너머로 붉은 수염의 남자를 보고 웃었다. "우리는 여기 맨바닥에 앉아 많은 이야기를 나누었지요. 앉기에 훌륭한 자리였어요. 자, 이제 실례하겠소."

그들은 그를 문까지 바래다주었다. 붉은 수염의 남자는 여전히 걱정스러운 표정이었다. "혼자 걸어갈 수 있겠소?" 갈색 수염이 그의 옆구리를 쿡 찔렀다. "더 이상 말 걸지 마요." 출소한 사나이는 몸을 똑바로 펴고 걸어가면서 머리를 흔들고 양팔로는 공기를 밀어젖혔다. (여유를 가져야 해, 여유를. 다른 것은 신경 안 써도 돼.) "걱정할 것 없어요. 나 혼자 갈 수 있어요. 당신은 발과 눈에 대한 이야기를 하셨죠. 내게도 아직 눈과 발이 있어요. 아무도 그것을 뺏어 가진 않았죠. 그럼 안녕, 신사 양반들."

그는 거치적거리는 것이 늘어선 좁은 뜰을 건너갔고, 두 유대인 남자는 계단에 서서 그의 뒷모습을 바라보았다. 그는 빳빳한 중산모를 눌러쓴 채 휘발유가 섞인 웅덩이를 건너뛰면서 이렇게 중얼거렸다. "이거 독극물 천지군. 코냑을 마셔야겠어. 이곳에 도착하는 사람은 한잔 털어 넣는 거야. 어떤 코냑이 있는지 어디 한번 보자."

경기 침체, 이어 심한 주가 하락,
함부르크 침울, 런던 약세

비가 내리고 있었다. 뮌츠 거리의 왼쪽에는 영화관 간판들이 반짝거렸다. 길모퉁이에서 그는 더 나아갈 수가 없었다. 사람들이 울타리 앞에 서 있었다. 그 아래로 지반이 깊이 패었고, 허공에 매달린 널빤지들 위로 전차의 선로가 놓여 있는데 마침 전차 한 대가 천천히 지나갔다. 이것 봐라, 지하철 공사를 하고 있네. 그렇다면 베를린에 틀림없이 일자리가 있을 거야. 영화관이 또 하나 있었다. 17세 미만 청소년 입장 금지. 대형 포스터에는 새빨간 옷차림의 신사가 계단에 서 있었고, 어여쁜 소녀가 그의 다리를 꼭 붙잡고 있었다. 그녀는 계단에 거의 누운 자세였고, 신사는 심술궂은 표정을 짓고 서 있었다. 포스터 아래쪽에는 다음의 글귀가 적혀 있었다. '양친을 여윈 어느 고아의 운명, 총 6막.'* 그래, 저걸 봐야겠어. 오케스트리온에서 요란한 음악 소리가 울려 나왔다. 입장료는 60페니히.

한 남자가 표 파는 아가씨에게 말했다. "아가씨, 배 안 나온 나이 든 예비군을 위해 할인 좀 해 줄 수 없소?" "안 돼요, 입에 젖꼭지를 물고 있는 5개월 미만의 갓난아이들만 할인돼요." "그래. 그게 바로 우리 나이요. 말도 더듬는 갓난아이지." "좋아요. 그럼 50페니히 내고 들어가세요." 그 남자 뒤에 목도리를 두른 홀쭉한 소년 하나가 잽싸게 따라붙었다. "저도 공짜로 들어가고 싶어요." "나더러 어쩌라고. 엄마한테 가서 요강에나 앉혀 달라고 해." "그냥 들어가면 안 돼요?" "어디를?" "영화관에요." "여기는 영화관이 아니야." "여기가 영화관이 아니라고요?" 여자는 매표소 창 너머로 입구를 지키는 경비원을 불렀다. "막스, 이리 좀 와 봐요. 어떤 사람이 여기가 영화관인지 알고 싶대요. 돈도 한 푼 없이. 여기가 어떤 곳인지 이 친구한테 보여 줘요." "여기가 어떤 곳인 줄 알아, 젊은이? 아직도 모르겠어? 여기는 뮌츠 거리에 있는 빈민구제기금 지부야." 경비원은 홀쭉한 청소년을 매표구에서 밀어내며 주먹을 내보였다. "원한다면 당장 맛을 보여 주지."

프란츠는 문을 밀고 안으로 들어갔다. 마침 휴식 시간이었다. 긴 홀은 사람들로 가득 차 있었다. 90퍼센트는 모자를 쓴 남자들이었는데, 그들은 모자를 벗지 않고 쓰고 있었다. 천장에는 붉은 덮개를 씌운 등 세 개가 매달려 있었다. 관람석 앞쪽에는 누런 피아노가 한 대 있고 그 위에 꾸러미 같은 것이 쌓여 있었다. 오케스트리온은 계속 요란한 소리를 질러 댔다. 장내가 어두워지더니 영화가 시작되었다.

거위 치는 소녀에게도 교양을 가르쳐 줘야 하는 모양이다. 왜 그런지는 영화 중간에 들어와서 알 수 없다. 소녀가 손으로 콧물을 닦고 계단에 앉아 엉덩이를 긁자, 극장 안이 웃음바다가 되었다. 주변에서 킥킥거리는 웃음소리가 터져 나오자 프란츠는 아주 야릇한 기분에 사로잡혔다. 온통 사람들, 자유로운 사람들, 그저 자유롭게 즐기고 있어. 그 누구도 이들에게 뭐라고 할 권리가 없어. 이거 정말 멋진데, 그리고 나도 이 사람들 속에 있다고! 영화는 계속해서 돌아갔다. 세련된 옷차림의 남작에게 애인이 있는데, 그녀가 해먹에 누워 두 다리를 위로 쭉 뻗었다. 여자는 바지 차림이다. 저것 참 특이하군. 사람들은 왜 저 지저분한 거위치기 소녀, 접시를 깨끗하게 핥아 먹는 소녀에게 열광하는 걸까. 이번엔 다리가 날씬한 그 아가씨의 모습이 화면에 나타났다. 남작은 그녀를 혼자 두고 어디론가 가 버렸고, 여자는 해먹에서 나와 잔디밭으로 달려가더니 거기에 한참이나 누워 있다. 프란츠는 스크린을 뚫어지게 바라보았다. 벌써 다른 장면으로 바뀌었지만 그의 눈에는 여전히 그녀가 해먹에서 내려와 잔디밭에 몸을 쭉 뻗고 있는 모습이 어른거렸다. 그는 혀를 깨물었다. 제기랄, 저게 다 뭐야. 그때 거위치기 소녀의 애인이 나타나 그 어여쁜 아가씨를 포옹하자, 프란츠는 마치 자기가 그녀를 끌어안은 것처럼 가슴이 뜨거워졌다. 그 뜨거운 것이 그의 온몸에 전이되자 그는 맥이 탁 풀렸다.

여자다. (이 세상에는 분노나 불안 이상의 것이 있어. 저게 다 무슨 허튼소리람? 공기, 그래, 여자야!) 그는 그런 생각을 하지 않았었다. 사람들은 감방 창가에 서서 쇠창살 너머로 마당을 넘겨다본다. 이따금 여자들이 지나가는데, 방문객이거나 아이들 또는 관사 청소를 하는 사람들이다. 그럴 때면 죄수들은 저마다 창 하나씩 차지하고서 여자들을 바라보는데, 어떤 여자든지 집어삼킬 것 같은 눈길이다. 한번은 어느 간수의 아내가 에버스발데에서 남편을 찾아와 2주 동안 머문 적이 있었다. 보통은 그가 2주에 한 번씩 아내가 있는 곳을 다녀왔다. 그녀는 그곳에 머무는 동안 한 시간도 허비하지 않고 최대한 즐겼고, 간수는 지친 나머지 근무 중에 졸기도 하고 거의 걸을 수 없을 정도가 되었다.

프란츠는 그사이 비가 내리는 바깥 거리에 서 있었다. 이제 무엇을 하지? 난 자유의 몸이야. 우선 여자가 하나 있어야겠어. 여자를 얻어야 해. 이 얼마나 신나는 일인가. 바깥에서의 삶은 멋진 거야. 다만 확고하게 서서 걸을 수 있어야 해. 그는 마치 발에 용수철을 단 것처럼 걸었는데, 단단한 땅 위를 걷는 것 같지 않았다. 그러던 중 빌헬름 황제 거리 모퉁이에 이르렀을 때, 노점상 수레 뒤에서 벌써 여자 하나를 발견했다. 그는 어떤 여자인지 따지지도 않고 바로 그녀에게 다가갔다. 제기랄, 왜 갑자기 이렇게 발이 얼어붙는 거야. 그는 아랫입술을 지그시 깨문 채 그녀와 나란히 걸었다. 흥분으로 온몸이 떨렸다. 당신이 먼 곳에 산다면 그곳까지 따라가지는 않겠어. 그런데 여자는 뷜로 광장을 가로질러 울타리 몇 개를 지난 다음, 어느 집 입구로 들어서서는 마당을 지나 계단 여섯 개를 내려갔다. 그녀는 뒤를 돌아보더니 웃으며 말했다. "이봐요, 그렇게 안달 부리지 마요. 당장이라도 내 머리 위로 자빠지겠어요." 여자가 방문을 닫자마자 그는 그녀에게 달려들었다. "이봐요, 우산이라도 좀 내려놓고요." 그는 그녀를 세차게 끌어안고 몸으로 누르면서 두 손으로 그녀의 코트를 더듬어 댔는데, 아직 모자도 그대로 쓴 채였다. 여자는 화가 나서 우산을 떨어뜨렸다. "이것 봐요, 좀 놓아 달라니까요." 그는 신음 소리를 내며 어색한 미소를 지었다. 현기증이 났다. "대체 왜 그러는 거야?" "당신이 옷을 잡아당겨 다 망가뜨리고 있잖아요. 나중에 물어 주실 건가요? 그렇다면 좋아요. 우리 같은 여자들한테는 아무도 선물을 주는 법이 없죠." 그래도 그는 그녀를 놓아주지 않았다. "아이고, 숨도 못 쉬겠네. 멍청한 양반, 당신 미친 거 아냐?"

그녀는 뚱뚱하고 느리고 체구도 작았다. 그는 먼저 그녀에게 3마르크를 주어야 했다. 여자는 조심스럽게 돈을 옷장에 넣고서 옷장 열쇠를 주머니에 찔러 넣었다. 그는 잠시도 그녀에게서 눈을 떼지 않았다. "철창 안에서 몇 년 썩다 나와서 그래, 뚱보 아가씨. 저기 변두리의 테겔에서 말이야. 그게 어떤 건지는 당신도 잘 알겠지." "어디요?" "테겔이라니까. 당신도 그 정도는 알 거야."

해면처럼 몸이 퉁퉁 부은 그 여자는 목청을 다해 웃었다. 그러면서 그녀는 블라우스 단추를 풀었다. 옛날 옛날에 왕자와 공주가 살았는데요, 둘은 서로서로 사랑했더래요.* 개가 소시지를 물고서 도랑을 뛰어넘으면.* 여자는 그를 움켜잡더니 자기 몸 쪽으로 끌어당겼다. 구구 구구 구구, 귀여운 내 암탉, 구구 구구 구구, 귀여운 나의 수탉.*

그의 얼굴에 금방 땀방울이 맺혔다. 그는 신음 소리를 냈다. "아니, 왜 그렇게 끙끙대요?" "옆방에서 대체 어떤 작자가 저렇게 돌아다니는 거야?" "어떤 작자가 아니라 주인아주머니예요." "대체 뭘 하는 거지?" "무얼 하겠어요. 저기는 아주머니의 부엌이에요." "그래, 하지만 그만 좀 돌아다녔으면 좋겠는데. 이 시간에 저렇게 돌아다닐 이유가 뭐야? 도저히 못 참겠어." "좋아요, 내가 가서 말해 보죠." 땀을 질질 흘리는 녀석이야, 얼른 내보낼 수 있으면 좋겠어, 형편없는 부랑자, 어서 내보내야지. 여자가 옆방 문을 두드렸다. "프리제 부인, 몇 분간만 조용히 해 줘요. 제가 여기서 어떤 신사분과 긴히 나눌 이야기가 있거든요." 자, 우리는 해냈다, 사랑스러운 조국이여, 안심해도 좋을 것이다.* 이제 내 품에 안겨라, 하지만 너는 곧 쫓겨날 거야.

여자는 머리를 베개에 파묻고서 생각에 잠겼다. 내 노란색 단화의 밑창을 갈 수 있겠어. 키티의 새 남자 친구는, 키티가 반대하지 않는다면, 2마르크만 주면 그렇게 해 줄 거야. 나는 그녀한테서 남자 친구를 빼앗을 생각은 없으니까. 그 사람은 단화를 내 갈색 블라우스에 맞게 갈색으로 염색해 줄 수도 있을 거야. 이미 너덜너덜한 누더기에 불과하지만 커피를 따뜻하게 유지하는 데는 적격이지. 우선 블라우스의 리본을 다림질해야겠어. 당장 프리제 부인에게 말해야지. 아주머니한테는 아직 불이 남아 있을 거야. 그런데 아주머니가 오늘은 무슨 요리를 하는 걸까. 여자는 코를 킁킁거렸다. 신선한 청어 요리야.

프란츠의 머릿속에서 뜻을 알 수 없는 노랫말이 맴돌았다. 수프를 끓이나요, 슈타인 아가씨, 한 순갈 줄래요, 슈타인 아가씨, 국수를 삶나요, 슈타인 아가씨, 국수 좀 주세요, 슈타인 아가씨.* 아래로 넘어질까, 위로 넘어질까. 그는 끙 하고 크게 신음 소리를 냈다. "당신은 내가 싫은 모양이지?" "무슨 소리예요? 자, 이리 와요, 언제나 값싼 사랑이죠." 그는 침대로 나가떨어져서 툴툴대며 신음 소리를 냈다. 여자는 자신의 목을 문질렀다. "정말 우스워 죽겠네요. 당신은 거기 가만히 누워 있어요. 괜히 나 성가시게 하지 말고요." 여자는 깔깔대고 웃더니, 통통한 두 팔을 쳐들고는 스타킹 신은 두 발을 침대 밖으로 뻗었다. "나도 더 이상 어쩔 수가 없네요."

거리로 나가자! 공기를 좀 마시는 거야! 밖에는 아직도 비가 내리고 있네. 대체 뭐가 문제일까? 다른 여자를 찾아야겠어. 일단 잠이나 푹 자고. 프란츠, 너 대체 어떻게 된 거야?

성적 능력은 1. 내분비 체계 2. 신경 체계 3. 생식기의 통합 작용에 의해 생겨난다. 성적 능력에 관여하는 내분비선으로는 뇌하수체, 갑상선, 부신, 전립선, 정낭, 부고환이 있다. 이 체계에서 중요한 역할을 하는 것은 생식선이다. 생식선에서 만들어지는 물질에 의해 대뇌 피질에서 생식기에 이르는 전체 성 기관에 충전이 이루어진다. 외부의 성적인 자극은 대뇌 피질에서 성적 긴장 상태를 촉발하고, 성적 흥분의 형태로 전류가 발생해 대뇌 피질에서 간뇌의 중계 센터로 흘러간다. 이어 이 흥분은 척수로 전달된다. 그러나 이 과정에서 아무런 장애가 없는 것은 아닌데, 이는 흥분이 뇌를 떠나기 전에 장애를 일으키는 제동 장치를 통과해야 하기 때문이다. 이러한 장애는 주로 심리적인 성격의 것이고, 이를테면 도덕적인 숙고, 자신감 결여, 수치에 대한 불안감, 병균 감염과 임신에 대한 공포 등의 형태로 중요한 역할을 한다.*

저녁때가 되어 그는 엘자스 거리를 어슬렁거리며 걸어 내려갔다. 우물쭈물하지 마, 이 녀석아, 피곤하다는 핑계도 대지 말라고. "한 번 재미 보는 데 얼마야, 아가씨?" 이 까무잡잡한 아가씨가 좋겠어. 엉덩이도 통통한 것이 파삭파삭한 브레첼 같아. 아가씨에게 사랑하고 좋아하는 남자가 있다면.* "아주 기분이 좋아 보이네요, 귀여운 아저씨. 유산이라도 받았나 봐요?" "물론이지. 당신 몫으로 은전 한 닢은 내줄 수 있어." "좋아요." 그러나 그는 여전히 불안하다.

얼마 뒤 그녀의 방, 커튼 뒤편에 꽃이 꽂혀 있는 깔끔하고 아담한 방에는 심지어 축음기도 있었다. 그녀는 축음기에 맞추어 그를 위해 노래를 불렀다. 벰베르크 인조견 스타킹을 신고 블라우스는 걸치지도 않은 까만 눈동자의 여자다. "난 분위기를 띄우는 가수예요. 어디서 노래하는지 아세요? 마음에 드는 곳이면 어디서나 해요. 현재 고정 출연하는 곳은 없지만. 그냥 아름다운 술집을 찾아가 물어보죠. 그리고 내 히트곡을 들려줘요. 히트곡이 하나 있거든요. 아이참, 간질이지 마요." "가만히 있어 봐, 젠장." "안 돼요, 손 치워요. 그랬다간 내 사업 망쳐요. 좀 가만히 있어요, 귀여운 아저씨. 내 히트곡 말인데, 난 술집에서 돈을 모으는 접시는 안 돌리고, 경매를 해요. 경매에 참여할 여력이 있는 사람은 내게 키스를 할 수 있는 거죠. 굉장해요, 안 그래요? 사람들이 다 쳐다보는 술집에서 말이에요. 50페니히 이하는 안 돼요. 나는 뭐든 다 받을 수 있어요. 여기 내 어깨에 하는 키스죠. 당신도 한번 해 볼 수 있어요." 여자는 신사용 실크해트를 쓰더니 두 팔을 허리에 올리고 엉덩이를 흔들며 그의 얼굴을 향해 환성을 질렀다. "테오도어, 어젯밤 나를 보고 다정하게 웃으면서 무슨 생각을 했나요? 테오도어, 샴페인과 돼지다리 요리로 나를 초대했을 때 무슨 속셈이 있었나요?"*

여자는 그의 무릎에 앉더니 그의 조끼에서 잽싸게 담배 한 대를 뽑아 입에 물고 불타는 눈길로 그를 바라보고는 자기 귀를 그의 귀에 정겹게 비벼 대면서 속삭였다. "그대는 고향이 그립다는 게 뭔지 아는가? 향수가 얼마나 사람 마음을 찢어 놓는지? 사방 모든 것이 그렇게 싸늘하고 공허하다오."* 여자는 노래를 흥얼거리더니 소파에 가서 길게 누워 버린다. 그리고 연거푸 담배 연기를 내뿜으면서 그의 머리카락을 쓰다듬고 콧노래를 흥얼대다가 또 웃는다.

그의 이마에 다시 솟아나는 땀방울! 또다시 찾아온 불안! 갑자기 그의 머리가 옆으로 미끄러진다. 땡, 종소리, 기상, 5시 반, 6시, 감방 문 열기, 땡땡, 소장이 검열 나올 것을 대비해 재빨리 외투 손질, 그런데 오늘은 오지 않는다. 나는 곧 석방될 사람이다. 쉿, 조용, 지난밤에 한 녀석이 도망쳤어, 친구야, 밧줄이 아직 저기 담벼락 너머로 걸쳐져 있고, 사람들이 경찰견을 데리고 그를 쫓고 있어. 그는 신음 소리를 내면서 고개를 쳐들더니 아가씨를, 그녀의 턱과 목을 바라본다. 나는 이 감옥에서 어떻게 벗어나지? 저들은 나를 석방하려 하지 않아. 나는 아직 교도소에서 벗어나지 못했어. 그녀는 옆에서 담배 연기로 푸른 고리를 만들어 그의 얼굴을 향해 내뿜고는 낄낄거렸다. "당신은 참 귀여워요. 자, 이리 와요. 약초 술 맘페를 한 잔 따라 드리죠. 30페니히만 내면 돼요." 그는 사지를 길게 뻗고 그냥 누워 있다. "약초 술이 나한테 무슨 소용이야? 그 자식들은 나를 완전히 망가뜨렸어. 나는 테겔 교도소에서 썩었어. 도대체 무엇 때문에. 처음에는 프로이센의 참호 속에 있었고, 그다음엔 테겔에서 썩은 거야. 난 더 이상 인간도 아니야." "저런, 하지만 제 곁에서는 울지 마요. 자, 어서 입을 벌려요. 대장부라면 모름지기 술을 마셔야 해요. 여기에는 흥겨운 것이 많고, 누구나 즐거워하며 웃고 지내요. 저녁부터 밤늦게까지." "그런데 그 대가가 이런 시궁창이야. 차라리 그때 당장 목을 쳐 버릴 것이지, 그 개자식들. 그리고 쓰레기 더미에 내던져 버릴 수도 있었을 텐데." "자, 대장부 나리, 맘페 한 잔 더 마셔요. 그 간절한 눈빛, 맘페 있는 곳으로 가서 그대의 램프에 부어요."

"아가씨들이 거세된 숫양처럼 내 꽁무니를 쫓아다녔다고 생각해 봐. 그런데 난 그들에게 침도 한 번 뱉지 않았어. 난 그저 코를 처박고 축 늘어져 있는 거야." 여자는 바닥으로 떨어진 그의 담뱃갑에서 또 한 개비를 꺼내 든다. "그렇다면 경찰관한테 가서 한번 말해 보는 게 좋겠어요." "가 볼 거야." 그는 두리번거리며 그의 바지 멜빵을 찾는다. 그러고는 아무 말도 하지 않고 그녀를 거들떠보지도 않는다. 여자는 담배를 피우며 미소를 짓고 그를 바라보면서 발끝으로 잽싸게 담뱃갑을 소파 밑으로 밀어 넣는다. 그는 모자를 집어 들고 계단을 내려간 다음, 68번 전차를 타고 알렉산더 광장으로 가서 어느 술집에 앉아 맥주 한 잔을 마시며 생각에 잠긴다.

테스티포르탄, 등록 특허 번호 365695, 베를린 성의학 연구소 소속의 위생 고문관 마그누스 히르슈펠트 박사와 베른하르트 샤피로 박사의 승인을 받은 발기부전 치료제. 성 불능의 주요 원인은 다음과 같다. A. 내분비선 기능 장애로 인한 호르몬 부족, B. 지나친 심리적 장애에 따른 과도한 저항, 발기 중추의 피로. 발기 불능인 사람이 어느 시점에 다시 시도해야 하는지는 개인마다 경과를 보고 결정할 수 있다. 약간의 금욕 기간을 두는 것도 종종 효과가 있다.*

그리하여 그는 마음껏 먹고 실컷 잠을 자고는, 다음 날 거리에 나와 생각한다. '저 여자를 갖고 싶어, 저 여자를 갖고 싶어.' 하지만 어떤 여자에게도 접근하지는 않는다. 저기 쇼윈도 안에 있는 여자, 우리 같은 부류에게는 저런 통통한 병마개 같은 여자가 어울릴 거야. 하지만 난 어떤 여자에게도 다가가지 않을 거야. 그는 다시 술집에 웅크리고 앉아 어떤 여자의 얼굴도 쳐다보지 않고 실컷 먹고 술을 퍼마신다. 이제 나는 온종일 먹고 마시고 자는 일밖에는 안 할 거야. 이렇게 내 인생은 끝난 거야. 끝났어, 끝났다고.

모든 전선에서 승리!
프란츠 비버코프가 송아지 안심을 사다

그러다가 수요일, 즉 출소한 지 사흘째 되는 날, 그는 정장 상의를 입는다.

도대체 이 모든 일이 누구의 잘못이지? 말할 것도 없이 이다다. 그 밖에 또 누가 있겠는가. 그때 나는 그 계집의 갈비뼈를 부러뜨렸지. 그 때문에 감방에 가야만 했어. 그렇게 해서 그녀가 원하던 대로 되었어. 그런데 그 계집은 죽었고, 난 여기 이렇게 살아 있어. 그는 혼자 울부짖으면서 추운 거리를 마구 달려간다. 어디로? 그가 그녀와 함께 지내던 곳, 그녀의 여동생 집을 향해서다. 인발리덴 거리를 지나 아커 거리로 접어들어 잽싸게 그 집으로 들어간다. 두 번째 마당이다. 교도소 따위는 있지도 않았던 것이고, 드라곤 거리에서 유대인들을 만나 대화한 일도 없었다. 그 속물은 어디 있는 걸까, 모든 것이 그 계집 때문이야. 거리에서 아무것도 살피지 않았는데, 어디로 가야 할지를 찾아낸 것이다. 그는 얼굴에 잠시 경련이 일고 손가락도 약간 떨면서 걸어간다. 루머 디 부머 디 키커 디 넬, 루머 디 부머 디 키커 디 넬, 루머 디 부머.*

딩동. "누구세요?" "나야." "누구요?" "어서 문 열어, 이것아." "어머, 당신, 프란츠." "문을 열라니까." 루머 디 부머 디 키커 디 넬. 혀에 실오라기가 붙어 있는 것 같아. 어서 뱉어 버려야지. 그가 복도에 들어서자 그녀는 문을 닫는다. "도대체 여기는 왜 찾아온 거죠? 계단에서 누가 당신을 보기라도 하면 어쩌려고." "그게 무슨 상관이야. 볼 테면 보라지. 좋은 아침." 그는 왼쪽으로 발걸음을 옮기더니 방 안으로 들어간다. 루머 디 부머. 혓바닥의 실오라기가 떨어지지 않으려 한다. 그는 손가락으로 혓바닥을 긁어 본다. 그러나 잡히는 것이 없고, 혀끝에 불쾌한 느낌만 있을 뿐이다. 바로 이 방이야. 등받이가 딱딱한 소파, 벽에 걸려 있는 황제의 초상화, 붉은색 바지를 입은 프랑스 사람이 항복한다고 말하면서 황제에게 칼을 바치는 장면이다.* "여기는 뭐 하러 왔어요, 프란츠? 당신 미쳤군요." "일단 자리에 앉겠어." 저는 항복했습니다.* 황제는 칼을 건네주고 있다. 황제는 그에게 칼을 돌려줘야 하는데, 그것이 바로 세상의 이치다. "이봐요, 당장 나가지 않으면 사람 살려, 강도야 하고 소리칠 거예요." "어째서?" 루머 디 부머, 나는 이렇게 먼 곳까지 달려와 드디어 이곳에 온 것이다. 그러니 여기에 머물러야지. "벌써 석방된 거예요?" "그럼, 형기가 다 끝났어."

그는 음흉스러운 눈길로 그녀를 바라보더니 자리에서 일어났다. "그들이 내보냈으니까 여기 와 있지. 그들이 벌써 나를 내보낸 거라고. 그런데 어떻게 된 거냐면." 그가 이야기를 하려는데 다시 혀에 실오라기 같은 것이 씹힌다. 트럼펫은 부서졌고 모든 것은 끝났다. 그는 몸을 떨면서 울부짖지도 못하고 그녀의 손만 바라본다. "대체 뭘 원하는 거죠? 뭐 잘못된 거라도 있어요?"

수천 년 전부터 있어 온 산들이 지금도 변함없이 저렇게 서 있는데, 군대가 대포를 끌고 그 산들을 넘어 진격해 갔다. 또한 섬들이 있고 거기에 사람들이 빈틈없이 차 있다. 모든 것이 튼튼하다. 건실한 회사들, 은행, 기업, 춤, 선술집들, 수출, 수입, 사회 문제들. 그러던 어느 날 우르르르르 쾅, 우르르르르 하는 소리가 들려온다. 전함에서 나는 소리가 아니다. 저 아래쪽에서 들려오는 소리다. 땅이 튀어 오른다, 나이팅게일, 나이팅게일, 네 노래는 참으로 아름답구나.* 배들은 하늘로 날아가고, 새들은 땅으로 떨어진다. "프란츠, 소리 지를 거예요. 제발 나를 놔줘요. 카를이 금방 올 거예요. 당장이라도 들이닥칠 수 있어요. 당신은 이다하고도 이렇게 시작했죠."

친구들 사이에서 여자는 어떤 가치가 있을까? 런던의 한 가정법원은 베이컨 선장이 신청한 이혼소송 건을 다루면서 그의 아내가 동료인 퍼버 선장과 간통했다는 이유를 들어 이혼을 승인하는 판결을 내리고, 그에게 750파운드를 배상할 것을 선고했다. 베이컨 선장은 이혼 후 곧바로 애인과 결혼할 예정인 자신의 정절 없는 아내를 별로 높게 평가한 것 같지는 않다.*

오, 수천 년 전부터 조용히 있어 온 산들이 있는데, 군대가 대포와 코끼리들을 끌고서 그 산들을 넘어갔다. 그런데 갑자기 그 산들이 튀어 오르면 어떡하지? 저 아래쪽에서도 우르르르르 쾅 하는 소리가 들려오니. 우리는 그에 대해 아무 말도 하지 않을 것이다. 그냥 내버려 두려 한다. 민나는 그에게서 손을 빼낼 수가 없다. 그의 두 눈은 바로 그녀의 눈앞에 다가와 있다. 이 남자의 얼굴에는 선로가 깔려 있는 것 같다. 그 위로 지금 기차가 출발하고 있어, 저것 좀 봐, 연기를 뿜으며 달리고 있어, 원거리 특급열차, 베를린/ 함부르크-알토나 구간, 18시 5분에 출발해 21시 35분 도착, 소요 시간 3시간 30분. 이런 경우는 어떻게 손을 쓸 수가 없어, 저런 남자의 팔은 무쇠로 되어 있어, 무쇠야. 사람 살려 달라고 소리치는 거야. 그녀가 소리를 질렀다. 그녀는 어느새 양탄자에 누워 있었다. 까칠까칠한 수염이 난 그의 뺨이 그녀의 뺨을 문지르고, 그의 입술이 탐욕스럽게 그녀의 입술을 더듬어 올라가자 그녀는 고개를 돌린다. "프란츠, 제발 이러지 마요, 프란츠." 그리고 그녀는 정확하게 보았다.

그녀는 이제 자신이 이다의 동생임을 깨닫는다. 이 남자는 때때로 이런 눈길로 이다를 바라보았다. 그는 지금 이다를 품에 안고 있다. 그래서 눈을 꼭 감고 행복해하는 것이다. 이제 끔찍한 주먹다짐도 없고, 술 마시고 싸돌아다닐 일도 없으며, 더 이상 감옥도 없다! 이곳은 트레프토, 찬란한 불꽃놀이가 있는 낙원,* 이곳에서 그는 이다를 만나서 집까지 바래다주었지. 그 작은 재단사 아가씨를. 그녀는 주사위 놀이로 꽃병 하나를 타 왔지. 현관에서 그는 그녀의 열쇠를 손에 든 채 처음으로 그녀에게 키스를 했지. 리넨 구두를 신었던 그녀는 까치발로 서서 그의 키스를 받았다. 그때 열쇠를 땅에 떨어뜨렸으나 그는 그녀에게서 떨어질 수가 없었다. 이것이 지난날의 선량했던 프란츠 비버코프다.

그리고 그는 지금 그녀의 목덜미에서 다시 이다의 체취를 맡고 있다. 똑같은 피부, 똑같은 체취, 종잡을 수 없이 정신이 몽롱해진다. 그리고 그녀, 즉 이다의 여동생에게서는 이상한 일이 벌어지고 있다. 민나는 그의 얼굴에서, 그녀에게 찰싹 붙어 누워 있는 그의 몸짓에서 이제 응할 수밖에 없음을 느낀다. 저항을 해 보지만 그녀는 마치 변신을 한 것 같다. 그녀의 얼굴은 긴장이 풀리고, 그녀의 두 팔은 더 이상 그를 밀쳐 내지 못하며, 그녀의 입술도 어찌할 바를 모른다. 사나이는 아무 말도 하지 않고, 그녀는 그에게 입술을 내맡긴다. 그녀는 욕조 안에 있는 것처럼 온몸이 풀어진다. 당신이 원하는 대로 하세요. 그녀는 물처럼 녹아내린다, 좋아요,

자 어서, 나도 모든 것을 다 알아요, 나도 당신이 좋아요.

마법, 경련. 어항 속의 금붕어가 반짝거린다. 방 안이 번쩍 빛나는데 아커 거리도 아니고 집도 아니다. 중력도 없고 원심력도 없다. 사라지고 가라앉아 없어졌다. 태양력의 장에서 광선의 적색 굴절, 기체 분자 유동 이론, 역학적 에너지로의 열의 변환, 전기 진동, 감응 현상, 금속과 액체 그리고 비금속 고체의 밀도 같은 것들이 모두 소멸된 것이다.

그녀는 바닥에 누워 이리저리 뒤척였다. 그는 웃으면서 몸을 쭉 뻗었다. "자, 어서 내 목을 졸라 버려. 당신이 그렇게 할 때까지 가만히 있어 줄 테니." "당신은 그런 꼴을 당해도 싸요." 그는 행복에 겨워, 또 희열과 환희를 느껴서 심하게 요동치고 웃고, 뱅뱅 돌았다. 트럼펫이 무슨 노래를 부르나,* 경기병들아 어서 나와 달려라, 할렐루야! 프란츠 비버코프가 돌아왔다! 프란츠 비버코프가 석방되었다. 프란츠 비버코프는 이제 자유의 몸이다! 그는 바지를 끌어올리며 먼저 한쪽 다리를 집어넣고 다른 쪽 다리를 넣느라 비틀거렸다.

그녀는 의자에 걸터앉아 잔뜩 울상을 지었다. "남편한테 말하겠어요, 카를에게 말할 거라고요. 당신 같은 사람은 4년 더 철창신세를 져야 해요." "남편에게 말해, 민나. 당장 말하라고." "그럴 거예요. 당장 가서 경찰을 부르겠어요." "민나, 내 귀여운 민나, 진정해. 난 너무나 기쁘다고. 난 다시 인간이 된 거야, 귀여운 민나." "맙소사, 당신은 정말 미쳤어요. 테겔에서 그 사람들이 당신 머리를 돌게 했나 봐요." "뭐 마실 거 없어, 커피든 뭐든." "그런데 내 앞치마 값은 누가 물어 주죠. 이것 봐, 다 찢어졌어요." "모든 걸 프란츠에게 맡겨, 이 프란츠에게! 프란츠가 다시 살아났어, 프란츠가 돌아왔다고!" "모자나 챙겨서 당장 나가요. 그이가 당신을 보기라도 하는 날이면 내 눈두덩에 멍이 들 거예요. 이제 다시 나타나지 마요." "그럼 잘 있어, 민나."

그러나 다음 날 아침 그는 작은 보퉁이를 들고 다시 나타났다. 그녀는 문을 열어 주지 않으려고 했지만, 그가 얼른 발을 문 사이로 집어넣었다. 그녀가 문틈으로 속삭였다. "이제 당신 갈 길 가야죠. 이봐요, 내가 진작 그렇게 말했잖아요." "민나, 실은 앞치마 때문이야." "앞치마가 어쨌다는 거죠." "이 중에서 몇 개 골라 봐." "훔친 물건은 당신이나 가지세요." "훔친 게 아니야. 문이나 좀 열라니까." "아이참, 이웃 사람들이 보겠어요. 어서 돌아가요." "문을 열어 보라고, 민나."

그녀는 하는 수 없이 문을 열어 주었다. 그는 보퉁이를 방 안으로 던져 넣었다. 그리고 그녀가 빗자루를 든 채 방으로 들어오려 하지 않자, 혼자서 방 안을 뛰어다녔다. "난 기뻐, 민나. 하루 종일 기뻤단 말이야. 간밤에 당신 꿈을 꾸었다고."

이윽고 그가 테이블 위에 보퉁이를 올려놓고 끌렀다. 그녀는 가까이 와서 천을 만져 보더니 그중 세 개를 골랐다. 그가 손목을 붙잡아도 그녀는 그대로 뻣뻣하게 서 있었다. 그가 보퉁이를 챙기자, 그녀는 다시 빗자루를 들고 서서 재촉했다. "어서 빨리 가요." 그는 문간에 서서 손을 흔들었다. "그럼 또 보자고, 귀여운 민나." 그녀는 빗자루로 문을 힘껏 밀쳐서 쾅 닫았다.

일주일 뒤 그가 다시 문 앞에 나타났다. "당신 눈두덩이 어떤지 보고 싶었을 뿐이야." "괜찮아요, 당신은 더 이상 이곳에 와야 할 이유가 없을 텐데요." 그는 더욱 활력을 찾은 모습이었고, 푸른색 겨울 외투에 빳빳한 갈색 모자를 쓰고 있었다. "당신한테 다만 내 형편이 어떤지, 내 모습이 어떤지 보여 주고 싶어서 온 거야." "난 관심 없어요." "그러지 말고 커피나 한 잔 부탁해."

그때 계단을 내려오는 발소리가 들렸고, 아이들이 갖고 노는 공이 계단으로 굴러 내려왔다. 순간 그녀는 깜짝 놀라 문을 얼른 열고 그를 안으로 끌어당겼다. "이쪽으로 와요, 룸케네 애들이에요. 자, 이제 나가도 돼요." "커피나 한 잔 달라니까. 나한테 줄 커피 한 잔쯤은 있겠지?" "그런 일에 내가 필요할 것 같지는 않아요. 당신 모습을 보니 벌써 다른 여자가 있는 게 분명해요." "커피 한 잔만 달라니까." "당신은 참 사람을 불행하게 만드는군요."

그녀는 복도의 옷걸이 옆에 서 있었다. 그가 애원하는 눈빛으로 바라보자 그녀는 새로 얻은 예쁜 앞치마를 끌어 올리고서 고개를 흔들며 울음을 터뜨렸다. "당신은 정말 나를 불행하게 만드는군요." "대체 왜 그러는 거야." "카를이 내 눈두덩이 퍼렇게 멍든 것을 의심해요. 어떻게 옷장에 부딪혀 그렇게 될 수 있느냐는 거예요. 자기 앞에서 한번 보여 달래요. 그런데 문이 열려 있으면 옷장에 부딪혀도 눈에 멍이 들 수 있잖아요. 정 못 믿겠으면 자기가 직접 해 보든지. 그러지도 않으면서 왜 내 말을 안 믿는지 모르겠어요." "그건 나도 이해하지 못하겠군, 민나." "아마 여기 목 부위에도 피멍이 있어서 그럴 거예요. 여기에 자국이 난 줄은 전혀 몰랐거든요. 그가 이 자국들을 가리키면 뭐라고 할 말이 있겠어요. 거울을 들여다보고도 그게 어떻게 생겼는지 모르겠더라고요." "에이, 가려우면 긁을 수도 있는 법이지. 카를한테 그런 식으로 당하고 살지 말라고. 나 같으면 그렇게 응수했을 거야." "게다가 당신도 자꾸만 찾아오고. 룸케네 아이들이 당신을 보았을지도 몰라요." "글쎄, 이게 그들이 나설 일은 아니지." "제발 어서 가기나 해요, 프란츠. 그리고 다시는 오지 마요. 당신은 나를 불행하게 만들어요." "그가 앞치마에 대해서도 물었어?" "앞치마야 내가 사려고 했던 물건이라 괜찮았죠." "좋아. 그럼 난 가겠어, 민나."

그는 그녀의 목을 감싸 안았고, 그녀는 그가 하는 대로 내버려 두었다. 한참이 지나도록 그가 그녀를 누르지도 않고 풀어 주지도 않자, 그녀는 그가 자기 몸을 쓰다듬고 있다는 것을 알아채고는 놀란 표정으로 그를 올려다보았다. "자, 이제 가요, 프란츠." 그는 여자를 가볍게 방으로 끌고 들어갔다. 그녀는 저항을 하면서도 한 발 두 발 따라갔다. "프란츠, 또 하게요?" "무슨 소리야, 난 그저 당신과 함께 있고 싶을 뿐이야."

두 사람은 소파에 나란히 앉아 한동안 조용히 이야기를 나누었다. 그러고 나서 그는 자발적으로 자리에서 일어났다. 그녀는 그를 문까지 배웅했다. "다시는 오지 마요, 프란츠." 그녀가 울면서 그의 어깨에 머리를 기댔다. "이런 제기랄, 민나, 사람을 어떻게 이렇게 대하는 거야. 왜 다시 오면 안 된다는 거야. 그렇다면 다시 오지 않겠어." 그녀는 그의 손을 꼭 잡았다. "그래요, 프란츠. 다시는 오지 마세요." 그가 마침내 문을 열고 밖으로 나서려는데, 그녀는 그의 손을 놓지 않고 오히려 힘을 더 주었다. 그가 바깥에 나왔을 때도 여전히 그의 손을 잡고 있었다. 그러다가 그녀는 그의 손을 놓고, 소리 나지 않게 재빨리 문을 닫았다. 그는 거리에서 송아지 안심 두 덩어리를 사서 그녀에게 올려 보냈다.

프란츠는 이제 돈이 있든 없든
베를린에서 진실하게 살아가겠다고
온 세상과 스스로에게 맹세한다

그는 베를린에서 아주 확고하게 두 다리로 섰다. 낡은 가구를 처분해 현금을 마련하고 테겔 교도소에서 나올 때 가져온 돈도 있는데, 주인집 아주머니와 친구 메크가 얼마간의 돈을 융통해 준 것이다. 그런데 바로 그때 그는 제대로 일격을 당했다. 물론 나중에 보니 그 타격은 별것 아닌 것으로 드러났다. 하여튼 그렇게 나쁠 것도 없는 어느 날 아침, 노란 종이가 그의 테이블에 놓여 있는 것을 발견했다. 그것은 공문서였는데 타자기로 다음과 같은 내용이 인쇄되어 있었다.

경찰서장, 제5국, 관리 번호, 상기 사건과 관련해서 청원할 사항이 있을 경우에는 상기 관리 번호를 표기해 주기 바람. 본인이 제시한 서류에 따르면 귀하는 공갈 협박, 폭행 및 상해 치사로 처벌을 받은 전력이 있는 만큼 공공의 안전과 양속을 해칠 인물로 간주됨. 이에 따라 본인은 1842년 12월 31일 공표된 법령 제2항과 1867년 11월 1일 공표된 거주 자유에 관한 법령 제3항 그리고 1889년 6월 12일과 1900년 6월 13일 발효된 법령에 의거, 시 경찰을 통해 귀하를 베를린, 샤를로텐부르크, 노이쾰른, 베를린-쇠네베르크, 빌머스도르프, 리히텐베르크, 슈트랄라우 및 관할구역 베를린-프리데나우, 슈마르겐도르프, 템펠호프, 브리츠, 트레프토, 라이니켄도르프, 바이센제, 판코, 베를린-테겔에서 추방하기로 결정하였음. 따라서 귀하에게 14일 이내에 상기 지역에서 퇴거하여 줄 것을 요청함. 만약 기한이 지난 후에 귀하가 위의 지역에 있거나 그 지역으로 돌아올 경우 1883년 7월 30일자 일반 지방행정법 제132항 2호에 의거, 100마르크의 벌금형을 물리거나 벌금 지불이 불가능한 경우 10일간의 금고형에 처할 것임을 통보함. 아울러 귀하가 베를린 인접 지역, 즉 포츠담, 슈판다우, 프리드리히스펠데, 카를스호르스트, 프리드리히스하겐, 오버쇠네바이데와 불하이데, 피히테나우, 란스도르프, 카로, 부흐, 프로나우, 쾨페니크, 랑크비츠, 슈테글리츠, 첼렌도르프, 텔토, 달렘, 반제, 클라인-글리니케, 노바베스, 노이엔도르프, 아이헤, 보르님 그리고 보른슈테트 등지에 거처를 정할 경우 해당 지역으로부터 퇴거 조치를 면할 수 없다는 사실을 주지시키는 바임. 대리. 서식 번호 968a.*

그는 등골이 오싹했다. 알렉산더 광장의 그루너 거리 1번지, 시가 철도 변에는 예쁜 건물이 하나 있는데, 출소자를 보호하는 사회복지기관이다. 그곳의 직원들은 프란츠를 훑어보고 이런저런 질문을 하더니, 다음의 내용에 서명해 준다. 프란츠 비버코프 씨는 우리에게 보호 감독을 요청하였으므로 우리는 귀하가 일할 자리가 있는지 알아볼 것이고 귀하는 매달 이곳에 나와 주어야 합니다. 좋습니다, 종결, 만사가 순조로웠다.

불안 같은 것은 잊는 거야. 테겔도, 붉은 벽돌담도, 끙끙거리는 신음 소리도, 그 밖의 것들도 모두 잊는 거야. 그따위 손상들은 다 정리해 버리는 거야. 이제 새로운 삶이 시작된다. 옛날의 삶은 다 지나간 거야. 프란츠 비버코프가 다시 돌아왔고, 프로이센 사람들은 기뻐하며 만세를 부른다.

그 뒤 그는 4주 동안 고기와 감자와 맥주로 배를 가득 채웠으며 감사의 인사를 하기 위해 다시 한 번 드라곤 거리의 그 유대인들을 찾아갔다. 나훔과 엘리저는 또다시 말다툼을 벌이는 중이었다. 그가 말쑥한 차림으로 풍채를 자랑하며 브랜디 냄새를 풍기면서 방 안에 들어서서, 정중하게 모자로 입을 가리고 주인장의 손자들은 좀 차도가 있는지 나지막하게 물었을 때 그들은 그를 금방 알아보지 못했다. 그들은 그가 한턱내기 위해 데려간 길모퉁이의 선술집에서 대접을 받으며 그에게 무슨 일을 하느냐고 물었다. "나

보고 일을 하느냐고 묻는 거요? 난 일 같은 것 안 해요. 우리 같은 사람이야 늘 이런 식으로 살지요." "그러면 돈은 어디서 난 거요?" "전부터 갖고 있었던 일종의 비상금이죠. 저축을 좀 해 두었거든요." 그는 나훔의 옆구리를 쿡쿡 찌르고 콧구멍을 벌름거리며 교활하면서도 은근한 눈길로 그를 쳐다보았다. "차노비치의 얘기를 잘 알고 있지요? 그는 대담한 녀석이죠. 멋진 녀석이기도 했고요. 나중에 죽임을 당하기는 했지만. 당신은 정말 많이도 아는군요. 나도 그렇게 왕자 행세를 하면서 대학에서 공부도 해 보고 싶어요. 아니, 우리야 대학 공부 같은 건 하지 않죠. 그 대신 결혼이나 하겠지요." "행운을 빌어요." "그때는 두 분도 오셔서 실컷 먹고 마시는 거예요."

붉은 수염의 나훔은 그를 바라보면서 자기 턱을 쓰다듬었다. "혹시 다른 이야기도 하나 듣지 않겠소. 옛날에 어떤 남자가 공을 하나 갖고 있었어요. 아이들이 갖고 노는 평범한 공인데, 다만 고무로 만든 것이 아니라 셀룰로이드로 만든 투명한 공이었어요. 안에는 작은 납 구슬들이 들어 있었고요. 그러니까 아이들이 짤랑짤랑 소리 나게 흔들며 놀 수도 있고, 던질 수도 있는 거죠. 그 남자는 공을 집어 던지면서 이렇게 생각했어요. '안에 납 구슬들이 있으니 던져도 멀리 날아가지 않고 내가 생각한 지점에 떨어질 거야.' 그런데 실제로 던져 보니 공은 생각과는 다르게 날아갔어요. 한 번 튀어 올랐다가 몇 번 더 굴러 두 뼘쯤 떨어진 곳에 가서 섰지요." "나훔, 그따위 이야기는 집어치워요. 이 친구에게 자형이 필요할 것 같아요?" 뚱뚱한 프란츠가 말한다 "그래, 그 공 이야기는 어떻게 되었소? 그리고 당신들은 무엇 때문에 또 티격태격하는 거요? 이 두 사람을 좀 보세요, 주인장. 이 사람들은 내가 처음 만난 순간부터 줄곧 싸움만 하는군요." "사람들은 생긴 대로 그냥 두는 게 좋아요. 게다가 간에는 싸움이 좋답니다."

붉은 수염의 남자가 말한다. "내가 한마디 하지, 난 당신을 길거리에서 그리고 안뜰에서 보았고, 당신이 노래 부르는 것도 들었소. 노래를 정말 잘하더군요. 당신은 선한 사람이오. 그러니 그렇게 흥분하지는 마요. 좀 차분하게 살아요. 세상을 살면서 참을성을 가지란 말이오. 당신의 속마음이 어떤지, 당신에 대한 신의 뜻이 무엇인지 내가 어떻게 알겠소? 그건 그렇고 그 공 말이오. 공은 당신이 던지는 대로 그리고 당신이 뜻하는 대로 날아가지 않을 거요. 공은 대충 그 정도로 날아가는데, 조금 더 멀리 또는 상당히 멀리 날아가기도 하죠. 또 약간 빗나가기도 해요."

뚱뚱한 프란츠는 고개를 뒤로 젖힌 채 껄껄 웃더니 두 팔을 벌려 붉은 수염의 목을 끌어안았다. "당신이 계속 얘기를 해도 좋고, 저 사람이 해도 좋아요. 그런데 이 프란츠는 나름의 경험이 있단 말이오. 프란츠도 인생을 알고 자신이 누구인지도 알아요." "내가 하고 싶었던 말은 당신이 그때 아주 슬프게 노래를 불렀다는 거요." "그때는 그랬죠. 지나간 일은 지나간 일일 뿐이오. 지금은 내 주머니가 다시 빵빵해졌어요. 여러분, 내 공은 잘 날아가고 있어요! 누구도 나를 어떻게 할 수 없다고요! 잘들 있어요, 내가 결혼하게 되면 꼭 와 주시는 거요!"

이렇게 해서 시멘트 공장 노동자를 거쳐 가구 운반 노동자였던 프란츠 비버코프, 즉 호감 안 가는 외모에 거칠고 충동적인 이 거구의 사나이가 다시 베를린의 거리에 나타났다. 어느 철물공 집안의 귀여운 처녀가 정말 마음으로 좋아했지만, 그녀를 창녀로 만들고 결국에는 주먹질로 죽게 만든 그 사나이다. 그는 온 세상과 자기 자신에게 앞으로 진실하게 살겠다고 맹세까지 했다. 실제로 수중에 돈이 있는 동안에는 진실한 삶을 살았다. 하지만 시간이 흐르면서 돈은 바닥나고 말았다. 그리고 그 순간은 바로 그가 모든 사람들에게 자신이 어떤 사람인지 보여 주려고 기다려 왔던 순간이었다.

제2권

이렇게 해서 우리는 우리의 주인공을 안전하게 베를린으로 데려왔다. 그는 맹세까지 했다. 그렇다면 우리가 이쯤에서 이야기를 중단하는 게 좋지 않을까 하는 것이다. 결말은 유쾌하고, 어떤 함정도 없어 보인다. 이야기는 이미 끝난 것처럼 보이는데, 그러면 전체 이야기가 짧아지는 큰 장점도 있다.

그러나 이 프란츠 비버코프는 그냥 평범한 인물이 아니다. 나는 그를 여기에 장난삼아 불러낸 것이 아니다. 힘들면서도 참되고, 또 많은 것을 깨닫게 해 주는 그의 실존을 체험해 보자는 뜻에서 불러냈다.

프란츠 비버코프는 비유컨대 심한 화상을 입은 인물이다. 지금은 그가 만족감에 젖어 베를린의 땅 위에 두 다리로 굳건하게 서 있다. 따라서 그가 진실하게 살겠다고 말하면 우리는 그의 말을 믿을 것이고, 그는 실제로 그렇게 살아갈 것이다.

여러분은 이제 그가 몇 주 동안 진실하게 살아가는 모습을 보게 될 것이다. 그러나 그것은 잠시 동안의 유예 기간일 뿐이다.

옛날에 낙원에 아담과 이브라는 사람이 살았다. 동물과 식물, 하늘과 땅도 창조하신 하느님이 그들을 그곳에 두셨던 것이다. 그 낙원은 바로 찬란한 에덴동산이었다. 동산에는 꽃과 나무가 자라고, 동물들이 뛰놀고, 어느 누구도 남을 괴롭히는 일이 없었다. 해가 떴다가 지고 달도 그러했는데, 그것이 낙원에서 온종일 느낄 수 있는 유일한 즐거움이었다.

그러므로 우리는 유쾌하게 시작하고자 한다. 우리도 노래를 부르며 율동을 하려 한다. 손뼉을 짝짝짝 치고, 두 발을 쿵쿵쿵 구르며 저쪽으로 한 번 이쪽으로 한 번 빙글 돌아요. 전혀 어렵지 않아요.*

프란츠 비버코프가 베를린에 들어서다

상공업

환경 미화

보건소

지하철 공사

예술과 문화

교통

시내 저축 은행

가스 공장

소방

재무 및 세무*

슈판다우 다리 10번지, 토지 개발 계획에 관한 공시.

슈판다우 다리 10번지 건물의 도로 쪽 외벽에 장미꽃 무늬 장식을 새겨 넣는 공사로 베를린 중구에 있는 대지를 상시 제한하는 계획안을 여기에 공시함. 공시 기간에 각 이해 당사자는 자신의 이해가 관련된 범위 내에서 이 계획안에 대하여 이의를 제기할 수 있음. 해당 행정구역 대표도 이의를 제기할 권리가 있음. 이러한 이의는 수도원 거리 68번지에 있는 C2, 베를린 중구청 76호실에 서면으로 제출하거나 구두로 인증하여 제출할 수 있음.

— 본인은 경찰서장의 동의하에 수렵 임차인 보티히 씨에게 1928년도 아래 지정된 기간에 파울레 호수 공원 지역에서 산토끼 및 해로운 짐승에 대해 언제든 철회 가능한 수렵 허가를 통고하는 바임. 총의 발사는 여름철에는 4월 1일부터 9월 30일 오후 7시까지, 겨울철에는 10월 1일부터 다음 해 3월 31일 오후 8시까지 종료해야 함. 이로써 이 사실을 공시하는 바이며, 위 수렵 기간 내에는 상기 지역의 출입을 경고함. 시장 겸 수렵 감독관.

— 모피 가공 장인 알베르트 팡겔은 30여 년 동안 명예직 공무원으로 봉사해 왔으나 고령을 이유로 위탁 지구에서 물러남으로써 명예직을 사임하였음. 이 긴 기간 동안 그는 복지위원회 위원장 및 사회사업가로서 활동해 왔음. 관할 구청에서는 팡겔 씨에게

그간의 공로를 인정하여 감사장을 수여하였음.*

로젠탈 광장은 활기에 차 있다.

변덕스럽기는 하지만 비교적 포근한 날씨로 기온은 영하 1도가 되겠다. 독일에 저기압이 확장되면서 전 지역의 날씨는 변할 것이다. 현재 진행 중인 미미한 기압 변화로 볼 때 저기압이 천천히 남쪽으로 이동할 전망이며, 그에 따라 날씨는 저기압의 영향을 받게 될 것이다. 낮 기온은 지금보다 더 떨어질 것이다. 베를린을 비롯한 인근 지역의 일기 예보.*

68번 전차는 로젠탈 광장, 비테나우, 북부역, 요양소, 베딩 광장, 슈테틴 역, 다시 로젠탈 광장, 알렉산더 광장, 슈트라우스베르크 광장, 프랑크푸르트 대로 역, 리히텐베르크, 헤르츠베르게 정신 병원을 통과한다. 베를린의 3대 운수업체, 즉 시가 전차, 지상 및 지하 철도, 버스는 공동 운임체계를 갖추고 있다. 성인 승차권은 20페니히, 학생 승차권은 10페니히. 만 14세 이하의 어린이와 수습생, 중고생, 극빈층 대학생, 상이군인 및 구청 후생복지과에서 발급한 증명서를 가진 중증 보행 장애인은 요금 할인을 받는다. 노선도를 숙지할 것. 겨울철에는 앞쪽 출입문은 승하차 시 이용할 수 없음, 총 좌석 39석, 차량 번호 5918호, 하차할 승객은 미리 알려줄 것, 운전기사와의 잡담은 금지, 차량 운행 중 승하차 행위는 생명에 위험함.

로젠탈 광장 한복판에서 누런 보퉁이 두 개를 든 사나이가 41번 전차에서 뛰어내린다. 그때 빈 택시 한 대가 그 사나이 곁을 스치듯 지나간다. 경찰이 그를 바라보고, 전차 검표원 하나가 나타난다. 경찰과 검표원은 악수를 나눈다. 보퉁이를 든 저 친구, 정말 운이 좋았어.

각종 과일주를 도매가격에 판매, 변호사 겸 공증인 베르겔 박사, 인도의 코끼리 회춘제 식물 루쿠타테, 최고의 콘돔 프롬스 악트, 도대체 저 많은 콘돔이 왜 필요할까?

이곳 광장에서 시작해 북쪽으로는 브루넨 대로가 뻗어 있고, 그 도로의 왼쪽 훔볼트하인 공원 앞에는 전기회사 AEG가 들어서 있다. AEG는 거대한 규모의 기업으로 1928년도 전화번호부를 보면 다음과 같은 것들이 나와 있다. 전기 조명 및 발전 설비, 중앙관리부, 북서구 40, 프리드리히카를 강변 2-4번지, 근거리 및 장거리 송신 사무국, 북구 4488, 총무부서, 접수처, 전기 유가증권 은행, 조명 기구 부서, 러시아 담당 부서, 오버슈프레 금속 부서, 트레프토 기계 설비 제작소, 브루넨 거리 공장들, 헤니히스도르프 공장들, 절연체 제조공장, 라인 거리 공장, 오버슈프레 전선 공장, 빌헬름미넨호프 거리의 변압기 공장, 룸멜스부르크 대로, 터빈 공장 북서구 87, 후텐 거리 12-16번지.

인발리덴 거리는 왼쪽으로 굽어 내려간다. 그 거리는 발트 해 방면에서 오는 기차들이 도착하는 슈테틴 역으로 뻗어 있다. 당신은 정말 많이 탔군요.— 그래요, 여긴 정말 먼지가 많네요.— 안녕하세요, 또 만나요.— 신사분은 날라야 할 짐이 있군요, 50페니히입니다.— 그런데 당신은 휴양을 잘하셨군요.— 아, 햇볕에 탄 갈색은 금방 사라져요.— 사람들은 그 많은 여행 경비를 어디서 구하는 걸까요.— 저기 어두운 거리 안쪽의 한 작은 호텔에서 어제 새벽에 두 연인이 권총 자살을 했다는군요. 남자는 드레스덴 출신의 웨이터이고 여자는 유부녀였는데, 숙박부에는 가명을 썼다는군요.

남쪽으로는 로젠탈 대로가 광장과 연결되어 있다. 길 건너편에는 아싱거 맥주홀이 있는데 손님들에게 음식과 맥주, 밴드 연주를 제공하며 제과점까지 갖추고 있다. 생선에는 영양분이 풍부해서 어떤 이들은 생선 요리를 좋아하지만, 생선을 입에도 못 대는 사람들도 있다. 생선을 드세요, 그러면 날씬한 몸매와 건강과 젊음을 유지할 수 있습니다.* 숙녀용 스타킹, 순 인조견, 최고급 금촉 만년필 판매.

엘자스 거리는 작은 도랑만 남겨 두고 거리를 모두 울타리로 둘러막았다. 울타리 뒤편의 공사장에서는 증기 기관 하나가 칙칙 소리를 내며 돌아가고 있다. 베커피비히 건설 회사, 베를린 서구 35. 드릉드릉 요란한 소리가 울리고 모퉁이까지 덤프트럭들이 늘어서 있는데, 모퉁이에는 저축은행 L 지점, 유가증권 관리, 은행 계좌 입금 등을 담당하는 상업 저축은행이 들어서 있다. 은행 앞에는 노동자 다섯 명이 웅크리고 앉아 작은 돌들을 땅에 박아 넣고 있다.

로트링 거리 정류장에서 지금 막 네 명의 승객이 4번 전차에 올라탔는데, 중년 부인 두 명과 얼굴에 수심이 가득한 남자 한 명, 그리고 모자와 귀마개를 한 소년이다. 두 여자는 일행으로 플뤼크 부인과 호페 부인이다. 이들은 둘 중 나이가 많은 호페 부인이 요즘 배꼽탈장 증세가 있어 복대를 사러 가는 중이다. 그들은 먼저 브루넨 거리에 있는 붕대 가게에 들렀다가 남편들을 만나 식사를 함께할 생각이다. 남자는 하제브루크라는 이름의 마부인데, 지금 수심이 가득한 것은 사장을 위해 중고로 값싸게 구입한 전기다리미 때문이다. 구입한 다리미가 불량품이어서 사장이 다리미를 며칠간 써 보았는데 아예 불이 들어오지 않자 마부더러 교환해 오라고 한 것이다. 그런데 다리미를 판 상인이 물건을 바꿔 주려고 하지 않아 마부는 벌써 세 번째 가게를 찾아가는 길이며, 오늘은 돈을 더 지불해야 할 것 같다. 소년은 막스 뤼스트로 나중에 양철공이 되고, 결혼해서 일곱 자녀의 아버지가 될 것이다. 또한 그뤼나우에 있는 건물 시공 및 지붕 공사 전문 회사인 할리스 상사에서 일하게 될 것이고, 쉰두 살에 프로이센의 등급별 복권에서 4분의 1의 배당액에 당첨되고, 이어 은퇴를 한 뒤 할리스 상사를 상대로 손해 배상 소송을 벌이다가 쉰다섯 살에는 사망한다. 그의 부고 내용은 다음과 같을 것이다. 진심으로 사랑하는 남편이자 우리의 사랑하는 아버지이며 아들, 형제, 처남, 숙부인 막스 뤼스트는 쉰다섯 살을 다 채우지 못하고 지난 9월 25일 심장마비로 갑작스레 세상을 떴습니다. 이러한 공지는 미망인 마리 뤼스트가 유족을 대표해 깊은 애도의 뜻을 담아 신문에 실린다. 그리고 장례식이 끝난 뒤에는 다음과 같은 감사의 인사가 실릴 것이다. 감사의 말씀! 조객 여러분을 일일이 찾아뵙고 인사드리는 것이 옳은 일이나 그럴 수 없기에 여기 지면을 통해 모든 친척분과 친구, 클라이스트 거리 4번지 세입자 여러분 그리고 지인들에게 진심으로 감사의 뜻을 표합니다. 아울러 충심 어린 조사를 해 주신 다이넨 선생님께도 특별히 감사를 드립니다. 현재 이 막스 뤼스트는 열네 살로 이제 막 공립학교를 졸업했다. 그는 지금 언어 장애자, 청각 및 시각 장애자, 지적 장애자, 학습 부진아를 위한 상담소를 찾아가는 중이다. 말을 많이 더듬어서 전에도 여러 번 그곳을 찾아갔는데, 지금은 상태가 꽤 좋아졌다.

로젠탈 광장에 있는 작은 술집.

앞쪽에서는 손님들이 당구를 치고 있고, 뒤쪽 구석에서는 두 남자가 담배 연기를 날리며 차를 마신다. 그중 한 명은 탄력이 없는 얼굴에 머리가 희끗희끗하고 망토를 걸치고 있다. "자, 한판 쳐 보게. 그런데 가만히 좀 앉아 있어. 그렇게 안절부절못하지 말고."

"오늘은 날 당구대로 끌어들이지 못할 거요. 손이 떨려서."

남자는 마른 빵을 씹으면서 차에는 손도 대지 않는다.

"꼭 당구를 쳐야 하는 건 아니지. 여기 이렇게 앉아 있는 것도 좋네."

"항상 똑같은 이야기죠. 마침내 끝장낼 때가 되었어요."

"누가 끝장을 냈다는 거야?"

상대는 밝은 금발에 얼굴도 팽팽하고 몸매도 다부진 젊은이다.

"나도 당연히 그랬죠. 당신은 그 사람들만 그럴 거라고 생각했겠죠? 이제는 모든 게 끝났어요."

"다른 말로 한다면 자네가 그만뒀다는 거군."

"나는 사장과 독일식으로 솔직하게 얘기했어요. 그랬더니 사장이 호통을 치더라고요. 그날 저녁에 내가 가장 먼저 해고 통보를 받았어요."

"어떤 상황에서는 절대 독일식으로 말하면 안 되지. 만약 자네가 프랑스식으로 말했더라면 사장은 자네의 의중을 파악하지 못했을 거고, 그럼 자네는 거기에 남아 있을 텐데……."

"난 아직 그곳에 남아 있어요. 무슨 소리를 하는 건가요? 방금도 거기서 오는 길이거든요. 내가 그 사람들을 그냥 편히 살게 내버려 둘 거라고 생각하는군요. 매일 정확히 오후 2시가 되면 나는 그곳에 찾아가 그들의 삶을 재수 없게 만들어 줄 겁니다. 맹세코."

"맙소사, 맙소사. 난 자네가 결혼한 줄로 알고 있는데."

그러자 상대방이 손으로 머리를 괴면서 말한다. "그게 영 고약한 점이죠. 아내한테는 아직 그 얘기를 못 꺼냈어요. 말을 못하겠더라고요."

"어쩌면 모든 것이 괜찮아질 수도 있어."

"아내는 지금 임신 중이거든요."

"둘째가 생겼나?"

"예."

망토를 걸친 남자는 외투를 더욱 당겨 입으며 약간 비웃는 투로 상대방을 바라보고는 고개를 끄덕이며 말한다. "그래, 그건 좋은 일이야. 자식들은 용기를 주는 법이니까. 자네에게 지금 필요한 것은 바로 그걸세."

상대방이 몸을 앞으로 내밀며 말했다. "저는 아이 따윈 필요 없어요. 아이가 다 무슨 소용이에요. 빚이 여기까지 차올랐는데. 게다가 할부금도 줄줄이 있고요. 아내한테는 도저히 그런 말을 못하겠어요. 이런 상황인데 사람을 그렇게 함부로 내몰다니. 나는 뭐든지 질서 정연한 게 좋은데, 그 망할 사업체는 위에서부터 아래까지 엉망진창이거든요. 사장은 따로 가구 공장도 갖고 있으니, 내가 제화 부서를 위해 주문을 따오든 따오지 못하든 상관없는 일이죠. 사정이 그렇답니다. 자동차에 비유한다면, 나는 불필요한 다섯 번째 바퀴 같은 존재인 거요. 그런데도 사무실 이곳저곳에 가서 묻고 또 물어본답니다. '주문품들은 제대로 출고되었나요?' '대체 어떤 주문을 말하는 거요?' 나는 여섯 번이나 그 사람들한테 말했어요. 내가 고객들을 찾아다니는 게 무슨 소용이 있느냐고요. 결국 내 꼴만 우스워지는 거죠. 사장은 구두 부문 사업을 아예 접든지 해야 할 거요."

"차나 한 모금 마시게. 현재로서는 그 사람이 당신을 접은 셈이야."

그때 셔츠 차림의 남자가 당구대 쪽에서 걸어오더니 젊은 친구의 어깨를 가볍게 두드린다. "한 게임 할래요?"

연상의 남자가 그를 대신해서 대답한다. "이 사람은 지금 어퍼컷을 한 방 먹은 상태요."

"어퍼컷에는 당구가 최고인데." 그러면서 그 남자는 물러간다.

망토를 걸친 남자는 뜨거운 차를 한 모금 마신다. 설탕과 럼주가 들어간 차를 마시며 다른 사람이 투덜대는 소리를 듣는 것은 괜찮은 일이야. 이 술집은 정말 아늑한 곳이군. "그래서 자네는 오늘도 집에 안 들어가려는 거요, 게오르크?"

"그럴 용기가 없어요, 용기가 없다고요. 아내한테 뭐라고 말하겠어요. 아내 얼굴도 똑바로 못 쳐다볼 텐데."

"계속 그대로 하는 거야. 평소처럼 가서 조용히 얼굴을 쳐다보는 거야."

"이런 일을 당신이 어떻게 이해하겠어요."

연상의 남자는 망토의 양쪽 끝을 두 손가락 사이에 낀 채 테이블 위로 몸을 크게 기울인다. "차를 좀 마시게, 게오르크. 아니면 뭘 좀 먹든지. 그리고 말은 그만하게. 나도 그 정도는 다 이해하지. 그런 일이라면 속속들이 잘 알지. 자네가 요만했을 때 나는 이미 산전수전 다 겪었거든."

"누구든 내 입장이 되어 보면 알 거예요. 괜찮은 자리라고 생각했는데 그 자식들이 달려들어 몽땅 망쳐 버리고 있어요."

"나는 학교 선생이었지. 전쟁 전에 말이야. 전쟁이 터졌을 때는 이미 지금과 같은 처지가 되었어. 이 술집은 그때나 지금이나 같은 모습이야. 그들은 나를 데려가지는 않았어. 나 같은 사람은 쓸모가 없으니까. 주사 맞는 사람들 말이야. 아니, 정확히 말하자면 그들이 나를 끌어가기는 했어. 나는 내가 발작을 일으킬 거라고 생각했어. 그들이 당연히 주사기도 뺏어 가고 모르핀도 압수했지. 나는 혼란에 빠졌어. 이틀은 그런대로 버텼지. 몇 방울 비축해 놓은 것이 남아 있는 동안은. 그러고는 프로이센과 작별을 했어. 정신 병원에 수감되었거든. 그러다가 거기서 풀려났다네. 그래, 내가 무슨 말을 하려고 했지. 내가 그러고 나서 학교에서도 쫓겨났거든. 모르핀 때문이야. 모르핀 주사를 맞는 초창기에는 이따금 환각 상태에 빠진다네. 그런데 지금은 유감스럽게 그런 일도 안 일어나. 그럼 아내는 어떻게 됐을까? 그리고 아이는? 이제 안녕, 내 사랑하는 조국이여.* 이보게, 게오르크, 자네한테 좀 낭만적인 이야기를 해 줄 수도 있을 텐데."

머리가 희끗한 남자는 두 손으로 찻잔을 잡고서 찻잔을 들여다보며 음미하듯이 차를 마신다.

"여자와 자식, 그게 세상 전부인 것처럼 보이지. 나는 후회도 없고 죄책감 같은 것도 느끼지 않아. 사람은 무릇 이런저런 현실과 타협하고, 자기 자신과도 타협해야 하는 법이야. 자기가 무슨 대단한 운명을 타고난 것처럼 너무 집착해서는 안 되는 거야. 나는 숙명이라는 걸 믿지 않아. 나는 그리스 사람이 아니라 베를린 사람이니까. 그런데 자네는 어쩌자고 이 좋은 차를 마시지 않고 식게 만드나? 럼주를 좀 타 보게."

젊은이가 손으로 찻잔의 위쪽을 덮어 보지만, 연상의 상대는 그 손을 밀쳐 내고 주머니에서 작은 양철 술통을 꺼내 찻잔에 럼주를 조금 따라 주었다.

"이제 가 봐야겠어요. 고마웠습니다. 이 불쾌한 기분을 좀 삭여야겠어요."

"가만히 좀 더 앉아 있게, 게오르크. 술 한잔 마시고 당구나 한 게임 치세. 그런 식으로 혼란을 끌어들이지 말라고. 그게 바로 종말의 시작이야. 내가 당시 집에 돌아왔을 때 아내와 아이는 보이지 않고 편지 한 통만 남아 있더군. 친정어머니가 있는 서(西)프로이센으로 간다는 둥, 실패한 인생이라는 둥, 그것도 남편이냐, 정말 수치스럽다는 둥의 말이 적혀 있었네. 그때 나는 여기 왼팔을 칼로 그었지. 꼭 자살 시도처럼 보이는 이 흔적 말일세. 사람은 뭘 배울 기회를 놓쳐서는 안 되네, 게오르크. 나는 프로방스 말도 할 줄 알지만, 해부학은 영 꽝이야. 난 힘줄(腱)을 혈맥으로 착각했던 거야. 지금이라고 그때보다 잘 아는 건 아니지만, 이젠 그런 게 더 이상 문제 되지 않네. 한마디로 고통이나 후회는 다 무의미한 것이었어. 나는 이렇게 살아 있고, 아내도 살아 있고, 아이도 살아 있어. 심지어 아내한테는 애들이 더 생겼지. 서프로이센에서 둘이나 더 세상에 나왔어. 내가 마치 원거리에서 무슨 작용이나 한 것처럼. 하여튼 우리는 모두 잘 살아가고 있어. 로젠탈 광장이 나를 즐겁게 해 주고, 엘자스 거리 모퉁이의 경찰도 좋고, 당구도 나를 즐겁게 해 주지. 누군가 나한테 와서 자기 인생이 내 것보다 훨씬 낫고, 나 같은 사람은 여자도 모르는 인간이라고 말해 볼 테면 말해 보라고."

금발의 젊은이는 역겨워하는 눈길로 그를 바라보았다. "당신은 폐인에 불과해요, 크라우제 씨. 그건 당신 스스로도 잘 아시죠. 당신이 무슨 모범이란 말이오. 당신은 나한테 당신의 불운한 처지를 고스란히 보여 주고 있어요, 크라우제 씨. 당신은 가정 교사로 먹고살던 시절에 배를 쫄쫄 곯았다는 얘기도 직접 했잖아요. 나는 그렇게 비참한 삶은 싫어요."

머리가 희끗한 남자는 자신의 잔을 단숨에 비웠다. 그러고는 망토를 걸친 채 철제 의자에 등을 기대고는 젊은이를 잠시 노려보더니 콧방귀를 뀌며 격한 웃음을 터뜨렸다. "맞아, 내가 모범은 아니지. 그 말은 맞아. 난 뭐 그렇게 되겠다고 한 적도 없다네. 내가 어떻게 자네에게 모범이 되겠어. 그런데 이 파리, 이것을 한번 보라고. 다 관점의 차이야. 파리를 현미경 아래에 놓고 보면 말(馬)처럼 보이지. 그러나 내 망원경 앞에 놓으면 어떨까. 자네는 어떤 사람이야, 게오르크? 나한테 자신을 한번 소개해 보라고. XY 회사 신발 부서의 시내 영업 담당? 에이, 농담은 그만두세. 자네는 언제나 내게 자네의 '골칫거리'만 늘어놓지. '골칫거리'라는 말을 한 자씩 풀어 보면 머리를 의미하는 '골', 아니꼬울 때 나는 소리 '치', 그러니까 머리가 아니꼽다는 뜻이야. 그리고 '거리'는 '건더기'라는 말이지. 자네는 번지수를 잘못 찾은 거야. 번지수가 틀렸어, 완전히 틀렸다고."

한 소녀가 99번 전차에서 내린다. 그 전차는 마리엔도르프, 리히텐라트 대로, 템펠호프, 할레 성문, 헤트비히 교회, 로젠탈 광장, 바트 거리, 호반 거리 모퉁이를 돌아 토고 거리를 지나는데, 토요일 밤에는 강변로와 템펠호프를 지나 프리드리히카를 거리를 15분 간격으로 계속 운행한다. 저녁 8시, 소녀는 겨드랑이에 악보집을 끼고 크리미아산(産) 양가죽 외투 깃을 얼굴까지 세운 채 브루넨 거리와 바인베르크 골목길이 만나는 모퉁이에서 서성거리고 있다. 모피 외투를 입은 남자 하나가 다가와 말을 걸자, 소녀는 움찔 놀라며 서둘러 반대편으로 건너간다. 소녀는 높다란 가로등 아래 서서 반대 모퉁이를 주시한다. 그곳에 뿔테 안경을 쓴 짤막한 키의 중년 신사가 모습을 드러내자, 소녀는 얼른 신사에게로 달려간다. 그녀는 낄낄거리면서 그와 나란히 걸어간다. 그들은 브루넨 거리를 따라 올라간다.

"오늘은 늦게 귀가하면 안 돼요. 정말이에요. 실은 아예 나오지 말았어야 해요. 하지만 당신한테 전화를 걸 수도 없잖아요."

"그래, 정말 부득이한 경우가 아니라면 전화는 안 하는 게 좋아. 사무실에서는 사람들이 다 엿듣거든. 이게 다 너를 위해 그러는 거야, 요것아."

"알아요, 사실 걱정이 많이 돼요. 들통 나는 건 아니겠죠, 당신은 절대 아무한테도 말하지 않을 거죠."

"물론이지."

"혹시 아빠가 무슨 말을 듣는다면, 그리고 엄마가…… . 오 하느님."

중년 신사는 기분이 좋아져서 소녀의 팔을 잡는다.

"절대 탄로 나지 않을 거야. 난 아무한테도 말하지 않을 거니까. 레슨은 잘 받은 거야?"

"쇼팽이에요. 녹턴을 치고 있어요. 당신은 음악에 소질이 있나요?"

"그럼, 꼭 필요한 정도는."

"할 수만 있다면 당신 앞에서 연주하고 싶어요. 하지만 당신이 좀 무서워요."

"아니, 저런."

"그냥 당신이 무서워요. 많이는 아니고 조금요. 심하지는 않아요. 사실 당신을 무서워할 이유는 없는데."

"전혀 그럴 필요 없어. 그런 것이 있다니. 나하고 알고 지낸 지도 벌써 석 달이 되었는데."

"사실 제가 무서워하는 것은 아빠예요. 들통이라도 나는 날엔."

"요것아, 너 정도면 이제 밤길을 혼자 다닐 수도 있는 거야. 더 이상 애가 아니라고."

"그건 제가 엄마한테 늘 했던 말이죠. 나도 사실 외출 정도는 해요."

"요런 얼간이, 어디 적당한 곳으로 가자꾸나."

"나를 그렇게 부르지 마세요. 당신한테 그런 말을 한 것은 별 뜻 없이 한 거예요. 오늘은 어디로 가는 거죠? 9시에는 집에 들어가야 해요."

"저 위층이야. 벌써 다 왔어. 친구 집이지. 우리는 아무 방해도 받지 않고 올라갈 수 있어."

"불안해요. 혹시 보는 사람 없겠죠? 당신이 먼저 올라가세요. 뒤따라갈게요."

위에 올라간 두 사람은 미소를 지으며 서로를 바라본다. 소녀는 구석에 서 있다. 남자는 벌써 외투와 모자를 벗어 놓고, 그녀의 악보집과 모자를 받아 준다. 이어 소녀는 문으로 달려가 불을 끈다.

"그런데 오늘은 오래는 안 돼요. 시간이 많지 않아서요. 집에 가야 하거든요. 옷은 벗지 않을게요. 아프게 하지 마세요."

프란츠 비버코프가 일거리를 찾아 나서다.
사람은 돈을 벌어야 하고, 돈 없이는 살 수 없다.
프랑크푸르트 그릇 시장에 대하여

프란츠 비버코프는 사나이 몇 명이 떠들어 대는 테이블에 친구 메크와 자리를 잡고는 집회가 시작되기를 기다렸다. 메크가 설명했다.

"프란츠, 자네는 실업자 보조금을 타러 가지도 않고 공장에도 안 나가고 있어. 또 땅 파는 일을 하기에는 정말 추운 날씨야. 장사를 하는 게 최고야. 베를린에서든 시골에서든 말이야. 자네 마음대로 선택해 봐. 하여튼 장사에 나서면 어떻게든 먹고는 산다고." 웨이터가 소리쳤다. "조심해요, 머리 좀 치워 주세요."

그들은 맥주를 마셨다. 그런데 그때 그들의 위쪽에서 분주한 발자국 소리가 났다. 2층에 사는 건물 관리인 뷘셸 씨가 구조 본부로 달려 나갔는데, 아내가 실신해 도움을 청하러 가는 길이었다. 메크가 다시 분명한 어조로 말했다.

"고틀리프라는 내 이름을 걸고 말하는데, 여기 이 사람들을 좀 보라고. 어떤 모습을 하고 있는지 말이야. 그들이 굶주리고 있는지, 혹은 모두가 품위 있는 사람들이 아닌지 말이야." "고틀리프, 자네도 알겠지만 난 품위라는 말을 두고 농담을 하고 싶지는 않네. 가슴에 손을 얹고 한번 말해 보게, 저런 것이 품위 있는 직업인가 아닌가?" "이 사람들을 자세히 살펴보라고, 다른 말은 하지 않겠어. 저 사람들 다 멀쩡하다니까, 잘 보란 말이야." "안정된 삶, 중요한 건 그거야. 안정된 삶 말이야." "이 세상에서 가장 안정된 삶이라고 할 수 있어. 바지 멜빵, 스타킹, 양말, 앞치마, 때로는 스카프. 뭐든 구매를 해야 이문이 생기는 법이지."

단상에서는 곱사등이 남자가 프랑크푸르트* 그릇 시장에 대해 이야기하고 있었다. 견본 시장이 바깥으로 옮겨질 가능성에 대해 아무리 경고를 해도 미흡하다는 것이다. 견본 시장이 열악한 장소에서 열리고 있고, 특히 그릇 시장이 그렇다는 것이다. "신사 숙녀 여러분, 친애하는 동료 여러분, 지난 일요일에 프랑크푸르트 그릇 시장을 다녀온 사람이라면 저것은 너무하고 저래서는 안 된다는 제 의견에 동조하실 것입니다."

고틀리프가 프란츠의 옆구리를 찔렀다. "저 사람은 프랑크푸르트 그릇 시장에 대해 말하고 있어. 하여튼 자네는 거기 가지 않겠지."

"무슨 상관이야. 그런데 저 사람은 참 훌륭해. 자신이 무엇을 원하는지 알고 있단 말이야."

"프랑크푸르트의 창고 광장에 가 본 사람은 다시는 그곳을 찾지 않을 겁니다. 그것은 교회에서 아멘이라고 하는 것만큼 아주 명백한 일입니다. 그곳은 그야말로 쓰레기장, 시궁창입니다. 덧붙여 말씀드리고 싶은 것은, 프랑크푸르트 시 행정 당국은 견본 시장이 열리기 사흘 전까지도 시간을 끌었다는 것입니다. 그러고 나서 말하기를, 여느 때와 마찬가지로 시장 광장이 아니라 창고 광장이 우리 자리라는 것입니다. 어째서 그럴까요? 여기 계신 동료들이 그에 대해 짐작할 수 있게 말씀드리고 싶습니다. 그 이유는 시장 광장에는 매주 시장이 서기 때문에 우리까지 그리로 가면 교통마비가 일어난다는 것입니다. 이것은 프랑크푸르트 시 당국의 전례 없는 조치로 완전히 우리 따귀를 갈기는 격이지요. 그런 구실을 대다니 말입니다. 일주일에 나흘 하고도 반나절씩이나 장이 서는데, 그럼 우리더러 떠나라는 말인가요? 왜 하필이면 우리가 그래야 합니까? 왜 야채상 아저씨나 버터 파는 아줌마들이 가면 안 되나요? 어째서 프랑크푸르트 시 당국은 시장 건물은 안 짓는 건가요? 청과물상이나 야채상, 식료품상들도 우리와 마찬가지로 시 당국으로부터 고약한 대우를 받고 있습니다. 시 당국의 부당한 처사로 우리 모두가 고통당하고 있습니다. 이제 끝장을 낼 때가 됐습니다. 창고 광장에선 매상이 형편없었습니다. 정말 아무것도 아니었고, 장사는 완전히 허탕이었습니다. 진창인 데다 비까지 내리니 아무도 찾아오지 않은 것입니다. 그곳에 갔던 동료들은 대부분 차량을 끌고 광장에서 나오면서 최소한의 비용도 건지지 못했습니다. 철도 비용, 점포 임차료, 경비 비용, 들어가고 나오는 비용. 또 이 자리에서 분명히 밝히고 싶은 것은, 프랑크푸르트의 화장실 사정이 이루 말로 다할 수 없다는 것입니다. 그곳 화장실을 이용해 본 사람이라면 누구나 할 말이 많을 것입니다. 그런 위생 상태는 대도시에는 정말 어울리지 않고, 우리 대중은 할 수만 있다면 비난의 소리를 높여야 합니다. 그런 상태로는 어떤 방문객도 프랑크푸르트로 끌어들일 수 없고, 또 상인들은 많은 손해를 볼 것입니다. 그 밖에도 점포들이 좁아터져서 넙치처럼 다닥다닥 붙어 있습니다."

이어진 토론에서 지도부도 그동안 아무런 조치를 하지 않은 것에 대해 공격을 받았고, 토론이 끝난 후에는 다음과 같은 내용의 결의가 만장일치로 채택되었다.

"견본 시장 상인들은 견본 시장을 창고 광장으로 옮기는 것을 모독으로 간주한다. 상인들의 이번 장사 수입은 이전의 견본 시장에 비해 현저히 줄었다. 창고 광장은 견본 시장을 위한 공간으로 절대 적합하지 않다. 화재 위험으로 상인들의 목숨과 재산이 단번에 날아갈 수 있는 것은 차치하고라도 창고 광장은 견본 시장을 찾는 사람들을 수용하기에 공간이 턱없이 부족하고, 위생 면에서도 오데르 강변 프랑크푸르트라는 명성에 수치스러운 수준이기 때문이다. 여기에 모인 상인 일동은 프랑크푸르트 시 당국에 견본 시장을 시장 광장으로 다시 옮겨 줄 것을 요청한다. 그러한 조치가 있어야만 견본 시장을 유지할 수 있기 때문이다. 아울러 상인 일동은 점포 사용료 인하를 강력히 탄원하는 바이다. 현재 상황에서는 우리의 의무에 어느 정도 부응하는 것이 가능하지 않고, 이 때문에 결국 시 복지국의 부담만 늘어날 것이기 때문이다."*

그런데 비버코프는 연설을 한 남자에게 강하게 마음이 끌렸다.

"메크, 저런 사람을 두고 웅변가라고 하는 거야. 이 세상에 딱 맞는 걸물이야."

"가서 저 사람을 좀 닦달해 보지. 그러면 떡고물이라도 떨어질지 몰라."

"모르는 소리 좀 그만해, 고틀리프. 유대인들이 나를 구해 준 일은 자네도 알고 있지. 나는 이집 저집 기웃거리며 남의 집 마당에 들어가 「라인 강의 파수」를 불렀어. 머리가 아주 멍한 상태였거든. 그때 유대인 두 사람이 나를 수렁에서 건져 주고 나서 이야기를 들려주었네. 말이라는 것은 역시 좋은 거야, 고틀리프. 누군가가 이야기를 들려주는 것 말이야."

"슈테판 폴라크에 관한 이야기군. 프란츠, 자네는 아직도 머리가 정상이 아닌 것 같아." 그러자 프란츠는 어깨를 으쓱했다. "고틀리프, 제정신이든 아니든 내 처지가 되어서 한번 말해 보게. 단상에 있는 저 남자, 작은 키의 곱사등이는 내가 장담하는데, 정말 최고라니까." "그래, 자네 마음대로 생각해. 그런데 자네는 장사 일이나 신경 써야 할 거야, 프란츠." "그럴 거야, 하지만 다 순서가 있는 법이지. 나도 장사 일에 반대하는 건 아니야."

그러더니 그는 사람들 사이를 비집고 곱사등이 남자에게로 다가가서 정중하게 좋은 말씀을 한마디 요청했다. "뭘 원하는 거죠?" "좋은 말씀 좀 듣고 싶어서요." "이제 토론은 없어요. 끝났어요, 이미 끝났다고요. 우리도 우선은 이 정도면 충분해요. 그럼."

곱사등이 남자는 좀 독한 구석이 있었다. "그런데 대체 당신이 원하는 게 뭐요?" "나는 그냥…… 여기서 프랑크푸르트 견본 시장에 관해 많은 말이 있었는데, 선생님은 일을 정말 멋지게 처리했어요, 최고였어요. 그저 이 말씀을 직접 드리고 싶었어요. 나는 선생님 생각에 완전히 공감합니다." "반갑군요, 동지. 이름이 어떻게 되는지?" "프란츠 비버코프요. 나는 선생님이 어떻게 일을 멋지게 처리하는지, 그리고 프랑크푸르트 사람들에게 한 방 먹이는 걸 기쁜 마음으로 지켜봤습니다." "시 당국에게 먹인 것이죠." "최고입니다. 선생님은 정말 제대로 한 방 먹였지요. 저쪽에서는 찍소리도 못할 겁니다. 아마 자기들 자리에 다시 앉기도 힘들 거예요."

작은 남자는 연설 원고를 주섬주섬 챙기더니 단상에서 내려와 담배 연기 자욱한 홀로 들어섰다. "좋아요, 동지, 멋져요." 그런데 프란츠가 밝은 표정으로 그의 뒤에서 굽실거렸다. "더 알고 싶은 게 있다고 하셨나요? 혹시 우리 조합원인가요?" "아닙니다, 정말 유감이에요." "나한테서 당장 회원증을 받을 수 있소. 우리 테이블로 가서 앉읍시다." 프란츠는 의장단 테이블에 앉아 얼굴이 상기된 남자들과 함께 맥주를 마시고 인사를 나누고는 곧 회원증을 받아 들었다. 첫 회비는 다음 달 초에 내기로 약속했다. 악수.

그는 벌써 멀리서부터 메크를 향해 종이를 흔들어 보였다. "나도 이제 어엿한 조합원이 되었어. 베를린 지부의 회원이야. 자, 여기를 한번 읽어 보라고. '독일전국조합, 베를린 지부'. 그런데 이건 뭐야. 독일 행상인 조합이라, 근사하지, 안 그래?" "그런데 자네는 뭐야, 직물 상인인가? 여기 직물이라고 적혀 있어. 그런데 자네가 언제부터 직물 상인이야, 프란츠? 어떤 직물을 취급하는 거야?"

"나는 직물류라고 말한 적 없어. 스타킹과 앞치마 얘기만 했지. 그런데 저 사람이 그게 직물류라고 우기는 거야. 하지만 상관없어. 난 다음 달 첫날이나 돼야 회비를 낼 거니까."

"그래도 이보게, 먼저 자네가 사기 접시나 양동이 또는 여기 신사분들처럼 가축을 팔러 다닌다면 어떻게 되지. 여러분, 직물류 조합원증을 가진 사람이 소 거래에 나선다면 그건 정말 난센스가 아닐까요?"

"소 장사는 권하고 싶지 않군요. 소 거래가 영 신통치 않아서요. 차라리 작은 가축을 취급해 봐요."

"그런데 이 친구는 아직 어떤 장사도 하고 있지 않아요. 정말입니다. 여러분, 이 친구는 그냥 여기 앉아 빈둥거리면서 뭔가를 해 보려는 중이죠. 여러분은 이 친구에게 무엇이든 말해 줄 수 있습니다. 그래, 맞아, 프란츠, 쥐덫이나 석고상 같은 것을 취급해 보게."

"꼭 그래야 한다면, 고틀리프, 그것으로 밥벌이가 된다면야 못 할 것도 없지. 하지만 쥐덫은 곤란해. 약국에서도 쥐약을 팔아 벌써 경쟁이 심하거든. 그런데 석고상은 괜찮겠어. 석고상을 가지고 작은 도시를 돌며 장사해서는 안 된다는 법은 없지."

"자, 보세요. 이 친구는 앞치마를 팔 수 있는 조합원 증서를 갖고 석고상을 팔겠다는 겁니다."

"고틀리프, 그건 아니야. 여러분, 여러분 말씀이 맞아요. 하지만 자네는 사태를 그렇게 왜곡해서는 안 되지. 어떤 일이든 설명을 하려면 제대로 하고 정확하게 납득시켜야지. 저 곱사등이 신사분이 프랑크푸르트의 일을 처리한 것처럼 말일세. 물론 자네는 경청하지도 않았지만."

"나야 프랑크푸르트하고는 아무 상관도 없기 때문이지. 그리고 여기 있는 분들도 마찬가지야."

"좋아, 고틀리프. 좋습니다, 여러분. 여러분을 비난하려는 것은 아니고, 제가 다만 불초 소생으로서 귀담아들었을 뿐인데, 저 사람이 한 모든 설명은 정말 훌륭했다는 거죠. 목소리는 약했지만 조용하고도 힘이 있었어요. 저 사람은 여기 가슴이 좀 약하니까요. 하지만 모든 것이 논리 정연했어요. 그러고 나서 결의가 있었는데, 모든 점에서 깔끔하고 훌륭했어요. 정말 머리가 있는 거죠. 저들의 마음에 들지 않았던 화장실 이야기까지 정확하게 지적했지요. 그런데 저도 유대인들하고 그런 일이 있었거든요, 그 일은 자네도 알고 있지. 여러분, 제가 아주 비실거렸을 때 유대인 두 사람이 이런저런 이야기를 들려주면서 나를 구해 주었어요. 그들은 생면부지의 나에게 말을 걸었던 고상한 분들로, 폴란드 사람 이야기를 들려주었죠. 그것은 그저 이야기에 지나지 않았지만 아주 훌륭했어요. 나와 같은 처지에 있었던 사람에게는 무척 유익하고 교훈적이었어요. 코냑도 이런 효과를 내겠구나 하고 생각할 정도였거든요. 아무도 모르는 일이죠. 하여튼 그 뒤로 나는 원기를 회복해서 두 다리로 다시 일어섰으니까요."

그때 가축 상인 한 사람이 담배 연기를 내뿜으며 히죽 웃었다.

"아주 큼직한 돌덩이가 당신 목에 떨어졌나 보죠?"

"농담은 그만두세요, 여러분. 그런데 당신 말이 맞아요. 그것은 정말 돌덩이였어요. 여러분도 살아가면서 벽돌 조각들이 머리 위로 쏟아지고 무릎이 후들거리는 때가 있을 거요. 그런 고약한 상황은 누구에게나 닥칠 수 있는 거요. 그럴 때 연약한 무릎으로 대체 무엇을 하겠어요? 거리를 돌아다니는 거죠, 브루넨 거리, 로젠탈 성문, 알렉산더 광장. 이리저리 헤매다가 거리 표지판도 읽지 못하는 일이 생길 수 있어요. 나야 지혜로운 사람들이 도와주었죠. 저한테 말을 걸고 많은 이야기를 해 주었어요. 머리에 뭔가 든 사람들이었소. 그러니까 여러분도 아셔야 합니다. 무릇 사람이란 돈이나 코냑, 그까짓 몇 푼 안 되는 금액을 걸고 맹세해서는 안 된다는 거요. 중요한 것은 바로 머리가 있어야 하고 그것을 잘 사용하는 것, 자신에게 무슨 일이 일어나는지를 깨닫는 것, 그래서 남들이 넘어뜨리려 해도 당하지 않는 거요. 그렇게 하면 온전히 당할 일도 그 절반만 겪게 됩니다. 그렇습니다, 여러분. 이것이 제가 깨달은 것입니다."

"그런 점에서 선생, 아니 동지, 우리 건배합시다. 우리의 조합을 위하여!"

"우리의 조합을 위하여, 건배, 여러분. 건배, 고틀리프."

고틀리프는 계속 웃음을 터뜨렸다.

"맙소사, 이제 남은 문제는 자네가 어떻게 다음 달 초하루에 첫 회비를 내느냐 하는 건가?"

"젊은 동지, 그런 것이라면 두고 보시오. 당신도 이제 회원증을 가진 우리 조합의 일원이니 조합에서 당신이 제대로 돈벌이를 하도록 도와줄 거요."

가축 상인들은 고틀리프와 함께 이것을 두고 내기라도 하듯 웃어 댔다. 그들 중 한 가축 상인이 말했다. "그 회원증을 갖고 마이닝겐으로 가 봐요, 다음 주에 그곳에서 장이 열려요. 나는 오른쪽에 점포를 차릴 테니 당신은 건너편 왼쪽에 자리를 잡아요. 그러면 당신의 장사가 얼마나 잘되는지 내가 볼 수 있을 거요. 한번 상상해 보라고, 알베르트, 이 친구가 버젓한 조합원증까지 가진 조합원으로 자기 점포에 서 있는 모습을 말이야. 이쪽 내 가게에서 '비엔나소시지', '진짜 마이닝겐 과자' 하고 소리치면, 저 친구는 건너편에서 '자, 어서 오세요. 조합원 자격으로 처음 문을 연 가게입니다. 마이닝겐 시장에서 아주 난리가 났어요' 라고 소리치는 거야. 그럼 사람들이 마구 몰려오겠지. 야코프, 야코프, 너는 어떤 멍청한 샤프스코프*(양머리)일까."

그들은 테이블을 두들겼고, 비버코프도 그들과 어울렸다. 그는 조심스럽게 조합원증을 안쪽 주머니에 집어넣었다.

"돌아다니려면 먼저 신발을 한 켤레 사야겠지. 나는 아직 이문이 큰 장사를 하겠다고는 하지 않았어. 내가 그 정도로 멍청한 것은 아니라고." 그들은 자리에서 일어났다.

바깥 거리로 나온 메크는 두 가축 상인과 격렬한 언쟁을 벌이게 되었다. 두 상인은 그중 한 사람이 연루된 소송과 관련해 자신들의 입장을 계속 변호했던 것이다. 문제의 동료는 마르크 지방에서 가축을 거래했는데, 사실 그의 거래 지역은 베를린에만 국한되어 있었다. 때문에 경쟁자 한 명이 어느 시골에서 우연히 그를 보고는 경찰에 고발했다. 하지만 늘 같이 다니던 두 가축 상인은 이 일을 교묘하게 처리했다. 즉 피소된 상인은 법정에서 자신은 친구를 따라왔을 뿐이고, 친구의 위임에 따라 모든 일을 처리했다고 진술한 것이다.

두 가축 상인은 단호하게 말했다. "우리는 한 푼도 물어내지 않을 거요. 맹세코 말이오. 법정에 가서도 서약을 하는 거요. 그 친구는 그저 나를 따라왔던 것이라고 말이오. 전에도 여러 차례 동행했으니까. 우리는 그렇게 서약할 것이고, 그러면 모든 게 끝나는 거요."

그러자 메크가 몹시 흥분하여 두 가축 상인의 외투를 움켜잡았다. "정말이지 당신들은 미쳤어. 바보들의 마을로 가야 할 사람들이야. 그따위 멍청한 일에 서약까지 한단 말이오. 그랬다가는 그 사기꾼 녀석만 좋아할 것이고, 당신들은 우롱만 당할 거라고. 법원이 그런 일이나 옹호하는 것은 신문에 나야 할 일이야. 그건 정말 옳은 사태가 아니지. 하나만 알고 둘은 모르는 외눈 안경을 쓴 양반들 같으니라고. 차라리 우리가 판결을 내려 보자고."

두 번째 가축 상인은 끝내 자기주장을 굽히지 않는다. "난 서약할 거요, 안 될 이유가 뭐요? 행여 돈을 물어내고 세 단계의 법정까지 모두 가게 된다면, 그 녀석만 즐거워하겠지? 시기심이 많은 녀석이오. 나는 거기에 더는 연루되지 않고, 순순히 빠져나오는 거죠."

메크는 주먹으로 자기 이마를 쥐어박았다. "독일의 미헬*처럼 아둔한 친구야, 당신 같은 사람은 지금 처박혀 있는 오물에서 지내는 게 당연해."

그들은 가축 상인들과 헤어졌고, 프란츠는 메크의 팔을 잡아끌면서 함께 브루넨 거리를 걸었다. 메크는 가축 상인들 뒤에 대고 협박의 말을 해 댔다.

"웃기는 작자들이야. 저런 놈들은 양심의 가책을 느껴야 할 거야. 저런 녀석들을 보면 전 국민이 양심에 가책을 느껴야 해."

"도대체 무슨 소리야, 고틀리프?"

"비겁한 놈들이라고. 법원을 향해서는 제대로 주먹도 보이지 못하는 놈들, 비겁한 놈들이야. 국민 모두가 그래. 상인이고 노동자고 할 것 없이 모두 그렇다고."

메크가 갑자기 걸음을 멈추고는 프란츠를 가로막으며 말했다.

"프란츠, 우리 얘기 좀 해야겠어. 그렇지 않으면 자네하고 함께 갈 수가 없을 거야. 절대로."

"좋아, 어서 말해 보라고."

"프란츠, 난 자네가 어떤 사람인지 알아야겠어. 내 얼굴을 똑바로 쳐다보게. 자네 명예를 걸고 솔직하게 말해 보게. 자네는 저기 테겔에서 충분히 맛을 보았을 거야. 옳은 것이 무엇이고 정의가 무엇인지 말이야. 그렇다면 옳은 것은 언제나 옳은 것으로 남아야 해."

"자네 말이 맞아, 고틀리프."

"그렇다면 프란츠, 가슴에 손을 얹고 말해 봐. 저기 바깥 교도소에서 사람들이 자네에게 어떤 짓을 했는가?"

"제발 진정 좀 하게. 내가 하는 말은 믿어도 좋아. 만약 자네가 툭하면 싸움질이나 하는 사람이라 해도 저기 바깥에서는 그러지 않을 걸세. 우리가 있던 곳에서는 책을 읽고 속기를 배우고, 또 체스를 두었지. 나도 그랬다고."

"자네도 체스를 둘 줄 알아?"

"그럼. 우리 앞으로는 스카트 카드놀이를 하자고, 고틀리프. 자네도 그냥 빈둥거리며 앉아 있고, 또 그리 깊이 생각할 머리가 있지도 않지. 하기야 우리 같은 운반 인부에게는 근육이나 뼈가 훨씬 중요하겠지만. 그러다 보면 자네는 어느 날 이렇게 말하게 될 거야. 빌어먹을, 괜히 남의 일에 상관하지 말고 네 길이나 가라고. 다른 사람들에게서 손 떼는 거야. 고틀리프, 우리 같은 사람들이 재판이나 경찰, 정치와 무슨 상관이 있겠어? 내가 있던 교도소에는 공산주의자가 한 명 있었어. 나보다 뚱뚱한 사람이었는데 1919년 베를린 봉기에도 동참했던 자야.* 그는 사건 당시에 다행히 붙잡히지는 않았어. 하지만 나중에 정신을 차렸지. 과부 하나를 사귀었고, 그 여자의 사업에 뛰어들었던 거야. 아주 약삭빠른 친구야, 안 그래?"

"그런데 그런 녀석이 어쩌다 감옥에 들어갔던 거야?"

"암거래를 시도한 모양이야. 그곳에서 우리는 늘 한 패거리를 이루었어. 행여 배반하는 자가 있으면 응분의 대가를 치러야 했지. 그런데 자네는 다른 사람들과는 상종하지 않는 게 좋겠어. 그건 자살행위라고. 그들이 어떻게 살든 아랑곳하지 않는 거야. 품위 있게 살면서 자기 일에나 신경 쓰는 거야. 그게 나의 신조야."

"그렇군." 메크는 굳은 표정으로 그를 쳐다보았다. "그런 식이라면 모두가 망가져서 보따리를 싸야겠지. 자네는 정말 비겁해. 그렇게 살면 우리 모두 망하고 마는 거야."

"망가지고 싶은 자는 망가지는 거야. 그건 우리가 상관할 바 아니라고."

"프란츠, 자네는 정말 비겁한 인간이야. 나는 이 주장을 철회하지 않겠어. 그러다가는 언젠가 응분의 대가를 치를 거야, 프란츠."

프란츠 비버코프가 인발리덴 거리를 걸어 내려가고 있다. 새로 사귄 폴란드 여자 친구 리나가 곁에서 걷고 있다. 쇼세 거리 모퉁이의 어느 건물 입구에 신문 가판대가 있고, 그곳에 사람들 몇몇이 서서 잡담을 하고 있다.

"여보세요, 거기 그렇게 서 있지 마요." "사진 정도야 구경할 수 있는 거 아니오?" "사서 보세요. 그렇게 통로를 막지 말라고요." "멍청한 작자 같으니라고."

잡지 부록으로 나온 여행 안내 책자. 눈 덮인 겨울부터 신록의 5월 초까지 우리 북부 지방에 불쾌한 계절이 찾아오면, 알프스 너머 따스한 남쪽 나라 이탈리아로 가려는 열망— 수천 년 동안 잠재해 온 충동 — 이 우리 마음을 사로잡는다. 이러한 유랑 충동에 호응할 수 있는 자는 행복한 사람이다.

"사람들 때문에 그렇게 흥분할 필요 없어요. 여기를 한번 봐요. 요즘 사람들이 얼마나 사나워지고 있는지. 여기 어떤 녀석은 전차에서 한 아가씨에게 달려들어 반죽음되도록 패 버렸대요. 겨우 50마르크 때문에."

"그 정도 돈이라면 나도 그렇게 할 거요."

"뭐라고요?"

"50마르크가 얼마나 큰돈인지 알기나 해요? 50마르크가 얼마만 한 돈이지 당신은 결코 모를 거요. 우리 같은 사람한테는 정말로 엄청난 액수라고요. 그래, 당신이 50마르크가 얼마나 큰돈인지 알고 나서나 계속 얘기하자고요."

독일 총리 빌헬름 마르크스의 숙명론적인 연설.* 앞으로 사태가 어떻게 전개될지는 나의 세계관에 따르면 하느님의 섭리에 달려 있습니다. 하느님은 각 민족에 특별한 뜻을 갖고 있습니다. 하느님에 비하면 인간의 업적은 불완전한 파편에 지나지 않습니다. 우리가 할 수 있는 최선의 것은, 우리 신념에 따라 전력을 다하고 부단히 노력하는 것입니다. 따라서 나 역시 내게 맡겨진 직책을 충실하고 성실히 완수하고자 합니다. 존경하는 신사 여러분, 아름다운 바이에른을 만들기 위한 여러분의 헌신적인 노력이 큰 결실을 거두기를 바라면서 이 글을 마치고자 합니다. 앞으로의 노력에 하느님의 가호가 있기를 기원합니다. 여러분 모두 당장 세상을 떠난다고 해도 멋진 만찬을 즐겼다는 생각이 들도록 살아가시길 바랍니다.*

"그래, 이제 다 읽으셨나요, 손님?" "왜 그러는 거요?" "아예 신문을 집게에서 빼 드릴까요? 어떤 신사분은 편안하게 읽도록 의자까지 내 달라고 한 적도 있거든요." "당신이 이 사진들을 이렇게 매달아 놓은 것은 단지 그 목적이……." "내가 그 사진들로 뭘 하는지는 당신이 상관할 바 아니죠. 당신이 내 가판대의 값을 지불하는 것도 아니니까요. 다만 공짜 좋아하는 식충이들이 여기 가게를 둘러싸는 것은 원치 않아요. 그런 인간들은 고객만 쫓아 버리니까요."

저 친구가 이제야 물러가는구나. 저 친구는 차라리 구두닦이에게 구두나 닦는 게 좋겠어. 이제 프뢰벨 거리의 노숙자 쉼터 '종려나무'에서 한숨 자고는 전차에 오르겠지. 저 친구는 틀림없이 가짜 승차권을 들고 탔을 거야. 아니면 이미 사용한 차표를 갖고 시험해 볼 거야. 그러다가 검표원에게 걸리면 진짜 승차권을 잃어버렸다고 하겠지. 공짜만 좋아하는 저런 식충이들은 항상 있어. 벌써 둘이나 걸렸어. 조만간 가판대 앞쪽에 창살을 마련해야겠어. 일단 아침이나 좀 먹어야겠다.

빳빳한 중산모를 쓴 프란츠 비버코프는 통통한 폴란드 여자 리나와 팔짱을 끼고 걷는다. "리나, 오른쪽을 좀 봐, 저기 현관으로 들어가자. 이런 날씨는 실업자들에게 아주 고약하지. 그림이나 구경하자고. 멋진 그림들이야. 그런데 여기는 바람이 심하군. 여보세요, 동업자 양반, 장사가 좀 어때요? 여기는 정말 얼어 죽을 정도로 춥군요." "난방이 잘되는 곳은 아니오." "리나, 이런 곳에 서 있을 기분이 들어?"

"자, 어서 가자고요. 저 남자가 음흉한 미소를 짓고 있어요." "이것 봐요, 아가씨, 난 당신이 여기 통로에서 신문을 팔면 사람들이 좋아할 것이라 생각했던 거요. 그 섬세한 손으로 서비스를 받으면 말이오.”

갑자기 돌풍이 불고, 집게에 매달린 신문들이 펄럭인다. “여기 밖에다 바람막이를 하나 달지 그래요.” “아무도 못 보게 말인가요?” “그러면 유리창을 하나 달아요.” “어서 가요, 프란츠.” “기다려 봐, 잠깐만. 저 친구는 이곳에 몇 시간이나 서 있는데도 바람에 날아가지 않는군. 그렇게 까칠하게 굴지 마, 리나.” “그게 아니라, 저 사람이 징글맞게 웃어서 그래요.” “내 얼굴 표정, 생긴 모양이 원래 이래요, 아가씨. 어떻게 할 수가 없어요.” “저 친구는 늘 저렇게 히죽거리는 거라고. 당신도 들었지, 리나. 가여운 사람이야.”

프란츠는 모자를 뒤로 젖히고 신문팔이 남자의 얼굴을 쳐다보더니 리나의 손을 잡은 채로 웃음보를 터뜨렸다. “그래, 저 사람은 정말 어쩔 수 없어, 리나. 엄마 품에 있을 때부터 저 모양이었던 거야. 이봐요, 당신이 히죽 웃을 때 어떤 꼴인지 아시오? 아니, 그거 말고 아까처럼 히죽거릴 때 말이오. 자 알겠지, 리나. 마치 엄마 품에 매달려 있는데, 젖 맛이 시큼한 그런 꼴이잖아.” “내 경우는 아니오. 난 우유를 먹고 자랐거든요.” “허튼소리 집어치워요.” “이봐요, 이 장사는 벌이가 어떤가요?” “잡지 『붉은 깃발』입니다, 감사합니다. 자, 저 사람 좀 들어오게 해 줘요. 그리고 머리 조심해요, 상자가 들어오고 있어요.” “당신이 있는 이곳은 아주 번잡하군요.”

리나는 프란츠를 밖으로 잡아끌었다. 그들은 쇼세 대로를 따라 오라니엔부르크 성문 쪽으로 천천히 걸어갔다. “저런 장사는 나한테도 안성맞춤이겠어. 난 감기에도 잘 안 걸리는 체질이니. 그저 현관에서 오래 버티기만 하면 되는 거야.”

이틀 뒤에 날씨가 더 따뜻해지자, 프란츠는 외투를 내다 팔고 리나가 어디선가 구해 온 두툼한 내복을 입고서 로젠탈 광장의 파비슈 기성복 상회 앞에 섰다. 최고 품질의 신사복 재단, 세심한 재봉질 그리고 저렴한 가격은 저희 제품의 강점입니다. 그곳에서 프란츠는 넥타이 홀더를 팔기 위해 소리친다.

"왜 서방에서는 세련된 신사만 넥타이를 매고, 프롤레타리아는 매지 않나요? 신사 숙녀 여러분, 좀 더 가까이 오세요. 아가씨도, 그리고 당신도 남편분과 함께 더 가까이. 청소년도 와도 돼요. 청소년이라고 더 비싼 값을 받지는 않아요. 왜 프롤레타리아는 넥타이를 매지 않을까요? 넥타이를 맬 줄 몰라서죠. 그럼 얼른 넥타이 홀더를 사야죠. 그런데 넥타이 홀더를 샀는데도 그게 나쁜 것이면 넥타이를 맬 수 없죠. 그런 것은 사기고, 국민을 더욱 화나게 하고, 우리 독일을 지금보다 더 비참한 상황으로 몰고 가는 것입니다. 예를 들면, 사람들은 어째서 이처럼 큼직한 넥타이 홀더를 착용하지 않을까요? 그거야 누구도 쓰레받기 같은 것을 목에 매달고 싶지 않기 때문이죠. 그런 것은 남자도 여자도 다 싫어하고, 이런 갓난아이도 대답만 할 수 있다면 싫다고 할 것입니다. 웃을 일이 아닙니다. 신사 숙녀 여러분, 웃지 마세요. 이렇게 귀여운 갓난아이의 머릿속에서 무슨 일이 벌어지고 있는지는 모르니까요. 아, 이 사랑스러운 머리 좀 보세요. 이처럼 작고 귀여운 머리와 머리카락, 정말 예쁘죠. 하지만 양육비를 내야 할 때가 오면 웃음이 싹 가시겠지요. 그 때문에 궁지에 빠질 테니까요. 이런 넥타이는 티츠나 베르트하임 백화점에서 사세요. 혹시 유대인들의 상점에서 사고 싶지 않다면 다른 곳에서 사세요. 나로 말할 것 같으면 아리안 남자입니다."

그러면서 프란츠가 모자를 벗자 금발의 머리카락, 붉은 바가지 모양의 귀, 유쾌한 황소 눈이 모습을 드러낸다.

"대형 백화점이야 나 같은 사람을 보내 선전할 필요가 없어요. 내가 없어도 잘 유지될 테니까요. 여기 내가 보여 드리는 이런 넥타이를 사면 다음 날 아침 그것을 어떻게 맬지 고민해야 되겠지요.

신사 숙녀 여러분, 요즘은 아침에 1분이라도 더 자려 하지, 넥타이 맬 시간이 있겠습니까? 우리는 모두 잠이 많이 필요합니다. 일은 많이 해야 하고 벌이는 적으니까요. 넥타이 홀더는 여러분이 더 편하게 수면을 취하도록 해 준답니다. 이 홀더가 이젠 약국들의 경쟁 품목이 되고 있어요. 내가 보여 드리는 이런 넥타이 홀더를 구입한 분은 수면제나 잠을 청하기 위해 마시는 술 같은 것은 전혀 필요하지 않기 때문입니다. 그런 사람은 아침에 서두를 필요가 없으니까 엄마 품에 잠든 아이처럼 아주 편안하게 잡니다. 필요한 것은 이미 옷장에 준비되어 있으니 그저 옷깃에 밀어 넣기만 하면 그만이지요. 여러분은 온갖 조잡한 것에 돈을 허비합니다. 예를 들어 여러분은 작년에 '악어' 술집에서 사기꾼을 보셨을 텐데, 앞에서는 따끈한 소시지를 팔고 뒤에서는 욜리*가 입가에 절인 양배추를 묻혀 가며 누워서 단식 중이었죠. 여러분은 모두 보셨을 겁니다. 자, 좀 더 가까이 모이세요. 그래야 목소리를 보호할 수 있으니까요. 내 목소리는 보험에 들지 않았어요. 첫 번째 불입금도 내지 못했거든요. 하여튼 여러분은 유리 상자 안에 욜리가 누워 있는 모습을 보셨을 겁니다. 하지만 사람들이 그에게 몰래 초콜릿을 건네주는 것은 보지 못했을 겁니다. 그런데 이 넥타이 홀더는 정직한 상품으로 셀룰로이드가 아니라 고무를 열처리해 만든 것이며, 가격은 한 개에 20페니히, 세 개에 50페니히입니다.

도로 턱에서 물러서요, 젊은이. 잘못하면 자동차에 치일 수도 있어요. 그럼 나중에 누구더러 그 뒤치다꺼리를 하라는 거요? 이제 넥타이를 어떻게 매는지 설명해 드릴 건데, 나무망치로 여러분의 머리를 내리칠 필요는 없습니다. 금방 이해하실 테니까요. 여기 한쪽 끝에서 30에서 35센티미터 되는 지점을 잡고 양쪽 끝을 이렇게 교차시키는 거죠. 하지만 이런 식은 곤란해요. 그렇게 하면 납작하게 누른 빈대를 벽에 붙여 놓은 것처럼 보이죠. 영락없는 빈대 모양입니다. 세련된 신사는 그런 빈대 모양의 넥타이는 매지 않죠. 이 단계에서 여러분은 내가 가져온 물건을 이용하는 겁니다. 우리는 시간을 아껴야 합니다. 시간이 돈이니까요. 낭만주의가 풍미하던 시절은 지났고, 다시 돌아오지 않을 것입니다. 우리는 모두 이 점을 고려해야 합니다. 여러분은 매일 가스 호스를 천천히 목에 감을 수는 없는 법입니다. 이것처럼 이미 만들어진 훌륭한 제품이 필요합니다. 자, 보세요. 이건 그야말로 크리스마스 선물, 여러분의 취향에 맞는 선물입니다. 신사 숙녀 여러분, 다 여러분을 위한 것입니다. '도스 안'*이 여러분에게 남긴 것이 있다면, 그건 여러분의 모자 밑에 있는 머리뿐이지요. 그 머리가 여러분에게 이렇게 말할 겁니다. 저거야말로 너를 위한 물건이야, 어서 사서 집으로 들고 가. 네게 위안을 줄 거야.

신사 숙녀 여러분, 우리는 모두 위안이 필요합니다. 우리가 멍청하다면 술집에서 그런 위안을 찾으려 하겠지요. 하지만 사려 깊은 사람은 그렇게 하지 않아요. 우선은 주머니 사정이 좋지 않기 때문이고, 또 오늘날 술집 주인이 얼마나 저질의 화주(火酒)를 술통에서 따라 내는지 알기 때문이죠. 그리고 좋은 술은 가격이 비싸고요. 그러니까 이 물건을 구입하세요. 여기에 넥타이의 좁은 끝을 끼워 넣는 거죠. 동성애 남자들이 밖에 나갈 때 구두를 신는 방식처럼 폭이 넓은 쪽을 잡아도 됩니다. 여기에 이렇게 꿰어 한쪽 끝을 잡으면 끝납니다. 독일 남자라면 진짜 물건만 사는 법입니다. 여기 이 물건이 바로 그것입니다."

리나가 동성애 녀석들에게 대갚음하다

그런데 프란츠 비버코프에게 그 일은 성에 차지 않는다. 그는 눈동자를 이리저리 굴려 본다. 그러고는 옷차림은 너저분하지만 마음씨는 고운 리나와 함께 알렉산더 광장과 로젠탈 광장 사이에서 펼쳐지는 거리의 삶을 관찰하고는 신문을 팔기로 결심한다. 왜냐고? 사람들이 신문팔이의 일을 말해 주었기 때문인데, 리나가 그를 도와줄 수도 있고 무엇보다 그에게 안성맞춤의 일이라는 것이다. 이쪽으로 한 번, 저쪽으로 한 번, 빙글 돌아, 어렵지 않아.*

"리나, 나는 연설에 서툴고 또 대중을 끌 수 있는 연설가가 못되지. 내가 큰 소리로 외치면 사람들이 내 말을 알아듣기는 하지만 똑바로 이해하지는 않아. 당신은 정신이 무엇인지 알아?"

"아니, 몰라요." 리나가 기대에 찬 눈빛으로 그를 쳐다본다.

"알렉산더 광장이나 이곳에 있는 젊은 친구들을 좀 봐. 하나같이 정신이라는 것이 없어. 점포를 가진 사람이나 짐수레를 끄는 사람 모두 아무것도 아니야. 물론 약은 녀석, 약삭빠른 친구들이고 그저 활기가 넘치는 녀석들이라는 것, 그것은 두말할 나위 없지. 하지만 제국 의회의 연사들을 한번 상상해 봐, 비스마르크나 베벨* 같은 사람들 말이야. 그들에 비하면 지금의 젊은 연사들은 정말 아무것도 아니야. 저 사람들은 정신을 가졌어. 정신, 그건 머리를 말하는 거야. 저런 멍청한 대갈통들이 아니라고. 멍청한 자들은 내게 아무것도 줄 수가 없어. 연사에게는 연사다운 무엇이 있어."

"당신도 정말 연사야, 프란츠."

"나더러 연사라고, 웃기는 소리 작작 해. 누가 진짜 연사인지 알기나 해? 믿지 못하겠지만, 바로 당신 주인집 아주머니야."

"슈벵크 부인 말이야?"

"아니, 전에 있던 집, 내가 물건을 가지러 갔던 카를 거리에 사는 그 아주머니 말이야."

"야단법석을 떨던 그 아주머니 말이군요. 나한테 그 여자 얘기는 꺼내지도 마요."

프란츠는 은근한 표정을 지으며 몸을 앞으로 구부린다.

"리나, 그 여자는 교과서에 나오는 것 같은 타고난 연사였어."

"천만에요. 그 여자는 한 달 밀린 집세를 빌미로 내가 잠자고 있는 방에 들어와 내 트렁크를 내놓으라고 했던 여자예요."

"좋아, 리나. 내 말을 잘 들어 보라고. 그것은 분명히 그 여자가 잘못한 일이야. 하지만 내가 위층에 올라가서 트렁크는 어떻게 된 거냐고 물었더니 그 여자는 일장연설을 시작하더군."

"그 여자의 장광설은 나도 잘 알아요. 그래서 난 그따위 허튼소리는 한 번도 귀담아듣지 않았어요. 프란츠, 그런 여자의 말에 넘어가면 안 돼요."

"내가 방금 그 여자가 일장연설을 시작했다고 했지! 리나, 그 여자는 여러 법조문과 민법, 그리고 죽은 남편 몫으로 연금을 타낸 방법까지 말했어. 그런데 늙은 남편은 실은 뇌졸중으로 쓰러진 것이지, 전쟁과는 아무 관계가 없었지. 도대체 언제부터 뇌졸중이 전쟁과 상관있는 거야? 이것은 그 여자가 스스로 한 말이야. 하지만 그 여자는 그것을 관철했는데, 머리를 사용한 거야. 그 여자는 정신이란 것을 가졌던 거야, 이 귀여운 뚱보. 그 여자는 마음먹은 일은 무슨 수를 쓰든 해내는 여자이고, 그건 몇 푼짜리 벌이보다 더 대단한 일이지. 그것을 통해 자신이 어떤 사람인지 보여 주는 거라고. 그러면 숨통이 좀 트이는 거야. 정말, 아직까지도 나는 어안이 벙벙할 따름이야."

"당신 요즘도 그 여자한테 찾아가는 거야?"

프란츠는 두 손을 들어 손사래를 친다.

"리나, 당신이 한번 가 보라니까. 트렁크를 찾으러 말이야. 당신은 정확히 11시에 거기를 찾아가고 또 12시에 다른 볼일이 있지만, 12시 45분이 되어도 여전히 거기 서 있을 거야. 그 여자는 계속 당신에게 지껄여 댈 것이고, 당신은 트렁크를 되찾지 못하고 있을 거야. 나중에는 아마도 트렁크를 찾지 못한 채 그냥 물러나게 될 거야. 정말 언변이 뛰어난 여자라고."

그는 테이블 위를 바라보다가 맥주가 흘러 고인 곳에 손가락으로 무엇인가를 그린다.

"나는 어디 가서 신고를 하고 신문을 팔아야겠어. 그게 벌이가 좀 될 거야."

그녀는 기분이 좀 상해서 아무 말도 하지 않는다. 프란츠는 자기가 하고 싶은 대로 하는 사람이다. 어느 날 점심때 로젠탈 광장에 서 있는데 그녀가 그에게 고기 조각을 끼운 빵을 가져다준다. 그리고 12시가 되자 그는 판매대와 마분지 상자를 그녀의 팔에 끼워 주고는 자리를 뜬다. 신문에 관해 좀 알아보기 위해서다.

오라니엔부르크 거리 앞쪽의 하케 시장에서 중년 남자가 우선은 그에게 성 계몽에 관심을 가져보라고 권한다. 지금 그런 것이 대대적으로 진행 중이고 성과도 아주 좋다는 것이다. "성 계몽이 뭐요?" 프란츠는 질문을 하면서도 별로 구미가 당기지 않는다. 머리가 허연 그 남자는 자신이 진열해 놓은 것들을 가리킨다. "자, 이걸 좀 봐요. 그러면 더 묻지 않을 거요." "벌거벗은 아가씨들을 그린 그림이군요." "내가 가지고 있는 것은 다 그런 것들이오."

두 사람은 잠시 나란히 서서 말없이 연기를 내뿜는다. 프란츠는 놀란 눈으로 그림들을 위에서 아래로 훑어보며 담배 연기를 내뿜고, 남자는 프란츠 옆쪽을 바라본다. 프란츠가 그의 눈을 쳐다보면서 말한다.

"그런데 말이오, 동지. 당신한테는 저기 저런 아가씨들, 저런 그림들이 재미가 있나요? 『즐거운 삶』이군요*. 저것은 발가벗은 아가씨가 새끼 고양이하고 있는 그림이군요. 새끼 고양이를 안고 있는 저 아가씨가 계단에서 무엇을 한다는 거죠. 좀 수상쩍은 아가씨네요. 그런데 혹시 내가 당신에게 방해가 되나요, 동지?"

판매대의 그 남자는 접이의자에 앉아 체념한 듯 한숨을 내쉬더니 골똘히 생각에 잠긴다. 이 세상에는 정말 낙타만큼이나 큰 덩치의 얼간이들이 있어, 그것들이 백주 대낮에 하케 시장을 어슬렁거리다가 그렇지 않아도 재수 없는 사람 앞에 나타나 헛소리나 지껄이지. 머리가 허연 남자가 계속 말이 없자, 프란츠는 집게로 집어 놓은 잡지 몇 권을 빼든다.

"구경 좀 해도 될까요, 동지? 이게 뭐요? 『피가로』군요. 그리고 이것은 『결혼』, 이것은 『이상적 결혼』. 그러니까 일반적인 결혼과는 또 다른 것이군요. 『여자의 사랑』.* 모두 각각 구입해야 하는 것이네요. 이것들을 다 읽으면 정말 많은 정보를 얻을 수 있겠어요. 돈만 있다면 말이죠. 하지만 너무 비싸요. 그리고 뭔가 수상쩍은 구석이 있어요."

"무슨 수상한 구석이 있다는 것인지 알고 싶군요. 다 정식으로 허가받은 것들이오. 금서는 한 권도 없어요. 여기 내가 파는 잡지들은 다 허가를 받은 것들이고 수상쩍은 것은 하나도 없다오. 난 그런 건 취급하지도 않아요."

"내가 이 한 가지는 얘기해 줄 수 있소. 꼭 얘기해 주고 싶은 거요. 이런 그림들을 들여다보는 것은 정말 쓸모없는 일이라는 거요. 내 경험에 비추어 장담할 수 있어요. 이런 것은 남자를 망치는 거요, 그래요, 당신을 망쳐 버릴 거요. 그것은 일단 그림을 들여다보는 데서 시작되죠. 그런데 나중에는 당신이 어떻게 해보려고 해도 자연스러운 방법이 통하지 않을 거요."

"무슨 소린지 도무지 모르겠구먼. 그리고 내 잡지에 침이나 튀지 않게 해요. 다 값나가는 것들이오. 또 책 표지를 자꾸 그렇게 문질러 대지 마요. 이 잡지를 한번 읽어 봐요. 『결혼하지 않은 자들』. 여기에는 없는 게 없고, 특별히 당신 같은 사람을 위한 잡지도 있소."

"결혼하지 않은 자들이라. 글쎄요, 그런 사람들이 있으면 곤란하다는 것이겠지. 그런데 나 역시 폴란드 여자 리나와 결혼한 상태는 아니지."

"자, 여기를 한번 봐요. 여기에 나온 것은 옳고 그름을 떠나 하나의 사례일 뿐이오. '부부의 성생활을 계약으로 규제하거나 이와 관련해서 법적으로 부부간의 의무를 명시하는 것은 사람이 상상할 수 있는 가장 끔찍하고 모욕적인 노예 행위다'.* 자, 어떤가요?"

"어째서 저런 주장을?"

"그래, 맞는 말이오, 틀린 말이오?"

"나한테는 통하지 않아요. 남자한테 그런 걸 요구하는 여자, 설마 그런 여자가 있을까요? 그런 일이 있다는 거요?"

"지금 당신이 그걸 읽고 있잖아요."

"글쎄요, 그건 좀 지나치군요. 그런 여자는 나한테 한번 걸려들어야 하는데."

프란츠는 황당한 표정으로 그 문장을 다시 한 번 읽어 본다. 그러다가 흠칫 놀라면서 머리가 허연 남자에게 뭔가를 보여 준다.

"자, 여기 이런 말이 계속되는군요. '이와 관련한 사례를 나는 단눈치오*의 작품 『쾌락』에서 들고자 한다.' 잠깐, 단눈치오라면 그 저질의 작가를 말하는군요. 스페인 사람인가 이탈리아 사람인가 하는. 아니, 미국 사람이던가? 여기에는 어떤 남자가 멀리 있는 애인 생각에 사로잡혀서, 애인 대용품으로 사귀는 여자와 하룻밤 사랑을 나누던 중 자신도 모르게 진짜 애인의 이름을 내뱉는다고 적혀 있군요. 너무 심하네요, 아니, 동지, 난 이런 짓은 하고 싶지 않아요."

"우선 어디에 그런 말이 적혀 있는지 한번 보여 줘요."

"여기요. 대용품으로 봉사한다고. 생고무 대신 인조 고무, 정식 식사 대신 순무인 셈이죠. 여자, 아가씨를 대용품으로 사용한다는 말을 들어 봤소? 자기 여자가 당장 곁에 없다고 해서 다른 여자를 취하고, 새 여자는 뭔가를 알아차렸음에도 아무렇지 않고 질질 짜지도 않는단 말이오? 스페인 사람인가 하는 그 작자는 이런 걸 인쇄에 넘기다니. 내가 식자공이라면 그따위는 인쇄하지 않을 거요."

"이봐요, 그 정도로 해 둡시다. 당신의 짧은 생각으로 진짜 작가인 그 스페인 사람인가, 이탈리아 사람이 말하는 것을 다 이해할 수 있다고 속단해서는 곤란해요. 그것도 여기 하케 시장처럼 번잡한 데서 말이오."

프란츠는 계속 읽어 내려간다.

"'그러자 엄청난 공허함과 침묵이 그녀의 영혼을 가득 채웠다.' 이건 정말 나무를 기어오르라고 하는 어이없는 소리요. 아무도 나더러 이런 걸 믿게 하지는 못할 거요. 그럴 놈 있으면 나와 보라고 해요. 도대체 언제부터 공허와 침묵이야? 그런 것에 대해서는 나도 그 작자처럼 한마디 할 수 있는데, 여자들이란 어디를 가나 별다를 바 없다는 거요. 나한테도 한 여자가 있었는데, 그 여자는 벌써 내 수첩에서 어떤 주소를 보고 뭔가를 알아차렸죠. 그 여자가 무엇을 알아채고도 침묵했을 거라고 생각하시오? 그렇다고 여기시는 모양인데, 그렇다면 당신은 여자들에 대해 뭘 모르는 거요. 당신은 그 여자가 소리 지르는 것을 들어 봤어야 할 거요. 그때 온 집안에 찢어지는 소리가 울리고 난리가 났었죠. 그 여자는 정말로 요란하게 울부짖더라고요. 내가 그 여자에게 연유를 설명할 틈도 없었소. 마치 꼬챙이에 찔리기라도 한 것처럼 계속 소리를 질렀거든요. 사람들이 들이닥치고, 마침내 바깥으로 빠져나오고 나니 정말 살 것 같더라고요."

"맙소사, 당신은 도통 이해를 못하는 게 있는 것 같군, 두 가지요."

"그게 뭐요?"

"나한테서 신문을 사 가는 사람들은 그걸 사서 모아 두려는 거요. 거기에 어떤 헛소리가 있다고 해도 괘념하지 않아요. 관심을 끄는 것은 단지 그림들뿐이니까."

프란츠 비버코프의 왼쪽 눈은 못 믿겠다는 눈치였다.

"그런데 여기 『여성의 사랑』과 『우정』이란 것도 있소. 이 잡지들은 허튼소리나 하는 것이 아니라 투쟁을 하는 거요. 그래요, 그들은 인권을 위해 투쟁하는 거요."

"그들이 문제를 삼는 것이 뭐죠?"

"당신이 아직 모른다면 말해 주는데, 175조 때문이오."*

오늘 마침 란츠베르크 거리 알렉산더 궁전에서 강연이 하나 있고, 그곳에 가면 프란츠는 독일에서 매일 백만 명의 사람들이 겪는 부당한 일에 대해 뭔가 들을 수 있을 것이라고 한다. 어쩌면 머리카락이 쭈뼛 설지도 모른다는 것이다. 남자는 날짜가 지난 잡지 한 묶음을 프란츠의 팔에 찔러 주었다. 프란츠는 한숨을 쉬며 제 겨드랑이에 낀 잡지 꾸러미를 바라보았다. 그래, 저 사람도 거기에 오겠지. 난 도대체 무엇 하러 거기 가려는 것이지, 정말 가 봐야 할까, 이런 잡지들로 장사를 해 볼 만하다는 말인가. 동성애자들. 저 사람은 이딴 것들을 내게 주면서 집에 가져가서 읽어 보길 권하고 있어. 그런 친구들이 참 안되기는 했어. 하지만 그 친구들이 나하고 무슨 상관이야.

프란츠는 정신이 매우 혼란한 상태로 그곳을 떴다. 그 일이 개운치 않아 리나에게는 한마디도 하지 않고 저녁에 그녀를 혼자 두고 나왔다. 신문 파는 늙은 남자는 그를 조그만 홀 안으로 밀어 넣었다. 그곳에는 남자들이 앉아 있었는데 대부분 젊은 사람들이었고, 여자도 몇 명 있기는 했지만 쌍쌍으로 온 것이었다. 프란츠는 한 시간 동안 아무 말도 하지 않고, 모자를 푹 내려쓰고는 히죽히죽 웃기만 했다. 그러다 10시가 지나자 더는 견딜 수 없어 슬그머니 자리를 떴다. 그런 상황과 그곳에 모인 인간들이 말할 수 없이 우스꽝스러웠다. 그렇게 많은 동성애자들이 떼를 지어 있는데, 자신이 그 한가운데 끼어 있었던 것이다. 그는 잽싸게 밖으로 나와야 했고, 알렉산더 광장을 향해 걸어가며 웃어 댔다. 홀 안에서 그가 마지막으로 들었던 연사의 보고는 켐니츠에 관한 것으로, 그곳에서는 11월 27일부터 새로운 경찰 조례가 시행된다는 것이다. 그렇게 되면 동성애자들이 함께 거리로 나가서도 안 되고 공중변소도 사용할 수 없으며, 적발 시에는 30마르크의 벌금을 물어야 한다는 것이다. 프란츠는 리나를 찾아 갔으나, 그녀는 주인집 아주머니와 외출하고 없었다. 그는 자리에 누워 잠이 들었다. 꿈속에서 그는 많이 웃고 욕도 많이 했다. 그를 태우고 지게스알레('승리의 대로')에 있는 롤란트 분수 주위만 맴도는 멍청한 운전사와 주먹질을 했던 것이다. 교통경찰이 그 차 뒤를 바짝 따라붙었다. 마침내 프란츠는 자동차에서 뛰어내렸다. 그래도 자동차는 미친 듯이 계속 분수와 그 주위를 돌았다. 그래서 프란츠는 경찰과 함께 그 자리에 서서 상의를 했다. 저 운전사가 미쳤어요, 저자를 어떻게 해야 할까요.

다음 날 오전, 그는 언제나처럼 예의 술집에서 리나를 기다렸다. 그는 그 잡지들을 갖고 있었다. 그는 리나에게 이런저런 이야기를 들려주고 싶었다. 그 젊은 친구들이 정말로 어떤 고통을 겪고 있는지, 켐니츠와 30마르크의 벌금 조항에 관한 이야기, 그런데 사실 그것은 그와 아무 상관 없는 일이고, 그런 조항은 그들 스스로 걱정해야 할 일이라는 것, 어쩌면 메크가 술집에 나타나 가축 상인들을 위해 뭔가를 해 보라고 종용할지도 모른다는 것, 아니, 그가 원하는 것은 평화이고, 그는 그들의 문제에 상관하고 싶지 않다는 것 등이다.

리나는 그가 잠을 설쳤음을 즉시 알아차린다. 그러자 그는 머뭇거리며 그녀 앞에 잡지를 내미는데, 그림들이 위쪽에 있다. 리나는 놀란 나머지 손으로 입을 가린다. 그러자 그는 다시 정신에 관해 지껄이기 시작한다. 그러면서 테이블에 혹시 어제의 맥주 자국이 남아 있는지 찾아보지만 보이지 않는다. 그녀는 그에게서 물러선다. 혹시 저 사람에게도 여기 잡지에 있는 것과 같은 일이 일어나고 있는 걸까. 그녀로서는 이해할 수가 없다. 지금까지의 그는 전혀 그렇지 않았다. 그가 서툰 동작을 취하면서 맨손가락으로 하얀 나무 위에 선을 긋고 있다. 그러자 그녀는 테이블 위의 잡지 뭉치를 집어 들어 그가 앉은 긴 의자에 내동댕이치고는 디오니소스의 광란한 여제자 모습으로 서 있다. 이어 두 사람은 한참이나 서로를 바라보는데, 그가 소년처럼 그녀를 올려다보고 있는 중에 그녀가 밖으로 나가 버린다. 그는 잡지 뭉치와 함께 앉아 있다. 이제 그는 동성애자들에 대해 깊이 생각해 볼 수 있다.

대머리 남자 하나가 어느 날 저녁 산책을 하다가 티어가르텐 구역에서 한 귀여운 미소년을 만난다. 미소년은 곧바로 남자의 팔에 매달리고, 두 사람은 한 시간 정도 즐겁게 산책을 한다. 그러다가 대머리 남자는 소년을 사랑하고 싶은 열망, 아니 충동, 욕망이 순간적으로 마구 일어난다. 그는 결혼한 몸인데, 전에도 이러한 감정을 이따금 느꼈지만 이번만큼은 참을 수가 없다. 그것은 정말 멋진 일이다. "그대는 나의 태양, 그대는 나의 황금."

그리고 소년은 아주 온순하다. 세상에는 이런 일이 있다. "자, 우리 함께 조그만 호텔로 가요. 내게 5마르크나 10마르크만 주시면 돼요. 전 완전히 빈털터리니까요." "그대가 원하는 대로, 나의 태양." 그는 소년에게 지갑을 통째로 선사한다. 세상에는 이런 일이 일어난다. 이거야말로 모든 것 중에서 가장 근사한 일이다.

그러나 호텔 방문에는 작은 구멍 창들이 나 있다. 주인이 뭔가를 보고는 아내를 부르고, 아내 역시 뭔가를 본다. 그들은 자기네 호텔에서 저런 짓을 하게 내버려 둘 수 없고, 자신들이 직접 보았으니 남자가 부인하지 못할 것이라고 말한다. 그들은 결코 저런 일을 용납하지 않을 것이고, 남자는 소년을 꼬여 낸 것을 부끄럽게 여겨야 하며, 그 남자를 경찰에 신고하겠다고 한다. 종업원과 방을 정리하는 아가씨도 와서 들여다보고는 히죽 웃는다. 이튿날 대머리 남자는 아스바흐 우어알트 코냑 두 병을 사 들고 출장을 떠나 헬골란트로 가는데, 만취한 상태로 바다에 뛰어들기 위해서다. 그러나 그는 술에 잔뜩 취해 배를 타기는 하지만 이틀 뒤 아내에게로 다시 돌아오고, 집에서는 아직까지 아무 일도 일어나지 않았다.

하여튼 그달은 물론 그해 동안은 아무 일도 일어나지 않는다. 한 가지 일이 있었다면, 그가 미국의 숙부한테서 3천 달러의 유산을 받아 즐길 수 있게 되었다는 것이다. 하지만 그가 온천에 가 있던 어느 날, 법원의 소환장이 집으로 배달되어 아내가 대신 서명하고서 소환장을 받았다. 소환장에는 문에 달린 엿보는 구멍 창이며 지갑, 사랑스러운 미소년 등 온갖 이야기가 다 적혀 있었다. 대머리 남자가 휴양지에서 돌아오자, 아내와 장성한 두 딸 등 가족이 모두 울음을 터뜨린다. 그는 소환장을 읽는데, 그것은 더 이상 사실에 부합하지도 않고 이거야말로 카를 대제*까지 거슬러 올라가는 관료주의의 산물이다. 그런 것이 지금 그에게 들이닥쳤는데, 그것은 맞는 말이기도 하다.

"재판관님, 대체 제가 무슨 일을 했단 말입니까? 저는 어떤 언짢은 일도 하지 않았습니다. 저는 방으로 가서 거기 틀어박혀 있었을 뿐입니다. 문에 엿보는 구멍 창이 있는 것을 난들 어쩌겠습니까. 처벌받을 만한 어떠한 행위도 없었습니다."

소년이 그의 진술을 확인해 준다.

"자, 제가 무엇을 했습니까?"

모피 외투를 입은 대머리 남자는 울먹인다.

"제가 도둑질이라도 했습니까? 주거 침입을 했습니까? 저는 다만 사랑하는 소년의 마음에 침입했을 뿐입니다. 나는 소년에게 '나의 태양' 이라고 말했습니다. 그는 정말로 그랬으니까요."

그는 무죄 판결을 받는다. 집에 있는 가족들은 여전히 울고 있다.

'마술피리' 댄스홀, 1층에 미국식 댄스홀까지 구비, 연회용으로는 동양풍의 카지노가 준비되어 있습니다. 여자 친구를 위해 크리스마스에는 무슨 선물이 좋을까요? 여장을 하고 싶은 남성분들, 수년간의 실험 끝에 마침내 수염을 뿌리째 제거해 주는 치료제를 찾아냈습니다. 신체 어느 부위든 제모가 가능합니다. 동시에 나는 여성들에게 최단기간에 최고의 젖가슴을 만들어 주는 방법도 발견했습니다. 약품을 쓰지 않고, 절대적으로 안전하며 무해한 방법입니다. 증거는 바로 나 자신입니다. 모든 전선에서 사랑을 위한 자유.*

별빛 맑은 하늘이 인간 세상의 어두운 곳을 내려다보았다. 케르카우엔 성은 한밤의 고요에 잠겨 있었다. 그러나 금발의 고수머리 여인은 머리를 베개에 파묻으며 잠을 이루지 못했다. 내일이면, 당장 내일이면 사랑하는 사람, 마음 깊이 사랑하는 사람이 그녀를 떠나갈 것이다. 속삭임의 소리가 캄캄하고 도저히 침투할 수 없는 (어두운) 밤을 뚫고서 지나갔다(달려갔다). 기자, 내 곁에 있어요, 내 곁에 남아요. (가지 마요, 떠나지 마요, 쓰러지지 말고 여기에 앉아요.) 나를 떠나지 마요. 그러나 무정한 적막은 귀도 심장도 (발도 코도) 없다. 그리고 저쪽, 겨우 담벼락 몇 개 떨어진 곳에 창백하고 가냘픈 여인이 뜬눈으로 누워 있었다. 그녀의 검고 풍성한 머리카락은 비단 침대 위에 어지럽게 흩어졌다(케르카우엔 성은 비단 침대로 유명하다.) 오싹한 한기에 그녀는 몸을 떨었다. 마치 혹한인 것처럼 이빨이 덜덜 부딪쳤다, 마침표. 그러나 그녀는 꼼짝도 하지 않았고, 쉼표, 이불을 머리 위로 끌어올리지도 않았다, 마침표. 가냘프고 얼음장처럼 차가운 그녀의 두 손은 (혹한 때처럼 오싹한 한기, 뜬눈으로 있는 가냘픈 여인, 유명한 비단 침대) 움직이지 않고 이불 위에 놓여 있었다, 마침표. 반짝이는 그녀의 두 눈은 어둠 속을 두리번거렸고, 그녀의 입술은 떨렸다, 쌍점, 거위의 발, 로레, 줄표, 줄표, 로레, 줄표, 거위의 발(따옴표), 거위 다리, 양파를 곁들인 거위 간.*

"아니, 싫어요, 난 당신과 함께 가지 않을 거야, 프란츠. 당신과는 이제 끝이야. 당신은 나를 슬쩍 떠나갈 수 있다고." "이봐, 리나, 난 그 사람한테 이 더러운 물건을 돌려줄 거야."

프란츠가 모자를 벗어 서랍장에 올려놓고는—그곳은 그녀의 방이었다—그녀의 손을 잡고 몇 차례 설득하는 제스처를 보이자, 그녀는 그의 손을 할퀴면서 울더니 결국에는 그와 함께 방을 나섰다. 그들은 그 문제의 잡지들을 절반씩 나눠 들고서 로젠탈 거리, 노이에쉰하우스 거리를 거쳐 하케 시장으로 연결되는 최전선을 향해 나아갔다.

전투 지역에 이르자, 다정하고 너저분하며 울어서 퉁퉁 부은 작은 키의 리나는 홈부르크 왕자*의 방식으로 단독 돌격을 감행했다. 나의 고귀한 백부 프리드리히 폰 데어 마르크! 나탈리! 내버려 둬요! 내버려 둬요! 오, 세상의 신이여, 그자는 이제 파멸입니다, 하여튼, 하여튼 말입니다! 그녀는 다짜고짜 백발 남자의 점포로 돌진했다. 그때 고결하고 인내심 많은 프란츠 비버코프는 후방에 남는 것이 적절하다고 판단했다. 그는 슈뢰더 수출입 상사 간판이 붙은 담배 가게 앞에 눈에 띄지 않게 비켜서서, 안개와 전차와 통행인들 때문에 약간의 방해를 받으면서 막 시작된 전투의 추이를 지켜보았다. 영웅들이 맞붙은 것이고, 한 폭의 그림과 같다. 그들은 상대방의 약점과 빈틈을 노렸다. 체르노비츠 출신의 리나 프르치발라, 즉 농부 슈타니슬라우스 프르치발라의 외동딸 — 리나라는 이름을 붙이려 했던 두 딸을 조산으로 잃고 나서 얻은 딸 — 은 사나운 몸짓으로 잡지 꾸러미를 바닥에 내동댕이쳤다. 그 밖의 것은 거리의 소음에 섞여 사라져 버렸다.

"대단한 여자야, 대단한 여자!"

기꺼이 그 자리에 나서지 않은 참을성 많은 남자 프란츠는 이렇게 경탄의 신음을 토해 냈다. 예비 병력인 그는 전투가 벌어지는 중심부를 향해 다가갔다. 그때 이미 승리의 여걸 리나 프르치발라는 에른스트 퀴멀리히 선술집 앞에서 너절한 모습이지만 환희에 찬 목소리로 그를 향해 외쳤다. "프란츠, 그것을 그자에게 돌려주었어!"

프란츠는 이미 그것을 알고 있었다. 술집에 들어서자 그녀는 선 채로 그의 몸에 기대어 왔는데, 그녀는 그의 심장에 기댄 것이라 생각했겠지만 실은 그의 털 셔츠 안쪽의 흉골과 왼쪽 허파의 상엽

부분이었다. 그녀는 길카 술* 첫 잔을 단숨에 들이켜며 의기양양해했다. “지금쯤 그 인간은 그 더러운 물건들을 길거리에서 주워 모으느라 정신없을 거야.”

오, 불멸이여, 당신은 온전히 나의 것이어라, 내 사랑하는 당신, 그의 대단한 광채가 널리 퍼질 터이니, 만세, 만세, 홈부르크 왕자 만세, 페르벨린 전투의 승리자, 만세! (시녀들과 장교들, 그리고 횃불들이 성곽 위에 나타난다.)

“길카 한 잔 더 줘요.”

하젠하이데의 신세계, 삶이란 그렇고 그런 것, 삶을 원래 그런 것보다 힘들게 만들지 마라

프란츠는 리나 프르치발라 양의 방에서 그녀 옆에 앉아 그녀를 바라보며 웃는다. “리나, 창고지기라는 것이 뭔지 알아?” 이렇게 물으며 그가 그녀의 옆구리를 툭 친다. 그녀는 멍하니 그를 바라본다. “글쎄요, 저 그 푈슈라는 여자 말하는 건가요? 그 여자 창고지기 맞아요. 음반 가게에서 판들을 골라내는 일을 하거든.” “내 말은 그게 아니야. 내가 당신을 이렇게 슬쩍 밀치면 당신은 소파에 쓰러지고, 내가 그 옆에 눕는 거야. 그러면 당신은 여자 창고지기가 되고 난 남자 창고지기가 되는 거라고.” “그래요, 그러고 보니 당신은 그런 것 같네.” 그러면서 그녀는 꺅 소리를 냈다.

이렇게 해서 우리 다시 한 번, 다시 한 번, 발레랄레랄레랄라, 즐겨 보세, 즐겨 보세, 트랄라랄라. 이렇게 해서 우리 다시 한 번, 다시 한 번 즐겨 보세, 즐겨 보세.

그리고 그들은 소파에서 몸을 일으킨다 — 혹시 어디 아픈 건 아니죠, 신사분? 아프다면 어서 의사 선생님을 찾아가세요—그들은 흥겹게 하젠하이데를 향해, 술집 신세계*를 향해 걸어가는데, 그곳은 사람들이 우쭐대며 걸어 다니고 기쁨의 불꽃이 타오르며 가장 날씬한 다리를 선발해 상을 주기도 하는 댄스홀이다. 무대에는 티롤풍의 의상을 입은 악대가 앉아 있었다. 감미로운 음악이 흘러나왔다. "마셔라, 마셔, 형제여, 마셔라. 모든 염려는 집에 두고, 근심을 피하고 고통을 피하라, 그러면 인생은 흥겨운 것, 근심을 피하고 고통을 피하라, 그러면 인생은 흥겨운 것."*

그 소리는 박자에 맞추어 다리에까지 전달되었고, 맥주잔들 사이로 그들은 빙긋이 웃고, 함께 콧노래를 흥얼대면서 박자에 맞추어 양팔을 흔들었다. "마셔라, 마셔, 형제여, 마셔라, 모든 염려는 집에 두고, 근심을 피하고 고통을 피하라, 그러면 인생은 흥겨운 것, 근심을 피하고 고통을 피하라, 그러면 인생은 흥겨운 것."

찰리 채플린이 그곳에 몸소 나타나 북동부 지방 독일어로 뭐라 속삭였고, 통 넓은 바지에 커다란 신발을 신고서 위쪽의 난간에서 뒤뚱거리며 걷다가 나이가 꽤 들어 보이는 숙녀의 다리를 붙잡더니 그녀와 함께 미끄럼틀을 타고 내려왔다. 아주 많은 가족들이 식탁 주변을 더럽히면서 게걸스레 음식을 먹고 있었다. 당신은 단돈 50페니히만 내면 종이 술이 달린 긴 지팡이를 구입해 원하는 어떤 인연도 만들어 낼 수 있어요. 사람은 목 부위가 특히 민감하고 무릎 또한 민감한 편인데, 나중에는 다리를 쳐들고 돌아본답니다. 도대체 여기 나온 사람들은 다 누구일까? 남녀 시민들, 저쪽에는 독일 제국의 국방군도 한 무리. 마셔라, 마셔, 형제여, 마셔라, 모든 염려는 집에 두고.

파이프 담배, 시가, 궐련에서 나온 연기가 구름처럼 피어올라 거대한 홀 전체에 안개가 낀 것처럼 퍼져 있다. 연기는 너무 가득 차면 자신의 가벼운 몸무게 덕분에 위로 달아나려 하고, 틈새나 구멍 또는 연기를 내보낼 준비가 된 환기창을 잘도 찾아낸다. 바깥, 그런데 바깥은 칠흑 같은 밤과 추위뿐이다. 그러면 연기는 자신의 경솔함을 후회하고 타고난 제 본성에 저항해 보지만, 환기장치는 한 방향으로만 돌아가기 때문에 아무것도 돌이킬 수가 없다. 너무 늦었다. 연기는 자신이 물리 법칙들에 에워싸여 있음을 깨닫는다. 연기는 자신이 어떤 상태인지 모르기에 제 이마를 짚어보려 하지만 그러한 것은 없고, 생각을 해 보려 하지만 생각할 수도 없다. 바람과 추위, 그리고 밤에 사로잡혀 연기는 이제 더 이상 보이지 않는다.

한 테이블에 두 쌍의 남녀가 앉아서 지나가는 사람들을 바라본다. 얼룩무늬 옷을 입은 신사가 피부가 가무잡잡하고 뚱뚱한 여인의 젖가슴 위로 콧수염 기른 얼굴을 파묻는다. 두 사람의 심장은 감미로움에 떨고, 콧구멍으로는 숨을 내쉰다. 남자는 여자의 젖가슴 위에, 여자는 남자의 기름 바른 뒤통수 쪽에 얼굴을 파묻고 있다.

그들 옆에서는 노란 체크무늬 옷을 입은 여인이 웃고 있다. 그녀와 함께한 신사는 그녀의 의자에 팔을 두르고 있다. 여자는 뻐드렁니에 외알 안경을 쓰고 있고, 안경을 끼지 않은 왼쪽 눈은 거의 보이지 않는 것 같았다. 그녀는 미소를 지으며 담배 연기를 내뿜고 고개를 흔든다. "무슨 질문이 그런가요." 옆 테이블에는 금발 파마머리의 젊은 여자가 앉아 있는데, 달리 표현한다면 떡 벌어진, 그러나 옷으로 잘 가린 엉덩이로 낮은 정원용 의자의 쇠판을 덮고 있다고 해야 할 것이다. 그녀는 비프스테이크 한 조각과 맥주 석 잔을 마신 탓인지 음악에 맞추어 흥얼거리는 중이다. 그녀는 수다를 떨면서 머리를 그의 목에 기대는데, 남자는 노이쾰른에 있는 한 회사에서 제2 설비 기술자로 일하고 있다. 그에게 이 젊은 여자는 올해만 네 번째 상대이고, 그녀에게 이 남자는 열 번째, 또는 그녀의 공식 약혼자인 사촌까지 포함하면 열한 번째 상대이다. 그녀는 갑자기 눈을 번쩍 뜬다. 위쪽의 채플린이 당장이라도 굴러떨어질 것 같기 때문이다. 설비 기술자는 무슨 일이 막 일어날 것 같은 미끄럼대를 두 손으로 꽉 잡는다. 그들은 짭짤한 브레첼 빵을 주문한다.

작은 식료품 업체의 공동 소유주인 서른여섯 살의 신사가 하나에 50페니히씩 주고 커다란 풍선 여섯 개를 사서 악대 앞의 통로에서 하나씩 위로 날려 보내고 있다. 별다른 매력이 없는 그로서는 이런 식으로라도 혼자서 또는 둘씩 다니는 소녀, 부인, 처녀, 과부, 이혼녀, 정절을 쉽게 버리거나 간통한 여자들의 관심을 끌어 어떻게든 인연을 맺어 보려는 것이다. 연결 통로에서는 20페니히를 내면 역기를 한 번 들어 볼 수 있다. 미래를 한번 점쳐 봅시다. 자, 손가락에 물을 충분히 묻혀 화학 약품이 묻은 두 개의 하트 사이에 원을 그리며 톡톡 두드리고 그 상태로 종이 위의 빈 곳을 몇 번 문지르면, 미래의 모습이 나타납니다. 당신은 어린 시절부터 올바른 길을 걸어왔습니다. 당신의 마음은 거짓을 모르지만, 그래도 섬세한 감각으로 당신을 시샘하는 친구들이 파 놓는 어떤 함정도 알아차릴 것이다. 앞으로도 당신 자신의 처세술을 믿으세요. 당신이 이 세상에 태어날 때 빛나던 당신의 별은 앞으로도 변함없는 길잡이가 되어 줄 것이고, 당신의 행복을 완성해 줄 삶의 반려자에게로 당신을 이끌 것입니다. 당신이 신뢰하게 될 반려자는 당신과 똑같은 성품의 소유자입니다. 그 반려자의 구애는 격렬하지는 않겠지만, 그 사람 곁에서 당신이 누리는 고요한 행복은 그만큼 더 오래갈 것입니다.

다른 쪽 홀의 휴대품 보관소 옆 발코니에서는 악단이 아래쪽을 향해 연주하고 있었다. 단원들은 빨간 조끼를 입었고, 마실 것이 없다고 줄곧 소리쳤다. 그들 아래쪽에는 연미복을 입은 순진한 표정의 뚱뚱한 남자가 서 있었다. 남자는 무늬가 유난스러운 종이 모자를 쓰고 노래를 부르면서 종이 카네이션을 단춧구멍에 꽂으려 애썼지만, 벌써 여덟 잔의 생맥주와 펀치 두 잔, 코냑 넉 잔을 마신 탓에 도무지 성공하지 못했다. 그는 소란스러운 분위기 속에서 악단을 향해 노래를 부르고, 이어 몸이 심하게 퍼진 늙은 여자와 왈츠를 추는데 마치 회전목마처럼 크게 원을 그리며 돌았다. 춤을 추는 동안 늙은 여자는 어지러워져서 점점 더 옆으로 멀어졌지만 폭발 직전에 간신히 정신을 차려 세 개의 의자에 겨우 앉을 수 있었다.

프란츠 비버코프와 연미복을 입은 그 남자는 휴식 시간에 발코니 아래에서 만났다. 발코니에서는 악사들이 여전히 맥주를 달라고 소리치고 있었다. 그런데 빛을 뿜는 파란 눈 하나가 프란츠를 뚫어지게 쳐다보았다. 사랑스러운 달아, 너는 참으로 고요히 떠오르는구나.* 그의 다른 한쪽 눈은 앞을 보지 못했다. 그들은 하얀 맥주잔을 높이 들었다. 그때 상이용사가 쉰 목소리로 말했다. "당신도 배신자군, 다른 사람들은 다 여물통 주위에 앉아 있는데." 비버코프는 맥주를 한 모금 들이켰다. "그렇게 뚫어지게 쳐다보지 마시오, 이봐요, 당신은 어디서 복무했소?"

그들은 건배했다. 악단의 축배 음악이 울려 퍼졌다. 우리는 마실 것이 없어요, 우리는 마실 것이 없어요. 이봐요, 그만해요, 여러분, 기분 좋게, 항상 기분 좋게, 건배, 우리의 멋진 기분을 위해 건배.

"당신은 독일 사람이오? 순수한 독일인이오? 이름이 뭐요?"

"프란츠 비버코프요. 뚱보 아가씨, 저 사람은 나를 알아보지 못하는가 보지."

상이용사는 뭐라고 중얼거리다가 손으로 입을 가리고 트림을 했다.

"당신은 정말 독일 남자라 이거지, 가슴에 손을 얹고 말해 보라고. 저 빨갱이들하고는 어울리지 마시오. 그러면 당신은 배신자요. 그리고 배신자라면 내 친구가 될 수 없지."

그러면서 그는 프란츠와 포옹했다.

"폴란드 놈들, 프랑스 놈들, 그리고 조국, 우리는 조국을 위해 피를 흘렸던 거요. 그런데 조국은 우리에게 이런 식으로 감사를 표시하는군."

그는 몸을 추스르고 일어나더니 그사이 정신을 차린 펑퍼짐한 여자와 다시 춤을 추었는데, 어떤 음악이 나와도 똑같은 왈츠다. 그러다가 그는 비틀거리면서 이리저리 두리번거렸다. 프란츠가 소리쳤다. "여기요." 리나가 그 남자를 데리러 갔는데, 남자는 먼저 리나와 춤을 추고는 그녀와 팔짱을 끼고서 프란츠 앞에 나타났다. "실례입니다만, 나한테 이런 즐거움과 영광을 베풀어 주신 당신, 존함이 어떻게 되나요?" 마셔라, 마셔, 형제여, 마셔라, 모든 염려는 집에 두고, 근심을 피하고 고통을 피하라, 그러면 인생은 흥겨운 것.

돼지 족발 두 개, 소금에 절인 돼지 목살 요리 하나, 그리고 이 숙녀는 고추냉이를 먹었고, 휴대품 보관소, 그래, 대체 당신은 어디에 맡겼다는 건가요, 여기는 휴대품 보관소가 두 곳이라서. 그런데 죄수들이 조사받을 때 결혼반지를 끼고 있어도 되나요? 나 같으면 안 된다고 할 거요. 보트 클럽은 4시까지 열었어요. 거기 자동차 전용 도로는 정말 형편없어요. 계속 자동차 천장에 부딪히기나 하죠. 거의 물속으로 다이빙하는 거나 다름없어요.

상이용사와 프란츠는 어깨동무를 하고 바에 앉아 있다.

"당신한테 한마디 하겠소, 이봐요, 그들이 내 연금을 줄였어요, 나는 빨갱이들한테 갈 거요. 불꽃 칼을 들고 우리를 낙원에서 내쫓는 자는 바로 대천사요, 그 후 우리는 그곳으로 되돌아가지 못하는 거요.* 우리가 저기 하르트만스바일러코프*에 주둔하고 있을 때 내가 중대장한테 말한 거요. 그 사람은 나와 마찬가지로 슈타가르트 출신이오."

"슈토르크코 출신?"

"아니, 슈타가르트. 내 카네이션을 잃어버린 것 같아, 아니, 여기 있군."

아름다운 해변에서 파도 소리를 들으며 키스를 해 본 사람은 지상에서 가장 아름다운 것이 무엇인지 알지, 그는 바로 사랑과 속삭임을 나누었지.*

프란츠는 이제 민족주의 성향의 신문들*을 팔러 다닌다. 유대인들에 대해 반감이 있는 것은 아니지만 그는 질서를 지지한다. 낙원에도 질서는 있어야 하는 법이고, 그것은 누구나 다 안다. 그리고 그는 철모단*과 그 젊은이들과 그들의 지도자들도 보았다. 정말 대단하다. 그는 포츠담 광장의 지하철 출구, 프리드리히 거리의 아케이드, 알렉산더 광장의 기차역 아래에 서 있다. 그는 댄스홀 '신세계'에서 만난 상이용사, 다시 말해 뚱보 여자와 어울렸던 저 애꾸눈 남자의 의견에 동조하고 있다.

대림절* 첫 주일에 즈음하여 독일 국민에게 고함. 마침내 여러분의 망상을 분쇄하고, 온갖 술수로 여러분의 마음을 어지럽히는 자들을 처단하라! 그러면 언젠가 정의의 칼과 빛나는 방패를 들고 진리가 우뚝 솟아나 적들을 물리칠 날이 올 것이다.

"이 구절을 쓰는 동안 '제국 깃발*'의 기사(騎士)들에 대한 공판이 열리고 있다. 이들은 15배 또는 20배의 수적 우세에 힘입어 겨우 한 줌의 국가사회주의자들(나치 당원)을 기습하여 때려눕히고, 심지어 우리 당의 동지 히르슈만을 잔인무도한 방식으로 살해함으로써 자신들의 평화주의 강령과 신념에 따른 용기를 표출할 수 있었다. 더구나 거짓말을 해도 좋다는 법적인 허가와 거짓말을 하라는 당의 명령을 받은 듯한 피고인들의 진술로 미루어 그들의 행동이 얼마나 고의적인 만행이었는지 분명히 드러나고, 그 밑바닥에 있는 당의 원칙들도 고스란히 모습을 드러낸다."

"진정한 연방주의는 반유대주의이고, 유대주의에 대한 투쟁은 바이에른의 독립적 주권을 위한 투쟁이기도 하다. 마테저 대연회장은 개회가 시작되기 한참 전부터 초만원을 이루었고, 새로운 방문객이 속속 몰려왔다. 개회 선언이 있기 전까지 우리의 옹골찬 나치돌격대 악대는 경쾌한 행진곡과 노래를 힘차게 연주하여 우리를 흥겹게 해 주었다. 8시 반에 당 동지 오버레러가 진심 어린 환영사로 개회를 선언하였고, 이어서 동지 발터 암머가 연설을 했다."*

낮 시간에 프란츠가 엘자스 거리의 술집에 들어서면서 조심을 하느라 완장을 주머니에 넣자, 그곳에 있던 친구들이 심술궂은 웃음을 터뜨리면서 그의 완장을 다시 끄집어낸다. 프란츠가 그들을 만류한다.

그가 직장을 잃은 젊은 철물공에게 뭐라고 하자, 철물공은 놀라서 커다란 맥주잔을 내려놓는다.

"그래, 자네는 나를 비웃는군, 리하르트. 도대체 왜 그러는 건지 그 이유를 알고 싶군. 자네가 결혼한 몸이기 때문에 그러는 거야? 자네는 고작 스물한 살이고 자네 부인은 열여덟이야. 그런데 자네가 인생에 대해 뭘 안다는 거야? 쥐뿔도 모를 걸. 내가 말하지만 리하르트, 우리가 아가씨들에 대해 얘기를 한다면 말이야, 하기야 자네한테도 작은 아들이 하나 있지. 그래서 빽빽 울어 젖히는 그 애 덕분에 자네 말이 맞기도 하겠어. 하지만 그 밖에는 뭐가 있겠어? 안 그래?"

연마공 게오르크 드레스케, 서른아홉 살이고 지금은 공장에서 쫓겨난 신세인 그가 프란츠의 완장을 흔들어 댄다.

"그 완장 말이야, 게오르크, 그것을 자세히 살펴보라고. 거기에 사람이 책임 못 질 건 아무것도 없어. 나도 저기 바깥에서 도망을 쳤어, 자네처럼 말이야. 그런데 나중에 보니 그게 대체 무엇이었어? 어떤 친구가 갖고 있는 시가의 띠가 빨간색이든 금색이든, 아니면 흑백적*이든 그것 때문에 시가 맛이 더 좋아지는 것은 아니잖아. 중요한 것은 연초 그 자체야, 이 친구야. 바깥 잎, 속잎, 잘 말고 잘 건조됐는가 그리고 산지가 어디냐 하는 것이지. 내 말은 그거야. 그런데 우리가 도대체 무엇을 했지, 게오르크, 어서 말해 보라고."

게오르크는 완장을 가만히 자기 앞 테이블에 내려놓더니 맥주를 들이켜고는 몹시 망설이면서 입을 열었는데, 심지어 이따금 말을 더듬으며 여러 번 혀로 입술을 문질렀다.

"난 그저 자네를 보는 거야, 프란츠, 그리고 다만 말을 하고 있을 뿐이지, 자네를 그 옛날 아라스 전투와 코브노 전투* 시절부터 알고 있어. 그런데 자네는 그 녀석들한테 멋지게 속은 거야." "그 완장 때문에 그런 생각을 하는 거야?" "모든 것이 그래. 그만하게. 자네가 그런 식으로 사람들 사이를 휘젓고 다닐 필요는 없다고."

그러자 프란츠는 자리에서 일어서며, 뭔가를 막 물어보려 하는 실러풍 녹색 옷깃의 철물공 리하르트 베르너를 옆으로 밀친다.

“아니, 그대로 있어, 꼬맹이 리하르트, 자네는 충분히 훌륭한 친구지만 이건 어른들 사이의 일이야. 자네가 투표권이 있다고 해서 아무 때나 나와 게오르크 일에 끼어들 수 있는 건 아니지.”

그러더니 그는 테이블로 가서 잠시 생각에 잠겨 연마공 옆에 서 있고, 커다란 푸른색 앞치마를 걸친 술집 주인은 바의 안쪽 코냑 선반 앞에 서서 통통한 두 손을 싱크대에 담근 채 이쪽을 주목한다.

“그래서 게오르크, 아라스가 어쨌다는 거야?”

“그걸 왜 나한테 물어? 그거야 자네가 잘 알겠지. 자네가 거기서 왜 도망을 쳤는지 말이야. 그러고 나서 이 완장은 뭐야, 맙소사, 프란츠, 나라면 차라리 그걸로 목을 매겠어. 자네는 정말 그 녀석들에게 속은 거라고.”

프란츠는 자신에 찬 눈빛을 짓더니, 말을 더듬으며 머리를 뒤로 젖히는 연마공의 눈을 뚫어져라 쳐다본다.

“아라스 일에 대해서는 좀 더 알고 싶네. 더 캐보고 싶단 말이야. 자네가 정말 아라스에 있었다면 말이야!”

“자네 제정신이 아닌 것 같아, 프란츠, 난 아무 말도 하지 않았네. 자네 취한 것 같아.”

프란츠는 잠시 기다리면서 곰곰이 생각한다. 내가 저 녀석을 한 번 골려 줘야겠어, 녀석은 아무것도 모르는 척하면서 결국 자신이 한 수 위라는 듯이 굴고 있군. “맞아, 게오르크, 우리는 물론 아라스에 있었지, 아르투어 뵈제와 블룸 그리고 그 키 작은 하사관과 함께 그 친구 이름이 뭐더라, 아주 웃기는 이름이었지.” “난 잊었다네.” 저 녀석이 계속 지껄이도록 내버려 두는 거야, 취해서 제정신이 아니야, 다른 사람들도 눈치를 채고 있어. “기다려 봐, 그 사람 이름이 뭐였더라, 비스타인가 비스크라 뭐 그런 거였지, 그 쪼그만 친구 말이야.” 저 녀석이 그냥 떠들게 내버려 두는 거야, 난 아무 말도 하지 않겠어, 저 녀석이 갈피를 잡지 못하게 되면 더 이상 입을 열지 않겠지. "그래, 우리는 모두 그들을 알고 있어. 그런데 난 그 이야기를 하는 게 아니야. 그러니까 아라스 이후에 우리가 어디에 있었는가 하는 거야, 전쟁이 끝나고 1918년 이후에 말이야. 이곳 베를린에서뿐만 아니라 할레, 그리고 킬에서도 다른 사건들이 벌어졌을 때 말이야."

게오르크 드레스케는 프란츠의 말에 응수하지 않았다. 정말 내가 멍청한 짓을 하고 있어, 이따위 헛소리를 하려고 이 술집에 온 것은 아니야. "아니, 그만두세, 난 금방 나갈 거야. 그런 얘기는 저 어린 리하르트한테나 하라고. 이리 오게, 리하르트." "내 앞에서는 참 대단한 척하시는군, 저 남작님 말이야. 이제는 남작들하고만 상대하겠다는 건가. 그런 지체 높은 분이 이런 술집에서 우리 같은 부류와 어울리다니."

또렷한 두 눈이 드레스케의 불안한 눈을 똑바로 쳐다본다. "그러니까 내가 말하려는 것은 정확하게 이거야, 게오르크, 우리가 1918년 이후 아라스에 주둔했을 때 어디에 있었느냐 말이지. 야전포병대냐, 아니면 보병이냐, 고사포 부대냐, 통신대 또는 공병이었느냐 말이야. 나중에 평화가 찾아왔을 때 우리는 어디에 있었지?"

이제 감을 잡았어, 잠깐만 기다려라, 애송이, 네 녀석이 그 문제를 건드려서는 안 되지.

"나는 우선 조용히 내 맥주잔을 비우겠네, 그리고 프란츠, 자네가 그 뒤로 사방 어디에 있었는지, 어디를 갔든 가지 않았든, 서 있었든 앉아 있었든, 그게 다 어디였는지는 자네 신분증을 살펴보면 나오겠지, 자네가 지금 신분증을 소지하고 있다면 말이야. 장사꾼이라면 신분증은 늘 가지고 다녀야지."

그래, 이제 네 녀석이 내 말을 알아듣겠구나, 좋아, 잘 기억해 두라고. 프란츠가 침착한 눈길로 드레스케의 교활한 눈을 응시한다.

"1918년 이후로 4년 동안 난 베를린에 있었어. 전쟁이 그렇게 오래 끈 것도 처음이야, 맞아, 나는 이곳저곳을 쏘다녔고, 자네도 그러했겠지. 여기 리하르트야 아직 엄마 치마폭에 싸여 있을 때였을 거야. 그런데 이곳 베를린에서 우리는 아라스에서 겪은 것과 같은 것들을 목격했어. 자네도 그런가? 인플레이션, 지폐들, 수백만, 수십억의 돈, 하지만 고기도 없고 버터도 없고 이전보다 훨씬 형편없었어. 우리는 이 모든 것을 목격한 거야. 자네도 마찬가지야, 게오르크, 그리고 아라스가 어떤 곳이었는지는 자네 손가락으로 직접 헤아려 볼 수 있을 거야. 그곳에는 아무것도 없었어, 안 그래? 우리는 고작 떠돌아다니면서 농부들의 감자나 훔쳐 먹었지."

혁명이라고? 깃대를 해체하고 깃발을 방수포 봉투 안에 챙겨서 궤짝에 집어넣어라. 여자들한테 실내화를 갖다 달라 하고 새빨간 넥타이는 풀어 버려라. 너희는 혁명을 항상 주둥이로만 하지, 너희가 주창하는 공화국, 그것은 산업 재해에 불과한 거야!

게오르크 드레스케는 속으로 생각한다. 저 녀석은 정말 위험한 친구가 될 거야. 그사이에 리하르트 베르너, 저 풋내기 멍청이가 다시 주둥이를 놀리고 있다. "당신은 차라리 그렇게 되었으면 하는 거죠, 프란츠. 우리가 새로 전쟁을 시작했으면 하는 거죠, 우리가 전쟁에 나서길 원하는 거잖아요. 신나게 프랑스를 격퇴하자! 하지만 그랬가는 당신 바지에 큼직한 구멍이나 생길 거요." 프란츠는 생각한다. 원숭이 같은 놈, 혼혈아, 검둥이들의 천국, 저 녀석은 전쟁을 영화로만 알고 있는 거야, 대갈통을 한 방 먹이면 그대로 거꾸러질 녀석.

술집 주인은 파란 앞치마에 두 손을 닦는다. 깨끗한 유리잔들 앞에는 초록색 전단지가 놓여 있고, 주인은 숨을 헐떡이면서 그것을 읽는다. 손으로 수확한 '케어비더' 원두커피는 타의 추종을 불허함! 일반 커피(2등급 원두와 볶음 커피). 갈지 않은 순수 원두커피 2마르크 29페니히, 순수 원두 보장 산토스, 향이 진하고 경제적인 우량품 산토스 가정용 믹스 커피, 향이 진한 판 캄피나스 믹스 커피, 정선 멕시코 믹스 커피, 저렴한 가격의 대농장 재배 커피 3마르크 75페니히, 여러 품목을 함께 철도 배송으로 주문할 경우 최소 무게는 16킬로그램. 연통 옆의 천장에서 꿀벌, 아니 말벌 한 마리가, 아니 호박벌 한 마리가 원을 그리며 날고 있는데, 지금이 한겨울임을 감안하면 완전한 자연의 기적이다. 저 녀석과 같은 혈통, 동류, 기질적인 면에서나 소속 면에서 동지인 녀석들은 다 죽은 상태, 즉 벌써 죽었거나 아직 태어나지 않았다. 지금은 빙하기인데, 저 녀석은 어찌 된 영문인지도 왜 하필 자신이 그런지도 모르고 홀로 살아남아 빙하기를 견디고 있다. 그런데 햇살이 들어와서 '뢰벤브로이 파첸호퍼' 라는 간판에 부딪혀 두 갈래로 나뉘어 소리 없이 앞쪽의 테이블과 바닥을 비추고 있는데, 태고의 모습을 그대로 담은 저 햇살을 보고 있노라면 모든 것이 덧없고 하찮은 것으로 느껴진다. 저 햇살은 x마일 저 멀리서 흘러나와 y라는 별을 지나쳐 온 것이다. 태양은 수백만 년 전부터, 네부카드네자르 왕* 훨씬 이전부터, 아담과 이브보다 더 이전부터, 익티오사우루스* 보다 이전부터 있었다. 그 햇살이 지금 창문을 통해 조그만 맥줏집을 비추면서 '뢰벤브로이 파첸호퍼' 라는 양철 간판으로 인해 두 갈래로 갈라져, 테이블들과 바닥에 퍼지면서 눈에 띄지 않게 조금씩 전진하고 있다. 햇살은 그것들 위로 쏟아지고, 그것들은 쏟아지는 햇살을 느낀다. 햇살은 날개가 있어 가볍고, 너무 가볍고, 빛처럼 가볍다. 저 높은 하늘에서 나 이곳으로 내려왔노라.*

그런데 천을 두른 커다란 두 짐승, 두 인간, 두 남자, 프란츠 비버코프와 게오르크 드레스케, 신문팔이와 직장에서 쫓겨난 연마공은 카운터 테이블 앞에서 바지 속 두 다리로 꼿꼿하게, 두툼한 외투 소매에 두 팔을 감춘 자세로 바에 기대고 있다. 두 사람은 뭔가를 생각하고 관찰하고 느끼는데, 그 내용은 서로 다르다.

"그렇다면 자네는 아라스라는 건 있지도 않았다는 걸 잘 알고 또 깨달을 수 있을 거야, 게오르크. 우리는 일을 제대로 해내지 못했어, 우리는 그러지 못했어, 그냥 솔직히 말한다면 그래. 아니, 자네들이나 그곳에 있었던 사람들도 못한 거야. 규율도 없었고, 제대로 지휘하는 사람도 없었어. 사람들은 제각기 서로에게 맞섰던 거지. 나는 참호에서 도망쳤어, 자네도 그렇게 했고, 뵈제도 마찬가지였어. 그런데 여기 후방은 사정이 어땠어, 또 누가 도망친 거야? 너나 할 것 없이 거의 모두가 그랬어. 그곳에 남은 사람은 아무도 없었어, 자네도 보았지, 정말 소수만 남았나, 대략 천 명, 그 정도야 자네가 갖게."

이제 저 녀석이 궤변을 늘어놓고 있어, 저런 얼간이, 그러니까 사탕발림에 넘어가는 거야.

"그것은 우리가 배신당했기 때문이야, 프란츠, 1918년과 1919년에 높은 분들에게 배신을 당한 거라고. 저들은 로자도 죽였고, 카를 리프크네히트*도 죽였어. 그 때문에 우리 인민은 단결해서 뭔가를 해야 하는 거야. 러시아를 한번 보라고, 또 레닌을 보란 말이야, 저들은 단결하고 있어, 접착제처럼. 그래도 좀 기다려 보자고."

피가 흘러야 하리라, 피가 흘러야 하리라, 철철 피가 흘러야 하리라.*

"나하고는 상관없는 일이야. 그런데 그렇게 기다리는 동안 세상은 망할 것이고, 자네도 함께 망할 거야. 난 다시는 그런 허튼소리에 끼어들지 않을 거야. 저들이 아무것도 해내지 못했다는 것, 나한테는 그게 증거이고, 그걸로 충분해. 아주 사소한 것도 제대로 실현된 것이 없어. 저 하르트만스바일러코프의 경우를 보라고. 어떤 사람이 그 사실을 나한테 계속 설교하려고 해. 아까 저 위에 앉아 있던 상이용사 말이야, 자네는 그 사람을 모를 거야. 전혀 모를 거야, 그건 그렇고……."

프란츠가 자리에서 일어나 테이블에 있던 완장을 집어 코트에 집어넣었다. 그러고는 왼팔을 이리저리 휘저으면서 천천히 자기 자리로 돌아간다.

"내가 지금 얘기하는 것은 늘 말해 왔던 바야, 크라우제, 당신도 이해할 거요, 리하르트, 너도 이걸 명심하라고. 자네들의 활동으로는 아무것도 이루지 못한다는 거야. 그런 방식으로는 안 돼. 여기 이 완장을 갖고 있는 자들이 뭔가 해낼 수 있을지는 솔직히 말해 모르겠어. 그럴 것이라고 말한 적도 없지만, 그거야 별개의 문제지. 이 지상의 평화, 그들이 말하는 그런 평화는 옳은 거야, 그리고 일하고 싶은 사람은 얼마든지 일을 하라고. 다만 그런 멍청한 짓은 전혀 우리 체질이 아니야."

그러고 나서 그는 창가 의자에 앉아 뺨을 문지르더니, 눈을 가늘게 뜨고 밝은 실내를 보면서 귓속 털을 하나 잡아 뽑는다. 전차가 덜컹거리며 길모퉁이를 돌아가는데 오스트링, 헤르만 광장, 빌덴브루흐 광장, 트레프토 역, 바르샤바 다리, 발텐 광장, 크니프로데 거리, 쇤하우스 대로, 슈테틴 역, 헤트비히 교회, 할레 성문, 헤르만 광장을 연결하는 9번 전차다. 술집 주인은 놋쇠로 된 맥주통 꼭지에 기대어 서서 아래턱에 새로 해 넣은 납땜 부분을 혀로 핥아 보는데 약 맛이 난다. 이번 여름에는 에밀리를 시골이나 어린이 휴가 시설이 있는 치노비츠*로 보내야겠어, 그 애는 몸이 점점 약해지고 있어. 술집 주인의 두 눈은 다시 비스듬히 놓여 있는 초록색 전단지에 가서 머문다. 그는 전단지를 똑바로 고쳐 놓으면서 약간 불안해하는 기색인데, 무엇이든 비스듬히 있는 것을 보면 가만히 있을 수가 없다. 최고급 양념 소스에 절인 비스마르크 청어, 가시를 발라낸 연한 살코기, 안에 오이 피클을 넣어 둘둘 말아 최고급 소스에 절인 청어, 젤리에 절인 청어, 큼직한 고깃덩이, 연한 살코기, 청어구이.

말소리, 소리쳐 울리는 파도, 소리의 물결들이 내용물로 가득 차서 실내에서 이리저리 출렁거린다. 바닥을 향해 미소를 짓고 있는 말더듬이 게오르크 드레스케의 목구멍에서 흘러나오는 소리다.

"자, 그렇다면 행운을 빌겠어, 프란츠. 성직자들의 말처럼 자네의 인생행로에 큰 행운을 빌겠어. 그러니까 우리가 오는 1월에 프리드리히스펠데로 카를과 로자 추모 행진*을 하려는데, 자네는 참가하지 않겠지. 여느 때처럼." 저 녀석이 더듬거리며 지껄이도록 내버려 두는 거야, 나는 신문이나 파는 거야.

술집 주인은 결국 그들만 남게 되자 프란츠에게 미소를 보낸다. 프란츠는 두 다리를 편안하게 테이블 아래로 뻗는다. "헨슈케, 저 녀석들이 어째서 도망친다고 생각하죠? 이 완장 때문에? 저들은 증원군을 데리고 올 거요!" 이 녀석은 정말로 그만둘 줄을 모르는군. 저들이 언젠가 이 녀석을 여기서 쫓아낼 거야. 피가 흘러야 하리라, 피가 흘러야 하리라, 철철 피가 흘러야 하리라.

술집 주인은 다시 이 땜질한 곳을 훑어 본다. 오색방울새를 창가로 좀 더 옮겨야겠어, 저런 작은 동물도 햇빛을 보고 싶어 할 테니까. 프란츠가 주인을 도와 카운터 안쪽 벽에 못을 박고, 주인은 파드득거리는 작은 새가 담긴 새장을 건너편 벽에서 가져온다.

"오늘은 정말 어두침침하군요. 다 높은 건물들 때문이죠."

프란츠는 의자에 올라가 새장을 걸고 다시 내려와 휘파람을 불더니, 집게손가락을 치켜들고 속삭인다. "이제는 아무도 가까이 오지 않겠지요. 곧 익숙해질 거요. 오색방울새군요. 암컷이네요." 두 사람은 말없이 서로를 향해 고개를 끄덕이고는 마주 보며 미소를 짓는다.

프란츠는 품격이 있는 남자이고,
스스로에게 무엇을 빚졌는지 안다

그날 저녁 프란츠는 헨슈케의 술집에서 쫓겨나는 일을 겪는다. 그는 9시에 혼자서 술집 안을 어슬렁거리며 새를 바라보는데, 새는 이미 고개를 날갯죽지에 묻고서 한쪽 구석의 횃대에 앉아 있다. 저렇게 조그만 짐승이 잠을 자면서도 횃대에서 떨어지지 않는 것이 신기할 따름이다. 프란츠는 주인과 나지막이 말을 주고받는다. "당신은 대체 저 작은 동물에게, 당신 술집의 그 소란 속에서도 잠을 자는 저 동물에게 무슨 말을 하죠? 녀석은 정말 대단해요. 몹시 피곤할 텐데 말이오. 여기 이 많은 담배 연기가 저 새에게 좋겠어요? 저 작은 허파에 말이오." "저 녀석이 이 술집에서 아는 것이라곤 연기뿐이오. 이곳엔 항상 담배 연기가 자욱하죠, 당신도 알다시피 여기는 술집이니까. 오늘은 그래도 연기가 옅은 편이네요."

프란츠는 이제 자리에 가서 앉는다. "그럼 오늘은 담배를 피우지 않겠소, 나까지 피우면 연기가 너무 자욱해질 테니까. 나중에 창문을 좀 엽시다. 바람이 전혀 통하지 않는 것 같으니."

게오르크 드레스케, 젊은 리하르트, 그리고 그 밖의 다른 세 남자가 건너편 테이블에 마주 앉아 있다. 나란히 앉은 두 명은 프란츠가 모르는 얼굴이다. 술집 안에 다른 손님은 없다. 프란츠가 술집에 들어섰을 때는 실내가 야단법석이었고, 이야기와 욕설이 오가고 있었다. 하지만 그가 문을 열고 들어서자 그들은 바로 목소리를 낮추었고, 두 명의 낯선 얼굴은 프란츠 쪽을 힐끔힐끔 건너다보면서 테이블 위로 몸을 숙이더니 이윽고 거만스럽게 몸을 의자에 기대고 건배를 한다. 아름다운 눈들이 깜박이고, 가득 찬 술잔이 반짝이면, 어찌 또다시 마시지 않을 수 있으리.* 대머리 술집 주인 헨슈케는 맥주 따르는 꼭지와 싱크대 앞에서 일을 하는데, 평소와 달리 밖으로 나오지 않고 계속 안쪽에서 뭔가를 꼼지락거리고 있다.

그때 갑자기 옆 테이블에서 말소리가 높아지는데, 새로운 얼굴 중 하나가 큰 소리를 내며 좌중을 이끌고 있다. 노래를 부르겠다는 것인데, 그가 보기에 술집 안이 너무 조용하고 피아노 연주자도 없다는 것이다. 헨슈케가 그쪽을 향해 소리친다. "대체 누구를 위해서 연주자를 둔단 말이오. 그럴 만큼 이 가게는 벌이가 신통치 않아요." 프란츠는 그들이 무슨 노래를 부르려는지 벌써 짐작이 간다. 새로운 노래가 아니라면 아마 「인터내셔널」이나 「형제들이여, 빛을 향해, 자유를 향해」일 것이다. 노래가 시작된다. 그들은 「인터내셔널」을 부른다.

프란츠는 음식을 씹으면서 혼자 생각한다. 저 녀석들이 나를 겨냥하고 있군. 담배만 심하게 피우지 않는다면 나야 상관없어. 저들이 노래를 부르는 동안은 담배를 피우지 않겠지. 담배는 작은 새에게는 너무 해로워. 그는 사실 나이깨나 먹은 게오르크 드레스케가 저런 애송이들하고 어울리면서 자기에게로 건너오려 하지 않을 줄은 상상도 못했다. 저런 못난 녀석, 결혼까지 한 주제에 정말 주책바가지야, 저런 풋내기들하고 앉아서 저들의 잡담이나 듣고 있다니. 그때 새로운 얼굴 중 하나가 프란츠를 향해 소리친다. "그래, 이 노래가 맘에 들었소, 동지?" "맘에 들었소. 당신들은 목소리가 좋군요." "당신도 함께 부를 수 있어요." "일단 식사부터 하겠소. 식사가 끝나면 같이 부르든지 아니면 내가 한 곡 부르겠소." "좋아요."

그들은 계속 담소를 나누고, 프란츠는 편안하게 먹고 마시면서 리나를 떠올리기도 하고, 작은 새가 잠자면서도 떨어지지 않는 것에 대해서도 생각하며, 누가 저렇게 파이프 담배를 피우는가 해서 건너편을 둘러보기도 한다. 오늘은 벌이가 아주 좋았지만 날씨가 몹시 추웠다. 저쪽에서 몇몇이 그가 식사하는 모습을 계속 지켜보고 있다. 저 녀석들은 내가 사레라도 걸릴까 걱정되는 모양이야. 옛날에 어떤 사람이 소시지 빵을 먹었는데, 그것이 위에 이르러서는 곰곰이 생각하더니 다시 목구멍으로 올라와 '겨자를 바르지 않았어!' 라고 말하고 나서야 제대로 아래로 내려갔다고 한다. 그런 행동은 훌륭한 가문에서 나온 진짜 소시지 빵이나 할 수 있다. 프란츠가 식사를 마치고 맥주까지 들이켜고 나자, 조금 전의 그 친구가 프란츠를 향해 소리친다.

"자, 어때요, 동지, 이제 우리를 위해 노래 한 곡 불러 주지 않겠소?"

저 녀석들은 무슨 노래 모임이라도 만들려는 모양이군. 나도 함께 무대에 나설 수도 있겠군. 그런데 저들이 노래 부를 동안은 담배를 피우지 않네. 나야 별로 흥이 나지 않지만 약속한 것은 지켜야지. 프란츠는 잠시 콧물을 닦으면서 생각에 잠기는데, 따뜻한 곳에 들어온 탓인지 콧물은 닦아도 소용이 없다. 리나는 어디 있을까, 소시지를 몇 개 더 먹어야 할까. 하지만 몸이 너무 불어날 거야. 저 녀석들에게는 무슨 노래를 불러 줄까. 사실 저들은 인생이 뭔지 전혀 모르는 녀석들이야. 그래도 약속은 약속이야. 갑자기 그의 머릿속에서 문장 하나, 구절 하나가 떠오르는데, 그가 교도소에 있을 때 배운 시다. 그곳에서 수감자들은 그 시를 종종 읊었고 그 소리가 모든 감방에 퍼졌다. 그는 순간적으로 무엇에 홀린 듯했고, 그의 머리는 열기로 화끈 달아올라 푹 수그러지며, 또 진지해지고 생각이 많아진다. 그는 맥주잔을 잡고서 말한다. "시를 하나 알고 있소. 교도소에서 배운 건데, 어떤 죄수가 쓴 거요. 잠깐, 그 사람 이름이 뭐더라. 아, 돔스라는 사람이었소."

맞아, 그 친구였다. 지금은 출소했겠지만, 그가 남긴 시는 하여튼 참 훌륭한 시다. 프란츠는 테이블에 혼자 앉아 있고, 헨슈케는 싱크대 뒤에 서서 술집에 있는 다른 사람들과 함께 귀를 기울인다. 지금은 들어오는 손님도 없고, 원통형의 난로에서는 장작불 타는 소리가 난다. 프란츠는 양손으로 턱을 괴고서 돔스가 지은 시를 낭송하기 시작하는데, 감방이 눈에 떠오르고 산책하던 뜰이 눈에 선하다. 그는 그것들을 조용히 견뎌 낼 수 있다. 지금은 어떤 녀석들이 들어와 있을까? 이제 그는 교도소 뜰을 산책하는 기분이다. 그것은 여기 있는 녀석들이 도저히 알지 못하는 것이다. 저 녀석들이 인생에 대해 뭘 알겠는가.

그는 낭송을 시작한다.

"그대, 오 인간이여, 이 땅에서 사나이다운 주체가 되려는가, 그렇다면 지혜로운 산파가 너를 이 세상의 빛으로 내보내기 전에 곰곰이 생각하라! 이 세상은 비탄의 둥지!* 이 시구를 쓰는 시인의 말을 믿어라, 번번이 이 지겹고 딱딱한 음식을 씹고 있는 시인의 말을! 괴테의 『파우스트』에서 슬쩍해 온 인용구를 보자. 인간이란 무릇 어머니의 배 속에 있을 때만 제 삶을 기뻐하는 법! 국가라는 훌륭한 아버지가 있어 너를 아침부터 밤늦게까지 타박하면서 짜증나게 하지. 여러 법 조항과 금령(禁令)을 동원해 너를 괴롭히고 착취하지! 국가의 첫 계명은 '인간아, 내놓아라!', 두 번째 계명은 '주둥이를 닥쳐라!' 이다. 그렇게 해서 그대는 미몽의 상태, 고역의 상태에서 살아가지. 그러면서 이따금 끓어오르는 불만을 술집에서 맥주나 포도주로 삭이려 한다면, 만취 후에 찾아오는 것은 두통뿐이지. 그러는 사이에 세월은 흘러가고, 머리카락은 좀이 먹어 부서지고, 육신은 심상치 않게 욱신거리고, 사지는 축 늘어져 시들지. 뇌 속의 회백질은 수축되고, 팽팽하던 근육은 가늘어져 가지. 요컨대 그대는 이제 가을이 왔음을 깨닫고는 수저를 내려놓고 죽는 거야. 이제 나 이렇게 떨며 그대에게 묻노니, 오 친구여, 인간이란 무엇인가, 삶이란 무엇인가? 우리의 위대한 작가 실러가 이미 말했지. '인생이란 우리 인간이 가진 것 중 최고의 것은 아니다.'* 하지만 난 이렇게 말하고 싶어. 인생은 닭장의 사다리와 같은 것, 저 위에서 계속해서 아래로 내려가는 것."

모두가 잠잠하다. 잠시 후 프란츠가 다시 입을 연다. "그래, 이게 바로 그 사람이 지은 시요. 하노버 출신의 시인이었지요. 나는 그 시를 지금까지 마음속에 간직한 거요. 어때요, 근사하죠. 인생을 잘 표현한 것 같은데, 좀 씁쓸하지."

건너편에서 목소리가 들려온다. "그러니까 국가라는 대목을 명심하는 게 좋을 거요. 국가라는 훌륭한 아버지, 당신을 타박하고 짜증나게 하는 국가 말이오. 그 시를 외운다고 해서 동지, 그게 다는 아니오."

프란츠는 여전히 양손으로 머리를 받치고 있다. 시의 여운이 아직 남아 있다. "그래, 그들은 굴이나 철갑상어 요리를 먹지 않아. 우리도 마찬가지요. 사람은 자기 먹을 빵을 벌어야 하는데, 불쌍한 놈들에게는 정말 힘겨운 일이죠. 그래도 두 다리가 있고 바깥으로 나다닐 수 있으면 다행으로 알아야죠." 건너편에서 그들이 계속 쏘아 대기 시작한다. 저 얼간이가 이제 깨어난 모양이야. "사람은 여러 방법으로 자기 빵을 벌 수 있지. 옛날에 러시아에서는 첩자들이 있어 돈을 많이 벌었다지." 새로운 얼굴 중 또 한 녀석도 큰소리로 말한다. "지금 이 나라에는 아주 다른 족속*들이 있지. 일부 자식들이 저 꼭대기에서 여물통을 움켜쥐고서 노동자들을 자본주의자들에게 팔아넘기고 그 대가로 돈을 받고 있다고." "창녀보다 나을 게 없어." "아니, 그보다 더 흉악한 거야."

프란츠는 여전히 아까 그 시를 생각하고 있다. 벽돌담 안의 그 착한 녀석들은 지금쯤 뭘 하고 있을까, 아마 신참들이 많이 들어왔겠지, 사실 거의 날마다 호송차가 오가니까. 그때 건너편에서 다시 소리친다. "자, 시작해요! 우리의 노래는 어떻게 된 거요? 음악이 없지 않소, 약속을 하고서 지키지 않을 거요." 그래, 노래까지 원하는군, 그렇게 해 주지. 나야 약속한 것은 지키는 사람이니까. 우선 목부터 축이고.

프란츠는 맥주를 새로 한 잔 달라고 해서 한 모금 들이켠다. 무슨 노래를 부를까. 그 순간 그는 안뜰에 서서 담벼락을 향해 뭔가를 외쳐 대던 자신의 모습을 떠올린다. 왜 하필 그 장면이 떠오르는 걸까, 그런데 대체 그 노래가 뭐였더라? 이어 그는 평화롭게 천천히 노래를 시작한다. 노래가 자연스럽게 입에서 흘러나온다. "내게 전우가 하나 있었지, 더없이 좋은 전우였어. 전투의 북소리가 울리면 전우는 내 곁에서 발을 맞추어 행진했지. 발을 맞추어 행진."

잠깐 휴식. 그리고 2절. "그때 총알 하나가 날아왔어. 나를 겨냥한 것인가, 아니면 너를 겨냥한 것인가. 그 총알이 전우를 맞히고, 그는 내 발아래 쓰러졌지. 마치 나의 일부인 것처럼. 마치 나의 일부인 것처럼." 이어 큰 소리로 마지막 소절. "전우는 내게 손을 내밀려 하네. 마침 난 탄환을 장전해야 한다네. 네게 손을 내밀 수가 없어. 영원히 살게나, 나의 좋은 전우여, 나의 좋은 전우여."*

마지막 부분에서 그는 몸을 뒤로 젖히고 큰 소리로 장엄하게 부르는데, 대담하고 흡족하게 소리가 울린다. 나중에는 건너편 테이블에 앉은 자들까지 처음의 얼떨떨한 분위기를 떨쳐 버리고 큰 소리로 따라 부른다. 테이블을 두들기고 괴성을 지르며 야단법석이다. "나의 좋은 전우여." 그런데 프란츠는 노래를 하는 도중에 애초 부르려 했던 노래가 생각났다. 그때는 안뜰에 서 있었는데, 지금은 어디에 있든 상관없이 그 노래를 찾아낸 것이 흐뭇했다. 지금 그는 한참 노래에 빠져 있다. 이 노래가 끝나면 그 노래를 불러야겠다. 저쪽에 유대인들이 있고 그들이 싸우는 모습이 눈에 선하다. 그 폴란드 유대인, 그리고 고상한 노신사의 이름이 뭐였더라. 친절, 고마운 마음. 마침내 프란츠의 노래가 술집 안에 울려 퍼진다.

"함성이 천둥처럼 울려 퍼진다. 부딪치는 칼 소리, 부서지는 파도 소리같이. 라인 강으로, 라인 강으로, 독일의 라인 강으로, 우리 모두 수호자가 되고자 한다! 사랑하는 조국이여, 안심하라, 사랑하는 조국이여, 안심하라. 라인의 수비는 실로 든든하다, 라인 강의 수비, 라인의 수비는 실로 든든하다, 라인 강의 수비!"

이제 다 지나간 일이야. 우리는 그것을 알고 있어. 우리는 지금 여기 앉아 있고, 인생은 아름다운 것, 아름다운 것. 모든 것이 아름답다.

그러자 사방이 아주 잠잠해진다. 새 얼굴 중 하나가 그들을 진정시키고, 그들은 노래가 끝나기를 기다린다. 게오르크 드레스케는 구부리고 앉아 머리를 긁적이고, 주인은 카운터 뒤에서 나와 코를 훌쩍이며 프란츠의 테이블로 와서 옆에 앉는다. 노래가 끝나자 프란츠는 인생 만세를 부르고 맥주잔을 흔들어 대며 "건배"를 외치고 테이블을 두드린다. 그는 얼굴이 밝다. 모든 것이 아주 훌륭해, 배도 부르고. 그런데 리나는 어디 있을까. 그러면서 그는 자신의 통통한 얼굴을 만져 보는데, 기름기가 적당히 있고 훌륭한 근육을 가진 건장한 남자다. 아무도 응답하지 않는다. 침묵.

건너편에 있던 한 녀석이 의자에 다리를 턱 걸치더니 재킷 단추를 잠그고 허리띠를 단단히 조인다. 낯선 자인데 장신이고 자세가 꼿꼿하다. 이거 난처하게 되었군. 그자가 행진하는 자세로 프란츠를 향해 걸어온다. 저 신참 녀석은 가까이 오면 머리를 한 방 갈길 태세다. 그런데 그가 껑충 뛰어오르더니 프란츠의 테이블에 기마자세로 걸터앉는다. 프란츠는 그의 행동을 지켜보면서 기다린다. "이봐, 이 술집에는 다른 의자도 많은데." 그러나 남자는 위에서 아래쪽을 향해 손가락으로 프란츠의 접시를 가리킨다. "여기서 무얼 드셨나?" "나는 당신한테 여기에 다른 의자도 많다고 했어, 눈이 있으면 한번 보라고. 어이, 보아하니 어렸을 때 뜨거운 목욕물에 빠진 모양이야, 안 그래?" "그런 이야기가 아니야. 당신이 무얼 먹었는지 알고 싶다니까." "치즈 빵이야, 멍청이들. 여기 빵 부스러기가 남아 있잖아, 얼간아. 매너가 없는 사람이라면 모르지만, 그렇지 않다면 당장 테이블에서 내려오지." "치즈 빵이라는 것쯤은 냄새로도 알아. 다만 어디서 난 거냐고?"

그러자 귀까지 벌겋게 달아오른 프란츠가 자리를 박차고 일어나고, 건너편 테이블에 있던 자들도 일어선다. 프란츠가 자기 테이블을 손으로 움켜잡은 뒤 뒤엎어 버리자 새 얼굴의 남자가 접시며 맥주잔, 겨자 병과 함께 바닥으로 나뒹굴었다. 접시는 박살이 났다. 주인 헨슈케는 이러한 상황을 예상했던 터라 깨진 조각들을 발로 밟으면서 소리친다.

"그만, 여기 내 술집에서 치고받는 싸움질은 절대 안 된다고. 평화를 깨뜨리는 자는 쫓아낼 거요."

그러자 장신의 남자가 일어나 주인을 옆으로 밀친다.

“당신은 저리 비켜요, 헨슈케. 여기서 치고받는 일은 없을 거요. 우리는 결산을 하려는 거요. 물건을 부수었으면 마땅히 부순 사람이 변상하는 거요.”

내가 포기하는 거야, 프란츠는 그렇게 생각하며 창가로 가서 덧문 앞에 기대어 선다. 여기서 그냥 빠져나가는 거야, 저들이 붙잡지만 않는다면, 빌어먹을, 저들이 나를 붙잡지 않는다면 말이야. 난 누구에게나 친절하게 대하는데도 이런 일이 터지네. 저 녀석이 나를 붙잡을 정도로 어리석지 않았으면 좋겠어.

그때 장신의 남자가 바지를 걷어 올린다. 저 녀석이 한판 뜰 모양이군. 프란츠는 사태가 어떻게 전개될지 유심히 지켜본다. 드레스케는 어떻게 나올까, 저 녀석도 가만히 서서 상황을 지켜보고 있어.

“게오르크, 저 싸구려 친구는 대체 뭐야, 자네는 어디서 저런 녀석을 끌고 온 거야?”

장신의 남자는 계속 바지춤을 움켜잡고 있다. 바지가 자꾸만 흘러내리는 모양이다. 그럼 단추를 새로 달아야지. 장신의 남자가 주인을 비웃으며 말한다.

“맘대로 지껄이게 두는 거요. 파시스트들은 할 말을 할 수가 있죠. 녀석들이 뭐라고 지껄이든지 우리한테서는 언론의 자유를 누리는 거요.”

그때 게오르크 드레스케가 왼팔로 뒤쪽을 향해 신호를 보내며 말한다.

“아니야, 프란츠, 나는 이 일에 끼어들지 않았어. 보라고, 자네가 그 알량한 행동과 노래로 도대체 어떤 일을 초래했는지. 아니, 난 이 일에 개입하고 싶지 않아. 여기서 이런 일은 한 번도 없었다고.”

함성이 천둥처럼 울려 퍼진다, 참 그렇다, 그것은 뜰에서 부른 노래다. 그런데 저들이 그걸 건드리고 참견하고자 한다.

"파시스트, 잔인한 자식!" 장신의 남자가 프란츠 앞에서 소리를 지른다. "완장을 이리 내, 어서!"

마침내 일이 벌어지는구나. 저것들 네 놈이 한꺼번에 달려들겠지. 창 쪽으로 등을 돌리고 서 있어야겠어. 그리고 우선 의자를 하나 확보해야지. "완장을 이리 내! 내가 저놈의 주머니에서 빼내야겠어. 저놈의 완장을 뺏어야겠어." 다른 녀석들도 그와 합세한다. 프란츠는 두 손으로 의자를 꽉 잡고 있다. 이걸 먼저 꽉 잡는 거야. 우선 단단히 잡고 있는 거야. 그러다가 뽑아 드는 거야.

술집 주인이 장신의 남자를 등 뒤에서 끌어안고 애원한다. "어서 나가요, 비버코프! 여기서 나가란 말이오." 저 사람은 자기 가게를 걱정하고 있어. 유리창은 보험에 들지 않은 모양이지. 좋아, 나야 상관없어. "헨슈케, 물론이오, 베를린에 술집이야 얼마든지 있소. 나는 그저 리나를 기다리고 있었던 거요. 그런데 당신은 저 인간들 편을 드는 거요? 어째서 내가 쫓겨나야 하는 거요? 나는 매일 이곳에 오는 사람이고, 저 녀석들은 오늘 처음 왔는데." 주인은 장신의 남자를 뒤로 잡아당기며 제지하고 있는데, 다른 낯선 녀석이 침을 뱉는다. "그거야 네가 파시스트이기 때문이지, 넌 주머니에 완장을 갖고 있잖아, 넌 나치 당원이야."

"그래, 난 나치 추종자야. 게오르크 드레스케한테도 다 설명했어. 그 이유도 밝혔다고. 그런데 당신들은 그걸 이해하지 못한 거고, 그래서 소리를 지르는 거야."

"아니, 소리는 당신이 질렀지. 「라인 강의 파수」를 부르면서!"

"방금 전처럼 그렇게 소란을 피우고, 또 당신들 중 하나가 내 테이블 위에 걸터앉는다면, 그런 식으로는 이 세상에 평화는 있을 수가 없지. 그런 식은 곤란하지. 그런데 우리가 일하고 먹고살려면 평화가 있어야 해. 공장 노동자든 행상인이든 다 그래. 그래야 질서가 유지되지, 그렇지 않고야 제대로 일을 할 수가 없지. 당신들은 도대체 무엇으로 살아가겠다는 거야, 입만 살아 있는 인간들아? 당신들은 여러 허튼소리에 취해 있는 거야. 당신들이 할 수 있는 것은 고작 소란이나 피우고 다른 사람들 약 올려 당신들한테 달려들게 하는 것이겠지. 당신들 같으면 다른 사람한테 발을 밟히고도 기분이 괜찮겠어?"

프란츠도 갑자기 소리를 지르기 시작한다. 그의 가슴속에서 뭔가 치밀어 올랐다. 그의 내면에서 뭔가 부글부글 끓고 있다가 튀어나왔으며, 눈에는 핏발이 섰다.

"이런 범죄자들, 개자식들, 네놈들은 자신이 무슨 짓을 하고 있는지도 모르지, 누군가가 당신들 대갈통을 부숴 멍청한 뇌를 끄집어내야 할 거야, 네놈들은 온 세상을 망가뜨리고 있어. 행여 봉변당하지 않으려면 조심들 하라고, 피를 부르는 악당들, 비열한 인간들!"

그는 속이 부글부글 끓어오른다. 그는 테겔 교도소에서 살았던 적도 있다. 삶은 끔찍한 거야. 그게 도대체 어떤 삶인가. 저 노래를 쓴 작자는 그것을 알고 있어. 내게 어쩌다가 그런 일이 생겼는가, 이다 때문이야. 하지만 그 생각은 더 이상 하지 말자.

그리고 그는 공포감에 사로잡혀 계속 외쳐 대는데, 무슨 일이 벌어지든 그것을 막아 내고 짓밟을 요량이다. 큰 소리를 내야 해, 큰 소리를 내어 기선을 제압해야 하는 거야. 술집이 진동하고, 그의 테이블 옆에 서 있던 헨슈케는 접근할 엄두를 못 내고 자리에 그대로 있다. 그의 목에서는 외침이 닥치는 대로 쏟아져 나오는데, 입에는 게거품을 물고 있다.

"네놈들은 나한테 할 말이 없을 거야. 어떤 놈도 나한테 뭐라고 할 수 없어. 단 한 놈도. 그것은 우리 모두가 더 잘 알지. 이런 대접을 받으려고 우리가 전선에 나가고 참호 속에 누워 있었던 게 아니야, 네놈들의 선동질에 당하라고. 이 선동자들아, 여기는 평온함이 있어야 해, 평온함. 이 점을 명심해야 할 거야. 필요한 것은 평온함이지 다른 게 아니란 말이야. (그래, 바로 그거야. 그 대목에 이르렀네. 그게 꼭 맞는 말이야.) 그런데 지금 와서 혁명을 한답시고 평온을 깨뜨리는 사람이 있다면, 그런 자들은 가로수 대로를 따라 주렁주렁 목을 매달아야 해. (검은 기둥들, 테겔 국도에 즐비하게 서 있는 전신주들, 나는 잘 알고 있지.) 그렇게 대롱대롱 매달려 있어 보면 그 사실을 깨닫게 되겠지. 그러면 네놈들도 깨닫게 될 거야. 도대체 무슨 짓을 저지르고 있는지, 이 범죄자들아. (그래, 이렇게 평온이 찾아오는 거야. 저 녀석들은 조용해질 것이고, 그것이 유일한 진리야. 우리는 그것을 체험하는 거야.)"

일종의 광분, 경직 상태가 프란츠 비버코프를 엄습한다. 그는 막무가내로 목청껏 소리를 지르고, 눈빛은 희번덕거리고, 얼굴은 시퍼렇게 부어 있다. 그는 침을 뱉고, 두 손은 화끈하게 달아 있는 것이 지금 제정신이 아니다. 그러면서도 손가락으로 의자만은 꽉 잡고 있다. 당장이라도 의자를 들어 내던질 태세다.

조심, 위험이 닥치고 있어. 도로의 안전 확보, 탄환 장전, 발사, 발사, 발사.

그곳에 서서 소리를 지르던 이 남자는 그때 멀리서 들려오는 자신의 목소리를 듣고, 또 자신의 모습을 본다. 집들, 집들이 다시 무너져 내리려 하고, 지붕들이 위에서 쏟아져 내리려 한다. 저건 안 돼, 저것들이 내게로 와서는 안 돼. 저 범죄자들은 성공하지 못할 거야. 우리는 평온함이 필요해.

그는 갈피를 잡지 못하고 있다. 이제 일이 곧 터질 거야. 나도 모종의 행동에 나설 거야. 모가지를 움켜잡는 거야. 아니, 아니다, 곧장 넘어뜨리고 후려 패는 거야. 잠깐만, 한 순간만 더 기다리자. 그런데 난 벌써 세상이 평온하고 질서가 잡혔다고 생각했지. 그는 몽롱한 의식 속에서 두려움을 느끼고 있다. 세상은 뭔가 정상이 아니야. 저들은 저기 끔찍하게 서 있어. 그는 그것을 꿰뚫어 보면서 실감하고 있다.

옛날에 낙원에 아담과 이브라는 두 사람이 살았다. 낙원은 저 훌륭한 에덴동산이었다. 그 곳에서는 새들과 짐승들이 이리저리 뛰놀았다.

그런데 저 녀석이 실성한 게 아닐까. 다른 남자들은 가만히 서 있고, 장신의 남자 역시 뒤쪽에서 가쁜 숨을 내쉬면서 게오르크 드레스케한테 눈짓을 보낸다. 우리가 차라리 테이블에 다시 자리를 잡고, 화제도 다른 것으로 돌리는 게 낫겠어. 게오르크 드레스케가 조용한 가운데 더듬거리며 말한다. "자, 어서 여기서 나가는 게 좋겠어, 프란츠. 이제 의자를 내려놓게. 할 말은 충분히 했잖아." 프란츠는 마음이 서서히 진정되고, 먹구름이 걷힌다. 다행스럽게도 구름이 걷힌다. 그의 얼굴은 점점 창백해지고 긴장이 풀린다.

그들은 저희 테이블 옆에 그대로 서 있고, 장신의 남자는 자리에 앉더니 술을 들이켠다. 목재산업 경영자들은 그들의 영수증을 고집하고, 크루프 철강회사는 자사 출신의 연금 수령자들을 굶겨 죽일 모양이다, 1백 50만 명의 실업자, 15일 사이에 22만 6천 명 증가.*

의자가 프란츠의 손에서 떨어지고 그의 손이 부드러워진다. 목소리도 평소와 다름없지만, 그는 여전히 고개를 떨구고 있고, 그들은 그를 더 이상 자극하지 않으려 한다. "그럼 가겠네. 만나서 즐거웠어. 당신들 머릿속에 무엇이 들어 있는지는 내가 상관할 바 아니지."

그들은 아무 말도 없이 듣기만 한다. 변절자 패거리에 속하는 저 경멸스러운 악당들로 하여금 부르주아지와 사회주의 쇼비니스트들의 박수갈채를 받으면서 평의회(소비에트) 헌법을 마음껏 비방하게 하자. 그런데 그것은 유럽의 혁명적 노동자들과 샤이데만 일파* 사이의 균열을 더욱 조장하고 심화시킬 것이다. 억압받는 계층의 대다수는 우리를 지지하고 있다.

프란츠는 모자를 집어 든다. "정말 유감이야, 게오르크. 이런 일로 우리 사이가 이렇게 벌어지다니 말이야." 그러면서 그는 악수를 청하지만, 게오르크 드레스케는 프란츠의 손을 잡지 않고 그대로 의자에 앉는다. 피가 흘러야 하리라, 피가 흘러야 하리라, 철철 흘러야 하리라.

"좋아, 그럼 가 보겠네. 얼마를 지불하면 되나, 헨슈케, 잔과 접시까지 합쳐서."

이런 것이 그가 생각하는 질서다. 열네 명의 아이를 위한 도자기 찻잔 하나. 독일 중앙당* 출신 하르트지퍼 장관의 사회복지 관련 법령. 이 규정은 공표하지 않을 것이다. 그러나 본인에게 주어진 경제적 수단이 미약하기는 하지만 다음의 경우, 즉 자녀 수가 아주 많은 경우 — 예를 들어 열두 명 정도 되는 경우— 또는 경제적 형편 때문에 자녀를 세심하게 양육하려면 큰 희생이 필요하지만 그것이 모범적으로 수행된 경우는 고려의 대상이 된다.* 그들 중 한 명이 프란츠의 등 뒤에서 소리친다. "승리의 월계관을 쓴 그대여, 만세, 청어 꼬리를 달고 있는 감자들이여."*

저 멍청한 녀석은 자기 엉덩이에 묻은 겨자나 핥아야 할 거야. 저 녀석을 혼내 주지 못한 것이 유감이군. 프란츠는 모자를 쓴다. 눈앞에 하케 시장과 동성애자들, 머리가 허연 노인의 잡지 판매대가 떠오른다. 그는 마음이 내키지 않았고, 잠시 망설이다가 술집에서 나간다.

그는 추운 바깥에 나와 있다. 가게 앞에는 리나가 방금 도착해서 있다. 그는 천천히 걸어간다. 기분 같으면 안으로 도로 들어가서 그 녀석들에게 그들이 얼마나 미쳤는지 똑똑히 말해 주고 싶다. 저들은 정말 미쳤고, 또 잔뜩 취하게 될 것이다. 아직은 저들 모두가 그런 상태는 아니고, 심하게 고꾸라진 그 시건방진 장신의 녀석도 마찬가지다. 저들은 다만 많은 혈기를 어떻게 해야 할지 모를 뿐이다. 그래, 저들은 피가 너무 뜨거운 거야. 저들이 테겔 교도소에 가 보았거나 비슷한 경험이 있다면 뭔가를 좀 깨달을 거야. 아니, 모든 것을 확연하게 알게 될 거야.

그는 리나의 팔을 잡고서 어두운 거리들을 둘러본다. 이 거리에는 가로등을 좀 더 많이 달아 놓으면 좋을 텐데. 사람들은 도대체 나한테서 무얼 원하는 것일까, 처음에는 아무 상관도 없는 동성애자들이 달려들더니, 이제는 빨갱이들이야. 그런데 이 모든 게 나하고 무슨 상관이야. 자기들이 토한 오물은 스스로 치워야지. 괜히 가만있는 사람 건드리지 말고. 이거 뭐, 맥주도 편하게 마실 수 없으니. 마음 같아서는 당장 되돌아가 헨슈케의 가게를 박살 내고 싶다. 프란츠의 눈이 다시 이글거리고, 이마와 코가 실룩거린다. 그러나 그것은 다시 가라앉는다. 그가 리나에게 바싹 다가가 그녀의 손목을 할퀴자, 그녀는 살짝 미소를 짓는다.

"그렇게 해도 좋아요, 프란츠. 당신이 할퀸 자국은 참 예쁘니까."

"우리 춤이나 추러 갈까, 리나. 저런 냄새나는 가게에는 다시 가고 싶지 않아, 아주 질렸어. 사람들은 계속 담배를 피워 대는 거야. 저 안에 작은 방울새가 한 마리 있는데 정말 죽어 버릴지도 몰라, 그런데 저들은 그런 것쯤은 대수롭게 생각하지도 않지."

그러면서 프란츠는 방금 전에 자신이 얼마나 정당하게 행동했는지를 설명하고, 리나도 그의 말에 동조해 준다. 두 사람은 전차에 올라 야노비츠 다리 쪽에 있는 무도장 '발터헨 댄스홀'로 달려간다. 프란츠는 지금 입고 있는 옷차림으로 가고, 리나 역시 옷을 갈아입지 않아도 충분히 아름답다. 전차를 타고 가는 동안 뚱뚱한 리나는 주머니에서 구겨진 신문 하나를 꺼낸다. 그녀가 프란츠를 위해 가져온 것으로 일요 신문 『평화의 전령』이다. 프란츠는 그 신문은 자신이 팔지 않는 것이라고 말하면서 그녀의 손을 꼭 잡고서 첫 번째 면에 있는 멋진 제목과 헤드라인에 기뻐한다. "불행에서 행복으로."

손뼉을 치면서 짝짝, 두 발을 굴리며 쿵쿵, 물고기들, 새들, 온종일, 낙원.

전차가 덜커덩거리며 달려가는 동안 그들은 차 안의 희미한 불빛 아래 머리를 맞대고 리나가 연필로 표시해 둔 첫 면의 시를 읽는다. "둘이면 더 낫다", E. 피셔의 시다. "혼자서 걷는 것은 나쁜 것, 발은 자주 비틀거리고, 마음은 불안하다. 둘이면 더 낫다. 그대가 넘어지면 누가 잡아 주지? 그대가 지칠 때는 누가 끌어 주지? 둘이면 더 낫다. 세상과 시간을 통과해 가는 그대 말없는 방랑자여, 예수 그리스도를 너의 동반자로 삼아라. 둘이면 더 낫다. 그분은 모든 대로와 오솔길도 알고, 충고와 행동으로 너를 계속 도와주리. 둘이면 더 낫다."*

이거 아직도 목이 컬컬하군. 시를 읽다가 프란츠는 문득 생각한다. 맥주 두 잔으로는 부족했어, 게다가 너무 많이 떠들면 목이 타는 법이지. 그때 그는 문득 자기가 불렀던 노래가 떠올랐다. 그러자 마음이 편안해진다. 그는 리나의 팔을 꼭 잡는다.

그녀는 숨을 쉬면서 아침 공기를 느낀다. 알렉산더 거리를 지나서 목재 시장 거리로 가는 도중에 그녀는 자신의 몸을 프란츠에게 부드럽게 밀착시킨다. 이제 곧 그들은 정식으로 약혼하게 되지 않을까?

프란츠 비버코프의 품격, 옛 영웅들과도 겨룸 직하다

이전에 시멘트 공장 노동자였으며, 가구 운반부 등을 전전하다 지금은 신문 파는 일을 하고 있는 프란츠 비버코프는 몸무게가 100킬로그램에 달한다. 그는 코브라처럼 강인하며 다시 운동 클럽의 회원이 되었다. 그는 초록색 각반을 차고 징 박힌 신발에 바람막이 재킷을 걸친 모습이다. 여러분은 그의 수중에서 많은 돈을 발견할 수는 없는데, 계속 수입이 있기는 하지만 그 액수가 늘 적은 편이다. 하지만 누구든 자신 있으면 그에게 한번 가까이 다가가 보라.

그런데 혹시 과거의 일들, 이다나 그 밖의 사람들, 양심의 가책이나 악몽, 불안한 잠, 고통, 옛 시절의 에리니에스*가 오래전부터 그를 몰아대고 있는 것은 아닐까? 어떻게 할 도리가 없다. 하지만 상황이 변했다는 것을 염두에 두어야 할 것이다. 옛날에 범죄자, 신의 저주를 받은 남자 (이봐, 어디서 그런 것을 들은 거야?), 오레스테스는 제단에서 클리타임네스트라를 죽였다. 발음하기도 어려운 이름이지만, 어쨌든 자기 어미를 죽인 것이다. (대체 어떤 제단을 말하는 건가? 요즘은 밤에도 문을 열어 놓는 교회를 찾을 수 있지.) 내 말은 시대가 변했다는 것이다. 호이 호 헤이, 소름 끼치는 야수들, 뱀의 머리를 한 복수의 여신들, 부리망을 씌우지 않은 사나운 개들, 혐오감을 주는 동물 떼, 이러한 것들이 그를 덥석 물려고 달려들지만 감히 가까이 가지 못하는데, 이는 그가 제단에 서 있기 때문이다. 이것이 그리스 시대의 생각이다. 그러자 그 떼거리는 분노에 차서 그의 주변을 돌며 춤을 추는데, 한가운데에는 항상 개들이 있다. 노래에 나오듯이 하프 반주도 없이 복수의 여신들의 춤이 제물을 휘감는데 광란, 감각의 마비, 정신 병원으로 가기에 꼭 맞는 상황이다.

그러나 그것들은 프란츠 비버코프를 뒤쫓지는 않는다. 그것을 말로 표현해 보자. 즐거운 식사, 즉 그는 헨슈케의 술집이나 다른 곳에서 완장을 주머니에 집어넣은 채 맥주를 한 잔, 또 한 잔 마시고 사이사이 가슴이 뻥 뚫리게 도른카트 술도 한 잔 마신다. 그러므로 가구 운반부 등을 전전하다 1927년이 저물어 가는 지금은 신문팔이를 하는, 베를린 동북부 출신의 프란츠 비버코프는 고대의 저 유명한 오레스테스와는 판이하게 다르다. 그 누가 다른 사람의 처지를 부러워한단 말인가?

프란츠는 자신의 약혼녀 이다를 한창 꽃다운 나이에 때려죽였다. 그 여자의 성(姓)은 여기서 중요하지 않다. 그 사건은 그녀의 여동생 민나의 집에서 프란츠와 이다가 말다툼을 벌이던 중에 일어났다. 그때 이다는 무엇보다도 다음의 신체 부위, 즉 코끝과 코허리의 피부, 그 속의 뼈와 연골 부위에 가벼운 상처를 입었는데, 이 상처는 나중에 병원에서 확인된 것으로 법정 심리에서 한 역할을 했다. 아울러 오른쪽 어깨와 왼쪽 어깨에 출혈을 동반한 가벼운 타박상을 입었다. 그러다가 말다툼이 격렬해졌다. "오입쟁이", "창녀 사냥꾼" 따위의 표현은 비록 많이 망가지기는 했지만 명예를 중시하는, 게다가 다른 이유로 당시 흥분한 상태였던 프란츠 비버코프를 엄청 자극했다. 그는 다만 근육을 부르르 떨었다. 그가 손에 잡은 것이라고는 크림을 휘젓는 작은 막대뿐이었는데, 이는 그가 당시 운동을 하다가 손을 삐었기 때문이다. 그는 나선형 철사가 달린 이 크림 젓는 막대를 말다툼 상대인 이다의 젖가슴을 향해 크게 두어 번 휘둘렀다. 이다의 젖가슴은 그때까지 상처 하나 없었다. 물론 바라보면 기분이 좋아지는 이 예쁘장하고 아담한 여인이 모든 면에서 흠없는 상태였다고는 할 수 없다. 말이 나온 김에 덧붙이자면, 그녀에게 빌붙어 살던 프란츠라는 인간은 이다가 브레슬라우에서 온 새로운 남자 때문에 자기와 절교하려 한다고 추측했는데, 이는 완전히 틀린 추측이라고도 할 수 없었다. 하여튼 이 청초한 아가씨의 젖가슴은 크림 젓는 막대의 갑작스러운 공격에 대비가 되어 있지 않았다. 첫 번째 가격이 있었을 때 그녀는 "아야" 하고 비명을 질렀을 뿐, 비열한 뜨내기라고도 못했으며 그저 "저 사람이"라고 말했을 뿐이다. 크림 젓는 막대에 의한 두 번째 가격은 이다의 오른쪽으로 프란츠가 4분의 1정도 몸을 돌려 똑바로 선 상태에서 이루어졌다. 다음 순간 이다는 아무 소리도 내지 못하고 입술을 내민 채 야릇하게 입을 벌리고서 두 팔을 하늘을 향해 뻗었다.

조금 전에 이 여인의 젖가슴 부위에서 일어난 일은 정역학과 탄성의 법칙, 작용과 반작용의 법칙과 관계된다. 이러한 법칙들을 모르고는 그 사건은 도저히 이해할 수 없다. 다음의 공식들을 참고하면 도움이 될 것이다.

뉴턴의 제1 법칙은 다음과 같다. 모든 물체는 어떠한 힘의 작용이 그 물체의 상태에 변화를 불러일으키지 않는 한 계속 정지 상태를 유지한다. (이다의 갈비뼈에 해당한다.) 뉴턴의 제2 운동법칙. 운동의 변화는 작용하는 힘에 비례하고 가해진 힘과 동일한 방향으로 나타난다. (작용하는 힘은 여기서 프란츠, 또는 그의 팔과 물건을 들고 있는 주먹이다.) 힘의 크기는 다음 공식으로 표시된다.

$$F = c \lim \frac{\overline{\triangle v}}{\triangle t} = cw.$$

힘에 의해 생기는 가속도, 곧 정지 상태를 깨뜨리는 정도를 나타내는 공식은 다음과 같다.

$$\overline{\triangle v} = \frac{1}{c} f \triangle t$$

그에 따르면 다음의 결과가 예상되고 또 실제로 나타난다. 크림 젓는 막대의 나선형 철사가 찌그러지고, 나무 자체도 무언가에 부딪혔다. 이것은 반대편, 즉 관성과 반작용 측면에서 보자면 왼쪽 뒤편의 겨드랑이에 있는 일곱 번째와 여덟 번째 늑골의 골절이다.

이처럼 현대적인 고찰을 할 경우 복수의 여신 에리니에스가 등장하지 않아도 된다. 프란츠가 한 행동과 이다가 당한 피해는 하나씩 단계별로 추적할 수 있다. 이 방정식에는 미지수가 없다. 우리에게 남은 것은, 이렇게 시작된 사건의 진행 과정을 하나하나 헤아려 보는 것이다. 그것은 이다 쪽에서 수직성의 상실, 수평 상태로의 이행, — 이것은 강력한 충격 작용에 따른 결과다 — 동시에 발생한 호흡 장애, 격렬한 통증, 공포와 생리적인 평형 감각 장애 등이다. 만약 옆방에 있던 그녀의 여동생이 달려오지 않았더라면, 프란츠는 자신이 그렇게 잘 알고 있던 이 부상당한 여인을 포효하는 사자처럼 달려들어 때려죽였을 것이다. 여동생의 욕설에 그는 뒤로 물러났고, 저녁때 집 근처에서 순찰 중이던 경찰에게 붙잡혔다.

"호이 호 헤이." 옛날 복수의 여신들이 외친다. 오, 무섭구나, 신의 저주를 받고 제단에 서 있는 남자, 양손에 피가 흥건한 남자의 모습은 정말 참혹하다. 복수의 여신들은 코를 곤다. 자고 있는가? 그대들의 잠을 떨쳐 버려라. 일어나라, 어서 일어나라. 그의 부친인 아가멤논은 벌써 여러 해 전에 트로이를 출발했다. 트로이는 함락되었고 이어 그 소식을 알리는 횃불이 타올랐는데, 이다 산에서 시작된 관솔 횃불은 아토스 산을 지나 마침내 키타이론 숲을 향해 나아갔다.*

한마디 덧붙이자면, 트로이에서 그리스까지 전해진 이 횃불의 신호는 얼마나 장려한가! 바다를 건너는 이 횃불의 행진, 그것은 얼마나 장려한가. 그것은 빛이요 심장이요 영혼이요 행복이요 환호다!

고르고피스 호수에 붉게 타오르는 심홍의 불길, 그것을 발견한 파수병은 환호하며 기뻐한다. 그것은 하나의 생명이고, 불은 새롭게 붙여져서 계속 전달된다. 소식과 흥분과 기쁨, 이 모든 것이 하나로 합쳐져 만(灣)을 뛰어넘고 질주하여 아나크레온 언덕에 당도하니, 계속해서 울려 퍼지는 탄성과 그대가 보는 광란, 모든 것이 붉게 타오른다. 아가멤논이 돌아온다! 이 장려한 광경을 우리는 도저히 따라갈 수가 없다. 이 점에서는 우리가 뒤떨어진다.

우리는 정보 전달을 위해 하인리히 헤르츠의 몇몇 실험 성과를 이용한다. 헤르츠는 카를스루에에 살다가 젊은 나이에 세상을 떠났는데, 뮌헨의 그래픽 미술관에 있는 사진을 보면 콧수염과 턱수염이 덥수룩하다. 우리는 무선으로 전보를 친다. 우리는 대형 송신소에 있는 송신기를 사용해 고주파 교류를 만들어 내고 진동 회로의 진자 운동을 통해 전파를 만든다. 그러면 진동은 그 특성상 동심원을 그리며 퍼져 나간다. 그다음에는 유리 진공관과 마이크로폰이 설치되어 있고, 마이크로폰의 원판이 때로는 많이, 때로는 적게 진동하면서 처음에 기계 속으로 들어간 것과 동일한 음을 재생한다. 이것은 놀랍고 교활하고 음흉하기까지 하다. 그래도 이것에 대해 경탄하기는 어렵다. 그것은 제대로 작동할 뿐이고, 그게 전부이기 때문이다.

아가멤논이 귀환할 때 소식을 전하던 관솔 횃불은 이것과는 완전히 다르다!

그것은 불이 붙어 활활 타오르고 어느 순간, 어느 장소에서든 말을 하고 느끼며, 모두가 그것을 보고 환호한다. 아가멤논이 돌아온다! 1천여 명의 군중이 곳곳에서 열광한다. 아가멤논이 돌아온다. 이제 그 숫자는 1만여 명으로 불어나고, 만(灣) 저쪽에는 10만여 명이 몰려나와 있다.

이제 본래의 이야기로 돌아가면, 그는 집에 돌아온다. 그리고 상황이 변한다. 상황이 완전히 달라진다. 판은 돌아간다. 아내는 집에 돌아온 그를 맞이하더니 목욕탕으로 이끌고 간다. 다음 순간 아내는 전례 없이 파렴치한 계집임을 드러낸다. 그녀는 욕조에 들어앉은 그에게 어망을 던져 그를 옴짝달싹 못하게 하고는, 장작을 패러 갈 때처럼 손도끼까지 벌써 가져왔다.

그는 비탄의 신음 소리를 낸다. "아 슬프다, 당했구나!" 밖에 있던 사람들이 묻는다. "저렇게 비명을 지르는 자가 누구요?" "아 슬프다, 또 당했어!" 야수 같은 고대의 그 여인은 그를 살해하고도 눈썹 하나 까딱하지 않고 밖으로 나와 떠들어 댄다. "내가 해치웠어요. 그에게 어망을 던지고 두 번 내리 찍었어요. 그 사람은 두 번 신음 소리를 내더니 뻗어 버렸어요. 그래서 세 번째 일격을 가해 아예 황천길로 보냈지요." 이 말을 들은 원로원 의원들은 슬퍼하면서도 적절한 논평을 찾아낸다. "우리는 그대의 대담한 이야기에 아연할 뿐이오."

이 여인, 그러니까 고대의 이 야수는 아가멤논과 결혼 생활의 즐거움을 누린 결과로 한 사내아이의 어미가 되었는데, 그 아이는 태어나면서 오레스테스라는 이름을 얻었다. 그녀는 나중에 바로 자기 쾌락의 소산인 아들의 손에 죽임을 당하고, 그 아이는 복수의 여신들에게 괴롭힘을 당하는 것이다.*

그런데 우리의 프란츠 비버코프가 처한 상황은 이와 다르다. 그의 여자인 이다는 5주 뒤 프리드리히스하인 병원에서 숨을 거둔다. 복합 늑골 골절, 흉막 균열, 가벼운 폐 파열과 그로 인한 축농, 늑막염, 폐렴, 오 맙소사, 열이 내리지 않아, 네 꼴이 어떤지 거울을 좀 들여다보라고, 맙소사, 당신은 이제 끝장났어, 당신은 죽은 몸이야, 가망이 없다고. 그들은 나중에 그녀를 부검하고 나서 란츠베르크 대로의 묘지에 3미터 정도 파고 묻었다. 그녀는 프란츠에 대한 미움을 안고 죽었고, 그녀를 향한 그의 분노 역시 그녀가 죽은 후에도 가라앉지 않았다. 브레슬라우 출신인 그녀의 새 남자 친구는 그녀가 죽기 전에 그녀를 방문했다. 이제 그녀가 땅속에 반듯하게 누워 있은 지도 5년이나 되었다. 관은 썩어 가고, 그녀는 거름으로 해체되고 있다. 옛날 트레프토의 낙원 동산에서 하얀 아마포 신발을 신고 프란츠와 춤을 추던 그녀, 사랑도 하고 이리저리 돌아다니기도 했던 그녀가 이제는 아주 조용하고 더 이상 존재하지 않는다.

하지만 그는 4년의 형기를 마쳤다. 그녀를 죽인 장본인이지만 그는 살아서 떠돌아다니며 꽃을 피우고, 술을 퍼마시고, 먹어 대고, 자기 씨를 이리저리 뿌리며 계속 생명을 퍼뜨린다. 이다의 여동생조차 그의 손길에서 벗어날 수 없었다. 물론 언젠가는 그도 당할 것이다. 누군지는 모르겠지만 그 누군가가 죽게 될 것이다. 그런데 그런 일이 일어나기까지는 한참 시간이 걸릴 것이다. 그는 그것을 알고 있다. 그동안은 계속해서 술집을 전전하며 아침을 먹을 것이고 자기 방식대로 알렉산더 광장 위의 하늘을 칭송할 것이다. '언제부터 할머니가 나팔을 불었지?' 그리고 '나의 앵무새는 단단한 알은 먹지 않아.'*

그렇다면 그에게 그토록 두려움을 안겨 주던 테겔 교도소의 붉은 벽돌담은 어디에 있나. 그는 등을 바싹 붙인 채 그곳을 떠나지도 못했었다. 한때 프란츠의 가슴속에 역겨움을 불러일으켰던 검은 철문에는 수위가 서 있는데, 지금도 그 문은 돌쩌귀에 잘 매달려 있다. 그 문은 누구도 성가시게 하지 않고, 항상 신선한 공기를 통과시켜 주며, 여느 훌륭한 문들과 마찬가지로 저녁이면 닫힌다. 지금처럼 오전에는 수위가 문 앞에 서서 파이프 담배를 피운다. 햇살이 비치는데, 언제나 같은 태양이다. 때문에 태양이 하늘 위에 언제 어느 지점에 있을지는 누구나 예측할 수 있다. 햇살이 비치느냐의 여부는 구름이 어떻게 끼었는지에 달려 있다. 41번 전차에서 몇 사람이 막 내리고 있다. 손에는 꽃과 작은 꾸러미를 들고 곧장 요양소로 가려는 것인지 왼쪽으로 꺾어진 국도를 따라 내려가는데 모두들 추위에 떨고 있다. 나무들은 검게 줄을 지어 서 있다. 저 안에서 죄수들은 여전히 감방에 웅크리고 앉아 있거나 작업장에서 일하거나, 아니면 산책하는 뜰에서 일렬종대로 걷고 있을 것이다. 자유 시간에는 신발과 모자, 목도리만 착용하고 나오라는 엄격한 명령. 꼰대의 감방 시찰. "어제 저녁 수프는 어땠나요?" "맛도 좀 더 좋고, 양도 많았으면 합니다." 교도소장은 그런 말을 듣지 않으려 귀머거리 행세를 한다. "침대 시트는 얼마나 자주 갈아 주나요?" 마치 자신은 아무것도 모르는 것처럼.

독방의 한 죄수가 이렇게 쓴다. "햇볕을 달라! 이것은 오늘날 전 세계에 울리고 있는 외침이다. 오직 여기 감옥에서만 이러한 외침에 아무 반향이 없다. 우리는 햇볕을 받을 가치도 없는 인간들인가? 교도소의 건물 구조상 측면에 있는 일부 건물, 특히 북동쪽에 있는 건물은 1년 내내 햇볕을 받지 못한다. 어떤 햇살도 이들 감방을 지나면서 갇힌 사람들에게 인사하지 않는다. 여러 해가 지나도록 이곳의 사람들은 생기를 주는 햇볕 없이 지내다 시들어 갈 수밖에 없다."

한 위원회가 그 건물을 시찰하고자 하고, 교도관들은 이 감방, 저 감방을 분주하게 돌아다닌다.

또 다른 죄수의 편지. "지방 법원의 검사 여러분께. 지방 법원의 형사재판부에서 저에 대한 공판이 열리는 동안 재판장이신 지방 법원장 X 박사께서는 제가 체포된 후 어떤 신원 미상의 남자가 엘리자베트 거리 76번지에 있는 저의 아파트에서 물건들을 챙겨 갔다고 통보해 주었습니다. 이 사실은 재판 기록에 의해 확인된 사항입니다. 이것이 서류상 확인된 것으로 보아 경찰이나 검찰에서 이에 대한 조사를 했을 것이 분명합니다. 그런데 제가 공판에서 이 사실을 듣기까지 누구도 저의 물건이 절취된 것을 알려 주지 않았습니다. 따라서 조사 결과를 제게 알려 주시거나 서면으로 작성된 보고서의 사본이라도 한 부 보내 주시기를 검사 여러분께 요청하는 바입니다. 만약 여주인에게 과실이 있을 경우 제 쪽에서 손해 배상을 청구할 수 있도록 말입니다."

그리고 이다의 여동생인 민나 부인에 관해 알려 드리자면, 다행히 그 여자는 잘 지내고 있다, 그녀의 안부를 물어봐 줘서 고맙다. 지금은 11시 20분, 그녀는 아커 거리에 있는 시 소유의 노란 시장 건물에서 막 나오는 길이다. 이 건물에는 인발리덴 거리 쪽으로도 출입구가 하나 더 있다. 그러나 아커 거리로 통하는 출입구가 집에서 가깝기 때문에 그녀는 이 출입구를 택한 것이다. 그녀는 꽃

양배추와 돼지머리, 그리고 셀러리를 조금 샀다. 이제 시장 입구에 있는 노점상에서 그녀는 크고 통통한 넙치 한 마리와 카밀레차 한 봉지를 더 산다. 언제일지는 모르지만 언젠가 필요한 물품이다.

제3권

진실하고 선한 프란츠 비버코프는 여기서 첫 일격을 당한다. 사기를 당하는 것이다. 그 타격은 오래간다.

비버코프는 진실하게 살겠다고 맹세했고, 여러분은 몇 주에 걸쳐 그가 어떻게 진실하게 사는지를 지켜보았다. 하지만 그것은 말하자면 유예 기간에 지나지 않았다. 삶은 그러한 것이 너무 걸맞지 않다고 여겼는지 간계를 써서 그를 넘어뜨린다. 그러나 프란츠 비버코프는 이러한 삶의 간계를 특별히 능란한 것이라 여기지 않는다. 그래서 얼마 동안 그는, 비열하고 파렴치하며 또 모든 좋은 의도를 저버리는 삶의 방식에 환멸을 느낀다.

어째서 삶이 그런 식으로 나오는지 그는 이해하지 못한다. 그것을 깨달을 때까지는 그는 아직도 먼 길을 가야 한다.

어제만 해도 늠름한 말을 타고 다녔건만*

크리스마스가 다가오자 프란츠는 물품을 바꾸어 가며 닥치는 대로 물건을 팔러 나서고, 오전 몇 시간이나 오후 몇 시간은 구두끈에 매달린다. 처음에는 혼자서 하다가 나중에는 오토 뤼더스와 같이 한다. 뤼더스는 2년 전부터 일거리 없이 지내고 있고, 그의 아내는 세탁부로 일한다. 프란츠에게 그를 소개해 준 사람은 뚱보 리나였고, 그는 리나의 삼촌이다. 뤼더스는 지난여름 몇 주 동안 깃 장식이 달린 제복을 입고 뤼더스도르프 박하 제품을 홍보하는 일을 하기도 했다. 지금은 프란츠와 함께 거리를 돌아다니며 집을 찾아가 초인종을 누르고 장사를 하다가 나중에 다시 합류한다.

어느 날 프란츠가 술집에 들어선다. 뚱보 리나도 그 자리에 와 있다. 프란츠는 그날따라 기분이 좋아 보이고, 뚱보 리나가 가져온 버터 빵을 우물우물 씹으면서 완두콩을 곁들인 돼지 귀 요리 3인분을 추가로 주문한다. 그러면서 그가 뚱보 리나를 껴안는 애정 행각을 벌이자, 리나는 돼지 귀 요리를 먹고는 홍당무가 되어 달아난다. "뚱보가 저리 가 버리니까 좋군요, 오토." "그래도 은신할 거처가 있는 몸이야. 항상 자네 뒤를 쫓아다니잖아."

프란츠가 테이블 위에 몸을 구부린 채 아래에서 위로 뤼더스를 쳐다본다. "어떻게 생각해요, 오토. 도대체 무슨 일이 있었을까요?" "무슨 일?" "자, 알아맞혀 봐요." "거참, 무슨 일인데 그러는 거야?"

옅은 생맥주 두 잔과 레몬주스 하나. 새로 들어온 손님이 술집 한가운데에서 손등으로 코를 쓱 문지르고 기침을 한다. "여기 커피 한 잔요." "설탕을 넣을까요?" 술집 여주인이 유리잔을 씻으며 묻는다. "아뇨, 그런데 좀 빨리 주세요."

갈색 운동모자를 쓴 청년 하나가 누군가를 찾는 듯 술집 안을 둘러보더니 원통형 난롯가에서 몸을 녹이고, 프란츠의 테이블을 살펴보고는 그 옆에 가서 묻는다. "혹시 검정 코트 입은 남자를 못 보셨나요? 옷깃은 갈색이고, 가죽입니다." "여기 자주 들르는 사람이오?" "그렇습니다." 그때 테이블에 앉아 있던 중년의 남자가 옆에 앉아 있는 얼굴이 창백한 남자 쪽으로 고개를 돌리며 묻는다. "갈색 가죽이라고?" 그러자 창백한 남자는 무뚝뚝하게 말한다. "이곳에 오는 사람들 중 갈색 가죽 옷깃이 달린 옷을 입은 사람이 어디 한둘인가."

머리가 희끗한 남자가 말한다. "당신은 어디서 온 거요? 누가 당신을 보냈소?" "그거야 상관할 바 아니죠. 당신이 그 남자를 보지 못했다면 말이오." "이곳에는 갈색 가죽 옷깃이 달린 옷을 입은 사람이 많다는 말이오. 그러니 누가 당신을 보냈는지 알아야겠소." "하지만 당신한테 내 용무까지 밝힐 필요는 없잖아요." 그러자 창백한 남자는 흥분하여 말한다. "당신이 이 사람한테 이곳에 누가 왔었는지 묻는다면, 이 사람도 당신한테 누가 보내서 온 것이지 물을 수 있는 거요."

그러는 사이에 그 청년 손님은 옆 테이블로 간다. "내가 저 사람한테 뭘 물어본다고 해도, 그 사람에게 내가 누구인지는 상관없는 일이겠죠." "글쎄, 당신이 저 사람한테 뭘 묻는다면, 저 사람도 당신한테 물을 수 있는 거요. 그게 싫다면 아예 묻지를 말아야 하는 거요." "하지만 내 용무까지 다 밝힐 필요는 없잖아요." "그렇다면 저 사람도 당신한테 누가 여기 왔었는지를 대답할 필요가 없는 거요."

청년 손님은 그사이에 문 쪽으로 가더니 뒤돌아본다. "당신들이 그토록 영악하다면, 계속 그렇게 살아 보세요." 그러고는 몸을 돌려 문을 열어젖히고 나가 버린다.

테이블에 앉아 있는 두 사람. "아는 녀석인가? 나는 처음 보는 녀석이야." "여기서는 본 적이 없는 게 분명해. 저 사람이 무엇 때문에 그러는지 누가 알겠어?" "바이에른 사람 같더군." "저 녀석? 라인란트 사람이야. 라인란트 출신이라고."

프란츠는 추위에 몸이 얼어붙은 불쌍한 모습의 뤼더스를 보고 싱글싱글 웃는다. "당신은 짐작도 못할 거야. 나한테 돈이 있다는 거 말이야." "그래? 자네한테 돈이 있다고?"

프란츠는 테이블 위에 올려놓은 주먹을 펴면서 호기롭게 씩 웃는다. "얼마나 될 것 같아?" 체구가 자그마한 불쌍한 뤼더스는 허리를 구부리고 벌어진 이 사이로 찍찍 소리를 내며 말한다. "10마르크 지폐가 두 장이군. 이거 굉장한데." 프란츠는 지폐를 테이블에 내놓는다. "자, 어때. 15분인가 20분 만에 번 거야. 더 오래 끌 필요도 없었지, 진심이야." "놀라운 일이군." "이것 봐, 무슨 생각을 하는 거야. 슬쩍하거나 남을 속인 것도 아니야. 아, 정말이야, 오토, 진실하고 정당한 방법으로 번 거야, 알겠어?"

두 사람은 소곤대기 시작하고, 오토 뤼더스는 프란츠 곁으로 바싹 다가왔는다. 그러니까 프란츠는 어떤 여자 집에 가서 초인종을 눌렀던 것이다. 마코표 구두끈입니다, 필요하지 않으세요, 직접 쓰셔도 되고 남편분이나 애들을 위한 것도 있어요. 그러자 여자는 물건들을 구경하더니 나를 바라보는 거야, 과부였는데 아직 건강해 보였어. 우리는 복도에서 이야기를 나누었어. 그때 내가 은근한 목소리로 물었지. 커피 한잔 마실 수 있을까요, 올해는 유난히 춥군요. 결국 나는 커피를 얻어 마셨고, 그 여자도 같이 마셨어. 그러고 나서도 한 잔 더 얻어 마셨지. 프란츠는 손을 호호 불면서 코웃음을 치고 볼을 긁적거리고 자신의 무릎으로 오토의 무릎을 슬쩍 친다. "그런데 그만 나의 잡동사니 보따리를 그 여자 집에 두고 나왔어. 혹시 그녀가 알아차렸을까?" "누구?" "누군 누구겠어, 당연히 뚱보 말하는 거지. 내가 물건을 하나도 갖고 있지 않으니까." "알아채려면 알아채라지, 뭐. 다 팔았다고 하면 그만이잖아, 그런데 어디서 그런 일이 있었지?"

그러자 프란츠는 휘파람을 분다. "한 번 더 가 볼 거야, 물론 지금 당장은 아니고. 엘자스 거리 뒤쪽에 있는 집인데, 과부야. 맙소사, 20마르크야, 이거 정말 짭짤한 사업이군." 그들은 3시까지 먹고 마신다. 오토는 프란츠에게서 5마르크를 얻지만, 그래도 기분이 썩 좋아지지 않는다.

다음 날 오전, 구두끈을 손에 들고 로젠탈 성문을 지나 살그머니 걸어가고 있는 자는 누구일까? 바로 오토 뤼더스다. 그는 길모퉁이의 파비슈 기성복 상회 앞에 서서 프란츠가 브루넨 거리를 걸어가는 모습이 시야에서 사라질 때까지 지켜본다. 그런 다음 황급히 엘자스 거리를 따라 내려간다. 맞아, 이게 그 집 번지야. 혹시 프란츠가 벌써 저 위층에 들른 것은 아닐까. 무슨 사람들이 모두

저리 조용하게 거리를 다닐까. 일단 현관으로 들어가서 잠시 지켜보는 거야. 그가 나오면 대충 무슨 말이든 둘러대는 거야. 이거 심장이 몹시 뛰는군. 사람들은 하루 종일 내 신경질을 돋우고, 벌이는 신통찮은 상황이야. 의사 선생은 별 이상 없다고 하지만, 어딘가 문제가 나타날 거야. 이렇게 누더기 꼴을 하고서 죽어가는구나, 아직도 전쟁 시절의 낡은 옷을 입은 상태로. 그러면서 그는 계단을 올라간다.

문 앞에서 그는 초인종을 누른다. "마코표 구두끈입니다, 부인. 아니, 그냥 물어보기만 하려고요. 잠깐 제 얘기만 들어 보세요." 여자는 문을 닫으려 하지만, 그는 문틈에 얼른 발을 끼워 넣는다. "사실 나는 혼자 온 게 아닙니다. 내 친구 아시죠. 어제 그 친구가 여기 들렀다가 그만 물건을 두고 나왔다더군요." "어머나." 여자가 문을 열어 주고, 뤼더스는 안으로 들어서자마자 재빨리 문을 닫는다. "도대체 무슨 일이죠, 오 맙소사." "별일 아닙니다, 부인. 왜 그렇게 떠세요?"

사실은 그 자신도 떨고 있고, 그렇게 갑자기 집 안으로 들이닥쳤던 것이다. 이제는 어떻게든 밀고 나가는 수밖에 없어. 그래, 무슨 일이 닥치더라도 다 잘될 거야. 그는 좀 더 부드러운 모습을 보여 줘야 하지만, 목소리가 나오지 않는다. 입에다, 그리고 코에서부터 이마까지 철망 같은 것을 쳐 놓은 것 같다. 빰이 굳어지면 난 끝장이야.

"나더러 물건을 찾아 달라고 해서 들렀습니다."

예쁘장한 그 여자가 방으로 달려가 보따리를 집어 들려 하는데, 그는 벌써 그 방의 문지방에 가서 서 있다. 여자가 입술을 깨물며 그를 바라본다.

"여기 보따리가 있어요, 맙소사."

"고맙습니다, 정말 고맙습니다. 그런데 왜 그렇게 떨고 있나요, 부인? 여기는 정말 따스하군요. 혹시 커피 한잔 줄 수 있나요?"

이대로 서서 계속 이야기를 지껄이는 거야. 그냥 밖으로 나갈 것이 아니라, 떡갈나무처럼 강하게 버티는 거야.

가냘픈 몸매에 앙증맞게 생긴 그 여인은 깍지 낀 두 손을 가지런히 모으고 그의 앞에 서 있다. "그 사람이 당신한테 다른 말씀은 하지 않았나요? 도대체 무슨 말을 했죠?" "누구, 내 친구 말이오?" 계속해서 지껄이는 거야. 말을 많이 하는 거야. 떠들면 떠들수록 더 따뜻해지는 법이지. 이제는 그의 코밑 쪽의 철망만 남아서 간질거린다. "아, 다른 말은 없었어요. 그래요, 그 밖에 무슨 말을 했겠어요. 그 친구가 공연히 커피 이야기를 했겠습니까. 물건이야 이미 내가 돌려받았고요." "잠깐 부엌에 갔다 오겠어요."

여자는 지금 겁을 먹은 거야. 저 여자가 커피를 끓여 준다고 나한테 무슨 소용이겠어. 커피라면 나 혼자서도 잘 끓일 수 있어. 술집에 가면 더 편하게 마실 수도 있고. 저 여자는 슬그머니 피하려는 거야. 그래도 기다려 보자. 우리는 여전히 여기에 같이 있으니까. 하여튼 안으로 들어온 것은 잘한 거야. 아주 순식간에 일어난 일이었어. 그래도 뤼더스는 불안이 가시지 않아 문 쪽이나 계단 쪽, 그리고 위층 쪽으로 귀를 기울인다. 그는 방으로 돌아간다. 지난밤에는 정말 잠을 설쳤어, 애가 밤새 기침을 해 대는 바람에 말이야. 일단 앉아야겠어. 그러면서 그는 붉은 플러시 소파로 가서 앉는다.

저 여자는 여기서 프란츠와 그 짓을 했을 거야. 지금은 나를 위해 커피를 끓이고 있어. 일단 모자를 벗는 거야. 손가락이 얼음장처럼 차갑군. "자, 여기 커피 가져왔어요." 그런데 저 여자는 여전히 불안해하는군. 예쁘고 아담해서 남자로 하여금 어떻게 해 보고 싶게 만드는구나. "같이 마시지 않겠소? 말동무라도 삼아?" "아니, 됐어요. 세 든 사람이 금방 올 거예요. 이 방을 쓰고 있지요." 이 여자가 나를 겁주어 쫓아낼 심사야. 여기 세 든 사람이 어디 있다는 거야. 그렇다면 적어도 침대는 있어야지. "다른 문제는 없나요? 그 사람은 신경 쓰지 마세요. 세입자라면 아침 시간에 돌아오진 않을 거요. 그 사람도 자기 일이 있을 테니까. 그래요, 내 친구는 그 밖의 다른 말은 하지 않았어요. 그냥 물건만 찾아 달라고 했어요." 그는 몸을 앞으로 숙이고 기분 좋게 홀짝홀짝 커피를 마신다. "따끈해서 좋군요. 오늘은 밖이 아주 춥죠. 그 친구가 나한테 무슨 말을 했겠어요. 당신이 미망인이라는 것, 그 말은 맞죠, 안 그런가요?" "맞아요." "남편분은 어떻게 된 거요, 병으로 세상을 떴나요? 아니면 전사했나요?" "저는 할 일이 있어요, 식사 준비를 해야 해요." "커피 한 잔만 더 만들어 줘요. 왜 그렇게 서둘러요. 우리가 다음에 만날 때는 이렇게 젊지 않을 거요. 아이들은 있나요?" "아, 그만 가 주세요. 물건도 찾으셨고, 저는 시간이 없어요." "너무 언짢아하지 마요. 경찰이라도 부를 기세군요. 그렇게 야박하게 굴 필요는 없소. 그러잖아도 나갈 거요. 하지만 커피 잔은 비워야 하지 않겠소. 당신은 갑자기 시간이 없다고 하는군요. 얼마 전에는 아주 시간이 많았으면서. 무슨 뜻인지 알 거요. 자, 잘 마셨소. 나는 그런 사람이 아니오, 이만 가 보겠소."

그는 얼른 모자를 쓰고 자리에서 일어나 그 조그만 보따리를 옆구리에 끼고 문 쪽으로 천천히 걸음을 옮기는데, 여자의 곁을 막 지나다가 잽싸게 몸을 돌린다. "그럼, 쌈짓돈이라도 내놓아야지." 그러면서 왼손을 내밀어 집게손가락을 까딱거린다. 여자는 놀라 손을 입에 갖다 대고, 작은 뤼더스는 그녀 곁으로 바싹 다가선다. "소리 지르지 않는 게 좋을 거야. 당신은 이곳에 남자를 들였을 때만 선뜻 내주는 모양이지. 이거 보라고, 우리는 다 알고 있어. 친구 사이에 비밀 같은 것은 없다고."

정말 추잡한 것, 더러운 돼지 같은 계집, 꼴에 검은 상복을 입고 있네. 따귀를 한 대 갈겨 주고 싶군. 내 여편네보다 나을 게 없는 계집이야. 여자는 얼굴이 벌겋게 달아올라 있는데, 오른쪽만 그렇고 왼쪽은 창백하다. 여자가 지갑을 손에 들고 손가락으로 뒤적거리면서 동그랗게 뜬 눈으로 뤼더스를 쳐다본다. 그러고는 오른손으로 동전 몇 개를 그에게 내민다. 표정이 부자연스럽다. 그의 집게손가락은 더 내놓으라고 계속 까딱거린다. 여자는 지갑을 통째로 그의 손에 털어놓는다. 그는 갑자기 여자의 방으로 되돌아가 수를 놓은 붉은색 책상보를 챙겨 든다. 여자는 씩씩댈 뿐 찍소리도 내지 못하고, 입만 떡 벌린 채 쥐 죽은 듯이 문가에 서 있다. 그는 소파 쿠션 두 개를 움켜쥐고, 또 부엌으로 건너가 식탁 서랍을 열어 마구 뒤진다. 낡은 잡동사니뿐이야, 어서 빠져나가야겠어. 안 그러면 저 여자가 소리를 지를 거야. 그때 여자가 비틀거리더니 푹 쓰러진다, 당장 빠져나가자.

그는 복도로 나서서 천천히 문을 닫고는 계단을 뛰어 내려가 잽싸게 옆 건물로 들어간다.

오늘은 가슴에 총을 맞고

참으로 아름다운 낙원이었다. 물속에는 물고기들이 바글거리고 땅에서는 수목이 무성하게 자라며 뭍짐승, 바다짐승, 새들이 뛰놀았다.

그때 한 나무에서 바스락거리는 소리가 났다. 뱀 한 마리가, 뱀,

뱀이 대가리를 내밀었다. 낙원에도 뱀이 살고 있었는데, 그 뱀은 들판의 어떤 짐승보다도 간교했다. 뱀은 말을 했고, 아담과 이브에게 말을 걸기 시작했다.*

일주일 뒤 프란츠 비버코프는 얇은 포장지에 싼 꽃다발을 들고 유유히 계단을 올라가는데, 한편으로 뚱보 애인 리나를 생각하면 자책감도 들지만 그리 심각한 정도는 아니다. 그는 잠시 발걸음을 멈춘다. 리나는 정말 정절이 있는 여자야, 프란츠, 무슨 그런 염려를 하지. 이건 어차피 사업이야, 사업은 사업인 거야.* 그는 초인종을 누르고 잠시 후의 일을 기대하면서 입가에 미소를 짓는다. 따끈한 커피, 그리고 조그만 인형 같은 여자. 안에서 누군가 걸어오는 소리가 들리는데, 바로 그녀다. 그가 가슴을 펴고 나무 문 앞으로 꽃다발을 내미는데, 문에 설치된 체인이 벗겨지자 심장이 뛴다. 넥타이는 반듯하게 매어 있겠지. 그녀의 목소리가 묻는다. "누구세요?" 그가 키득거리며 대답한다. "우편배달부입니다."

살짝 열린 문의 어두운 틈새, 그녀의 눈동자, 그는 다정스럽게 몸을 숙이고 싱긋 미소를 지으며 꽃다발을 흔든다. 쾅. 문이 닫힌다. 철커덕, 자물쇠 잠기는 소리가 난다. 드르르, 빗장을 지르는 소리. 이런 빌어먹을. 문이 닫혔다. 저런 못된 것. 너 지금 거기 서 있지. 이 여자가 미쳤나. 나를 알아보았을 텐데. 갈색 문, 문틀, 나는 계단에 서 있고, 넥타이도 반듯하게 매었어. 정말 믿을 수 없는 일이야. 초인종을 또 한 번 눌러야 할까, 말아야 할까. 그는 자신의 두 손을 내려다본다. 꽃다발, 조금 전에 길모퉁이에서 포장지를 포함해 1마르크나 주고 산 것이다. 그는 다시 초인종을 누른다, 한 번, 두 번, 아주 길게. 저 여자는 아직 문가에 서 있는 것이 틀림없어. 그냥 문을 닫고는 꼼짝 않고 서서 숨을 죽이고 있어. 그리고 나를 바깥에 이렇게 세워 두고 있어. 그런데 저 여자는 내 구두끈을 갖고 있어. 내가 파는 것을 모두 갖고 있어. 아마 3마르크는 될 거야. 그 물건이야 찾아갈 수 있겠지. 이제 저 안에서 누군가 걷고 있는 소리가 들리는군. 발걸음이 멀어지고 있어. 부엌에 가 있는 것이 분명해. 그렇다면…….

그는 일단 계단을 내려간다. 그리고 다시 올라온다. 초인종을 다시 한 번 눌러 보겠어. 그리고 한번 확인해 봐야겠어. 저 여자가 나를 보지 못했을 수도 있고, 다른 사람으로 착각했을 수도 있어. 혹시 거지로 여겼을 수도 있지. 요즘은 거지가 많이 돌아다니니까. 하지만 그는 막상 문 앞에 서자 초인종을 누르지 않는다. 그저 먹먹하고, 그럴 기분이 나지 않는다. 그는 마냥 기다리면서 우두커니 서 있다. 그래, 저 여자는 내게 문을 열어 주지 않을 심산이야. 나는 그것을 확인하고 싶었을 뿐이야. 이 집에서는 더 이상 어떤 물건도 팔지 않겠어. 그런데 이 꽃다발은 어떡하나. 1마르크나 주고 산 것인데, 그냥 하수구에 처넣어야겠어. 그러다가 그는 갑자기 초인종을 다시 한 번 누르고는 마치 무슨 명령이라도 받은 사람처럼 잠잠히 기다린다. 그래, 저 여자는 이제 문 쪽으로도 오지 않는구나. 내가 초인종을 눌렀다는 것을 아는 거야. 그렇다면 이웃집에 쪽지라도 남겨야겠어. 내 물건을 도로 찾아야 하니까.

그는 이웃집 초인종을 누르지만, 아무도 모습을 보이지 않는다. 좋아, 그래도 쪽지는 남겨야지. 프란츠는 복도에 난 창가로 가서 신문지의 하얀 귀퉁이를 찢고는 몽당연필로 이렇게 적는다. '문을 열어 주지 않아서요. 내 물건을 돌려받고 싶소. 엘자스 거리 모퉁이 클라우젠 술집에 맡겨 주세요.'

이런 제기랄, 고약한 색골 같으니, 만약 네가 내가 어떤 사람인지, 전에 한 여자가 나한테 어떻게 당했는지를 안다면, 이러지는 못할 거야. 그래, 기어코 결판을 낼 거야. 당장이라도 도끼를 가져와서 문짝을 부숴 버릴까 보다. 그는 쪽지를 문 아래로 가만히 밀어 넣는다.

프란츠는 하루 종일 언짢은 기분으로 돌아다닌다. 다음 날 아침, 그가 뤼더스와 만나기 전에 술집 주인이 그에게 편지를 한 통 내민다. 그 여자의 편지다. "다른 것은 없었소?" "아니, 무엇 말인가?" "물건이 든 보따리요." "이 편지는 어떤 소년이 가져온 거요, 어제저녁에." "이럴 수가, 그렇다면 나더러 물건을 다시 찾으러 오라는 건가."

2분 뒤 프란츠는 창가의 진열장 쪽으로 가서 등받이 없는 나무 의자에 털썩 주저앉는데, 맥 풀린 왼손에는 편지를 쥐고 있고 입을 꾹 다문 채로 테이블 너머를 노려보고 있다. 뤼더스, 그 불쌍한 인간이 막 가게 문을 열고 들어오다가 거기 앉아 있는 프란츠를 발견한다. 저 친구에게 무슨 일이 일어났어. 뤼더스는 심상치 않은 낌새를 느끼고는 얼른 밖으로 나가 버린다.

술집 주인이 테이블로 다가와 묻는다. "그런데 뤼더스가 왜 저렇게 허둥지둥 달아나는 거죠. 아직 자기 물건을 챙겨 가지도 않았는데." 프란츠는 맥없이 그대로 앉아 있다. 세상에 이런 일도 있구나. 내 두 다리가 잘려 나간 기분이야. 세상에 이런 일이 있을 수는 없어. 지금까지 한 번도 없었던 일이야. 도저히 일어설 수가 없네. 뤼더스 저 녀석이야 뛰어다니라고 해, 두 다리가 있으니 저렇게 뛰쳐나갈 수 있는 거야. 정말 종잡을 수 없는 녀석이야.

"코냑 한잔 마시겠소, 비버코프? 집안에 상이라도 당한 거요?" "아니, 그런 건 아니오." 이 사람은 대체 무슨 말을 하는 거야? 잘 들리지가 않아, 귀에 솜을 박은 것 같아. 술집 주인은 물러가지 않는다. "그런데 뤼더스는 어째서 저렇게 도망치는 거요? 누가 그를 어떻게 하는 것도 아닌데. 마치 누군가가 쫓아오기라도 하는 것처럼." "뤼더스 말이오? 뭐, 할 일이 있나 보죠. 참, 코냑 한 잔만 주시오." 프란츠는 코냑을 단숨에 비운다. 생각의 가닥이 자꾸만 흩어진다. 제기랄, 이 편지는 어떻게 된 걸까. "여기 봉투가 떨어졌네요. 혹시 조간신문이라도 보겠소?" "고맙소."

그는 계속 골똘히 생각한다. 이게 도대체 어찌 된 일인지 알고 싶어. 이 편지가 뭐야, 그 여자는 왜 이런 내용의 편지를 보낸 걸까. 뤼더스는 분별력이 있는 사람이야, 자식들도 있어. 프란츠는 어쩌다 이런 일이 일어난 건지 곰곰 생각해 본다. 그러자 머리가 무거워지면서 마치 조는 것처럼 고개가 앞으로 숙여진다. 주인은 그가 피곤한 모양이라고 생각하지만, 그는 사방의 창백함과 공허함, 아득함을 느끼고 그의 두 다리도 그리로 미끄러져 들어간다. 그러다가 그는 완전히 쿵 하고 떨어지고, 왼쪽으로 몸을 한번 돌려 보지만 아래로, 아래로 떨어진다.

프란츠는 가슴과 머리를 테이블 상판에 대고 엎드려 있다. 그리고 그는 겨드랑이 사이로 비스듬히 테이블 끝을 바라보다 테이블 위의 먼지를 훅 불어 내고 머리를 감싸쥔다. "혹시 뚱보 여자 리나가 왔었나요?" "아니, 그 여자는 12시가 되어야 올 거요." 그렇지, 이제 겨우 9시밖에 안 되었어, 난 아직 일도 시작 못한 거야, 뤼더스도 도망쳐 버렸고.

이제 무엇을 하지? 그때 그는 뭔가 이상한 감정에 휩싸인다. 그는 입술을 지그시 깨문다. 이것이 다 형벌이야. 그들은 나를 밖으로 내보냈어. 다른 녀석들은 아직도 교도소 뒤쪽의 커다란 쓰레기 더미 옆에서 감자를 캐고 있는데 나는 전차를 타고 다녀야 해, 빌어먹을, 그 시절이 차라리 나았어. 그는 자리에서 일어난다. 일단 거리로 나가는 거야, 이런 생각을 떨쳐 버려야 해, 다시는 겁을 먹지 말아야 해. 나는 이렇게 두 다리로 똑바로 서 있다고, 어떤 놈도 나에게 덤벼들지 못할 거야, 그 어떤 놈도. "혹시 뚱보가 오면 내가 집안에 상을 당했다고 전해 주세요. 부고를 받았다고. 삼촌이라고 하든지 뭐 적당히 말해 줘요. 오늘 점심때는 오지 않을 거요, 그러니 기다릴 필요 없다고 전해 주세요. 그런데 여기 얼마인가요?" "여느 때와 마찬가지로 맥주 한 잔 값이오." "그렇군요." "그런데 보따리는 여기 둘 거요?" "무슨 보따리?" "저런, 당신은 정말 제대로 당한 모양이오, 비버코프. 공연한 소리 하지 말고, 정신을 좀 차려요. 보따리는 내가 보관하고 있잖아요." "무슨 보따리 말이오?" "저런, 밖에 나가 신선한 공기를 좀 쐬요."

비버코프는 밖으로 나왔다. 술집 주인이 유리창을 통해 그를 바라본다. "저러다 다시 잡혀가는 거 아닐까? 참으로 이상한 일이야. 저렇게 건장한 남자인데. 뚱보가 보면 놀란 토끼 눈을 하겠어."

창백한 얼굴에 키 작은 남자 하나가 집 앞에 서 있는데, 오른팔에는 붕대를 감았고 손에는 검은 가죽 장갑을 끼고 있다. 남자는 벌써 한 시간이나 햇살이 비치는 집 앞에 서 있을 뿐 위로 올라가려 하지 않는다. 그는 막 병원에서 오는 길이다. 그에게는 다 자란 딸이 둘 있고 뒤늦게 아들이 하나 태어났는데, 네 살 먹은 그 아이는 어제 병원에서 죽었다. 처음에는 단순한 목의 염증이라는 진단을 받았다. 의사는 곧 다시 왕진을 오겠다고 했으나 밤이 되어서야 와서는 대뜸 말했다. 당장 병원으로 옮겨야겠어요, 디프테리아 증세입니다. 그래서 아이는 4주 동안 입원해 있었고, 병원에서 거의 다 나아가고 있었는데 그만 성홍열에 걸렸다. 그러고는 이틀 뒤인 어제 숨을 거두었다. 수석 의사는 심장 쇠약 때문이라고 말했다.

남자는 여전히 현관문 앞에 서 있다. 위층에서는 아내가 어제처럼 밤새도록 울부짖고 있을 것이고, 아이가 사흘 전만 해도 건강했는데 왜 그때 퇴원시키지 않았느냐고 그를 원망하고 있을 것이다. 그런데 간호사들은 아이의 목에 아직 세균이 남아 있고, 집에 아이들이 있다면 퇴원시키는 것은 위험하다고 말했다. 아내는 그 말을 처음에는 믿으려 하지 않았다. 그렇지만 그렇게 했다가는 다른 아이들에게 위험해질 수 있는 일이었다. 남자는 거기 그대로 서 있다. 이웃 건물 앞에서는 아이들이 큰 소리로 떠들면서 놀고 있다. 갑자기 그가 아이를 병원에 데리고 갔을 때 병원에서 했던 말, 즉 아이가 혈청 주사를 맞았는지 물었던 것이 생각났다. 아뇨, 아직 맞지 못했어요. 그는 온종일 의사가 오기만을 기다렸는데, 밤이 되어서야 온 의사는 당장 병원으로 옮겨야겠다고 말했다.

순간 전쟁 당시 부상으로 장애를 겪고 있는 이 남자는 빠른 걸음으로 길을 건너 모퉁이까지 달려가서 의사를 찾아갔지만, 안에서는 의사가 없다고 한다. 그러자 그는 울부짖으면서 지금은 오전이고, 의사가 안에 있는 것이 분명하다고 소리친다. 그때 진찰실 문이 열린다. 대머리에 몸집이 뚱뚱한 신사가 나와서 그를 바라보더니 안으로 들어오라고 한다. 남자는 서서 병원 이야기를 하며 아이가 죽었다고 말하고, 의사는 그의 손을 꼭 잡는다.

"그런데 선생님은 수요일 내내, 아침부터 저녁 6시까지 우리를 기다리게 했어요. 그래서 우리는 두 번이나 사람을 보냈지요. 그런데도 선생님은 오지 않았어요." "그래도 결국에는 갔잖아요." 남자는 다시 울부짖기 시작한다. "나는 불구자입니다. 전쟁터에서 피를 흘렸어요. 그런데 어디서나 사람들은 우리더러 기다리라고 하면서 우리를 함부로 취급하지요." "자, 일단 자리에 앉고 진정하세요. 그 아이는 디프테리아로 죽은 게 아닙니다. 병원에서 그처럼 감염되는 경우가 가끔 있어요." "불행이 하나 지나갔는가

했더니, 또 다른 불행이 닥친 셈이군요." 그는 계속 소리를 지른다. "우리 같은 사람들에게는 늘 기다리라고만 하지요. 우리야 날품팔이꾼들이니까요. 또 우리가 비참한 상황에 있으니, 아이들도 그렇게 죽을 수 있다는 거죠."

30분 뒤 그는 계단을 천천히 내려가 아래 햇살이 비치는 곳에 이르러 몸을 돌리더니 집으로 올라간다. 그의 아내는 부엌에서 분주하게 움직이고 있다. "당신이에요?" "그래, 나야." 그들은 손을 맞잡고서 고개를 떨군다.

"아직 식사 안 하셨죠? 금방 차려 드릴게요." "건너편 의사한테 갔다 오는 길이야. 왜 수요일에 오지 않았는지 따졌어. 한바탕 해 주고 왔지." "하지만 우리 아이는 디프테리아로 죽은 게 아니잖아요." "상관없어. 그것도 의사한테 따졌어. 만일 바로 주사를 한 대 맞았으면 입원할 필요까지는 없었을 거야. 그런데 의사는 오지 않았어. 그 점을 그에게 따졌던 거야. 그런 일이 또 일어날 수도 있으니까, 그런 경우 다른 사람 생각도 해야 하는 거야. 그런 일이 매일 일어나는지 누가 알겠어?"

"자, 뭣 좀 드세요. 의사는 뭐라던가요?"

"의사는 좋은 사람이더라고. 풋내기가 아니어서 할 일도 많고, 상당히 분투하는 모습이었어. 나도 그 정도는 알지. 그런데 사고가 나려면 어쩔 수 없는 거야. 그가 코냑 한 잔을 따라 주면서 진정하라고 하더군. 의사 부인도 들어왔어." "당신이 아주 크게 소리를 질렀나 봐요?" "아니, 그렇지 않았어. 처음에는 좀 그랬지만, 나중엔 모든 일이 아주 조용하게 흘러갔어. 의사도 인정하더군. 누군가는 자기한테 그런 얘기를 해 주어야 한다고. 그는 나쁜 사람이 아니야, 하지만 누군가는 그에게 말해 주어야지."

그는 격하게 몸을 떨면서 식사를 한다. 그의 아내는 옆방에서 울음을 터뜨리고, 이어 그들은 난로 앞에 앉아 함께 커피를 마신다. "원두커피예요, 여보." 그는 커피 잔에 코를 대고 냄새를 맡아 본다. "향기로 알겠어."

내일은 차가운 무덤 속으로,
그러나 우리는 자신을 억제할 수 있을 것이다

프란츠 비버코프가 사라졌다. 그가 편지를 받았던 날 오후, 리나는 그의 방을 찾아간다. 자기가 직접 뜬 갈색 털 조끼를 몰래 놓고 나오려는 것이다. 그런데 평소 같으면 장사를 나갔을 시간이고, 더군다나 지금은 크리스마스 대목인데 이 남자는 집에 있는 게 아닌가. 그는 테이블을 끌어다 놓고 침대에 웅크리고 앉아서 방금 분해한 자명종을 만지작거리고 있다. 리나는 처음에 그가 집에 있어서, 그리고 혹시 조끼를 본 것은 아닐까 하여 깜짝 놀라지만, 프란츠는 그녀 쪽을 거의 쳐다보지도 않고 계속 테이블과 시계만 내려다보고 있다. 그녀는 천만다행이라 여기고, 얼른 조끼를 문 옆에 놓아둔다. 그런데도 그는 여전히 별말이 없다. 저 사람이 왜 저러는 거야. 만취해서 잠을 설친 사람 같아. 안색이 저게 뭐야. 저런 얼굴은 처음이야. 아주 멍하니 낡은 시계만 만지작거리고 있어.

"그 자명종은 멀쩡한 것이었잖아요, 프란츠."

"아니, 그렇지 않아, 가만있어 봐, 이 자명종이 줄곧 이상한 소리를 내고, 제때 울리지를 않아. 원인을 찾아내야겠어."

그는 자명종을 이리저리 만져 보다가 다시 테이블에 내려놓고 이를 쑤신다. 그러면서 그녀 쪽은 쳐다보지도 않는다. 리나는 약간 불안한 느낌이 들어 슬쩍 자리를 뜬다. 저 사람은 잠을 좀 푹 자야겠어. 그런 다음 저녁때 다시 들러 보니, 프란츠는 그사이에 아예 집을 나갔다. 방세도 지불하고, 물건도 다 챙겨 들고 가 버린 것이다. 셋집 여주인이 알고 있는 것은, 그가 방세를 다 냈다는 것과 신고서에 그냥 '여행 중'으로 적어 달라고 했다는 것뿐이다. 그 사람은 이렇게 슬며시 도망쳐야 할 까닭이 있는 걸까, 무슨 연유지?

이로부터 끔찍한 24시간이 지나고 나서야 리나는 마침내 도움을 청할 만한 고틀리프 메크를 찾아낸다. 그 사람 역시 이사를 갔기 때문에 리나는 오후 내내 여러 술집을 돌아다닌 끝에야 그를 만나게 된다. 그런데 그는 아무것도 모른다. 프란츠에게 무슨 일이 일어나겠어. 근육질에다 머리 회전도 빠른 사람이야, 그러니 한 번쯤 여기를 벗어날 수도 있는 거야. 혹시 무슨 일을 저지른 걸까요? 프란츠는 그럴 리 없다. 혹시 리나가 프란츠와 다툰 것은 아닐까. 천만에, 그렇지 않아요, 나는 그에게 털 조끼까지 갖다 주었어요. 다음 날 점심 무렵에 메크 역시 셋집 여주인을 찾아가 보는데, 리나는 그를 내버려 두지 않는 것이다. 그래요, 비버코프는 허둥지둥 떠났어요. 좀 이상한 구석이 있어요. 그 사람은 늘 쾌활한 편이고 그날 아침까지도 그랬어요. 무슨 일이 있었던 게 분명해요. 아주머니는 자기주장을 굽히려 하지 않는다. 그 사람은 방을 말끔히 치웠고 물건 하나 남기지 않았어요, 직접 와서 보세요.

그러자 메크는 리나에게 일단 진정하라고 말하고, 자기가 사정을 알아보겠다고 약속한다. 그는 곰곰이 생각하다가, 즉시 노련한 장사꾼의 예감에 따라 뤼더스를 찾아간다. 뤼더스는 집에 아이들과 함께 있다. 프란츠는 어디에 있지? 뤼더스는 완강한 자세로 변명한다. 사실 프란츠가 자기를 바람맞힌 것이고, 게다가 자기한테 얼마간의 빚도 있는데 그것을 청산하는 것도 잊었다는 것이다. 그러나 메크는 그 말을 전혀 믿지 않는다. 그들의 대화는 한 시간 넘게 계속되지만 메크는 그에게서 아무것도 알아내지 못한다. 그러다가 저녁때 메크와 리나는 술집에서 뤼더스를 찾아내어 마주 앉는다. 그리고 약간의 소동이 일어난다.

리나가 울부짖으며 소리친다. 메크라면 프란츠가 어디에 있는지 분명히 안다는 것이다. 오전까지만 해도 함께 있었으니 프란츠가 무슨 말인가를 했을 것이라는 이야기다. "아니, 그는 아무 말도 하지 않았어." "그 사람에게 무슨 일이 생긴 게 분명해요." "그에게 무슨 일이 생겼다고? 아마 도망쳐야 했나 보지, 무슨 다른 일이 있겠어?" 그렇지 않아, 그 사람은 아무 짓도 하지 않았어. 리나는 철저히 그렇게 믿는다. 그 사람은 절대 나쁜 짓을 하지 않았고, 행여 그렇다면 자기 손에 장을 지질 것이며, 차라리 경찰서에 가서 물어봐야겠다는 것이다. "당신 생각에는 그가 길을 잃은 것이니, 경찰이 그를 찾아야 한다는 거야?" 뤼더스가 웃는다. 작고 뚱뚱한 여인의 비탄. "그럼 어떡해요, 어떡하면 좋아요?"

그때 줄곧 자리에 앉아 자신이 뭘 할 수 있을지 고심하던 메크가 더 이상 참지 못하고 뤼더스에게 신호를 보낸다. 뤼더스와 단둘이 이야기하자는 뜻이고, 이런 식으로는 아무 소용 없다는 것이다. 이에 뤼더스가 밖으로 따라 나온다. 그들은 겉으로는 아무 일 없다는 듯이 서로 위선적인 대화를 나누며 라믈러 거리를 지나 그렌츠 거리까지 걸어간다.

그런데 아주 어두운 곳에 이르자, 메크는 조그만 뤼더스에게 갑자기 달려든다. 그는 뤼더스를 무지막지하게 패 버린다. 뤼더스가 소리를 지르며 바닥에 나뒹굴자, 메크는 재킷에서 손수건을 꺼내 녀석의 주둥이를 막았다. 그런 다음 이 단신의 남자를 일으켜 세우고, 칼집에서 꺼낸 단도를 들이댔다. 두 사람 모두 숨을 헐떡거렸다. 메크는 아직도 흥분이 가라앉지 않은 채로 상대방에게 당장 꺼지고, 내일까지 프란츠를 찾아내라고 윽박질렀다. "무슨 방법으로 찾아내는지는 내가 알 바 아니야, 이 자식아. 만약 그를 찾아내지 못하면, 우리 셋이 결판을 봐야 할 거야. 네 녀석을 찾아내는 것은 아무것도 아니야. 네 마누라한테 가 있다고 하더라도 말이야."

다음 날 저녁, 메크의 눈짓을 보고 뤼더스는 창백한 얼굴로 말없이 술집에서 따라 나왔다. 두 사람은 위층 객실로 올라갔다. 주인이 그들을 위해 가스등에 불을 붙이는 데는 좀 시간이 걸렸다. 그러고 나서 그들은 그대로 서 있었다. 메크가 물었다. "그래, 그에게 가 보았어?" 상대방이 고개를 끄덕였다. "만나 보았어? 그래 어떻던가?" "아무것도 없어." "그가 무슨 말을 하던가, 자네가 거기 갔다는 것을 어떻게 증명할 수 있지?" "이보게, 메크, 그 친구도 자네처럼 내 머리에 구멍을 내야 할 것으로 생각하는 모양이지? 그렇지 않았어, 나는 그런 것에 대비를 하고 갔거든." "그래, 상태가 어때?"

뤼더스는 말없이 더 가까이 다가왔다. "메크, 정신 차리고 잘 들어 보게. 내가 할 말이 있으니, 귀를 기울여 잘 듣게나. 프란츠가 자네 친구라고 해도 그 사람 때문에 나한테 어제처럼 그런 식으로 이야기할 필요는 없었어. 거의 살인에 가까운 행위였지. 우리 둘 사이에는 그럴 일도 없다고. 그 친구 때문에 그럴 필요는 없는 거잖아."

메크가 그를 노려봤다. 이 자식이 한 대 더 맞고 싶은 모양이군. 마구 두들겨 패야겠어. "그런데 그 친구는 분명히 미쳤어! 자네는 그걸 눈치채지 못했나, 메크? 그는 여기 머리 쪽이 정상이 아니라고." "아니, 그런 허튼소리는 당장 집어치워. 그는 내 친구야, 이런, 다리가 후들거리네." 그러자 뤼더스는 자초지종을 털어놓기 시작하고, 메크도 자리에 앉는다.

뤼더스는 어제 프란츠를 5시와 6시 사이에 만나 보았다. 프란츠는 먼저 살던 집에서 아주 가까운 곳, 그러니까 세 집 건너에 살고 있었다. 사람들이 그가 손에 마분지 상자와 부츠 한 켤레를 들고서 그리로 들어가는 것을 보았고, 그는 정말로 본채에 잇대어 지은 집의 위층에 방을 얻었던 것이다. 뤼더스가 노크를 하고 안으로 들어가 보니 프란츠는 부츠 신은 발을 늘어뜨린 채 침대에 누워 있었다. 뤼더스구나. 그는 뤼더스를 알아본다. 천장에는 전구가 하나 켜져 있다. 저건 뤼더스야, 저 건달 녀석이 오는군, 그런데 여긴 또 무슨 일이야? 뤼더스는 왼쪽 주머니에 칼을 쥔 손을 감추고 있다. 다른 손에는 돈을 몇 마르크 쥐고 있다가 테이블에 내놓고는 뭐라고 떠들어 대면서 여기저기를 둘러본다. 그의 목소리는 쉬었다. 그는 메크한테 얻어맞아 생긴 머리의 혹과 부어오른 귀를 보여 주는데, 분통이 터져서 한바탕 울부짖을 기세다.

비버코프가 벌떡 일어나 앉는다. 그의 얼굴은 아주 굳어졌다가 작은 근육들이 부르르 떨기도 한다. 그는 문 쪽을 가리키더니 낮은 목소리로 말한다.

"당장 나가!"

뤼더스는 몇 마르크를 그대로 놓아둔 채 메크를 떠올리고, 또 저들이 자기를 노리고 있다는 것을 생각하면서 자신이 그곳에 왔다는 것, 또는 메크나 리나가 직접 그곳에 찾아와도 좋다는 쪽지를 써 달라고 부탁한다. 그러자 비버코프는 벌떡 일어서고, 순간 뤼더스는 문 쪽으로 미끄러지듯 달려가 손잡이를 잡는다. 그러나 비버코프는 슬금슬금 뒤쪽 세면대로 가서 세숫대야를 집어 들더니 ―이게 지금 무슨 말을 하는 거야― 뤼더스의 발 쪽으로 물을 획 끼얹는다. 너는 흙에서 왔으니 흙으로 돌아갈 것이다.* 뤼더스는 눈이 휘둥그레져서 옆으로 피하면서 문의 손잡이를 잡고 밀친다. 비버코프는 이번에는 꽤 물이 많이 담긴 물통을 집어 든다. 물은 얼마든지 있어, 몽땅 깨끗이 치워 버리겠어. 너는 흙에서 온 존재야. 프란츠가 문간에 서 있는 그를 향해 물통의 물을 끼얹자, 그의 목덜미와 입에 물이 튄다. 얼음장처럼 차가운 물이다. 뤼더스는 재빨리 밖으로 빠져나가고, 그가 나가자 바로 문이 닫힌다.

술집 객실에서 뤼더스는 악의에 찬 목소리로 속삭였다. "그 녀석은 미쳤어, 직접 가서 보라고, 가 보면 알 거야." 메크가 물었다. "몇 번지야? 누구네 집이지?"

그 뒤로도 비버코프는 방에서 거듭 물을 뿌렸다. 그는 공기를 가르며 물을 끼얹었다. 모든 것이 깨끗해져야 해. 말끔히 치우는 거야. 이제는 창문을 열고 심호흡을 해야겠어. 그런 것들은 나하고 아무 상관 없는 거야. (집이 무너져 내릴 일도, 지붕이 미끄러져 떨어질 일도 없어, 그런 것은 다 옛일이야, 완전히 지난 일이야.) 그는 창가에서 바닥을 내려다보고 있자니 으스스 추워졌다. 물기를 다 닦아 내야겠어, 자칫하면 아래층 사람들의 머리 위로 물이 떨어지고 얼룩이 생길 거야. 그는 창문을 닫고는 침대에 반듯이 누웠다. (죽은 자세. 너는 흙에서 왔으니 흙으로 돌아갈 것이다.)

손뼉을 치면서 짝짝짝, 두 발을 구르며 쿵쿵쿵.

그날 저녁 비버코프는 더 이상 그 방에 머물지 않았다. 그가 다시 어디로 옮겨 갔는지 메크는 확인할 방도가 없었다. 그는 앙심을 품고 있는 뤼더스를 가축 상인들이 있는 자신의 단골 술집으로 데려갔다. 그들로 하여금 뤼더스를 족치게 해서 도대체 무슨 일이 있었는지, 술집 주인이 받은 편지에 무슨 내용이 적혀 있는지 알아내려는 것이다. 하지만 뤼더스는 계속 완강한 자세를 보이고,

또 독하게 앙심을 품은 것 같아서 그들은 그 불쌍한 작자를 놓아 주었다. 메크는 속으로 말했다. "혼쭐이 나게 해 주겠어."

메크는 곰곰이 생각에 잠겼다. 리나가 프란츠를 속인 것이거나, 프란츠가 뤼더스에게 화가 난 것이거나, 아니면 다른 무엇일 것이다. 가축 상인들이 말했다. "뤼더스라는 녀석은 교활한 사기꾼이야. 그 녀석 말은 하나도 진정성이 없어. 어쩌면 비버코프라는 사람, 그 친구가 미쳤을 수도 있지. 그 사람은 지난번에도 판매할 물건이 없는데도 조합 회원증을 얻고자 했었지. 욱하는 성미로 그런 일이 일어날 수도 있는 거야."

메크는 자신의 의견을 고집했다. "그런 것은 쓸개주머니에 영향을 미치지, 머리통하고는 상관없어. 머리통이 이상해진 건 결코 아닐 거야. 그는 운동도 한 몸이고, 중노동을 하던 노동자야. 전에는 일급 가구 운반부로서 피아노 같은 것도 날랐지. 그러니까 머리통이 이상해진 건 아닐 거야." "아냐, 바로 그런 사람이 머리통이 쉽게 상하는 법이야. 아주 예민한 사람이지. 머리를 거의 쓰지 않지만, 썼다 하면 당장 빙빙 돌아 버리는 거야." "그래, 자네들 같은 가축 상인들은 어떤가, 그리고 소송 사건은 어떻게 되었지? 자네들은 모두 멀쩡하겠지." "가축 상인들이야 원래 골통이 단단하지. 그렇고말고. 그래서 한번 화를 내기 시작하면 바로 헤르츠베르게 정신 병원으로 가야 할 거야. 우리는 절대 화를 내지 않아. 물품을 주문해 놓고 바람을 맞히거나 물건값을 지불하지 않거나 하는 일은 우리 같은 사람들에게는 매일같이 일어나거든. 사람들은 늘 돈에 쪼들리니까." "그것이 아니면 당장 융통할 수 있는 현금이 없는 거겠지." "그 말도 맞아."

한 가축 상인이 자신의 너절한 조끼를 쳐다보았다. "집에서 나는 커피를 받침 접시에다 마신다네. 그게 훨씬 맛이 좋거든. 그런데 흘려서 얼룩이 지는 경우가 많아.” “그럼 턱받이를 두르면 되겠네.” “그러면 여편네가 웃을 거야. 아냐, 실은 손이 떨려서 그런 거야. 자, 보게.”

메크와 리나는 프란츠 비버코프를 찾아내지 못한다. 그들은 베를린의 반을 헤매고 다녔지만 그 사람을 찾지 못한다.

제4권

프란츠 비버코프는 사실 어떤 불행을 당한 것은 아니었다. 보통의 독자라면 깜짝 놀라서 물을 것이다. 그럼 그것이 뭐였냐고? 하지만 프란츠 비버코프는 평범한 독자가 아니다. 그는 자신의 원칙이 아주 간단한 것이지만 어딘가 잘못됐음을 알아차린다. 그는 그 결함이 어디에 있는지는 알지 못하지만, 결함이 있다는 사실만으로 극도의 비탄에 빠진다.

여러분은 여기서 이 사나이가 술을 퍼마시고 거의 정신을 잃는 것을 보게 될 것이다. 그러나 아직은 그렇게 혹독하지 않은데, 프란츠 비버코프는 이보다 지독한 일들을 겪어야 할 운명이기 때문이다.

알렉산더 광장 주변의 몇 사람

알렉산더 광장에서는 지하철 공사를 위해 노반(路盤)을 파헤치고 있다. 사람들은 널빤지 위로 걸어 다닌다. 전차는 광장을 거쳐 알렉산더 거리를 따라 올라간 다음, 뮌츠 거리를 통과해 로젠탈 성문을 향해 달린다. 오른쪽과 왼쪽이 모두 도로다. 그리고 도로를 따라 건물들이 늘어서 있다. 어떤 건물이든 지하에서 다락방에 이르기까지 사람들로 가득하다. 1층에는 보통 가게들이 입주해 있다.

작은 술집들, 레스토랑들, 과일상과 채소 가게들, 식료품 가게와 미식가를 위한 식품점, 운송업, 실내 장식, 여성 기성복점, 밀가루와 제분 공장, 자동차 차고, 소화기 상회. 소형 모터가 달린 소화기의 장점은 간단한 구조, 손쉬운 조작, 가벼운 무게, 작은 크기에 있다.

— 독일 국민 여러분, 우리 국민처럼 치욕적으로 기만을 당하고, 또 부당하게 속아 넘어간 민족은 없습니다. 여러분은 샤이데만이 1918년 11월 9일, 제국 의회의 난간에서 우리에게 평화와

자유와 빵을 약속했던 것을 기억하십니까? 그런데 그 약속은 얼마나 지켜졌습니까!

— 하수 시설 장비, 유리창 청소 대행, 수면이 보약입니다, 슈타이너의 낙원 침대.

— 서점, 현대인 총서, 위대한 시인과 사상가들의 전집이 현대인 총서에 들어 있습니다. 이들은 유럽 지성의 위대한 대변자들입니다.

— 세입자 보호법은 휴지 조각에 불과하다. 집세는 계속 올라가고 있다. 직업 활동을 하는 중산층은 길바닥에 나앉아 목을 졸리고, 법원의 집행관들만 짭짤한 수입을 올리고 있다. 우리는 중소기업에 대한 1만 5천 마르크 한도의 공공 대출과 영세 자영업자들에 대한 모든 차압을 즉각 금지할 것을 요구한다.

— 출산의 순간을 잘 준비하는 것은 모든 여성의 소망이자 의무입니다. 모든 예비 엄마의 생각과 느낌은 온통 배 속의 아이에게 집중됩니다. 따라서 올바른 음료를 선택하는 것은 예비 엄마에게는 특히 중요합니다. 엥겔하르트 캐러멜 맥주 음료는 어떤 음료보다도 훌륭한 맛, 풍부한 영양소, 빠른 소화력, 원기 회복력을 갖고 있습니다.

— 생명 보험에 가입하여 당신의 자녀와 가정을 안전하게 지키세요. 스위스, 취리히 생명 보험사, 연금 보험 회사.

— 당신의 마음이 웃습니다! 유명한 회프너 가구로 집을 단장하면 당신의 마음이 기쁨에 겨워 웃습니다. 당신이 꿈꾸던 어떤 안락한 주거 생활보다 멋진 것을 현실에서 만날 수 있습니다. 세월이 흘러도 여전히 쾌적한 모습을 유지할 것이고, 그 내구성과 실용성은 언제나 새로운 기쁨을 줄 것입니다.

민간 경비업체들은 모든 것을 지켜 준다. 건물 일대의 철저한

순찰, 건물 내부의 수색, 보안 검열, 경비 시계 및 자동 경보기 확인, 대도시 베를린과 그 일대의 경비 및 보호 업무, 독일 경비 회사, 대도시 베를린 경비대, 옛 베를린 부동산 소유자 연합회 소속 경비대, 통합 운영 경비 사무소, 서부 경비 센터, 경비 및 보안 회사, 셜록 회사, 코넌 도일의 셜록 홈스 전집, 베를린 및 인근 지역을 위한 경비 회사, 교육자로서의 박스만, '교육자로서의 플락스만',* 세탁 시설, 아폴로 내의 대여점, 모든 의류 및 내의를 세탁하는 아들러 빨래방, 남성용 및 여성용 고급 내의 세탁 전문.

가게들 위쪽과 뒤쪽에는 주택들이 있고, 이것들 뒤편으로는 다시 안뜰과 부속 날개 건물, 직각으로 교차시킨 건물, 뒤채, 정자가 있다. 뤼더스에게서 불쾌한 일을 겪은 후 프란츠 비버코프는 그 뒤편에 평행으로 나 있는 리니에 거리의 어떤 집에 은거하고 있다.

전면에는 번쩍거리는 진열장을 네 개 갖춘 멋진 제화점이 들어서 있고, 여자 점원 여섯 명이 근무한다. 이들은 손님이 있을 경우 1인당 월 80마르크 정도를 받으며, 승진해서 최고참자가 되면 월 1백 마르크를 받는다. 이 근사하고 큰 제화점은 어느 노부인의 소유인데, 그녀는 이 점포의 지배인과 결혼했다. 그때부터 노부인은 안채에서 주로 잠만 자며 지내는데 건강이 별로 좋지 않다. 남편인 지배인은 멋쟁이로 가게를 번창하게 만든 인물이기도 하지만, 아직 마흔도 되지 않았다. 이것이 그의 불행이라고 할 수 있는데, 그가 행여 집에 늦게 들어가면 노부인은 화가 나서 잠을 이루지 못하고 있다.

— 2층에는 변호사가 살고 있다. 작센알텐부르크 공작령에 있는 야생 토끼는 사냥 가능한 짐승인가? 변호사는 작센알텐부르크 공작령의 야생 토끼가 사냥 대상에 해당한다는 지방 법원의 승인이 부당하다고 이의를 제기하고 있다. 어떤 짐승은 수렵법에 따르

고, 어떤 짐승은 자유로운 포획이 가능한지에 대해 독일에서는 주마다 규정이 다르다. 특별한 법규가 없는 경우에는 관습법이 결정한다. 1854년 2월 24일자 수렵 관련 경찰법 초안에는 야생 토끼에 관한 언급이 아직 없었다.*— 저녁 6시가 되면 청소부 아주머니가 사무실에 나타나 응접실의 리놀륨 바닥을 쓸고 닦는다. 이 변호사는 진공청소기를 살 여유가 없고 예의 그 인색함을 보이고 있다. 그런데 그가 아직 결혼도 하지 않았으니 그럴 수 있는 일이고, 치스케 부인은 자칭 주부라는 사람이 그 정도는 알아야 한다고 난리다. 청소부 아주머니는 솔로 힘껏 문지르고 닦는다. 그녀는 아주 호리호리한 몸매이지만 탄력이 있고, 두 아이를 위해 고된 노동을 한다. 영양 섭취를 위한 지방질의 중요성, 지방질은 뼈의 돌출부를 감싸 그 속의 조직을 압박과 충격에서 보호해 준다. 따라서 극도로 마른 사람들은 걸을 때 발바닥의 통증을 호소한다. 그러나 이 청소부 아주머니에게는 그런 것이 해당되지 않는다.

저녁 7시에 뢰벤훈트 변호사는 사무실의 자기 책상에 앉아 탁상 램프 두 개를 밝히고 일을 한다. 마침 전화가 오지 않는다. 형사 사건 그로스 A8 780-27 관련, 나는 피고인 그로스 부인의 전권을 위임받은 위임장을 첨부하는 바입니다. 따라서 상기 피고와의 일반 면회 신청을 승인해 줄 것을 정중하게 요청합니다.

— 오이게니 그로스 부인에게, 베를린. 존경하는 그로스 부인, 오래전부터 부인을 한 번 더 방문하려고 생각했습니다. 하지만 과도한 업무와 저의 좋지 않은 몸 상태로 그렇게 하지 못했습니다. 다음 주 수요일에는 반드시 부인을 방문하고자 하니, 그때까지 너그러이 참아 주시기 바랍니다. 경의를 표하며. 편지, 우편환, 소포 등에는 개인 주소뿐만 아니라 재소자 번호도 기입해야 한다. 수신자 주소지는 베를린 서북부 52, 모아비트 12a이다.

— 톨만 씨에게. 귀하의 따님 건과 관련하여 추가 수임료 2백 마르크를 청구하고자 합니다. 분할 지불도 좋습니다. 두 번째로, 재제출 바랍니다.

— 존경하는 변호사님, 모아비트에 있는 저의 불쌍한 딸아이를 한번 면회하고 싶은데 어디에 문의해야 할지 몰라서 변호사님께 제가 언제 그곳으로 면회를 갈 수 있는지 말씀해 주시길 간곡히 부탁드립니다. 아울러 딸아이에게 2주에 한 번씩 식료품이 든 보따리를 넣을 수 있도록 선처해 주십시오. 이번 주말이나 내주 초까지 연락을 주시면 고맙겠습니다. 톨만 부인. (오이게니 그로스의 엄마)

— 뢰벤훈트 변호사는 자리에서 일어나 시가를 입에 물고서 환하게 불이 밝혀진 리니에 거리를 커튼 틈새로 내려다보며 생각에 잠긴다. 그 여자한테 전화를 해야 할까, 말아야 할까. 자업자득의 불행인 성병, 프랑크푸르트 지방 최고재판소, 1, C5. 미혼 남성들의 경우 성관계를 도덕적으로 용인함에 있어 덜 엄격하게 생각할 수 있다 해도 법적인 관점에서는 그것은 하나의 죄로 간주된다는 점, 또 슈타우프가 지적하고 있는 것처럼 혼외 성관계는 위험을 수반하는 과도한 행위라는 점, 그러한 위험에 대한 부담은 그처럼 과도한 행위를 저지른 자가 떠맡아야 함을 인정하지 않을 수 없다. 이러한 의미에서 플랑크도 군 복무 중인 자가 혼외 성관계로 성병에 걸린 경우 부주의에 의한 감염으로 간주한다. — 변호사는 수화기를 집어 든다. 노이쾰른 사무소 부탁합니다. 그 번호는 이제 베어발트로 바뀌었습니다.

3층. 관리인과 두 쌍의 뚱뚱한 부부, 즉 관리인의 형과 그의 아내, 여동생 부부가 살고 있는데, 여동생 부부에게는 몸이 아픈 딸이 하나 있다.

4층에는 예순네 살의 뒷머리가 벗겨진 가구장이가 살고 있다. 이혼한 딸이 그를 위해 가사를 맡아 하고 있다. 그 남자는 매일 아침 삐걱거리며 계단을 내려가는데, 심장이 좋지 않아 조만간 병가를 내고자 한다. (관상동맥 경화, 심근 경색.) 젊었을 때는 노 젓는 일도 훌륭하게 했는데 지금은 무얼 할 수 있을까? 저녁에는 신문이나 읽고 파이프에 불을 붙이는 정도일 것이고, 그러는 동안 딸은 복도로 나가 수다를 떨 것이다. 그의 아내는 마흔다섯의 나이로 죽었는데, 기가 세고 다혈질이며 어떤 것에도 만족을 모르는 여자였다. 여러분은 내가 말하는 뜻을 알 것이다. 그러다가 어느 날 그녀는 갑자기 쇠약해지고, 또 아무 말도 하지 않았다. 다음 해면 아마 갱년기를 맞았을 것이다. 결국 그녀는 자신과 비슷한 증상의 여자가 가는 코스대로 병원에 입원하더니 다시는 나오지 못했다.

바로 옆집에는 서른 살 정도 되어 보이는 선반공이 산다. 어린 아들이 하나 있고, 방과 부엌을 갖춘 집이다. 선반공의 아내 역시 죽었는데 폐결핵이 원인이었고, 그 자신도 기침을 한다. 아이는 낮에는 탁아소에 맡겼다가 저녁에 그가 집으로 데려온다. 아이가 잠들고 나면 남자는 천연 차를 끓이고, 밤늦게까지 라디오를 조립하고 수리한다. 현재 무선기사 협회 대표를 맡고 있는 그는 접속이 제대로 되지 않으면 잠을 이루지 못한다.

그다음 집에는 술집 종업원이 한 여자와 함께 살고 있는데, 깔끔하게 정돈된 방과 부엌, 유리 덮개가 붙은 가스 샹들리에를 갖추고 있다. 술집 종업원은 낮에는 2시까지 집에 머물며 오래 잠을 자거나 치터를 연주한다. 그 시각에 변호사 뢰벤훈트는 제1법정, 제2법정, 제3법정의 복도를 바삐 돌아다니는데, 검은 법복을 걸치고 이 변호사실에서 저 변호사실로, 이 법정에서 저 법정으로 옮겨 다닌다. 공판을 연기합니다, 본인은 피고에 대한 결석 재판을 제안합니다. 술집 종업원의 색시는 한 백화점에서 감독 업무를 하고 있다. 그녀의 말이다. 예전에 한 번 결혼했던 술집 종업원은 본부인에게서 끔찍하게 배신을 당했다. 그래도 그의 아내는 그때마다 그의 마음을 달랠 수 있었지만, 결국에는 그가 도망치고 말았다. 그는 침대만 잠시 같이 쓰는 노숙자 신세로 지내다가 다시 아내에게 돌아갔는데, 재판에서는 아내의 부정에 대한 아무 증거도 제시할 수가 없었으므로 악의를 갖고 아내를 저버렸다는 이유로 유죄 판결을 받았다. 그러고 나서 그는 호페가르텐에서, 마침 남자 사냥에 나섰던 지금의 여자를 만난 것이다. 새 여자는 전처와 같은 부류의 여자이지만 좀 더 영악했다. 그는 여자 친구가 며칠에 한 번씩 칠 업무를 핑계로 출장 여행을 떠나지만, 아무것도 알아채지 못한다. 언제부터 백화점의 감독자가 출장을 간단 말인가, 그것은 사실 은밀한 직책인 것이다. 그런데 지금 술집 종업원은 소파에 앉아 머리에 젖은 수건을 두르고 울고 있고, 그녀는 그를 보살피지 않을 수 없다. 그가 길거리에서 미끄러져 뻗어 버렸다고 한다. 그의 말이다. 누군가가 그를 밀쳤다. 그녀는 당분간 출장을 가지 않는다. 저 사람이 뭔가 눈치를 챈 걸까, 그렇다면 정말 곤란해. 하지만 저 친구는 참 사랑스러운 멍청이거든. 우리는 그를 원래 상태로 회복시켜 놓을 것이다.

꼭대기에는 내장을 취급하는 상인이 사는데, 당연히 고약한 냄새가 나고 아이들이 소란을 피우는 소리도 들리고 알코올 냄새도 심하다. 끝으로 그 옆집에는 빵집 수습공과 그의 아내가 사는데, 인쇄소에서 종이를 집어넣는 삽지공으로 일하는 아내는 난소염을 앓고 있다. 그렇다면 두 사람은 어떤 삶을 살고 있을까? 첫째, 두 사람은 서로를 의지하며 잘 지내고 있는데, 지난 일요일에는 연극이나 영화도 보고 그다음에는 이런저런 사교 모임에도 참석하고, 양친을 방문하기도 한다. 그 밖에는 더 없다고? 에이, 공연히 엉뚱한 짓 벌여 곤경을 초래하지 마요. 그 밖에 덧붙이자면 화창한 날씨, 궂은 날씨, 야외로 소풍 가기, 난롯가에 서 있기, 아침 식사 등이 있다. 당신은 어떤가요, 대위님, 장군님, 기수님? 괜히 스스로를 속이지 마요.

마취 상태의 프란츠 비버코프,
칩거한 채 아무것도 보지 않으려 한다

프란츠 비버코프, 몸조심하게. 그렇게 술만 퍼마시면 어떻게 되겠어! 줄곧 방 안에서 뒹굴고 술이나 퍼마시며 졸고 또 조는 일만 하고 있다고!

내가 무엇을 하든 그게 당신들하고 무슨 상관이야. 나야 맥없이 조는 것을 원한다면, 한자리에서 모레까지도 조는 거지. ―그는 잘근잘근 손톱을 깨물고 신음 소리를 내며 땀에 젖은 베개에 머리를 굴리고 콧숨을 몰아쉰다 ― 나야 내키는 대로 모레까지라도 이렇게 누워 있을 거야. 저 여편네가 방에 불이나 넣어 주면 좋겠어. 아주 게으르고 자기밖에 모르는 여자야.

그는 머리를 벽 쪽에서 다른 편으로 돌린다. 바닥에는 죽 같은 것이 진창처럼 고여 있다. 토사물이다. 분명히 내가 토한 것이겠지. 저런 것을 위장에 넣어 가지고 다니다니. 어휴. 저 컴컴한 구석에 있는 거미줄, 저걸로는 쥐를 잡을 수가 없겠지. 물을 좀 마시고 싶군. 하지만 누가 그런 것을 신경이나 쓰겠어. 등뼈도 아프구나. 어서 들어오세요, 슈미트 부인. 저 위의 거미줄들 사이로 모습이 보인다. (시커먼 옷, 빼드렁니.) 저건 마녀야.(천장에서 내려온다.) 어휴! 한번은 어떤 바보가 나더러 왜 집구석에만 처박혀 있느냐고 하더군. 나의 대답은 첫째, 이 바보 같은 양반아, 당신이 무슨 권리로 그런 질문을 던지는 거야? 둘째, 내가 여기서 뒹구는 것은 8시에서 12시까지야. 그러고 나서는 저 악취 나는 더러운 곳에 가 있지. 그는 자신이 농담을 한 것이라고 말한다. 아니야, 그건 농담이 아닐 거야. 카우프만도 그렇게 말했지, 그렇다면 이 친구도 카우프만에게 물어봐야 할 것이야. 내가 한번 주선해 보지, 2월에, 2월 아니면 3월, 아니 3월이 좋겠군…….

— 너는 자연에서 네 마음을 잃어버렸는가? 나는 내 마음을 거기서 잃지 않았다. 하지만 알프스의 거봉들을 마주 보고 섰을 때, 또는 파도가 출렁이는 해변에 누웠을 때, 만물의 근원이 되는 정령이 내 마음을 앗아 가는 기분이었다. 그때 내 뼛속에서 뭔가 끓어오르고 파도쳤다. 내 마음이 흔들리기도 했다. 하지만 독수리가 둥지를 튼 곳에서도, 광부가 땅속 깊이 숨겨진 광맥을 파헤치는 곳에서도 내 마음을 잃지는 않았다.

— 그렇다면 어디에서?

너는 운동에서 네 마음을 잃었는가? 청년운동의 소용돌이 속에서? 정치적인 격전에서?

— 그런 곳에서 내 마음을 잃지는 않았다.

— 그렇다면 어떤 곳에서도 네 마음을 잃지 않았다는 건가?

그렇다면 너는 어디서도 마음을 잃지 않고, 자신을 위해 그것을 간수하고 깨끗이 보존하여 미라로 만들어 놓는 부류의 사람인가?

초감각의 세계로 들어가는 길, 공개 강연들. 사자(死者)를 위해 기도하는 위령 주일: 죽음과 더불어 모든 것은 끝나는 건가? 11월

21일 월요일, 저녁 8시: 오늘날에도 우리는 신앙을 가질 수 있는가? 11월 22일 화요일: 인간은 변화될 수 있을까? 11월 23일 수요일: 신 앞에서 의로운 자는 누구인가? 특히 우리의 주목을 끄는 것은 낭송가 「파울루스」*의 개작이다.

일요일 7시 45분.

좋은 저녁입니다, 목사님. 저는 노동자 프란츠 비버코프, 날품팔이 잡역부입니다. 전에는 가구 운반도 했지만 지금은 백수 신세랍니다. 실은 목사님께 물어보고 싶은 것이 있습니다. 위가 아플 때는 어떻게 해야 하나요? 신물이 자꾸 올라옵니다. 어이쿠, 지금 또. 어휴! 독한 담즙입니다. 물론 술을 많이 마신 탓이죠. 대로 위에서 이렇게 붙잡고 막무가내로 질문을 드려 죄송합니다. 목사님의 직무를 방해해서 죄송합니다. 하지만 독한 담즙을 어떻게 하면 멈출 수 있습니까? 기독교인이라면 다른 사람을 도와주어야죠. 목사님은 훌륭하신 분입니다. 저는 하늘나라에 가지 못할 거예요. 왜냐고요? 항상 저 천장 쪽에서 나타나는 슈미트 부인한테 물어보세요. 그 여자가 왔다 가면, 나는 늘 일어나야 합니다. 그러나 누구도 내게 이래라저래라 할 수 없을 겁니다. 이 세상에 범죄자들이 있다면, 그들에 대해 말할 수 있는 사람은 저밖에 없습니다. 정말입니다. 우리는 저 카를 리프크네히트에게도 맹세했고, 로자 룩셈부르크에게도 악수의 손을 내밀었지요. 저는 죽은 후에 낙원에 갈 것이고, 그러면 그곳 사람들은 제 앞에서 허리를 굽히고 이렇게 말할 겁니다. 이 사람은 프란츠 비버코프야, 맹세코 정말이야, 진정한 독일 사람이고 날품팔이 노동자야, 맹세코 정말이야, '흑백적' 의 삼색기*가 나부끼는데도 그것을 그는 자신을 위해서만 간직했고, 또 독일인이 되길 원하면서 동포를 속이는 다른 사람들과는 달리 범죄자가 되지 않았어. 만약 나한테 칼이 있다면, 그런 자의 몸을 푹 찌를 겁니다. 정말, 그렇게 할 거라고요. (프란츠는 침대에서 이리저리 뒤척이며 허공을 향해 팔을 휘두른다.) 이제 네 녀석이 목사를 찾아가려 하는구나, 젊은이. 젖비린내 나는 애송이! 어서 가라, 그게 재미있다면, 네가 아직 깍깍댈 수 있다면 말이야. 맹세코 정말입니다, 저는 그런 자와는 손을 끊겠어요, 목사님. 제 손이 오히려 아까운 거죠. 그런 비열한 놈들은 감옥에도 걸맞지 않은 녀석들이거든요. 저는 교도소를 드나든 적이 있고, 그곳을 훤히 알죠. 최고의 사안, 최고급 상품처럼 말입니다. 더 말할 필요도 없어요. 비열한 놈들은 교도소에도 속하지 못합니다, 특히 자신의 행위를 마누라 앞에서는 마땅히 부끄러워해야 하지만 그러지도 못하는 자들, 또 세상 모든 사람들 앞에서도 부끄러워할 줄 모르는 자들입니다.

2 곱하기 2는 4, 이것은 의심할 여지가 없습니다.

여기서 당신은 지금 한 남자를 보고 있습니다, 근무 중이신데 죄송합니다만, 저는 그 정도로 끔찍하게 속이 쓰립니다. 이제는 어떻게든 자제하는 법을 배울까 합니다. 물 한 잔만 부탁해요, 슈미트 부인. 저 천박한 것은 온갖 곳에 코를 디밀지.

퇴각하는 프란츠,
프란츠가 유대인들에게 작별의 행진곡을 연주하다

프란츠 비버코프는 코브라처럼 강인하지만 휘청대면서 일어나 뮌츠 거리에 있는 유대인들을 찾아갔다. 그는 그곳으로 바로 가지 않고 한참을 돌아서 갔다. 이 남자는 모든 것을 정리하려 한다. 거치적거리는 것들을 깨끗이 정리하려 한다. 자, 다시 출발하는 거야, 프란츠 비버코프. 건조한 날씨, 추우면서도 상쾌하다. 이런 날씨에 누가 건물 현관에 서서 행상을 하며 발가락이 동상에 걸리는 꼴을 당하고 싶겠는가. 정말 그럴 것이다. 방에서 벗어나 여자들의 꽥꽥거리는 소리를 듣지 않는 것만으로도 다행이다. 여기 프란츠 비버코프가 있고, 그가 길거리를 따라 걸어간다. 술집들은 모두 텅 비어 있다. 어째서일까? 놈팡이들이 아직 자빠져 자고 있기 때문이다. 술집 주인들도 이맘때는 싸구려 맥주를 혼자 홀짝홀짝 들이켤 수 있다. 공장에서 대량으로 만든 맹탕 맥주. 우리는 그런 것에는 별로 구미가 당기지 않는다. 우리는 독한 화주를 마신다.

프란츠 비버코프는 카키색 군용 외투를 걸치고 조용히 사람들 사이로, 수레에서 채소며 치즈, 청어를 사고 있는 자그마한 여자들 사이로 비집고 지나간다. 양파를 사라고 외치는 소리도 들렸다.

사람들은 자신이 할 수 있는 일을 한다. 집에는 아이들이 있다. 배고파서 벌린 입들, 아이들은 새의 주둥이 같은 입을 딱 벌리고 딱 오므리고, 딱 벌리고 딱 오므리고, 벌리고 오므리고, 벌리고 오므리고 한다.

프란츠는 발걸음을 재촉해 모퉁이를 돌았다. 그래, 신선한 공기다. 그는 커다란 쇼윈도들 앞에서는 속도를 줄여 더 조용히 걸었다. 지금은 부츠값이 얼마나 하나? 에나멜 가죽 신발, 무용 신발, 저런 신발을 신으면 맵시가 날 거야. 예쁘장한 아가씨가 저런 무용 신발을 신으면 참 근사할 것이다. 테겔 교도소에서 콧구멍이 큰 늙은 보헤미아 사람, 멍청이 리사레크는 여편네인지 뭔지 모르지만 좌우간 그의 여자에게 몇 주에 한 번씩 예쁜 실크 스타킹을 한 켤레 가져오게 했는데, 그것도 새것과 헌것을 한 켤레씩 가져오게 했다. 정말 웃기는 일이다. 그녀가 그것을 훔쳐 오는 한이 있더라도 그는 그 스타킹들을 꼭 신어야 했다. 한번은 그가 더러운 다리에 그 스타킹을 신고 있다가 들킨 적이 있는데, 참말로 바보 같은 친구다. 그는 자기 다리를 쳐다보고 욕정을 느껴 얼굴이 붉어지고 귀까지 빨개지는 정말 웃기는 녀석이다. 가구 할부 판매, 부엌 가구 12개월 할부 판매.

비버코프는 흡족한 기분으로 계속해서 걸었다. 가끔 보도를 내려다보았을 뿐이다. 그것은 자신의 발걸음과 아름답고 견고한 포석들을 확인하기 위한 것이다. 그러다가 다음 순간 그의 시선은 획 미끄러지듯 집들의 정면으로 옮겨 가 그것들을 살펴보는데, 집들의 정면이 그대로 서 있고 움직이지 않는다는 것을 확인한다. 하지만 어떤 집은 창문이 저리 많으니 앞으로 휘어질 수도 있는 법이다. 그런 힘이 지붕으로 전달되어 지붕들을 끌어당길 수 있고, 그러면 지붕들이 흔들릴 수도 있는 것이다. 지붕들이 흔들리기 시작하고, 이리저리 요동을 치며 크게 흔들릴 수도 있다. 그리고 모래가 비스듬히 흘러내리듯, 또 모자가 머리에서 벗겨지듯 지붕들이 미끄러져 내릴 수 있다. 지붕들은 모두, 정말 모두가 지붕 마룻대 위에 비스듬히 얹혀 있는 게 아닌가. 하지만 그것들은 못으로 고정되어 있고, 그 아래는 튼튼한 들보가 받치고 있으며, 또 지붕용 타르 판자가 있고 타르가 칠해져 있다. 확고하고 충성스럽다, 파수, 라인 강의 파수여. 좋은 아침이오, 프란츠 비버코프. 여기서 우리는 반듯한 자세로, 즉 가슴을 펴고 등을 꼿꼿이 하고서 브루넨 거리를 따라 걸어간다. 하느님은 모든 인간을 긍휼히 여기고, 또 교도소장이 말한 것처럼 우리는 독일 국민이다.

희멀건 얼굴에 가죽 모자를 쓴 남자가 새끼손가락으로 턱에 난 부스럼을 긁고 있고, 그 바람에 아랫입술이 축 늘어졌다. 그의 옆에는 등판이 넓은 다른 남자가 바짓가랑이가 축 늘어진 나팔바지를 입고 비스듬히 서서 길을 막고 있었다. 프란츠는 이들을 비켜 서 갔다. 가죽 모자를 쓴 남자는 오른쪽 귀를 후비고 있었다.

모든 사람이 조용히 길을 걸어가고, 마부들이 짐을 부리며, 행정 당국에서 나온 사람들이 건물들을 점검하는 것을 보면서 프란츠는 만족스러워한다. 외침 소리가 천둥처럼 울린다. 자 이제 우리도 여기를 걸어갈 수 있다. 길모퉁이에 있는 광고탑 하나, 노란 바탕에 로마자로 이렇게 적혀 있다. "그대 아름다운 라인 강변에 살아 보셨나요?"* "센터포워드의 왕."* 다섯 명의 남자가 아스팔트에 둥그렇게 모여 서서 망치를 휘두르며 아스팔트를 부수고 있다. 초록색 모직 재킷을 입은 남자, 분명히 우리가 아는 남자인데 일거리를 얻었나 보다. 저 정도 일이라면 우리도 할 수 있겠어, 언젠가는 나도 저 망치를 오른손으로 잡고 높이 치켜든 다음 단단히 쥐고서 내리칠 것이다, 쾅. 저 사람들이 바로 우리 노동자들, 프롤레타리아들이다. 오른쪽으로 높이 들었다가 왼쪽으로 내리치고 쾅, 오른쪽으로 높이 들었다가 왼쪽으로 내리치고 쾅. 공사장 주의, 슈트랄라우 아스팔트 회사.

그는 덜컹거리며 지나가는 전차를 따라 한가롭게 걸었다. 주행 중 뛰어내리지 말 것! 전차가 정차할 때까지 기다려 주세요! 경찰이 교통정리를 하고 있는데, 우편배달부 하나가 얼른 선로를 넘어가려 한다. 나야 급한 일도 없어, 다만 유대인들을 찾아가려는 거야. 그들은 조금 늦게 가도 거기 있을 거야. 이런, 부츠에 더러운 것이 많이 묻었어. 하지만 어차피 닦은 적도 없는 부츠야. 도대체 누가 닦아 주겠어. 슈미트 부인? 그 여자는 아무것도 할 줄 몰라. (천장의 거미줄, 신물, 그는 혀로 입천장을 핥으면서 유리창들이 있는 쪽으로 고개를 돌렸다. '가고일' 엔진오일 경화 공장, 단발머리 헤어숍, 푸른 바탕의 웨이브, 픽사본 샴푸, 정제된 타르 약제.) 혹시 뚱보 리나라면 부츠를 닦아 줄 수 있지 않을까? 그 순간 그의 발걸음이 빨라졌다.

사기꾼 뤼더스 녀석, 여자의 편지, 네놈의 배에 칼을 박아 주겠어, 빌어먹을, 제발, 그런 짓은 그만두자, 우리는 이제 자제력을 발휘할 수 있어, 부랑자 같은 놈, 우리는 누구에게도 비열한 폭력은 휘두르지 않을 거야, 우리야 이미 테겔 교소도까지 갔다 왔으니까. 그건 그렇고 어디 보자. 맞춤 양복, 남성 기성복, 우선은 이거야, 그다음에는 자동차 차체에 장식 달기, 자동차 부속품들, 빨리 달리려면 이것도 중요해. 그런데 너무 빨리 달려서도 곤란하지.

오른발, 왼발, 오른발, 왼발, 아주 천천히 전진, 너무 밀치지 마요, 아가씨. 조심. 군중과 경찰이야. 무슨 일이지? 급하면 치고받는 거야. 후후후, 후후후, 수탉들이 울어 대는 소리. 프란츠는 기분이 좋고, 모두의 얼굴이 평소보다 다정하게 느껴졌다.

그는 기분 좋게 거리 안쪽으로 들어갔다. 차가운 바람이 불어왔고, 건물을 지날 때마다 때로는 따스한 지하실 증기, 때로는 보통 과일과 남국의 열매들, 휘발유 냄새 등이 뒤섞여 풍겨 왔다. 아스팔트는 겨울철에는 냄새를 풍기지 않는다.

유대인 집에 이르러 프란츠는 꼬박 한 시간 동안 소파에 앉아 있었다. 그들이 말하고, 그가 이야기하고, 그가 놀라워하고, 또 그들이 놀라워하는 중에 한 시간이 훌쩍 지나간 것이다. 그가 소파에 앉아 있고 그들이 이야기하고 또 그가 이야기하는 동안, 그는 무엇 때문에 놀라워한 것일까? 자신이 그곳에 앉아 이야기를 하고, 또 그들이 이야기하고 있다는 사실, 그리고 무엇보다 그 자신에 대해 놀라워했다. 자신에 대해 왜 놀라워했을까? 그것은 스스로 뭔가를 깨달았기 때문인데, 회계원이 계산 착오를 확인하듯이 그것을 확인한 것이다. 그는 무엇인가를 확인했다.

어떤 결론을 내리고, 그는 스스로 도달한 결론에 대해 놀라워했다. 그들의 얼굴을 들여다보고 미소 짓고 질문을 던지고 대답하는 동안 프란츠는 이렇게 말했다. 프란츠 비버코프, 저들이 하고 싶은 대로 떠들게 해라, 성직자 복장을 하고 있지만 저들은 목사가 아니야, 저것은 카프탄*에 불과해, 저들은 갈리치아* 출신이야, 그들 스스로는 렘베르크 근교라고 해. 또 저들이 영악하기는 하지만 나를 속이지는 못해. 아니, 나는 여기 소파에 앉아 있을 뿐 저들과는 어떤 사업도 벌이지 않을 것이다. 나는 그동안 내가 할 수 있는 일만 해 왔다.

그가 지난번에 이곳에 왔을 때는 그들 유대인 중 한 명과 바닥의 양탄자 위에 앉아 있었다. 어이쿠, 아래로 죽 미끄러지는 것, 그것을 다시 한 번 해 보고 싶다. 하지만 오늘은 아니다. 그것은 다 지나간 일이다. 오늘은 못에 박힌 듯 죽치고 앉아서 저 늙다리 유대인을 바라보는 것이다.

인간은 정도 이상을 넘어서는 것은 할 수 없다. 인간은 기계가 아니다. 열한 번째 계명은 이렇다. '절대 당황하지 마라.' 이 친구들은 멋진 연립주택을 갖고 있지만 소박하고, 고상한 취향이나 화려함이 없다. 이 정도로는 프란츠에게 특별한 인상을 줄 수 없다. 프란츠는 충분히 자제할 수 있다. 그러면 그걸로 끝이다. 자 침대로, 침대로 가자, 끌어안고 잘 여자가 있든 없든 잠을 자러 침대로 가야 한다. 더 이상 할 일은 없다. 인간은 계속해서 뭔가를 만들어 낼 수는 없다. 펌프가 모래에 처박혀 움직이지 못한다면, 원하는 일이나 그냥 하는 것이다. 프란츠는 연금 없이 은퇴 허가만 받는 셈이다. 어찌 그럴 수가 있지? 그는 속으로 음흉하게 생각하면서 소파의 모서리를 내려다본다. 연금 없는 은퇴 허가라.

"당신처럼 그렇게 힘이 장사고, 당신처럼 강한 힘을 타고난 사람은 창조주에게 감사해야 해요. 그런 사람에게 무슨 일이 일어날 수 있겠소. 그런 사람이 굳이 술을 마실 필요가 있을까요? 그런 사람이라면 이것이 아니면 저것을 할 수 있을 거요. 그런 사람은 시장 건물로 가서 점포 앞에 서 있거나, 역 주변을 서성거리면 되는 거죠. 그런 사람들 중의 한 녀석이 얼마 전에 나한테서 뭘 얻어 갔는지 아시오? 지난주에 란츠베르크에서 돌아올 때의 일인데, 하루 동안 집을 떠나 있었죠. 나훔, 당신도 한번 생각해 봐요, 덩치가 문짝만큼이나 큰, 골리앗 같은 자였어요, 신이여, 나를 보호하소서. 50페니히. 그래, 50페니히였어. 들었어요? 50페니히였다고요. 여기서 저기 모퉁이까지 작은 트렁크를 운반해 주는 대가로 말이오. 나는 그것을 직접 들고 갈 마음은 없었어요, 안식일이었으니까. 그 사람이 내게서 50페니히를 가져간 거요. 난 그를 물끄러미 바라보았죠. 그 정도는 당신도 할 수 있는 거요, 아시겠소. 내가 당신에 대해서도 좀 알죠. 저기 파이텔의 가게에 뭔가 있지 않을까, 저 곡물상 말이야, 자형도 파이텔 알죠?" "파이텔이 아니고, 그 사람 형제들이야." "그가 맞아요, 그 파이텔이 곡물상을 하잖아요. 그런데 그의 형제가 누구지?" "파이텔의 형제라니까. 방금 말했잖아." "내가 베를린 사람을 어떻게 다 알아요?" "파이텔의 형제 말이야. 수입이 상당한 사람이지……."

그는 그 근처에도 갈 수 없다는 듯이 절망적으로 경탄을 표하면서 고개를 가로저었다. 붉은 수염이 팔을 올리며 고개를 끄덕였다. "맞아. 그 체르노비츠 출신 말이야." 그들은 모두 프란츠의 존재를 잊고 있었다. 둘 다 파이텔 형제의 재산에만 생각을 집중했다. 붉은 수염은 흥분하여 방 안을 오가면서 콧숨을 내쉬었다. 다른 한 명은 콧노래를 부르며 고소한 기분을 표현하고, 붉은 수염의 등 뒤에서 심술궂은 미소를 지으며 손톱으로 딱 소리를 냈다.

"흠." "대단해. 바로 그거야." "그 가족에게서 나오는 것은 모두 황금이야. 말로만 황금이 아니라, 진짜 황금이라고."

붉은 수염은 서성거리다가 아주 감동을 받은 듯 창가에 가 앉았다. 바깥에 펼쳐진 풍경은 그의 마음에 경멸감을 불러일으켰는데, 거기에는 두 남자가 셔츠만 걸친 채로 차를, 그것도 낡은 자동차를 닦고 있었다. 한 사람은 바지 멜빵을 덜렁덜렁 아래로 늘어뜨리고 있었다. 그들은 양동이 두 개에 물을 담아 왔고, 안뜰은 온통 물바다였다. 붉은 수염은 명상에 잠긴 듯한, 황금을 꿈꾸는 듯한 눈길로 프란츠를 바라보았다. "당신은 어떻게 생각하시오?" 그런데 저 사람이 무슨 말을 할 수 있겠어, 절반쯤 돌아 버린 불쌍한 녀석, 저런 녀석이 체르노비츠 출신인 파이텔의 돈에 대해 뭘 이해하겠어? 그 사람은 저런 녀석에게는 자기 신발도 닦게 하지 않을 거야. 프란츠는 그의 눈길에 응답했다. 안녕, 설교자 양반. 전차는 항상 땡땡거리며 달리지만, 우리는 종을 왜 울리는지 잘 알고 있지. 어떤 사람도 자기가 가진 것 이상을 내보일 수는 없는 법이지. 이제 더 이상은 일하지 않을 거야. 눈이 다 녹는다고 해도 우리는 손가락 하나 까딱하지 않을 것이고, 몸을 꼼짝 안 할 거야.

뱀이 바스락 소리를 내며 나무에서 내려왔다. 너희는 모든 짐승 중에서 저주를 받아 평생을 배로 기어 다니며 흙이나 먹어야 할 것이다. 너희는 여자와 적대 관계가 될 것이다. 이브야, 너는 고통을 겪으며 분만할 것이다. 아담아, 너 때문에 땅도 저주를 받아 땅에서는 가시덤불과 엉겅퀴만 자라날 것이고, 너는 들판의 채소를 먹어야 할 것이다.*

우리는 더 이상 일하지 않을 거야. 그렇게 할 가치가 없어. 눈이 다 녹는다고 해도 우리는 손가락 하나 까딱하지 않을 것이다.

프란츠 비버코프의 손에 들려 있는 것은 쇠지렛대였다. 그는 그것을 들고 있다가 잠시 후 문밖으로 나갔다. 그의 입이 무엇인가를 말하고 있었다. 그는 주저하면서 이곳에 잠입했었다. 몇 달 전 그는 테겔 교도소에서 풀려나 전차를 타고 이런저런 거리를 지나 지붕들이 미끄러져 내릴 것 같은 건물들을 거쳐서 이곳 유대인들의 집에 앉아 있었던 것이다. 그는 자리에서 일어났다. 자, 움직여 보자. 그때 나는 민나를 찾아갔었지. 내가 여기서 뭘 하고 있는 거야. 일단은 민나를 다시 찾아가는 거야. 가서 모든 것을 자세히 살펴보자. 어떻게 된 건지 알아보는 거야.

그는 슬그머니 빠져나왔다. 그리고 민나의 집 앞에서 서성거렸다. 꼬마 마리가 돌 위에 앉아 있네, 한 발로, 혼자서.* 그 여자가 나하고 무슨 상관이야. 그는 집 안의 동정을 살폈다. 그 여자가 나와 무슨 상관이야. 그 여자는 그저 자기 남편과 행복하게 지내야지. 소금에 절인 양배추와 순무, 그것들이 나를 쫓아냈어, 내 어머니가 고기 요리만 해 주었더라도 나는 어머니 집에 머물렀을 거야. 이곳에서 풍기는 고양이들 냄새도 다른 곳에서와 마찬가지로 고약하구나. 조그만 집토끼야, 압착기에 있는 소시지처럼 어서 꺼져 버려라.* 나는 여기서 울적한 기분으로 서성대면서 남의 집이나 기웃거리고 있구나. 중대 전체가 꼬끼오 하고 울어 댄다.

꼬끼오. 꼬끼오. 메넬라오스*가 그렇게 말했다. 이 사람은 원치 않게 텔레마코스의 마음을 아프게 해서 두 뺨에서 눈물이 흘러내리게 했고, 그 모습을 보면서 자주색 외투를 잡고 그것으로 두 눈을 꾹꾹 눌러야 했다.

그러는 동안 헬레네 왕비가 미(美)의 여신의 자태로 규방에서 걸어 나왔다.

꼬끼오. 닭도 종류가 많다. 하지만 누가 내게 닭 중에서 어떤 닭이 가장 좋은지 양심적으로 말해 보라고 한다면 나는 주저 없이 통닭구이라고 대답할 것이다. 꿩도 닭목에 속한다. 동물학자 브렘의 책 『동물의 삶』에는 다음과 같이 적혀 있다. 쇠뜸부기가 소택 조류와 구별되는 것은, 몸집이 좀 더 작다는 것 말고도 암컷과 수컷이 봄에 거의 똑같은 털을 갖는다는 점이다. 아시아 연구자들은 모니알 또는 모날이라는 품종도 알고 있다. 학자들이 비단꿩〔銀鷳〕이라 부르는 그 품종의 화려한 빛깔은 말로 다 표현하기 어려울 정도다. 이 꿩이 짝을 부르는, 길게 호소하는 그 울음소리는 숲에 가면 하루 종일 어느 때나 들을 수 있지만, 동트기 전이나 저녁 무렵에 가장 흔하게 들을 수 있다.

그러나 이 모든 것은 저 멀리 인도의 시캄과 부탄 사이 지역에서 일어난다. 따라서 이런 것은 베를린에서는 별로 영양가 없는 도서관 지식일 뿐이다.

사람의 운명이나 짐승의 운명이나 다를 바 없다, 짐승이 죽는 것처럼 사람도 죽는다*

베를린의 도살장. 도시의 동북부 구역 엘데나 거리에서 시작해 타르 거리를 거쳐 란츠베르크 가로수 길을 지나 코테니우스 거리에 이르기까지 순환 철도 노선을 따라 도살장 및 도살용 가축 매매장 건물들과 홀들, 가축 막사들이 이어져 있다.

도살장의 면적은 1만 8750모르겐에 해당하는 4788헥타르이고, 란츠베르크 뒤쪽의 건물들을 제외하고도 2708만 3492마르크의 비용이 투입되었다. 이 중 도살용 가축 매매장에는 768만 2844마르크, 도살장에는 1941만 648마르크가 들어갔다.

가축 매매장, 도살장 그리고 정육 도매 시장은 서로 뗄 수 없는 하나의 경제적 복합체를 형성하고 있다. 이것들을 관리하는 조직은 가축 매매장 및 도살장 대표 위원회이고, 두 명의 시 참사회 의원, 한 명의 관할 구청 직원, 열한 명의 시 의원 그리고 세 명의 시민 대표로 되어 있다. 이 조직에는 258명의 직원이 일하는데 그중에는 수의사, 검사원, 검인 계원, 보조 수의사, 보조 검사원, 상근 직원 및 노동자들이 있다. 1900년 10월 4일자 거래 법규, 일반 통칙, 매물의 통제, 사료의 조달. 수수료의 종류. 시장 이용료, 무게 측정 요금, 도축 수수료, 돼지시장의 여물통 수거 비용.

엘데나 거리를 따라 지저분한 회색 담벼락이 뻗어 있고 담장 위에는 철조망이 있다. 담장 밖의 나무들은 앙상한 가지만 드러내고 있는데, 지금은 겨울철이라 나무들이 수액을 뿌리로 내려보내고 봄을 기다리는 것이다. 노란 바퀴와 빨간 바퀴를 단 도살장의 마차가 발걸음 가벼운 말들을 앞세우고 달려가고 있다. 마차 뒤에서 야윈 말 한 마리가 따라가는데, 누군가가 뒤쪽에서 "에밀!" 하고 소리친다. 그들은 그 야윈 말을 두고 흥정을 벌이는데, 결국 50마르크와 일행 여덟 명에게 한잔 사는 조건으로 낙찰된다. 말이 돌아서서 부르르 떨면서 나무를 핥자, 마부가 말을 뒤로 잡아챈다. 50마르크, 그리고 한잔 사는 거야, 오토, 안 그러면 팔지 않을 거야. 아래쪽에 있는 남자가 말을 찰싹 때리며 말한다. 좋아, 그렇게 하자고.

노란색 본부 건물, 전몰 장병들을 위한 오벨리스크 기둥. 그리고 좌우로 길게 뻗어 있는 유리 지붕의 홀들, 가축 막사와 도살되는 짐승들이 대기하는 우리들이다. 밖에는 게시용 흑판이 있다. 베를린 도축협동조합 소유물. 사전 인가를 받은 자만이 이 흑판에 공지가 가능함. 조합장.

긴 홀들에는 문이 달려 있는데 가축들을 안으로 몰아넣는 검은 입구들로 26, 27, 28 등의 숫자가 붙어 있다. 소 막사, 돼지 막사, 도살 공간. 가축들에게는 죽음의 법정이다. 허공을 가르는 도끼들, 너는 여기서 살아 나가지 못해. 바로 옆에는 평화로운 거리들, 즉 슈트라스만 거리, 리비히 거리, 프로스카우어 거리가 있고, 또 사람들이 산책을 하는 공원들이 인접해 있다. 사람들은 서로 다정한 이웃이 되어 살고 있고, 그들 중 누가 병들거나 목이 아프면 금방 의사가 달려온다.

한편 건너편에는 15킬로미터에 걸쳐 순환선 선로가 뻗어 있다. 각 지방에서 가축들이 기차에 실려 오는데, 양과 돼지, 소의 견본품들이 동프로이센, 포메른, 브란덴부르크, 서프로이센 등지에서 이곳으로 온다. 가축들이 내려오는 승강장의 울타리 너머로 또는 아래쪽으로 음매, 메헤 하는 울음소리가 퍼진다. 돼지들은 꿀꿀거리며 바닥에 코를 대고 킁킁거리는데, 대체 어디로 들어가는지 보지도 않고, 또 뒤쪽에서는 몰이꾼들이 막대를 들고 그들을 몰아댄다. 돼지들은 가축 막사에 들어가면 길게 누워 버리는데, 허연 배를 드러내고 살찐 몸을 서로 부대끼면서 콧숨을 내쉬며 잠잔다. 녀석들은 장시간 이동을 해야 했고 기차에서도 마구 흔들렸는데, 지금은 몸 아래서 울리는 진동도 없고 차가운 타일 바닥만 느낄 수 있다. 녀석들은 자다가 깨서는 다른 녀석들에게 몸을 밀착시키기도 하고, 몸을 포개서 눕기도 한다. 그런데 두 녀석이 싸움질을 시작한다. 우리 안에 공간이 있어 그들은 서로 머리를 부딪치며 쑤셔 박고, 목덜미와 귀를 물어뜯고, 빙글빙글 원을 그리다가 그르렁거리고, 때로는 잠잠한 채 서로 물고만 있다. 그들 중 한 녀석이 겁이 나서 다른 돼지들의 몸뚱이 위로 기어 올라가면, 상대 녀석도 덩달아 올라가 물어뜯는다. 그러다가 아래에 깔린 돼지들이 몸을 꿈틀거리면 싸우던 두 녀석은 쿵 하고 아래로 떨어져 두리번거리며 서로를 찾는다.

아마포 재질의 작업복을 걸친 남자 하나가 통로를 걸어와 돼지우리의 문을 열고는 막대를 들고 돼지들 사이로 들어선다. 문이 열리자 돼지들은 마구 밀치고 나오면서 꿀꿀대고 꽥꽥거리기 시작한다. 이제는 모두 통로로 우르르 몰려간다. 이어 안뜰을 지나서 막사들 사이로 허옇고 우스꽝스러운 짐승들이 몰려 나가는데, 통통하고 우습게 생긴 다리, 돌돌 말려 올라간 꼬리, 그리고 등에는 초록 줄과 붉은 줄이 보인다. 그것은 빛이야, 귀여운 돼지들아, 그건 바닥이고, 어서 코를 킁킁대면서 찾아보라고, 몇 분이나 그럴 수 있을지 모르지만. 아니야, 너희가 옳아, 시간을 재 가면서 일을 하면 안 되는 법이지, 그러니 실컷 냄새를 맡고 땅을 파헤쳐 보아라. 너희는 도살될 거야, 그래서 이곳에 와 있는 거야, 여기 도살장을 한번 보라고, 돼지 도살장이란다. 오래된 건물들도 있지만 너희는 이곳 새 집으로 온 거야. 환하고 붉은 벽돌로 지어진 이 건물은 밖에서 보면 철물 공장이나 예술가의 작업실, 사무실, 아니면 설계사무소로 보일 수도 있어. 나는 다른 통로를 이용할 거야, 귀여운 돼지들아, 나는 인간이니까, 나는 저 문을 통해 들어갈 거야, 그럼 저 안에서 다시 만나자.

문을 툭 밀어젖히자, 문이 탄력을 받아 왔다 갔다 흔들린다. 어휴, 저 많은 김! 무슨 김을 이렇게 내뿜는 거야. 너는 이제 목욕탕의 증기 속에 있구나, 돼지들도 러시아-로마식 사우나를 하나 보다. 어딘가를 걸어가고 있기는 한데 어디로 가는지 알 수가 없어. 안경에 김이 서리고, 벌거벗은 채로 다녀도 되겠어. 땀을 쭉 빼고 나면 류머티즘도 치료될 거야, 코냑만으로는 어림도 없지, 누군가가 슬리퍼를 신고 저벅저벅 걷고 있다. 아무것도 보이지 않는다.

김이 너무 자욱하다. 그러나 꽥꽥대는 소리, 꿀꿀거리는 소리, 철썩거리는 소리, 남자들이 여기저기서 외치는 소리, 기구 떨어지는 소리, 뚜껑이 부딪치는 소리. 이곳 어딘가에 돼지들이 있는 게 분명해, 녀석들은 저쪽 통로를 거쳐 옆에 있는 저 문을 지나 이리로 들어왔어. 이 희뿌옇고 자욱한 김. 그래, 돼지들은 벌써 저쪽에 있을 거야. 어떤 녀석들은 허공에 매달려 있어. 벌써 죽었을 것이고, 토막을 내어 먹기 좋게 준비되고 있을 것이다. 저기 한 남자가 고무호스를 들고 물을 뿌리며 허연 돼지의 절반을 씻고 있다. 돼지들은 쇠로 만든 대에 거꾸로 매달려 있는데, 어떤 녀석들은 아직 통째로 다리가 가로대에 묶여 있다. 죽은 가축은 아무것도 할 수 없는 법, 달릴 수도 없다. 잘린 돼지 다리들은 따로 수북이 쌓여 있다. 두 남자가 안개 속에서 뭔가를 들고 나오는데, 쇠막대에는 배를 갈라 내장을 발라낸 짐승이 매달려 있다. 그들은 쇠막대를 들어 이동 고리에 연결한다. 거기에는 이미 수많은 동료가 거꾸로 매달려 흔들거리며 멍한 눈길로 타일 바닥을 내려다보고 있다.

안개 속에서 너는 홀을 걸어간다. 타일 바닥에는 홈이 패어 있는데 모두 축축하고 피가 묻어 있다. 쇠 칸막이들 사이에 내장을 발라낸 허연 짐승들이 열을 지어 늘어서 있다. 저 안쪽에 도축 우리가 있는 모양이다. 철썩 소리, 덜커덩거리는 소리, 꽥꽥대는 소리, 비명 소리, 그르렁거리는 소리, 꿀꿀대는 소리. 저편에 김이 나는 솥과 통들이 있어 증기를 뿜어내고 있다. 남자들은 도살된 짐승들을 펄펄 끓는 물에 집어넣고 삶다가 허옇게 된 상태에서 꺼낸다. 한 남자가 칼을 가지고 겉껍질을 긁어내니 짐승은 더욱 허옇게 되고 매끈해진다. 아주 희고 부드러운 상태가 된 돼지들은 힘들게 목욕을 끝낸 것처럼 또는 성공적인 수술이나 마사지를 받은 것처럼 흡족한 기분으로 열을 지어 긴 의자나 널빤지들 위에 누워 있다.

녀석들은 나른한 휴식에 취해 있고, 하얀 새 셔츠를 입고서 더는 움직이지 않는다. 모두들 모로 누워 있고, 어떤 놈들은 두 줄의 젖꼭지들이 보인다. 돼지는 젖꼭지가 참 많이 달렸고 다산(多産)의 동물인 것이 분명하다. 그런데 돼지들은 모두 목에, 그것도 정확히 한가운데 일직선으로 붉게 갈라진 흠집이 나 있다. 정말 이상하다.

다시 철썩 소리가 나더니 뒤쪽의 문이 하나 열린다. 증기가 빠져나가고, 사람들은 새로운 돼지 떼를 안으로 몰아넣고 있다. 너희가 달려오는구나, 난 앞쪽의 미닫이문으로 들어왔는데, 우스꽝스러운 담홍색 동물들아, 재미있게 생긴 다리, 즐겁게 말려 올라간 꼬리, 여러 색의 줄이 그어져 있는 등판. 녀석들은 새로운 우리에서 여전히 킁킁대며 냄새를 맡는다. 이곳은 낡은 우리만큼이나 썰렁한데, 바닥에는 정체를 알 수 없는 축축한 것, 붉은색의 미끈미끈한 것이 있다. 돼지들은 거기에 코를 문질러 닦는다.

창백한 얼굴, 찰싹 달라붙은 금발 머리카락의 젊은이 하나가 입에 시가를 물고 있다. 자, 보라, 저 친구가 너희를 상대해 주는 마지막 인간이다! 저 친구를 나쁘게 생각하지 마라, 그는 임무를 다하고 있는 거야. 저 친구는 너희를 두고 행정 업무를 처리하려는 것뿐이야. 그는 장화를 신고 바지와 셔츠를 입고 바지 멜빵을 착용하고 있는데, 장화는 무릎까지 올라오는 것이다. 이것이 그의 근무복이다. 그는 입에 물고 있던 시가를 벽의 선반에 올려놓고는 구석에서 자루가 긴 도끼를 집어 든다. 그것은 그가 수행하는 일에 대한 품위의 표시, 너희보다 높은 그의 신분의 상징으로 형사들의 철제 표찰과 같은 것이다. 그는 그것을 곧 너희에게 꺼내 보일 것이다. 그것은 긴 나무 막대 형태인데, 젊은 친구는 이제 아래쪽에서 아무것도 모르고 바닥을 파헤치며 냄새를 맡고 꿀꿀대는 돼지 새끼들 위로 그의 도끼를 어깨 높이로 치켜든다. 남자는 시선을 아래로 향한 채 이리저리 돌아다니며 대상을 찾고 또 찾는다. 그것은 X와 Y가 대립하는 사건에서 특정 인물에 대한 수사를 하는 것과 같다. 에잇! 한 놈이 그의 발치로 달려온다, 에잇! 또 한 놈이 달려온다. 남자는 동작이 민첩하고, 자기의 정당성을 입증해 보였다. 도끼가 휙 하고 바람을 가르자 도끼의 무딘 부분이 돼지 무리 속으로 파고들어 한 녀석의 머리를 강타한다. 그리고 또 한 녀석의 머리에 떨어진다. 순식간의 일이었다. 도끼에 맞은 녀석은 아래서 버둥거리고 다리를 허우적대다가 옆으로 쓰러진다. 더 이상 의식이 없다. 그냥 그대로 뻗어 있다. 두 다리와 머리는 왜 저러는 걸까. 하지만 저건 돼지가 의식적으로 하는 동작이 아니라, 두 다리가 제멋대로 움직이는 것이다. 그러자 벌써 삶는 방 쪽에서 두 남자가 이쪽을 건너다보는데, 이제는 그들이 나설 차례다. 그들은 도축실의 빗장을 들어 올려 짐승을 끌어내고는 긴 칼을 숫돌에 갈고, 무릎을 꿇고 앉은 다음 목을 푹 찌르고는 길게 베어 버린다. 목이 길게 절개되고, 짐승의 몸은 자루처럼 쩍 벌어진다. 칼을 깊게 넣어 여러 차례 자르는 동작, 짐승은 경련을 하고 버둥거리고 퍼덕거린다. 의식이 있는 것은 아니다. 지금은 의식불명일 뿐이지만 곧 그 이상의 상태가 될 것이다. 꽥꽥거리는 신음 소리와 함께 이번에는 목의 정맥이 절개된다. 돼지는 완전히 의식을 잃었고, 우리는 형이상학의 영역, 신학의 영역으로 들어선 것이다. 나의 아이야, 너는 더 이상 지상에 있는 것이 아니야. 우리는 지금 구름 위를 걷고 있어. 자, 어서 납작한 대야를 받쳐라, 그러자 검붉은 뜨거운 피가 거품을 일으키며 대야 속으로 소용돌이친다, 어서 휘젓는다. 피가 체내에서 응고하여 덩어리를 만들어 상처들을 막아 줄 것이다. 이제는 피가 몸 바깥으로 흘러나와 자꾸만 응고하려 한다. 마치 수술대 위에 누워 있는 어린아이가 엄마, 엄마 하고 소리치는 것 같다. 엄마는 대답도 없고 올 기미도 보이지 않는데 말이다. 아이는 에테르 마스크를 쓴 상태라 숨이 막힐 지경인데도 힘닿는 데까지 엄마 하고 외쳐 대는 것이다. 사각사각, 오른쪽 혈관, 왼쪽 혈관. 얼른 휘젓는다. 됐다. 마침내 경련이 그친다. 이제 너는 가만히 누워 있다. 이제는 생리학과 신학이 끝나고, 물리학이 시작된다.

무릎을 꿇고 있던 남자가 자리에서 일어난다. 무릎이 아프다. 돼지를 삶은 다음 내장을 꺼내고 토막 내는 작업이 남아 있는데, 이 일은 단계별로 진행된다. 영양 상태가 좋은 뚱뚱한 사장이 파이프를 들고 증기 속을 왔다 갔다 하면서 때때로 절개된 돼지의 배 속을 들여다본다. 흔들거리는 접이문 옆에는 포스터가 하나 걸려 있다. 댄스 파티, 제1 가축운송조합 잘바우, 프리드리히스하인, 케름바흐 악단 출연. 바깥쪽에는 권투 경기를 알리는 포스터. 게르마니아 회관, 쇼세 거리 110번지, 입장료 1마르크 50페니히부터 10마르크까지. 예선 4경기.

가축 시장의 공급 매물: 소 1399마리, 송아지 2700마리, 양 4654마리, 돼지 1만 8864마리. 시장 동향: 소 상등품은 판매 호조, 그 밖의 것은 보합. 송아지 매매 호조, 양 보합, 돼지는 초반은 안정세, 나중에는 약세, 중량 초과의 것들은 침체.

가축 시장 거리에 바람이 불고 비가 내린다. 소들은 음매 하고 울고, 여러 명의 남자들이 울부짖는 뿔 달린 가축 떼를 몰고 간다. 가축들은 서로를 가로막아 멈추어 서기도 하고 엉뚱한 방향으로 달려가기도 해, 몰이꾼들은 막대기를 들고 그들 주변을 뛰어다녀야 한다. 황소 한 마리가 무리 한가운데서 교미하려고 암소에 올라타자 암소는 좌우로 내달리며 도망치고, 수소는 힘차게 그 뒤를 따라가 자꾸만 암소 등에 올라탄다.

덩치가 큰 흰색 황소 한 마리가 도살장으로 끌려온다. 그곳은 우글거리는 돼지들이 들어간 우리와 달리 김이 서려 있지 않다. 덩치가 크고 힘이 센 황소는 양옆에서 두 명의 몰이꾼에게 몰려 한 마리씩 문으로 들어간다. 황소의 눈앞에는 피투성이 홀이 그대로 펼쳐지는데, 소들이 두 토막 또는 네 토막으로 나뉘어 걸려 있고 잘게 절단된 뼈들도 있다. 몸집이 큰 황소는 이마도 넓다. 황소는 몰이꾼의 막대기에 내몰려 도살자 앞으로 끌려간다. 도살자는 황소가 반듯하게 서도록 도끼의 넓적한 면으로 뒷다리를 가볍게 툭 친다. 이제 소몰이꾼 하나가 아래쪽에서 황소의 목을 감아 잡는다. 황소는 가만히 서 있다가 순순히 따르는데, 마치 모든 것을 보고 나서 동의한다는 듯, 그리고 이것이 자기 운명이고 어쩔 수 없다는 것을 이해한다는 듯 순복한다. 표정이 매우 온순한 것으로 보아 어쩌면 황소는 몰이꾼의 동작을 사랑스러운 다독거림으로 여기는 것 같다. 황소는 자신을 잡아당기는 몰이꾼의 팔이 이끄는 대로 머리를 비스듬히 돌리고 입을 위로 쳐든다.

그런데 황소 바로 뒤에는 도살자가 망치를 치켜들고 서 있다. 뒤를 돌아보지 마라. 건장한 남자가 두 손으로 들어 올린 망치가 황소의 머리 위에 있다가 이윽고 쿵, 소리를 내며 떨어진다. 건장한 남자의 근육에서 나오는 힘이 쐐기처럼 황소의 목덜미를 파고든다. 그리고 망치를 뽑기도 전에 황소의 네 다리가 뛰어올라 몸뚱어리 전체가 날아오르는 것 같다. 이어 황소의 몸뚱어리는 마치 다리가 없는 것처럼 쿵 하고 둔중하게 바닥에 쓰러진다. 황소는 뻣뻣한 네 다리로 잠시 버둥대다가 옆으로 고꾸라진다. 형리는 오른쪽에서 왼쪽으로 소의 주위를 돌면서 두개골과 관자놀이에 또 다시 자비로운 일격을 가해 실신시킨다. 이제 고이 잠들고, 더는 깨어나지 마라. 그러자 옆에 있던 또 다른 남자가 입에 물고 있던 시가를 내려놓고 코를 훌쩍거리더니 장검 절반 길이의 칼을 빼 들고는 다리 부위의 경련을 이미 멈춘 짐승의 머리 뒤쪽에 무릎을 꿇고 앉는다. 짐승은 가볍게 경련을 일으키면서 하반신을 이리저리 뒤척인다. 도살자는 바닥을 살피면서, 칼을 사용하기에 앞서 피를 담을 그릇을 가져오라고 소리친다. 피는 아직 몸속에서 조용히 돌고 있다. 심장 고동이 격하게 요동치는데도 별로 영향을 받지 않는다. 척수는 부서진 상태지만 피는 아직도 혈관 속을 조용히 흐르고, 폐의 호흡도 계속되며, 내장들도 꿈틀거리고 있다. 이제 칼을 갖다 대면 피가 솟구쳐 나올 것인데 팔뚝만 한 핏줄기, 검고 아름다운 피가 환호하면서 솟구치는 광경이 벌써 눈에 선하다. 그 흥겨운 축제의 환호가 이제 집을 떠날 것이고, 손님들도 춤추며 밖으로 나설 것이며, 즐겁던 풀밭, 따스한 우리, 향긋한 먹이도 모두 사라지고 꺼져 버릴 것이다. 이제 공허한 구멍, 어둠, 새로운 세계상이 찾아온다. 그런데 갑자기 한 신사, 그 집을 사들인 한 신사가 나타났다. 그는 새로운 길들을 내고, 경기를 부양하고 모든 것을 허물어 버리고자 한다. 사람들이 큰 대야를 가져와 짐승 가까이로 밀어 주고, 그 거대한 짐승은 뒷다리를 높이 쳐든다. 칼이 짐승의 식도 옆 목을 찌르면서 조심스럽게 혈관을 찾는데, 혈관은 튼튼한 피막에 둘러싸여 잘 보호되어 있다. 이제 혈관도 열리고 또 다른 혈관이 열리고, 엄청난 액체, 뜨겁게 김을 내는 검은 액체, 검붉은 피가 칼을 넘어 도살자의 팔뚝 위로 쏟아져 나온다. 환호하는 피, 뜨거운 피, 손님들이 밖으로 나온다. 변용의 과정이 계속된다. 너의 피는 태양에서 왔고, 태양은 네 몸속에 몸을 숨기고 있었는데, 이제 그것이 다시 밖으로 튀어나오고 있다. 짐승은 무섭게 숨을 쉰다. 거의 질식할 것 같은 숨소리, 무시무시한 자극,

그르렁거리는 거친 숨소리, 바스락거리는 소리. 그렇다, 구조물 전체가 우지끈 소리를 내고 있다. 짐승의 옆구리가 무섭게 들썩거리자, 남자 중 하나가 그 짐승을 거들어 준다. 막 굴러떨어지려는 돌은 한 번 툭 밀어 주는 것이 필요한 법. 남자는 짐승의 몸 위로 뛰어올라가 두 발로 서서 발을 구른다. 그가 내장 위쪽을 밟고 이리저리 발을 구르니 피가 더 빠르게, 완전히 빠져나온다. 그르렁거리는 소리는 한층 거칠어지는데, 그것은 매우 길게 끄는 단말마의 헐떡임이고, 뒷다리는 가볍게 저항이라도 하듯 꿈틀거린다. 다리가 살짝 떨리고 있다. 이제 생명이 꺼져 가고 호흡도 잦아들기 시작한다. 하반신이 힘겹게 돌아가다가 털썩 늘어진다. 그게 바로 지구, 중력의 작용이다. 그 남자가 위로 올라타고, 아래쪽에 있던 남자는 목의 가죽을 원상태로 복구시킬 준비를 한다.

즐거운 풀밭, 축축하고 따스한 우리.

환하게 조명을 밝혀 놓은 정육점. 가게의 조명과 진열창의 조명은 서로 조화를 이루어야 한다. 직접 조명이나 반간접 조명이 대체로 적절하다. 일반적으로 직접 조명이 효과적인데, 특히 가게의 판매대와 도마 등은 조명이 잘 되어야 하기 때문이다. 푸른색 필터를 사용하는 인공적인 백색광은 정육점에는 어울리지 않는다. 정육은 언제나 고기의 자연스러운 빛깔을 훼손하지 않는 조명을 요구한다.

속을 채운 돼지 다리. 다리들을 깨끗이 씻은 뒤 외피가 온전하게 붙어 있도록 위에서 아래로 쪼갠 다음, 한데 놓고서 실로 둘둘 감는다.

— 프란츠, 너는 벌써 2주 동안이나 너의 궁색한 방에 웅크리고

앉아 있다. 셋집 여주인이 머잖아 너를 밖으로 쫓아낼 것이다. 너는 집세를 낼 돈이 없고, 여주인은 심심풀이로 방을 세준 것이 아니다. 어서 정신을 차리지 않으면 무료 숙박소로 가야 할 것이다. 그러면 그다음은 어떻게 될까. 너는 방의 환기도 시키지 않고, 이발소에도 안 간다. 갈색 수염이 덥수룩하게 자랐는데, 수염을 깎는 데 필요한 15페니히 정도야 어디서든 조달할 수 있을 것이다.

욥과의 대화,
그것은 네게 달려 있어, 욥, 네가 원하지 않으니

욥*은 모든 것을, 그러니까 사람이 잃을 수 있는 모든 것을 고스란히 잃어버리고 양배추밭에 누워 있었다.

"욥아, 너는 양배추밭 개집 옆에 누워 있구나, 파수 보는 개가 달려들어 물을 수 없을 딱 그 정도의 거리를 두고. 너는 개가 이빨을 가는 소리가 들릴 것이다. 개는 한 발자국만 다가가도 마구 짖어 댄다. 네가 몸을 돌리거나 일어서려고 하면 개는 으르렁거리며 뛰쳐나오고, 사슬을 잡아당기며 껑충껑충 뛰어오르고, 거품을 내뿜으며 물려고 대든다.

욥아, 이것은 너의 궁전이고, 저것은 네가 한때 소유했던 정원이며 들판이야. 그때 너는 이 개를 알아보지 못했지. 또 지금 네가 내던져진 양배추밭도 알아보지 못했고, 아침마다 떼 지어 네 옆을 지나가면서 풀을 뜯어 양 볼이 볼록해지던 염소들도 몰라보았지. 그것들은 모두 네 것이었다.

욥아, 이제 너는 모든 것을 잃었다. 밤이 되면 너는 겨우 움막으로 기어 들어갈 수 있다. 사람들은 너의 나병을 무서워하고 있어.

예전엔 너는 위풍당당하게 너의 장원에서 말을 달렸고, 사람들은 네 주변에 몰려들었지. 그런데 이제 너의 코앞에는 나무 울타리만 마주하고 있고, 달팽이들만 울타리를 타고 기어올라올 뿐이야. 아니면 지렁이를 살펴보는 게 네 일이겠지. 그것들이 너를 두려워하지 않는 유일한 생물이니까.

너 불행 덩어리, 너 살아 있는 수렁아, 너는 이제 부스럼 딱지가 가득한 두 눈을 가끔씩 껌뻑일 뿐이구나.

무엇이 너를 가장 괴롭히느냐, 욥? 아들과 딸들을 잃어버린 것이냐, 아무것도 소유하지 못한 것이냐, 밤에 추워서 떠는 것이냐, 목구멍과 코에 난 종양이냐? 무엇이냐, 욥?

"그것을 묻는 자는 누구냐?"

"나는 목소리에 불과하지."

"목소리는 목구멍에서 나오는 것이다."

"너는 내가 사람일 것이라고 생각하는구나."

"그래, 그래서 난 너를 보고 싶지 않아. 물러가라."

"나는 목소리에 불과하다, 욥. 할 수 있는 한 눈을 크게 떠 보라고. 그래도 넌 내 모습을 볼 수 없을 거야."

"아, 내가 지금 무슨 망상을 하고 있는 걸까. 나의 머리, 뇌, 이제는 나를 미치게 만드는구나. 이제 그것들이 내 생각마저 앗아가는구나."

"그렇게 되면 안 될 일이라도 있어?"

"그렇게 되고 싶지는 않아."

"네가 그렇게 괴로워하고, 온갖 생각으로 그 고생을 하면서도 그런 생각들을 잃고 싶지 않단 말이야?"

"더 이상 묻지 말고, 물러가라."

"너의 사고를 빼앗으려는 것은 아니야. 다만 나는 무엇이 너를 가장 괴롭히는지 알고 싶을 뿐이야."

"그건 누구도 상관할 바가 아니야."

"오직 너 자신의 문제라고?"

"그렇고말고! 너하고도 상관없지."

개가 짖고, 으르렁거리고, 닥치는 대로 물어뜯는다. 잠시 후에 목소리가 다시 들려온다.

"네가 그토록 한탄하는 것은 아들들 때문인가?"

"내가 죽으면 아무도 나를 위해 기도할 필요가 없지. 나는 대지에 독이 될 뿐이야. 사람들은 내가 죽으면 침을 뱉어야 할 거야. 욥과 같은 자는 잊어버려야 할 거야."

"네 딸들 때문인가?"

"아, 내 딸들. 그 아이들도 죽었어. 지금은 오히려 행복할 거야. 모두가 참으로 아름다운 여인들이었어. 살아 있었으면 내게 손자들을 낳아 주었을 테지만, 지금은 딸아이들을 다 빼앗겨 버렸어. 마치 하느님이 그 아이들의 머리끄덩이를 잡고 들어 올렸다가 산산조각이 나도록 내동댕이친 것처럼 하나씩 차례로 거꾸러졌어."

"욥, 너는 눈을 뜨지 못하는구나, 두 눈이 꼭 감겨 있어, 그냥 달라붙어 버렸어. 네가 한탄하는 것은 양배추밭에 누워 있는 신세가 되었기 때문이겠지. 너한테 마지막으로 남은 것은 개의 우리, 그리고 너의 질병뿐."

"목소리, 오 목소리여, 너는 누구의 목소리인가, 대체 어디에 숨어 있는가?"

"나는 네가 무엇 때문에 한탄하는지 모르겠구나."

"아, 아."

"너는 신음을 하면서도 그것을 알지 못하는구나, 욥."

"아니, 나는 다만."

"나는 다만?"

"나는 다만 힘이 없어. 바로 그거야."

"그게 네가 갖고 싶은 것이구나."

"나는 더 이상 무엇을 희망할 힘도 없고, 소망도 없어. 나는 이빨도 없어. 유약하고, 이런 자신이 부끄러울 뿐이야."

"그것이 네가 하고 싶은 말이구나."

"그리고 그건 사실이야."

"그래, 넌 알고 있구나. 그게 가장 끔찍한 일이지."

"그것은 벌써 내 이마에 쓰여 있어. 나는 그런 넝마 조각이야."

"바로 그것, 욥, 그것이 네가 가장 괴로워하는 것이구나. 너는 약해지는 것을 원치 않고, 항거할 힘을 바라는 거야. 아니면 차라리 구멍투성이가 되고 싶은 거야. 너의 뇌도 가 버리고, 생각들도 사라지고나면 온전히 짐승처럼 되는 거지. 소원이 있으면 말해 봐."

"너는 벌써 많은 질문을 했어, 목소리여. 이제는 나한테 질문을 해도 좋다는 생각까지 들어. 나를 낫게 해 다오! 네가 할 수 있다면. 네가 사탄인지 하느님인지 천사인지 인간인지 알 수 없지만 나를 낫게 해 다오."

"그러니까 너는 나을 수만 있다면 누구의 도움이라도 받겠다는 말인가?"

"나를 낫게 해 다오."

"욥, 잘 생각해 봐, 너는 나를 제대로 볼 수가 없어. 만일 네가 눈을 뜨면, 내 모습을 보고 소스라치게 놀랄 거야. 어쩌면 나는 네게 엄청나고 무서운 대가를 요구할지도 몰라."

"조만간 모든 걸 알게 되겠지. 너는 진심인 양 말하는구나."

"그런데 내가 사탄이나 악한 자라면?"

"나를 낫게 해 다오."

"난 사탄이야."

"나를 낫게 해 다오."

그때 목소리는 물러갔고, 점점 희미해졌다. 개가 짖어 댔다. 욥은 불안한 마음으로 귀를 기울였다. 그는 가 버렸어, 나는 어떻게든 나아야 해, 그렇지 않으면 죽어야 해. 그는 절규했다. 소름 끼치는 밤이 찾아왔다. 목소리가 한 번 더 나타났다.

"만약 내가 사탄이라면, 너는 나를 어떻게 할 것인가?"

욥이 소리를 질렀다. "너는 나를 낫게 할 생각이 없어. 아무도 나를 도와주려고 하지 않아. 하느님도 사탄도 천사도 인간도."

"그렇다면 너 자신은?"

"내가 어쨌다는 거야?"

"너 자신이야말로 그렇게 할 생각이 없어."

"뭐라고?"

"자기 자신이 원하지 않는데, 누가 너를 도와줄 수 있겠어!"

"아니야, 그렇지 않아." 욥이 중얼거렸다.

목소리가 그를 향해 말했다. "하느님도 사탄도 천사도 인간도 모두 너를 도와주려고 하는데, 네가 그것을 원치 않는 거야. 하느님은 사랑 때문에, 사탄은 나중에 너를 차지할 속셈으로, 천사와 인간들은 자신들이 신과 사탄의 조력자이기 때문이지. 하지만 너는 그것을 원치 않아."

"아니야, 그렇지 않아." 욥은 웅얼거리고, 울부짖으면서 바닥에 쓰러졌다.

그는 밤새 소리를 질렀다. 목소리가 끊임없이 소리쳤다. "하느님도 사탄도 천사도 인간도 모두 너를 도와주려고 해, 하지만 네가 그것을 원하지 않아." 욥은 끊임없이 중얼거렸다. "아니야, 그렇지 않아." 그는 목소리를 어떻게든 눌러 보려고 했지만, 목소리는 점점 커졌고 언제나 그보다 한 단계 앞서 있었다. 밤새도록. 아침 무렵에 욥은 땅에 얼굴을 박고 쓰러졌다.

욥은 말없이 누워 있었다.

바로 그날, 그의 첫 종양들이 나왔다.

모두 같은 호흡을 하고,
인간이 짐승보다 많이 가진 것도 없다

가축 시장 공급 가축 수: 돼지 1만 1548마리, 소 2016마리, 송아지 1920마리, 거세된 숫양 4450마리.

그런데 저 남자는 저 어리고 귀여운 송아지를 어떻게 하려는 걸까? 그는 혼자서 송아지 한 마리를 따로 밧줄에 매어 끌고 가는데, 그곳은 황소들이 울어 대는 큰 홀이다. 남자는 이제 어린 짐승을 도살대로 끌고 간다. 그곳에는 긴 의자 형태의 도살대가 여러 개 줄지어 있고, 도살대마다 나무 몽둥이가 하나씩 놓여 있다. 남자가 연약한 송아지를 두 팔에 안아 도살대 위에 눕히자, 송아지는 별 저항 없이 눕는다. 남자는 도살대 아래쪽에서 계속 그 짐승을 잡고 왼손으로 짐승이 버둥거리지 못하게 뒷다리를 붙들고는, 아까 짐승을 끌고 올 때 사용했던 밧줄로 벽에다 단단히 잡아맨다. 송아지는 참을성 있게 조용히 누워 있고, 무슨 일이 벌어질지 알지 못한다. 송아지는 나무 위에 누워 있는 게 불편하고 막대기 같은 것에 머리를 부딪히지만 그게 뭔지 모른다. 그것은 바닥에 놓여 있는 나무 몽둥이의 끝이고, 잠시 후 송아지는 그것으로 일격을 당할 것이다. 그것은 송아지에게 세상과의 마지막 만남이 될 것이다. 그리고 정말로 그 남자, 거기에 혼자 서 있는 늙고 우직한 남자, 부드러운 목소리를 가진 — 짐승을 타이르고 있는 — 그 점잖은 남자는 몽둥이를 집어 가볍게 들어 올린다. 이렇게 여린 짐승에게는 그다지 큰 힘이 필요하지 않다. 남자는 그 순한 짐승의 목덜미에 일격을 가한다. 조금 전에 짐승을 끌고 와서 "자, 가만히 누워 있어" 라고 말했을 때처럼 아주 침착하게 짐승의 목덜미에 일격을 가하는데, 어떤 분노나 흥분도 없고 비애감 같은 것도 보이지 않는다. 아니, 세상 이치가 다 그런 거야, 너는 착한 짐승이지, 너도 잘 알 거야, 이럴 수밖에 없단다.

그리하여 송아지는 부르르 몸을 떨더니 완전히 뻣뻣해져 조그만 다리들을 쭉 뻗어 버린다. 송아지의 벨벳 같은 까만 눈동자가 갑자기 확대되어 그 상태로 있다가 가장자리가 희어지면서 이내 옆으로 돌아가 버린다. 남자는 그런 것을 이미 알고 있다. 그래, 짐승들은 저런 눈빛으로 쳐다보지, 하지만 우리는 오늘 정말 할 일이 많아, 계속해서 작업을 해야 해. 남자는 도살대에 누워 있는 송아지의 아래쪽을 살핀다. 거기에 그의 칼이 있다. 그는 발을 이용해 밑에다 피를 담을 대야를 잘 밀어 넣는다. 이어 서걱 소리와 함께 칼이 비스듬히 목을 관통해 식도를 자르고 모든 연골을 뚫고 지나가자, 공기가 빠져나가고 근육들이 옆으로 갈라지며 머리가 더 이상 지탱을 못해 도살대 위로 축 늘어진다. 피, 진득하고 검붉은 피가 거품을 일으키며 솟구친다. 그래, 이제 끝났어. 그런데 남자는 평온한 표정으로 더 깊숙이 찌르고, 깊은 곳을 찾고 더듬으면서 두 개의 척수뼈 사이로 칼을 밀어 넣는다. 그곳은 아주 어리고 연한 조직이다. 그런 다음 남자는 짐승의 몸에서 손을 빼내고, 칼을 도살대 위에 올려놓는다. 남자는 물통에 손을 씻고 나간다.

이제 그 짐승은 홀로, 남자가 묶어 둔 대로 비참하게 옆으로 누워 있다. 홀의 사방에서 유쾌한 소음이 들려오는데, 사람들이 작업을 하고 물건들을 끌고 다니며 서로를 향해 소리친다. 보기에 소름 끼치는 광경이지만, 죽은 송아지의 머리는 도살대의 두 다리 사이에서 피와 침을 흘리며 아래로 꺾인 채 가죽에 대롱대롱 매달려 있다. 혀는 푸르스름한 빛을 띠며 이빨 사이에 꽉 끼여 있다. 그리고 정말 끔찍하게도, 아직도 송아지는 도살대 위에서 덜거덕거리며 신음 소리를 내고 있다. 가죽에 매달린 머리가 떨고 있다. 도살대 위에 놓여 있는 송아지의 몸뚱어리가 뒤척거린다. 다리를 움찔거리며 발버둥을 치는데, 어린아이처럼 가늘고 앙상한 다리다. 그러나 두 눈동자는 완전히 굳어 있고 더 이상 아무것도 보지 못한다. 그것은 죽은 눈동자다. 그것은 죽은 짐승이다.

평온한 표정의 늙은 남자는 조그만 수첩을 들고 기둥 옆에 서서 도살대 쪽을 건너다보면서 계산을 한다. 요즘은 물가가 비싸고, 견적을 맞추기도 힘들며, 경쟁에서 살아남기도 어렵다.

프란츠의 창문이 열려 있고,
세상에는 재미있는 일들도 일어난다

해가 뜨고 지고, 점차 밝은 날들이 찾아온다. 거리에는 유모차가 다시 돌아다니고, 때는 1928년 2월이다.

프란츠 비버코프는 세상에 대한 역겨움, 혐오감으로 술을 퍼마시면서 2월로 접어든다. 그는 갖고 있는 것을 몽땅 술 마시는 데 쓰고, 앞으로 어떻게 되는지는 상관하지 않는다. 진실하게 살아보려 했으나 이 세상에는 악당과 부랑자와 사악한 녀석들만 있어서, 결국 프란츠 비버코프는 이 세상에 관해 어떤 것도 보고 싶지 않고 듣고 싶지 않으며, 설령 부랑자가 되는 한이 있더라도 마지막 한 푼까지 술로 마셔 버리고자 한다.

이처럼 분노에 사로잡혀 살아가다 2월 어느 날 밤, 프란츠 비버코프는 안뜰에서 들려오는 소리 때문에 잠에서 깨어난다. 집 안뜰 쪽에는 도매 상회가 하나 들어서 있다. 그는 몽롱한 상태에서 아래를 내려다보다가 창문을 열고 안뜰을 향해 소리친다. "어서 거기서 썩 꺼져, 이 멍청이들아, 이 주둥이만 살아 있는 돌대가리들!" 그러고 나서 그는 도로 자리에 드러누워 더는 그것에 대해 생각하지 않는다. 안뜰에 있던 사람들도 순식간에 자리를 뜬다.

일주일 후에 똑같은 일이 벌어진다. 프란츠는 창문을 열고서 나무토막을 집어던지려다 불쑥 이런 생각을 한다. 지금은 밤 1시야, 도대체 어떤 녀석들인지 한번 살펴봐야겠어. 저 패거리가 밤 1시에 도대체 무슨 짓을 하는 걸까. 저기에 무슨 볼일이라도 있는 거야, 이 건물에 사는 놈들이기는 할까, 한번 살펴봐야겠어.

역시 예감이 맞군. 저 조심스러운 동작들. 저 친구들이 벽을 따라 미끄러지듯이 움직이고 있어. 프란츠가 위층 창문에서 고개를 내밀어 보니 한 녀석이 안뜰로 통하는 문에 서 있다. 저 녀석은 망을 보는 중이야. 저 자식들이 뭔가 한탕 하고 있어. 지하 창고로 들어가는 커다란 문에서 씨름을 하고 있군. 그들은 셋이서 안간힘을 쓰고 있다. 누가 자신들을 지켜보는지는 전혀 개의치 않는 녀석들이군. 드디어 삐걱 소리와 함께 문이 열렸다. 그들이 마침내 해낸 것이다. 한 녀석은 안뜰의 움푹하게 들어간 곳에 남아 있고, 둘은 지하실로 내려갔다. 칠흑 같은 밤이고, 그들은 바로 어둠을 이용하고 있는 것이다.

프란츠는 살며시 창문을 닫는다. 신선한 바깥공기가 그의 머리를 식혀 주었다. 인간들은 바로 저런 짓을 일삼고 있어, 온종일 그러고도 모자라 밤중까지 말이야. 여기저기 도처에서 저런 사기 행각을 벌이는 거야. 화분이라도 안뜰에 냅다 던져야 직성이 풀리겠어. 저 녀석들은 도대체 내가 사는 이 집에서 무엇을 찾는 걸까. 이런 집에는 훔칠 만한 것이 하나도 없는데.

사방이 조용하다. 프란츠는 어둠 속에서 침대에 앉아 있다가 창가로 가서 아래를 내려다보지 않을 수 없다. 저 녀석들이 내가 사는 이 집에서 뭘 잃어버렸다는 걸까. 그러다가 그는 양초에 불을 붙이고 화주(火酒) 병을 찾는데, 술병을 찾아내기는 하지만 술을 마시지는 않는다. 그때 총알이 하나 날아왔지, 나를 겨냥한 것인가, 아니면 너를 겨냥한 것인가.

그러나 점심때가 되자 프란츠는 안뜰로 내려가 본다. 한 무리의 사람들이 모여 서 있는데, 프란츠와 알고 지내는 목수 게르너의 모습도 보인다. 그들은 말을 주고받는다. "놈들이 또 뭔가를 털어 갔다는군." 프란츠가 그를 툭 치면서 말한다. "나는 그 패거리를 보았지, 그들을 경찰에 신고하지는 않을 거지만 내가 살고 잠자며 또 그들과는 아무 상관 없는 이 안뜰로 놈들이 다시 한 번 들어온다면, 그때는 내가 직접 내려갈 거야. 이 비버코프라는 이름을 걸고 맹세하지만, 뼈도 못 추리게 만들어 주겠어, 세 놈이라 해도 마찬가지야." 목수가 프란츠를 꽉 잡으며 말한다. "뭔가 아는 게 있으면, 저기 형사 나리들이 있으니 가서 말하라고. 얼마쯤 보상금을 받을 수도 있을 거야." "그 녀석들은 내게 맡기라고. 나는 한 번도 남을 밀고해 본 적이 없어. 형사들이야 자기들 할 일을 하는 거고, 그 대가로 월급을 받지."

프란츠는 슬그머니 자리를 뜬다. 게르너가 아직 그 자리에 서 있는데, 형사 둘이 다가와서는 그에게, 바로 당사자에게 게르너라는 사람이 어디 사느냐고 묻는다. 어이구, 사람 놀라게 하는군. 남자는 티눈까지 창백하게 질린다. 잠시 후에 그가 말한다. "잠깐만요, 게르너라면 그 목수 말이군요, 제가 알려 드리죠.” 그러고는 아무 말 없이 자기 집 초인종을 누른다. 그의 아내가 문을 열자 일행은 모두 안으로 들어간다. 게르너는 마지막으로 사람들 틈바구니를 헤치고 들어가 아내의 옆구리를 쿡 찌르고는 손가락을 입술에 갖다 댄다. 아내는 무슨 영문인지 알 길이 없다. 그는 두 손을 바지 주머니에 찔러 넣고서 사람들 사이로 끼어든다. 그곳에는 다른 두 남자, 즉 보험 회사 직원도 있어 집 안의 모든 것을 꼼꼼히 살펴본다. 그들은 벽 두께가 얼마나 되는지, 바닥 상태는 어떤지를 알고자 하고, 벽을 두들겨 보고 치수를 재 기록한다. 실은 그 도매 상회를 털려고 한 것만도 엄청난 일인데, 침입한 녀석들은 대담하게 벽까지 뚫으려 했던 것이다. 이는 문과 계단에 경보 장치가 설치되어 있기 때문이고, 침입자들도 그 정도는 꿰고 있다. 그렇다, 벽은 터무니없을 정도로 얇고, 건물 전체가 덩치만 큰 부활절의 장식용 달걀처럼 쉽게 흔들리는 구조로 되어 있다.

그들은 다시 안뜰로 나가고, 게르너는 계속 어릿광대 짓을 하면서 그들을 따라나선다. 이제 그들은 최근에 새로 설치한 두 개의 지하실 철문을 조사하고, 게르너도 그들 곁에 붙어 있다. 그런데 그는 자리를 비켜 주려고 한 발자국 물러서다가 우연하게 뭔가를 밟게 된다. 그가 얼른 집어 보니 술병이었고, 마침 종이 위로 넘어지는 바람에 아무도 그 소리를 듣지 못했다. 여기 안뜰에 술병이 놓여 있다니, 분명히 그 녀석들이 빠뜨리고 간 걸 거야. 내가 챙겨 가야겠어. 안 될 이유가 없잖아. 어차피 지체 높은 부자 나리들이야 이런 것 정도로는 손해 볼 것도 없으니. 그는 신발 끈을 조이려는 것처럼 허리를 구부려 종이와 술병을 잽싸게 움켜잡는다. 이브 역시 이런 식으로 아담에게 사과를 주었을 것이고, 사과가 나무에서 떨어지지 않았다면 이브는 사과를 줍지 않았을 것이며, 사과는 아담의 주소로 배달되지도 않았을 것이다. 나중에 게르너는 술병을 재킷 속에 챙겨 가지고 안뜰을 가로질러 아내가 기다리는 집으로 갔다.

그럼 아내는 그것에 대해 뭐라고 할까? 그녀는 환한 얼굴로 말한다. "당신 이거 어디서 난 거야, 아우구스트?" "사 온 거야, 가게에 아무도 없을 때." "그런 말 말아요!" "단치히산 골트바서야, 어때?"

그의 아내는 해가 돋는 동편의 슈트랄라우 출신인 것처럼 표정이 밝아진다. 그녀가 창문의 커튼을 치면서 말한다. "맙소사, 저곳에 아직 더 있는 거 아니야, 저기서 그것을 가져온 거야?" "벽 옆에 세워져 있더라고. 그놈들이 알았더라면 가져갔겠지." "맙소사, 그건 돌려줘야겠어." "언제부터 골트바서를 찾아내면 돌려줘야 한다는 말이 생긴 거야? 이봐, 이 살기 힘든 시절에 우리가 언제 코냑 한 병 맛본 적 있나, 여보, 당신 말대로 하다가는 정말 웃음거리가 될 거야."

결국 그 여자도 같은 생각이다. 그녀 자신이 그런 호사는 누리지 못했고 술병 하나, 그것도 조그만 술병 하나가 저런 큰 상회에 뭐 그리 대단한 것이겠는가. 게다가 제대로 따져 본다면, 이 술병은 이제 더 이상 그 상회 물건도 아니고 절도범들의 것이다. 그들에게 이 술병을 되돌려 주어야 한단 말인가. 그랬다가는 당장 형사 처분감이다. 그래서 두 사람은 술을 마시기 시작한다, 한 모금씩, 한 모금씩. 그래, 이 세상을 살아가려면 모름지기 두 눈을 똑바로 뜨고 있어야 해. 모든 것을 다 금으로 만들 필요는 없고, 은도 나름대로의 가치가 있다.

그런데 토요일에 그 도둑들이 다시 찾아오면서 재미있는 일이 벌어진다. 도둑들은 어떤 낯선 자가 안뜰에 잠입하는 것을 눈치채는데, 실은 담벼락에서 망을 보던 자가 그것을 알아차린 것이다.

그렇게 되자 손전등을 들고 있던 다른 녀석들은 작은 요정들처럼 구멍에서 튀어나와 전속력으로 안뜰 문을 향해 달려간다. 그런데 거기에 게르너가 서 있는 것을 보자, 도둑들은 사냥개처럼 담벼락을 뛰어넘어 이웃집 마당으로 뺑소니친다. 게르너가 그 뒤를 따라가 보지만, 그들은 쏜살같이 달아난다. "도망칠 것 없어, 너희들을 어떻게 하려는 게 아니야, 이런 멍청이들." 그는 녀석들이 담장을 넘어가는 것을 지켜볼 수밖에 없고, 두 녀석이 벌써 도망친 것을 보고는 복장이 터지려 한다. 이 녀석들아, 그렇게 바보처럼 굴지 마. 그때 마지막 남은 녀석이 막 담장을 올라타고는 손전등으로 게르너의 얼굴을 비춘다. "대체 왜 그러는 거야?" 저 녀석도 우리와 같은 부류인가 본데, 우리 일을 망쳐 놓았어. "나도 한몫 끼고 싶어." 게르너가 말한다. 저 녀석이 정말 왜 저러는 거야. "나도 한몫 끼고 싶다고, 그런데 왜들 그렇게 도망치는 거야?"

그러자 잠시 후 담장에 있던 녀석이 혼자 기어 내려와서 목수를 찬찬히 살피는데, 목수는 술에 취한 상태이다. 목수가 술에 취한데다 화주 냄새까지 풍기자, 뚱보 남자는 용기를 낸다. 게르너가 그에게 손을 내민다. "악수합시다, 동지, 함께하는 거요?" "혹시 이거 함정 아니야?" "어째서?" "내가 속아 넘어갈 것 같아?" 게르너는 모욕감에 기분이 상하는데, 상대방은 그를 진지하게 받아 주지 않는 것이다. 저 녀석이 달아나지만 않으면 좋겠어. 골트바서는 너무 좋았어. 내가 실망한 얼굴로 코를 빠뜨리고 돌아가면 집에 있는 마누라도 잔소리를 해 댈 거야. 맙소사, 정말 잔소리를 늘어놓을 거야. 게르너는 애걸한다. "아니, 그럴 리가 있겠어, 자네 혼자만이라도 들어올 수 있어. 어차피 여기는 내가 사는 곳이니까." "당신 도대체 누구야." "난 이 건물 관리인이야. 나도 한몫 낄 자격 있는 거 아닐까." 순간 도둑은 곰곰이 생각한다. 이 녀석을 끌어들인다면 일이야 안성맞춤이겠어. 물론 함정만 아니라면 말이야. 괜찮아, 우리에게는 권총이 있으니까.

이리하여 도둑은 사다리를 담벼락에 세워 둔 채로 게르너와 함께 안뜰로 되돌아온다. 다른 녀석들은 벌써 줄행랑을 쳤다. 녀석들, 내가 붙잡힌 줄로 알겠지. 그때 게르너가 1층의 초인종을 누른다. "맙소사, 어쩌자고 초인종을 누르는 거야? 대체 여기 누가 사는데?" 게르너가 당당하게 말한다. "내가 산다니까! 조심하라고." 그러면서 그는 어느새 문의 손잡이를 당기고 요란스레 문을 연다. "자, 내가 사는 게 맞지, 안 그래?"

그리고 불을 켜는데, 저편 부엌문 앞에 그의 아내가 벌벌 떨면서 서 있다. 게르너가 호탕한 목소리로 소개한다. "여기는 우리 집사람, 그리고 이쪽은 내 동업자야, 여보." 그녀는 몸을 떨면서 밖으로 나오지도 않더니, 갑자기 얌전하게 고개를 끄덕이며 미소를 짓는다. 저 남자는 정말 훌륭한 사나이야, 젊고 아주 잘생겼어. 그녀가 밖으로 걸어 나오면서 말한다. "어머, 여보, 신사분을 그렇게 복도에 세워 두면 어떡해요. 안으로 좀 들어오세요, 모자도 벗으시고요."

상대방은 슬그머니 도망치려 하지만, 부부는 그를 놓아주지 않는다. 그는 어떻게 이런 일이 있을까, 의아해한다. 저들은 모두 착실한 사람들이야. 그런데 정말 형편이 안 좋은 모양이지, 하기야 인플레이션이니 뭐니 해서 소시민 중산층은 살기가 더욱 팍팍해졌어. 그 작은 체구의 여자는 애정이 담긴 눈길로 계속 남자를 바라본다. 그는 펀치 술로 몸을 녹이고 집에서 빠져나오는데, 대체 이런 일들이 다 무엇인지 끝까지 갈피를 잡지 못한다.

하여튼 그 젊은 도둑은 다음 날 아침 식사가 끝날 무렵에 게르너의 집에 다시 나타나서는 아주 사무적인 어조로 혹시 자기가 두고 간 물건이 없는지 묻는데, 패거리가 보내서 온 것이 분명하다.

때마침 게르너는 밖에 나가고 없고 그의 아내만 집에 있다가 아주 다정하게, 아니 거의 굽실거리는 태도로 그를 맞이하고 화주까지 대접한다. 그러자 그는 황송스럽게도 그것을 받아 마신다.

그런데 목수 부부에게는 정말 안타깝게도 도둑들이 한 주일 내내 모습을 드러내지 않는다. 파울과 구스티는 혹시라도 자기들이 그 젊은 패거리를 못 오게 쫓아 버린 것은 아닌가 해서 토론에 토론을 거듭해 보았지만, 스스로 책잡힐 만한 행동을 한 기억이 전혀 없다. "혹시 당신이 그 사람들을 너무 거칠게 대한 건 아닌가요, 파울, 당신 말투가 좀 그렇잖아." "그건 아니야, 구스티. 내 탓이 아니라 당신 때문일 거야. 그 친구가 왔을 때 당신이 목사처럼 근엄한 얼굴을 했고, 그래서 그를 쫓아 버린 거야, 우리하고는 잘 통하지 않는다고 생각한 거라고, 이거 큰일이야, 이 일을 어쩌나."

구스티는 벌써 눈물이 글썽글썽해진다. 그들 중 하나라도 한 번만 더 찾아와 주었으면 하는 마음이다. 앞으로도 그녀는 계속 이런 책망을 들어야 할 형편이지만, 사실 이번 일은 그녀의 잘못이 아니었다.

그러다가 금요일에 아주 대단한 순간이 찾아온다. 문을 두드리는 소리가 난다. 누가 문을 두드린 것 같다. 그녀는 문을 열어 주면서 너무 허둥대는 바람에 불을 켜는 것을 잊었으므로 아직 제대로 보지 못하지만, 누가 찾아왔는지를 직감한다. 항상 의젓하게 행동하는 키가 큰 젊은이였다. 젊은이는 남편과 할 이야기가 있다고 말하는데, 무척 진지하고 냉정하다. 그녀는 놀라서 무슨 일이 생겼느냐고 묻는다. 그러자 그는 여자를 안심시킨다.

"아니, 순전히 사업상 상의할 게 있어서요."

그러더니 그는 공간의 구조에 대해, 또 무에서는 아무것도 나올 수 없다는 등의 이야기를 늘어놓는다. 두 사람은 거실로 가서 앉는다. 그녀는 그가 찾아와서 그저 행복하고, 파울도 이제는 내가 이 친구를 쫓아 버렸다고는 말할 수 없을 것이라고 생각한다. 그녀는 자신이 늘 그렇게 주장했고, 무에서는 아무것도 나올 수가 없으며, 오히려 그 반대가 맞다고 말한다. 이 문제를 두고 두 사람 사이에 긴 논쟁이 벌어지는데, 두 사람은 자신들의 부모, 조부모는 물론 친인척의 의견까지 동원한다. 다시 말해 무에서는 아무것도 나올 수 없고, 그것은 절대 불가능하며, 그건 맹세해도 좋을 정도로 확실하다는 데 두 사람의 의견이 일치한다. 이렇게 그들이 각자의 과거에서 그리고 이웃의 경험담에서 사례를 하나씩 들면서 이야기에 열중하고 있는데, 초인종 소리가 났다. 그러더니 형사라고 신분을 밝힌 두 남자가 보험 회사 직원 셋과 함께 들어섰다. 두 형사 중 하나가 손님에게 대뜸 말을 걸었다.

"당신이 게르너 씨군요, 우리를 좀 도와주셔야겠어요. 건물 뒤편에서 빈번하게 일어나는 절도 사건 때문입니다. 당신이 저희의 특별 감시에 동참해 주셨으면 합니다. 비용은 물론 도매 상회와 보험 회사가 부담할 것입니다."

여자는 모든 것을 귀담아듣고, 방문객들은 10분 정도 설명을 하고 12시경에 물러갔다. 남은 두 사람은 마음이 아주 편안해지고, 그 결과 1시쯤 그들 사이에 참으로 입에 올리기 힘든 일, 두 사람도 심히 부끄러워하는 일이 일어났다. 왜냐하면 여자는 나이가 서른다섯이고 남자는 스물한 살 정도밖에 되지 않았기 때문이다. 그러나 나이 차이 때문만은 아니다. 키도 남자가 1미터 85센티미터, 여자는 1미터 50센티미터였다. 그런 사정 말고도 그런 일이 일어났다는 사실 자체, 그것도 그들이 떠들고 흥분하여 경찰을 비웃는 사이에 벌어졌기 때문이다. 물론 전체적으로는 그리 나쁜 일이 아니었고, 나중에 돌이켜 보면 그녀에게는 좀 쑥스러운 일이기는 하지만, 그런 거야 시간이 지나면 흔적도 없이 사라진다. 어쨌든 2시 경에 집에 돌아온 게르너 씨는 뭐라 설명하기 어려우면서도 더 이상 바랄 나위 없는 멋진 상황을 맞게 된다. 그래서 그 자신도 바로 그 분위기에 동참했다.

그리고 그들은 저녁 6시까지 함께 앉아 있었었다. 남편은 아내와 마찬가지로 장신의 남자가 들려주는 이야기에 넋을 잃고 귀 기울였다. 비록 일부만 사실이더라도 이야기에 등장하는 젊은이들은 모두 수준급이었다. 그리고 게르너는 요즘 젊은이가 세상사에 대해 나름 일리가 있는 견해를 가진 것에 대해 내심 놀랐다. 그에 비하면 그 자신은 이미 노쇠한 소년에 불과했는데, 짧은 순간이지만 그의 눈에서 비늘이 몇 킬로그램이나 떨어져 나가면서 밝아지는 기분이었다. 9시가 되어 마침내 그 젊은이가 떠나가고 둘이 잠자리에 들었을 때, 게르너는 그렇게 명민한 젊은이들이 왜 자기 같은 사람과 뭔가 도모할 생각을 하는지 모르겠다고 말했다. 그러니까 그에게도 뭔가 특별한 것이 있다는 점, 뭔가 쓸모 있는 구석이 있다는 점을 구스티도 인정해야 한다는 것이다. 구스티는 남편의 말에 동조했고, 늙다리 소년은 몸을 쭉 뻗었다.

그리고 이튿날 새벽, 자리에서 일어나기 전에 그는 아내에게 말했다. "구스티, 만약 내가 또다시 현장에 나가서 가구 광택 인부로 일해야 한다면 내 이름을 파울레 피펜데켈이라고 하겠어. 나도 왕년에는 사업을 했었지, 하지만 다 지나간 일이야, 그리고 그런 일은 자립적인 남자가 할 일이 아니야. 게다가 사람들은 나를 좇아내려고 해. 내가 너무 늙었다고 말이야. 나라고 저 뒤편에 있는 도매 상회를 상대로 한몫 잡지 못하라는 법 있나. 그 젊은 녀석들이 얼마나 똘똘한지 보라고. 요즘은 똘똘하지 못하면 다 망하게 되어 있어. 당신 생각은 어때?" "나야 진작부터 그렇게 말했지." "좋아. 나도 다시 호사스럽게 살고 싶다고. 발가락에 동상이나 걸리는 것은 질색이야." 그녀는 행복에 겨워 그를 포옹했다. 남편이 그동안 베풀어 주었고, 앞으로 베풀 모든 것에 감사하면서. "우리가 무엇을 하려는지 알아, 여보, 당신과 내가 말이야?" 그러면서 그가 다리를 꼬집는 바람에 그녀는 아야, 하고 소리를 질렀다. "당신도 함께 하는 거야, 여보." "싫어요." "하겠다고 해. 여보, 당신 없이 우리가 해낼 수 있을 것 같아?" "당신들은 벌써 다섯, 그것도 모두 건장한 남자들이잖아요." 정말 얼마나 힘이 좋던지. "당신은 나더러 망을 보라는 거야?" 그녀가 계속 지껄여 댄다. "할 수 없어. 난 하지정맥류가 있다고."

"이런 꼴로 어떻게 돕겠어?" "당신 겁먹었구나, 구스티." "겁먹은 거라고, 무엇 때문에 겁을 먹겠어? 당신도 하지정맥류에 걸려 보라고, 그런 상태로 한번 달려 보라고. 다리 짧은 닥스훈트가 나보다 더 빠를 거야. 행여 내가 잡히기라도 하는 날엔 당신도 곤경에 처하게 된다고, 내가 당신 아내이니까." "당신이 내 아내라는 거야 어쩔 수 없는 일이지." 그는 흥겨운 감정에서 그녀의 다리를 꼬집었다. "그만해, 파울. 그러다가 정말 격해지겠어." "여보, 당신도 이런 구차한 곳에서 벗어나면 완전히 딴사람이 될 거야." "나도 그러고 싶어. 그래서 입맛을 다시는 거야." "그렇게 될 거야, 여보. 그 조그만 것, 그건 아무것도 아니야. 자, 귀를 열고 잘 들어. 난 그 일을 어떻게든 혼자서 해낼 거야." "어머나! 그럼 다른 사람들은?" 이거 놀라 자빠질 일이다.

"바로 그거야, 구스티. 다른 사람들은 저버리는 거야. 그거 알아, 동업이라는 것은 잘되는 법이 없다고. 자, 내 말이 맞지, 안 그래? 나도 한번 혼자서 해 볼 거야. 우리가 현장에서 가장 가까운 곳에 있어. 1층에 사는 데다 안뜰도 이 집 거야. 안 그래, 구스티?" "하지만 난 당신을 도와줄 수가 없어, 파울, 하지정맥류가 있다니까." 그렇지 않아도 그녀에게 그것은 유감스러운 것이었다. 아내는 입으로는 남편 말에 떨떠름하게 동의를 표했지만, 감정이 살고 있는 마음속으로는 '아니야, 아니야' 라고 거듭 말했다.

이튿날 저녁, 도매 상회 사람들이 6시에 모두 지하 창고에서 나가고 나서, 게르너는 아내와 함께 살그머니 그곳에 잠입했다. 9시가 되자 건물 안이 쥐죽은 듯 조용하며 움직임이라곤 없다. 지금쯤 경비원은 건물 앞을 순찰하고 있을 것이다. 그래서 그는 막 작업을 시작하려 하는데, 이게 무슨 일인가? 누군가가 지하 창고의 문을 살짝 두드리는 것이다. 똑똑. 문을 두드리는 소리 같아요. 대체 누가 여기 와서 문을 두드리는 걸까. 모르겠어요, 하지만 문을 두드리는 소리가 났어요. 도매 상회는 이미 문을 닫았다. 그런데 이 시간에 여기 문을 두드릴 사람은 없다. 그런데 누군가가 문을 두드렸다. 다시 문 두드리는 소리가 난다. 두 사람은 숨을 죽인 채 움직이지 않고, 대꾸도 하지 않는다. 다시 두드리는 노크 소리. 게르너가 아내를 팔꿈치로 툭툭 친다.

"누군가가 문을 두드렸어."

"그래요."

"대체 무슨 일이지?"

그런데 아내는 이상하게 두려워하는 기색도 없이 담담하게 말한다.

"아무것도 아닐 거예요, 설마 우리를 죽이기야 하겠어요."

그래, 그가 우릴 죽이지는 않을 거야. 지금 우리를 찾아오는 사람은 내가 아는 사람일 테니, 그 사람이 나를 죽이지는 않겠지. 늘씬한 다리에 작은 콧수염이 있는 신사야. 그 사람이 온 거라면 난 기쁠 거야. 그때 다시 문 두드리는 소리가 절박하지만 낮게 들린다. 맙소사, 저것은 신호다.

"그 사람들 중 하나야, 우리를 아는 사람이야. 그 젊은 친구들 중 하나라고. 난 아까부터 그렇게 생각했어요, 여보."

"그럼 왜 말하지 않은 거야?"

순식간에 게르너는 계단으로 올라섰다. 오늘 밤 우리가 여기 있다는 걸 저 녀석들이 어떻게 알았을까. 우리는 기습을 당한 거야. 그때 밖에 있는 녀석이 속삭인다. "게르너, 어서 문 열어요."

원하든 원하지 않든 게르너는 문을 열어야 한다. 이런 빌어먹을, 온 세상을 다 때려 부수고 싶다. 그는 문을 열지 않을 수가 없다. 밖에 홀로 서 있는 자는 바로 그녀의 기사인 장신의 남자다. 아내가 그를 배신한 것이고, 기사에게 뭔가 감사를 표하고 싶었다는 것을 게르너는 눈치채지 못한다. 남자가 아래로 내려오자, 여자는 얼굴이 환해진다. 그녀는 기쁜 마음을 억누를 수가 없다. 남편이 불도그 같은 표정으로 투덜댄다.

"뭐가 그렇게 좋다고 히죽거리는 거야, 당신?"

"그야, 너무 무서웠으니까요. 혹시 이 집에 사는 사람이나 경비원이면 어쩌나 했거든요."

결국 함께 작업을 하고 나눠 먹는 수밖에 없다. 저주해 본들 달라질 것도 없다, 정말 더럽게 됐다.

게르너가 이제 두 번째로 작업에 착수하고, 불행만 몰고 온다며 아내를 밖으로 내보내려 하는데 그때 또다시 문 두드리는 소리가 났다. 이번에는 세 명이 모습을 드러내고는 마치 게르너의 초대를 받은 것처럼 행동한다. 이럴 때는 어쩔 수가 없는 법이다. 자기 집에서도 주인 행세를 할 수 없는 신세가 된 것이고, 저런 교활한 녀석들은 당할 수가 없다. 게르너는 완전히 궁지에 몰렸다며 분개해 한다. 오늘만큼은 이놈들과 같이하겠어, 잡혀도 같이 잡히고 죽어도 같이 죽는 거야. 하지만 내일은 어림도 없어. 이 자식들이 또다시 내가 관리하는 집에 와서 내 일에 끼어들면 그때는 경찰관들 맛이 어떤지 알게 될 거야. 이놈들이야말로 날강도에 공갈범들이야.

그리하여 그들은 꼬박 두 시간 동안 지하 창고에서 쉬지 않고 일하고서 대부분의 물건을 게르너의 집으로 운반한다. 우선 커피와 건포도, 설탕 등을 자루에 담아 싹쓸이하고, 이어 온갖 브랜디와 포도주 등 알코올류가 든 상자들을 옮기는데, 그야말로 지하 창고를 절반 정도 비워 버린다. 게르너는 이 모든 것을 녀석들과 분배해야 한다는 생각 때문에 화가 나 있다. 아내가 그를 한쪽으로 불러 진정시킨다. "어차피 하지정맥류 때문에 이렇게 많은 물건을 옮길 수도 없어요." 그는 단단히 화가 나 있는데, 녀석들은 여전히 물건을 옮겨 오고 있다. "그놈의 하지정맥류, 진작 그 빌어먹을 나일론 스타킹을 사 신었어야지. 쓸데없이 돈 아끼다 이렇게 된 거야. 괜히 엉뚱한 데서 절약, 절약 하며 아꼈던 거라고." 하지만 구스티는 자신의 꺽다리 쪽만 넘겨다보고, 녀석은 다른 친구들 앞에서 그녀를 자랑하느라 여념이 없다. 그것이 바로 그가 맡은 역할이고, 그는 이런 방면에 소질이 있다.

그들이 짐승처럼 일을 하고서 가 버리자, 게르너는 집의 문을 닫고 틀어박혀서는 구스티와 함께 술을 마시기 시작한다. 적어도 이것만큼은 그가 누려야 하는 것이다. 그는 모든 종류의 술을 하나씩 맛보지 않을 수 없고, 가장 좋은 술은 골라서 내일 아침 몇몇 장사치에게 넘길 생각이다. 두 사람은 그 생각에 기분이 좋고, 구스티도 그 일을 기뻐한다. 누가 뭐라 해도 그는 결국 그녀의 훌륭한 남편이고, 자기 남편이니까 그녀는 그를 도울 것이다. 두 사람은 새벽 2시부터 5시까지 앉아 계획을 세우고 계산을 하면서 모든 종류의 술을 철저히 시험해 본다. 그리고 지난밤 일에 아주 만족해하면서 머리 꼭대기까지 취할 정도로 퍼마시고는 자루처럼 쓰러졌다.

당초 그들은 정오경에 문을 열어 주기로 했다. 그런데 초인종 소리가 나고 또 울리고, 또 울린다. 하지만 게르너 부부는 문을 열어 주지 않고 있다. 술에 취해 인사불성인데 어떻게 문을 열겠는가. 하지만 밖의 사람들 역시 물러서지 않고 계속 문을 쿵쿵 두드린다. 그제야 구스티는 뭔가 눈치를 채고 벌떡 일어나 파울을 흔들어 깨운다. "여보, 누가 문을 두드려요, 당신이 좀 열어 줘요." 그러자 그는 "어디 말이야?"라고 묻는다.

밖에서 문을 부술 기세로 계속 두드리자, 아내가 그를 떠밀어 낸다. 우편배달부인가. 파울은 자리에서 일어나 겨우 바지만 걸치고서 문을 연다. 그러자 그들은 그의 옆을 지나 무작정 안으로 들어서는데, 덩치가 큰 남자 세 명이 무리를 지어 들이닥친다. 저놈들은 여기서 무얼 하려는 거야, 그 젊은 녀석들이 벌써 물건을 챙기러 온 건가. 아니야, 저놈들은 다른 놈들이잖아. 들어온 사람들은 건장한 경찰 나리, 형사들이고, 그들은 얼른 사태를 파악하고는 기가 차다는 듯이 거듭 놀란다. 아니, 관리인 양반, 여기 바닥에 물건이 온통 꽉 찼네요, 복도와 방에도, 자루들, 상자들, 술병들, 지푸라기들, 층층이 가득 쌓여 있군요. 경감이 말한다. "이런 추잡한 절도 행위는 내 생전 처음 보는군."

이제 게르너는 무슨 말을 할까? 도대체 무슨 말을 할 것인가? 그는 한마디도 하지 않는다. 그는 다만 건장한 형사들을 바라보는데, 그 자신도 기분이 더럽다. 저 사냥개 같은 놈들, 나한테 권총만 있어도 저놈들이 나를 산 채로 끌어내지는 못할 텐데, 사냥개들. 그래, 나 같은 놈은 고상한 나리들한테 돈을 다 강탈당하고 평생을 공사장 판잣집에서 살라는 거야? 술이라도 한 모금 더 마시게 해 주면 좋겠군. 그러나 소용없는 일이다. 그는 옷을 걸쳐야 한다. "연행 전에 그래도 바지 멜빵은 제대로 메게 해 주시겠죠?"

그의 아내는 마구 지껄이면서 몸을 부들부들 떤다.

"저는 정말 아무것도 몰라요, 경감님. 우리는 진실한 사람들이에요, 누군가 우리를 함정에 빠뜨린 거예요. 저 상자들 말이에요, 우리는 잠에 곯아떨어져 있었어요, 경감님도 보셨잖아요. 이 건물에 사는 누군가가 우리를 상대로 몹쓸 장난을 친 게 분명해요, 말씀 좀 해 보세요, 경감님. 파울, 대체 이게 어찌 된 영문이죠?" "그런 얘기는 다 파출소에 가서 하시면 됩니다." 게르너가 끼어든다. "이번에는 그놈들이 밤중에 우리 집까지 침입한 거야, 여보, 저 뒤편 도매 상회를 털었던 그놈들이야. 그래서 우리가 파출소에 가야 하는 거야." "그런 건 나중에 파출소나 경찰서에서 이야기할 수 있어요." "난 경찰서에는 안 가요." "자, 갑시다." "나 참, 여보, 녀석들이 우리 집에 쳐들어왔는데도 나는 아무 소리도 못 들었어. 아주 곯아떨어졌나 봐." "나도 못 들었어요, 파울."

그때 구스티는 서랍장에서 재빨리 두 통의 편지를 꺼내려 한다. 장신의 남자가 보낸 편지다. 그러나 형사 하나가 그것을 보았다. "이리 보여 주시죠. 아니면 다시 넣어 두세요. 나중에 가택 수색을 할 거요."

그녀는 퉁명스럽게 말한다. "할 테면 해보라고요. 남의 집에 이렇게 들이닥치다니, 당신들 부끄러운 줄 알아야지." "자, 이제 갑시다."

그녀는 울면서 남편을 쳐다보지도 않고 악을 쓰며 소란을 피우다 바닥에 나뒹군다. 사람들은 그녀를 부축해 일으켜 세워야 했다. 남편은 저주의 욕설을 퍼붓다가 형사들의 제지를 받는다. "당신들은 여자한테까지 폭력을 쓰려는 거요." 그 비열한 범죄자들, 날강도 녀석들, 그놈들은 다 도망쳤어, 놈들이 추잡한 방법으로 나를 이렇게 궁지에 몰아넣은 거야.

달려라, 달려,
조랑말이 다시 힘차게 달린다

건물 현관과 안뜰에서 이런저런 말이 오갔지만 프란츠 비버코프는 양손을 주머니에 찔러 넣고, 외투 깃을 귀까지 세우고, 모자 쓴 머리를 양어깨 사이에 움츠린 채 대화에는 전혀 끼어들지 않았다. 그는 다만 떠드는 사람들 주변을 맴돌며 듣기만 했다. 나중에 그는 목수와 그의 작고 뚱뚱한 아내가 현관을 지나 길거리로 연행되어 가는 것을 바라보았는데, 연행되는 순간 그들 주위에는 사람 울타리가 만들어졌다. 이제 두 부부는 현장에서 사라졌다. 나도 전에 저렇게 끌려간 적이 있지. 하지만 그때는 사방이 어두웠어. 입을 떡 벌리고 바라보는 저 꼴들 좀 봐. 창피한 줄을 알아야지. 그래, 그래, 너희는 다른 사람을 헐뜯을 수 있겠지. 너희는 사람의 마음속이 어떤지를 잘 알겠지. 진짜 속물들은 난롯가에 웅크리고 앉아 사기나 치면서도 절대 걸려들지 않는 것들이지. 그 패거리의 교활한 사기 행각도 적발해 내지 못할 거야. 이제 저들은 녹색의 경찰차 문을 연다. 자, 어서들 타요, 안으로 들어가요, 이 친구야, 땅꼬마 아줌마도, 꽤 마신 모양이지, 그럴 만도 하지, 정말 그럴 만도 해. 저 사람들은 웃게 내버려 두라고. 이제 자초지종을 알게 되겠지. 자, 탑승 완료, 출발.

사람들은 아직도 머리를 맞대고 수군거리고 있었다. 프란츠 비버코프는 현관문 앞에 서 있었다. 날씨가 지독하게 추웠다. 그는 밖에 서서 건물 문을 바라보고, 길 건너편을 바라보았다. 이럴 때는 무엇을 할까, 무엇을. 그는 다리를 하나씩 바꿔 가며 서 있었다. 정말 더럽게 추운 날씨야. 다시 위층으로 올라가기는 싫다. 그런데 이제 무엇을 하지?

그는 그 자리에 서서 몸을 이리저리 돌려 보았다. 그러면서도 그는 자신이 완전히 깨어났음을 알아차리지 못했다. 그는 저기 서서 다른 사람이나 헐뜯는 무리와는 아무 상관도 없었다. 어디 다른 곳을 둘러보아야겠어. 저들이 나를 이곳에서 몰아내고 있어. 그는 활기찬 걸음으로 걷기 시작하는데, 엘자스 거리를 따라 내려간 후 지하철 공사장 울타리 곁을 지나서 로젠탈 광장 쪽으로 어딘가를 향해 걸어간다.

이렇게 하여 프란츠 비버코프는 처박혀 있던 방구석에서 마침내 나오게 되었다. 사람들 울타리 사이로 연행되는 남자, 술에 취한 땅딸막한 여자, 주거 침입 그리고 경찰 호송차, 이 모든 것이 그가 가는 길에 함께했다. 그러나 로젠탈 광장으로 진입하는 길모퉁이에 술집이 하나 나타나자, 일이 벌어졌다. 그의 양손은 자신도 모르게 주머니 속을 더듬어 보지만, 속을 채울 술병이 없다. 아무것도 없다. 술병은 흔적도 없다. 그만 깜빡한 모양이다. 위층 방에 두고 온 것이다. 그 지저분한 소란 때문이다. 소란이 일어났을 때 그는 술병 챙기는 것을 생각했지만 깜빡 잊고 외투만 걸치고 내려온 것이다. 빌어먹을. 다시 터벅터벅 돌아가야 하나? 순간 그의 마음 속에서는 여러 생각이 교차했다. 아니야, 그래, 그래, 아니야. 그렇게 갈팡질팡, 우왕좌왕, 욕설, 포기하기, 미적거리기, 대체 뭐야, 제발 나 좀 내버려 둬, 아니 안으로 들어가고 싶어, 프란츠에게 이런 기분이 든 것은 참으로 오랜만이었다. 들어갈까, 들어가지 말까, 난 목이 말라, 하지만 그런 경우 탄산수 한 잔이면 충분해, 저기 들어갔다가는 술만 퍼마시게 될 거야, 맙소사, 맞아, 그래도 끔찍할 정도로 목이 말라, 정말 엄청난 갈증이야, 맙소사, 난 정말 취하고 싶어, 하지만 차라리 여기 바깥에 있겠어, 저 안으로 들어가지는 않겠어, 잘못하면 또다시 코를 땅에 처박고 뻗게 될 거야, 그러면 다시 저 늙은 여주인의 셋방에 웅크리고 있게 될 거야. 그때 다시 경찰 호송차와 목수 부부가 나타났다. 그럼 끝이야, 자, 우향우, 아니, 이곳에 머물지 말고 다른 곳으로 가는 거야. 더 멀리 가는 거야, 더 멀리, 가자, 달려라, 계속 달려.

이리하여 프란츠는 주머니에 있는 1마르크 55페니히를 갖고서 알렉산더 광장까지 걸어갔다. 숨을 헐떡이면서 거의 뛰다시피 걸었다. 그러고는 자신을 다그치고 선뜻 내키지는 않았지만 음식점으로 들어가 식사를 했다. 제대로 먹었다. 그것은 몇 주 만에 처음으로 먹은 정식이었는데, 감자를 곁들인 송아지 고기 요리였다. 그러고 나니 갈증도 좀 해소되었다. 그는 남은 돈 75페니히를 손으로 만지작거렸다. 리나를 보러 가야 하나, 아니야, 리나한테 가서 어쩌겠다는 거야, 난 그녀를 좋아하지도 않아. 혀가 둔하고 신맛이 난다. 목도 탄다. 탄산수를 한 잔 더 마셔야겠다.

그때 — 탄산수를 마시는 동안, 시원한 탄산수 거품이 간질이는 것을 느끼는 동안, 프란츠는 자신이 어디로 가야 할지를 알았다. 민나한테 가는 것이다. 그는 그녀에게 송아지 안심을 보낸 적이 있다. 그래, 바로 그거야.

자, 일어나자. 프란츠 비버코프는 거울 앞에 서서 자신을 좀 가다듬었다. 그런데 축 처지고 창백하고 우툴두툴한 뺨을 보면서 전혀 기분이 좋지 않은 사람은 바로 비버코프 자신이었다. 이건 무슨 형편없는 낯짝이야. 이마 위에 길게 난 자국, 이 붉은 자국은 어디서 생긴 거야, 모자 때문인가, 그리고 오이처럼 생긴 이 넓적코, 제기랄, 이런 두툼하고 붉은 코, 하지만 꼭 화주를 많이 먹어서 그런 것은 아닐 거야, 오늘 날씨가 추워서 그런 것 같아. 이 보기 싫고 흉하게 튀어나온 눈, 꼭 황소 눈깔 같아, 어디서 이런 송아지 눈을 타고난 걸까, 마치 움직이지 않는 것처럼 멍한 눈이야.

시럽을 뒤집어쓴 것 같아. 하지만 민나 앞에서는 이런 꼬락서니도 상관없어. 머리라도 다듬어 보자. 됐어. 이제 그녀를 보러 가는 거야. 목요일까지 그녀가 나한테 한두 푼은 주겠지, 그다음 일은 그때 가서 보는 거야.

굴속 같은 곳에서 나와, 바깥의 차가운 거리로 나서는 것이다. 많은 사람들. 알렉산더 광장에는 엄청나게 많은 사람들이 있고, 다들 갈 길이 바쁘다. 모두 용무가 있는 것 같다. 프란츠 비버코프는 그들을 뒤따르면서, 좌우로 눈길을 돌렸다. 마치 비루먹은 말이 젖은 아스팔트에서 미끄러졌다가 장화 신은 발에 배를 걷어차여 버둥거리고 일어나 뛰쳐나가듯 프란츠는 이제 미친 듯이 달려간다. 프란츠는 예전에 근육이 우람했고, 한때 운동 클럽에 다닌 적도 있다. 이제 그는 알렉산더 거리를 걸어가며 자신의 발걸음이 어떤지를 깨달았다. 당당한 보무, 마치 근위병 같다. 자, 우리는 행진한다, 다른 사람들과 정확하게 발걸음을 맞추어 가며.

오늘 정오의 일기 예보: 날씨가 약간 좋아질 것으로 예상된다. 여전히 혹한이 계속되고 있지만 기압은 상승 중이다. 햇살도 수줍은 모습이기는 하지만 가끔씩 다시 비칠 것이다. 앞으로 며칠 동안은 기온이 올라갈 것으로 예상된다.

NSU-6기통 모터사이클을 직접 몰아 본 사람은 완전히 매료되었습니다. 그곳으로, 그곳으로 가고 싶어요, 당신과 함께, 그대 내 사랑이여.*

프란츠가 이윽고 그녀의 집에 도착하여 문 앞에 서자, 초인종이 보인다. 그는 모자를 휙 벗고는 초인종을 누른다. 누가 문을 열어 줄까, 누가 모습을 드러낼까, 집 안에 처녀가 있어 신사분의 방문을 맞는다면 무릎을 살짝 굽히는 인사를 하겠지, 도대체 누가 나올까, 철커덕, 철커덕. 딸깍. 저건 남자야! 민나의 남편이다! 카를

이야! 철물공 양반. 하지만 상관없어. 너는 벌레 씹은 표정을 하는 거야.

"아니, 당신이군. 근데 무슨 일인가?" "안으로 좀 들어가게 해 주게, 카를. 나는 아무도 물어뜯지는 않을 걸세." 그는 벌써 발을 들여놓았다. 자, 드디어 여기까지 들어왔어. 멍청이, 이런 일은 순식간에 일어날 수 있는 거라고.

"존경하는 카를 씨, 당신은 직업 교육을 제대로 받은 철물공이고 나는 날품팔이 일꾼에 불과하다고 해서 그렇게 도도하게 굴지 말라고. 내가 안녕하시오, 하고 인사를 건네면 자네도 인사 정도는 할 수 있지." "이봐, 용건이 뭐야? 내가 언제 자네한테 들어오라고 허락했어? 왜 문을 밀치고 들어오는 거야?" "그건 그렇고, 자네 부인 안에 있나? 부인한테 안부 인사 정도는 할 수 있겠지." "아니, 없어. 그리고 자네 같은 사람이 찾아온다면 더더욱 없지. 자네를 만나 줄 사람은 아무도 없어." "그런가." "그래, 아무도 없어." "그래도 자네가 여기 있지 않은가, 카를." "아니야, 나도 없다네. 나는 다만 털 조끼를 가지러 올라온 것뿐이야. 당장 가게로 내려가 봐야 해." "사업이 아주 잘되는 모양이지." "그럼." "그러니까 자네한테서 쫓겨난 셈이군." "난 자네를 집 안에 들인 적도 없어. 도대체 여기 무슨 볼일이 있는 거야? 이 집에 사는 사람들이 모두 당신이 누군지 아는데, 여기까지 찾아와 나를 모욕하는 것이 부끄럽지도 않나?" "그 사람들이야 흉을 볼 테면 보라고 해, 카를. 그런 거야 근심거리도 못 되지. 나도 그런 사람들의 집 안을 들여다볼 마음은 없어. 이보게, 카를, 그런 사람들 때문에 당신이 걱정할 필요는 없어. 내가 사는 집에서는 오늘 어떤 사람이 경찰에 연행되어 갔지. 전문 목수로 그 건물을 관리하던 자였어. 한번 상상해 보게. 부인도 함께 연행됐어. 엄청난 규모로 남의 물건을 도둑질했거든. 내가 도둑질한 적 있어? 말해 보라고?" "이봐, 난 내려가 봐야 해. 자네도 어서 나가게. 내가 뭣 때문에 여기서 이렇게 당신과 서 있어야 하나. 행여 민나의 눈에 띄는 날엔 각오해야 할 거야. 빗자루를 들고 자네를 마구 두들겨 팰 거야."

저 녀석이 민나에 대해 뭘 안다는 거야. 외간 남자와 통정한 아내를 둔 녀석이 나에게 훈수를 들려고 하네. 배꼽을 잡을 일이야. 어떤 아가씨가 사랑하고 좋아하는 남자가 있다면.* 카를이 프란츠에게 다가선다.

"왜 아직 거기 서 있는 거야? 우리는 더 이상 자네와 친척 사이도 아니야, 프란츠, 전혀 아니라고. 자네도 이제 출소했으니까 앞으로 뭘 하고 살아갈지 고민해야 하지 않겠어?"

"난 자네한테 구걸 같은 것은 하지 않았어."

"그게 아니고, 민나는 아직도 이다를 잊지 못하고 있어. 자매 사이는 변하는 것이 아니니까. 자네도 우리한테는 여전히 과거의 자네라고. 우리한테 자네는 끝난 사람이야."

"나는 이다를 죽이지 않았어. 누구든 너무 화가 나면 헛손질을 할 수 있는 거야."

"하여튼 이다는 죽었고, 자네는 자네 갈 길을 가는 게 좋을 거야. 우리는 다른 사람들로부터 존경을 받는 사람들이거든."

저런 개자식, 자기 마누라가 다른 남자와 바람난 것도 모르는 녀석, 저런 독종, 생각 같아서는 저 녀석한테 모든 것을 말해 주고 싶고, 저 녀석의 침대에서 아내라는 여자를 그냥 낚아 버리고 싶다.

"나는 4년의 형기를 조금도 남기지 않고 꼬박 채우고 나왔어. 그러니 법정에서 하는 투로 그렇게 까칠하게 굴 필요는 없지."

"자네가 말하는 법정은 나하고는 상관없어. 이제 자네 갈 길이나 가게. 다시는 오지 마. 자네한테 이 집은 더 이상 존재하지 않

아. 아주 영원히."

도대체 이 자식은 뭐야, 이 철물공 녀석, 나하고 한번 해보자는 건가.

"내가 자네한테 하고 싶은 말은 카를, 다만 자네들과 평화 조약을 맺고 싶다는 것, 나도 나름의 죗값을 다 치렀다는 거야. 그런 의미에서 자네에게 손을 내미는 거야."

"난 그 악수를 받아 주지 않겠네."

"하여튼 난 그걸 정확히 알고 싶었던 거야. (당장 저 녀석을 붙잡아서 다리를 움켜잡고 벽에다 패대기쳤으면 좋겠다.) 이제 문서로 적어 준 것처럼 똑똑히 알았어."

프란츠는 처음 벗을 때처럼 탁 소리가 나도록 잽싸게 모자를 썼다.

"그럼 잘 지내게, 카를, 철물공 장인 카를. 민나한테도 안부 전해 주게, 내가 여기 왔었다고 말이야, 그냥 어떻게 지내는지 한번 보려고. 그리고 너는 더러운 자식, 세상에서 가장 나쁜 부랑자 자식이야, 내 말을 귀담아 두게, 뭔가 치미는 것이 있으면 내 이 주먹을 잘 기억하게, 섣불리 덤빌 생각은 안 하는 게 좋을 거야. 넌 허접한 인간이야, 민나가 너처럼 쓰레기 같은 인간하고 참고 살아야 하는 것이 딱하다고."

그리고 나서 퇴장. 조용히 퇴장한다. 천천히 그리고 조용히 계단을 내려간다. 따라 내려올 테면 내려오라고, 아마도 감히 그러지 못할 것이다. 프란츠는 건물 건너편에서 심장을 뜨겁게 해 주는 화주 한 잔을 들이켠다. 그런데 저 녀석이 쫓아올지도 모르는 일이야. 기다려 보자. 그러고 나서 프란츠는 아주 흡족한 기분으로 다시 길을 나섰다. 돈 같은 거야 다른 데서도 얼마든지 구할 수 있어. 그러면서 그는 자신의 근육이 얼마나 탄탄한지 느꼈다. 나는 곧 다시 다부진 체구를 갖게 될 거야.

"너는 내가 가는 길을 가로막고 나를 넘어뜨리려 하는구나. 그러나 나한테도 목을 조를 수 있는 손이 있고, 너는 나한테 아무 짓도 하지 못할 것이다. 너는 나를 조롱으로 뒤흔들어 놓으려 하지, 또 내게 경멸을 쏟아부으려 하지 — 나한테는 곤란해, 나한테는 곤란해 — 나는 아주 강해. 너의 조롱쯤은 간단히 무시할 수 있다고. 네 이빨로는 나의 갑옷을 뚫을 수가 없어, 나는 살무사에 맞설 보호 장비가 있어. 네가 내게 덤벼들 수 있는 힘을 어디서 부여받았는지는 모르겠어. 하지만 너 따위는 얼마든지 막을 수 있어. 신은 내게 덤벼드는 적들의 목덜미를 내주셨지."

"마음대로 떠들어라. 새들은 일단 스컹크한테서 벗어나면 참으로 근사하게 노래 부를 수 있지. 그러나 스컹크들이야 세상에 널려 있으니, 지금은 귀여운 새들이 노래를 부르도록 내버려 두는 것이지. 너는 아직도 나를 알아볼 수 있는 눈이 없어. 너는 나를 바라볼 필요를 아직 느끼지 못하고 있어. 너는 인간들이 떠들어대는 소리나 길거리 소음, 전차의 요란한 소리에만 귀를 기울이고 있어. 자, 심호흡을 하고 듣기나 해. 이 모든 소리들 속에서 너는 언젠가 나의 목소리를 듣게 될 거야."

"누구의 목소리를? 지금 말하는 너는 누구냐?"

"나는 그것을 말해 주지 않겠어. 앞으로 너는 보게 될 거야. 그것을 느끼게 될 거야. 단단히 각오해. 그때가 되면 너한테 말해 주겠다. 그때 너는 나를 보게 될 것이다. 네 눈에서는 눈물만 쏟아질 것이다."

"너는 백 년 동안 계속 그렇게 지껄일 수 있겠지. 나는 그저 웃기나 하지."

"웃지 마라, 웃지 마라."

"네가 나를 알지 못하기 때문이야. 내가 어떤 사람인지 모르기 때문이야. 프란츠 비버코프가 어떤 사람인지를. 그 사람은 아무것도 두려워하지 않아. 나한테는 두 주먹이 있어. 내 근육이 어떤지를 좀 보라고."

제5권

빠른 회복, 이 사나이는 전에 자신이 서 있던 자리에 다시 서 있다. 더 배운 것도, 더 깨달은 것도 없다. 이제 첫 번째 엄청난 일격이 그를 내리친다. 그는 범죄에 얽혀 드는데, 그렇게 되고 싶지도 않고 되지 않으려 저항도 해 보지만 얽혀 들지 않을 수 없다.

그는 손과 발을 동원해 용감하고 격렬하게 저항하지만, 아무 소용이 없다. 그는 끝내 항복하고, 그 일을 하지 않을 수 없다.

알렉산더 광장에서의 재회, 지독한 추위, 내년 1929년에는 더 추워질 것이다

쿵쿵, 알렉산더 광장의 아싱거 맥주홀 앞에서 증기 항타기가 묵직하게 내리치고 있다. 건물 한 층 높이의 항타기는 이쯤은 일도 아니라는 듯 선로를 땅속으로 때려 박는다.

얼음장 같은 공기. 2월. 거리를 오가는 사람들은 외투를 입고 있다. 모피가 있는 사람은 모피를 입고 나왔고, 모피가 없는 사람은 입지 않았다. 여자들은 얇은 스타킹만 신어서 추위에 떨고 있지만, 보기에는 예쁘다. 부랑자들은 추위를 피해 어디론가 기어들어가 있다. 날씨가 따뜻해지면 그들은 다시 코빼기를 내밀 것이다. 그동안에 그들은 곱절의 화주를 퍼마시는데 그것이 어떤 화주냐 하면, 송장이라도 그런 술 속에서는 떠다니고 싶지 않을 정도로 형편없는 것이다.

쿵쿵, 알렉산더 광장에서 증기 항타기가 내리친다.

많은 사람들이 시간이 있어 항타기가 내리치는 광경을 구경하고 있다. 위에 올라가 있는 남자 하나가 쇠줄을 잡아당기면, 위로는 증기가 칙, 아래서는 항타기가 쇠기둥의 머리를 내리친다. 남자들과 여자들, 특히 소년들은 그곳에 서서 거침없이 일이 진행되는 것을 보며 신기해한다. 쿵 소리와 함께 항타기가 기둥의 머리를 내리친다. 나중에 가서 기둥은 손가락 끄트머리만큼이나 작아지는데, 또 한 대를 얻어맞고서는 원하는 위치에 확실하게 박힌다. 마지막에 그 기둥은 보이지 않는다. 굉장하군, 멋지게 염장을 해 버렸어. 사람들이 만족한 얼굴을 하고서 흩어진다.

주변이 온통 판자로 덮여 있다. 베를린을 상징하는 여인상 '베롤리나'는 전에는 한 손을 내민 자세로 티츠 백화점 앞에 서 있었지만, 지금은 그 거대한 조각상도 철거당했다. 사람들은 어쩌면 그 동상을 녹여 메달을 만들고 있을지도 모른다.

사람들은 마치 꿀벌 떼처럼 땅 위를 열심히 오간다. 그들은 수백 명씩 무리를 지어 하루 종일 그리고 밤에도 요란스럽게 일을 한다.

덜커덩덜커덩, 몇 개의 차량을 연결한 노란색 전차들이 나무판자로 뒤덮인 알렉산더 광장을 지나간다. 뛰어내리는 것은 위험하다. 정거장 자리가 훤하게 노출되어 있고, 베르트하임 백화점을 지나 쾨니히 거리로 가는 길은 일방통행로다. 동쪽으로 가려는 사람은 저 뒤편으로 돌아 경찰서를 지나 수도원 거리로 들어가야 한다. 차량들이 정거장에서 야노비츠 다리를 향해 요란스럽게 달려가고, 기관차는 위로 증기를 내뿜으면서 이제 막 프렐라트 클럽 위쪽을 지나가고 있다. 슐로스브로이 식당의 입구는 모퉁이를 하나 더 가서 있다.

길거리 건너편에서는 모든 것이 헐리고 있는데, 교외선 철도를 따라 서 있는 모든 건물을 철거하는 중이다. 저 많은 돈이 어디서 나올까, 베를린 시는 부자다, 그리고 우리는 세금을 낸다.

모자이크 간판을 단 뢰저운트볼프 담배 가게는 철거되었다가

20미터 떨어진 곳에 새로 들어섰고, 건너편 정거장 앞에도 또 하나 들어섰다. 베를린엘빙 거리에 위치한 뢰저운트볼프, 온갖 취향에 맞춘 최고급 품질, 브라질, 아바나, 멕시코 시가, 클라이네 트뢰스테린, 릴리푸트, 시가 8호, 낱개에 25페니히, 빈터발라데는 25개비 한 갑 20페니히, 작은 사이즈 시가 10호 중저가, 수마트라 산 겉잎 본 가격으로 특별한 혜택, 100개비 한 상자 10페니히. 나도 모든 것을 후려치고, 너도 파격 세일, 저 사람도 파격 세일. 50개비 한 상자와 10개들이 종이 상자, 세계 각지로 발송 가능, 보예로 25페니히, 이 신제품은 많은 고객의 사랑을 받고 있다. 나도 파격 세일, 너도 장기간 파격 세일.

프렐라트 클럽 옆의 빈 공간에는 바나나를 실은 노점상 수레들이 있다. 여러분의 자녀에게 바나나를 사서 주세요. 바나나는 껍질이 모든 곤충과 벌레, 병균을 막아 주기 때문에 세상에서 가장 깨끗한 과일입니다. 물론 껍질을 파고드는 곤충이나 벌레, 병균에 대해서는 불가항력입니다. 추밀 고문관 체르니는 갓난아이에게도 바나나가 적합하다고 지적했습니다. 나도 와장창 파격 세일, 너도 와장창 파격 세일, 그도 와장창 파격 세일.

알렉산더 광장에는 바람이 많고, 티츠 백화점 모퉁이는 유난히 바람이 심하다. 어떤 바람은 건물들 사이로 불고, 공사장 구덩이 위로도 몰아친다. 술집으로 들어가 바람을 피하고 싶지만 누가 그렇게 할 수 있을까, 바람이 바지 주머니 속으로도 불면 너는 무슨 일이 일어나고 있음을 눈치챌 것이다, 우물쭈물할 수 없고, 이런 날씨에도 흥을 내야 한다. 이른 아침이면 노동자들이 라이니켄도르프, 노이쾰른, 바이센제 구역에서부터 어슬렁거리며 모여든다. 날씨가 춥든 안 춥든, 바람이 불든 불지 않든, 커피포트 이리 줘, 빵을 싸 줘, 우리는 뼈 빠지게 일해야 해, 저 위에는 무위도식하는 자들이 앉아서 포근한 침대에서 잠을 자며 우리의 피를 빨아먹는다.

아싱거에는 큰 카페와 레스토랑이 있다. 배가 고픈 사람은 여기서 배를 채울 수 있고, 이미 배가 부른 사람은 원하는 만큼 배를 더 키울 수 있다. 자연은 속일 수 없는 법이다! 변질된 밀가루에 인공 첨가물을 넣어 빵이나 과자류를 좋게 만들 수 있다고 믿는 자는 자신과 소비자를 속이는 것이다. 자연은 고유한 생명의 법칙을 갖고 있고, 그것을 악용할 때는 언제나 보복을 한다. 오늘날 거의 모든 문명국가 사람들의 건강이 망가진 것은 변질되고 인공적으로 가공한 음식물의 섭취에 그 원인이 있다. 맛 좋은 소시지를 집 밖에서도 즐기세요, 간 소시지와 선지 소시지를 값싸게 팝니다.

아주 흥미진진한 잡지 『매거진』, 1마르크가 아닌 단돈 20페니히, 흥미진진하고 다소 충격적인 잡지 『결혼』, 단돈 20페니히. 그렇게 소리치는 가판원은 담배를 피우고, 머리에는 마도로스 모자를 쓰고 있다, 파격 세일이오.

동쪽에 위치한 바이센제, 리히텐베르크, 프리드리히스하인, 프랑크푸르트 대로를 거쳐 온 노란색 전차들이 란츠베르크 거리를 지나서 알렉산더 광장으로 모여든다. 65번 전차는 중앙 도축장에서부터 큰 순환 도로, 베딩 광장, 루이젠 광장을 거쳐 오고, 76번 전차는 후베르투스 대로를 통과해 훈데켈레로 가는 전차다. 란츠베르크 거리 모퉁이에는 한때 백화점이었던 프리드리히 하안이 있는데, 지금은 물건들을 다 처분하고 백화점 건물은 곧 흙으로 돌려보낼 것이다. 그곳 투름 거리에는 전차들과 19번 버스가 정차한다. 유르겐스 지물포가 있던 곳의 건물들은 모두 헐렸고 그 자리에는 지금 공사장 울타리가 설치되어 있다. 거기에 한 노인이 병원용 체중계를 앞에 놓고 앉아 있다. 여러분, 체중을 관리하세요, 5페니히입니다. 알렉산더 광장을 오가는 친애하는 형제자매들, 이 기회를 이용하세요, 체중계 옆쪽의 빈틈을 통해서 한때 유르겐스 지물포가 번창했던 저 폐허의 광장을 보세요, 저기 아직도 '하안 백화점' 이 서 있기는 하지만 내부는 다 팔아 비운 상태이고 진열장에는 붉은 헝겊 조각들만 붙어 있을 뿐입니다. 우리 앞에 쓰레기 더미가 하나 남은 거죠. 너는 흙에서 왔으니 다시 흙으로 돌아갈 것이리라. 우리는 훌륭한 건물을 지었지만, 이제 이곳을 드나드는 자는 없습니다. 로마, 바빌론, 니네베가 이렇게 망했고, 한니발, 카이사르도 몰락했습니다. 모든 것이 무너졌으니 오, 그것을 명심하세요. 첫째, 일요판 신문의 화보에서 보여 주듯이 사람들이 그 도시들을 이제 다시 발굴하고 있습니다. 둘째로, 그 도시들은 자기 목적을 달성하였으므로 우리는 이제 새 도시들을 건설할 수 있다는 것입니다. 여러분은 입고 다니던 옛날 바지가 낡고 해어졌다고 슬퍼하지는 않지요, 새로 하나 사면 그만이니까요, 그게 세상 돌아가는 이치입니다.

경찰이 알렉산더 광장을 강력하게 통제하고 있다. 그들은 몇 명씩 짝을 지어 광장에 서 있다. 각자 양쪽으로 전문가의 눈길을 던지며 교통 규칙을 숙지하고 있다. 다리에는 각반을 감고 오른쪽 옆구리에는 고무 곤봉을 차고 있다. 그리고 팔을 수평으로 해서 동쪽에서 서쪽으로 흔들면, 북쪽과 남쪽의 흐름은 차단되고 동쪽의 흐름은 서쪽으로, 서쪽의 흐름은 동쪽으로 쏟아지듯 밀려간다. 그다음 경찰은 기계적으로 방향을 바꾼다. 이번에는 북쪽의 흐름이 남쪽으로, 남쪽 흐름이 북쪽으로 쏟아지듯 몰려간다. 경찰관은 허리 놀림이 아주 날렵하다. 이어지는 그의 수신호에 서른 명 가량의 보행자가 광장을 가로질러 쾨니히 거리 방향으로 몰려가는데, 일부는 안전지대에서 멈추어 서고, 일부는 아무 문제 없이 건너편에 도착해 널빤지 위로 계속 걸어간다. 역시 많은 수의 사람들이 동쪽을 향해 출발하는데, 그들은 다른 사람들과 반대 방향으로 흘러갔다. 이들의 경우도 똑같았지만 아무 일도 일어나지 않았다.

이들은 남자들과 여자들, 아이들이고, 아이들은 대부분 여자들의 손을 잡고 있다. 이들을 일일이 열거하고 각자의 운명을 서술하는 것은 거의 불가능하고, 겨우 몇 사람에 대해서만 그렇게 할 수 있을 것이다. 바람이 불어 모든 사람들의 머리 위로 규칙적으로 작은 지푸라기를 흩날리고 있다. 동쪽으로 가는 사람들의 얼굴이나 서쪽, 남쪽, 북쪽으로 가는 사람들의 얼굴이나 별 차이가 없다. 게다가 그들은 맡은 역할을 서로 바꾸기도 하는데, 지금 광장을 거쳐 아싱거 쪽으로 가는 사람들을 한 시간 후에는 텅 빈 하안 백화점 앞에서 볼 수도 있다. 또 브루넨 거리에서 야노비츠 다리로 향하는 사람들도 마찬가지로 반대 방향으로 가는 사람들과 뒤섞인다. 많은 사람들이 옆쪽으로, 즉 남쪽에서 동쪽으로, 남쪽에서 서쪽으로, 북쪽에서 서쪽으로, 북쪽에서 동쪽으로 접어든다. 이들은 버스나 전차에 앉아 있는 사람들과 별 차이 없이 균일하다. 차에 탄 사람들은 각기 다른 자세로 앉아서 차량 밖에 표기된 적재량을 더욱 무겁게 하고 있다. 저들의 마음속에서는 어떤 일이 벌어지고 있을까, 누가 그것을 알아낼 수 있을까, 엄청난 분량의 장(章)을 할애해야 할 것이다. 설령 그것을 기록한다 해도 누구한테 쓸모가 있을까? 새로운 책들을 위해? 이미 있는 책들도 형편이 썩 좋지는 못하다. 1927년의 서적 판매량은 1926년에 비해 상당히 줄었다. 월 정기권 소지자와 10페니히만 내는 학생은 예외이겠지만, 20페니히를 지불한 사람들을 개인으로 간주할 경우, 이들 개인은 50킬로그램에서 100킬로그램의 몸무게에 옷을 입고 가방과 보따리, 열쇠들을 들고 모자, 의치, 탈장대까지 착용한 상태로 지금 알렉산더 광장 위로 차를 타고 가고 있다. 그들은 이상하게 긴 종이쪽지를 간직하고 있고 거기에는 다음과 같이 적혀 있다. 12번 노선 지멘스 거리 DA, 고츠코스키 거리 C, B, 오라니엔부르크 성문 C, C, 코트부스 성문 A, 비밀스러운 기호들, 누가 그것을 풀 수 있으며, 누가 그것을 말해 줄까, 누가 그것을 고백할까.* 내가 여러분에게 세 단어를 말해 주겠노라, 의미심장한 세 단어를.* 이 종이쪽지에는 네 군데에 일정하게 구멍이 뚫려 있고, 성경과 민법전에서 사용하는 독일어 서체로 이렇게 쓰여 있다. 본 노선의 종점까지 최단 코스로 이용하는 경우에만 유효, 다른 노선으로의 환승 연결은 보장하지 않음. 승객들은 서로 다른 성향의 신문들을 읽고, 속귀의 반고리관으로 평형 감각을 유지하며, 산소를 들이마시고 서로를 멍하니 바라보는데, 고통이 있는 자도 있고 없는 자도 있고, 생각을 하는 자도 있고 하지 않는 자도 있으며, 행복해하는 자도 있고 불행한 자도 있고 행복하지도 불행하지도 않은 자도 있다.

쿵쿵, 항타기가 내리친다, 나는 모든 것을 후려친다, 또 하나의 쇠기둥이 박힌다. 경찰서 쪽에서 금속성의 윙윙거리는 소리가 광장으로 울려 퍼진다, 리벳을 박는 작업이 진행 중이고 시멘트 차량이 모래를 쏟아 놓고 있다. 사환인 아돌프 크라운 씨가 그 광경을 지켜보고 있는데, 화물차의 한 부분이 뒤집어지는 것에 완전히 매료된 표정이다, 네가 모든 것을 후려치고, 그가 모든 것을 후려친다. 모래를 실은 화물차의 한쪽이 올라가는 것을 그는 언제나 긴장한 상태로 기다리는데, 그때 화물차의 한쪽이 높은 곳에 도달해 쿵 소리를 내고는 다시 제자리로 돌아간다. 사람이 침대에서 저렇게 내던져지고 싶지는 않겠지, 다리가 높이 들리고 머리를 아래로 처박은 채로 한번 누워 보면 무슨 일이 일어날 것이다, 그런데 저들은 아무렇지도 않게 쏟아 버린다.

프란츠 비버코프는 다시 배낭을 메고 다니면서 신문을 판다. 그는 영업 구역을 바꿨다. 지금은 로젠탈 성문을 떠나 알렉산더 광장에 와 있다. 또 건강을 완전히 회복했는데, 1미터 80센티미터의 키에 체중이 줄기는 했지만 몸이 한결 가뿐하다. 머리에는 신문지로 만든 모자를 쓰고 있다.

제국 의회의 위기 상황, 3월 선거냐 아니면 4월 선거냐를 놓고 설왕설래, 어느 쪽으로 가는가, 요제프 비르트?* 중부 독일에서의 싸움은 계속되고 있고, 중재위원회가 구성된다는 소문이 있으며, 템펠헤렌 거리에서는 강도 사건이 있었다. 프란츠는 우파(UFA) 영화관 맞은편, 알렉산더 거리로 나오는 지하철 출구에 자리를 잡았는데, 같은 편에는 안경상 프롬이 건물을 신축했다. 프란츠 비버코프는 붐비는 사람들 틈에 처음으로 서서 뮌츠 거리를 내려다보며 생각한다. 그 두 유대인이 사는 곳까지는 거리가 얼마나 될까, 여기서 별로 멀지 않을 거야, 그때는 내가 처음으로 곤란을 당했을 때였지, 조만간 찾아가 볼까, 혹시 『민족 관찰자』*를 사 줄지도 몰라. 가서는 안 될 이유가 있을까, 신문만 사 준다면야 그들이 좋아하는지 여부는 신경 쓸 거 없어. 그는 이런 생각을 하면서 빙긋 웃는데, 실내화를 신은 그 늙은 유대인이 정말 우스꽝스럽게 여겨졌던 것이다. 그는 주위를 둘러본다. 손가락이 뻣뻣하다. 옆에는 키 작은 곱사등이가 서 있는데 코가 아주 휘어진 것으로 보아 부러졌던 모양이다. 제국 의회의 위기 경보, 헤벨 거리 17번지 건물의 붕괴 위험 때문에 취한 대피 조치, 원양어선에서 살인 사건, 선상 반란인가 아니면 미치광이의 소행인가.

프란츠 비버코프와 곱사등이는 손을 호호 불고 있다. 오전 장사는 신통치가 않다. 그때 아주 홀쭉한 중년 남자가 남루하고 초라한 행색으로 프란츠에게 다가온다. 녹색 펠트 모자를 쓴 그 남자는 프란츠에게 신문 장사가 어떠냐고 묻는다. 예전에 프란츠도 그런 질문을 한 적이 있다.

"이것이 선생한테 적합할지는 누가 알겠습니까."

"그래요, 내 나이가 벌써 쉰둘이니."

"바로 그거예요. 오십이 지나면 벌써 류머티즘이 시작되죠. 제가 프로이센 군대에 있을 때 우리 부대에 예비역 선참 대위가 있었는데, 나이는 마흔 살이었고 자르브뤼켄 출신으로 복권 파는 일을 했지요—그 사람 말이 그렇다는 것이고, 시가 장사를 한 것일 수도 있어요—그런데 마흔 살에 벌써 류머티즘이 있었죠, 허리였어요. 하지만 그는 그 때문에 똑바른 자세를 취했지요. 마치 바퀴 달린 빗자루처럼 걸었어요. 늘 버터기름을 발랐죠. 그러다가 버터가 더 이상 나오지 않았어요, 1917년 즈음에는 야자유밖에 없었죠, 야자유가 고급 식물성 기름이기는 하지만 오래되면 냄새가 고약했죠, 그 사람은 결국 총으로 목숨을 끊었어요."

"난들 어떻게 하겠소, 공장에서는 더 이상 사람을 받아 주지도 않는데. 작년에는 수술까지 했어요, 리히텐베르크에 있는 후베르투스 병원에서. 고환 하나를 제거했는데, 결핵균에 감염된 것으로 추정하더군요, 그런데 아직도 통증이 있어요."

"그것 보세요, 조심하셔야겠어요, 안 그러면 다른 쪽 고환에도 생길 수 있어요. 아무래도 앉아서 하는 일이 더 좋겠네요, 택시를 모는 것이 낫지 않을까요?"

중부 독일에서의 싸움은 계속되고, 교섭은 아무 성과를 거두지 못하고 있음, 임차인 보호법에 대한 맹렬한 공격, 깨어나라, 세입자들이여, 여러분이 사는 집에서 쫓겨날 수도 있다.

"그래요, 선생, 물론 신문을 파실 수도 있어요, 하지만 그러려면 달음박질을 잘해야 하고 목청도 커야 해요, 목은 어떤가요, 붉은 가슴울새의 목청인가요, 노래는 부를 줄 아나요? 자, 우리 같은 일을 하는 사람한테는 그게 중요한 거요, 노래도 하고 달음박질도 할 수 있어야 해요, 또 좋은 목청이 필요해요. 목소리 큰 사람이 장사도 잘하니까요. 아주 영악한 집단인 거죠. 여기 좀 보세요, 이게 몇 그로셴이죠?"

"내 눈에는 4그로셴인 것 같소."

"맞습니다. 선생님 눈에는 4그로셴이죠. 중요한 것은 그것입니다. 선생님이 볼 때는 그렇다는 거죠. 그런데 사람이 바쁠 때는 주머니를 서둘러 뒤지겠지요. 선생한텐 반 그로셴짜리 동전과 1마르크 또는 10마르크짜리 지폐가 있다고 합시다. 이 경우 우리 동업자한테 부탁하면 어떤 것이든 바꾸어 줄 수 있어요. 그런데 녀석들은 아주 약은 놈들이고 진짜 은행가라고 할 정도로 정통하기 때문에 자신들 몫은 공제하여 얼른 챙기는데, 선생은 그것을 눈치채지도 못하죠, 그 정도로 손놀림이 잽싸거든요."

나이 들어 보이는 남자는 한숨을 쉰다.

"사실 선생은 쉰 살에 류머티즘까지 있어요. 그러니 정말 이 일을 할 생각이면 혼자 뛰어다니지 말고 젊은 애들을 두어 명 고용하세요. 물론 보수도 줘야 하므로 수입이 절반 정도밖에 되지 않겠지만, 선생은 사업에만 신경 쓰고 다리와 목소리는 혹사하지 않아도 되죠. 또 거래선도 확보해야 하고, 좋은 자리도 차지해야 합니다. 비가 오면 젖거든요. 신문이 잘 팔릴 때는 운동 경기가 있거나 정권이 교체될 때죠. 에베르트 대통령*이 사망했을 때는 사람들이 신문팔이에게서 신문을 거의 빼앗아 가듯 했으니까요. 그런 얼굴은 하지 마세요, 세상 모든 일이 겉보기처럼 나쁘기만 한 것은 아니니까요. 저기 항타기를 좀 보세요, 저게 선생 머리 위를 내리친다고 상상해 봐요, 그러면 만사에 뭐 그렇게 고심할 게 있겠습니까?"

임차인 보호법에 대한 맹렬한 공격. 최르기벨*에 대한 보응. 나는 원칙을 어기는 정당과는 결별하겠다. 아마눌라 왕*에 관한 영국의 검열, 인도는 이러한 사실을 알아서는 곤란하다.

건너편 전파상—당분간 축전지를 무료로 충전해 드립니다—앞에 창백한 얼굴의 아가씨가 모자를 깊숙이 눌러쓰고 서서 무엇인가를 골똘히 생각하는 것 같다. 그 옆에서는 두 개의 흑백 줄무늬가 있는 대형 택시의 운전사가 생각한다. 저 아가씨는 지금 택시를 타려는 걸까, 수중에 택시비는 있는 걸까, 아니면 누군가를 기다리는 걸까. 그런데 아가씨는 벨벳 코트를 입은 채 마치 접질린 것처럼 몸을 약간 구부렸다가, 다시 정상으로 돌아간다. 몸이 좀 불편한 것뿐이고 늘 몸에 그런 압박감을 느끼고 있다. 여자는 교사 자격시험을 치를 예정인데, 오늘은 집에 머물면서 뜨거운 찜질을 할 생각이다. 그러면 저녁에는 상태가 호전될 것이다.

얼마 동안 아무것도 하지 않음,
휴식 기간, 자신을 재정비하다

1928년 2월 9일 저녁, 오슬로에서는 노동당 정부가 실각하고 슈투트가르트에서는 6일간의 자전거 경기 대회의 마지막 밤 구간이 주파되며—승자는 총 2440킬로미터를 주파하여 726점을 얻은 판 켐펜과 프랑켄슈타인 팀—한편 자르 지역의 정세*가 더욱 격화되고 있던, 1928년 2월 9일 화요일 저녁(잠깐만요, 여러분은 지금 이국 여성의 신비스러운 얼굴을 보고 있는데, 저 미녀의 질문은 여러분 모두, 당신을 포함한 모두를 향한 것입니다. 가르바티 칼리프 담배를 피워 보셨나요?), 바로 그날 저녁에 프란츠 비버코프는 알렉산더 광장의 광고탑 앞에 서서 트레프토-노이쾰른과 브리츠의 중소 정원사들이 이르머 기념식장에서 갖기로 한 항의 집회에 대한 안내장을 읽고 있었다. 현안은 제멋대로 자행되는 해고 통지. 그 아래쪽에는 광고지들이 붙어 있었다. 천식의 고통, 의상 대여, 신사 숙녀용으로 충분한 선택 보장. 그때 갑자기 키 작은 메크가 옆에 와 섰다. 고틀리프 메크, 우리가 잘 아는 자다. 보라, 저기에서 그가 걸어오고 있다, 성큼성큼 큰 걸음으로.

"야, 프란츠, 프란츠." 메크는 기뻤다, 정말 기뻤다.

"프란츠, 이게 웬일이야, 자네를 다시 보리라고는 꿈에도 생각 못했어, 세상에서 영 사라진 줄 알았지. 하마터면 그렇게 맹세할 정도였어."

"그래, 뭐라고 맹세한 거야? 내가 또다시 무슨 일을 저질렀을 거라고 생각했겠지. 천만의 말씀이지, 이 친구야."

그들은 손을 맞잡고 흔들었고 어깨, 아니 늑골까지 흔들리도록 팔을 흔들었으며, 온몸이 출렁거릴 정도로 서로 어깨를 두드렸다.

"고틀리프, 사람이 서로 보지 못하면 그럴 수도 있는 거야. 사실 난 여기서 돌아다니며 장사를 하고 있어."

"여기 알렉산더 광장에서? 프란츠, 무슨 소리야, 그렇다면 가끔은 마주쳤어야 하는데. 지나치면서도 못 봤나 봐."

"그러게 말이야, 고틀리프."

둘은 팔짱을 끼고 프렌츨라우 거리를 걸어 내려갔다. "자넨 석고상 장사를 하려고 했었지, 프란츠." "석고상에 관해서 내가 아는 게 없어. 석고상을 팔려면 교양이 있어야 하는데, 나는 그런 교양이 없지. 다시 신문팔이를 하고 있네, 그걸로 입에 풀칠은 하지. 자네는 어떤가, 고틀리프?" "난 저기 쇤하우스 거리에서 남성용 유니폼, 방풍 재킷, 바지 같은 것을 팔고 있어." "그런 물건들은 어디서 구하나?" "자네는 하나도 안 변했군, 프란츠, 여전히 그 어디서 타령이야. 그런 건 계집애들이 생활비를 타 낼 때나 묻는 거야."

메크와 말없이 걸어가는 동안 프란츠의 표정이 어두워졌다. "자네들은 계속 사기만 치는군. 그러다 결국엔 크게 당할 거야." "크게 당한다는 말이 뭐야, 사기는 또 무슨 말이고. 프란츠, 우리는 무엇보다 장사꾼다워야 하고, 물건 구입하는 요령 정도는 터득하고 있어야지."

프란츠는 더 이상 그와 가고 싶지 않았고, 함께 가지 않겠다고 고집을 피웠다. 그러나 메크도 굴하지 않고 너스레를 떨며 물러서지 않았다.

"술집에 같이 가세, 프란츠, 어쩌면 가축 상인들을 만날 수도 있을 거야, 자네도 기억나? 그때 소송을 겪었던 친구들 말이야. 자네가 조합원증을 만들었던 그 집회에서 우리와 한 테이블에 앉았던 자들. 그 친구들 소송 사건에서 곤란을 겪고 있는 게 분명해. 이제 서약할 단계에 온 것 같아, 서약을 위해서는 증인을 세워야 해. 정말이지 이제 곧 달리던 말에서 떨어질 거야, 머리부터 처박고서."

"아니, 고틀리프. 난 가지 않는 게 좋겠어."

그러나 고틀리프 메크는 물러서지 않았다. 이 친구는 옛날부터 좋은 친구였고 여전히 모든 친구들 중에서 최고의 친구였다, 물론 헤르베르트 비쇼는 예외이지만. 그 인간은 창녀의 기둥서방 노릇을 했고, 때문에 이제는 상관도 하고 싶지 않았다. 그래서 둘은 팔짱을 끼고 프렌츨라우 거리를 걸어 내려갔다, 양조장, 방직 공장들, 과일 잼, 비단, 비단 있어요, 비단을 추천합니다, 품위 있는 여성을 위한 정말 현대적인 직물입니다!

그렇게 해서 8시 무렵 프란츠는 메크, 그리고 벙어리라서 수화(手話)로만 대화하는 사내와 술집의 구석 테이블로 가서 자리를 잡았다. 분위기는 한껏 고조되어 있었다. 메크와 벙어리 남자는 프란츠가 완전히 마음을 터놓고서 흥겹게 먹고 마시는 모습을 놀란 눈으로 지켜보았다. 그는 돼지 족발 두 개를 해치우고, 이어 콩 요리에 엥겔하르트 맥주를 연거푸 마시고는 그들의 음식도 자신이 사겠다는 것이다. 그들 세 사람은 서로의 어깨에 팔을 둘러서 누구도 이 작은 테이블에 끼어들어 방해하지 못하게 했다. 다만 날씬한 여주인만 이따금 와서 테이블을 정돈하고 행주로 훔치거나 잔을 새로 채우거나 할 수 있었다. 옆 테이블에는 중년 남자 셋이 앉아서 이따금 서로의 벗겨진 머리를 쓰다듬었다. 프란츠는 볼이 불룩하게 우물대면서 싱긋 미소를 짓고는, 가늘게 뜬 눈으로 그 남자들 쪽을 바라보았다. "저 사람들은 도대체 뭐하는 거죠?" 여주인이 그에게 겨자를 다시 한 통 내밀면서 말했다. "글쎄요, 아마도 서로 사랑하는가 봐요." "맞아, 나도 그렇게 생각해요." 그들 세 사람은 낄낄대고 웃으면서 쩝쩝 입맛을 다시고, 꿀꺽꿀꺽 술을 들이켰다. 프란츠가 거듭 강조했다. "사람은 배를 잘 채워 둬야 해. 힘을 쓰려면 잘 먹어야 하는 법이지. 배가 차 있지 않으면 아무 일도 못해."

가축들은 동프로이센, 포메른, 서프로이센, 브란덴부르크 등 여러 지방에서 실려 온다. 가축 하역 승강장에서 소와 양들은 음매, 음매 하고 소리치며 내려온다. 돼지들은 꿀꿀대며 바닥에 코를 박고 킁킁거린다. 너는 안개 속을 걸어간다. 창백한 얼굴의 한 젊은 남자는 도끼를 집어 들고, 퍽. 순식간에 일어난 일이었다. 짐승은 아무것도 의식하지 못한다.

9시에 그들은 서로 끼고 있던 팔을 풀고 두툼한 입술에 시가를 한 대씩 꼬나물고서 트림을 하며 먹은 음식의 미적지근한 기운을 내뿜기 시작한다.

그때 일이 벌어지기 시작했다.

새파란 젊은이 하나가 술집으로 들어오더니 모자와 코트를 벽에 걸고는 피아노를 치기 시작했다.

술집은 사람들로 가득했다. 몇 사람은 바에 서서 뭔가 토론을 벌이고 있었다. 몇 사람은 프란츠의 옆 테이블에 자리를 잡았는데, 테 없는 모자를 쓴 중년 남자들과 그들보다 조금 젊은, 빳빳한 중산모를 쓴 젊은이였다. 메크가 아는 사람들이었고, 그들 사이에 대화가 오갔다. 호페가르텐 출신인, 반짝이는 검은 눈의 영리해 보이는 친구가 다음 이야기를 시작했다.

"그들이 오스트레일리아에 도착했을 때 가장 먼저 본 게 뭔지 아세요? 모래와 황야와 초원이었죠. 나무도 풀도 없었고, 그 밖에 아무것도 없었어요. 그냥 모래사막뿐이었어요. 그다음에 수백만 마리의 누런 양 떼, 야생 양 떼 말입니다. 그곳에 처음 온 영국인들은 우선 그 양들을 먹고 살았어요. 그리고 그 양 떼를 수출까지 했어요. 미국으로." "그곳에서 하필이면 오스트레일리아의 양들이 필요했던 모양이지." "남아메리카도 분명히 그랬을 텐데." "그곳은 황소가 많은 지역이죠. 그 많은 소를 어디로 보내야 할지 모를 정도로." "하지만 양은 말이죠, 양털이 있잖아요. 흑인들이 많은 그 나라에서는 흑인들이 추위에 오들오들 떨고 있어요. 그러니 영국인들은 자기들 양을 어디로 보내야 할지 알겠죠, 안 그럴까요? 영국인들에 대해서는 걱정할 필요 없어요. 하지만 그 양 떼는 나중에 어떻게 되었을까요? 제가 아는 사람이 말하기를, 요즘 오스트레일리아에 가 보라는 거예요, 가서 아무리 둘러봐도 양 떼를 볼 수 없다는 겁니다. 완전히 민둥산처럼 되었답니다. 왜 그럴까요? 양들은 다 어디로 갔을까요?" "혹시 맹수들 때문일까."

그러자 메크가 손사래를 쳤다. "맹수는 무슨 맹수! 가축전염병 때문이겠지. 그건 어느 나라나 늘 최대의 재앙이야. 가축들이 다 죽고 나서야 당신이 도착한 것이겠지." 그런데 빳빳한 중산모를 쓴 젊은이는 가축전염병이 결정적인 이유였다는 데 동조하지 않았다. "물론 가축전염병 때문일 수도 있었겠죠. 가축이 많다 보면 죽는 놈들도 있을 거고, 그러면 부패하고 전염병이 생기기도 하니까요. 하지만 그 때문이 아니었어요. 영국인들이 다가오자 양들은 모조리 줄달음쳐 바다로 뛰어든 겁니다. 영국인들이 와서 닥치는 대로 자기들을 잡아 화물차에 처넣자, 육지의 양들은 모두 공포에 떨었던 거요. 그래서 그 불쌍한 녀석들은 수천 마리씩 떼를 지어 바닷물 속으로 뛰어들었던 것입니다."

그러자 메크가 말한다. "그럴듯한 이야기야. 그거 잘된 일이지. 뛰어들게 내버려 두는 거야. 당연히 거기에는 배들이 대기하고 있을 테니까. 그러면 영국인들은 철도 운임을 절약하는 셈이지." "그래요 철도 운임. 당신은 잘도 둘러대는군요. 하여튼 영국인들은 뭔가를 깨닫기까지 한참의 시간이 걸렸어요. 그러니까 그들은 내륙 지방에서는 여전히 양들을 붙잡아 몰고 가서 화물차에 실었어요, 땅덩이가 워낙 큰 나라이고 체계도 없었던 상황이어서 그렇게 했던 것이죠. 나중에는 너무, 너무 늦었어요. 바다로 도망친 양떼는 더러운 소금물만 실컷 마셨어요." "그래서 어떻게 되었지?" "그래서 어떻게 됐느냐고? 당신도 갈증은 나는데 마실 게 없는 상태에서 한번 더러운 소금물만 퍼마셔 봐요." "그러니까 물에 빠져 뒈졌다는 거군." "물론이죠. 그 녀석들이 수천 마리씩 바닷가에 널브러져서 악취를 풍기다가 다 썩어 없어진 거죠." 프란츠가 그의 말을 거들었다. "가축이란 예민해요. 가축은 그런 특성이 있어요. 그렇기 때문에 잘 다룰 줄 알아야 하죠. 그런 것을 모르는 자는 손을 떼는 게 좋을 거요."

그들은 모두 당혹스러운 표정을 지으면서 술을 마셨고 낭비되는 자본에 대해, 예를 들어 아메리카에서는 수확한 밀을 그냥 썩혀 버린다는 등 실제 일어나는 일에 대해 이런저런 의견을 주고받았다. "그런데 말이죠." 호페가르텐에서 온 검은 눈의 남자가 다시 입을 열었다. "오스트레일리아에 관해서는 할 이야기가 그 밖에도 무궁무진해요. 사람들이 잘 모르고 있고, 신문에도 실린 적 없어요. 그런 것을 기사로 쓰지 않는 이유를 잘 모르겠는데 아마 이민 때문일 수도 있겠죠, 현지 사정을 알게 되면 아무도 이주하지 않을 테니까요. 그곳에는 노아의 대홍수 이전의 모습을 유지하고 있는 길이가 1미터나 되는 특이한 도마뱀도 있는데, 그건 동물원에서도 보여 주지 않아요, 영국인들이 허락하지 않으니까요. 어느 배에서 선원들이 이 도마뱀을 한 마리 잡아 함부르크에서 전시한 적이 있어요. 하지만 바로 금지당했답니다. 어떻게 손을 쓸 수 없는 일이죠. 그 녀석들은 늪 같은 곳이나 흙탕물에 사는데, 무엇을 먹고 사는지는 아무도 몰라요. 한번은 자동차 행렬이 늪지에 가라앉았는데, 나중에 자동차들이 어디로 사라졌는지 파헤쳐 보지도 못했답니다. 흔적조차 남지 않았어요. 아무도 감히 어떻게 해 볼 생각을 못하는 거죠." "정말 황당하군." 메크가 말했다. "가스로도 해결이 안 될까?" 젊은이는 잠시 생각해 본다. "한번 시도해 볼 만한 일이군요. 시도해 본다고 손해 볼 건 없으니까요." 모두가 납득하는 분위기였다.

그때 중년 남자가 메크 뒤쪽에 앉으면서 팔꿈치 한쪽을 메크의 의자에 턱 걸쳤다. 땅딸막한 남자인데 얼굴이 삶은 게처럼 붉고 튀어나온 큰 눈을 이리저리 잽싸게 굴렸다. 다른 남자들은 그를 위해 자리를 약간씩 내주었다. 이어 그 남자와 메크 사이에 귓속말이 오갔다. 새로 등장한 남자는 번쩍거리는 부츠를 신고 팔에는 아마포 외투를 걸쳤는데, 모양새가 가축 상인 같아 보였다. 프란츠는 호페가르텐에서 온 호감형의 젊은이를 테이블 너머 대각선으로 바라보며 환담을 나누었다. 그때 메크가 가볍게 프란츠의 어깨를 치고는 머리로 신호를 했다. 그들은 자리에서 일어났고, 기분 좋게 웃고 있던 그 땅딸막한 가축 상인도 일어났다. 그들 세 사람은 따로 난로 가까이로 가서 섰다. 프란츠는 속으로 두 가축 상인과 그들이 연루된 소송 이야기일 거라고 생각했다. 그래서 그는 재빨리 거절의 신호를 보내고자 했다. 그런데 그들은 특별한 의미도 없이 그냥 그렇게 둘러서 있을 뿐이었다. 땅딸막한 남자는 다만 프란츠에게 악수를 청하면서 하는 일이 무엇인지 묻기만 했다. 프란츠는 자신의 신문팔이 가방을 툭 쳐 보였다. 그러자 남자는 혹시 기회가 되면 따로 과일도 취급해 볼 생각이 없느냐고 물었다. 자기 이름은 품스이며 과일 장사를 하는데 가끔은 행상하는 사람의 도움이 필요하다는 것이다. 프란츠가 어깨를 으쓱하면서 대답했다. "그야 수입이 어떤가에 달렸죠." 이윽고 그들은 다시 자리에 앉았다. 프란츠는 생각했다. 저 단신의 남자가 제법 강단 있게 말을 하는군, 은근슬쩍 이용해 먹고는 내던지려는 거야.

대화는 계속 이어졌고, 이번에도 호페가르텐에서 온 젊은이가 화제를 주도했다. 지금은 아메리카에 관해 이야기가 오갔다. 호페가르텐 젊은이는 모자를 무릎 사이에 두었다. "그래서 그 사람은 미국에서 어떤 여자와 결혼하는데 별 생각도 없이 했어요. 상대는 흑인 여자였어요. '뭐라고?' 그가 말합니다. '당신이 흑인이라고?' 쾅, 그녀는 자기 실수로 쫓겨나는 거죠. 그러고 나서 그 여자는 법정에서 옷까지 벗어야 했어요. 수영복 차림으로. 물론 그 여자도 처음에는 싫다고 했지만, 어림없는 소리였죠. 여자는 살결이 상당히 희었답니다. 백인과의 혼혈이었던 거죠. 그래도 남자는 그 여자가 흑인이라고 우겼어요. 어째서냐? 손톱이 희지 않고 연갈색이라는 것이었어요. 그녀는 메스티소였어요." "그럼 그 여자는 뭘 원한 거야? 이혼?" "아니, 손해 배상이었어요. 하여튼 그는 그녀와 결혼한 사실이 있고, 더구나 그녀는 자신의 지위를 잃었으니까요. 이혼한 여자는 누구도 좋아하지 않죠. 그 여자는 살결이 백설 같은 그림처럼 예쁜 여자였어요. 다만 조상이 흑인이었던 거죠. 대략 17세기 무렵의 일이었어요. 그 여자가 원한 것은 손해 배상이었어요."

그때 바 쪽에서 소란이 있었다. 술집 여주인이 한 흥분한 운전사를 향해 악을 쓰고 있었다. 그러자 운전사가 여주인의 말을 반박했다. "나는 먹는 음식 갖고 장난치는 꼴은 두고 볼 수 없다고." 그러자 과일 장사가 버럭 소리를 질렀다. "거기 좀 조용히 합시다!" 그러자 운전사가 적의에 찬 표정으로 몸을 돌려 땅딸막한 남자를 째려보았다. 그러나 땅딸막한 남자는 말없이 빙긋 웃기만 했고, 그 순간 바 주변에는 험악한 침묵이 감돌았다.

메크가 프란츠의 귀에 대고 소곤거린다. "오늘은 그 가축 상인들이 오지 않는군. 일을 잘 처리한 모양이야. 다음 공판 일정이 정해진 것이겠지. 저기 안색 누런 녀석을 좀 봐, 저 녀석이 여기서는 우두머리 격이야."

프란츠는 메크가 지목한 누런 얼굴의 남자를 저녁 내내 주시했다. 프란츠는 어쩐지 그 친구에게 마음이 끌리는 것을 느꼈다. 남자는 호리호리한 몸매에 색 바랜 군용 외투를 입고 있었고—저 녀석 혹시 공산주의자 아닐까?—갸름한 얼굴에 누런 얼굴빛을 하고 있었으며, 이마에 난 굵은 주름살이 눈에 띄었다. 나이는 30대 초반으로 보였지만, 코 양쪽에서 입가로 깊은 주름이 패어 있었다. 프란츠가 또 유심히 살펴보니, 코는 짧고 뭉툭한 것이 실용적으로 붙어 있는 느낌이었다. 머리는 불이 붙은 파이프를 들고 있는 왼손에 기대어 있었다. 머리카락은 검은색으로 삐죽삐죽 곤두서 있었다. 나중에 그는 바 쪽으로 걸어갔는데 — 마치 두 발이 무엇엔가 붙들려 있는 것처럼 다리를 질질 끌었다 — 그때 프란츠는 그가 초라한 노란색 부츠를 신고 있다는 것과 두툼한 회색 양말이 신발 밖으로 늘어져 나온 것을 보았다. 저 녀석 혹시 폐결핵에 걸린 것은 아닐까? 베리츠*나 다른 요양원에 있어야 하는데, 저렇게 나돌아 다니고 있는 건가. 대체 뭐 하는 사람일까? 남자가 다시 느릿느릿 걸어왔는데, 입에는 파이프 담배를 물고 한 손에는 커피잔을, 다른 손에는 큰 주석 숟가락이 담긴 레몬주스 잔을 들고 있었다. 남자는 다시 테이블에 앉더니 때로는 커피, 때로는 레몬주스를 한 모금씩 마셨다. 프란츠는 녀석에게 시선을 고정했다. 저 녀석, 왜 저렇게 슬픈 눈을 하고 있는 거야. 저 녀석도 교도소 생활을 한 걸까. 아니, 조심해, 저 친구 역시 지금쯤은 내가 교도소 생활을 했다고 생각하고 있을 거야. 맞아, 젊은 친구, 나는 테겔 교도소에 있었어, 4년 동안. 이제 자네도 그걸 알았겠지, 그래서 어쨌다고?

그날 저녁에는 더 이상 아무 일도 없었다. 그러나 프란츠는 이제 프렌츨라우 거리를 전보다 더 자주 찾았고 낡은 군용 외투를 입은 그 남자에게 접근해 말을 텄다. 그는 훌륭한 친구였다, 다만 말을 심하게 더듬어서 무슨 말을 끄집어내기까지 상당한 시간이 걸렸고 이 때문에 그렇게 눈빛이 애절해 보였다. 그러나 교도소에 드나든 적은 없는 것으로 밝혀졌고, 다만 정치적 활동에 단 한 번 연루되어 가스 시설을 날려 버리기 직전까지 갔다. 누군가가 그들을 밀고한 것인데, 그는 붙잡히지 않았다. "지금은 뭘 하고 있소?" "과일 장사 같은 걸 하지요. 그냥 남 장사하는 거 도와주는 거요. 그것도 여의치 않으면 실업 수당이나 받는 거죠." 프란츠 비버코프는 뭔가 어두운 사회로 들어선 셈인데, 그곳에 있는 사람들은 대부분 이상하게도 '과일' 장사를 했고, 그것으로 벌이가 좋았다. 실은 게처럼 얼굴이 붉은 단신의 남자가 그들에게 물건을 공급하는 도매상 역할을 했다. 프란츠는 녀석들과 일정한 거리를 두었는데, 그것은 그들 역시 마찬가지였다. 그는 여전히 사태가 어떻게 돌아가는지 제대로 파악할 수 없었다. 그래서 속으로 이렇게 중얼거렸다. 차라리 신문팔이나 하자.

여자 거래 활황

어느 날 저녁에 군용 외투를 입은 남자, 즉 라인홀트라는 이름의 남자는 평소보다 말이, 아니 더듬대면서 하는 말이 많아졌는데, 점점 빠르고 유창하게 말하면서 여자들에 대해 욕을 해 댔다. 프란츠는 배꼽을 잡고 웃었지만, 그 친구는 여자 일을 정말로 진지하게 생각했다. 녀석에게 그런 구석이 있을 줄은 전혀 짐작하지 못했다. 그러니까 이 녀석도 맛이 갔어, 여기 있는 사람 모두 맛이 갔어, 이 녀석도, 저기 저 녀석도 제정신이 아니야, 정신이 말짱한 인간은 하나도 없어. 이 친구는 어느 양조장에서 차량을 모는 운전사, 아니 조수의 부인한테 홀딱 반했고, 그 여자는 이 남자 때문에 남편한테서 도망을 나온 상태다. 그런데 문제는 라인홀트가 그녀를 더 이상 원치 않는다는 것이다. 프란츠는 흥이 나서 콧방귀를 킁킁거렸는데, 그 녀석이 너무 우스웠던 것이다. "그럼 그 여자를 내보내면 되잖아?" 그러자 녀석은 말을 더듬으면서 무서운 눈빛을 보였다. "그게 생각처럼 쉽지 않다니까. 계집들이란 아무것도 이해를 못해요, 아무리 문서로 써 주어도 소용없다니까." "그러면 자네는 그걸 여자한테 문서로 써 준 거야, 라인홀트?"

그 친구는 말을 더듬으면서 침을 뱉고 고개를 돌렸다. "백 번도 더 말했을 거요. 그런데도 그 여자는 무슨 말인지 모르겠다는 거야. 나보고 미친 거 아니냐고 하더라고. 그 여자는 그런 걸 도무지 이해하지 못해요. 이러다가는 죽을 때까지 그 여자를 데리고 살아야 할 판국이에요." "그럴지도 모르지." "그 여자도 그런 소리를 한다고요."

프란츠가 껄껄대며 웃자, 라인홀트는 화를 냈다. "맙소사, 그런 바보 같은 소리 좀 작작 해요."

프란츠는 정말 이해가 되지 않았다. 다이너마이트를 들고 가스 공장에 뛰어들 정도로 대담한 젊은이가 지금은 여기서 장송곡이나 부르고 앉아 있는 것이다.

"그 여자 좀 맡아 줘요." 라인홀트가 더듬대며 말했다. 프란츠는 흥이 나서 테이블을 탁 쳤다. "아니, 내가 그 여자를 데려다가 뭐 하게?" "당신은 그 여자를 내보낼 수 있겠지요." 프란츠는 신이 났다. "자네 뜻대로 하게, 나를 믿고 맡겨 보라고, 라인홀트, 하지만 자네는 유치한 어린애 취급을 받을 거야." "일단 그 여자를 보고 나서 얘기해요." 두 사람은 모두 만족했다.

이튿날 점심 무렵, 프렌체는 프란츠 비버코프가 살고 있는 곳에 나타났다. 그녀의 이름이 프렌체라고 하자, 프란츠는 금세 기분이 좋아졌다. 그의 이름이 프란츠이니까 둘이 썩 잘 어울릴 것 같았다. 여자는 라인홀트의 심부름으로 비버코프에게 튼튼한 부츠 한 켤레를 갖고 왔다고 했다. 프란츠는 속으로 웃으면서 생각했다. 이것이 유다가 배신한 대가로 받은 뇌물, 10실링은 되겠어. 여자에게 이런 것을 직접 들고 오게 하다니! 라인홀트라는 인간은 참으로 뻔뻔한 기둥서방이야.

프란츠는 선행에는 보상이 따르는 법이라 생각하고, 저녁 무렵 여자와 함께 라인홀트를 찾아 나섰지만, 예상한 대로 그는 어디서도 찾을 수 없었다. 그러자 프렌체가 분노를 터뜨렸고, 그의 방에서 두 사람은 서로를 위로하는 이중창을 불렀다. 다음 날 아침, 운전사의 아내는 라인홀트의 집을 찾았는데, 그는 한마디 말조차 더 듣지도 못했다. 아니, 그는 더 이상 신경 쓰지 않아도 되고, 그녀는 이제 그가 필요 없으며 다른 남자가 생겼다고 한다. 그런데 다른 남자가 누구인지는 말해 주지 않는다. 그녀가 나가자마자 프란츠가 새 부츠를 신고 라인홀트 앞에 나타난다. 프란츠는 털양말을 두 켤레나 신은 상태여서 부츠가 전혀 커 보이지 않는다. 두 사람은 얼싸안고 서로의 등을 두드린다. "아무래도 내가 자네한테 호의를 베풀어야 할 것 같군." 프란츠는 이렇게 말하면서 일체의 찬사를 거절했다.

운전사의 아내 또한 금방 프란츠에게 반해 버렸다. 그녀는 사실 마음이 유연한 여자였는데, 지금까지는 스스로 그것을 깨닫지 못했던 것이다. 프란츠는 그녀가 자신에게 이런 새로운 힘이 있음을 느끼는 것이 기뻤다. 왜냐하면 그는 모든 사람의 친구이자 인간의 마음을 헤아릴 줄 아는 사람이었기 때문이다. 그는 여자가 자기 곁에서 금방 마음의 안정을 찾는 것을 만족스럽게 지켜보았다. 그것은 그가 가장 훤히 꿰뚫고 있는 분야였다. 여자들이란 처음엔 속옷과 구멍 난 양말에 신경을 쓰는 법이다. 그런데 그녀가 아침마다 그의 장화, 즉 라인홀트한테서 받은 부츠를 닦는 것을 보고 프란츠는 웃음보를 터뜨렸다. 왜 그렇게 웃느냐고 그녀가 묻자, 그가 대답했다.

"부츠가 엄청나게 크기 때문이야. 한 사람이 신기에는 너무 크지. 우리 두 사람 발이 들어가도 맞겠어."

그들은 정말로 부츠 하나에 두 사람의 발을 한꺼번에 집어넣어 보지만, 그것은 심한 과장이고 그렇게는 되지 않았다.

그런데 프란츠의 진정한 친구인 말더듬이 라인홀트에게는 벌써 새 여자 친구가 생겼다. 이름이 칠리라고 하는, 아니 적어도 자기 이름이 그렇다고 하는 여자였다. 프란츠 비버코프야 그런 것은 상관없었다. 칠리라는 여자는 프란츠도 가끔 프렌츨라우 거리에서 보았던 여자였다. 다만 4주쯤 지나 말더듬이가 그에게 프렌체의 소식을 물으면서 아직 안 내쫓고 데리고 있느냐고 물었을 때, 프란츠의 마음속에서는 강한 의혹이 일었다. 프란츠는 유별난 녀석이라고 생각하면서 처음에는 그 의도를 몰랐다. 그러자 라인홀트는 프란츠에게 그녀를 곧장 내보내겠다는 약속을 하지 않았느냐고 따지는 것이다. 프란츠는 그런 말 한 적이 없다고 대답하면서, 하여튼 아직은 너무 이르다고 말했다. 그는 봄이 되어서야 새 여자를 얻을 심산이었다. 그리고 프렌체에게 여름옷이 있다면 그가 벌써 보았을 테지만 여름옷 한 벌 없는 것 같고, 게다가 자신은 옷을 사 줄 형편도 아니라고 했다. 따라서 프렌체는 여름에야 나가야 한다는 것이다. 그러자 라인홀트가 험담을 했다. 프렌체의 옷차림은 상당히 허름하고, 지금 입고 있는 것도 제대로 된 겨울옷이 아니라 오히려 환절기에 입는 옷이고 요즘 기온에도 맞지 않는다는 것이다. 이어 두 사람은 기온과 기압, 날씨 전망에 관해 오래 이야기를 나누었고, 신문을 뒤적거려 보기도 했다. 프란츠는 날씨란 것은 정확한 예측이 불가능하다고 주장했고, 라인홀트는 혹심한 한파가 있을 것으로 예상했다. 그제야 프란츠는 라인홀트가 이번에는 가짜 토끼털 외투를 입고 다니는 칠리까지 내쫓으려 한다는 것을 알아차렸다. 녀석은 계속 예쁜 가짜 토끼 가죽 이야기를 했던 것이다.

'토끼구이를 나더러 어떡하라는 거야.' 프란츠는 속으로 생각했다. '저 녀석은 또다시 부담을 떠맡기고 있어.'

"이봐, 자네 머리가 어떻게 된 거 아니야? 나한테는 이미 하나가 들어앉아 있고 내가 두 여자를 떠맡을 수는 없지, 게다가 장사도 라일락처럼 꽃피는 것도 아니고. 어디서 돈을 구하나, 훔치지 않는다면 말이야."

"무슨 소리, 두 여자를 데리고 있을 필요는 없지. 내가 언제 둘을 맡으라고 했나요. 여자를 둘이나 거느릴 남자가 어디 있겠어요. 당신이 터키 남자도 아니고."

"내 말뜻이 바로 그거야."

"그러니까 나도 그런 뜻으로 말한 게 아니라고요. 내가 언제 여자 둘을 맡아 달라고 했나요. 셋이라고는 하지 않고? 아니, 그 여자는 어서 내보내요. 혹시 떠맡을 만한 사람 없어요?"

"떠맡을 사람?"

저 녀석이 대체 무슨 소리를 하는 거야, 젊은 녀석이 항상 뚱딴지같은 생각만 하고 있어.

"그러니까 당신한테서 그 여자를 데려갈 남자가 없느냐고요, 프렌체입니다."

그러자 프란츠는 몹시 행복해하면서 그의 팔을 툭툭 쳤다. "이거, 젊은 친구, 머리 한번 빠르군, 고등 교육을 받은 모양이야, 대단해, 내가 존경하는 뜻으로 차렷 자세를 취하지. 그러니까 자네 말은 인플레 시절처럼 가격을 올려 받는 연쇄 거래를 하자는 것이군?" "그래요, 못할 이유가 뭐 있겠어요, 널린 게 여자들인데." "그야 차고 넘칠 정도지. 대단해, 라인홀트. 자네는 정말 훌륭한 괴짜야, 나는 아직도 숨을 못 쉴 지경이야." "자, 어떡할 거예요?" "그렇게 하자고, 훌륭한 사업이야. 내가 누군가를 찾아보지. 꼭 찾아내고 말 거야. 자네하고 있으니까 내가 바보가 되는 것 같아! 나는 아직도 숨을 못 쉴 지경이라고."

라인홀트는 그를 바라보았다. 이 사람은 어딘가 결함이 있는 게 분명해. 이 프란츠 비버코프라는 사람, 어쩌면 엄청난 멍청이인지도 몰라. 이 사람은 정말 두 여자를 동시에 떠맡을 생각을 했던 걸까.

프란츠는 여자 거래로 몹시 흥분하여 당장 자리에서 일어나 같은 건물에 사는 곱사등이 에데를 찾아갔다. 그러고는 자기한테서 여자 하나를 데려갈 생각 없느냐고 묻고는, 다른 여자가 생겨서 그 여자를 떼어 버리고 싶다고 말했다.

그것은 에데에게 더없이 좋은 제안이었다. 그렇지 않아도 그는 하던 일을 그만두려던 참이었다. 그렇게 되면 병가 휴직수당을 받아 그런대로 당분간 살아갈 수 있는데, 이 경우 여자가 있으면 그를 위해 시장도 대신 보고 급여를 찾으러 갈 수도 있을 것이었다. 그러나 자기한테 완전히 눌러앉는 것은 절대 곤란하다고 그는 즉시 덧붙였다.

다음 날 오전, 프란츠는 다시 거리로 나서기 전에 운전사 아내에게 별것도 아닌 것을 가지고 트집을 잡아 심하게 야단을 쳤다. 그녀는 펄쩍 뛰었다. 그는 속으로 환성을 질렀다. 한 시간이 지나자 모든 것이 정리되었다. 곱사등이가 와서 그녀가 짐을 챙기는 것을 도와주었고, 프란츠는 화가 치밀어 어디론가 나가 버렸다. 운전사 아내는 오갈 데가 없으므로 곱사등이의 집으로 옮겨 갔다. 그리고 곱사등이는 어느새 의사를 찾아가 병가 신청서를 요청했고, 저녁에 두 사람은 프란츠 비버코프에 대해 함께 욕을 해 댔다.

그런데 바로 그 시간에 프란츠의 방에는 칠리가 나타났다. 무슨 일이야, 아가씨? 어디 아픈가, 대체 어디가 아픈 거야, 이거 야단 났네.

"당신한테 털목도리를 갖다 주라고 했어요."

프란츠는 감탄하면서 털목도리를 받아 든다. 훌륭한 물건이다. 녀석은 도대체 어디에서 이런 고급스러운 물건을 구하는 걸까. 지난번에는 그저 부츠 한 켤레였다. 아무것도 모르는 칠리는 순진하게 재잘거리기 시작했다.

"당신은 나의 라인홀트와 절친한 친구 사이인가요?"

"그럼, 그렇다고 할 수 있어." 프란츠가 웃으며 말했다.

"그 친구는 남는 게 있으면 가끔씩 먹을 것이나 옷가지를 내게 보내 주지. 지난번에는 부츠를 보냈어. 평범한 부츠야. 잠깐만, 당신도 어떤 부츠인지 구경해 볼 수 있어."

프렌체, 그 멍청한 계집이 그것을 가져가지나 않았으면 말이다. 대체 어디 있지, 아, 저기 있구나.

"이것 봐요, 칠리 양, 그 친구가 지난번에 내게 보내 준 거야. 대포 포신처럼 생긴 이 부츠 어때? 세 사람은 들어갈 수 있을 거야. 당신 발을 한번 집어넣어 봐."

그녀는 당장 부츠를 신어 보고 킥킥거렸는데, 옷차림도 단정한 것이 정말 깨물어 주고 싶을 정도로 깜찍하다. 모피 장식이 달린 검은 코트를 입은 모습이 아주 어여쁘다. 저런 아가씨를 차 버리다니, 라인홀트는 얼마나 멍청한 녀석인가. 그런데 그 녀석은 도대체 저런 예쁜 아가씨들을 어디서 구해 오는 걸까. 그녀는 이제 포신처럼 생긴 부츠를 신고 서 있다. 프란츠는 예전의 상황을 생각해 본다. 이거 마치 매달 옷을 바꾸듯이 여자를 바꿀 수 있는 정기 이용권을 가진 것 같군. 이런 생각을 하면서 프란츠는 신고 있던 신발을 벗어 놓고 그녀의 뒤로 가서 한쪽 발을 부츠 속으로 집어넣는다. 칠리가 비명을 지른다. 그러나 그의 발이 이미 부츠 안으로 들어간다. 그녀는 달아나려 하지만 두 사람은 함께 절룩거리고 여자는 그와 함께 움직이지 않을 수 없다. 테이블 옆에 이르자, 그는 다른 발도 포신처럼 생긴 부츠 속으로 집어넣는다. 그들은 균형을 잃고 비틀댄다. 둘은 넘어지고, 비명 소리가 난다. 아가씨, 당신의 상상력의 고삐를 꼭 잡아요, 저 두 사람이 유쾌하게 즐기도록 내버려 둬요, 두 사람은 저들만의 개인 면담 시간을 갖고 있는 중이니까요, 일반 의료보험 가입자 면담은 5시부터 7시까지랍니다.

"그런데 라인홀트가 나를 기다리고 있어요, 프란츠, 그 사람한테는 아무 말도 하지 마세요, 제발, 부탁이에요." "그러지 뭐, 귀염둥이 아가씨." 그리고 그날 저녁에 프란츠는 이 작은 울보 아가씨를 다시 보았다. 그들은 줄곧 이런저런 욕을 하면서 저녁 시간을 보냈는데, 그녀는 정말 귀여운 아가씨이고 거의 새것이나 다름없는 코트를 비롯해 예쁜 옷들, 무도회용 신발 한 켤레도 갖고 있다. 그녀는 이 모든 것을 즉시 챙겨 온다. 맙소사, 이 모든 것을 라인홀트가 선물한 것이라고, 아마도 그 녀석은 이것들을 할부로 살 거야.

프란츠는 이제는 늘 기쁨과 경탄을 느끼며 그의 라인홀트를 만났다. 프란츠가 하는 일은 쉬운 일이 아니어서 그는 벌써 걱정스러운 마음으로 월말이 다가오는 것을 꿈꾸고 있다. 월말이 되면 말수가 적은 라인홀트가 다시 입을 열기 시작할 것이다.

그러던 어느 날 저녁, 란츠베르크 거리 앞쪽에 있는 지하철 알렉산더 광장역에서 라인홀트가 프란츠에게 다가와 저녁에 무슨 다른 계획이 있느냐고 묻는다. 아니, 이번 달도 채 가지 않았는데, 무슨 일이지, 그리고 사실은 칠리가 프란츠를 기다리고 있다. 하지만 프란츠는 당연히 훨씬 비중이 큰 라인홀트를 따라 나선다. 그들은 천천히 길을 따라 걷기 시작한다 — 그들은 과연 어디로 가고 있는가 — 그들은 알렉산더 거리를 따라 내려가 프린츠 거리 쪽을 향한다. 프란츠는 라인홀트가 어디로 가는 것인지 집요하게 캐묻는다.

"우리 발터헨 무도장에 가는 거야, 춤 한번 추려고?"

그런데 라인홀트는 드레스덴 거리에 있는 구세군을 찾아가겠다고 한다! 그곳에서 무슨 말을 하는지 들어 보고 싶다는 것이다. 이 얼마나 놀라운 일인가. 정말 라인홀트다운 생각이다! 그래서 프란츠 비버코프는 그때 처음으로 구세군들과 함께 저녁 시간을 보냈다. 그것은 정말 우스운 경험이었고, 놀라운 것이었다.

9시 반, 참회의 의자로 나오라는 외침이 들리자, 구세군 홀에 있던 라인홀트는 이상한 행동을 보이기 시작하더니 무엇에 쫓기는 사람처럼 허둥지둥 밖으로 뛰쳐나갔다. 아니, 도대체 왜 그러는 거야? 라인홀트는 계단에서 욕설을 해 대더니 프란츠에게 이렇게 말했다.

"저런 친구들을 조심해야 해요. 저 인간들은 사람을 끈질기게 설득하고 숨이 막히도록 달달 볶아서 모든 것에 '그래요, 맞아요' 라고 대답하게 만든다고요."

"원 참, 그럴 리가. 나한테는 안 통해, 제대로 설득도 하기 전에 일어서야 할 거야."

라인홀트는 프린츠 거리에 있는 육회 요릿집에 자리를 잡고도 계속 욕설을 퍼부었다. 그러다가 단숨에 모든 것을 털어놓았다.

"사실 나는 여자들한테서 벗어나고 싶어요, 프란츠, 더 이상 그 일을 하고 싶지 않다고."

"맙소사, 나는 벌써 다음 여자를 고대하고 있었는데."

"내가 다음 주에 또 당신을 찾아가 트루데를, 저 금발 아가씨를 맡아 달라고 부탁한다면, 그게 즐거워서 그렇게 하는 것 같아요? 천만에, 사실은……."

"라인홀트, 나야 아무 문제가 없어, 도대체 왜 그래? 나를 얼마든지 믿어도 좋아. 나야 여자 열 명 정도는 더 받을 수 있다고, 우리가 다 처분할 수 있을 거야, 라인홀트."

"여자들이야 상관없어요. 하지만 나 자신이 그런 일을 원하지 않는다면, 프란츠?" 이거 도무지 종잡을 수가 없군, 이 친구 좀 흥분했나 봐.

"아니, 만약 자네가 여자들을 원치 않는다면 문제는 아주 간단하지, 여자들을 그냥 내버려 두면 되잖아. 여자들이야 언제든지 떼어 낼 수 있어. 지금 자네가 데리고 있는 여자야 내가 떠맡으면 되고, 그러면 자네는 완전히 손을 씻는 거야."

2 곱하기 2는 4, 네가 그 정도 셈을 할 줄 안다면 내 말뜻을 알아듣겠지, 그렇게 눈을 휘둥그레 뜨고 쳐다볼 필요는 없어, 왜 그런 눈으로 쳐다보는 거야. 네 녀석이 원한다면 그 마지막 여자는 네가 데리고 있어도 되지. 그런데 무슨 일이야, 아주 웃기는 녀석이군, 이제 저 녀석은 커피와 레몬주스를 들고 오는군, 화주는 한 잔도 못하지, 그런데 다리를 휘청거리고 있어, 그러면서도 꼴에 늘 여자만 밝혀. 라인홀트는 한참 동안 아무 말 없다가, 연한 커피를 석 잔이나 연거푸 마시고 나서야 다시 속을 털어놓기 시작했다.

우유가 어린이들, 특히 영아나 유아들을 위해 영양가 높은 식품이라는 사실에 대해서는 아무도 반박할 수 없을 것이다. 나아가 환자들에게도 우유는 특히 영양분이 풍부한 다른 음식물과 함께 섭취할 경우 기력 회복을 위해 권할 만한 식품이다. 의학계의 권위자들에 의해 일반적으로 인정되었는데도 유감스럽게 제대로 평가받지 못한 환자식은 바로 양고기다. 물론 우유에 대해서는 이견이 없다. 다만 이에 대한 홍보가 졸렬하고도 왜곡된 방향으로 흘러가서는 안 된다. 하여튼 프란츠는 생각한다. 나한테는 맥주가 최고다. 잘 저장되어 숙성된 맥주라면, 맥주를 놓고 이런저런 이의를 제기하지 말아야 한다.

라인홀트는 동공을 프란츠 쪽으로 향한다. 저 친구는 아주 의기소침해 있어, 지금은 울지나 않았으면 좋겠어.

"나는, 프란츠, 벌써 두 번이나 구세군에 갔어요. 그곳에 있는 사람과 이야기까지 해 보고. 나는 그 사람에게 '예' 라고 말해 놓고 또 그렇게 살려고 버텨 보다가도 나중에는 결국 뒤집어지는 거예요."

"그게 무슨 소리야?"

"그러니까 말입니다, 여자들에게 너무 빨리 질려요. 당신도 알고 있지. 4주면 벌써 끝이에요. 왜 그런지는 나도 모르겠어. 더 이상 그들을 좋아하지 않는 거예요. 그런데 그렇게 되기 전에는 나도 한 여자에게 미치는 거예요, 완전히 미치는 거죠, 그야말로 정신 병원의 고무 감방에 가둬야 할 정도로. 그런데 나중에는 전혀 그렇지가 않아요. 이제는 여자가 없어져야 하는 존재고, 더 이상 볼 수조차 없어요, 안 볼 수만 있다면 돈이라도 던져 주고 싶을 정도이니까." 프란츠는 놀라지 않을 수 없었다. "저런, 자네는 정말 미친 것 같아. 잠깐만……." "그래서 나는 구세군에 찾아가 나의 속사정을 털어놓고 그들 중 하나와 함께 기도까지 했었지요."

프란츠는 놀라고 또 놀랐다. "자네가 기도를 했다고?" "이봐요, 당신도 그런 상황에 처해서 아무런 방도가 없다고 생각해 봐요."

맙소사, 맙소사, 이 녀석이 그런 친구였다고, 이런 녀석은 생전 처음이야. "조금은 효과도 있었어요, 6주나 8주 정도는 다른 생각을 하게 되는 거예요, 자신을 추스를 수도 있고, 그러면 된다고요, 그러면 괜찮다고요." "이봐, 라인홀트, 자선 병원 샤리테에 가 보는 건 어때. 그렇지 않다면 저 위의 구세군 홀에서 그렇게 도망치지는 말아야지. 앞쪽에 있는 참회의 의자에 편안히 앉아 있을 수도 있지. 내 앞이라고 창피해할 것도 없어." "아니, 이제 그런 짓은 하지 않을 거요, 그런 것이 더 이상 도움이 안 되고, 다 허튼소리야. 내가 도대체 무엇 때문에 앞으로 기어 나가 기도를 해야 해요, 믿지도 않는 걸." "그래, 그건 이해가 되네. 자네가 믿지 않는다면 아무런 소용도 없지."

프란츠는 언짢은 기분이 되어 빈 커피 잔을 응시하는 친구를 쳐다보았다.

"내가 자네한테 도움이 될지 모르지만 라인홀트, 내가 말이야, 잘 모르겠어. 우선은 곰곰이 생각을 해 봐야겠네. 자네 경우라면 어쩌면 여자들한테 완전히 질색하도록 만들어야 하는 게 아닌가 하네."

"지금 같아서는 저 금발의 트루데를 보기만 해도 구역질이 날 정도예요. 하지만 내일이나 모레쯤 내 모습을 한번 봐야 해요. 넬리든, 구스테든, 어떤 이름의 여자든지 내게 와 있을 때, 그때 라인홀트의 꼴을 한번 보라고요. 아마 귀까지 새빨개져 있을 거예요. 그 여자는 그가 원하는 전부가 되어 있고, 가지고 있는 돈을 몽땅 써서라도 그 여자를 차지하려고 들 거예요."

"무엇 때문에 여자들에게 그렇게 빠지는 거야?"

"무엇이 내 마음을 그렇게 사로잡느냐고요? 글쎄, 뭐라고 해야 하나. 사실 특별한 것은 없어요. 그냥 그런 거예요. 어떤 여자는 — 내가 알기로는 — 단발머리를 했고, 어떤 여자는 재미있는 농담을 해요. 그런 여자들을 좋아하면서도, 프란츠, 왜 좋아하는지는 나도 모르겠어요. 그 여자들에게 한번 물어보라고요. 내가 느닷없이 황소처럼 눈을 휘둥그레 뜨고 그들을 쳐다보거나 성가시게 따라다니면 그들도 놀라거든요. 칠리에게 한번 물어봐요. 하지만 나는 거기서 벗어날 수가 없어요, 어떻게 할 도리가 없다고요."

프란츠는 여전히 라인홀트를 관찰한다.

낫으로 베어 들이는 자가 있으니, 그의 이름은 죽음, 위대한 신으로부터 권능을 받았다. 오늘 그는 낫을 갈고 있고, 낫은 훨씬 잘 들 것이다. 머지않아 그는 낫을 휘두르겠지, 그러면 우리는 고통을 감수해야 하리라.*

참으로 유별난 친구야. 프란츠가 미소를 짓는다. 라인홀트는 전혀 미소를 짓지 않는다.

낫으로 베어 들이는 자가 있으니, 그의 이름은 죽음, 위대한 신으로부터 권능을 받았다. 머지않아 그는 낫을 휘두를 것이다.

프란츠는 생각한다. 내가 네 녀석을 좀 흔들어 주겠어. 네 모자를 10센티미터 정도 푹 눌러쓰게 해 줄 거야. "좋아, 어디 그렇게 해 보자고, 라인홀트. 내가 칠리에게 한번 물어보겠어."

프란츠는 여자 거래에 대해 곰곰이 생각하다가 갑자기 손을 떼려 한다, 그는 다른 일을 원한다

"칠리, 지금은 내 무릎에 앉지 마. 나를 그렇게 때리지도 말고. 나의 귀여운 인형. 자, 알아맞혀 봐, 내가 오늘 누구와 함께 있었을까." "전혀 알고 싶지 않아요." "요런 새침데기, 귀여운 것, 자,

누구와 있었을까? 그것은 바로 라인홀트야."

그러자 그 귀여운 아가씨는 심술을 부린다. 왜 그럴까.

"라인홀트라고요? 그래, 그가 무슨 말을 했어요?" "글쎄, 많은 이야기를 했지." "그래요. 당신은 그 많은 이야기를 다 들어주고 또 믿는다는 거예요?" "그렇지는 않아, 귀여운 칠리." "자꾸 그러면 나 그만 갈래요. 사람을 세 시간이나 기다리게 해 놓고는 그런 허튼소리나 늘어놓으려 하잖아요." "그게 아니야, 귀여운 아가씨 (이 여자도 정신이 좀 이상해.), 당신한테 듣고 싶은 이야기가 있어. 그 친구가 아니고." "그게 도대체 무슨 말이죠? 나는 무슨 소린지 모르겠어요."

그렇게 해서 그녀의 이야기가 시작되었다. 검은 머리의 조그만 아가씨는 너무 흥분한 탓인지 이따금 말을 잇지 못하다가 다시 힘을 냈고, 프란츠는 그녀가 이야기를 하는 동안에 그녀의 모습이 윤기 나는 벚꽃색의 작은 새처럼 너무 예뻐서 끌어안고 키스를 퍼부었다. 그녀는 지난 일이 생각나자 훌쩍훌쩍 울기 시작했다.

"그러니까 라인홀트라는 인간은 애인도 아니고 기둥서방도 아니에요. 그 사람은 남자도 아닌, 그냥 부랑자일 뿐이에요. 참새처럼 거리를 싸돌아다니다가 아가씨들을 낚아채는 거라고요. 그 사람에게 당한 아픈 사연을 증언해 줄 여자는 수두룩할 거예요. 당신은 설마 내가 그 사람의 첫 번째 여자나 여덟 번째 여자였을 거라고 생각하지는 않겠지요? 아마 백 번째 여자쯤 되겠죠. 지금까지 몇 명이나 차지했냐고 물어봤자 그 자신도 알지 못할 거예요. 하지만 여자를 어떻게 다루었는지는 알지요. 그래서 말인데, 프란츠, 당신이 그런 범죄자를 신고한다면 내가 뭔가를 줄게요. 참, 나야 가진 게 아무것도 없어요. 그래도 당신이 직접 경찰서에 가면 보상금을 받을 거예요. 그 인간이 그런 자세로 앉아서 조용히 생각에 잠긴 채 치커리 차를 마시고 있을 때는 전혀 그런 사람으로 보이지 않아요. 그렇게 하고 있다가 아가씨가 나타나면 콱 물어 버리는 거예요."

"그건 그 친구가 다 이야기해 주었어."

"당신은 그 인간이 원하는 게 대체 무얼까 하고 생각할 거예요. 그 녀석은 싸구려 여인숙이나 찾아가서 실컷 자려 할 것이라고요. 그런데 그가 다시 슬슬 나타나는 거야, 겉만 번지르르한 건달 녀석, 제비 같은 놈, 프란츠, 그러면 당신은 이마를 탁 칠 거예요, 도대체 저 사람한테 무슨 일이 일어난 거야, 어제 무슨 회춘 요법이라도 받은 건가? 그러니까 다시 지껄여 대기 시작하고 춤도 출 수 있는 거야."

"뭐, 라인홀트가 춤을 춘다고?"

"아마 그럴 거예요. 내가 그 사람을 어디서 만났겠어요? 쇼세 거리에 있는 댄스홀이었어요."

"흐느적거리는 게 고작일 텐데."

"프란츠, 그 인간은 어디에서든 낚는 인간이에요. 설사 결혼한 여자라도 끈질기게 달려들어 마침내 그 여자를 차지하지요."

"멋진 녀석이야."

프란츠는 계속 웃어 댔다. 내게 순정을 맹세하지 마, 아무 맹세도 하지 마, 시간이 흐르면 누구든지 새것에 마음이 끌리는 법. 뜨거운 심장은 결코 휴식을 모르고 늘 새로운 자극을 찾는 법. 내게 순정을 맹세하지 마, 나는 딴생각을 하고 싶다고. 당신과 마찬가지야.*

"그런데 당신은 웃고 있네요. 당신도 그런 부류의 사람이에요?"

"그게 아니고, 귀여운 칠리, 그 녀석이 너무 웃겨서 그런 거야, 그 친구는 내 앞에서는 여자들한테서 벗어날 수가 없다고 징징대거든." 벗어나지 못해, 벗어나지 못해, 난 네게서 벗어날 수가 없어. 프란츠는 입고 있던 코트를 벗었다. "지금은 녀석이 저 금발의 투르데를 데리고 있어, 그런데 당신은 어떻게 생각해, 내가 그 여자를 떠맡으면 어떨까?"

이 여자가 으르렁대는구나! 이 여자도 으르렁댈 줄 아는구나! 칠리는 야생 호랑이처럼 울부짖는다. 그러더니 프란츠의 코트를 휙 낚아채어 바닥에 패대기치는 것이다. 저렇게 망가뜨리려고 저 재킷을 산 게 아닌데, 그녀는 재킷을 찢어 버리고 완전히 망가뜨린다.

"이봐요, 프란츠, 초콜릿 공세라도 받은 모양이죠. 그 트루데가 어쨌다는 거예요, 다시 한 번 말해 보라고요."

여자는 사나운 암호랑이처럼 울부짖는다. 만약 계속 저렇게 소리 지르면 사람들은 내가 저 여자를 목 졸라 죽이려 한다고 경찰을 부를 것이다. 냉정해야 해, 프란츠!

"칠리, 내 옷을 그렇게 마구 집어던지지 마. 귀한 물건이고 요즘은 구하기도 힘들다고. 그러니까 이리 줘. 난 당신을 깨문 적도 없잖아."

"알아요, 그런데 당신은 정말이지 순진해, 프란츠."

"좋아, 내가 순진하다고 치자고. 하지만 라인홀트는 내 친구야, 그는 지금 곤경에 처해 있어, 더욱이 드레스덴 거리에 있는 구세군을 찾아가 기도까지 하려고 해, 생각해 봐, 내가 그의 친구라면 그를 감당해 줘야겠지. 그러니까 내가 트루데를 떠맡아야 하지 않을까?" "그럼 나는요?" 그대야 나하고 낚시질이나 가면 되지.*

"그래, 바로 그 문제를 상의하려는 거야, 술이나 한잔하면서 어떻게 할지 생각해 보자고. 그런데 그 부츠는 어디 있지, 그 큰 부츠 말이야. 어디 있나 좀 찾아봐." "나 좀 그냥 내버려 둬요." "난

다만 당신한테 부츠를 보여 주고 싶은 거야, 칠리. 그 부츠도 사실 그 녀석한테서 받은 거라고. 당신, 기억나지, 그때 당신은 내게 모피 목도리를 가져왔어. 맞아. 그런데 그전에 그가 보낸 여자는 나한테 그 부츠를 가져왔어."

차분하게 말하는 거야, 못할 이유가 뭐야, 울타리 뒤로 숨을 필요 없어, 뭐든 솔직하게 말하는 게 더 나은 법이야.

그녀는 걸상에 앉아서 그를 바라본다. 그러고는 울음을 터뜨리고, 아무 말도 하지 않는다.

"일이 그렇게 된 거야. 그 남자는 그런 사람이야. 난 그를 도운 것이고. 그는 내 친구니까. 그리고 당신을 속일 생각은 전혀 없다고." 그를 바라보는 그녀의 눈초리, 분노가 서려 있다.

"당신은 정말 비굴한 사람, 개처럼 비열한 인간이야. 이봐요, 라인홀트가 악질이라면 당신은 더 나빠요. 가장 악질적인 기둥서방보다 더 악질이야." "아냐, 난 그렇지 않아." "내가 만약에 남자라면……." "아니, 당신이 남자가 아니라서 다행이야. 하지만 당신도 그렇게 열 올릴 필요 없어, 귀여운 칠리. 사정이 어떻게 된 것인지 내가 말한 거야. 지금 당신의 모습을 보면서 나도 그사이에 많은 것을 생각했어. 나는 그에게서 트루데를 넘겨받지 않을 거야, 당신이 이곳에 나와 함께 있는 거야."

프란츠는 일어나 부츠를 집어 장롱 위로 내던진다. 더 이상 그렇게 할 수는 없어, 나는 더는 그 일을 같이 하지 않을 거야, 그 녀석은 사람들을 파멸시키고 있어, 내가 같이 할 수는 없어. 무슨 방도를 마련해야 해.

"칠리, 오늘은 여기서 지내, 그리고 내일 아침에 라인홀트가 집을 비우면 트루데한테 가서 그녀와 이야기를 해 봐. 내가 그 여자를 도와주겠어, 그 여자는 나를 믿어도 좋아. 아냐, 잠깐, 트루데한테 이리로 오라고 해. 여기서 우리가 함께 의논을 하는 거야."

이리하여 이튿날 점심 무렵 금발의 투르데는 프란츠의 집으로 오고 칠리도 자리를 함께했다. 트루데는 얼굴이 몹시 창백하고 슬퍼 보인다. 칠리는 단도직입적으로 라인홀트가 그녀를 화나게만 하고 그녀에게 전혀 마음을 쓰지 않는다고 말한다. 모두 맞는 말이다. 트루데는 계속 울기만 할 뿐 이들이 원하는 게 무엇인지 전혀 이해하지 못한다. 그러자 프란츠가 그녀에게 설명해 준다.

"그 남자 건달은 아니오. 그는 내 친구이기 때문에 그에 대해 나쁜 말을 하고 싶지는 않아요. 하지만 그 친구가 하는 짓은 동물 학대나 다름없어요. 너무 잔혹한 행동이죠."

그녀는 가만히 앉아 있다 그에게서 쫓겨나면 안 된다. 게다가 프란츠는 좀 두고 보고자 한다.

그날 저녁, 라인홀트는 가판대에 있는 프란츠를 찾아간다. 지독하게 추운 날씨다. 프란츠는 우선 따뜻한 그로크 술*을 한잔하자는 초대에 응하고, 라인홀트가 꺼내는 서두를 조용히 들어 준다. 이어 라인홀트는 트루데 얘기로 넘어가는데, 그녀가 정말 지겨워졌고 오늘이라도 당장 차 버리고 싶다는 것이다.

"라인홀트, 벌써 다른 여자가 생긴 거야?"

그는 물론 새 여자가 생겼고, 그렇다고 시인한다. 그러자 프란츠가 자기는 칠리를 차 버리지 않을 것이고, 지금은 자기 집에 정을 붙였으며, 아주 착실한 여자라고 말한다. 그리고 라인홀트도 이제는 그런 삶에 제동을 좀 걸어야 할 것이다, 그게 착실한 사람에게 어울리는 것이고, 그런 식의 삶은 오래갈 수 없다고 말한다. 라인홀트는 말뜻을 알아듣지 못하고, 혹시 모피 목도리 때문에 그러는 거냐고 묻는다. 트루데는 그에게 은제 회중시계나 귀마개가 달린 모피 모자를 가져갈 것이고, 그런 모자라면 프란츠가 요긴하게 쓸 수 있을 것이라고 덧붙인다. 천만에, 그러지 마, 그런 쓸데없는 짓은 그만 끝내게. 그 모든 것은 내가 혼자 힘으로 살 거야. 이제 프란츠는 라인홀트에게 친구 대 친구로서 다정하게 이야기하고자 한다. 그리고 어제부터 오늘까지 내내 곰곰이 생각했던 바를 말한다. 라인홀트는 이제 세상이 뒤집어진다고 해도 트루데를 데리고 있어야 한다. 그는 그 여자에게 정이 들 것이고, 그러면 다 괜찮아질 것이다. 인간이라는 것이 다 그런 존재에 불과하고, 여자도 마찬가지다. 그게 정 힘들면 3마르크를 주고 창녀를 하나 사라, 창녀라면 즐기고 나서 즉시 보내 주는 것을 좋아할 것이다. 그러나 한 여자를 사랑과 정감으로 녹여 놓고서 하나둘 차 버리는 것은 곤란하다.

라인홀트는 프란츠가 하는 말을 모두 자기 방식대로 듣는다. 그는 커피를 천천히 마시면서 우두커니 앞을 바라본다. 그러더니 프란츠가 트루데를 떠맡지 않겠다면 어쩔 수 없는 일이라고 조용히 말한다. 이전에는 프란츠 없이도 해 왔다는 것이다. 이 말을 남기고 그는 시간이 없다면서 나가 버린다.

그날 밤, 프란츠는 잠에서 깨어나 아침까지 잠을 이루지 못한다. 방 안이 몹시 춥다. 칠리는 그의 옆에서 코까지 골며 자고 있다. 어째서 난 잠을 못 이루는 것일까? 지금 채소를 실은 차량들이 시장으로 달려가는 모양이다. 나는 말이 되고 싶지 않다. 이 밤중에 추위 속을 달려야 하니 말이다. 마구간 같은 곳은 그래도 따뜻할 것이다. 저 여자는 단잠을 잘 수가 있구나. 하기야 저 여자는 잘 수 있다. 잠을 못 이루는 것은 나다. 발가락이 동상에 걸렸는지 근질근질하다. 그의 내면에는 뭔가가 들어 있다. 그것은 심장, 허파, 호흡 아니면 깊은 곳의 감정이다. 이런 것이 속에서 이리저리 밀리며 압박을 받는 걸까, 그런데 도대체 누구에 의해서? 누가 그러는 건지는 그의 내부에 있는 것들도 알지 못한다. 그것들은 다만 이렇게 말할 수 있을 뿐이다. 도무지 잠을 잘 수 없다고.

새 한 마리가 나무에 앉아 막 잠이 들었는데 뱀이 그 곁을 미끄러지며 지나갔다. 새는 바스락거리는 소리에 깨어나 깃털을 곤두세우고 있지만, 뱀을 전혀 느끼지 못한다. 그래, 호흡을 계속하며 조용히 공기를 들이마시는 거야. 프란츠는 몸을 뒤척인다. 라인홀트의 증오가 그에게 달려들어 그와 싸움을 벌인다. 그것은 나무문을 뚫고 들어와 그를 깨운다. 그 시간에 라인홀트도 침대에 누워 있다. 그는 트루데 옆에 누워 있다. 그는 깊이 잠들어 있는데, 꿈속에서 살인을 저지르고, 꿈속에서 울분을 터뜨린다.

지역 소식

베를린, 4월의 둘째 주였다. 날씨는 어느새 봄 냄새를 풍기기 시작하고 신문마다 한목소리로 화창한 부활절 날씨가 사람들을 야외로 유혹한다고 전하고 있다. 베를린에서는 러시아 대학생 알렉스 프랭켈이 스물두 살의 공예가인 애인 베라 카민스카야를 그녀의 하숙집에서 총으로 쏘아 죽였다. 그녀와 동갑인 여교사 타탸나 잔프트레벤은 함께 세상과 작별하려는 계획에 동조했다가 마지막 순간 자신의 결심에 대해 두려움을 느꼈고, 친구가 이미 목숨을 잃고 바닥에 쓰러진 것을 보자 달아났다. 그녀는 순찰 중이던 경찰을 만나 지난 몇 달간 있었던 끔찍한 일들을 들려주고는 베라와 알렉스가 치명상을 입고 쓰러진 현장으로 경찰을 안내했다. 이어 범죄 수사대에 비상이 걸리고, 살인 사건 전담반에서는 형사들을 사건 현장에 급파했다. 알렉스와 베라는 결혼할 예정이었지만, 경제적인 여건 때문에 결혼에 이르지는 못했다.*

한편 헤르 거리에서 발생한 전차 참사의 책임 소재에 대한 조사가 아직도 종결되지 않았다. 사건 관련자들과 운전사 레틀리히의 심문 내용에 대한 검토는 여전히 진행 중이다. 전문 기술자들의 소견도 아직 제출되지 않은 상황이다. 그 소견이 나와야 브레이크를 너무 늦게 건 운전사의 과실인지, 아니면 우연히 불운들이 겹쳐서 이러한 참사가 일어났는지에 대해 비로소 검토할 수 있다.

증권거래소에서는 조용한 장외 거래가 주축을 이루고 있다. 공개 스톡 시세는, 조만간 발행될 독일 제국 은행 정기 보고서가 4억 마르크에 달하는 은행권 유통의 감소와 3억 5천만 마르크에 이르는 유가증권 보유고의 감소라는 호의적인 전망을 내놓고 있어 더욱 안정된 기조에 있다. 4월 18일 오전 11시 현재의 주가지수를 보면, I.G. 염색 공업 주식회사는 260.5에서 267, 지멘스운트할스케는 297.5에서 299, 데사우 가스는 202에서 203, 발트호프 섬유회사는 295로 나타나고 있다. 독일 석유는 134.5로 어느 정도 입찰이 있었다.

헤르 거리의 전차 사고에 관해 다시 한 번 알려 드리면, 사고 당시 중상을 입은 사람들은 모두 회복 중이다.

지난 4월 11일, 편집자 브라운 씨가 무장 세력의 도움을 받아 모아비트 교도소에서 탈옥했다. 그곳에서는 서부 활극을 방불케 하는 광경이 벌어졌는데, 현재 그들에 대한 추적 작업이 시작되었다. 사건은 형사재판부 부장 직무대행에 의해 즉시 상부 사법관청에 보고되었다. 현재 목격자들 및 관련 공무원들에 대한 조사가 계속되고 있다.

현재 베를린 여론은 자본력 있는 독일 회사들과 제휴하여 독일

북부 지역에서 경쟁력을 갖춘 6기통 또는 8기통 자동차의 독점 총판권을 행사하려 하는 한 유명 미국 자동차 회사의 시도에 대해 별 관심을 보이지 않고 있다.

마지막으로 드리는 안내 말씀 하나, 이것은 특히 슈타인 광장 전화국 지역의 주민들을 위한 것이다. 하르덴베르크 거리에 위치한 르네상스 극장에서는 우아한 유머와 보다 심오한 의미가 하나로 합쳐진 매혹적인 희극 「쾨르 뷔브」*의 100회 기념 공연이 절찬리에 상연되고 있다. 베를린 시민들께서는 부디 이 포스터를 보고 이 연극이 더 많이 공연될 수 있도록 협조해 주시기 바란다. 여기서 우리는 모든 방면에서 고려하지 않을 수 없다. 베를린 시민들이 일반적으로 이러한 요청을 받고 있지만, 여러 사정으로 요청에 부응하지 못할 수도 있다. 우선 어떤 사람들은 여행 중이어서 이 연극의 존재를 모를 수 있다. 또 어떤 사람들은 베를린에 있기는 해도, 예를 들어 몸이 아파 누워 있는 경우, 이 광고탑에 붙은 상연 광고를 접하지 못할 수 있다. 인구 4백 만의 도시에서 그런 사람들의 수는 상당할 것이다. 하지만 이런 사람들도 저녁 6시의 라디오 광고 방송을 통해 「쾨르 뷔브」가 르네상스 극장에서 벌써 100회 공연을 맞는다는 소식을 들을 수 있을 것이다. 그런데 정말로 병석에 누워 있어 공연에 갈 수 없는 처지라면 이러한 소식은 기껏해야 하르덴베르크 거리로 갈 수 없다는 안타까움만 불러일으킬 것이다. 믿을 만한 정보에 따르면, 르네상스 극장은 환자용 침대를 수용할 만한 대비가 되어 있지 않다고 한다. 설사 환자들이 앰뷸런스로 그곳까지 옮겨진다 해도 말이다.

무시할 수 없는 또 다른 가능성도 있다. 베를린 시민 중에는 르네상스 극장의 포스터를 읽기는 하지만 그것의 진실성, 다시 말해 포스트가 붙어 있다는 사실을 의심하는 것이 아니라 인쇄된 내용의 진실성이나 중요성을 의심하는 사람들도 있을 수 있고 또 실제로 있다는 것이다. 그들은 「쾨르 뷔브」가 매혹적인 희극이라고 단정하는 표현을 읽으면서 불쾌감, 반감, 혐오감, 심지어 분노까지 느낄 수 있다. '이 작품이 누구를 매혹하는가, 무엇이 매혹적인가, 무엇으로 매혹하는가, 또한 어떻게 나를 매혹한단 말인가, 나는 매혹될 필요가 전혀 없는데' 라고 생각하는 것이다. 우아한 유머와 심오한 의미가 하나로 되어 있는 연극이라는 말에 그들이 입을 꾹 다물 수도 있다. 그들은 우아한 유머를 원치 않고, 그들의 삶의 자세는 진지하며 기분이 좀 울적하기도 하지만 고상하고, 최근에 친지 중에서 상을 당한 경우도 있을 것이다. 유감스럽게도 그들은 더욱 심오한 의미가 우아한 유머와 결합되어 있다는 암시를 받아도 넘어가지 않는 사람들이다. 왜냐하면 그들이 생각하기에 우아한 유머라는 것은 아무리 해도 무해해지거나 중화될 수 없는 것이기 때문이다. 더욱 심오한 의미라는 것은 항상 홀로 서 있어야 한다고 보는 것이다. 마치 카르타고가 로마인들에 의해 제거되었듯이, 또는 다른 도시들이 더 이상 기억할 수도 없는 각기 다른 방식으로 제거되었듯이 우아한 유머는 제거되어야 마땅하다는 것이다. 또 어떤 사람들은 요컨대 광고탑에서 선전하는 것처럼 「쾨르 뷔브」에 더욱 심오한 의미가 들어 있다는 말을 믿지 않는다. 더욱 심오한 의미—어째서 그냥 심오한 의미가 아니고 더욱 심오한 의미인가? 더욱 깊다는 것은 깊다는 것보다 더 심오하다는 것인가? 이런 식으로 그들은 시비를 따질 것이다.

분명한 사실은, 베를린 같은 대도시에서는 많은 사람들이 온갖 것을 의심하고 비방한다는 것이고, 그래서 극장 감독이 많은 비용을 들여 설치한 포스터의 문구 하나하나에 대해서도 비판을 한다는 것이다. 사실 그들은 연극에 별 관심이 없다. 설령 그들이 그것을 흠잡지 않고 극장, 특히 하르덴베르크 거리의 르네상스 극장을 좋아한다 해도, 또 이 연극 속에 우아한 유머와 더욱 심오한 의미가 결합되어 있음을 인정한다 해도 연극을 관람하러 나서지 않을 수 있는데, 그것은 다만 오늘 저녁에 다른 계획이 있기 때문이다. 그러니까 하르덴베르크 거리로 몰려가 「쾨르 뷔브」를 이웃 홀에서도 동시에 상연하라고 아우성칠 수 있는 사람들의 수는 더욱 줄어들 것이다.

자, 지금까지 1928년 6월*에 베를린에서 일어난 공적, 사적인 사건들에 대해 보충 설명을 한 것이고, 이제 다시 프란츠 비버코프와 라인홀트 그리고 그의 여자 수난 이야기로 돌아가고자 한다. 이러한 보고에 대해 관심을 갖는 사람들 숫자 역시 소수에 불과할 것이다. 우리는 그 원인을 규명하지는 않고자 한다. 하지만 그러한 사정이 베를린, 즉 베를린의 중심부와 동부에서 나의 사소한 인물의 흔적을 조용히 추적하고자 하는 내 손길을 멈추지는 못할 것이다. 사람은 누구나 자기가 필요하다고 여기는 것을 하는 법이다.

프란츠는 재앙을 초래하는 결심을 하고,
자신이 쐐기풀 덤불에 앉은 것을 깨닫지 못한다

프란츠 비버코프와 대화를 나눈 뒤로 라인홀트는 일이 잘 풀리지 않았다. 라인홀트는 적어도 지금까지는 프란츠처럼 그렇게 여자들을 거칠게 대한 적이 없었다. 그래서 여자 일에 있어서는 그는 늘 누군가의 도움을 필요로 했는데, 지금 곤경에 처하게 된 것이다. 여자들이 그의 뒤를 쫓고 있었다. 아직 그의 집에 머물고 있는 트루데, 지난번의 칠리, 그리고 지금은 이름조차 잊어버린 그

이전의 여자가 쫓아오고 있었다. 그들은 모두 그의 주변을 염탐했는데, 어떤 여자는 그를 걱정하는 마음에서(마지막에 언급한 부류), 어떤 여자는 그를 향한 복수심에서(그 이전에 언급한 부류) 또는 새로운 사랑의 열망에서 (가장 앞에 언급한 부류) 그렇게 했다. 최근에 그의 시야에 들어온 여자는 중앙 시장에서 일하는 넬리인가 하는 과부였는데, 그녀는 트루데와 칠리가 연달아 나타나고 마지막에는 가장 중요한 증인으로 라인홀트의 친구라는 프란츠 비버코프까지 나타나 경고를 하자 바로 떨어져 나갔다. 정말, 그것은 프란츠 비버코프가 꾸민 소행이었다.

"라프쉰스키 부인 — 이것은 물론 넬리의 본명이었다 — , 내가 당신을 찾아온 것은 내 친구, 또는 다른 누구를 중상모략 하려는 게 아닙니다. 그런 의도는 전혀 없어요. 아니, 나는 남들의 더러운 속옷이나 뒤적거리는 사람이 아닙니다, 그래도 뭐가 올바른 일인지는 따져야 하는 거죠. 여자를 줄줄이 거리로 내쫓는 행위, 그런 것은 결코 좌시할 수 없습니다. 그것은 진정한 사랑이라고도 할 수 없어요."

라프쉰스키 부인은 경멸스럽다는 태도로 젖가슴을 들썩거리며 말했다. 라인홀트, 그 사람이 자기 같은 사람 때문에 신세를 망쳐서는 안 되고, 그녀 역시 남자에 관한 한 초짜가 아니라는 것이다. 프란츠가 말을 계속했다.

"그 말씀을 들으니 다행스럽군요, 안심이 됩니다. 그렇다면 부인은 어떻게 해야 할지도 아시겠군요. 부인은 좋은 일을 하시는 것이고, 제가 하고 싶어 하는 것도 그런 것입니다. 여자들도 우리와 같은 인간이므로 안타까워하는 것이고, 라인홀트에 대해서도 안타까운 마음이죠. 부인도 보다시피 그는 멍이 들고 있습니다. 그래서 그 친구는 맥주나 화주 같은 것은 못 마시고 그저 연한 커피나 마시죠, 술은 한 방울도 못합니다. 어서 정신을 차리는 게 좋겠습니다. 그래도 근본은 좋은 인간입니다."

"그래요, 정말 그래요." 라프쉰스키 부인은 울먹이며 말했고, 프란츠는 심각한 표정으로 고개를 끄덕였다.

"그래서 제가 해야 할 일이 있는 것이죠. 그는 지금까지 많은 고초를 겪었는데, 더 이상 이 상태로 버려둬서는 안 됩니다. 우리가 그를 감싸 주어야 합니다."

라프쉰스키 부인은 헤어질 때 비버코프에게 활력이 넘치는 손으로 악수를 청했다.

"당신을 믿겠어요, 비버코프 씨."

그녀는 그의 말을 믿을 수 있었다. 라인홀트는 다른 곳으로 옮겨 가지 않았다. 그는 한곳에 정착해 있는 모습을 보였지만, 어떤 사람에게도 속내를 내보이지는 않았다. 그는 3주나 기한을 넘겨 트루데와 함께 지냈고, 그녀는 프란츠에게 날마다 그 사실을 보고했다. 프란츠는 환호성을 질렀다. 이제 곧 다음번 여자가 나타날 때가 되었어. 지금부터 주의해야 해! 그의 생각이 맞아들었다. 어느 날 한낮에 트루데가 찾아와 몸을 부들부들 떨면서, 라인홀트가 벌써 이틀 저녁이나 멋진 옷차림을 하고 외출했다는 것이다. 트루데는 다음 날 낮에 새로운 여자가 누구인지도 알아냈다. 로자라는 이름의 단춧구멍 재봉사로 30대 초반이었는데, 아직 성은 모르지만 주소까지는 알아냈다는 것이다. 그렇다면 만사 순조롭지, 프란츠는 이렇게 말하며 웃었다.

하지만 운명의 힘과는 영원한 맹약을 맺는 것이 불가능하다. 그리고 운명은 성큼성큼 다가온다.* 혹시 걷는 데 장애가 있다면 라이저 제화의 신발을 신어 보세요. 라이저는 광장에서 가장 큰 제화점입니다. 그리고 여러분이 걷는 것이 싫다면, 모터사이클을 타세요. NSU가 당신을 6기통 모터사이클 시승에 초대합니다. 바로 그 목요일에 프란츠는 뭔가 생각이 나서 혼자서 프렌츨라우 거리를 다시 걷게 되었다. 오랫동안 보지 못했던 친구 메크를 찾아갈 생각이었다. 여러 가지 일로 겸사겸사, 또 이왕 만나는 참에 라인홀트와 그의 여자들 이야기도 해 주고 싶었다. 프란츠 자신이 어떻게 그런 녀석에게 재갈을 물려 꼼짝 못하게 했는지, 어떻게 그 녀석이 법과 질서에 순응하게 했는지를 말해 주면, 메크는 경탄을 금치 못할 것이다.

그리고 정말로 프란츠가 신문 상자를 들고 술집에 들어섰을 때, 나의 눈동자는 누구를 포착하였는가? 바로 메크다. 그는 다른 두 사나이와 같은 테이블에 앉아 식사를 하던 중이다. 그래서 프란츠도 곧장 합석해서 함께 떠들어 댄다. 다른 두 사람이 가고 나자 프란츠가 한턱내겠다고 하여 그들은 큰 조끼로 맥주 몇 잔을 마신다. 프란츠는 맥주를 꿀꺽꿀꺽 들이켜면서 많은 이야기를 들려주고, 메크도 꿀꺽꿀꺽 들이켜면서 세상에 별 인간이 다 있다고 놀라워하면서도 기분이 좋아져 이야기를 들어 준다. 메크는 그것을 비밀로 담아 둘 생각이다. 그러나 참으로 놀라운 이야기가 아닐 수 없다. 프란츠는 의기양양해서 라인홀트한테서 넬리라는 이름의 라프쉰스키 부인을 떼어 내는 일에 자신이 어떤 기여를 했는지 말해 주고, 라인홀트가 3주씩이나 기한을 넘기면서 트루데와 지내지 않을 수 없었다는 것, 지금은 단춧구멍 재봉사인 로자라는 여자가 나타났으나 이번에 그 단춧구멍마저 그가 접근하지 못하게 꿰매고 있음을 알려 주었다. 프란츠는 맥주잔을 앞에 놓고 이런저런 이야기를 하며 기분 좋게 앉아 있는데, 한결 여유가 있다. 즐겁게 찬양하라, 너희 목구멍들아, 너희 젊은 합창단아, 우리 테이블에 노래가 돌아간다, 쿵쿵, 우리 테이블에 노래가 돌아간다. 3 곱하기 3은 9, 우리는 돼지처럼 마신다. 3 곱하기 3 더하기 1은 10, 우리는 한 번 더 마신다. 하나, 둘, 셋, 넷, 여섯, 일곱.

저쪽 카운터 테이블, 음료 테이블, 노래하는 테이블 앞에 서 있는 자 누구인가, 연기가 자욱하고 술 냄새 풍기는 술집 안쪽을 향해 미소 짓고 있는 자 누구인가? 살찐 돼지들 중 가장 뚱뚱한 돼지, 품스라는 성(姓)을 가진 인간이다. 그는 나름대로 미소라는 걸 짓고 있지만, 그의 자그마한 돼지 눈은 두리번대며 무엇인가를 찾는다. 그런데 여기서 뭔가를 알아보려면 빗자루라도 들어 자욱한 연기 구덩이에 구멍이라도 내야 할 것이다. 그때 세 사나이가 그를 향해 쪼르르 달려간다. 그와 한 패거리로 장사를 하는 젊은이들로 멋진 녀석들이다. 유유상종이라고 할까. 늙어서 담배꽁초나 찾으러 다니는 것보다는 젊어서 교수형을 당하는 게 낫다. 그들은 넷이서 머리를 긁적이고 함께 주절대면서 술집 안을 둘러보며 뭔가를 찾는다. 그런데 이런 곳에서 뭔가를 찾으려면 빗자루를 들어야 할 것이고, 어쩌면 환기 장치가 도움이 될 수도 있다. 메크가 프란츠의 옆구리를 쿡 찌른다.

"저들은 아직 다 모이지 못한 모양이야. 자기들 물건을 처리하려면 사람이 더 필요할 거야, 저 뚱보는 일손이 아무리 많아도 모자라거든."

"전에 나한테도 의사를 타진한 적이 있지. 하지만 내가 저기 뛰어들 것 같은가. 내가 과일을 갖고 뭐 하겠어? 저 친구는 물건이 많은 모양이지?"

"저 친구가 어떤 물건을 취급하는지 누가 알겠어. 자기 입으로는 과일이라고 하더군. 너무 많은 것을 알려고 해서는 안 돼, 프란츠. 하지만 저 친구에게 들러붙는 것도 나쁘지는 않을 거야, 항상 떡고

물이 생기거든. 아주 영악한 늙다리야, 다른 녀석들도 마찬가지고."

8시 23분 17초에 또 한 녀석이 나타나 카운터 테이블 쪽으로 간다, 술 마시는 테이블 앞으로, 또 한 녀석 — 하나, 둘, 셋, 넷, 다섯, 여섯, 일곱, 어머니는 홍당무를 삶지* — 저 녀석은 누구야? 사람들 말로는 영국의 왕이라고 한다. 아니야, 저 사람은 많은 수행원을 이끌고 의회 개회식에 가는 영국 왕, 영국 민족의 독립성을 말해 주는 상징, 그 영국 왕이 아니다.* 그렇다면 누구일까? 파리에서 50명의 사진 기자들에게 둘러싸여 켈로그 협정*에 서명한 여러 나라의 대표자들인가? 진짜 잉크병은 너무 커 들여올 수 없어서 세브르 제품에 만족해야 했다던 그 사람들인가? 아니다, 저 사람은 그런 존재도 아니다. 회색의 털양말을 축 늘어뜨리고, 다리를 질질 끌며 들어오는 저 사람은 바로 라인홀트, 아주 평범한 인물, 온통 회색빛의 젊은이다. 그들 다섯 사람은 머리를 긁적거리며 술집 안을 살피고 있다. 이런 곳에서는 뭔가를 찾으려면 빗자루를 들어야 하거나, 환기 장치가 도움이 될 것이다. 프란츠와 메크는 앉은 테이블에서 저 다섯 녀석들이 무엇을 하는지, 지금 저들이 함께 테이블로 가서 자리 잡는 것을 긴장된 표정으로 지켜보고 있다.

15분이 지나면 라인홀트는 커피 한 잔과 레몬주스 한 잔을 가지러 갈 것이고, 그러면서 술집 안을 한 번 날카롭게 휘둘러 볼 것이다. 그때 벽 쪽에서 그를 향해 미소를 지으며 손짓하는 사람은 누구일까? 뉘른베르크 시장인 루페 박사는 분명히 아닐 것이다. 왜냐하면 그는 이날 오전에 알브레히트 뒤러 탄생 기념일을 맞아 축사를 해야 하기 때문이다. 시장에 이어 독일 제국 내무 장관 코이델 박사와 바이에른 문화 장관 골덴베르거 박사의 연설이 예정되어 있어서 그 두 사람도 오늘은 이곳에 나타나기 어렵다. 리글리 P. R. 썹는 껌은 치아를 튼튼하게 하고 상쾌한 호흡과 소화 촉진의

효과가 있습니다. 얼굴이 일그러질 정도로 만면에 웃음을 띠고 있는 자는 다름 아닌 프란츠 비버코프다. 그는 라인홀트가 다가오자 몹시 기뻐한다. 왜냐하면 이 친구는 그의 교육 대상이자 제자인 셈이고, 이제 이 녀석을 그의 친구 메크에게 선보일 수 있게 된 것이다. 녀석이 오는 모습을 좀 보라, 우리는 저 녀석을 잘 제어하고 있다. 라인홀트는 커피와 레몬주스를 들고 와 그들 옆에 앉고는 좀 의기소침한 표정으로 더듬거리며 말한다. 프란츠는 애정과 호기심이 동시에 발동해 그의 마음을 떠보고자 하며, 메크도 그것을 들었으면 한다.

"집엔 별일 없지? 라인홀트, 다 괜찮은 거지?"

"그럼, 트루데가 아직 같이 있는데 잘 적응하고 있소."

그는 막힌 수도꼭지에서 물방울이 떨어지듯 아주 천천히 말한다. 그래, 프란츠는 정말 행복하다. 펄쩍 날아오를 것 같고, 그 정도로 기분이 좋다. 자기가 원하던 바를 성취한 것이다. 나 아니면 누가 이런 일을 해내겠어. 그는 경탄의 눈길을 보내는 친구 메크를 향해 득의의 미소를 짓는다.

"어떤가 메크, 이렇게 해서 우리는 이 세상에 질서를 창출하는 거야, 우리가 이 일을 해낼 거야, 누구든지 원하면 우리에게 오라고 해."

그러면서 프란츠는 뒤로 물러나는 라인홀트의 어깨를 토닥인다.

"이보게 친구, 사람은 정신을 차려야 해, 그러면 세상일은 걱정할 것이 없어. 늘 하는 말이지만, 정신을 차리고 끝까지 견뎌 내는 거야, 그러면 그 무엇이 와도 두려울 게 없다고."

프란츠는 라인홀트 때문에 기뻐 죽을 지경이다. 참회하는 죄인 한 사람이 999명의 의인보다 낫다.*

"트루데는 뭐라던가, 모든 일이 잘 풀려서 놀라워하지 않던가?

그리고 이보게, 자네도 골칫덩이 같은 여자들에게서 벗어나 기쁘지 않은가? 라인홀트, 여자들이란 좋은 거야, 많은 즐거움도 선사하거든. 하지만 나더러 여자들을 어떻게 생각하느냐고 묻는다면 이렇게 대답하겠네. 너무 적지도 않게, 너무 많지도 않게라고. 너무 많으면 위험하니 손을 떼는 거야. 그건 내 경험에 비추어 얼마든지 말해 줄 수 있지."

이다에 얽힌 이야기, 낙원 동산, 트레프토, 아마포 신발, 그리고 테겔 교도소에 관한 이야기다. 승리, 그 모든 것은 사라졌고 가라앉았다, 축배를 들자.

"내가 도와주겠어, 라인홀트, 여자들하고의 관계가 잘되도록. 그러니까 이제는 구세군에 갈 필요 없어, 우리가 더 잘 알아서 해 줄 테니까. 자, 건배, 라인홀트, 맥주 한 잔 정도는 마실 수 있겠지?"

라인홀트는 조용히 커피 잔을 부딪친다. "자네가 뭘 해 준다는 거야, 프란츠, 왜, 어째서?"

맙소사, 하마터면 허튼소리를 너무 지껄여 속내를 다 드러낼 뻔했군. "내 말은 그저 자네가 나한테 기대도 좋다는 뜻이야, 자네도 화주 한 잔, 약한 퀴멜 주 한 잔 정도는 마실 수 있어야겠지." 상대방은 조용하게 말한다. "자네가 내 전담 의사 노릇이라도 하겠다는 거야?" "뭐, 안 될 거 있나? 이 분야는 내가 전문이니까. 라인홀트, 자네도 알고 있잖아, 칠리의 일도 도와주었지. 또 그 전에도 자네를 도왔고. 이번에도 도와주려는 것인데, 나를 못 믿겠다는 건가? 프란츠는 언제나 박애주의자야. 길이 어디로 나 있는지 잘 알고 있지."

라인홀트는 고개를 들어 슬픈 눈길로 그를 바라본다.

"그래, 당신은 그것을 다 안다는 것이군."

프란츠는 그의 시선을 참아 넘기면서 자신의 좋은 기분을 굳건히 지켜 낸다. 저 녀석은 조용히 뭔가 깨닫게 될 거야, 다른 사람들이 쉽게 무너지지 않는 걸 보면, 많은 것을 깨달을 것이다.

"그래, 여기 있는 메크가 보증할 수 있어, 우리는 숱한 경험을 했지, 그런 것을 바탕으로 일을 해내는 거야. 그리고 화주 문제인데, 라인홀트, 자네가 이 술을 한잔할 수 있다면 당장 여기서 축하 파티를 열자고, 돈은 내가 다 내지, 샐러드까지 말이야."

라인홀트는 의기양양하게 가슴을 내밀고 있는 프란츠, 그리고 호기심 어린 눈으로 자신을 바라보는 키 작은 메크 쪽으로 눈길을 돌리더니 이내 고개를 떨구고는 자신의 찻잔 속을 들여다본다.

"당신은 나를 치료한답시고 공처가로 만들고 싶은 거요?"

"건배, 라인홀트, 공처가 만세, 3 곱하기 3은 9, 우리는 돼지처럼 퍼마신다, 함께 노래를 하자고, 라인홀트, 모든 시작은 어려운 법이야, 하지만 시작이 없으면 끝도 없는 거야."

부대, 제자리 서. 부대 정렬. 우향우, 앞으로 갓! 라인홀트는 커피 잔에서 눈을 든다. 살이 찐 붉은 얼굴의 품스가 그의 곁으로 다가와 뭐라고 속삭이자, 라인홀트는 어깨를 으쓱한다. 그러자 품스는 자욱한 담배 연기를 입으로 훅 불면서 환호성을 지른다.

"지난번에 당신한테 물어본 적이 있지, 비버코프, 요즘 어떻게 지내요, 계속해서 그 신문 뭉치나 들고 돌아다닐 셈이오? 도대체 그것으로 얼마를 벌지, 신문 한 부에 2페니히니까 한 시간 내내 팔아 봐야 5페니히나 될까?"

그러더니 이러쿵저러쿵 말이 오간다. 프란츠더러 과일이나 채소 수레를 떠맡으라는 것이고, 품스가 물건을 대 주겠다, 벌이가 대단하다는 것이다. 프란츠는 해 볼까 하다가 다시 마음을 접는다. 품스 주변에 있는 녀석들이 모두 마음에 들지 않는다. 저 녀석들은 분명 나를 속이려 들 거야. 말더듬이 라인홀트는 뒤로 물러나 잠자코 있다. 프란츠는 그에게 어떻게 생각하느냐고 물으면서,

저 녀석이 계속 자신을 주시하다가 이제야 다시 찻잔 속을 들여다본다는 것을 깨닫는다.

"그래, 자네 생각은 어떤가, 라인홀트?"

그러자 상대는 말을 더듬으며 말한다.

"실은 나도 같이 하고 있어요."

메크가 끼어든다. 왜 안 하겠다는 거야, 프란츠. 그러나 프란츠는 좀 더 생각해 보고자 한다. 당장은 하겠다, 안 하겠다 말하고 싶지 않고, 내일이나 모레 다시 와서 품스와 그 문제를 상의해 볼 생각이다. 어떤 물건을 취급하는지, 물건은 어떻게 조달하고 계산은 어떻게 하는지, 어디가 가장 목이 좋은지 알아보고자 한다.

그들이 모두 나가고 나자, 술집은 거의 사람이 없다. 품스도 가고 메크와 비버코프도 갔다. 바에는 다만 전차 운전사 한 사람이 서서 월급 공제가 너무 많다며 술집 주인과 그 문제를 토론하고 있다. 말더듬이 라인홀트는 아직도 자기 자리에 웅크리고 앉아 있다. 그의 앞에는 빈 레몬주스 병 세 개, 레몬주스가 반 정도 남은 유리컵 하나 그리고 커피 잔이 놓여 있다. 그는 집에 들어가지 않고 있다. 집에는 금발 머리 트루데가 잠들어 있다. 그는 골똘히 생각하고 또 생각한다. 그러다가 자리에서 일어나 발을 질질 끄며 홀을 가로질러 가는데, 긴 털양말이 삐져나와 있다. 처량한 그의 모습, 얼굴은 누렇게 떠 있고, 입가엔 주름이 깊이 패어 있으며, 이마에는 깊은 가로 주름이 나 있다. 그는 커피 한 잔과 레몬주스를 한 병 더 가져온다.

예레미야 선지자가 말하기를, 인간을 믿고 육체만 방패로 삼으며 마음이 신에게서 멀어진 자는 저주를 받은 것이다. 그런 자는 삭막한 광야에 버려진 자와 같고, 좋은 일이 오는 것을 알지 못한다. 그런 자는 불모지, 황야, 아무것도 살지 않는 소금 덩어리 땅에서 지낼 것이다. 신을 믿고 의뢰하는 자는 복을 받으리라, 복을 받으리라, 복을 받으리라. 그런 사람은 물가에 심어져 시냇물을 향해 뿌리를 뻗는 나무와도 같으니, 더위가 닥쳐도 끄떡없고 잎사귀는 항상 푸르며, 가뭄이 드는 해에도 걱정할 것 없이 쉬지 않고 열매를 맺을 것이다. 사람의 마음은 세상의 어떤 것보다도 거짓되고 부패한 것이니, 누가 그 마음을 알겠는가?*

울창하고 검은 숲 속의 물이여, 무섭도록 검은 물이여, 너희는 그토록 말이 없구나. 무서울 정도로 조용하구나. 숲에 폭풍이 휘몰아쳐 소나무들이 휘어지고 나뭇가지 사이의 거미줄이 찢겨 사방에 흩날려도 너희의 수면은 움직이지 않는구나. 너희는 가만히 저 움푹한 골짜기에 고여 있고, 검은 물이여, 그곳에 나뭇가지들이 떨어진다.

바람이 숲을 뒤흔들어도 폭풍은 너희가 있는 곳에는 이르지 못한다. 너희의 바닥에는 용도 없고, 매머드의 시대는 지나갔으며, 깜짝 놀라게 할 만한 것은 아무것도 없다. 식물들은 너희 속에서 썩어 없어지고, 너희 안에서는 물고기, 달팽이들만 활동한다. 그 밖에는 아무것도 없다. 하지만 비록 그렇다 해도, 너희가 물에 지나지 않는다 해도, 너희는 섬뜩하다, 검은 물이여, 무섭도록 조용한 물이여.

1928년 4월 8일, 일요일

"눈이 오려나, 4월인데 혹시 또 세상이 하얗게 변하는 것일까?"

프란츠 비버코프는 자신의 조그만 셋방 창가에 앉아 왼팔을 창턱에 세우고 손으로 머리를 괴고 있었다. 일요일 오후였고, 방 안은 따뜻하고 아늑했다. 칠리가 낮에 난방을 해 놓은 덕분이다. 그녀는 지금 안쪽 침대에서 그녀의 조그만 고양이와 잠들어 있다.

"눈이 오려나? 하늘이 잔뜩 흐려 있어. 눈이 오면 아주 멋지겠어."

프란츠가 눈을 감고 있는데, 귓가에 종소리가 들려왔다. 그는 몇 분 동안 말없이 앉아서 종소리를 들었다. 둥, 뎅뎅, 둥, 뎅뎅, 둥둥뎅. 그러다가 그는 머리에서 손을 치우고 귀를 기울였다. 그것은 두 개의 둔탁한 종과 하나의 맑은 종이었다. 종소리는 그쳤다.

어째서 지금 종이 울리는 걸까? 그는 스스로에게 물어보았다. 그때 갑자기 종이 다시 울리기 시작했는데, 매우 강하게, 열정적으로, 미쳐 날뛰는 것 같은 소리였다. 폭발하는 듯한 무시무시한 소리였다. 그러더니 종소리는 다시 그쳤다. 갑자기 사방이 정적에 잠겼다.

프란츠는 창턱에 올려놓았던 팔을 내리고 방으로 들어갔다. 칠리는 조그만 거울을 들고 입술에는 곱슬머리를 위한 머리핀을 물고서 침대에 앉아 있다가 프란츠가 다가오자 기분 좋게 콧노래를 흥얼거렸다. "오늘 대체 무슨 일이야, 칠리, 공휴일인가?" 그녀는 머리 손질에 열중했다. "그럼요, 일요일이잖아요." "무슨 축제일은 아니고?" "어쩌면 가톨릭 축제일인지도 모르죠, 나도 몰라요." "종소리가 미친 듯이 울려서 물어보는 거야." "어디서?" "방금 전에." "아무 소리도 안 들렸는데. 당신은 무슨 소리를 들었어요, 프란츠?" "정말 요란한 종소리였어, 생난리였다고." "당신 꿈을 꾼 모양이에요." 이거 놀라운 일이다. "아니, 꿈을 꾼 게 아니야. 난 저기 줄곧 앉아 있었어." "잠시 졸았던 모양이죠." "아니야." 그는 굽히지 않았다. 그는 뻣뻣하게 있다가 천천히 몸을 움직여 테이블의 자기 자리에 가서 앉았다. "그런 꿈을 꾼다는 건 이상한 일이야. 내가 분명히 들었거든." 그는 맥주를 한 모금 꿀꺽 삼켰다. 그래도 섬뜩한 느낌은 사라지지 않았다.

그가 칠리 쪽을 바라보니, 그녀는 어느새 거의 울상이 되어 있었다. "누가 알겠어, 귀여운 칠리, 지금 누구한테 무슨 일이 일어났는지 말이야." 그러더니 그는 신문이 어디 있느냐고 물었다. 그제야 그녀는 웃을 수 있었다. "오늘은 신문이 없죠. 일요일에는 오지 않잖아요, 나 참."

프란츠는 조간신문을 뒤적거리며 제목만 훑어보았다. "온통 시시한 기사들뿐이야. 특별한 것은 없어. 대단한 사건이 일어나진 않았어." "당신이 종소리를 들은 건, 프란츠, 교회에 다니게 된다는 뜻이 아닐까요?" "에이, 목사들하고 연관시키지는 마. 그럴 생각 없으니까. 좀 이상한 것은, 무슨 소리를 들었는데 이리저리 둘러보아도 아무 일도 없다는 거야."

그는 생각에 잠겼고, 칠리는 그의 곁에 서서 다정하게 그를 어루만졌다. "잠깐 내려갔다 올게, 바람을 좀 쐬어야겠어, 칠리. 한 시간 정도만. 무슨 일이 있었는지 알아봐야겠어. 저녁에는 『벨트』나 『몬타크 모르겐』 같은 신문이 나올 테니, 한번 들여다봐야겠어." "프란츠, 당신은 늘 무슨 생각이 그렇게 많아요. 신문에 나는 거야 기껏해야 프렌츨라우 성문에서 난 교통사고로 청소차의 쓰레기가 몽땅 쏟아졌다. 아니면 이런 기사일 거예요. 한 신문팔이가 거스름돈만 주면 되는데 실수로 상당한 금액을 내주었다는 소식."

프란츠는 웃었다. "자, 금방 갔다 올게. 안녕, 귀여운 칠리."

"안녕, 귀여운 프란츠."

프란츠는 천천히 네 개의 계단을 내려갔고, 결국에는 그 뒤로 칠리를 두 번 다시 보지 못했다.

칠리는 5시까지 방에 앉아 기다렸다. 그가 돌아오지 않자 그녀는 길거리로 나가 프렌츨라우 거리 모퉁이까지 술집들을 돌며 그의 행방을 수소문했다. 그런데 어디에서도 그를 보지 못했다는 것이다. 그녀는 생각해 보았다. 그 사람은 자기가 꿈에서 보았던 황당한 일을 신문에서 확인해 보겠다고 하지 않았던가? 그가 어디에가 있는 것이 분명했다. 프첸츨라우 거리 모퉁이에 있는 술집 여주인이 말했다. "아니, 여기는 안 왔어. 그런데 품스 씨가 그 사람 행방을 물은 적은 있어. 그래서 내가 비버코프 씨가 사는 곳을 알려주었고, 그 사람이 아마 그곳으로 찾아갔을 거야." "아니, 우리 집에는 아무도 안 왔어요." "그 사람이 집을 못 찾았을 수도 있겠지." "그런가 봐요." "아니면 문 앞에서 그를 만났을 수도 있고."

칠리는 저녁 늦게까지 그 술집에 앉아 있었다. 술집은 손님들로 들어차기 시작했다. 그녀는 줄곧 문 쪽을 지켜보았다. 그녀는 집에도 한 번 달려갔다가 다시 돌아왔다. 메크가 와서 그녀를 위로하고, 15분 정도 이런저런 이야기를 하며 즐겁게 해 주었다. 그는 말했다. "그 사람은 금방 돌아올 거요. 녀석은 집에서 빵을 먹는 습관이 들었어요. 걱정 마요, 칠리."

하지만 이 말을 하는 동안 메크는 전에 리나가 찾아와 프란츠의 행방을 물었던 일이 떠올랐다. 저 뤼더스와의 일, 신발 끈을 팔던 때 일이었다. 칠리가 다시 질척하고 어두운 거리로 나섰을 때, 메크는 하마터면 그녀를 따라나설 뻔했다. 하지만 그녀에게 걱정을 끼치고 싶지 않았다. 어쩌면 모든 것이 아무 일도 아닌 것일 수 있다.

칠리는 갑자기 분노가 치밀어 라인홀트를 찾아 나섰다. 어쩌면 그 인간이 다시 프란츠를 설득해 여자를 떠맡기는 바람에 프란츠가 자기를 내쳤을지도 모를 일이었다. 라인홀트의 셋방은 굳게 잠겨 있었고 아무도 없었다. 트루데조차 보이지 않았다.

칠리는 다시 프렌츨라우 모퉁이의 술집으로 천천히 발걸음을 옮겼는데, 몇 번이고 다시 그 술집으로 되돌아간 것이다. 밖에는 눈발이 날렸으나, 눈은 금방 녹아 버렸다. 알렉산더 광장에서는 신문팔이들이 “『몬타크 모르겐』이요, 『벨트 월요판』이요”라고 외쳤다. 그녀는 낯선 신문팔이에게서 신문을 하나 사서 들여다보았다. 혹시 무슨 일이 일어난 것일까, 프란츠가 오늘 오후에 한 말이 사실일까. 이런, 미국 오하이오 주에서는 열차 사고가 났네, 공산당원들과 나치당원들 사이에 충돌이 있었고, 아니야, 프란츠는 저런 일에 끼어들지 않아. 빌머스도르프에서 화재로 많은 피해. 이런 게 지금 나하고 무슨 상관이야. 그녀는 천천히 휘황찬란한 티츠 백화점을 지나 차도를 건너서 어두컴컴한 프렌츨라우 거리 쪽으로 가 보았다. 그런데 우산도 없이 걷는 바람에 옷이 흠뻑 젖었다. 프렌츨라우 거리의 자그마한 제과점 앞에는 한 무리의 매춘부가 우산을 받쳐 들고 길을 막고 서 있었다. 그들 바로 뒤쪽의 한 건물 현관에서 모자도 쓰지 않은 뚱뚱한 남자가 나와 그녀에게 말을 걸었다. 그녀는 걸음을 빨리해서 그 남자를 얼른 지나쳤다. 하지만 또 수작을 걸어오는 녀석이 있으면 상대해 주겠어, 그런데 대체 그 인간은 무슨 생각을 하고 있는 거야. 내 생전 이런 더러운 꼴은 처음 당해 보네.

어느덧 9시 45분이었다. 끔찍한 일요일. 바로 그 시각, 프란츠는 이 도시 다른 구역의 땅바닥에 널브러져 있었다. 머리는 하수구에 처박고, 두 다리는 보도에 걸친 채로.

프란츠는 계단을 걸어 내려간다. 한 계단, 한 계단, 또 한 계단, 한 계단, 계단, 계단, 계단. 층계는 모두 넷이고 계속 아래로, 아래로, 아래로, 그리고 또 아래로 내려간다. 현기증이 나고, 머릿속이 흐릿하다. 수프를 끓이나요, 슈타인 아가씨, 한 숟가락 줄래요, 슈타인 아가씨, 한 숟가락 줄래요, 아가씨, 수프를 끓이나요, 슈타인 아가씨. 아니야, 나는 그렇게는 못해, 그 창부 같은 여자하고 얼마나 진땀을 흘렸는데. 어서 시원한 공기를 마셔야지. 계단의 이 난간들, 도대체 조명이 제대로 되어 있지 않아, 자칫하다 못에 찔릴 수도 있겠어.

3층에서 문이 열리더니 한 남자가 무거운 걸음으로 그의 뒤를 따라 내려온다. 저 사람, 계단을 내려가는 길인데도 저렇게 헐떡거리는 것을 보니 분명 배가 나왔을 거야. 프란츠 비버코프는 어느덧 건물 입구에 섰는데, 부드러운 잿빛 공기가 느껴지고 금방이라도 눈이 내릴 것 같다. 뒤따라 계단을 내려온 남자가 그의 옆에 서서 숨을 헐떡거린다. 살이 찌고 키가 작은 남자였다. 창백한 얼굴은 퉁퉁 부어 있고 머리에는 녹색 모피 모자를 쓰고 있다. "숨이 많이 가쁜 모양입니다, 이웃 양반." "그래요, 이렇게 비만인 데다 계단을 자주 오르내리니까요."

그들은 길을 따라 함께 걸어간다. 남자는 가쁜 숨을 몰아쉬면서 계속 헐떡거린다. "오늘만 해도 층계 네 개를 다섯 번이나 오르내렸죠. 한번 계산해 봐요. 합치면 스무 층계인 셈이죠, 한 층계는 평균 30계단, 나선형 층계는 더 짧지만 오르내리기는 더 힘들죠, 하여튼 한 층계가 30계단이고 다섯 층계이면 총 150계단이죠. 그것을 올라갔다고 내려오는 거요." "사실은 300계단이네요. 아까 보니 당신은 내려올 때도 힘들어 보이더군요." "맞아요, 내려올 때도 그래요." "나 같으면 다른 직업을 찾아보겠어요."

그사이 하늘에서는 함박눈이 내린다. 눈은 이리저리 나부낀다. 아름다운 광경이다. "그래요, 광고를 보고서 찾아가는데, 이 일은 늘 해야 하죠. 평일과 일요일이 따로 없어요. 오히려 일요일에 광고가 가장 많아요. 대부분의 사람들이 일요일에 광고를 내고, 그게 가장 효과가 있다고 생각하는 것 같습니다." "그렇겠네요, 일요일에는 시간적 여유가 있으니까요. 나도 그 정도는 알죠. 내 분야거든요." "당신도 광고를 내나요?" "아니요, 난 그저 신문을 팝니다. 지금은 하나 읽어 보러 가는 길이지만." "아 그래요, 난 벌써 다 읽었어요. 날씨가 참 요상하죠! 이런 날씨 본 적 있나요?" "4월 날씨죠. 어제만 해도 좋았는데. 내일은 다시 화창해질 겁니다. 내기할까요?"

남자는 다시 숨을 헐떡거리기 시작한다. 거리에는 벌써 가로등이 켜 있고, 남자는 가로등 불빛 아래서 겉장이 없는 작은 수첩을 꺼내 멀찍이 들고 읽는다. 프란츠가 말한다. "그러다 다 젖겠어요." 상대방은 그의 말을 듣지 않고 수첩을 다시 집어넣는다. 둘 사이의 대화는 끝났다. 프란츠는 이제 작별해야겠다고 생각한다. 그때 땅딸막한 남자가 녹색 모자 아래로 그를 쳐다본다. "이봐요, 이웃 양반, 당신은 무얼 하면서 먹고삽니까?" "그런 것은 왜 물으시죠? 나야 신문팔이죠, 어디에도 얽매이지 않는 신문팔이." "그렇군요. 그런데 그것으로 생계는 되나요?" "글쎄요, 그럭저럭." 대체 무슨 꿍꿍이야, 좀 이상한 사람이네.

"그렇군요. 나도 늘 그런 것을 하고 싶었죠, 내 힘으로 돈을 버는 것 말이오. 하고 싶은 일을 할 수 있다는 건 참 멋진 일이죠, 게다가 수완만 있으면 벌이도 되니까요." "때로는 그렇지도 못해요. 그런데 당신은 정말 많이 돌아다니네요, 이웃 양반. 오늘은 일요일에다 날씨도 이 모양이니 돌아다니는 사람이 많지 않네요." "그래요, 당신 말이 맞아요. 난 벌써 반나절을 돌아다니고 있죠. 그런데 들어오는 게 없어요. 수입이 하나도 없어요. 요즘엔 사람들이 돈이 궁한가 봐요." "실례지만 무슨 장사를 하십니까?"

"연금을 조금 받고 있어요. 나는 남의 간섭을 받지 않고 일하고 내 힘으로 돈을 벌고 싶었어요. 연금을 받은 지는 3년 정도 되는데, 전에는 우체국에서 근무했고 지금은 이렇게 돌아다니고 있어요. 그러니까 신문에서 광고를 읽은 다음, 사람들이 광고에 낸 물건을 직접 가서 살펴보는 거죠." "그렇다면 가구 같은 건가요?" "뭐든 가리지 않아요. 중고 사무용 가구, 베히슈타인 피아노, 낡은 페르시아 양탄자, 자동 피아노, 우표 수집품, 주화, 유품으로 나온 옷가지 등이죠." "죽는 사람이 많은가 봐요." "정말 많아요. 그러면 나는 가서 물건을 살펴보고, 때로는 뭔가를 사기도 해요." "그런 다음 다시 파는군요. 알겠습니다."

그러더니 그 천식을 앓는 남자는 다시 입을 다물고는 외투로 몸을 꼭 감쌌다. 그들은 부드러운 눈 사이로 어슬렁거리며 걸었다. 다음 가로등에 이르렀을 때, 땅딸막한 천식 환자는 주머니에서 우편엽서 한 다발을 꺼냈고, 울적한 얼굴로 프란츠를 바라보더니 엽서 두 장을 그의 손에 쥐어 주었다.

"읽어 봐요, 이웃 양반."

엽서에는 이렇게 적혀 있었다.

"받는 사람, 우체국 소인 날짜. 유감스럽게도 사정이 생겨 어제 체결한 구입 약속을 취소하지 않을 수 없습니다. 존경을 표하며, 베른하르트 카우어."

"그러니까 당신 성(姓)이 카우어군요?"

"그래요. 이건 복사기로 인쇄한 건데, 내가 쓰려고 한 대 샀죠. 복사기는 내가 구입한 유일한 물건입니다. 혼자서 복사 작업을 해 이것을 만들죠. 한 시간에 50장 정도는 만들 수 있어요."

"그게 무슨 말인가요? 대체 그게 무슨 뜻이죠?"

저 사람은 아무래도 정상이 아니야, 깜박거리는 눈초리도 좀 이상해.

"이 대목을 한번 읽어 봐요. '좋지 않은 사정이 생겨 계약을 취소한다.' 물건을 사겠다고 약속했지만 돈을 지불할 수 없는 거요. 돈을 지불하지 않으면 아무도 물건을 내주지 않죠. 그 사람들을 나쁘게 생각할 수는 없어요. 그래서 나는 언제든 돌아다니며 물건을 사고 계약을 맺고 기뻐합니다. 상대방도 일이 순조롭게 풀렸으니 기뻐하죠. 그러면 난 얼마나 행운아인가 하는 생각이 들어요. 세상에는 정말 좋은 물건이 많아요, 훌륭한 동전 수집품들이죠. 그건 내가 당신한테 말해 줄 수 있어요. 또 갑자기 돈이 떨어진 사람의 사정을 아시겠죠. 그럴 때 내가 찾아가 모든 것을 살펴보는데, 사람들은 자기한테 무슨 일이 일어났는지, 수중에 돈이 몇 푼밖에 없을 때 얼마나 비참한지 얘기해 주죠. 당신이 사는 그 집에서도 뭔가를 샀어요. 사정이 몹시 절박한 사람들이었고, 탈수기와 작은 냉장고를 샀는데, 그들은 그것들을 처분할 수만 있으면 기뻐하는 거죠. 그런 다음 계단을 내려오는데, 난 정말 모든 것을 사고 싶지만 아래층에 내려와서는 정말 걱정이 되죠. 돈이 없거든요, 돈이."

"하지만 구입한 물건을 당신한테서 사 갈 사람도 있어야 할 것 아니오?"

"그것은 크게 신경 쓰지 않아요. 내가 복사기를 구입한 것도 그 때문인데, 복사기로 엽서를 찍어 내는 거죠. 엽서 한 장의 우편 요금이 5페니히인데, 그건 비용으로 처리해요, 그것으로 끝입니다."

프란츠의 눈이 휘둥그레졌다. "그럴 리가요, 이웃 양반. 설마 진담이 아니겠지요." "그 우편 요금도 때때로 줄일 수 있어요. 그러니까 5페니히를 절약하고자 집에서 나가는 길에 그 집 우편함에 이 엽서를 직접 집어넣는 거요." "그래서 늘 다리가 아프도록 돌아다니고 숨을 헐떡이는군요. 하지만 무엇 때문에 그러시는 거죠?"

그들은 알렉산더 광장에 이르렀다.

광장에는 사람들이 모여 있었고, 두 사람은 그곳으로 다가갔다. 땅딸막한 남자는 분노를 터뜨리며 프란츠를 쳐다보았다. "당신도 한 달에 85마르크로 살아 봐요. 그걸로는 생활이 힘들어요." "하지만 이봐요, 당신은 물건을 파는 일에 더 신경 써야겠군요. 당신이 원한다면 내가 아는 사람들한테도 물어보죠." "쓸데없는 소리 말아요. 내가 당신한테 언제 그런 부탁을 했소. 나는 혼자서 장사하지, 동업 같은 건 안 해요."

그들은 모여 있는 구경꾼들을 비집고 한가운데로 들어가 보았다. 흔히 있는 욕지거리 싸움질이었다. 그런데 프란츠가 땅딸막한 남자를 찾아보았지만, 그는 벌써 사라지고 없었다. 저 사람은 계속 그렇게 돌아다니고 있어. 프란츠는 내심 놀랐다. 나를 넙치처럼 납작하게 만들어 버리는군. 도대체 내가 찾는 그 사고는 어디서 일어난 것일까?

그는 어느 조그만 술집으로 들어가 퀴멜 술 한 잔을 마시고는 지역 신문인 『포어베르츠』*를 뒤적거려 보았다. 거기에도 『모텐포스트』*에 실린 것 이상의 내용은 없었는데, 영국과 파리에서 열린 대규모 경마 소식이 실려 있다. 그들은 아마도 경마를 위해 상당히 많은 돈을 썼을 것이다. 귓전에 그 정도로 큰 종소리가 울린 것이라면, 그것도 행운의 징조가 아닐까.

프란츠는 이제 집으로 돌아가려고 막 몸을 돌리려던 참이다. 그런데 건너편에 사람들이 모여 있으니 무슨 일이 일어났는지 가 보지 않을 수 없다. 샐러드를 곁들인 커다란 소시지가 있어요! 이봐요, 젊은 양반, 커다란 소시지가 있어요! 『몬타크 모르겐』, 『디 벨트』, 『디 벨트 월요판』이오!

저 두 사람에게 무슨 말을 할 것인가. 저 녀석들은 벌써 반 시간이나 티격태격 싸우고 있다. 별 대수로운 이유도 없이. 이봐, 이

자리는 내일까지 내 차지란 말이야. 아니, 당신이 여기 입석 자리를 그렇게 넓게 차지할 권리라도 샀단 말인가. 벼룩만 한 사람이 별로 자리도 필요치 않겠구먼, 그렇게 넓게 차지하면 안 되지. 어라, 저것 좀 봐, 저 녀석이 주먹을 한 방 날리네.

그러자 프란츠는 궁금해서 사람들 틈바구니를 뚫고 앞쪽으로 나아갔는데, 지금 저기서 치고받는 자들이 누구인가? 두 젊은 녀석, 프란츠가 아는 자들이다. 그래, 품스 패거리다. 너 지금 뭐라고 했어? 퍽, 소리와 함께 꺽다리가 상대 녀석의 목을 조르고, 퍽, 상대를 진창에 메다꽂는다. 이봐, 저런 녀석한테 당하다니, 이런 못난이. 거기 모여 있는 사람들, 대체 무슨 일이야. 이런, 경찰이다, 녹색 제복이야. 경찰이야, 경찰, 도망쳐. 비옷을 걸친 녹색 제복 둘이서 사람들 틈을 비집고 다가온다. 어이쿠, 뒤엉켜 싸우던 녀석 중 하나가 벌떡 일어나 인파 속으로 줄행랑을 친다. 또 다른 녀석, 그 키 큰 녀석은 아직 일어나지 못하는데, 옆구리에 제대로 한 방 얻어맞은 것이다. 그때 프란츠가 사람들을 헤집고 앞쪽으로 나선다. 쓰러져 있는 저 친구를 그냥 내버려 둘 수는 없어, 이런 얼간이 같은 인간들하고는. 도와주는 사람이 하나도 없어. 프란츠는 어느새 그의 팔을 부축하고서 사람들 사이로 사라진다. 녹색 제복이 주위를 둘러본다.

"여기 무슨 일이오?"

"두 녀석이 치고받았어요."

"자, 해산. 다들 갈 길 가요."

이 사람들은 늘 늦게 와서는 고함이나 지르고 뒷북이나 친다. 갈 길 가라니까요, 경사님, 우리는 벌써 그렇게 하고 있어요, 쓸데없이 흥분하지 마세요.

프란츠는 꺽다리를 데리고 프렌츨라우 거리의 불빛이 희미한 어느 집 현관에 앉아 있다. 여기서 번지수로 두 집 떨어진 곳에서 지금부터 약 4시간 뒤면 모자를 쓰지 않은 뚱보 하나가 나와 칠리한테 수작을 걸 것이다. 칠리는 일단 대꾸하지 않고 계속 걸어간다. 하지만 또 수작을 거는 녀석이 있으면 상대할 생각이다, 이 비열한 자식, 프란츠란 인간, 치사하기 짝이 없어.

프란츠는 현관에 앉아 축 늘어진 에밀을 흔들어 깨운다. "이봐, 정신 차려, 술집까지는 갈 수 있게 말이야. 이러지 말게, 한 방 맞은 정도야 견뎌 낼 수 있을 거야. 우선 몸을 좀 씻어야겠어, 이거 아스팔트를 질질 끌고 가는 것 같아." 그들은 길을 건너간다. "이제 첫 번째 만나는 가장 좋은 술집에 자네를 데려다 놓겠어, 에밀, 난 집에 가 봐야 해, 색시가 기다리고 있거든."

프란츠가 그와 작별의 악수를 나누는데, 상대방이 그를 향해 몸을 돌린다. "부탁 하나 들어주겠어, 프란츠. 오늘 품스하고 물건을 가지러 가야 해. 그 사람한테 잠깐만 들러 줘, 여기서 몇 걸음 안 돼, 이 거리에 있어. 어서 가 봐요." "이런, 나더러 어떡하라고. 이봐, 난 시간이 없다고." "가서 오늘은 내가 못 간다는 말만 전해 줘, 그 사람이 나를 기다리고 있어. 안 그러면 그 사람은 아무것도 못할 거야."

이에 프란츠는 욕설을 퍼부으며 자리에서 일어선다. 빌어먹을, 또 일거리야, 이 친구야, 난 집에 돌아갈 거야, 칠리를 마냥 기다리게 할 수는 없다고. 저런 원숭이 같은 멍청이, 내 시간도 어디서 훔쳐 오는 게 아니야. 그는 뛰기 시작한다. 아까 보았던 땅딸막한 남자가 가로등 아래서 수첩을 읽고 있다. 저게 누구야, 내가 아는 사람이잖아. 그때 그 남자는 프란츠 쪽을 쳐다보더니 바로 그를 향해 다가온다. "아, 당신이군, 이웃 양반. 탈수기와 냉장고가 있던 그 주택에서 나온 분. 나중에 집에 갈 때 여기 엽서 좀 전해 줘요, 그러면 우편 요금을 절약할 수 있으니까요."

그러면서 그는 프란츠의 손에 우편엽서를 쥐어 주는데 '뜻밖의 사정이 생겨 계약을 취소한다'는 내용이다. 이제 프란츠 비버코프는 유유히 걸어간다. 그는 그 엽서를 칠리한테 보여 주고자 하는데, 뭐 그렇게 급한 일은 아니다. 그는 약간 머리가 돈 것 같은, 이리저리 돌아다니며 물건을 사지만 수중에는 지불할 돈이 없는 땅딸막한 엽서 중독자를 생각하니 절로 웃음이 나온다. 머릿속에 새 한 마리를 품고 있는 정신 나간 사람이야, 그런데 그 새는 평범한 작은 새가 아니라 한 가족은 먹여 살릴 정도로 큼직한 어미 닭이다.

"안녕하시오, 품스 씨, 좋은 저녁입니다. 이렇게 불쑥 찾아와서 놀라셨죠. 그러니까, 이거 뭐라고 해야 하나. 내가 알렉산더 광장을 지나가고 있는데, 란츠베르크 거리에서 치고받는 싸움이 벌어졌어요. 한번 가 보자고 생각했지요. 그런데 싸움질하던 녀석들이 누군지 아시겠소? 당신이 데리고 있는 에밀, 그 꺽다리 녀석이랑, 나하고 이름이 같은 그 조그만 프란츠라는 녀석이더군요, 누구를 말하는지 알겠죠?"

그러자 품스 씨는 대답한다. 그렇지 않아도 자신은 프란츠 비버코프를 생각하고 있었고, 이미 오늘 낮에 그 둘 사이가 심상치 않다는 것을 눈치챘다는 것이다. "그러니까 꺽다리는 못 오겠군. 당신이 대신 좀 해 줘요, 비버코프." "나더러 뭘 하라는 거요?" "6시가 다 되어 가네. 9시에 물건을 가지러 가야 해요. 비버코프, 오늘은 일요일이고, 당신도 어차피 할 일이 없지 않소. 이번 일로 인한 경비는 내가 벌충해 주고, 거기에 더 얹어 드리겠소. 어때요, 시간당 5마르크로 합시다."

프란츠는 마음이 흔들린다. "5마르크라." "자, 내가 지금 곤란한 상황에 있어요, 두 녀석이 나를 곤경에 빠뜨린 거요." "그래도 그 작은 친구는 올지 모르잖소." "자, 그럼 합의한 거요, 5마르크요. 당신 경비를 포함해 5마르크 50페니히, 나야 그 정도는 괜찮소."

프란츠는 품스의 뒤를 따라 계단을 내려가면서 속으로 자꾸 웃음이 터진다. 이거야말로 행운의 일요일이야, 이런 기회는 날마다 오는 게 아니라고, 그러니까 그게 맞았어, 종소리는 뭔가를 예고하는 의미심장한 것이었어, 이걸로 한밑천 잡을 수 있겠는데. 그래, 일요일에 15마르크 내지 20마르크, 나야 특별한 비용이 드는 것도 없지. 그는 기분이 좋아졌다. 그의 주머니에서는 우편엽서 중독자가 건네준 엽서가 바스락거리고, 그는 건물 문 앞에서 품스와 작별을 하고자 한다. 그러자 품스가 깜짝 놀라는 표정이다.

"아니, 우리가 합의한 줄로 생각했는데, 비버코프."

"그럼요, 맞아요, 날 믿어도 좋아요. 하지만 잠깐 집에 들러야겠어요. 아시겠지만, 하하, 나한테는 색시가 하나 있거든요, 칠리라는 여자요. 라인홀트를 통해 들은 바 있을 거요, 전에는 그 친구의 여자였으니까. 이 아가씨를 일요일 내내 혼자 집에 둘 수는 없어요."

"안 돼요, 비버코프, 지금 당신을 보내 줄 수가 없소. 그러면 모든 일이 수포로 돌아가고, 내 입장도 곤란해져요. 안 돼요, 여자 때문에 그럴 수는 없소. 비버코프, 그렇게는 안 돼요, 그런 일로 사업을 망칠 수는 없는 거요. 그 여자는 당신한테서 달아나지 않을 거요."

"그건 나도 알아요, 말씀 잘하셨어요, 그 여자는 믿을 수 있는 여자요. 그래서 더 그러는 거요, 그런 여자이기 때문에 거기 혼자 내버려 둘 수 없는 거요, 그녀는 지금 아무것도 듣지도 못하고, 보지도 못하고, 알지도 못해요. 내가 무얼 하고 있는지 말이오."

"자, 어서 갑시다, 다 잘될 거요."

'그런데 내가 할 일이 뭘까?' 프란츠는 생각했다. 그들은 함께 걸어갔다. 다시 프렌츨라우 거리 모퉁이. 벌써 여기저기에 매춘부들이 나와 있었다. 그로부터 몇 시간 후면 프란츠를 찾아 이곳저곳을 수소문하고 다닐 칠리가 보게 될 여자들이다. 시간이 흐르고, 프란츠의 주변에는 온갖 것이 몰려들고 있다. 잠시 후면 그는 자동차에 올라 있을 것이고, 그들의 손아귀에 들어갈 것이다. 이제 그는 어떻게 하면 그 정신 나간 인간에게서 받은 우편엽서를 빨리 전해 줄 수 있을까, 그리고 어떻게 하면 잠깐이라도 칠리에게 갔다 올 수 있을까 하고 생각한다.

그가 품스와 함께 알테쇤하우스 거리를 따라 가다가 어느 건물의 측랑으로 올라간다. 품스는 그곳이 자기 사무실이라고 말한다. 위로 올라가니 전등이 켜 있고 전화기, 타자기까지 갖추어져 있어 제법 사무실처럼 보인다. 엄격한 인상의 중년 부인 하나가 프란츠와 품스가 앉아 있는 방에 수시로 드나든다. "이쪽은 내 아내, 그리고 이 사람은 프란츠 비버코프야, 오늘 우리하고 할 일이 있어서 온 거야."

그녀는 아무것도 못 들은 체하며 방에서 나간다. 품스가 책상에 앉아 이런저런 일을 하면서 뭔가를 확인하느라 분주한 사이, 프란츠는 의자 위에 놓여 있던 『베를린 신문』을 읽는다. 카누를 타고 3000해리를 항해한 귄터 플뤼쇼, 휴가 시즌 크루즈 여행, 라니아의 연극 「호경기」, 레싱 극장에서 오르는 피스카토르 무대*. 피스카토르 직접 연출. 피스카토르는 뭐고, 라니아는 뭐야? 포장이라는 것은 뭐고, 내용물이라는 것은 뭐야, 그러니까 드라마인가? 인도에서는 조혼 풍습이 사라져, 품평회에서 입상한 가축을 위한 공동묘지. 단신 뉴스: 브루노 발터의 이번 시즌 마지막 콘서트 지휘, 4월 15일 일요일, 시립 오페라 극장. 연주할 곡에는 모차르트의 내림 마장조 교향곡도 포함, 수익금은 빈의 구스타프 말러 기념비 재단에 기증 예정. 자동차 운전사, 기혼, 32세, 2a, 3b종 면허 보유, 개인 회사 또는 화물차 분야 일자리 구함.

품스 씨는 시가에 불을 붙이려고 책상 위에서 성냥을 찾는다. 그때 그 중년의 여자가 벽과 동일한 벽지를 바른 문을 열고, 이어 남자 셋이 천천히 들어온다. 품스는 그들을 쳐다보지도 않는다. 그러니까 모두 품스의 똘마니들이다. 프란츠는 그들과 악수를 한다. 그 여자가 다시 방에서 나가려고 하는데, 품스가 프란츠에게 손짓을 한다. "이봐요, 비버코프, 아까 전달해야 할 편지가 있다고 했죠? 자, 클라라, 당신이 좀 처리해 줘요." "정말 고맙습니다, 품스 부인, 저를 위해 그런 호의를 베풀어 주시겠어요? 아, 편지는 아니고 그냥 엽서입니다, 내 색시한테도 전할 말이 있고요."

프란츠는 그 여자에게 자기 주소를 정확히 말하고 그것을 품스의 사무용 봉투에 다시 적어 준다. 그리고 칠리한테도 아무 걱정 말라, 10시경에는 집에 돌아간다는 전언을 해 줄 것과 우편엽서를 부탁한다.

자, 이렇게 해서 모든 일은 순조롭게 돌아가고, 프란츠는 이제야 한시름 던 느낌이다. 그런데 깡마르고 심술궂은 그 여자는 부엌에서 봉투에 적힌 주소를 읽어 보더니 봉투를 불 속에 던져 버리고, 엽서는 구겨서 쓰레기통에 내던진다. 그런 다음 난롯가로 가서 아무 생각도 하지 않고 마시던 커피를 계속 마신다. 그녀는 그냥 앉아서 커피만 마시는데, 실내가 훈훈하다. 한편 비버코프는 차양 달린 모자를 쓰고 국방색의 두꺼운 군복 외투를 입은 자가 나타나자 온통 기쁨에 휩싸인다. 도대체 누구일까? 얼굴에 깊은 주름이 팬 저 사람은 누구일까? 항상 진창에서 한 걸음씩 옮기듯 다리를 질질 끌며 걷는 저 사람은 누구일까? 맞아, 라인홀트다.

그를 보는 순간 프란츠는 마음이 한결 가벼워진다. 이거, 정말 근사하군! 자네하고 함께 일을 하게 되다니, 라인홀트, 이제 무슨 일이든 겁날 것 없어.

"뭐야, 당신도 함께 하는 거요?" 라인홀트가 못마땅해하는 콧소리를 내더니 다리를 질질 끌며 돌아다닌다.

"대단한 결심을 했나 보군."

그러자 프란츠는 알렉산더 광장에서 있었던 싸움박질에 대해, 그리고 자기가 어떻게 꺽다리 에밀을 도와주었는지를 들려준다. 네 사람은 모두 열중해서 프란츠의 이야기에 귀를 기울였고, 품스는 아직도 무엇인가를 쓰고 있다. 그들은 서로 툭툭 치면서 둘씩 귓속말을 주고받는다. 그들 중 한 명이 내내 프란츠의 이야기를 들어주고 있다.

8시 정각에 출발이다. 모두들 단단히 껴입었고, 프란츠도 외투를 하나 얻어 입는다. 그는 환한 얼굴로 그 외투를 자기 것으로 갖고 싶고, 크리미아산 양가죽 모자도 갖고 싶다고 말한다. 이거 굉장하군. "안 된다는 법도 없지." 그들이 말한다. "그 정도 벌이는 해야겠지만."

마침내 그들은 출발한다. 밖은 칠흑처럼 어둡고 땅바닥은 질퍽하기 짝이 없다. "우리는 무슨 일을 하는 거야?" 그들이 도로에 나와 섰을 때 프란츠가 묻는다. 그들이 대답한다. "일단 자동차를 한두 대 확보할 거야. 그다음에는 물건을 가져오는 거야, 사과나 그 밖의 여러 물건이지." 그들은 여러 대의 자동차를 그냥 보내고, 메츠 거리에 서 있는 자동차 두 대에 오른 다음 출발한다.

두 대의 자동차는 앞서고 뒤따르면서 반 시간 남짓 달린다. 캄캄했기 때문에 어디쯤 달리는지 알 수 없지만, 바이센제 구역이거나 프리드리히스펠데인 것 같다. 젊은 녀석들이 말한다. 꼰대는 뭔가 먼저 처리할 일이 있나 봐. 이윽고 그들은 어떤 건물 앞에 멈추는데, 넓은 가로수 길인 것으로 보아 템펠호프 구역인 것 같다. 다른 사람들도 어딘지 잘 모르겠다면서 담배만 꾸역꾸역 피워 댄다.

라인홀트는 비버코프와 같은 자동차에 올라 옆자리에 앉아 있다. 그런데 이 라인홀트의 목소리가 평소와 아주 달라져 있다! 그는 말을 더듬지도 않고 큰 소리로 말하며, 대장이라도 된 듯 꼿꼿한 자세로 앉아 있다. 이 친구는 심지어 웃기까지 하고, 자동차에 탄 다른 녀석들은 그의 말을 고분고분 듣기만 한다. 프란츠가 팔로 그를 감싸 안는다.

"이보게, 라인홀트." (그는 그의 모자 밑 목덜미에 대고 속삭인다.) "이보게, 나한테 무슨 말을 하려는가? 혹시 내가 여자들 문제를 잘못 처리한 건가? 어떻게 생각해?" "무슨 소리, 모든 게 좋아, 모든 게 좋다고." 그러면서 라인홀트는 프란츠의 무릎을 철썩 소리가 나도록 친다. 이 친구, 주먹이 제법이야, 그래, 주먹이 센 친구야! 프란츠는 콧방귀를 뀌며 말한다. "우리 같은 사람들이 여자 문제로 흥분해서야 쓰겠는가. 아무짝에도 소용없는 하찮은 여자들 때문에, 안 그래?"

사막의 삶은 대개 힘든 것이다.

낙타들은 찾고 또 찾지만 아무것도 찾아내지 못하고, 그러다가 어느 날 사람들은 백골이 된 낙타의 뼈들을 발견하는 것이다.

품스가 트렁크를 하나 들고서 다시 차에 오르자, 두 대의 차량은 이제 단숨에 시내를 가로질러 달린다. 그들이 뷜로 광장에 도착했을 때는 거의 9시였다. 이제부터는 걸어서 가는데, 각자 거리를 유지하되 항상 둘씩 짝을 지어 간다. 그들은 교외선 철도의 아치 아래를 통과한다. 프란츠가 말한다. "조금만 더 가면 시장 건물이겠어." "벌써 다 왔어요. 일단 물건을 날라 온 다음에 저쪽으로 운반하는 거예요."

갑자기, 앞서 가던 녀석들이 사라져 보이지 않는다. 그들이 지금 와 있는 곳은 교외선 철도 바로 옆의 빌헬름 황제 거리다. 이번에는 프란츠도 동행한 짝과 함께 어떤 건물의 열려 있는 컴컴한 현관 안으로 사라졌다. "바로 여기요." 프란츠 곁에 있던 녀석이 말을 건넨다. "이젠 시가를 버리는 게 좋아요." "어째서?" 그러자 녀석은 프란츠의 팔을 움켜잡고는 그가 입에 물고 있던 시가를 낚아챈다. "내가 그렇게 하라고 말했잖아." 그러고는 프란츠가 어떻게 손을 써 볼 사이도 없이 그는 어두운 안뜰을 지나 저쪽으로 가버린다. 이런, 빌어먹을, 사람을 이렇게 컴컴한 어둠 속에 혼자 두고 가면 어떡하자는 거야, 녀석들은 대체 어디에 있는 거야? 프란츠가 어기적어기적 안뜰로 들어가는데, 손전등의 불빛이 그를 비쳐 눈이 부시다, 풂스다. "이것 봐, 당신, 여기서 뭐 하는 거요? 당신이 있을 자리는 여기가 아니오, 비버코프, 당장 밖에 가서 서 있으라고, 당신 임무는 망을 보는 거요. 어서 자리로 돌아가요." "아니, 나도 물건을 날라야 한다고 생각했지." "쓸데없는 소리 말고, 어서 자리로 돌아가라니까. 아무도 당신한테 무슨 말을 해 주지 않은 거요?"

손전등의 불이 다시 꺼지고, 프란츠는 어기적거리며 다시 돌아간다. 그의 몸속에서 뭔가가 부르르 떨고, 그는 숨을 삼킨다. "대체 이게 뭐야, 녀석들은 다 어디 간 거야?" 그는 어느새 건물 현관으로 돌아와 서 있다. 그때 저기 뒤쪽에서 두 녀석이 다가온다 — 도둑질과 살인을 일삼는 녀석들이야. 녀석들은 지금 도둑질을 하고 있는 거야, 건물에 몰래 침입해서. 여기서 달아나야겠어, 어서 도망쳐야 해. 얼음판을 건너고 활강 코스를 지나, 멀리 길을 돌아물을 건너서 알렉산더 광장까지 가는 거야. — 녀석들이 그를 잡는다. 한 녀석은 라인홀트이고 강철 주먹을 가졌다. "당신한테 말하지 않았어? 당신이 할 일은 여기 서서 망을 보는 거야." "누가, 누가 그런 말을 해 줬다는 거야?" "이런 젠장, 쓸데없는 소리는 집어치워, 시간이 없다고. 그렇게 눈치가 없는 거야? 순진한 척하지 마. 여기 서 있다가 무슨 일 있으면 휘파람을 불라고." "난……." "아가리 닥치라니까, 이 자식아." 이어 휙 소리와 함께 프란츠의 오른팔을 향해 주먹이 한 방 날아온다. 어찌나 센지 몸이 휘청거릴 정도다.

프란츠는 어두컴컴한 현관에 혼자 서 있다. 그는 정말로 벌벌 떨고 있다. 왜 내가 여기 서 있지? 저 자식들이 나를 감쪽같이 속여서 끌어들인 거야. 저 개자식은 나한테 주먹까지 날렸어. 녀석들은 지금 저 안에서 도둑질을 하고 있어, 도대체 뭘 훔치는지는 모르겠어, 하지만 분명한 건 과일 장사하는 놈들이 아니야, 녀석들은 도둑놈들이야. 검은 나무들이 쭉 늘어서 있는 긴 가로수 길, 철문, 감방 문이 닫히면 죄수들은 모두 취침해야 한다, 여름철에는 어두워질 때까지 깨어 있는 것이 허용된다. 저 자식들은 품스가 지휘하는 도둑 패거리야. 이거 도망쳐야 하나, 말아야 하나, 어떡하지. 저놈들은 나를 속여서 여기에 끌어들였어, 저런 도둑놈들. 나를 여기에 망보기로 세워 놓은 거야.

프란츠는 그 자리에 서서 덜덜 떨며 얻어맞은 팔을 어루만졌다. 죄수들은 아픈 것을 숨겨서도 안 되고 꾀병을 부려서도 안 된다. 모두 처벌감이다. 건물은 쥐 죽은 듯 조용하다. 뷜로 광장에서 들려오는 자동차 경적 소리. 안뜰 너머에서는 우지끈하는 소리, 덜컹거리는 소리, 이따금 손전등의 불빛이 보이는데 한 녀석이 차광이 되는 손전등을 들고 순식간에 지하실로 사라진다. 저놈들이 나를 이 자리에 꼼짝도 못하게 잡아 두었어, 저런 도둑놈들을 위해 여기서 망을 보느니 차라리 딱딱한 빵과 소금물에 삶은 감자나 먹는 편이 낫지. 안뜰에서 여러 개의 손전등이 번쩍이고, 프란츠는 우편엽서 중독자인 남자가 생각났다. 참 희한한 사람, 정말로 특이한 인간이야. 그러면서 프란츠는 그 자리를 떠나지 못하고, 마법에 걸린 사람처럼 꼼짝 않고 서 있었다. 라인홀트에게 얻어맞고 나서부터 마치 못 박힌 듯이 줄곧 그렇게 서 있었다. 그는 도망치겠다, 도망치고 싶다고 하지만 마음대로 되지 않고, 무엇인가가 그를 붙잡고 놓아주지 않는다. 세상은 쇠로 만들어져 있고, 사람은 어떻게 할 수가 없다, 세상은 누군가를 향해 거대한 증기 롤러처럼 굴러온다, 그것에 대항할 도리가 없다, 저기 그것이 굴러오고 있다, 달려오고 있다, 그 안에는 저놈들이 앉아 있다, 저것은 탱크다, 머리에 뿔이 난 이글거리는 눈빛의 악마들이 타고 있다, 그놈들은 사람을 박살 낸다, 저 안에 앉아서 사슬과 이빨로 사람의 육신을 갈기갈기 찢어 버린다. 그것이 달려온다. 하지만 아무도 피할 수 없다. 그것은 어둠 속에서 실룩댄다. 빛이 있다면 그 모든 것을 똑똑히 볼 수 있을 것이다. 그것이 어떤 자세로 있는지, 어떤 모습을 하고 있는지.

나는 여기서 도망치고 싶어, 도망치고 싶다고, 이 도둑놈들아, 이 개자식들, 나는 이런 짓을 원치 않아. 그는 두 다리를 당겨 보았다, 내가 여기서 달아나지 못하면 그야말로 웃음거리가 될 것이다. 그는 몸을 움직여 보았다. 마치 누군가가 반죽 속에 집어넣은 것처럼 도저히 몸을 빼낼 수가 없다. 하지만 어떻게든 움직여진다. 어렵기는 했지만, 움직이기 시작했다. 나는 이제 전진하는 거야, 저 녀석들은 실컷 도둑질이나 하라지, 나는 여기서 사라지는 거야. 그는 외투를 벗어 들고서 천천히, 가슴을 졸이면서 안뜰로 다시 갔다. 그는 외투를 녀석들의 낯짝에다 내동댕이치고 싶었지만 그러지는 못하고 뒤채의 어둠 속으로 내던졌다. 그때 불빛이 다시 다가왔다. 두 남자가 그의 곁을 빠른 걸음으로 지나가는데, 외투를 입고 짐을 잔뜩 짊어진 상태였다. 자동차 두 대는 출입구 앞쪽에 세워져 있었다. 그리고 녀석들 중 하나가 지나가면서 다시 프란츠의 팔을 후려쳤는데, 강철 같은 주먹이었다.

"아무 일 없지, 응?" 라인홀트였다. 이어 또 다른 두 녀석이 바구니를 들고 프란츠 옆으로 뛰어갔다. 그리고 또 두 녀석이 손전등도 없이 프란츠 곁을 왔다 갔다 하는데, 정작 그는 속으로 이를 바드득 갈고 주먹을 움켜쥐는 것밖에는 아무것도 할 수 없다. 녀석들은 마치 야만인처럼 어둠 속에 잠긴 안뜰과 현관을 정신없이 뛰어다니며 일했는데, 그렇지 않았더라면 프란츠의 모습을 보고 깜짝 놀랐을 것이다. 왜냐하면 거기 서 있는 사람은 더 이상 그들이 세워 둔 프란츠가 아니었기 때문이다. 그는 외투도 걸치지 않고 모자도 쓰지 않고 두 눈은 부릅뜨고 두 손은 주머니에 집어넣은 채 아는 얼굴이 있는지 째려보고 있다. 이놈은 누구야, 저 녀석은 누구지, 칼을 갖고 있지는 않아, 잠깐, 혹시 재킷에 감추고 있을지 몰라, 이 풋내기들아, 너희는 프란츠 비버코프를 알지 못하지, 한번 건드렸다가는 뜨거운 맛을 보게 될 거야. 그때 네 녀석이 짐을 잔뜩 짊어지고 연달아 밖으로 뛰어나왔고, 그중 땅딸막한 녀석이 프란츠의 팔을 잡는다. "자, 비버코프, 이제 출발이야, 만사 오케이야."

그리고 프란츠는 큰 자동차 안으로 다른 녀석들 틈에 짐짝처럼 실린다. 라인홀트가 옆자리에 앉아서 프란츠를 옆으로 밀어붙이는데, 지금까지와는 다른 라인홀트다. 그들은 자동차 안에 불도 켜지 않은 채 달린다. "왜 이렇게 나를 밀치는 거야?" 프란츠가 속삭인다. 칼은 가지고 있지 않은 것 같다.

"주둥이 닥쳐, 아가리 닥치라고, 이 자식아. 찍소리도 내지 말라고." 앞선 자동차가 미친 듯이 질주한다. 두 번째 자동차의 운전사는 오른쪽으로 고개를 돌려 뒤를 돌아보더니 더욱 속력을 내면서 열린 창문으로 뒤쪽을 향해 소리친다. "누군가가 쫓아오고 있어."

라인홀트는 창밖으로 고개를 내밀고 소리친다. "빨리, 빨리, 모퉁이를 돌아가는 거야." 뒤의 자동차는 계속해서 따라붙는다. 그때 라인홀트는 가로등 불빛에 비친 프란츠의 얼굴을 바라본다. 저 자식이 득의의 웃음을 띠고 있고, 행복한 낯빛이다. "왜 웃는 거야, 이 멍청한 원숭이 새끼, 네 녀석이 정말 미쳤나 보구나." "웃을 수도 있는 거지, 자네하고는 상관없는 일이야." "웃을 수 있다고?"

저 게으름뱅이 자식, 아무짝에도 쓸모없는 녀석! 그 순간 라인홀트의 뇌리에는 여태껏 자동차를 타고 오며 한 번도 떠오르지 않았던 생각이 번개처럼 스친다. 그래, 바로 비버코프라는 자식이 나를 그토록 골탕 먹였어, 내 여자들을 내쫓은 것도 이 자식이야, 그것은 다 입증된 사실이야, 저 뻔뻔하고 뚱뚱한 돼지 새끼가 그런 거야, 저런 녀석한테 내 속마음을 다 털어놓았다니. 갑자기 라인홀트는 자동차가 달리는 것 따위는 신경 쓰지 않는다.

나무들이 울창한 검은 숲 속의 물, 너희는 그렇게도 잠잠하게 있구나. 무서울 정도로 조용하구나. 숲에 폭풍이 몰아쳐 소나무들이 휘어지고 나뭇가지들 사이의 거미줄이 찢겨 사방에 흩날려도 너희의 수면은 움직이지 않는다. 폭풍은 너희가 있는 곳까지는 밀고 내려가지 못한다.

이 녀석은 말이야, 라인홀트는 생각한다, 이 녀석은 아주 편안하게 앉아서 뒤에 오는 자동차가 우리를 따라잡을 거라고 생각하겠지, 그런데 내가 여기에 앉아 있어, 저 녀석은 나한테 일장연설까지 했었지, 저 멍청한 놈이, 여자들에 대해서, 나더러 자제해야 할 거라고.

프란츠는 소리 없이 계속해서 웃고, 차의 작은 창문을 통해 뒤쪽의 도로를 내다본다. 그래, 정말로 자동차가 그들을 쫓아오고 있다, 다 들통 난 것이다. 기다려라, 이것은 네놈들이 받아야 할 벌이야. 내가 너희와 함께 붙잡히는 한이 있어도, 네 녀석들이 나를 가지고 노는 꼴은 못 보지, 이 도둑놈들, 이 사기꾼 악당들, 범죄자 패거리.

예레미야 선지자가 말하기를, 인간을 믿는 자는 저주를 받으리라. 그런 자는 광야에 버려진 자와 같다. 그런 자는 메마른 땅에, 아무것도 살지 않는 소금 덩어리 땅에 머물 것이다. 사람의 마음은 거짓되고 심히 부패하였으니, 누가 사람의 마음을 알겠는가?

그 순간 라인홀트는 맞은편에 앉은 녀석에게 은밀하게 신호를 보낸다. 자동차 안에는 어둠과 불빛이 교차하고, 추격전은 계속된다. 라인홀트는 몰래 손을 뻗쳐 프란츠 바로 옆의 차문 손잡이를 잡는다. 그들은 넓은 가로수 길을 질주하고 있다. 프란츠는 여전히 뒤쪽을 쳐다보고 있다. 그런데 누군가가 느닷없이 그의 멱살을 움켜쥐더니 앞으로 휙 끌어당긴다. 프란츠는 일어나려 하면서 라인홀트의 얼굴을 친다. 하지만 상대는 무서울 정도로 완력이 세다. 바람이 윙윙대며 차 안으로 불어닥치고, 눈발도 날아든다. 프란츠는 짐짝들 위로 비스듬히 밀리며 열려 있는 문 쪽으로 밀쳐진다. 그는 소리를 지르면서 라인홀트의 목덜미를 붙잡으려 한다. 그러자 그의 팔을 향해 몽둥이가 날아든다. 차 안의 또 다른 녀석이 그의 왼쪽 엉덩이를 가격하면서 밀친다. 프란츠는 옷가지 꾸러미 아래로 떨어지면서 자빠진 자세로 열린 문 밖으로 밀려나간다. 그는 두 다리로 어딘가에 매달려 보려고 버둥거린다. 두 팔로는 자동차 발판을 끌어안고 있다.

그때 그의 뒤통수에 몽둥이가 날아든다. 라인홀트는 그의 몸 위에 허리를 구부리고 서서 그의 몸뚱어리를 바깥 도로 위로 내던져 버린다. 이어 쾅 하고 자동차 문이 닫힌다. 뒤에서 추격하던 차는 도로에 떨어진 그의 몸뚱어리를 그대로 덮치고 지나간다. 그리고 휘날리는 눈보라 속에서 추격전은 계속된다.

해가 떠오르고 아름다운 햇살이 비치면, 우리는 기뻐한다. 가스등을 끌 수 있고, 전등도 마찬가지다. 자명종이 울리고 사람들은 잠자리에서 일어난다. 새로운 날이 시작된 것이다. 어제가 4월 8일이었으면 오늘은 4월 9일, 전날이 일요일이었으면 오늘은 월요일이다. 해도 안 바뀌고 달도 안 바뀌었지만 뭔가 변화가 있었다. 세상은 계속해서 굴러 왔다. 해가 떠올랐다. 해라는 것이 무엇인지는 확실치 않다. 천문학자들은 이 물체에 지대한 관심을 갖고 있다. 그들은 이 물체가 태양계의 중심체라고 하는데, 우리의 지구는 작은 행성에 불과하기 때문이다. 그렇다면 우리는 무엇이란 말인가? 저렇게 해가 떠오르면 사람은 기뻐한다. 하지만 사실 우울해야 하는 게 아닐까, 도대체 사람이란 존재는 무엇일까. 태양은 지구보다 30만 배나 크고, 또 얼마나 많은 수와 0이 있는가. 이 모든 것이 말해 주는 것은 우리가 단지 하나의 제로 상태, 아무것도 아닌 존재, 무에 불과한 존재라는 것이다. 그런데도 해가 떠오른다고 기뻐하는 것은 정말 웃기는 일이다.

그렇지만 아름다운 햇빛이 나타나면, 밝고 강렬한 햇살이 거리를 비추면 사람들은 기뻐한다. 그것이 방으로 들어오면 방마다 온갖 색들이 깨어나고, 얼굴과 모습들이 드러난다. 물건의 형체를 손으로 만져 볼 때도 유쾌한 감촉을 느끼지만 본다는 것, 색깔을 보고 선을 본다는 것은 행복이다. 그래서 사람들은 기뻐하고, 또 자신이 어떤 존재이고, 어떻게 살아가고, 무엇을 체험하는지를 보여 줄 수 있다. 그리고 우리는 4월에 좀 따뜻해진 것을 기뻐하고, 꽃들이 자라나는 것을 보면서 얼마나 기뻐하는가. 그러므로 수많은 0을 가진 끔찍한 숫자 속에 무엇인가 오류, 착오가 있는 것이 분명하다.

태양아, 솟아라, 너는 우리를 겁먹게 만들지 않는다. 그 엄청난 크기에 우리는 신경 쓰지 않는다, 너의 직경이나 부피에도 마찬가지다. 따스한 태양이여, 솟아라, 밝은 빛이여, 솟아올라라. 너는 크지도 않고 작지도 않으며, 너는 그저 기쁨일 뿐이다.

바로 그때, 그 여인은 환한 미소를 지으며 파리-북유럽 간 특급열차에서 내렸다. 아담한 키에 특별히 눈에 띄지 않는 모습의 여인이다. 모피 장식을 단 외투를 입고 눈망울이 큰 이 여인은 팔에는 블랙과 차이나라는 이름의 작은 애견들을 안고 있다. 카메라맨들과 여기저기서 촬영하는 소리. 라켈은 잔잔한 미소를 띠면서 그 모든 것을 참아 내고, 스페인 교민들이 가져온 노란 장미 꽃다발을 받고서 몹시 기뻐한다. 상아 빛깔은 그녀가 가장 좋아하는 색깔이기 때문이다. "저는 베를린에 대해 정말 호기심이 많아요." 이 말을 남기고는 그 유명한 여인은 자신의 자동차에 올라 아침이 밝아오는 도시의 손 흔드는 사람들을 뒤로하고 사라진다.

제6권

이제 여러분의 프란츠 비버코프는 술을 진탕 마시지도 않고 숨지도 않는다. 앞으로 여러분은 그가 웃는 모습을 보게 될 것이다. 사람은 언제 어디서나 자기 형편에 맞게 살아야 하는 법이다. 그는 자신이 강요당했다는 사실에 분노한다. 앞으로는 누구의 강요도, 아무리 강한 자의 강요라 해도 받지 않고자 한다. 그는 어둠의 세력을 향해 주먹을 쳐든다. 그는 무언가와 맞서 있음을 느끼지만, 아직은 그것을 볼 수가 없다. 그래서 그는 누군가가 큰 망치로 머리를 내리치는 일을 겪어야 한다.

절망할 이유는 없다. 나는 이 이야기를 그 가혹하고 쓰라린 결말부까지 전개해 나가면서 상당히 자주 이 말을 할 것이다. 절망할 이유는 없다. 왜냐하면 내가 보고하고 있는 이 사나이는 평범한 남자는 아니지만, 우리가 그를 정확하게 이해하면 또 우리도 한 걸음, 한 걸음 그와 똑같이 행동하고 똑같은 경험을 할 수 있다는 점에서 그는 보통 사람이기도 하기 때문이다. 이런 식으로 말하는 게 통례적인 것은 아니겠지만, 나는 이 이야기에 대해 침묵하지 않겠노라고 약속한 바 있다.

내가 지금 보고하고 있는 프란츠 비버코프의 이야기는 그야말로 소름 끼치는 진실이다. 그는 아무것도 예감하지 못하고 집에서 나와 자기 의지와 상관없이 절도 사건에 가담했다가 달려오는 자동차 앞에 내던져졌다. 그는 정당하고 합법적인 길을 가려고 정말 착실하게 노력했는데, 자동차 바퀴에 깔린 것이다. 그런데 이것이야말로 충분히 절망스러운 일이 아닐까, 이 뻔뻔스럽고, 구역질 나고, 어처구니없는 부조리한 사건 속에 무슨 의미가 있단 말인가, 대체 이 사건에 무슨 가식적인 의미를 부여할 수 있단 말인가, 또 이 사건을 가지고 프란츠 비버코프의 운명을 구성하는 것이 가능하기나 할까?

그래도 나는 말한다. 절망할 이유는 없다고. 나는 이미 몇 가지 일은 알고 있고, 이 이야기를 읽는 사람들 역시 뭔가를 눈치챘을 것이다. 의미를 드러내는 과정이 서서히 진행되고, 프란츠가 그것을 체험하는 것처럼 우리도 그것을 체험할 것이며, 그러면 모든 게 분명해질 것이다.

불의의 재산이 번창하다*

라인홀트는 모든 일이 뜻대로 잘 풀렸으므로 계속해서 그런 식으로 나아갔다. 그는 월요일 낮이 되어서야 집으로 돌아왔다. 친애하는 형제자매여, 우리 그간의 시간 위에 10제곱미터의 이웃 사랑이라는 베일을 씌우자. 이전의 시간대 위에는 유감스럽게도 그렇게 할 수가 없었다. 우리는 다만 다음 사실을 확인하는 것으로 만족하고자 한다. 즉 월요일 아침에도 해는 정시에 떠올랐고, 이어 베를린에서는 우리에게 익숙한 분주한 일상이 시작되었으며, 정확히 오후 1시, 그러니까 13시가 되었을 때 라인홀트는 이미 기한을 넘겼는데도 떠날 생각이 없는 트루데를 자기 집에서 내쫓았던 것이다. 이번 주말은 얼마나 좋을까, 얼씨구절씨구, 숫염소가 암염소를 찾아가니, 얼씨구절씨구. 다른 이야기꾼이라면 아마 이 대목에서 라인홀트에게 어떤 벌을 주었을지도 모른다. 그러나 나는 그럴 마음이 없으며 그렇게 하지도 않았다. 라인홀트는 기분이 들떠 있었고, 더욱 흥을 돋워 유쾌해지고 싶었으므로 본디 정착하려는 본성이 있어 나가기 싫어하는 트루데를 밖으로 내쫓았다. 사실 그 자신도 그렇게 하려던 것은 아니었고, 그런 의지가 없었는데도 불구하고 그 일은 거의 자동으로, 특히 중뇌(中腦)의 개입으로 일어났다. 말하자면 그는 무척 취해 있었던 것이다. 이와 함께 운명도 이 남자의 편이 되어 주었다. 그가 술에 취한 것은 우리가 지난밤의 일로 덮어 둔 것들 중 하나이지만, 우리는 계속 전진하기 위해 몇 가지 언급하지 못한 결과만 급히 정리하고자 한다. 프란츠가 우습게만 여기던 약골 라인홀트는 원래 여자한테 심한 말이나 박력 있는 말을 못하는 위인인데, 이날 낮 1시에는 트루데를 무섭게 패고 그녀의 머리채를 잡아 뜯고 그녀에게 거울을 던져 산산조각 내는 등 온갖 행패를 부릴 수 있었다. 게다가 그녀가 마구 소리를 질러 대자 마침내 그녀의 입을 피가 나도록 때렸다. 그녀가 저녁때 의사에게 갔을 때는 입이 퉁퉁 부은 상태였다. 이 아가씨는 불과 몇 시간 만에 자신의 아름다움을 몽땅 잃었다. 그것은 라인홀트가 자행한 폭력적인 조치들의 결과였고, 그래서 그녀 또한 그에게 책임을 물을 생각이었다. 하지만 우선 그녀는 입술에 연고를 바르고 입을 다물고 있어야 했다. 이미 말했지만 라인홀트가 이 모든 것을 감행할 수 있었던 것은, 몇 잔의 술이 그의 대뇌를 마비시켰고 그 결과 평소 대체로 유용하게 작동하던 중뇌가 자유롭게 활동한 때문이었다.

라인홀트는 그날 오후 늦게야 컨디션은 좋지 않았지만 정신을 차릴 수 있었고, 자신의 셋집에서 몇 가지 반가운 변화를 확인하자 어안이 벙벙했다. 트루데는 분명 떠나가고 없었다. 그것도 아예 가 버린 것이다. 그녀의 바구니도 보이지 않았다. 그 밖에도 거울이 깨져 있었고, 바닥에는 누군가가 흉하게 피와 침이 뒤섞인 것을 잔뜩 뱉어 놓았다. 라인홀트는 혹시 스스로 다친 것은 아닌지 살펴보았다. 그런데 그의 입이 멀쩡한 것으로 보아 침을 뱉은 사람은 트루데였고, 그가 그녀의 주둥이를 짓이겨 놓았던 모양이다. 이 모든 일은 그의 기분을 한껏 고양시켰고, 또 스스로 대견하다는 생각이 들어 그는 소리 내어 웃었다. 그러면서 깨진 거울 조각 하나를 집어 들고 거울에 비친 자신의 모습을 보았다. 이봐, 라인홀트, 네가 이것을 해냈어, 네가 이런 일을 할 수 있다고는 도저히 생각지 못했어! 귀여운 라인홀트, 귀여운 라인홀트! 그는 무척이나 기뻤다. 그는 기뻐서 자신의 뺨을 툭툭 쳤다.

그는 곰곰이 생각했다. 혹시 다른 녀석이 그 여자를 쫓아낸 것은 아닐까, 혹시 프란츠가? 지난 저녁과 밤의 일들이 아직은 또렷하게 떠오르지 않았다. 그는 미심쩍어 셋집 여주인인 늙은 뚜쟁이를 불러 슬쩍 물어보았다.

"지난밤에 내 방에서 한바탕 소동이 있었죠?"

그러자 아주머니는 열을 내며 떠들어 댔다. 그가 간밤에 트루데를 혼내 준 것은 정말 잘한 일이다. 트루데는 아주 게으른 계집이라서 자기 페티코트 한 번 다린 적이 없다는 것이다. 뭐라고, 그 여자가 페티코트를 입는다고, 그것만 해도 그는 참을 수 없을 것 같았다. 그러니까 이번 일을 해낸 사람은 그 자신이었다. 그러자 라인홀트는 몹시 행복해졌다. 그때 갑자기 지난 저녁과 밤의 일이 모두 떠올랐다. 우선 멋지게 한탕을 했고, 배당 몫도 많았으며, 뚱보 프란츠 비버코프도 제대로 골탕 먹였다. 그 녀석이 뒤따르던 자동차에 치여 죽었다면 좋겠다. 그리고 투르데도 집에서 나갔다. 이 얼마나 칭송받을 일인가!

이제 무엇을 하지? 우선 저녁을 위해 제대로 멋을 내는 거야. 누군가와 화주에 대한 이야기를 해 보아야겠어. 나는 그딴 것은 입에도 대지 않으려고 했지, 절대로 안 마시려고 했어, 그런 허튼 짓을 하다니. 그런데 그것이 내게 힘을 저축해 주었고, 그래서 이 모든 일을 해낼 수 있었어.

그가 옷을 갈아입는데 품스 패거리 중 하나가 찾아와 귓속말을 하고는 몹시 거드름을 피우며 다리를 이쪽저쪽 바꾸어 가며 서 있다. 라인홀트에게 당장 술집으로 건너오라는 전언이다. 그러나 라인홀트는 한 시간이 족히 지나고 나서야 아래로 내려간다. 오늘은 여자 사냥을 나가는 날이다. 품스 혼자서 북치고 해야 할 것이다. 술집에 가서 보니 모두가 두려움에 바들바들 떨고 있었는데, 혹시 라인홀트가 비버코프한테 한 짓 때문에 자신들이 곤경에 빠질까 봐 그런 것이었다. 그 녀석이 죽지 않았다면 우리 모두를 불어 버릴 것이다. 만약 그 녀석이 죽었다면, 맙소사, 우리는 그 문제에 전적으로 연루되어 있다. 경찰들이 그의 집을 찾아가 탐문할 것이고, 그러면 진상이 모두 밝혀질 것이다.

그러나 라인홀트는 행복하고, 행운은 그의 편에 있다. 이런 자는 어떻게 할 도리가 없다. 이날은 그가 기억하는 한 가장 행복한 날이다. 그는 이제 화주를 즐기며 원하는 대로 여자를 챙길 수도 있고 내쫓을 수도 있다. 그는 모든 여자들에게서 다시 해방될 수 있고, 이것은 가장 새로운 것이자 대단한 것이다. 그는 당장이라도 여자 사냥에 나서고 싶지만, 품스 일당은 앞으로 2~3일은 바이센제 구역에 있는 그들의 은신처에 함께 숨어 있겠다는 약속을 받아 내고서 그를 보내 준다. 프란츠가 어떻게 되었는지, 그로 인해 자기들의 사정이 어떻게 변할지 지켜봐야 한다는 것이다. 좋아, 라인홀트는 그러겠다고 약속한다.

같은 날 밤 라인홀트는 이 모든 약속을 잊고 도망쳐 나왔다. 그러나 아무 일도 일어나지 않았다. 다른 녀석들은 바이센제 구역의 은신처에 틀어박혀 무서워 덜덜 떨고 있다. 그들은 이튿날 몰래 찾아와 그를 데려가려 하지만, 그는 어제 새로 발견한 카를라라는 여자에게 가 봐야 한다고 말한다.

그리고 라인홀트의 판단이 옳은 것으로 드러난다. 프란츠 비버코프에 대해서는 아무 소식도 들리지 않는다. 사람들은 그와 관련해서 아무것도 듣지도 못하고 보지도 못한다. 그 인간은 세상에서 깨끗이 자취를 감추었다. 우리한테야 다행스러운 일이다. 그래서 그들은 은신처에서 기어 나오고, 흡족한 기분으로 원래 살던 집으로 돌아간다.

한편 라인홀트의 방에서는 연한 금발의 카를라라는 아가씨가 담배 연기를 뿜어 대고 있다. 그녀는 라인홀트에게 화주를 큰 것으로 세 병이나 가져왔다. 그는 가끔 맛을 보며 홀짝거리는 정도이지만, 그녀는 그보다 많이, 때로는 아주 격렬하게 마신다. 라인홀트는 속으로 생각한다. 그래, 마실 테면 마셔라, 나는 나의 때가 오면 마실 것이다, 그때가 되면 너와는 작별이다. 안녕.

독자들 중에는 칠리를 걱정하는 분들도 있을 것이다. 만약 프란츠가 없다면, 그가 살아 있지 않고 죽었다면, 한마디로 이 세상에 더는 존재하지 않는다면, 저 불쌍한 아가씨는 어떻게 되는 거야? 아, 그녀는 어떻게든 살아갈 것이니 걱정하지 마시라, 그 아가씨에 대해서는 조금도 염려할 필요가 없고, 이런 종류의 여자는 언제나 오뚝이처럼 다시 일어나 요령 있게 헤쳐 나간다. 이를테면 칠리는 이틀은 견딜 수 있는 돈을 갖고 있고, 내가 당장 예상했던 대로, 벌써 화요일에는 여자 사냥을 다니던 라인홀트를 붙잡는다. 그는 베를린 시내에서 최고 멋쟁이답게 실크 셔츠를 말쑥하게 차려입은 상태다. 칠리는 그를 보자 당황스럽고, 자신이 이 녀석과 다시 사랑에 빠진 것인지, 아니면 최종 담판을 지으려는 것인지 분간하지 못한다.

실러의 작품에 나오는 구절처럼, 그녀는 옷 속에 단검을 숨기고 있다.* 그것은 부엌칼에 불과한 것이지만, 라인홀트가 비열한 짓을 하면 어디든지 한 방 찔러 줄 생각이다. 그녀는 이제 현관문 앞에 서 있고, 그는 다정한 말투로 떠들어 댄다, 두 송이의 빨간 장미, 차가운 키스.* 그러자 그녀는 생각한다. 내일까지 계속 지껄여라, 그러고 나면 내가 찔러 주지. 하지만 어디를 찌르지? 지금은 그것이 그녀를 혼란스럽게 한다. 저렇게 아름다운 실크에 구멍을 내며 찌를 수는 없을 것 같다. 이 남자는 근사한 옷을 입었고, 게다가 옷이 정말 잘 어울린다. 그녀는 라인홀트 곁에서 거리를 따라 걸으며, 그가 자기한테서 프란츠를 쫓아 버린 게 틀림없다고 말한다. 도대체 왜 그랬는가? 프란츠는 집에 들어오지 않고 있고, 오늘까지도 안 왔다. 그 사람한테 무슨 일이 있는 것은 아닐 것이고, 게다가 라인홀트의 집에서는 트루데가 사라지고 없다. 그렇다면 사태는 분명하다. 라인홀트 역시 어떤 말도 할 수 없을 것이다. 프란츠는 바로 트루데와 함께 사라진 것이고 라인홀트가 프란츠에게 그 여자를 떠맡아 달라고 했을 것이며, 그것이야말로 최후의 결정타라는 것이다.

라인홀트는 그녀가 모든 상황을 그렇게 훤히 꿰뚫고 있는 것을 보고 놀란다. 그래, 이 여자는 방금 그의 집에 올라가서 셋집 여주인으로부터 트루데와의 소동에 대해 들었을 것이다. 당신은 날강도야, 칠리는 그렇게 욕하면서 이 대목에서 부엌칼을 휘두를 용기를 내고 싶어 한다. 당신은 벌써 다른 여자가 생겼지, 척 보면 알아.

라인홀트는 10미터 거리에서 다음 사실을 알아차린다. 1. 저 여자는 지금 돈이 없다. 2. 저 여자는 프란츠에게 분노하고 있으며, 3. 저 여자는 나, 이 멋쟁이 라인홀트를 사랑하고 있다. 이런 옷차림을 하면 모든 여자들이 그를 사랑할 수밖에 없는데, 특히 음악에서 반복처럼 재탕인 경우에는 더욱 그렇다. 그래서 그는 첫 항목과 관련해서는 그녀에게 10마르크를 준다. 두 번째 항목과 관련해서는 그는 프란츠 비버코프를 마구 욕한다. 그 자식은 어디에 처박혀 있는 것인지 그 자신도 알고 싶다며. (양심의 가책, 대체 양심의 가책이라는 게 어디 있어, 오레스테스와 클리타임네스트라, 라인홀트는 이런 지체 높은 인물들은 이름조차 아는 바가 없고 다만 프란츠가 죽어서 다시는 나타나지 않기만을 진심으로 바란다.) 그런데 칠리 역시 프란츠가 어디 있는지 모르고, 그것은 그 녀석이 죽었음을 말해 주는 것이라고 라인홀트는 추론하면서 가슴이 설렌다. 그리고 세 번째 항목인 반복되는 애정과 관련해서 라인홀트는 다정하게 이렇게 말한다. 내가 지금은 임자가 있는 몸이지만, 5월에 다시 한 번 찾아오라고. 당신 정말 미쳤어, 그녀는 이렇게 욕을 하지만, 기쁜 나머지 믿지 못하겠다는 투다. 나한테는 모든 것이 가능하지, 라인홀트는 이렇게 말하고는 환한 표정을 지으며 작별 인사를 한 후 자기 갈 길을 간다. 라인홀트, 오 라인홀트, 당신은 나의 기사야, 라인홀트, 그대 나의 라인홀트, 난 당신만을 사랑해.

그는 술집 앞에 설 때마다 이 세상에 화주가 있게 해 준 창조주에게 감사한다. 만약 모든 술집이 문을 닫거나 독일 전역에서 술이 말라 버린다면 어떡하지? 그래, 그런 때를 대비해 집에 비축해 두는 거야. 당장 그렇게 해야겠어. 난 정말 머리 회전이 빨라, 그는 이렇게 생각하면서 가게로 들어가 종류별로 술을 산다. 그는 자신에게 대뇌가 있고, 필요한 경우엔 중뇌가 있음을 알고 있다.

이렇게 해서, 어쨌든 잠정적으로는 일요일에서 월요일에 걸친 라인홀트의 밤은 일단락되었다. 그리고 누군가가 이 세상에 정의란 것이 있느냐고 묻는다면, 그는 다음 대답에 만족해야 할 것이다. 일단은 없다, 하여튼 이번 금요일까지는 없다.

일요일 밤, 4월 9일 월요일

프란츠 비버코프 — 그는 의식 불명이고 캠퍼 주사와 스코폴라민 모르핀을 맞은 상태이다 — 를 실은 대형 자가용은 두 시간 동안 질주를 한다. 자동차는 마그데부르크에 도착한다. 어느 교회를 지나면서 프란츠는 차에서 내려지고, 두 남자가 병원의 비상벨을 마구 울린다. 그는 그날 밤에 바로 수술을 받는다. 어깨 관절 부위에서 오른팔을 절단하고 어깨뼈의 일부를 정리하는 수술인데, 흉곽과 오른쪽 허벅지의 타박상은 현재로서는 그리 중요하지 않다. 장기 손상의 가능성도 배제할 수 없는데, 약간의 간장 파열이 있기는 하지만 그리 심각하지는 않은 것 같다. 우선은 기다려 보아야 한다. 이 사람이 피를 많이 흘렸나요? 이 사람을 발견한 곳은 어디죠? x-y 국도에서 발견했지요, 그곳에 그의 오토바이가 있었어요, 뒤에서 들이받은 모양입니다. 사고 자동차는 보지 못했나요? 예, 보지 못했습니다. 우리가 저 사람을 발견했을 때는 이미 쓰러져 있었어요, 우리는 Z 지역에서 헤어졌고, 그는 왼쪽 길로 달려갔었죠. 그러니까 아주 컴컴한 곳이었어요. 그때 사고가 난 것 같습니다. 선생들은 여기 좀 더 머물 건가요? 예, 며칠 더 있으려고 합니다. 저 사람은 내 처남인데, 그의 아내가 오늘이나 내일 도착할 겁니다. 혹시 필요한 경우를 위해 우리는 길 건너편에 방을 잡아 두었습니다. 수술실 문 앞에서 두 남자 중 하나가 병원 사람들과 다시 이야기를 나눈다. 정말 끔찍한 일이죠, 하지만 병원 측에서 이 사건을 신고하지 않으면 정말 고맙겠습니다. 우리는 저 사람이 의식을 회복할 때까지 기다리고, 본인의 의견을 들어 보고자 합니다. 저 사람은 소송 같은 것을 좋아하지 않거든요. 예전에 사람을 친 적이 있어 신경과민 같은 게 있습니다. 그 문제는 좋으실 대로 하세요. 우선은 그가 위기를 넘기도록 해야 합니다.

11시에 붕대를 교체한다. 월요일 오전 — 라인홀트를 비롯해 이 불행한 사건을 저지른 장본인들은 바이센제 구역에 있는 그들의 은신처에서 진탕 마시고 기쁨에 겨워 떠들어 대고 있는 시간이다 — 프란츠는 의식을 되찾고 깨끗한 병실의 침대에 누워 있는데, 가슴이 답답한 게 꼭 뭔가로 가슴을 꽉 동여맨 것 같다. 그는 간호사에게 자기가 있는 곳이 어디냐고 묻는다. 간호사는 야간 근무자에게서 들은 것과 조금 전의 대화에서 엿들은 내용을 말해 준다. 그는 정신이 말짱하다. 이제 그는 사태를 이해하고, 오른쪽 어깨를 더듬어 본다. 간호사가 얼른 그의 손을 떼어 제자리에 갖다 놓으며, 가만히 누워 있어야 한다고 말한다. 도로의 진창에 쓰러졌을 때 소매에서 피가 뚝뚝 흘러나왔고, 그때 그는 그것을 느꼈다. 이어 사람들이 그의 주위에 다가왔는데, 그 순간 그의 내면에서는 무슨 일인가 일어났다. 프란츠의 마음속에서 무슨 일인가 벌어진 것이다. 그 순간 프란츠의 마음에서 벌어진 일은 무엇일까? 그는 모종의 결심을 했다. 뷜로 광장에 있는 건물의 현관에서 라인홀트의 강철 주먹에 팔을 얻어맞았을 때, 그는 온몸을 부르르 떨었다. 그의 발아래에서는 땅이 흔들거렸고, 그는 뭐가 뭔지 분간을 할 수가 없었다.

자동차가 그를 태우고 달릴 때도 바닥은 여전히 흔들렸고, 프란츠는 그것을 느끼고 싶지 않았지만 흔들림 현상은 사라지지 않았다.

그리고 5분 정도 지나 그는 진창 속에 나뒹굴고 있었는데 그때 그의 속에서 무엇인가 움직였다. 무엇인가 뚝 끊어지고 두 동강이 나며 윙윙 울리는 소리가 났다. 프란츠는 돌처럼 굳어 간다. 그는 느낀다, 내가 자동차에 치였구나, 그는 냉정하고 침착해진다. 이제 개죽음을 당하는구나, 그는 이렇게 생각한다. 그래서 명령을 내리기 시작한다. 내가 결딴나고 있나 보다, 상관없다, 하지만 나는 결딴나지 않을 거야. 앞으로 전진. 사람들은 그의 바지 멜빵을 풀어 그의 팔을 동여맨다. 그런 다음 그를 판코 병원으로 데려가려 한다. 그러나 그는 사냥개처럼 모든 움직임을 예의 주시한다. 아니, 병원은 안 돼요. 그러면서 주소를 하나 외친다. 무슨 주소일까? 엘자스 거리, 헤르베르트 비쇼, 그가 테겔 교도소에 가기 전부터 알았던 옛 친구다! 순간적으로 그 주소가 떠오른 것이다. 그가 진창에 나뒹굴었을 때 그의 마음속에서 무엇인가 움직이고, 무엇인가 뚝 끊어지고 동강이 나며 윙윙거리는 소리가 난다. 그 순간 그는 정신이 번쩍 든다. 이제 더 이상 불확실한 것은 없다.

그 녀석들에게 붙잡혀서는 안 돼. 헤르베르트 비쇼가 아직 거기 살고 있어, 또 지금쯤 집에 있을 거야, 그는 확신한다. 사람들은 엘자스 거리의 술집으로 달려가 헤르베르트 비쇼라는 사람을 찾는다. 그러자 호리호리한 젊은이가 까무잡잡하고 아름다운 여인 곁에서 일어난다, 무슨 일인가요, 뭐라고요, 저 밖에 자동차에 있다고요, 그는 이러게 외치더니 바깥으로 뛰쳐나가 그들과 함께 자동차 있는 곳으로 달려간다. 아가씨도 뒤따라 나서고, 술집에 있는 사람들 거의 절반이 그 뒤를 따라간다. 프란츠는 지금 자신에게 다가오는 자가 누구인지 안다. 그는 이제 모든 것을 시간에 내맡긴다.

프란츠와 헤르베르트는 서로를 알아본다. 프란츠가 그에게 열 마디 정도 소곤거리는 동안 밖의 사람들이 길을 내준다. 프란츠는 술집 안쪽에 있는 침대로 옮겨지고, 사람들이 의사를 불러오며, 아름다운 흑인 여자 에바는 돈을 가져온다. 사람들은 프란츠의 옷을 다른 것으로 갈아입힌다. 기습적인 사고를 당하고 한 시간 정도 지나 그를 태운 승용차는 베를린을 출발해 마그데부르크로 달려간다.

헤르베르트는 다음 날 낮에 병원을 찾아와 프란츠와 이야기를 나눈다. 프란츠는 하루라도 더 쓸데없이 병원에 누워 있지 않겠다고 하고, 비쇼는 일주일 후에 다시 오겠다고 하며, 에바는 그 사이에 마그데부르크에 숙소를 잡는다.

프란츠는 돌처럼 가만히 누워 있다. 그는 자신을 극도로 자제하고 있다. 그는 지나간 일은 조금도 생각하지 않으려 한다. 다만 의사의 회진이 끝나고 오후 2시가 되어 숙녀분이 방문했다는 전갈과 함께 에바가 튤립을 들고 들어오자, 그는 자신을 주체하지 못하고 울음을 터뜨리며 울고 또 운다. 에바는 손수건으로 그의 얼굴을 닦아 준다. 그는 입술을 깨물고 눈을 껌뻑이며 이를 악문다. 그러나 턱이 떨리고 계속 흐느끼게 되자, 밖에 있던 간호사가 그 소리를 듣고 노크를 하고 들어와 에바에게 오늘은 돌아가 달라고 요청한다. 그렇게 하지 않으면 환자에게 심한 부담이 될 것이라고 말한다.

이튿날이 되자 프란츠는 아주 안정되어 있고, 에바를 향해 미소를 짓기도 한다. 14일이 지난 후 그들은 병원에서 그를 데려온다. 그는 이제 베를린에 돌아와 있다. 그는 다시 베를린의 공기를 호흡한다. 엘자스 거리의 집들을 다시 보자 그는 울컥하지만, 그렇다고 흐느끼지는 않는다. 그는 칠리와 함께 있던 그 일요일 오후를, 그 종소리를 생각한다. 나는 다시 이곳에 온 거야, 무엇인가가 나를 기다리고 있어, 나는 무언가를 해야 해, 무슨 일인가 일어날 거야. 프란츠 비버코프는 그것을 분명하게 알고 있다. 그리고 지금은 움직이지 않은 채 조용히 그들이 차에서 그를 옮기도록 내버려 둔다.

나는 무엇인가를 해야 해, 무슨 일이 일어날 거야, 나는 도망치지 않을 거야, 나는 프란츠 비버코프야. 사람들은 그를 집으로, 대리인을 자처하는 친구 헤르베르트 비쇼의 집으로 옮긴다. 그때 그는 자동차에서 굴러떨어졌을 때 느꼈던 이상야릇한 안도감을 느낀다.

도살장에 공급되는 가축 수: 돼지 1만 1543마리, 소 2016마리, 송아지 920마리, 거세된 숫양 1만 4450마리. 한 번의 타격, 얏, 녀석들은 뻗어 버린다.

돼지, 소, 송아지, 그것들은 도살된다. 우리는 그런 것에 열중할 필요는 없다. 우리는 어디에 있는가? 우리는?

프란츠의 침대 곁에는 에바가 앉아 있고, 비쇼도 다시 오고 또 와서 묻는다. 어떤 놈이 이렇게 한 거야, 이런, 어쩌다 그런 일을 당한 거야? 프란츠는 아무것도 털어놓지 않는다. 그는 자기 주변에 철제 상자를 구축하고서 그 안에 버티고 앉아 아무도 접근하지 못하게 한다.

에바, 헤르베르트 그리고 그의 동료인 에밀이 함께 앉아 있다. 프란츠가 그날 밤 차에 치여서 돌아온 이후 그들은 이 녀석에게서 뭔가 수상한 구석을 느낀다. 저 녀석은 우연히 자동차에 치인 것 같지는 않고, 분명히 무슨 사연이 있을 것이다. 무엇 때문에 밤 10시나 된 시각에 베를린 북쪽 변두리를 얼쩡거렸던 것일까, 사람도 잘 돌아다니지 않는 밤 10시에 신문을 팔고 있지는 않았을 것이다. 헤르베르트는 자신의 의견을 고집한다. 프란츠 저 녀석은 뭔가 한탕 일을 꾸몄던 거야, 그 일을 하다가 저런 꼴을 당한 거야, 신문팔이가 별로 신통치 않았기 때문에 지금 창피하게 생각하고 있고, 배후에 몇 녀석이 더 있을 터인데 저 녀석은 그걸 까발리려 하지 않는 거야. 에바도 그와 같은 생각이다. 프란츠는 한탕 하려고 했어, 그런데 어쩌다 저런 꼴을 당한 걸까, 이제 저 사람은 병신이 되었어. 우리가 그것을 밝혀낼 것이다.

사태의 윤곽이 드러난 것은, 프란츠가 에바에게 자신이 최근 살았던 주소를 건네주며 자기 가방을 가져오되 아무한테도 행선지를 말하지 말라고 부탁하면서였다. 헤르베르트와 에밀은 그런 일에는 도통한 자들이다. 셋집 여주인은 처음에는 가방을 내주려 하지 않다가 5마르크를 건네자 가방을 주면서 염소 우는 목소리로 지껄여 댄다. 그들이 며칠마다 찾아와 프란츠에 대해 물어본다는 것이다. 대체 누가, 그야 품스라는 사람과 라인홀트 등이다. 그래 역시 품스다. 그들은 이제 저간의 사정을 알았다. 품스 패거리야. 에바는 제정신이 아닐 정도로 흥분하고, 비쇼도 분노한다. 이 녀석이 다시 그런 짓을 하면서 왜 하필 품스하고 손잡은 거야? 물론 그건 나중에 따질 일이고, 우선 우리는 녀석한테 잘해 주는 거야. 이 녀석은 그런 자와 손을 잡았어, 그러다가 지금 불구, 반송장이 되었어. 이 지경만 아니라면 내가 다른 방식으로 따질 텐데.

헤르베르트 비쇼가 프란츠에게 들어간 비용을 정산하려 하자, 에바는 자기도 동참하겠다고 거의 억지를 써서 승낙을 받았고 에밀 역시 함께 내기로 했다. 그들은 이번 일로 1천 마르크가 넘는 돈을 썼다.

"이봐, 프란츠." 헤르베르트가 말을 꺼낸다. "이제 많이 좋아진 거 같아. 곧 자리에서 일어날 수 있을 거야. 그런데 앞으로는 뭘 할 셈이야? 어떻게 생각 좀 해 봤어?" 프란츠는 까칠까칠하게 수염이 돋은 얼굴을 돌려 그를 바라본다. "일단은 두 다리로 일어설 수 있을 때까지 나를 그냥 두게." "그야 그렇지, 자네를 압박하려는 건 아니야. 그렇게 생각하지는 말고. 내 집에서야 자네를 언제까지나 잘 대해 줄 생각이야. 그런데 왜 그동안 우리한테 오지 않은 거야? 테겔에서 나온 지도 벌써 1년이나 되었는데." "아직 그렇게까지는 안 됐어." "좋아, 그럼 반년이라고 하지. 그런데 우리 소식은 전혀 궁금하지도 않았나 보지?"

가옥들, 미끄러져 떨어질 것 같은 지붕들, 높은 담장으로 둘러싸인 어두컴컴한 안뜰, 함성이 천둥처럼 울려 퍼진다, 랄라랄라라 라라, 모든 것은 그렇게 시작되었다.

프란츠는 똑바로 누운 자세로 천장을 바라본다. "나는 신문팔이를 했어. 그런 일을 하는 나하고 자네들이 무엇을 할 수 있겠어."

그때 에밀이 끼어들면서 호통을 친다. "이봐, 자네는 신문팔이를 한 게 아니야." 저런 사기꾼 녀석. 에바가 그를 진정시킨다. 프란츠는 뭔가 있다는 것을 눈치챘다. 이 친구들은 뭔가를 알고 있어, 그런데 무엇을 아는 걸까. "난 분명히 신문을 팔았어. 메크한테 한번 물어보라고."

비쇼: "메크가 무슨 말을 할지는 벌써 짐작이 가네. 자네는 신문을 팔았겠지. 품스 패거리도 과일을 조금은 팔지. 넙치까지도 취급한다지. 그거야 자네만 알겠지만." "하지만 나는 아니야. 나는 신문만 팔았어. 그렇게 해서 내 손으로 돈을 벌었다고. 가서 칠리에게 물어봐, 그 여자는 하루 종일 내 곁에 붙어 있었거든, 내가 무슨 일을 했는지 말이야." "하루 종일 일해서 2마르크, 3마르크는 벌었겠군." "그보다는 많아. 나한테는 충분한 수입이었어, 헤르베르트."

그들 세 사람은 여전히 미심쩍어한다. 에바가 프란츠 곁에 가서 앉는다. "말해 봐, 프란츠, 당신은 아무튼 품스라는 인간을 알지." "그래." 프란츠는 더 이상 생각하지 않는다. 저들은 나에게 꼬치꼬치 캐묻고 있어, 프란츠는 기억을 한다, 그는 살아 있다. "그래서?" 에바가 그를 어루만진다. "품스하고 무슨 일이 있었는지 말해 봐." 그때 옆에 있던 헤르베르트가 불쑥 나선다. "이봐, 차분하게 말해 보라고. 자네가 품스하고 무슨 일을 했는지는 나도 알고 있어. 자네들이 그날 밤에 어디 있었는지도. 내가 그것을 모를 줄 아나. 아니, 자네는 그 일에 가담했었어. 그거야 물론 내가 상관할 바는 아니지. 그것은 자네 일이니까. 자네는 그 녀석들을 찾아가고, 또 그들을 알고 있어, 그 늙다리 악당과 어울렸어, 그러면서 우리한테는 얼굴 한번 내밀지 않았던 거야." 에밀이 호통을 친다. "이것 봐. 우리는 다만 자네를 좋게 대하고 있어, 만약……."

그때 헤르베르트가 그에게 신호를 보낸다. 프란츠가 울고 있다. 병원에서만큼 심각하지는 않지만, 그래도 끔찍하게 운다. 그는 흐느끼고 소리 내어 울면서 고개를 이리저리 흔든다. 그는 머리를 한 방 맞고 가슴팍을 차인 뒤 자동차 문을 통해 밖으로 내던져졌다. 이어 뒤따르던 자동차 앞에 처박혔다. 자동차는 그를 덮치고 지나갔다. 그는 한쪽 팔을 잃었다. 그는 병신이 되었다. 두 남자는 밖으로 나간다. 그는 계속해서 흐느낀다. 에바가 손수건으로 그의 눈물을 닦고 또 닦아 준다. 이제 프란츠는 가만히 누워 있다, 두 눈을 감은 채로. 에바는 그를 살펴보고는 그가 잠들었다고 생각한다. 그때 그는 눈을 뜨고 완전히 깨어나면서 말한다. "가서 헤르베르트와 에밀 좀 오라고 해."

그들이 얼굴을 푹 숙인 채 방 안으로 들어선다. 그러자 프란츠가 묻는다. "자네들 품스에 대해 뭘 아는가? 그자에 대해 뭘 아느냐고?" 세 사람은 시선을 교환하면서 의아해한다. 에바가 프란츠의 팔을 가볍게 토닥인다. "왜 그래, 프란츠, 그 사람이야 당신도 잘 알잖아." "내가 알고 싶은 것은, 지금 자네들이 그 사람에 대해 무엇을 아느냐는 거야." 에밀: "아주 교활한 사기꾼이라는 것과 조넨부르크 교소도에서 겨우 5년 콩밥을 먹었다는 것, 종신형 혹은 15년 형을 선고받았어야 했지. 그리고 과일 장사 차량을 가졌고." 프란츠: "그자는 결코 과일만으로 먹고살지 않아." "맞아, 그 사람은 고기도 먹겠지, 그것도 제대로 먹을 거야." 헤르베르트: "하지만 이보게, 프란츠, 자네도 옛날의 프란츠가 아니야, 자네도 그 정도는 알겠지, 그런 사람이야 척 보면 어떤 인간인지 알지 않겠어." 프란츠: "난 그 인간이 과일 장사로 먹고사는 줄 알았어." "그래, 그럼 자네는 그 인간과 함께 나섰던 일요일에 무엇을 하려고 했던 거야?" "우리가 시장에 내다 팔 과일을 가지러 간다고 생각했지." 프란츠는 아주 조용히 누워 있다. 헤르베르트는 그의 표정을 보려고 그에게 몸을 구부린다. "그래서 자네는 그 말을 믿었다는 거야?"

프란츠는 다시 울기 시작하는데, 이번에는 입을 꾹 다물고 소리 없이 운다. 그날 그는 살고 있던 집의 계단을 걸어 내려갔고, 어떤 남자가 수첩을 들고 주소들을 찾고 있었다. 그 뒤 그는 품스가 있는 곳을 찾아갔고, 품스 부인은 칠리에게 그의 쪽지를 전해 주기로 되어 있었다. "난 물론 그들의 말을 믿었어. 하지만 나중에 눈치를 챘지, 그들이 망보기로 나를 고용했다는 것을, 그러고 나서……."

세 사람은 서로를 번갈아 쳐다본다. 프란츠가 하는 말은 진실이다, 그런데 정말 믿기지가 않는다. 에바는 그의 팔을 쓰다듬는다. "그래서 그다음에 무슨 일이 있었어?" 프란츠는 이미 입을 열기 시작했고, 지금 말을 하고 있고, 곧 다 털어놓을 것이다. 이제 모든 것을 말할 것이다. 그리고 그는 말한다. "그런데 나는 그 일을 하지 않으려 했어, 그래서 녀석들이 나를 자동차 문밖으로 내동댕이친 거야, 그때 뒤쪽에서 차 한 대가 우리를 추격하고 있었거든."

정적, 더 이상은 말하지 않겠어, 그렇게 해서 나는 차에 치였고, 하마터면 목숨까지 잃을 뻔했어, 녀석들은 나를 죽이고자 했던 거야. 그는 이제 흐느끼지 않고, 이를 악물고 다리를 쭉 뻗으면서 자신을 억제하고 있다.

세 사람은 그의 말에 귀를 기울이고 있다. 이제 그는 사실을 털어놓았다. 그것은 가식 없는 진실이다. 세 사람 모두 듣는 순간에 그의 말이 진실임을 느낀다. 낫으로 베어 들이는 자가 있으니, 그의 이름은 죽음, 그는 위대한 신으로부터 권능을 받았다.

헤르베르트가 한 가지 더 묻는다. "한 가지만 더 말해 주게, 프란츠, 우리는 곧 나갈 거야. 자네는 신문을 팔 생각이어서 우리를 찾지 않은 거야?"

그는 차마 말할 수는 없지만 이렇게 생각한다. 그래, 나는 진실하게 살려고 했어. 나는 마지막까지 진실하게 살았어. 그러니 내가 너희를 찾지 않았다고 해서 언짢게 생각할 것은 없어. 너희는 나의 변함없는 친구들이고, 나는 여태껏 너희 중 누구를 배신한 적도 없어. 그는 말없이 누워 있고, 그들은 방에서 나간다.

프란츠가 다시 수면제를 먹고 잠이 들자, 그들은 아래층 술집에 함께 앉아 있다. 아무도 입을 열지 않는다. 그들은 서로를 쳐다보지도 않는다. 에바는 그저 떨고만 있다. 이 아가씨는 프란츠가 이다와 돌아다닐 때 그를 마음에 두고 차지하려 한 적이 있다. 하지만 프란츠는 이다가 브레슬라우 출신의 남자와 정분이 났는데도 이다를 떠나지 않았다. 에바는 지금 헤르베르트와 잘 지내며 원하는 것이 있으면 무엇이든 그에게서 얻고 있다. 하지만 그녀는 여전히 프란츠에게 미련이 남아 있다.

헤르베르트 비쇼는 따끈한 그로크 술을 주문한다. 세 사람은 즉시 그것을 들이켠다. 그러자 비쇼는 한 잔씩 새로 주문한다. 그들은 여전히 목구멍이 뻣뻣하게 굳어 있다. 에바는 손발이 얼음장처럼 차고 뒤통수와 목덜미에 계속 찬물을 끼얹는 것 같으며, 심지어 허벅지도 얼어붙는 듯해 다리를 포개고 앉는다. 에밀은 머리를 양팔로 받치고서 입을 우물거리며 혀를 핥고, 침을 삼켰다가 퉤 하고 바닥에 뱉는다. 젊은 헤르베르트 비쇼는 말 등에 앉은 것처럼 꼿꼿한 자세로 의자에 앉아 있다. 그는 자기 부대 앞에 서 있는 소대장 같은 모습을 하고 있고 얼굴에 미동도 없다. 그들은 모두 이곳 술집에 앉아 있는 것이 아니다. 그들의 마음은 다른 곳에 가 있는 것 같다. 에바는 더 이상 에바가 아니고, 비쇼는 비쇼가 아니며, 에밀은 에밀이 아니다. 그들을 둘러싸고 있던 담장이 허물어지며 다른 공기, 다른 어둠이 그 안으로 흘러 들어온 것 같다. 그들은 여전히 프란츠의 침대 옆에 앉아 있다. 전율이 그들에게서 흘러나와 프란츠의 침대로 흘러가고 있다.

낫으로 베어 들이는 자가 있으니, 그의 이름은 죽음, 위대한 신으로부터 권능을 받았다. 오늘 그는 낫을 갈고 있고, 낫은 훨씬 잘 들 것이다.

헤르베르트는 테이블 쪽으로 고개를 돌리면서 쉰 목소리로 묻는다. "도대체 그게 누구였을까?" 에밀: "누구라니?" 헤르베르트: "그를 자동차 밖으로 내동댕이친 녀석 말이야." 에바: "한 가지 약속해 줘, 헤르베르트, 당신이 그 녀석을 잡기만 하면." "그건 당신이 말해 주지 않아도 돼. 세상에 원, 그런 일이 다 있다니. 하지만 조금만 기다려 줘." 에밀: "이봐 헤르베르트, 무슨 좋은 생각 좀 내놔 봐."

그런 말은 듣고 싶지도 않고, 그런 것은 생각하고 싶지도 않다. 에바는 무릎을 덜덜 떨면서 애원하는 목소리가 된다. "헤르베르트, 어떻게 좀 손을 써 봐, 아니면 에밀이."

이 갑갑한 공기에서 벗어나고 싶다. 낫으로 베어 버리는 자가 있으니, 그의 이름은 죽음. 헤르베르트가 결론을 내린다. "사정을 정확하게 알지 못하고서야 우리가 무슨 일을 할 수 있겠어? 우선 구체적인 사항부터 알아내야겠어. 경우에 따라서는 사기꾼들인 품스 패거리를 모두 적발하도록 할 수도 있지." 에바: "프란츠도 그들과 함께 적발되게 한다고?" "최악의 경우 그럴 수도 있다는 거야. 프란츠는 그 일에 가담한 게 아니야, 그건 장님이라도 알 수 있어, 어떤 판사라도 그의 말을 믿어 줄 거야. 증거도 있어. 녀석들이 그를 뒤따르는 차를 향해 내던졌잖아. 그들이 공연히 그런 짓을 했을 리 없지." 그러면서 그는 몸을 움찔한다. 그 개자식들. 생각만 해도 끔찍하다. 에바: "그게 누구의 소행인지 어쩌면 프란츠가 나한테 말해 줄지도 몰라."

그러나 그는 통나무처럼 누워 있을 뿐 아무것도 털어놓지 않는데, 그게 프란츠라는 인간이다. 나 좀 내버려 둬, 나 좀 내버려 두라고. 한쪽 팔은 이미 없어졌어. 그것은 다시 자라나지 않을 거야. 그들은 나를 자동차 밖으로 내동댕이쳤어, 그래도 내 머리통은 아직 남겨 놓았어, 우리는 앞으로 나아가야 한다, 잘 견뎌 내야 한다, 일단은 수렁에 빠진 수레를 끌어내야 한다. 그렇게 하려면 먼저 기어 다닐 수 있기라도 해야 한다.

그는 이 따스한 며칠 동안 놀랄 정도로 빠르게 원기를 회복한다. 그는 아직 자리에서 일어나면 안 된다는 의사의 말에도, 벌써 일어나 걸어 보는데, 상태가 좋다. 헤르베르트와 에밀은 늘 자금 사정이 좋기 때문에 프란츠가 원하는 것, 의사가 필요하다고 말하는 것은 무엇이든 마련해 준다. 그리고 프란츠는 두 다리로 일어서려는 의지가 있어 그들이 가져다주는 것은 무엇이든 먹고 마시며, 그들이 돈을 어디서 구하는지에 대해서는 묻지 않는다.

그사이 그와 세 사람 사이에는 몇 번의 대화가 오가지만 별로 중요한 것은 아니다. 그들은 그가 있는 곳에서는 품스와 관련된 이야기를 꺼내지 않는다. 그들은 테겔 이야기, 이다 이야기를 많이 한다. 그들은 그녀에 대해 어느 정도 인정하는 말도 하고, 그녀가 아직 꽃다운 청춘이었는데 인생의 종말을 맞은 것에 대해 유감스러워하기도 한다. 그러나 에바는 그녀가 저급한 여자였다는 점도 덧붙인다. 그들 사이는 이제 모든 것이 테겔 이전의 시절처럼 되었다. 한편 그사이에 집들이 흔들리고 지붕들이 미끄러져 떨어지려 했던 것, 프란츠가 건물 안뜰에서 노래를 부른 적이 있고, 프란츠 비버코프라는 자신의 이름을 걸고 진실하게 살겠다고 맹세한 것, 또 과거의 일들은 이미 끝났고 지나 버린 거라고 여기는 것에 대해서는 그들 중 누구도 아는 바가 없고, 언급하지도 않는다.

프란츠는 그들 곁에 조용히 누워 있거나 앉아 있다. 전에 알고 지냈던 이런저런 사람들도 여자 친구나 부인을 대동하고 그를 찾아온다. 사람들은 별다른 말은 하지 않고, 프란츠가 얼마 전 테겔에서 석방되어 나왔다가 사고를 당한 것처럼 프란츠와 이야기를 나눈다. 그들은 어떤 사고였는지는 묻지 않는다. 그들은 업무상 사고가 무엇인지 잘 알고 충분히 짐작도 할 수 있다. 살다 보면 갑자기 어떤 위험에 처하기도 하고, 그런 경우 팔에 총을 맞기도 하고 다리가 부러지기도 하는 법이다. 그래도 조넨부르크 교도소에서 희멀건 수프를 먹거나 폐결핵에 걸려 뒈지는 것보다야 훨씬 낫다. 그거야 말할 필요도 없다.

그사이에 품스 패거리도 프란츠가 어디 있는지 냄새를 맡았다. 도대체 누가 프란츠의 짐을 찾아갔는가? 그들은 재빨리 그것을 탐지해 냈는데 그들이 아는 자다. 그리고 그들은 헤르베르트 비쇼가 눈치채기도 전에 프란츠가 그의 집에 누워 있다는 것을 알아냈다. 그는 프란츠의 오랜 친구이기도 하다. 게다가 프란츠는 이번 일을 당하고도 팔 하나만 잃었을 뿐이다. 지독히도 운 좋은 녀석. 그 밖에는 아무 일도 없다. 그 녀석은 멀쩡하게 살아 있다. 그러니 그 녀석이 불어 버릴지도 모르는 일이다.

그들은 라인홀트에게 대들고도 싶었다. 그가 정말 멍청하게도 프란츠 비버코프 같은 자를 그들의 패거리에 끌어들여 골칫거리를 만들었기 때문이다. 하지만 그런 라인홀트에게 한번 본때를 보여 주는 것은 전에도 하지 못했고 지금도 하기 힘든 일이다. 늙은 품스조차 그 녀석은 건드리지 못한다. 누런 얼굴, 이마에 섬뜩한 주름살이 새겨진 그 녀석이 한번 째려보기만 해도 상대방은 겁을 먹을 정도다. 그 녀석은 건강이 좋지 않다. 오십도 넘기지 못할 것이다. 하지만 어딘가 이상이 있는 사람들이 가장 위험한 법이다. 그런 녀석은 냉소를 띠면서 주머니에 손을 넣고 누군가에게 탕 하고 방아쇠를 당길 가능성이 있다.

그런데 프란츠와 관련된 일과 그 녀석이 여전히 살아 있다는 것은 위험성을 내포하고 있다. 오직 라인홀트만은 고개를 가로저으며 이렇게 말한다. 흥분할 필요 없어. 그 녀석은 자신의 모습을 숨기기도 쉽지 않을 것이고, 모습을 드러낼 거야. 한쪽 팔이 없어진 것으로 만족하지 못한다면, 한번 모습을 드러내겠지. 뭐, 우리야 걱정할 거 없어. 이번에는 그 녀석 머리통까지 잃게 될 거야.

그들은 프란츠를 두려워할 필요가 없다. 한번은 에바와 에밀이 합세하여 프란츠와 이야기를 하면서, 어디서 그런 일을 당했는지, 그런 짓을 한 자가 누구인지 말해 달라고 채근한다. 그가 혼자 힘으로 그들에게 맞설 수 없으면, 그를 도와줄 사람들이 있고 베를린에는 그런 일을 하는 사람이 얼마든지 있다는 것이다. 그러나

이야기가 거기에 이르면 프란츠는 목소리가 낮아지고 손사래를 치며 제발 그만하라고 한다. 그 순간 그는 얼굴이 창백해지고, 이제는 울음을 터뜨리지는 않지만 호흡이 거칠어진다. 그런 말은 아무 소용이 없어, 무슨 소용이 있겠어, 그런다고 내 팔이 다시 돋아나는 것도 아니야, 할 수만 있다면 난 베를린을 떠나고 싶어, 그런데 이런 불구의 몸으로 무엇을 하지? 에바: "그것 때문이 아니야, 프란츠, 당신은 불구가 아니야, 하지만 그들이 당신에게 한 짓, 자동차에서 밖으로 내동댕이친 일은 도저히 용납할 수가 없어." "그런다고 이 팔이 다시 돋아나지는 않아." "그렇지만 녀석들도 대가를 치러야지." "뭐라고?"

에밀이 한마디 거든다. "그런 짓을 한 놈의 골통을 박살 내든가, 어떤 조직에 속한 자라면 거기 사람들 모두가 자네한테 돈을 지불해야 하는 거야. 조직과의 담판은 우리가 맡겠어. 다른 작자들이 그 녀석을 대신해 나서든가, 아니면 품스와 그들 조직이 그 녀석을 쫓아내야지, 또 그들은 자신들이 누구를 상대하는지, 어떻게 당하는지 알아야 해. 자네의 팔에 대해 어떤 식이로든 보상하도록 해야 한다고. 그것도 오른팔이야. 그들은 자네한테 연금이라도 줘서 빚을 갚아야지." 하지만 프란츠는 고개를 가로젓는다. "고개를 가로젓다니, 그게 무슨 뜻이야. 우리는 그렇게 한 녀석의 대갈통을 부숴 버릴 거야. 그건 범죄 행위야, 법정에 가져갈 수 없는 일이라면 우리가 직접 처리해야지." 에바: "프란츠는 어떤 조직에도 속하지 않았어, 에밀. 당신도 들었잖아, 그는 그 일에 가담하지 않으려 했고, 그 때문에 녀석들에게 그런 일을 당한 거야." "그거야 이 친구의 훌륭한 권리야, 그는 그 일에 가담할 필요가 없는 거야. 언제부터 이 사회에서 누가 다른 사람한테 무엇을 강요할 수 있지? 우리는 야만족이 아니잖아. 야만족처럼 굴려면 모두 인디언들한테 가야겠지."

프란츠는 고개를 가로젓는다. "자네들이 나를 위해 지불한 돈은 한 푼도 남김없이 다 갚겠어." "아니, 그런 것은 원하지 않아, 그럴 필요도 없고, 정말 필요 없다니까. 그런데 이번 사건은 바로잡아야 한다고, 젠장. 이런 일은 그대로 묵과하고 넘어갈 수 없는 거야."

에바도 단호한 태도로 말한다. "그래, 프란츠, 그냥 넘어갈 수 없어, 그들은 당신의 신경까지 망가뜨려 놓았어, 그래서 당신은 우리 생각에 동조하지 못하는 거야. 하지만 당신은 우리를 신뢰할 수 있어. 품스가 우리 신경까지 망가뜨리지는 못했으니까. 헤르베르트가 하는 말을 한번 들어 보라고. 이제 베를린에서 유혈 사태가 벌어질 거야, 사람들이 놀라 자빠질 정도의 사태가 있을 거라고." 에밀이 고개를 끄덕인다. "장담해."

프란츠는 정면을 바라보며 속으로 생각한다. 이 친구들이 하는 얘기는 나와는 아무 상관이 없어. 이 친구들이 무슨 일을 저지른다 해도 그 역시 나와는 상관없는 일이야. 그렇게 한다고 해서 내 팔이 새로 자라는 것도 아니야, 팔이 하나 없어진 것은 부인할 수 없는 사실이야. 팔은 잘라 낼 수밖에 없었던 거야, 거기에 대해 왈가왈부할 것은 없어. 그것으로 다 끝장난 것도 아니야.

그러면서 그는 그 모든 일이 어떻게 일어났는지에 대해 생각하고 또 생각해 본다. 라인홀트 녀석은 그가 여자를 넘겨받지 않았다는 이유로 앙심을 품은 것이다, 그래서 그를 자동차 밖으로 내동댕이쳤으며, 그 결과 그는 마그데부르크 병원 신세를 진 것이다. 그는 진실하게 살려고 했는데, 지금은 일이 이렇게 되어 버렸다. 그는 침대에 몸을 뻗고서 이불 위로 주먹을 불끈 쥐어 본다. 일이 이렇게 되어 버린 거야, 바로 이렇게. 우리는 계속 사태를 지켜볼 것이다. 우리는 그렇게 할 것이다.

결국 프란츠는 누가 자신을 뒤따라오던 자동차 앞으로 내동댕이쳤는지에 대해 발설하지 않는다. 그의 친구들은 일단 조용하게 있다. 그들은 그가 언젠가는 말해 줄 것이라고 생각한다.

프란츠는 녹아웃당하지 않았다.
그들은 그를 녹아웃시키지 못한다

돈더미 속에서 헤엄을 치던 폼스 패거리가 베를린에서 자취를 감추었다. 두 녀석은 오라니엔부르크에 있는 자기 소유의 별장으로 떠나고, 품스는 천식 때문에 알트하이데 온천으로 가서 재충전을 하고자 한다. 라인홀트는 술을 조금씩 즐긴다. 매일 가볍게 화주 몇 잔을 마시면서 알코올에 서서히 익숙해간다. 사람이란 때로는 인생을 즐길 줄 알아야 하는데, 그는 오랫동안 그런 것도 없이 그냥 커피와 레몬주스만 마시면서 지내온 게 아주 멍청한 일로 느껴진다. 그렇게 사는 것은 거의 인생을 사는 것이라고 할 수 없다. 라인홀트는 아무도 모르게 수천 마르크를 저축해 둔 것이 있다. 그는 그 돈으로 뭔가를 하고 싶지만, 당장은 무엇을 해야 할지 결정할 수가 없다. 다만 다른 녀석들처럼 시골에 별장 같은 것을 구하기는 싫다. 그는 과거에 꽤나 호사스러운 삶을 누렸던 멋진 여자 하나를 꾀어내고, 그녀를 위해 뉘른베르크 거리에 근사한 주택 하나를 임차한다. 이렇게 해 놓으면 허세를 부리며 우쭐거리고 싶거나 아니면 공기가 심상치 않을 때 쥐도 새도 모르게 은신할 수 있다. 이렇게 모든 일이 순조로운 상황이다. 그는 서부 지역에 영주가 사는 곳 같은 집이 있고 또 여자들이 드나드는 이전의 보금자리도 당연히 그대로 유지하는데, 몇 주마다 여자를 바꾸어 들여놓는다. 이 친구는 그 노릇을 그만둘 수가 없다.

5월 말이 되어 품스 패거리 몇 명이 다시 베를린에서 만나 프란츠 비버코프에 대해 지껄이기 시작한다. 그들은 그 녀석 때문에 조직 내에서 말이 많다는 이야기를 들었다. 헤르베르트 비쇼가 조직원들 사이에 우리에 대한 적대감을 조성하고 있다는 것이다. 우리가 추잡한 돼지 같은 놈들이고, 비버코프는 우리 일에 가담할 생각이 없었는데 우리가 무력으로 끌어들인 것이며, 나중에는 그를 자동차 밖으로 내동댕이쳤다는 것이다. 그래서 우리는 조직원들에게 우리의 입장을 전했다. 그 녀석이 우리를 밀고하려 했으며 폭력 사용은 없었고, 아무도 그를 붙잡지 않았다. 그러나 나중에 가서 그런 소문이 퍼지는 것은 우리도 어쩔 수 없었다는 것이다. 그들은 그렇게 앉아서 고개를 가로젓는데 조직과의 갈등을 원하는 사람은 아무도 없다. 잘못하다가는 양손이 묶인 채로 길거리에나 앉을 수 있다. 그래서 그들은 다음의 제안을 한다. 우리가 호의를 보여 주는 거야, 프란츠도 결국에는 진정성을 보였으므로 그를 위해 모금을 하고, 녀석이 완쾌하도록 보살펴 주어야 하며, 병원비도 우리가 부담해야 한다. 그가 빈털터리로 지내도록 인색하게 굴어서는 안 될 것이다.

라인홀트는 완강하다. 그런 자식은 완전히 때려죽여야 한다. 패거리의 다른 녀석들도 그 제안에 원칙적으로 반대하는 것은 아니지만, 당장은 누구도 그런 일에 나서지 않으려 하며, 결국 그 불쌍한 자식이 외팔이 꼴로 돌아다니는 것쯤은 봐줄 수 있다는 결론에 이른다. 다만 녀석을 건드렸을 경우 사태가 어떻게 전개될지 그들도 모르는 일이고, 그 녀석은 지독히도 운이 좋은 놈이다. 자, 그래서 그들은 돈을 모은 결과 몇백 마르크가 모이는데, 물론 라인홀트는 한 푼도 안 낸다. 이제 그들 중 하나가 비버코프를 찾아가기로 한다. 물론 헤르베르트 비쇼가 자리에 없을 때 말이다.

프란츠는 평화롭게 『모텐포스트』를 읽고 나서 일요 신문 『그뤼네 포스트』를 읽는데, 이 주간 신문은 정치 관련 기사가 하나도 없어 그가 가장 좋아하는 신문이다. 그는 1927년 11월 27일이라는 숫자를 찬찬히 뜯어본다. 벌써 오래전의 날짜, 그러니까 크리스마스 한참 전으로 그때는 폴란드 여자 리나가 있었던 때다, 그 여자는 어떻게 되었을까? 신문에는 전 황제의 처남이 결혼한다는 기사가 실려 있다. 공주의 나이는 예순하나, 젊은 그 친구는 스물일곱 살, 따라서 공주 측에서 상당한 비용을 감수해야 하는데 이는 신랑 될 사람이 왕자가 되는 것이 아니기 때문이다. 형사들을 위한 방탄조끼, 그런 것은 우리가 믿지 않는다.

갑자기 밖에서 에바가 누군가와 티격태격하는 소리가 들린다. 어떤 사람과 실랑이를 벌이고 있는 것이다. 가만 있자, 내가 아는 목소리다. 그녀는 그 사람을 안으로 들여보내려 하지 않는다. 내가 나가서 직접 살펴봐야겠어. 프란츠는 『그뤼네 포스트』를 손에 든 채 문을 연다. 저건 슈라이버라는 녀석, 품스하고 일하던 자다.

그런데 무슨 일이야? 에바가 방 쪽을 향해 소리친다. “프란츠, 이 사람이 방으로 올라가려고 해. 지금 헤르베르트가 집에 없는 걸 알고서 찾아온 거야.” “무슨 일이야, 슈라이버, 나한테 무슨 용무야, 여기에 왜 온 거냐고?” “에바한테 다 말했어, 그런데 들어가지 못하게 하는군. 왜 그러는 거야, 자네는 여기 감금된 신세인가?” “천만에, 그렇지 않아.” 에바: “당신들은 혹시 저 사람이 불어 버릴까 봐 겁을 먹고 있겠지. 이 사람을 방에 들여놓지 말아요, 프란츠.” 프란츠: “그래 원하는 게 뭐야, 슈라이버? 이리로 들어오라고, 에바, 그 친구를 들여보내.”

그들은 프란츠의 방에 자리를 잡고 앉는다. 테이블 위에는 『그뤼네 포스트』가 펼쳐져 있다. 전 황제의 처남이 결혼식을 한다. 두 남자가 뒤쪽에서 그의 머리 위로 왕관을 받쳐 들고 있다. 사자 사냥, 토끼 사냥, 진실에 모든 영광을 돌릴지어다. "어째서 자네들이 나한테 돈을 주겠다는 거야? 나는 너희의 일에 제대로 협력하지도 않았어."

"무슨 소리, 당신은 망을 보았잖아." "천만에, 슈라이버, 나는 망보기를 한 적이 없어. 난 아무것도 몰랐어, 자네들이 나를 거기에 세워 둔 거였지, 나는 무슨 일을 해야 하는지도 전혀 몰랐다고." 거기에서 빠져나왔으니, 이 얼마나 기쁜 일인가. 난 다시는 컴컴한 안뜰에 서 있지 않을 거다, 그곳에 다시 서지 않아도 된다는 것만으로도 오히려 내가 이 친구에게 몇 푼 주고 싶을 정도다. "아니, 그건 헛소리야. 그리고 나 때문에 자네들이 불안해할 필요는 없어, 난 살아오면서 누구를 밀고한 적이 없거든." 에바는 슈라이버에게 주먹을 흔들어 보인다. 그런데 다른 사람들도 당신을 주목하고 있어. 이것 봐, 어떻게 감히 여기까지 찾아올 생각을 한 거야. 당신은 언젠가 헤르베르트에게 한 방 얻어터질 거야.

그때 갑자기 끔찍한 일이 일어난다. 에바는 슈라이버가 바지 주머니에 손을 넣는 것을 보았다. 그는 돈을 꺼내어 지폐로 프란츠의 환심을 사려 한 것이다. 그러나 에바는 그의 행동을 오해했다. 그녀는 저 녀석이 권총을 꺼내는 것이고 프란츠가 입을 열지 못하도록 쏘아 버리려는 것, 다시 말해 프란츠를 완전히 제거하려는 것이라고 생각한다. 그러자 에바는 창백한 얼굴을 무섭게 일그러뜨리고는 자리에서 벌떡 일어나 날카로운 비명을 마구 지른다. 그러다가 자기 발에 걸려 털썩 쓰러지더니 다시 일어난다. 프란츠도 깜짝 놀라 자리에서 벌떡 일어나고, 슈라이버도 일어난다. 도대체 무슨 일이야, 이봐, 저 여자가 왜 저러는 거야, 맙소사. 에바는 재빨리 테이블을 돌아 프란츠에게로 달려간다. 얼른, 이거 어떡해, 저 사람이 총을 쏘려고 해, 그러면 죽음이야, 다 끝장이야, 살인자, 세상의 종말이야, 나는 죽고 싶지 않아, 내 머리통을 잃고 싶지 않아, 다 끝장이야.

그녀는 서 있다가 달려가고, 그러나 넘어지고, 다시 일어나 프란츠 앞에 가서 서는데, 하얗게 질려 울부짖으며 온몸을 떨고 있다. "어서 옷장 뒤로 피해, 살인자야, 사람 살려, 사람 살려."

그녀는 눈을 왕방울만 하게 뜨고 울부짖는다. "사람 살려." 두 남자는 뼛속까지 소름이 끼친다. 프란츠는 무슨 영문인지 모르고 다만 움직임만 주시한다. 도대체 무슨 일이 벌어지는 거야. 그러다가 그는 바로 사태를 깨닫는다. 슈라이버가 오른손을 바지 주머니에 넣고 있다. 프란츠는 휘청거린다. 안뜰에 서서 망을 보던 때의 상황과 똑같고, 다시 무슨 일이 벌어지고 있다. 하지만 그는 그런 일을 당하는 것을 원치 않는다, 여러분에게 말하지만, 그는 그런 일을 당하는 것을 원하지 않는다, 다시는 달려오는 차 아래로 내던져지고 싶지 않다. 그는 신음 소리를 내며, 우선 에바에게서 떨어진다. 바닥에는 『그뤼네 포스트』가 떨어져 있는데, 그 불가리아 남자가 공주와 결혼한다*는 내용이 실려 있다. 어떻게 해야 할까, 우선 의자를 손에 넣어야겠어. 그는 크게 신음한다. 그러면서 슈라이버 쪽만 쳐다보고 의자를 제대로 보지 않아 그만 의자를 넘어뜨린다. 당장 의자를 거머쥐고 저 녀석에게 맞서야 해. 우선은 그렇게 해야 해 — 마그데부르크로 가는 자동차 안, 그들은 병원의 비상벨을 울린다, 에바는 계속 소리를 지르고 있다, 어서 빠져나가야 해, 앞으로 돌진하는 거야, 숨 막히는 상황, 하지만 뚫고 나가는 거야. 프란츠는 의자를 잡으려고 몸을 구부린다. 그 순간 슈라이버는 기겁을 하고 쏜살같이 문밖으로 뛰쳐나간다. 여기는 정말 모두

가 돌았어. 복도 여기저기서 문들이 열리기 시작한다.

아래층 술집에 있던 사람들은 비명 소리와 우당탕하는 소리를 들었다. 두 남자가 즉시 위로 뛰어 올라가다가 계단에서 그들의 곁을 지나가는 슈라이버와 마주친다. 하지만 슈라이버는 고개로 위쪽을 가리키면서 그들을 향해 손짓을 하고 외친다. 빨리 의사 좀 불러요, 뇌졸중 발작이야. 그렇게 말하고 그 교활한 자식은 사라졌다.

위층 방에는 프란츠가 의식을 잃고 의자 옆에 쓰러져 있다. 에바는 좀 떨어진 곳에 있는 창문과 장롱 사이에 웅크리고 앉아 마치 유령이라도 본 것처럼 비명을 지르고 있다. 그들은 프란츠를 조심스럽게 침대에 눕힌다. 셋집 여주인은 이미 에바의 상태를 잘 알고 있어서 에바의 머리에 찬물을 끼얹는다.* 그러자 에바가 나지막한 목소리로 말한다. "젬멜 빵 하나만 주세요." 남자들이 웃는다. "젬멜 빵을 하나 달라고 하네." 셋집 여주인은 그녀의 어깨를 안아 올리고, 그들은 그녀를 의자 위에 앉힌다. "발작을 할 때마다 저런 소리를 해요. 그렇지만 뇌졸중은 아니에요. 다만 신경이 쇠약한 데다 아픈 사람 때문에 신경을 많이 쓴 탓일 거예요. 아마 저 사람이 아가씨 쪽으로 넘어졌나 봐요. 그런데 저 사람은 왜 일어나려는 것인지. 저 사람은 자꾸만 일어나려 해요. 그래서 그녀가 신경이 곤두서는 거예요."

"그런데 아까 그 남자는 왜 뇌졸중 발작이라고 소리쳤을까?" "누가요?" "방금 계단에서 마주친 사람 말이오." "멍청한 사람인가 보죠. 에바는 내가 잘 알아요. 안 지 벌써 5년이나 되었죠. 그녀 어머니도 그런 증상이 있어요. 비명을 질러 대면 물만 끼얹으면 돼요."

저녁때 집으로 돌아온 헤르베르트는 만일의 경우를 대비해 에바에게 권총을 하나 건네주면서 "상대가 쏠 때까지 기다려서는 안 돼, 그러면 너무 늦은 거야"라고 말한다. 그는 당장 나가서 슈라이버의 소재를 수소문하지만, 물론 찾을 수가 없다. 품스 패거리는 모두 휴가 중이고, 어느 누구도 그 사건에 끼어들려 하지 않는다. 슈라이버는 멀리 종적을 감추었다. 그는 프란츠에게 건네줄 돈을 슬쩍 챙겨서 오라니엔부르크에 있는 별장으로 도망쳤다. 그러면서 그는 라인홀트까지 속여 넘겼다. 프란츠가 돈을 받지 않아서 말이 통하는 에바에게 건네주고 왔어. 그녀가 일을 마무리할 거야. 아, 그렇게 된 것이군.

이 모든 일에도 불구하고 베를린에는 6월이 찾아왔다. 날씨는 따뜻하고 비가 자주 내린다. 세상에는 많은 일이 일어난다.* 노빌레 장군이 탄 비행선 이탈리아호는 추락을 한 후 무선으로 추락 지점이 슈피츠베르겐 제도 북동쪽이라고 알려 주는데 그곳은 위치상 접근이 어려운 곳이다. 다른 비행선은 이보다 운이 좋아서 샌프란시스코에서 오스트레일리아까지 논스톱으로 77시간을 날아가 안전하게 착륙했다. 한편 스페인의 국왕은 독재자 프리모 장군과 싸우고 있는 중인데, 우리는 이 사태가 잘 수습되기를 바란다. 그리고 첫눈에 반한 감동적인 소식으로, 바덴과 스웨덴 사이의 약혼이었다. 성냥개비 나라의 공주가 바덴의 왕자에게 뜨거운 연정을 느낀 것이다. 바덴과 스웨덴의 거리가 얼마나 먼지를 생각해 보면, 어떻게 그렇게 먼 거리에서도 사랑의 불이 붙는지 놀라울 따름이다. 네, 네, 여자들은 나의 약점, 치명적인 약점입니다, 나는 첫 번째 여인과 키스하며 두 번째 여인을 생각하고, 세 번째 여인을 훔쳐봅니다. 네, 네, 여자들은 정말 나의 약점, 어쩔 수가 없어요, 나도 어쩔 수가 없어요, 언젠가 내가 여자들 때문에 파산하면, 내 심장으로 들어가는 문에 '매진'이라고 써 놓을 겁니다.*

찰리 암베르크는 이렇게 덧붙인다. 나는 내 속눈썹을 하나 뽑아서 그것으로 당신을 찔러 죽일 거야. 그런 다음 립스틱으로 당신을 온통 빨갛게 칠할 거야. 그래도 당신이 계속 화를 낸다면, 남은 방법은 한 가지. 나는 계란 프라이를 주문하고, 당신에게 시금치를 뿌릴 거야. 당신, 당신, 당신, 당신, 나는 계란 프라이를 주문하고, 당신에게 시금치를 뿌릴 거야.*

그러니까 따스한 날씨에 비가 자주 내리고, 낮에는 22도까지 올라간다. 이런 날씨에 여자 살인범 루토브스키는 베를린의 배심원 법정에 나타나서 자신의 결백을 주장한다. 이것과 관련해서 다음의 의문이 제기된다. 피살당한 엘제 아른트는 어느 사범학교 장학사의 집 나간 아내인가? 이 장학사는 서면으로 엘제 아른트라고 알려진 살해당한 여자가 자기 아내일 가능성이 있으며, 그러기를 바란다고 알려 왔기 때문이다. 이것이 사실로 밝혀질 경우 그는 법정에서 중요한 진술을 하려 한다. 사실 여부가 명확해질 분위기, 곧 명확해질 분위기, 그런 분위기, 그런 분위기다. 어떤 우둔한 일이 벌어질 분위기이고, 최면에 걸릴 것 같은 분위기, 그런 분위기이고, 그런 분위기를 벗어날 수가 없다.

한편 다음 주 월요일에는 도시 철도가 개통된다. 국영 철도 관리국은 이를 계기로 도처에 주의, 조심, 탑승하지 말 것, 물러서시기 바람, 위반 시 처벌을 받습니다 등의 내용을 강조한다.

일어나라, 너 약한 정신아,
두 다리로 일어서라

실신 중에는 살아 있는 몸이 죽음과 같은 상태에 이르는 경우가 있다. 프란츠 비버코프는 실신 상태에서 다시 침대에 눕혀지고,

그렇게 누운 채로 따뜻한 날들을 맞으면서 다음의 사실을 확인한다. 나는 죽음에 임박해 있다, 나는 그것을 느낀다, 이제는 정말 골로 가고 있다. 네가 지금 아무 조치도 취하지 않는다면, 프란츠야, 뭔가 실질적이고 결정적이고 단호한 조치에 나서지 않으면, 네가 곤봉을, 칼을 잡고 휘두르지 않으면, 네가 무엇이든 잡고서 달려 나가지 않으면, 프란츠야, 귀여운 프란츠야, 귀여운 비버코프야, 낡아 버린 가구에 불과한 너, 너는 끝장이야, 확실히 끝장이야! 그러면 그린아이젠 장의사에 연락해 관을 위한 치수를 재어야 할 것이다.

그의 신음 소리. 나는 원치 않아, 나는 뒈지고 싶지 않아. 그는 방 안을 둘러본다. 벽시계가 똑딱거린다. 나는 아직 살아 있어, 아직 살아 있는 거야, 녀석들은 나를 공격하려 하고, 슈라이버는 거의 나를 쏘아 죽일 뻔했어, 하지만 그렇게는 안 돼. 프란츠는 아직 남아 있는 한쪽 팔을 위로 들어 올린다. 그렇게 되어서는 안 돼.

그는 지금 실질적인 공포에 쫓기고 있다. 그는 누워 있을 수가 없다. 길에서 쓰러져 죽는 한이 있더라도 침대에서 벗어나야 한다, 침대에서 일어나야 한다. 헤르베르트 비쇼는 까무잡잡한 에바와 함께 소포트*로 떠난다. 에바에게는 증권업에 종사하는 돈 많은 애인이 있다. 그녀는 그 남자의 돈을 우려내고 있다. 헤르베르트는 신분을 숨기고 같이 돌아다니고, 여자는 일도 잘 처리해서 그들은 매일 얼굴도 보고 산책도 하지만 잠은 따로 잔다. 이 아름다운 여름을 맞아 프란츠 비버코프는 다시 거리로 나선다. 다시 완전히 혼자 있다, 혼자가 된 우리의 비버코프는 비틀거리기는 하지만 제 발로 걸어가고 있다. 자, 저 코브라를 보라, 지금 기어가고 있다. 손상을 입기는 했지만 움직이고 있다. 눈가가 검게 멍들기는 했지만, 예전의 그 코브라이다. 한때 뚱뚱했던 그 파충류가 지금은 야위어 초췌한 모습이다.

그런데 이 늙은 청년, 방구석에서 뻗어 버리지 않으려고 지금 다리를 질질 끌며 거리를 걷고 있는 이 늙은 청년, 죽음으로부터 도망치고 있는 이 늙은 청년에게는 몇 가지 것이 전보다 뚜렷해졌다. 삶이 그래도 가르쳐 준 것이 있다. 그는 지금 코를 킁킁대며 공기를 맡아 본다, 이 길거리들이 아직 그의 것인지, 그를 받아 줄 의향이 있는지 알아보려고 냄새를 맡는 것이다. 그는 광고탑을 쳐다보더니 그게 그의 인생에서 무슨 사건이라도 되는 듯 놀라운 표정으로 바라본다. 그래, 이 친구야, 네가 이제는 두 다리로 떡 버티고 활보하지 못하는구나, 너는 지금 뭔가 단단히 움켜잡고 세게 끌어안아야 해, 이제는 너한테 남은 이빨과 손가락을 동원해 꽉 움켜잡고 매달리는 거야, 다시는 내동댕이쳐지지 않으려면 말이야.

지옥 같은 거야, 삶이라는 것, 그렇지 않아? 너는 이미 헨슈케의 술집에서 그것을 경험한 적이 있지, 녀석들이 너를 네 완장과 함께 밖으로 내던지려 했을 때 말이야, 너는 아무 짓도 하지 않았는데 그 자식은 네게 시비를 걸었어. 그래서 나는 생각했지, 세상은 평화롭고, 세상에는 질서가 있다고, 하지만 뭔가 질서가 없는 것도 있어, 저편에 녀석들은 무서운 기세로 서 있어. 한순간에 모든 것이 아주 분명히 보였다.

자, 어서 이리 와라, 네게 보여 줄 것이 있다. 큰 창녀, 창녀 바빌론이 저기 물가에 앉아 있다. 너는 진홍색 짐승 위에 앉아 있는 한 여자를 볼 것이다. 그 여자는 신을 모독하는 이름으로 가득 차 있고, 일곱 개의 머리와 열 개의 뿔을 갖고 있다. 그리고 자주색과 붉은색 옷을 입고 금과 보석과 진주로 치장했으며, 손에는 금잔을 들고 있다. 그 이마에는 하나의 이름, 하나의 비밀이 적혀 있다.

위대한 바빌론, 이 땅의 음행과 모든 가증한 것들의 어머니. 그 여자는 모든 성도들의 피에 취해 있다. 그 여자는 모든 성도들의 피에 취해 있다.*

프란츠 비버코프는 거리를 따라 걸어간다, 터벅터벅 걸어가며, 포기하지 않는다, 그가 바라는 것은 기력을 회복하고 근육에 힘을 얻는 것뿐이다. 지금은 따뜻한 여름날, 프란츠는 이 술집에서 저 술집으로 돌아다닌다.

그는 더위를 피한다. 술집에 앉자 커다란 맥주잔에 맥주들이 담겨 온다.

첫 번째 잔이 말한다. 나는 지하 창고에서 와요, 호프와 맥아로 빚어졌죠. 지금은 시원한 상태인데, 맛이 어때요?

프란츠가 말한다. 쌉쌀하면서 맛있고 시원하다.

그래요, 내가 당신을 시원하게 해 주고, 모든 남자들을 시원하게 해 주지요, 그런 다음에는 그들을 따뜻하게 만들어 주고, 그다음에는 쓸데없는 생각들을 쫓아 버려 주죠.

쓸데없는 생각이라고?

그럼요, 대부분의 생각이 쓸데없는 거죠, 안 그래요?—그럴지도 모르지. 네 생각이 옳다고 치자.

그때 연노랑 빛깔의 화주가 작은 잔에 담겨 프란츠 앞에 와 있다. 너는 어디서 온 거야?—이봐요, 나는 불에 태워져 생겼어요—톡 쏘는구나, 이 녀석, 너는 발톱도 있구나—그럼요, 그러니까 내 이름이 화주인 거죠. 오랫동안 이 화주를 못 봤나 봐요?—그럼, 나는 거의 죽을 뻔했어, 귀여운 화주, 거의 죽을 뻔했다고. 돌아오는 차표 없이 저세상으로 여행할 뻔했어—정말 그래 보이네요—그래 보인다고? 헛소리하지 마. 자, 너를 한번 더

음미해 볼까, 자 이리 가까이로. 아, 정말 좋구나, 너는 불을 품고 있어, 불을 품고 있다고, 이 친구야 — 화주가 그의 목구멍을 타고 졸졸 흘러간다. 화끈한 불이다.

불에서 피어나는 연기가 프란츠의 몸속에서 솟아올라 그의 목을 마르게 한다. 아무래도 그는 맥주를 한 잔 더 마셔야 한다. 너는 두 번째 잔이야, 난 이미 한 잔 마셨어, 너는 내게 무슨 말을 해 줄 거야? — 뚱보 아저씨, 일단 나를 맛보기나 하고 말씀하세요 — 좋아.

그러자 맥주잔이 말한다. 조심하세요, 아저씨, 맥주 두 잔을 마시고, 퀴멜 술 한 잔에 그로크 술까지 마시면 완두콩처럼 부풀어 오를 거예요 — 그래? — 그래요, 아저씨는 다시 뚱뚱해질 거예요, 에이 그 모습이 어떻겠어요? 그 꼴을 하고 사람들과 어울릴 수 있겠어요? 한 모금 더 하세요.

그래서 프란츠는 세 번째 잔을 잡는다. 자, 또 마셔야지. 하나씩 차례로 마시는 거야. 언제나 질서를 지키면서.

그가 네 번째 잔에게 묻는다. 너는 아는 게 뭐야, 귀여운 녀석? — 그 잔은 기분이 좋아 시끄럽게 떠들 뿐이다. 프란츠는 그것을 목구멍에 부어 넣는다. 내가 하는 말을 다 믿어 줄게, 귀염둥이, 다 믿어 줄게. 너는 나의 어린 양, 우리 함께 초원으로 가는 거야.

세 번째 베를린 정복

이렇게 해서 프란츠 비버코프는 베를린에 세 번째로 들어서게 된다. 첫 번째 들어섰을 때는 건물의 지붕들이 미끄러져 떨어질 것 같은 느낌을 받았고, 그는 유대인들을 만나 구원을 받았다. 두 번째 정복에서는 그가 뤼더스에게 사기를 당하고 술을 퍼마시면서 견뎌 냈다. 지금의 세 번째 정복에서는 비록 팔 하나를 잃었지만 용감하게 시내로 발걸음을 옮기고 있다. 이 사나이는 용기가 생겼다, 두 배, 세 배의 용기가.

헤르베르트와 에바는 그를 위해 상당한 액수의 돈을 아래층 술집 주인에게 맡겨 놓았다. 그러나 프란츠는 거기서 몇 푼만 갖고 이렇게 결심한다. 나는 그 돈에 손대지 않겠어, 나는 혼자 힘으로 일어서겠다. 그는 '복지 사업국'을 찾아가 도움을 요청한다. "먼저 조사를 해 보아야 합니다." "그럼 그동안은 어떻게 하죠?" "며칠 뒤에 다시 오세요." "그 며칠 동안에 사람이 굶어 죽을 수도 있어요." "베를린에서는 누구도 그렇게 빨리 굶어 죽지는 않아요, 그래서 모두가 또다시 나타나지요. 그 밖에도 우리는 돈을 직접 주지 않고 쿠폰을 줍니다. 집세도 여기서 직접 지불합니다, 여기 있는 주소가 맞죠?"

그래서 프란츠는 '복지 사업국'에서 나와 다시 계단을 내려간다. 그는 아래층에 섰을 때 정신이 번쩍 든다. 조사를 한다고 했지, 가만, 조사를 한다고, 그러면 내 팔에 대해서도 조사할 거야, 어떻게 그렇게 된 것인지. 그는 어느 담배 가게 앞에 서서 골똘히 생각해 본다. 그들은 알아내려고 할 거야, 내 팔이 어쩌다 그렇게 된 것인지, 비용은 누가 지불했는지, 또 그동안 어디에 누워 있었는지. 그들은 우선 그런 것을 물어볼 거야. 그러고 나서 지난 몇 달 동안 어떻게 먹고살았는지도 캐물을 거야. 잠깐 생각 좀 해 봐야겠다.

그는 생각에 잠긴 채 걸음을 옮긴다. 이런 경우는 어떻게 해야 할까? 지금 누구한테 물어보나, 당장 어떻게 해야 하지, 그런데 난 그 친구들 돈으로 살고 싶지도 않아.

그렇게 해서 그는 이틀 동안 알렉산더 광장과 로젠탈 광장 사이를 돌아다니며 메크를 찾아 나서는데, 그 친구라면 상의해 볼 수 있을 것 같다. 그리고 둘째 날 저녁에 그는 로젠탈 광장에서 메크를 찾아낸다. 그들은 서로를 바라본다. 프란츠는 악수를 하려고 손을 내밀지만 — 뤼더스 사건 직후에 만났을 때 그들은 어떻게 인사를 나누었던가, 그래, 무척 반가워했지, 그런데 지금은? — 메크는 망설이면서 손을 내밀 뿐 움켜잡지는 않는다. 프란츠는 이번에는 왼손으로 악수를 하려 한다. 그러자 그 조그만 메크는 심각한 표정을 짓는다. 이 친구가 왜 이러는 거야, 내가 뭘 잘못했나? 그리하여 그들은 뮌츠 거리를 따라 올라가는데, 걷고 또 걷다가 다시 로젠탈 거리로 돌아온다. 프란츠는 혹시 메크가 팔에 관해 묻지 않을까 계속 기다린다. 하지만 그는 끝내 물어보지 않고, 줄곧 눈길을 돌리며 딴전을 피운다. 이 녀석 눈에 내가 지저분해 보이는 건가. 프란츠는 일부러 쾌활한 척하면서 칠리 얘기를 꺼내며 그녀는 요즘 어떻게 지내는지 물어본다.

아, 잘 지내고 있어, 못 지낼 게 뭐 있나. 메크는 그 여자의 근황을 상세하게 들려준다. 프란츠는 웃으려고 애를 쓴다. 그러나 상대방은 여전히 팔에 관해서는 묻지 않는데, 그때 불현듯 프란츠의 머릿속에서 뭔가 떠오른다. 그는 얼른 물어본다. "프렌츨라우 거리의 술집에 아직도 드나드는가?" 메크는 시큰둥하게 대답한다. "그럼, 가끔씩 가지." 프란츠는 이제야 사정을 확연히 알게 된다. 그는 발걸음을 늦추어 메크의 뒤쪽으로 처진다. 품스가 나에 관해 이야기를 해 준 거야, 아니면 라인홀트나 슈라이버가 했겠지, 이 녀석은 나도 절도범이라고 여기는 거야. 여기서 내가 이야기를 꺼내면 이 친구한테 자초지종을 다 말해 줘야겠지, 그런데 이 친구는 입을 꾹 다물고 기다릴 모양인데, 내가 입을 열기까지는 한참 기다려야 할 거야.

이제 프란츠는 결심을 하고 메크 앞으로 나선다. "이보게, 고틀리프, 이만 헤어지세, 나는 집에 가 봐야 해, 불구는 일찍 잠자리에 들어야 하거든." 그제야 메크는 처음으로 그를 자세히 바라보더니 입에 물고 있던 파이프를 떼어 내며 뭔가를 물으려고 한다. 하지만 프란츠는 물어볼 것이 없다는 듯 손사래를 치면서 어느새 그와 악수를 하고는 가 버린다. 메크는 머리를 긁적이면서 생각한다. 내가 저 녀석 혼쭐을 한번 내줄 거야. 그러면서 그는 스스로에 대해 못마땅해한다.

프란츠 비버코프는 로젠탈 광장을 가로질러 걸어가면서 기분이 좋아져서 속으로 중얼거린다. 그런 허튼소리가 다 무슨 소용이야, 나는 돈을 벌어야 해, 메크란 녀석이 대체 뭐라고, 나는 우선 돈을 벌어야 해.

여러분은 우리의 프란츠 비버코프가 어떻게 돈 사냥에 나섰는지를 보았어야 했다. 그의 마음속에는 뭔가 새로운 것, 분노 같은 것이 있었다. 에바와 헤르베르트가 자신들의 방을 마음대로 쓰게 했지만, 프란츠는 자신의 방을 갖고 싶다. 그렇지 못하면 그는 제대로 시작할 수 없다. 그러다가 프란츠는 저주스러운 순간, 다시 말해 방을 하나 얻고 나니 셋집 여주인이 그의 테이블에 전입 신고서를 놓고 두고 가는 순간을 맞는다. 우리의 프란츠는 앉아서 다시 골똘히 생각해 보아야 한다. 만약 여기에 비버코프라고 이름을 적어 넣으면 그 사람들은 당장 서류 상자를 뒤져 볼 거야, 그리고 경찰서에 전화를 하겠지, 그러면 경찰서에서는 이렇게 말하겠지, 자, 경찰서로 좀 나와 주세요, 왜 그동안 한 번도 출두하지 않은 거죠, 팔은 어쩌다 그렇게 됐지요, 어느 병원에 입원해 있었나요, 병원비는 누가 냈지요, 그러면 제대로 맞는 게 하나도 없을 것이다.

그는 테이블 위에 대고 버럭 화를 낸다. 구호금, 나한테 구호금이나 복지 수당 같은 것이 필요할까. 난 그딴 것은 필요 없어, 그런 건 자유로운 사람에게는 어울리지 않는 거야. 그러면서 그는 계속 골똘히 생각하고 분통을 터뜨리면서 신고서에 이름을 적는데, 우선은 프란츠라고만 쓴다. 그런데 그 이름을 쓰는 동안 그의 눈앞에는 관할 경찰서와 그루너 거리의 복지 사업국, 그리고 그를 내동댕이쳤던 자동차가 떠오른다. 그는 재킷 속에 손을 넣어 뭉툭하게 남아 있는 어깻죽지를 만져 본다. 그 인간들은 내게 팔에 관해서 물어보겠지, 물어볼 테면 물어 보라지, 난 개의치 않을 테니까, 제기랄, 그냥 쓰는 거야.

그리고 그는 막대기로 쓰듯 굵은 글씨체로 종이 위에 이름을 눌러쓴다. 나는 여태껏 겁쟁이였던 적이 없었어, 그리고 나는 내 이름 중 철자 하나도 도둑맞고 싶지 않아, 나는 그렇게 불리고, 그런 사람으로 태어났으며, 계속해서 그런 사람으로 남을 거야. 프란츠 비버코프로. 한 글자 한 글자 굵게, 테겔 교도소, 가로수 길, 검은 나무들, 죄수들은 그곳에 앉아서 붙이는 작업, 목공 일, 수선 작업을 한다. 나는 다시 한 번 잉크를 찍어 i자 위에 분명하게 점을 찍는다. 난 녹색 제복의 경찰이나 양철 배지를 달고 있는 형사들도 두렵지 않아. 나는 자유로운 인간이든지, 그렇지 않으면 아무것도 아니야.

낫으로 베어 들이는 자가 있으니, 그의 이름은 죽음.

프란츠는 신고서를 셋집 여주인에게 건네준다. 자, 이 정도면 된 것이겠죠. 일이 처리되었다. 이제 우리는 바지를 걷어 올리고 두 다리를 쭉 뻗어 베를린 시내로 행진한다.

옷이 날개, 사람이 달라지면 보는 눈도 달라진다

지하 갱도를 파는 공사가 진행 중인 브루넨 거리에서 말 한 마리가 구덩이에 빠졌다. 사람들은 벌써 반 시간 전부터 그것을 구경하고 있고, 그때 소방대가 차를 한 대 몰고 현장에 도착한다. 소방대는 말의 복부에 가죽띠를 두른다. 말은 수많은 수도관과 가스관 위에 서 있는데, 혹시 한쪽 다리가 부러졌을지도 모른다. 말은 부르르 떨면서 히힝 울음소리만 내고 있다. 위에서 보면 말의 머리밖에 안 보인다. 드디어 그들은 도르래를 이용해 말을 끌어 올리고, 말은 발버둥 친다.

프란츠 비버코프와 메크도 그 자리에 있다. 프란츠는 한 소방대원이 들어가 있는 구덩이로 뛰어들어 힘을 합쳐 말을 앞쪽으로 밀어낸다. 메크를 비롯한 모든 사람들은 프란츠가 한 팔만으로 일을 해내는 것을 보고 놀라워한다. 그들은 땀에 젖은 짐승의 몸을 살펴보는데, 다행히 다친 곳은 없다.

"프란츠, 자네는 정말 용기가 대단해, 팔이 한쪽뿐인데 어디서 그런 힘이 나오는 거야?" "그야 근육이 좀 있기 때문이지. 마음만 먹으면 얼마든지 해낼 수 있어." 두 사람은 브루넨 거리를 따라 내려가는데, 지난번에 헤어지고 난 이후 처음 만나는 것이다. 이번에는 메크가 프란츠에게 스스럼없이 다가섰다.

"그래, 고틀리프, 잘 먹고 잘 마시면 힘이 나오는 법이야. 내가 또 무엇을 하는지 말해 줄까?" 메크 이 녀석이 다시는 허튼소리를 지껄이지 못하도록 쓴맛을 한 번 보여 줘야겠다. 이런 친구 같으면 사양하겠어.

"자, 들어 보게, 나는 아주 멋진 일을 하나 얻었지. 엘빙 거리에 있는 대목장터의 서커스에서 조랑말 선전을 하는 거야. '신사 숙녀 여러분, 한 바퀴 도는 데 50페니히입니다' 라고 외쳐 대는 거지, 그리고 로민텐 거리 뒷골목에서는 내가 최강의 외팔이 사나이야, 물론 어제부터이긴 하지만, 자네도 그곳에서 나하고 권투 한 번 해 볼 수 있어."

"에이, 한 팔을 가지고 권투를 한다고?" "와서 직접 눈으로 보면 알겠지. 상체를 제대로 방어할 수 없으니까 빠른 다리를 이용하는 거야." 프란츠는 녀석을 제대로 골려 준다. 메크는 놀라워하지 않을 수 없다.

그들은 예의 빠른 걸음으로 알렉산더 광장 쪽으로 내려가면서 깁스 거리로 잠시 접어드는데, 그곳에서 프란츠는 메크를 옛날 무도장으로 데려간다. "이 건물은 최근에 내부 수리를 했어, 내가 춤솜씨를 보여 줄 테니 바에 앉아서 한번 보라고." 메크는 무슨 영문인지 어리둥절하다. "갑자기 왜 그러는 거야, 말을 좀 해 보라고."

"맞아, 나는 예전처럼 다시 시작하는 거야. 뭐, 안 될 것도 없지. 자네는 반대하는 건가? 자, 들어가서 내가 어떻게 한쪽 팔로 춤을 추는지 보라고." "아니야, 차라리 뮌츠 호프로 가세." "그것도 좋지. 어차피 이런 꼬락서니로는 안 들여보내줄 테니까. 하지만 목요일이나 토요일에 한번 시도해 보자고. 이봐, 자네는 내가 총에 맞아 팔 하나를 잃었다고 내시 노릇이나 하고 있을 줄로 생각하는 모양이군." "누가 쏜 거야?" "형사들과 총격전이 있었어. 사실 별것도 아니었는데, 저기 뒤쪽 뷜로 광장에서였어, 거기서 몇몇 녀석이 도둑질을 하려고 한 거야, 다 착실한 녀석들이기는 하지만 수중에 아무것도 없으니 어디서든 훔칠 수밖에 없었던 거야. 나는 밖에서 어슬렁대며 혹시나 해서 녀석들을 주시했어, 그때 마침 길모퉁이에서 모자에 면도용 브러시 같은 것을 꽂은 수상한 사람이 눈에 띄었어. 나는 얼른 건물 안으로 들어가 망을 보고 있는 녀석에게 그 사실을 귀띔해 주었지, 그런데도 녀석들은 도망칠 생각을 않는 거야, 형사 두 명 정도는 아랑곳하지 않는다는 것이지. 녀석들은 진짜 꾼이라 그런지 물건부터 챙겨 가겠다는 거였어. 그러는 사이 형사들이 도착해 건물을 조사해 보려 했지, 그들 중 한 명이 집 안의 뭔가를 발견한 모양이야, 모피 상품들이었는데 석탄이 귀할 시절에는 여자들에게 좋은 물건이지. 그래서 우리는 매복 자세로 들어가서 엿보았어, 마침내 형사들이 건물 안으로 들어오려고 하는데, 글쎄, 입구의 문이 안 열리는 거야. 다른 녀석들은 물론 뒷문을 통해 줄행랑을 쳤고. 그러자 형사들은 열쇠공을 데려와서 문을 따려 하더라고, 그래서 내가 열쇠 구멍으로 한 방 갈겼지. 어떤가, 메크?" "어디서 그런 일이 있었다고?" 그는 놀라서 말문이 막힌다. "베를린, 카이저 가로수 길 모퉁이야." "에이, 허튼소리 그만해." "정말이야, 나는 그냥 마구 갈겼어. 하지만 그들은 문틈을 통해 제대로 총을 쏘았지. 나는 물론 붙잡히지는 않았어. 그들이 문을 열고 들어왔을 때는 벌써 도망친 상태였으니까. 다만 내 팔이 무사하지 못했지. 자네도 보다시피." 메크가 볼멘소리로 말한다. "그게 다 무슨 소리야?" 프란츠는 당당하게 악수를 청한다. "자, 그럼 또 보세, 메크. 그리고 뭐 필요한 것이 있으면, 내가 사는 곳으로 — 그것은 나중에 알려 주지. 그리고 하는 일 잘되기를 바라네."

이어 프란츠는 바인마이스터 거리를 지나간다. 메크는 완전히 기가 꺾여 있다. 저 녀석이 분명 나를 놀리는 거야. 아니면 품스한테 한번 물어봐야겠어. 그 친구들 이야기는 전혀 달랐거든.

프란츠는 여러 거리를 지나 알렉산더 광장으로 되돌아간다.

아킬레우스의 방패가 어떤 모습이었는지, 그가 어떻게 무장하고 어떤 무구(武具)를 착용하고 출정했는지 나로서는 정확히 묘사할 수 없다. 다만 막연하게 팔 보호 장구와 정강이 보호 장구를 착용한 모습을 떠올릴 뿐이다.

그러나 지금 새로운 전투에 나서는 프란츠의 모습이 어떤지에 대해서는 말하지 않을 수 없다. 그러니까 프란츠 비버코프는 말똥 때문에 얼룩이 진 먼지투성이의 낡은 옷에 구부러진 닻 문양의 마도로스 모자를 쓰고, 안쪽이 갈색으로 변한 낡은 외투와 바지를 입은 차림이었다.

그는 뮌츠 호프로 들어가 맥주 한 잔을 들이켜고 난 뒤 10분 후, 다른 남자한테 바람을 맞은 아직 앳되어 보이는 아가씨를 데리고 밖으로 나온다. 그는 그녀와 함께 바인마이스터 거리와 로젠탈 거리를 산책하는데, 술집 안은 곰팡내가 나는 반면 바깥은 안개가 약간 끼긴 했지만 제법 화창하기 때문이다.

그리고 프란츠는 마음이 활짝 열려 있다. 그래서 어디로 눈길을 돌리나 사기 치고 기만하는 모습이 눈에 확 들어온다! 사람이 달라지니 세상을 보는 눈도 달라진다. 그는 이제야 비로소 보는 눈을 가진 것 같다! 그는 아가씨와 함께 보이는 모든 것을 바라보며 배꼽을 잡고 웃는다! 오후 6시, 아니 그보다 조금 지난 시간인 것 같은데, 비가 줄기차게 쏟아진다. 다행히도 그 귀여운 아가씨가 우산을 갖고 있다.

조그만 술집, 그들은 창을 통해 안을 들여다본다.

"저기 주인이 맥주를 팔고 있잖아. 저 사람이 어떻게 맥주를 따르는지 잘 보라고. 봤어, 에미? 보았느냐고? 거품이 여기까지 찼어."

"그래, 그게 어때서요?"

"거품이 여기까지 찬 것 말이야? 사기라는 얘기지! 사기라고,

사기! 하지만 저 친구가 옳을 수도 있어, 저 녀석이 영리한 거야. 기분이 좋아지는걸."

"그럼 저 사람은 사기꾼이잖아요!"

"젊은 녀석이 아주 영리한 거야."

장난감 가게:

"맙소사, 에미, 여기 서서 저 안의 작은 물건들을 보고 있으면, 저것 좀 봐, 나는 더 이상 기쁘다고 말하지 못하겠어. 저런 잡동사니와 채색된 달걀들, 어렸을 때 우리는 엄마하고 저런 걸 붙여야 했지. 그 대가로 얼마를 받았는지는 말하고 싶지 않아." "저것 좀 보세요." "저건 돼지들이야. 이 유리창을 부숴 버리고 싶군. 다 쓰레기야. 가난한 사람들을 착취하는 것은 비열한 술수라고."

숙녀용 외투. 그는 지나치려 하는데, 그녀가 멈추어 선다. "당신이 알고 싶다면 저것에 대한 저의 경험담도 얼마든지 들려줄 수 있어요. 숙녀용 외투 바느질하기. 저것 좀 봐요, 세련된 숙녀들을 위한 작업이죠. 저런 일을 얼마나 받고 하는지 아세요?" "자, 어서 가자고, 나는 전혀 알고 싶지 않아. 혹시 당신이 적은 보수에도 만족한다면 모르겠지만." "잠깐만 좀 있어 봐요, 당신은 뭘 하려고 하는 거죠?"

"만약 내가 겨우 몇 페니히만 받는 일을 한다면 미련한 황소라고 해야겠지. 나는 비단 외투를 입을 거라고." "자, 그게 무슨 말인지 말해 보세요." "어떻게든 비단 외투를 입을 수 있도록 할 거야. 그렇게 못 하면 나는 미련한 황소가 되는 거야. 그 사람은 내 손에 8그로셴을 쥐어 주었는데, 그의 입장에서는 당연한 거야." "이런 허튼소리." "내가 더러운 바지를 입었다고 그렇게 생각하는 거야? 이봐, 에미, 이건 지하 갱도에 떨어졌던 말 때문이야. 아니, 8그로셴을 갖고 내가 뭘 하겠어, 1천 마르크 정도는 필요하다고." "당신은 그 돈을 벌 수 있을 것 같아요?"

그러면서 그녀는 그의 표정을 살핀다. "지금까지는 벌지 못했어, 맞아, 하지만 앞으로는 벌 수 있을 거야, 겨우 8그로센이 아니고 말이야." 그녀는 그에게 꼭 매달리면서 놀라워하고 또 행복해한다.

미국식 속성 다림질 센터, 안이 보이는 진열창, 증기가 피어오르는 두 개의 다림판, 안쪽에서는 별로 미국식으로 생기지 않은 남자 몇 명이 앉아 담배를 피우고 있고 앞쪽에는 셔츠 차림을 한 검은 피부의 재단사가 있다. 프란츠는 그쪽으로 시선을 돌리면서 탄성을 지른다. "에미, 귀여운 에미, 오늘 내가 당신을 만난 것은 멋진 일이야."

에미는 그가 무슨 뜻으로 하는 말인지는 모르지만 어쨌든 기분은 아주 좋다. 정말이지 그녀를 바람맞힌 녀석은 약이 바싹 오를 것이다. "에미, 사랑스러운 에미, 저 가게 좀 봐." "글쎄요, 저렇게 다림질해 가지고는 큰돈 벌지 못할 거예요." "누구 말이야?" "저 작은 흑인 말이에요." "아니, 저 친구야 많이 벌지 못하지. 하지만 다른 녀석들은 그렇지 않아." "저기 안쪽의 저 사람들 말이에요? 당신이 아는 사람들이에요? 나는 전혀 모르는 사람들인데."

프란츠는 킥킥대며 웃는다. "나도 본 적이 없는 사람들이야, 하지만 어떤 자들인지는 알지. 자세히 보라고. 저 주인 양반 말이야, 앞에서는 다리미질하는 척하지만 뒷전으로는 다른 일을 한다고." "숙박업이라도 한다는 거예요?" "그럴 수도 있겠지, 아니, 저들은 모두 사기꾼이야. 저기 걸려 있는 옷들이 다 누구 것이겠어? 양철 배지를 단 형사가 되어 한번 물어보고 싶어, 잘 보라고, 저들은 줄행랑을 치겠지." "뭐라고요?" "다 훔쳐 온 것들이야, 여기서는 그저 보관만 하는 거야! 속성 다림질 센터라고! 아주 얍삽한 놈들이지, 안 그래? 저 담배를 피워 대는 꼴 좀 봐. 인생 정말 편하게 사는군."

그들은 계속해서 걷는다. "당신도 저 녀석들처럼 해야 하는 거야, 에미. 그것만이 진실이야. 일만 해서는 안 돼. 일에 대한 생각 따위는 머릿속에서 지워 버려. 뼈 빠지게 일해 봤자 손바닥에 못만 박히지, 돈은 벌지 못한다고. 기껏해야 머리에 구멍이나 하나 생길 거야. 이 세상에 노동을 해서 부자가 된 사람은 없어. 사기를 쳐야 돈이 생기는 거라고. 알겠어?"

"그럼 당신은 뭘 하실 건데요?" 그녀는 잔뜩 기대하는 눈치다. "자, 더 걷자고, 에미, 차차 다 말해 줄 테니까." 그들은 다시 혼잡한 로젠탈 거리 속으로 들어갔다가 소피 거리를 지나 뮌츠 거리로 접어든다. 프란츠는 걸어간다. 그의 옆에서 트럼펫들이 행진곡을 연주한다. 저 너른 들판에서 전투가 시작된 모양이다, 라타타타, 라타타타, 라타타타, 우리는 도시를 정복했고, 아주 많은 돈을 빼앗았다, 몽땅 차지했다, 라타타타, 타타타, 타타!

그들은 서로 웃는다. 그가 낚은 이 아가씨는 나름대로 한 가닥 하는 여자다. 그녀의 이름은 그냥 에미이지만 분명히 사회 복지금 수혜 경험과 이혼 경험이 있을 것이다. 두 사람은 기분이 좋다.

에미가 묻는다. "팔 한쪽은 어디에 두셨어요." "집에 있는 색시한테 주고 왔지, 자꾸만 못 나가게 해서 담보로 팔 하나를 두고 온 거야." "아 정말이지 두고 온 팔도 당신처럼 유쾌했으면 좋겠어요." "그야 물론이지. 내가 아직 말해 주지 않았나. 내가 그 팔과 함께 사업을 시작했어. 그랬더니 그 팔은 하루 종일 책상 위에 서서 맹세를 하는 거야. 일한 자만이 먹어야 한다. 일하지 않는 자는 굶어야 한다. 내 팔이 하루 종일 그렇게 맹세를 하는 거야. 입장료는 1그로센, 그러면 프롤레타리아들이 와서 그것을 보고는 즐거워하지."

그녀는 배꼽을 잡고 웃고, 그도 따라 웃는다. "이봐, 당신은 내 남은 팔마저 뽑으려 하는군."

사람이 달라지면 머리도 달라진다

그때 생김새가 특이한 작은 자동차 한 대가 달려왔다. 차대 위에는 불구의 사나이가 앉아 팔을 이용해서 천천히 앞으로 나아간다. 그 작은 차는 온갖 색의 삼각기로 장식되어 있다. 남자는 쉰하우스 가로수 길을 따라 차를 몰면서 모퉁이마다 멈추고, 사람들이 주위에 모여들면 조수는 10페니히짜리 그림엽서들을 판다.

"세계 여행자, 요한 키르바흐입니다! 1874년 2월 20일 뮌헨의 글라트바흐에서 태어났고, 세계대전이 일어나기 전까지는 건강하고 활동적이었습니다만 이후 뇌졸중으로 오른쪽이 마비되어 일하는 데 제약을 받게 되었습니다. 그러나 열심히 노력해서 지금은 혼자서 몇 시간은 걸어 다닐 수 있을 정도로 몸을 회복했고, 내가 할 일을 할 수 있게 되었습니다. 덕분에 저희 가족은 최악의 곤경에서 벗어날 수 있었습니다. 1924년 11월, 국유 철도가 벨기에의 강제 점령에서 해방되었을 때 라인 지역의 모든 주민은 환호했습니다. 많은 독일의 형제들은 기쁨에 겨워 인사불성이 되도록 술을 마셨는데, 그것이 내게는 재앙이 되었습니다. 그날 귀가하던 중 집을 불과 3백 미터 앞두고 술집에서 나온 남자 일당에게 당했습니다. 참으로 불행한 사고였고, 나는 평생 불구자로 다시는 걸을 수 없게 되었습니다. 나는 연금도 못 받고, 그 밖의 보조금도 받지 못하고 있습니다. 요한 키르바흐."

화창한 날씨를 맞아 며칠 동안 주변을 염탐하면서 혹시 좋은 일자리가 없나 엿보던 프란츠 비버코프가 술집에 앉아 있는데, 그때 새파랗게 젊은 애송이 하나가 단치히 역 앞에 있는 그 장애인이 타고 있는 차를 보았다. 그것을 본 젊은 친구는 자기 아버지가 어떤 일을 당했는지를 이야기하기 시작했다. 그러자 술집 안은 온통 그런 이야기들로 시끌벅적해졌다. 젊은 친구의 말에 따르면 그의 아버지는 가슴에 총을 맞았는데, 그로 인해 숨도 잘 못 쉰다. 그런데도 그것을 사람들은 그냥 신경성 질환이라고 진단하고는 연금마저 삭감해, 좀 있으면 단 한 푼도 받지 못할 것이라고 한다.

그가 떠들어 대는 소리를 큼직한 승마 모자를 쓴 또 다른 젊은이가 듣고 있는데, 그는 같은 테이블에 앉아 있기는 하지만 앞에 맥주잔은 보이지 않는다. 이 친구는 아래턱이 권투 선수처럼 생겼다. 이 친구가 말한다.

"흥! 저런 불구자들한테는 한 푼도 주지 말아야 해."

"그따위로 말하다니. 당신도 전쟁에 끌려 나갔다가 나중에 한 푼도 못 받아 봐야 해."

"세상일이 다 그런 거지, 뭐. 당신도 어디 가서 멍청한 짓을 한다면 그것에 대해서는 돈을 받아 내지 못하는 거라고. 어떤 개구쟁이 꼬마가 자동차에 매달렸다가 떨어져 다리가 부러져도 그런 이유로는 한 푼도 못 받는 거야. 왜냐고? 스스로 멍청하게 굴었기 때문이지."

"전쟁이 났을 때 자네는 태어나지도 않았어. 아니면 기껏해야 기저귀를 차고 있었겠지."

"헛소리 집어치워. 독일에서 정말 황당한 것은 너무 쓸데없이 지원을 해 주는 거야. 그러니까 수많은 인간이 빈둥대고 아무 일도 안 하면서 돈까지 타 먹는 거야."

같은 테이블에 있던 다른 사람들이 대화에 끼어든다. "너무 그렇게 흥분하지 말게, 빌리. 자네는 무슨 일을 하는가?" "나야 아무 일도 안 하지. 아무 일도. 앞으로도 계속 보조금을 지급해 준다면, 나야 언제까지나 아무 일도 하지 않을 생각이야. 그러니까 나한테 계속 돈을 주는 것은 바보짓이나 다름없는 거야." 다른 사람들이 웃는다. "입담 한번 센 녀석이야."

그 테이블에는 프란츠 비버코프도 앉아 있다. 건너편의 승마 모자를 쓴 젊은이는 건방지게 두 손을 주머니에 찔러 넣고는 한쪽 팔밖에 없는 모습으로 앉아 있는 그를 빤히 쳐다본다. 어떤 여자가 프란츠를 끌어안는다.

"아저씨, 아저씨도 한쪽 팔밖에 없는데 연금은 얼마나 받아요?"

"도대체 그런 걸 알고 싶어 하는 사람이 누구야?"

아가씨는 눈으로 건너편의 젊은이를 가리킨다. "저기 저 사람. 저 사람이 그런 것에 관심이 많나 봐요."

"아냐, 난 그런 것에 관심 없어요. 내 말뜻은 다만 전쟁터에 나갈 만큼 멍청한 사람이 누구냐는 거요. 자, 그만합시다."

아가씨가 프란츠에게 말한다. "지금 저 사람 겁 먹었네요."

"나 때문에 그런 건 아닐 거야. 저 사람이 날 겁낼 이유는 없어. 나라도 그렇게 말할 거야, 나라도 그런 말밖에 못할 거야. 여기 없어진 내 팔 한쪽, 지금 어디 있는지 알아? 그것을 난 알코올에 담가서 우리 집 장롱 위에 놓아두었어. 녀석은 하루 종일 거기서 내려다보며 나한테 이렇게 말하지. 안녕, 프란츠, 이 멍청한 자식!"

하하, 이 친구 정말 괴짜군, 훌륭한 괴짜야. 한 중년 남자가 신문지에 둘둘 쌌던 두툼한 빵 몇 개를 꺼내 주머니칼로 잘라서 그 조각들을 입에 우겨 넣는다.

"나는 전쟁에 나간 적은 없어, 그 기간 내내 시베리아에 갇혀 있었거든. 지금은 고향 집으로 돌아왔는데, 온몸이 쑤시는 통풍을 앓고 있어. 그래서 녀석들이 나의 실업 수당마저 빼앗아 간다고 하면, 맙소사, 자네들 혹시 돌아 버린 거 아니야?"

앞의 젊은 녀석: "통풍은 어쩌다 걸린 거요? 길바닥에서 장사하다 그런 거요? 뼈가 성하지 않다면 길바닥 장사는 더 이상 해선

안 돼요." "그러면 기둥서방이나 되어야겠군."

그러자 젊은 녀석은 빵을 싼 신문지가 놓인 테이블 앞쪽을 꽝 내리친다. "맞아요, 그게 옳아요. 비웃을 일은 아니지. 당신은 우리 형과 그의 아내, 그러니까 형수를 한번 봐야 해요. 둘 다 반듯한 사람들로, 정말 누구에게도 뒤지지 않을 사람들이죠. 그들이 그 더러운 돈, 실업자 수당을 받으면서 무슨 당혹감을 느꼈을 것 같아요? 형은 일자리를 찾아 헤매고, 형수는 그 몇 푼 안 되는 돈으로 어떻게 살아가야 할지 막막했거든요, 집에는 두 아이까지 있었으니까. 형수는 밖으로 일을 하러 나갈 수도 없었지요. 그러던 중 형수가 한 남자를 알게 됐고, 이어서 또 다른 남자를 알게 되었죠. 그러다 결국 형이 낌새를 챘어요. 그때 형은 나를 찾아와서는 자기 집에 와서 자신이 아내를 어떻게 처리하는지 들어 보라고 하더군요. 그런데 형은 임자를 제대로 만났어요. 여러분이 그 소동을 한번 보았어야 하는데. 형은 오히려 깨갱 하면서 물벼락을 맞은 복슬강아지처럼 물러났지요. 형수가 형에게 그 하찮은 돈 운운하며 일장 연설을 하자 우리 형, 그녀의 잘난 남편이라는 사람은 비틀거리기만 할 뿐이었어요. 형은 다시는 위층에 발을 들여놓지 말라는 말까지 들었지요."

"그래서 더 이상 못 올라가게 되었다고?"

"형이야 당연히 올라가고 싶었겠지요. 하지만 형수가 저런 멍청한 건달, 실업 수당이나 받아먹으면서 남들이 돈을 벌어 오면 입방정만 떠는 작자하고는 더 이상 상종하지 않겠다는 거죠."

그곳에 있는 사람들은 다 그 의견에 동감한다. 프란츠 비버코프는 빌리라고 부르는 그 젊은 친구 옆에 앉아 있다가 그를 위해 건배를 한다. "이보게, 자넨 우리보다 열두세 살은 젊어 보이는데 백 살 정도는 더 똑똑한 거 같아. 이보게들, 내가 스무 살 때 과연 저런 말을 할 수 있었을까? 거참, 이런 상황을 두고 프로이센에서는 이렇게 말하지. 바지 솔기에 손을 갖다 대고 차렷." "우리도 그렇게 하죠. 다만 내 바지 솔기에 갖다 대지는 말고." 폭소가 터진다.

술집 안은 사람들로 가득 찼다. 웨이터가 문을 하나 열자, 안쪽에 조그만 방 하나가 비어 있다. 그러자 그 테이블에 있던 일행은 모두 가스등 아래로 자리를 옮긴다. 방은 무척 덥고 파리가 득실거리며 바닥에는 멍석이 하나 깔려 있는데, 바람이 좀 통하도록 누군가 멍석을 창턱 위에 걸쳐 놓는다. 방 안에서는 잡담이 계속된다. 빌리라는 친구도 그들 틈에 끼여 있는데 전혀 밀리지 않는다.

그때, 아까 사람들에게 무시를 당했던 그 젊은이가 빌리가 손목에 차고 있는 시계를 보더니 금시계인 것을 알아채고는 거듭 놀라워한다. "그 시계 싸게 산 거겠지." "3마르크 줬어." "누군가 훔친 물건이군." "나하고는 상관없는 일이지. 당신도 하나 갖고 싶어?" "아니, 천만에. 괜히 붙잡히려고? 그러면 그 시계 어디서 났냐고 심문을 당할 거야." 빌리는 주위 사람들을 돌아보며 싱긋 웃는다. "이 친구는 절도를 무서워하는군!" "그만해." 빌리는 한쪽 팔을 테이블에 올려놓으며 말한다. "이 친구는 내 시계에 대해 뭔가 불만인가 보군. 나한테는 그냥 시계일 뿐이야, 잘 가고 금으로 만들어진 것이지." "3마르크짜리." "그렇다면 다른 것을 보여 주지. 당신 맥주잔 좀 이리 줘. 자 말해 봐, 이게 뭔가?" "맥주잔이지." "맞아. 맥주 마실 때 쓰는 잔이지." "나도 부정하지는 않겠어." "그럼 여기 이것은?" "그건 시계지. 누구를 바보 취급하는 거야?" "그래, 시계지. 이것은 장화도 아니고, 카나리아도 아니야, 하지만 당신이 원한다면 장화라고 해도 좋아. 당신 좋을 대로 할 수 있고, 그거야 당신 마음이지." "무슨 소린지 모르겠네. 대체 무슨 말을 하려는 거야?" 빌리는 자기가 하려는 말의 의도를 분명히 아는 것 같다. 그는 팔을 내밀어 한 아가씨를 붙잡고 말한다. "어서 한번 걸어 봐." "뭐라고? 도대체 왜 그래요?" "그냥 여기 벽을 따라 걸어 보라니까." 아가씨는 안 하려 한다. 다른 사람들이 그녀를 향해 소리친다. "어서 한번 걸어 봐, 에이, 너무 빼기지 말고."

결국 그녀는 자리에서 일어나 빌리를 바라보며 벽 쪽으로 걸어간다. "에이그, 저런 멍청이!" "어서 걸어 보라니까." 빌리가 소리를 지른다. 그녀는 그에게 혀를 삐죽 내밀더니 엉덩이를 흔들며 걷기 시작한다. 사람들이 웃는다. "자, 이제 돌아와 봐. 그런데 저 여자가 무엇을 했지?" "당신한테 혀를 삐죽 내밀었지!" "그것 말고는?" "걸었잖아." "그래, 걸었어." 그때 아가씨가 끼어든다. "웃기네, 그렇지 않아. 이건 춤을 춘 거야." 빵을 앞에 두고 있는 중년 남자: "그건 춤이 아니야. 언제부터 엉덩이만 쑥 내미는 것을 춤춘다고 하는 거야?" 아가씨: "아저씨가 엉덩이를 내밀면 그건 춤이 아니죠." 다른 두 명이 소리친다. "저 여자는 걸었어." 빌리는 그들의 말에 귀를 기울이면서 의기양양하게 웃는다. "자, 됐어, 내가 말하지. 저 여자는 행진을 한 거야." 새파란 젊은 녀석이 화를 낸다. "그래서, 그게 뭐 어쨌다는 거야?"

"아무것도 아니야. 자네도 보았다시피 걸었다고 해도 되고, 춤을 추었다고 해도 되고, 행진을 했다고 해도 그만이지. 아직도 이해를 못한 것 같군. 그러면 알기 쉽게 설명해 주지. 이것은 아까 말한 맥주잔이야, 그런데 당신은 침이라고 할 수도 있어, 그러면 다른 사람들도 모두 침이라고 부르겠지. 그래 봤자 그것은 술을 따라 마시는 잔이야. 마찬가지로 저 여자가 행진을 했다 해도 그것은 행진한 거나, 걸은 거나, 춤을 춘 거야. 그것이 무엇이냐는 당신이 어떻게 보느냐에 달렸지. 당신 눈으로 말이야. 당신이 본 것이 정답이라고. 그러니까 어떤 사람이 남의 시계를 집어 갔다고 해서 그것을 곧장 훔친 것이라고 할 수는 없어. 이제 내 말을 이해하겠지. 그냥 집어 간 것이야. 주머니나 쇼윈도나 가게에서 말이야, 그런데도 훔친 것이라고? 누가 도대체 그렇게 말할까?" 빌리는 다시 등을 뒤에 기대면서 주머니에 손을 넣는다. "나는 아니야." "그럼 당신은 뭐라고 할 건데?" "잘 들어. 집어 갔다고 하는 거지. 시계 주인이 바뀌었을 뿐이야." 일동, 그림 속의 군상처럼 침묵. 빌리는 권투 선수 같은 턱을 앞으로 내밀고 아무 말도 하지 않는다. 다른 사람들은 곰곰이 생각 중이다. 식탁에는 뭔가 섬뜩한 분위기가 감돈다.

빌리가 갑자기 날카로운 목소리로 한 팔밖에 없는 프란츠를 공격한다. "당신은 할 수 없이 프로이센 군대에 끌려가 전쟁에 나갔겠죠. 나는 그것을 자유의 박탈이라고 부를 거요. 그러나 그들은 그들만의 법원과 경찰력을 갖고 있고, 그러한 조직을 둔 까닭에 당신 입을 다물게 만들 수 있었죠. 그렇게 되니 결국 미련한 황소 같은 당신은 그것이 자유의 박탈이 아니라 병역 의무라고 생각하는 거요. 그렇게 해서 당신 같은 사람들은, 세금이 어디에 쓰이는지도 모르는 채 세금을 내듯이 그것을 그냥 참고 수행하는 거죠."

아가씨가 애원하듯 말한다. "정치 얘기 좀 그만해요. 그런 얘기는 이런 저녁에 어울리지 않아요." 새파랗게 젊은 애송이는 투덜거리면서 그 상황에서 슬쩍 벗어나려 한다. "허튼소리는 그만하지. 그런 헛소리나 하고 있기에는 날씨가 너무 좋아." 그러나 빌리는 계속 그를 건드린다. "그럼 당장 거리로 나가라고. 당신은 정치가 여기 실내에만 존재해서 내가 지금 당신에게 그것을 보여 주는 거라고 생각하는 모양이지. 그것은 나 스스로에게나 보여 줄 필요가 있는 거야. 정치라는 것은 당신이 어딜 가든 당신 머리 위에 대고 토악질을 할 거야, 이 친구야. 자네가 가만히 견디고만 있으면 그렇게 된다고." 누군가가 소리친다. "그런 얘기는 이제 그만하자고, 입 좀 다물어."

그때 새로운 손님 두 명이 들어온다. 아가씨는 우아하게 몸을 움직이고, 벽을 따라 살랑살랑 엉덩이를 흔들면서 상냥하게 빌리에게로 걸어간다. 빌리는 자리에서 벌떡 일어나 그녀와 대담하게 엉덩이춤을 추고는 서로 끌어안고 애무를 한다, 10분간의 화끈한 애무, 땅속에 박힌 채 밀가루로 된 형틀로 구워지고 있다.* 그들 쪽을 쳐다보는 사람은 아무도 없다. 외팔이 프란츠는 세 번째 술잔을 마시기 시작하고, 그루터기 같은 어깻죽지를 만져본다. 그루터기가 화끈거린다, 화끈거린다, 화끈거린다. 이 빌어먹을 녀석, 저 빌리라는 놈, 빌어먹을 녀석, 빌어먹을 녀석. 남자들은 테이블을 다시 밖으로 끌어내고, 멍석을 창밖으로 내던진다. 그중 한 녀석은 아코디언을 둘러메고 와서 문 옆의 걸상에 앉아 계속 연주를 한다. 나의 요하네스, 아, 그는 할 수 있어, 나의 요하네스, 사나이 중의 사나이.*

그들은 흥겹게 춤을 춘다. 코트를 벗어던진 채 술을 마시고 떠들어 대고 비지땀을 흘린다. 아무도 할 수 없는 것, 나의 요하네스는 할 수 있어. 그때 프란츠 비버코프는 자리에서 일어나 계산을 하고 스스로에게 말한다. 나는 이제 흥겹게 춤을 출 정도로 젊지 않아, 춤추고 싶은 기분도 아니야, 나는 돈을 벌어야 해. 어디서 벌든 그것은 상관없어.

그는 모자를 쓰고는 밖으로 나간다.

두 남자가 점심때 로젠탈 거리에 앉아 완두콩 수프를 떠먹고 있다. 그중 한 남자는 『베를린 신문』을 옆에 두고 있다. 그가 웃음을 터뜨린다. "서부 독일에서 일어난 끔찍한 가정 비극이군." "그런데 그게 뭐가 우습지?" "자, 들어 보라고. 어떤 아버지가 아이 셋을 물에다 던져 버렸어. 그것도 한꺼번에. 정말 포악한 인간이지." "어디서 일어난 일이야?" "베스트팔렌 주의 함이라는 동네야. 한꺼번에 해치운 거지. 그 인간은 여기까지 올라와 있던 것이 분명해. 그런 자라면 정말 그렇게 행동할 수 있을 거야. 잠깐만, 이 친구가 아내한테는 어떻게 했는지 좀 볼까. 아마 아내까지도, 아니야, 그 여자는 혼자서 행동했어. 남편에 앞서 스스로 목숨을 끊었어. 어떻게 생각해? 참 재미난 가족이야, 막스, 그들은 사는 법을 잘 아는 거야. 여기 아내의 편지가 있군. '이 사기꾼아!' 제목에 느낌표가 붙어 있어, 남편한테 들으라는 얘기지. '이런 삶을 계속 살기가 너무 괴로워 운하에 몸을 던지기로 결심했어. 당신은 밧줄로 목을 매.' 율리에. 마침표." 그는 배꼽을 잡고 웃는다. "이 집안에는 행동 통일이란 것이 없군. 여자는 운하에 투신하고, 남편은 밧줄을 사용하고. 여자는 남편에게 목을 매라 하고, 남편은 아이들을 물에 던지고. 남편은 아내의 말을 안 들은 거지. 그런 결혼에서는 아무것도 나올 수 없었던 거야."

두 중년 남자는 로젠탈 거리의 공사장에서 일하는 인부들이다. 한쪽 편이 하는 말에 대해 상대방은 동조하지 않는다. "이건 비극적인 사건이야, 자네가 이런 것을 극장에서 보거나 책에서 읽는다면 흐느껴 울었을 거야." "자네 같으면 그럴 수 있겠지. 하지만 막스, 왜 저런 일에 눈물을 흘려, 무엇 때문에?" "아내에다 세 아이까지, 에이, 그만두세." "나한테는 재미있는 사건이야, 나는 그 남편이라는 작자가 마음에 들어, 물론 아이들이야 참 안 됐지만. 이렇게 단번에 온 가족을 깨끗하게 처리하는 것, 그것에 대해서는 존경심이 생겨, 그런데……." 그는 다시 웃음을 터뜨린다. "자네가 뭐라고 할지 모르겠지만, 나한테는 이 사건이 너무 우스꽝스러워, 이 사람들 최후의 순간까지 부부 싸움을 한 거잖아. 아내는 남편한테 밧줄을 사용하라 하고, 남편은 말 같지 않은 소리 집어치워, 윤리에, 이렇게 말하고는 아이들을 물속에 내던진 거야.”

상대방은 금속테 안경을 고쳐 쓰고는 다시 한 번 그 기사를 읽어 본다. “남편은 아직 살아 있군. 경찰에 붙잡혔어. 글쎄, 나라면 이 친구 같은 신세는 되고 싶지 않네.” “누가 알겠어? 그거야 모를 일이지.” “무슨 소리, 난 그 정도는 알겠어.” “이보게, 난 그 친구가 어떻게 하고 있을지 상상이 가. 그 친구는 지금쯤 감방에 앉아서 혹시 담배를 하나 얻을 수 있으면 담배를 한 대 피우면서 이렇게 말할 걸세. 날 마음대로 하시오.” “그렇다면 자네도 뭘 좀 아는군. 그게 양심의 가책이라는 거야. 그 사람은 감방에서 통곡하거나 아무 말도 하지 않을 거야. 아마 잠도 이루지 못할 거야. 이 사람아, 자네는 왜 그렇게 나쁜 쪽으로만 말하는 건가.”

“그 말에는 나는 분명히 반대라고 말하고 싶어. 그 사람은 편안하게 잠을 잘 수 있을 거야. 그 친구가 포악한 인간이라면 잠도 잘 자고, 밖에 있을 때보다 먹기도, 마시기도 잘할 거야. 내가 장담하네.” 상대방은 그를 진지한 눈빛으로 쳐다본다. “그렇다면 그야말로 개자식이군. 그런 자식을 처형하는 것이라면 난 적극 찬성이야.” “자네 말이 맞아. 그 사람도 ‘자네 말이 맞아’ 라고 말할 거야.” “이제 그런 시시한 얘기는 그만하세. 나는 오이 피클을 좀 주문하겠네.” “이건 아주 흥미로운 신문이야. 더러운 개자식, 어쩌면 그 녀석도 지금은 마음이 아프겠지, 어떤 사람들은 원래 의도보다 지나치게 행동하거든.” “난 오이 피클과 돼지머리를 먹겠네.” “나도.”

사람이 달라지면 다른 직업이 필요하거나, 전혀 필요 없게 된다

옷소매에 구멍이 난 것을 보면 여러분은 이제 새 옷을 장만할 때가 되었다고 생각합니다. 그러면 여러분은 곧바로 구매하고자 하는 옷을 한눈에 보고 고를 수 있는 크고 밝고 멋진 매장을 찾아갈 것입니다.

"나는 아무것도 할 수가 없어요, 베그너 부인, 당신은 그냥 하고 싶은 말씀을 하시면 됩니다. 그러니까 외팔이 남자, 그것도 오른팔이 없는 남자는 가망 없다는 거죠." "그건 부인할 수가 없네요, 어렵겠어요, 비버코프 씨. 그렇다고 그렇게 씨근거리며 얼굴을 찡그리지는 말아요. 그런 당신을 보면 사람들이 다 무서워하니까요." "그렇다면 이 한쪽 팔로 무슨 일을 하라는 거요?" "실업 수당을 받든가 아니면 조그만 노점상을 하나 열어 보세요." "어떤 노점상 말인가요?" "신문이나 옷가지, 아니면 티츠 백화점 앞이나 다른 곳에서 양말대님이나 목걸이 같은 걸 팔아 봐요." "신문 가판대요?" "아니면 과일, 과일 장사를 해 봐요." "그걸 하기에는 나이가 너무 많아요, 그런 일은 더 젊은 사람이 하는 거죠."

그것은 다 지난날의 일이다, 그런 일은 더 이상 하지 않을 거야, 다시 하고 싶지도 않아, 그런 일은 다 끝난 일이다.

"당신은 색시가 하나 있어야 해요, 비버코프 씨. 그러면 색시가 당신한테 모든 것을 말해 주고 또 필요할 때는 도움을 줄 거예요. 함께 수레도 끌어 주고, 당신이 자리를 비워야 할 때면 대신 가판대를 맡을 수도 있지요."

모자를 쓰고 아래로 내려가 보자, 모두 허튼소리야, 다음에는 내가 손풍금을 걸머지고 돌아다니며 연주를 해야겠지. 빌리는 어디 있을까?

"안녕, 빌리." 잠시 후 빌리가 말한다. "아니, 당신은 그렇게 많은 일을 할 수는 없어요. 하지만 당신이 영악하다면, 그런대로 할 만한 일이 있을 거요. 예를 들어 내가 당신한테 매일 뭔가 팔거나 비밀리에 처분할 것을 조달해 주고, 또 당신에게 비밀을 지켜 줄 좋은 친구들이 있다면 물건을 팔아서 상당한 수입을 올릴 수 있지."

그 말을 듣고 프란츠는 그 일을 하고자 한다. 그는 정말로 그것을 하고 싶어 한다. 그는 자신의 두 다리로 일어서기를 원한다. 그는 빨리 돈벌이가 되는 뭔가를 하고자 한다. 노동, 그것은 허튼소리다. 신문 같은 거라면 침을 뱉고 싶고 그 멍청이들, 신문팔이들을 보면 울화가 치민다. 남들은 바로 옆에서 자동차를 타고 다니는데 저렇게 미련하게도 일만 하는지 놀랍기까지 하다. 그런 일은 이제 나한테 맞지 않아. 한때 그런 적이 있기는 했지, 이 친구야. 테겔 교도소, 검은 나무들이 늘어선 가로수 길, 집들은 흔들리고 지붕들은 머리 위로 떨어질 것만 같고, 그리고 나는 진실하게 살아야 한다! 웃기는 소리다, 이 프란츠 비버코프가 아주 진실하게 살아야 한다니, 너는 어떻게 생각해, 이거 놀라 자빠질 일인 걸. 정말 웃기는 거야, 내가 교도소에 있는 동안 머리가 이상해졌나 봐, 머리가 시계 방향과는 반대로 돌아 버린 모양이다. 돈이 있어야 한다, 돈을 벌어야 한다, 사람은 돈이 필요하다.

이제 여러분은 장물아비이자 범죄자의 모습을 한 프란츠 비버코프를 보게 된다. 사람이 달라지면 직업도 달라지는 법, 그는 곧 더 나쁜 상황을 맞을 것이다.

한 여자가 있다. 자주색과 진홍색 옷에 보석과 진주로 치장하고 손에는 금잔을 들고 있다. 그녀는 깔깔대고 웃는다. 그리고 그녀의 이마에는 하나의 이름이, 하나의 비밀이 적혀 있다. 위대한 바빌론, 지상의 모든 음행과 가증한 것들의 어머니. 창녀 바빌론이 거기에 앉아 있다. 그 여자는 모든 성인들의 피를 마셨으며 성인들의 피에 취해 있다.

프란츠 비버코프는 헤르베르트 비쇼의 집에서 묵던 시절에 어떤 옷을 걸치고 있었던가?

지금 그는 어떤 옷을 입고 있는가? 그는 현금 20마르크를 주고 판매대 위에 있는 나무랄 데 없는 멋진 여름 양복을 한 벌 구입했다. 특별한 날에는 왼쪽 가슴에 철십자 훈장*을 단다. 그는 팔이 하나 없는 것을 정당화하는 표시로 그 훈장을 달고 다니면서 지나가는 사람들의 존경뿐만 아니라 무산자들의 분노를 즐긴다.

다림질로 세운 바지 주름과 손에 낀 장갑, 빳빳한 중절모 등으로 그는 영양 상태가 양호한 우직한 술집 주인이나 정육점 주인처럼 보인다. 그리고 만일의 경우를 대비해 프란츠 레커라는 이름의 위조 증명서도 가지고 다닌다. 1922년의 소요 사태* 때 사망한 인물의 그 신분증명서는 지금까지 많은 사람들에게 도움을 주었다. 프란츠는 신분증명서에 적혀 있는 내용을 모두 암기하고 있다. 부모는 어디 사는지 또 언제 태어났는지, 형제는 어떻게 되는지, 무슨 일을 하는지, 마지막으로 일한 것은 언제인지 등 형사가 갑작스럽게 물어볼 수 있는 것들이다. 그러면 나머지는 거저먹기다.

그 일은 6월에 일어났다. 정말 아름다운 6월에 나비는 번데기 단계를 거쳐 부화했다. 그리고 헤르베르트 비쇼와 에바가 온천지 소포트에서 돌아올 때쯤 프란츠는 제법 번창하고 있었다. 온천지에서는 여러 가지 일이 있었고, 그에 관한 이야기도 많았다. 프란츠는 그 이야기를 흥미롭게 경청한다. 에바의 애인인 증권업자는 불운을 겪었다. 도박에서는 일이 잘 풀렸지만, 그가 은행에서 1만 마르크를 찾아오던 날 에바하고 저녁을 먹는 사이 그의 호텔방에서 돈을 몽땅 도난당했다. 어떻게 그런 일이 가능하단 말인가. 호텔 방은 복제 열쇠로 감쪽같이 열렸고 금시계도 없어지고, 그 밖에 그가 침대 옆 테이블 서랍에 잠그지 않고 넣어 두었던 5천 마르크까지 사라졌다. 그야말로 어처구니없는 부주의로 인한 것이었지만, 그런 일이 일어나리라고 누가 상상이나 했겠는가. 이런 일급 호텔에 도둑이 잠입할 수 있다니, 도대체 경비원은 눈을 어디에 두고 있었던 거요? 당신들을 고소하겠소, 이곳에는 감시도 없단 말이오? 저희는 객실에 놓아둔 귀중품에 대해서는 책임을 지지 않습니다. 에바의 애인은 에바한테도 화를 냈는데, 그녀가 서둘러서 저녁을 먹자고 재촉했기 때문이다. 도대체 왜 서둘렀지? 그거야 순전히 그 남작님을 보기 위해서였지, 다음에 만나면 당신은 황송해서 남작 손에 키스를 하고, 나중에는 내 가방에 있는 봉봉 사탕까지 한 봉지 선물하겠지! 말이 너무 지나치군요, 사랑하는 에른스트. 그럼 5천 마르크는? 그게 내 탓인가요? 아, 차라리 집에나 가자고요. 그러자 증권업자는 화를 내며 말한다. 그것도 나쁜 생각은 아니군, 당장 여기서 떠나야겠어.

그렇게 해서 헤르베르트는 원래대로 엘자스 거리에 살고, 에바는 서부 지역의 멋진 방으로 이사를 해야 한다. 그것은 그녀에겐 새삼스러운 일도 아니다. 그녀는 이렇게 생각한다. 잠시일 뿐이야, 그러고 나면 그 남자도 나한테 싫증이 날 거야, 그럼 그때 다시 엘자스 거리로 돌아가는 거야.

에바는 기차에 올라 일등 객실에서 증권업자 옆에 앉아 지겨운 그의 애무를 행복한 척 받으면서 속으로는 몽상을 하고 있다. 프란츠는 무엇을 하고 있을까? 그리고 그녀의 증권업자가 베를린에 도착하기 직전 객실에서 나가 그녀 혼자 남게 되자, 그녀는 몸을 떨면서 불안해한다. 프란츠는 다시 가 버렸을 거야! 그런데 7월 4일(수요일), 헤르베르트와 에바, 에밀이 있는 곳에 얼마나 기쁘고 놀랍고 입이 쩍 벌어지는 일이 일어나는가, 그때 들어오는 자가 누구인지는 상상이 갈 것이다. 말쑥하고 단정한 옷차림, 가슴에는 철십자 훈장, 여느 때와 다름없이 야성적이며 악의가 없는 갈색의 두 눈, 남자다운 따스한 주먹과 힘찬 악수, 바로 프란츠 비버코프다. 자, 반듯하게 서 보라고. 잘못하면 균형을 잃겠어. 에밀은 벌써 그 변화를 알아차리고, 헤르베르트와 에바에게 눈길을 돌리며 즐거워한다. 프란츠는 정말 멋쟁이가 되어 있다.

"이봐, 자네는 요즘 샴페인으로 발을 씻는 모양이야." 헤르베르트도 기뻐서 이렇게 말한다. 에바는 그대로 앉아 있을 뿐 무슨 영문인지 모른다. 프란츠는 팔이 없는 오른쪽 소매를 주머니에 찔러 넣고 있다. 하여튼 팔이 새로 자라난 것은 아니다. 에바는 그의 목에 매달리며 키스한다. "맙소사, 프란츠, 우리는 줄곧 여기 앉아서 골치가 아프도록 고민했어. 프란츠는 무얼 하고 있을까 하고. 정말 걱정했어, 당신은 믿지 않겠지만."

프란츠는 빙 돌아가며 에바에게도 키스를 하고, 헤르베르트에게도 키스하고 에밀에게도 키스를 한다. "쓸데없이 내 걱정을 하다니." 그는 교활하게 눈을 껌뻑이면서 말을 잇는다. "멋쟁이 코트를 입은 이 전사의 모습 어때?"

에바는 탄성을 지른다. "어떻게 된 거야, 대체 무슨 일이냐고, 하지만 이렇게 멋진 모습을 보니 정말 기뻐." "나도 그래." "그런데 요즘은 누구하고 어울려 다녀, 프란츠?" "어울려 다니다니? 아, 그거 말이군. 아니, 그런 건 없어. 나에게 여자 같은 것은 없어." 그러면서 그는 이야기를 꺼내더니 마구 떠들며 헤르베르트에게 그의 돈을, 한 푼도 남김없이 몇 달 내로 다 갚겠다고 약속한다. 그러자 헤르베르트와 에바는 웃는다.

헤르베르트는 1천 마르크짜리 갈색 지폐 한 장을 프란츠의 눈앞에서 흔들어 보인다. "이거 갖고 싶지, 프란츠?" 에바가 간곡한 투로 말한다. "어서 받아, 프란츠." "그럴 일 없어. 필요 없다니까. 기껏해야 아래층 술집에서 술이나 퍼마실 거야, 그 정도밖에 할 수 없어."

아가씨도 하나 나타나니,
프란츠 비버코프는 다시 완벽해지다

그들은 프란츠가 하는 일이면 무엇이든 인정하고 축복해 준다. 프란츠를 아직도 사랑하는 에바는 기꺼이 그에게 아가씨 하나를 소개해 주고 싶어 한다. 그는 거부하는 태도를 보인다. 그 아가씨는 내가 아는 여자겠지. 아니, 당신은 그 애를 몰라, 헤르베르트도 모르는데, 당신이 어떻게 알겠어, 아니, 그 아이는 베를린에 온 지도 얼마 안 됐어, 베르나우 출신인데 매일 저녁때가 되면 슈테틴역에 나타났어, 거기서 그 애를 알게 된 거야, 한번은 내가 그 애한테 이렇게 말해 주었지. 네가 이것을 그만두지 않고 자꾸 이쪽으로 오다가는 망가지고 말 거야, 이곳 베를린에서는 언제까지나 그런 짓만 하고 지낼 수는 없어. 그러자 그 애는 웃으면서, 그냥 좀 즐겁게 지내고 싶을 뿐이라고 말하더군. 이것 봐, 프란츠—이 이야기는 헤르베르트도 알고 에밀도 알고 있어—어느 날은 12시에 그 애가 카페에 앉아 있는 거야. 내가 다가가서 물었지. 아니, 얼굴 표정이 왜 그래, 아가씨, 이런 곳에서 말썽을 피우면 곤란해.

그러자 그 아이는 내 앞에서 울음을 터뜨리는 거야. 파출소에 가 봐야 하는데 아무런 신분증명서도 없고, 게다가 미성년자에 집에 돌아갈 용기도 없다는 거야. 경찰이 찾고 있다는 이유만으로 일하던 곳에서도 쫓겨나고 어머니한테서도 쫓겨났지. 그 아이는 이렇게 말했어. 내가 좀 즐겼다는 이유만으로 그러는 건가요? 그러면 저녁마다 나더러 베르나우에서 뭘 하면서 지내라는 거죠?

에밀은 언제나처럼 양팔로 턱을 괴고서 듣다가 한마디 거든다. "그건 그 여자애 말이 맞아. 나도 베르나우라는 곳을 잘 아는데, 저녁에는 할 일이 없어 정말 심심한 곳이지."

에바가 말한다. "그래서 내가 그 아가씨를 조금 돌봐 주고 있어. 슈테틴 역에는 다시는 가지 못하게 했죠."

헤르베르트는 수입 시가를 피우고 있다. "자네가 분별력 있는 남자라면 말이야, 프란츠, 그 아가씨를 한번 어떻게 해 보라고. 그 여자아이가 어떤 애인지는 아무도 모르지, 나도 본 적이 있는데 정말 일품이더군."

에밀이 말한다. "아직 좀 어리기는 해도 일품은 일품이야. 뼈대도 튼튼하고 말이야." 그러면서 그들은 계속 술을 마신다.

바로 다음 날 점심때 그의 방문을 노크한 그 아가씨에게 프란츠는 첫눈에 반해 버린다. 에바는 그의 구미를 돋우었고, 프란츠 역시 에바를 기쁘게 해 주고 싶었다. 그런데 이 여자는 정말로 명품 중의 명품이다. 말하자면 그의 요리책에서는 본 적이 없는 여자다. 작은 몸집에 팔을 살짝 드러낸 하얀 민소매 원피스를 입은 모습이 꼭 여학생 같다. 그녀는 부드럽고 하늘대는 몸놀림으로 어느새 그의 곁에 와서 앉는다. 그녀가 찾아온 지 반 시간도 안 되었지만, 프란츠는 이제 그의 방에서 이 귀염둥이 아가씨가 없는 상황을 상상할 수 없다. 그녀는 본래 이름이 에밀리 파르준케이지만 그냥 소냐라고 불리는 것을 좋아한다. 그녀의 광대뼈 모습이 러시아 사람과 비슷해서 에바 역시 언제나 그렇게 불렀다. 그녀는 애교 섞인 목소리로 말한다. "에바도 원래 이름은 나처럼 에밀리라고 하던데요. 에바가 직접 말해 준 거예요."

프란츠는 그녀를 무릎에 올려놓고 흔들면서 이 귀엽고 놀랍기만 한 존재를 넋 나간 듯이 바라보고, 사랑하는 신이 그의 집으로 보내 준 이 행복에 대해 놀라워한다. 삶은 오르락내리락하는 것이고, 그래서 놀라운 것이다. 그는 에바한테 새 이름을 붙여 준 사람이 누구인지 아는데, 바로 그 자신이다. 에바는 프란츠가 이다를 사귀기 전에 그의 애인이었는데, 차라리 그때 에바 곁에 있었더라면 좋았을 것이다. 그건 그렇고, 지금은 그에게 이 아가씨가 있다.

그러나 프란츠가 그 여자아이를 소냐라고 부른 것은 단 하루뿐이었고, 그다음에는 자기는 그런 낯선 이름이 싫다고 설득한다. 그녀가 베르나우 출신이니 다른 이름으로 부를 수도 있는 것이다. 그녀도 짐작하겠지만 그는 지금까지 여러 여자를 사귀었는데, 마리라는 이름을 가진 여자는 아직 없었다. 그는 그런 이름의 여자를 꼭 가졌으면 한다. 그래서 그는 그녀를 "나의 미체"라고 부르기로 한다.

그리고 얼마 지나지 않아 —7월로 접어들면서 — 그는 그녀와 아주 아름다운 경험을 한다. 아이가 생긴 것은 아니고, 그녀가 병이 난 것도 아니다. 프란츠의 뼛속을 건드리는 무언가 다른 것이 있는데, 그렇다고 더 나빠지지도 않는다. 그 무렵 슈트레제만 외무 장관은 파리로 가거나 어쩌면 안 갈지도 모르는 상황이고, 바이마르에서는 전신국의 지붕이 내려앉는 사고가 나며, 또 백수 상태의 한 남자가 외간 남자와 정분이 나서 그라츠로 도망친 자기 색시의 뒤를 쫓아가 두 남녀를 총으로 쏴 죽인 뒤 자신의 머리에도 총알을 박아 넣는 일이 벌어진다. 그런 일들은 날씨에 상관없이 일어나고, 바이세 엘스터 강에서 물고기가 떼죽음을 당한 것도 그 한 예이다. 그런 기사를 신문에서 읽으면 상당히 놀랍지만, 막상 현장에서는 그렇게 대단한 일로 여기지 않는다. 사실 어느 가정에서나 늘 무슨 일이 일어나고 있다.

프란츠는 자주 알테 쇤하우스 거리의 전당포 앞에 서 있다. 그곳의 작은 방에서 그는 이 사람, 저 사람과 흥정을 한다, 그들은 서로 아는 사이다, 프란츠는 매일 신문의 구매란과 광고란을 자세히 살피고, 낮에는 미체를 만난다. 그런데 한번은 미체가 그들이 함께 식사할 알렉산더 광장의 아싱거 맥주홀을 향해 오는데 몹시 헐레벌떡 걸어오는 것이 눈에 띈다. 그녀는 늦잠을 잤다고 말하지만 — 뭔가 수상쩍은 구석이 있다. 프란츠는 그 사실을 금세 잊어버린다. 딴생각을 떠올리기에는 아가씨가 믿을 수 없을 정도로 사랑스럽다. 그녀는 방을 아주 깨끗하게 정돈하고 꽃들과 작은 천, 리본 등으로 어린 소녀의 방처럼 예쁘게 꾸며 놓는다. 방은 늘 환기가 잘되어 있는 데다 라벤더 향수를 뿌려 놓아 저녁에 함께 귀가하면 그는 정말 기분이 좋다. 그리고 침대에서도 그녀는 깃털처럼 부드럽고, 첫날과 마찬가지로 늘 조용하고 나긋나긋하며 행복해한다. 그런데 평상시 그녀는 약간 진지한 편이어서 프란츠는 이 아가씨의 기분을 다 파악할 수가 없다. 그녀가 아무 일도 하지 않고 우두커니 있으면 혹시 생각하고 있는 것인지, 또 무슨 생각을 그렇게 골똘히 하는지 알 수가 없다. 그가 물어보면, 그녀는 늘 웃으면서 아무 생각도 하지 않는다고 대답한다. 사람이 하루 종일 무슨 생각을 할 수는 없다는 것이다. 그 역시 듣고 보니 그렇다.

그런데 문밖에는 프란츠의 이름이 적힌 우편함이 있다. 프란츠 레커라는 가명으로 된 우편함인데, 프란츠는 늘 광고물과 우편물에는 이 이름을 쓴다. 어느 날 미체가 말하기를, 우편배달부가 오전에 편지함에 뭔가를 집어넣는 소리가 분명히 들렸는데 나가 보니 아무것도 없더라는 것이다. 프란츠는 이상한 생각이 들어 그게 무슨 말이냐고 캐묻는다. 미체는 누군가가 우편물을 꺼내 간 모양이라고 말한다. 건너편에 사는 사람들 소행 같은데, 그 사람들은 항상 문에 있는 구멍창으로 내다보기 때문에 당연히 우편배달부가 오는 것을 보고 있다가 편지를 빼낸 것 같다는 것이다. 프란츠는 화가 나서 얼굴이 붉어지고 '이것 보게, 나를 염탐하는 놈들이 있어' 라고 생각하면서 저녁때 건너편 집을 찾아간다. 문을 두드리자 한 여인이 나오더니 즉시 남편을 불러오겠다고 한다. 이번엔 나이가 든 남자가 나타난다. 여자가 훨씬 젊다. 남편은 예순은 되어 보이고 여자는 서른 정도이다. 프란츠는 남자에게 혹시 착오로 이곳으로 배달된 편지가 없느냐고 묻는다. 남자는 자기 아내를 쳐다본다.

"혹시 여기로 편지 배달된 거 있어? 나는 방금 집에 들어와서."

"아뇨, 우리 집에 온 편지는 없어요."

"그게 몇 시쯤이었어, 미체?"

"11시경요. 우편배달부는 늘 11시쯤 오거든요."

그러자 여자가 말한다. "맞아요, 그 사람은 언제나 11시쯤에 와요. 하지만 우편물이 오면 아가씨가 직접 챙겨 가요, 우편배달부는 늘 초인종을 울리거든요."

"부인이 어떻게 그렇게 자세히 알죠? 나도 그를 계단에서 마주친 적이 있는데, 그때 내게 편지를 한 통 주기에 그것을 그냥 우편함에 넣었거든요."

"당신이 그걸 우편함에 넣었는지 어쩐지는 난 몰라요. 다만 우편배달부가 당신한테 편지를 주는 것은 나도 봤어요. 그건 그렇고 도대체 그 일이 우리하고 무슨 상관이죠?"

프란츠가 말한다. "그러니까 댁에는 내 앞으로 온 편지가 없다는 거죠? 레커가 내 성입니다. 이곳으로 배달된 편지는 없다는 얘기죠?"

"당연하죠, 다른 사람한테 온 편지를 내가 왜 받겠어요. 보시다시피 우리 집에는 우편함 같은 것도 없어요, 우편배달부가 우리 집에는 자주 오지도 않거든요." 프란츠가 미심쩍어하면서 모자를 살짝 들었다 다시 쓰고는 미체와 함께 물러난다. "실례했습니다. 안녕히 계세요." "안녕히 가세요."

이어 프란츠와 미체는 그 일에 대해 이런저런 이야기를 나눈다. 프란츠는 사람들이 혹시 자기를 염탐하는 것은 아닌가 하고 생각한다. 그는 헤르베르트와 에바하고 이 문제를 상의해 보고자 한다. 그리고 미체한테는 앞으로 우편배달부가 오면 꼭 초인종을 누르게 하라고 다짐을 받아 둔다. "그렇게 할게요, 사랑스러운 프란츠, 그런데 가끔은 다른 사람이 오기도 해요, 보조원이죠."

그러던 며칠 후 정오에 프란츠가 예고도 없이 집으로 들어와 보니, 미체는 이미 아싱거 맥주홀로 가고 없었다. 그때 프란츠는 의문에 대한 해답을 얻는데, 아주 새로운 사실이다. 그것은 그의 뼛속까지 파고들지만, 마음을 크게 상하게 하는 것은 아니다. 그가 방에 들어가 살펴보니, 방은 물론 비어 있고 깨끗하다. 그러나 새로 구입한 고급 시가 한 상자가 그를 위해 놓여 있다. 상자 위에는 "사랑하는 프란츠에게"라는 미체의 쪽지가 있고 알라시 술*도 두 병 있다. 프란츠는 이 아가씨가 얼마나 살림을 잘하는지를 생각하면서 행복해한다. 이런 여자하고 결혼을 해야 해, 그는 아주 기쁨에 겨워 말한다. 이것 좀 봐, 나를 위해 작은 새까지 사 놓았어, 이거야말로 생일을 맞은 것 같군, 조그만 기다려, 귀염둥이 아가씨, 나도 당신한테 선물해야지. 그러면서 그가 주머니 속의 돈을 만져보는데, 그때 초인종이 울린다. 그래, 우편배달부인가 보군, 그런데 벌써 12시니까 오늘은 정말 늦게 왔어, 내가 가서 직접 말해야지.

프란츠는 복도로 나가 문을 열고 귀를 기울여 보지만, 우편배달부의 모습은 보이지 않는다. 그는 잠시 기다린다. 그러나 아무도 오지 않는다. 그래, 다른 집에 잠시 가 있는 모양이야. 프란츠는 편지를 꺼내 방으로 들어간다. 봉하지 않은 봉투 속에는 봉함된 또 한 통의 편지가 들어 있고 쪽지도 있다. 거기에는 일부러 휘갈겨 쓴 필체로 '배달 착오'라는 글귀와 해독하기 어려운 이름이 적혀 있다. 이 편지는 건너편 집에서 온 것이 분명해, 저 사람들은 대체 누구를 염탐하는 것일까? 봉해진 편지의 수신인은 '소냐 파르준케, 프란츠 레커 씨 댁'이라고 적혀 있다. 이것 참 수상하군, 그녀가 대체 누구한테서 이런 편지를 받는 거야, 발신지는 베를린이고 어떤 남자가 보낸 편지야. 프란츠는 편지의 내용을 읽으면서 등골이 오싹해진다.

"진심으로 사랑하는 나의 그대, 당신은 답장을 너무 오래 기다리게 하는군요."

그는 더 이상 읽을 수가 없다, 그냥 앉아 있을 뿐이다. 그리고 그의 앞에는 시가와 카나리아 새장이 있다.

이제 프란츠는 계단을 내려가 아싱거 맥주홀로 가지 않고 헤르베르트에게로 간다. 그는 창백한 얼굴로 그에게 편지를 보여 준다. 헤르베르트는 옆방으로 가서 에바와 귓속말을 주고받는다. 이윽고 에바가 들어오더니 헤르베르트에게 다시 한 번 키스를 한 후 그를 방에서 내보내고는 프란츠의 목에 매달린다. "자, 프란츠, 키스 좀 해 줘." 프란츠는 그녀를 빤히 쳐다보며 말한다. "이러지 마." "프란츠, 키스해 줘. 한 번만, 우리는 오랜 친구잖아." "나 참, 자꾸 왜 이러는 거야, 바르게 처신해야지, 헤르베르트가 어떻게 생각하겠어?" "그 사람은 내가 방금 내보냈잖아. 자, 와서 보라고, 그를 찾을 수 있어?"

그녀는 프란츠에게 집 안을 둘러보게 하는데, 헤르베르트는 정말 나가고 집에 없다. 그래, 그 사람은 정말 나간 모양이군. 에바는 문을 닫는다. "자, 이제 키스해 줄 수 있지?" 그러면서 그의 몸에 휘감기는데, 그녀의 몸은 순식간에 화끈 달아오른다.

"이봐, 이봐." 프란츠가 숨을 헐떡이면서 말한다. "당신 미친 거 아냐, 도대체 나한테 뭘 원하는 거야?" 그러나 그녀는 제정신이 아니다. 그도 그녀에게 저항하기엔 역부족이지만, 그래도 화들짝 놀라면서 그녀를 밀어낸다. 그때 그의 마음속에서 갑작스러운 변화가 일어난다! 에바에게 무슨 일이 일어났는지 그로서는 알 수 없지만, 두 사람의 마음속에 지금 일어나고 있는 것은 맹목적인 정열과 격렬함뿐이다. 잠시 후 그들은 서로 팔과 목을 깨물고 나란히 누워 있다. 그녀는 등을 그의 가슴에 걸쳐 놓고 있다.

프란츠가 볼멘소리로 말한다. "이봐, 헤르베르트가 정말 나가고 없는 거야?" "당신은 내 말을 안 믿는구나." "내가 이렇게 하는 건 친구를 배반하는 추잡한 짓이야." "당신은 정말 사랑스러운 남자야, 그러니까 내가 홀딱 반했지, 프란츠." "이봐, 당신 목에 자국들이 잔뜩 남겠어." "나는 당신을 물어뜯어 먹고 싶을 정도야, 그만큼 당신을 좋아해. 당신이 조금 전 편지를 들고 왔을 때, 난 정말 헤르베르트가 보는 앞에서 당신 목에 매달릴 뻔했다고." "에바, 헤르베르트가 나중에 그 자국들을 보면 뭐라고 하겠어, 금방 시퍼렇게 될 텐데." "그 사람은 아무것도 모를 거야. 난 이따가 증권업자에게 갈 것이고, 나중에 그 사람한테서 생긴 거라고 말하지, 뭐." "좋아, 에바, 그러니까 당신은 나의 사랑스러운 에바야. 하지만 나는 그런 추잡한 짓 하는 거 싫어. 그런데 증권업자가 그 자국들을 보면 뭐라고 할까?" "그럼 숙모는 뭐라고 할까, 그다음에 할머니는 뭐라고 할까, 에이그, 당신은 정말 소심해."

에바는 몸을 일으켜 세우더니 프란츠의 머리를 잡고 격렬하게 애무를 한다. 그리고 그루터기만 남은 그의 어깻죽지에도 뜨거운 뺨을 갖다 댔다. 그러고 나서 그녀는 편지를 집어 들고 옷을 차려입고 모자를 쓴다. "이제 가 볼 거야, 내가 어떻게 할지 알겠지, 지금 아싱거 맥주홀로 가서 미체와 얘기해 볼 거야." "아니, 에바, 뭐 하려고 그래?" "그렇게 하고 싶으니까. 당신은 여기서 기다려. 금방 돌아올 거야. 이 일은 나한테 맡겨 두라고. 아직 경험도 없고 여기 베를린에 온 지도 얼마 안 되는 젊은 아가씨는 내가 돌봐 줘야지. 자, 그럼 프란츠."

그녀는 다시 한 번 그에게 키스를 한다, 다시 막 불타오르려 한다, 하지만 그녀는 일어나서 밖으로 뛰쳐나간다. 프란츠는 그저 어안이 벙벙하다.

오후 1시 반이고, 2시 반에 에바는 다시 집으로 돌아온다. 진지하고 차분하지만 만족스러운 표정이다. 그녀는 그사이 잠들었던 프란츠가 옷 입는 것을 거들고 땀에 젖은 얼굴을 자신의 향수로 닦아 준다. 그런 다음 그녀는 서랍장 위에 앉아 담배를 피우면서 말문을 연다. "그러니까 미체 말이야, 웃더라고, 프란츠. 나로서는 그 아가씨가 흠잡을 게 하나도 없어." 그러자 프란츠는 놀라워한다. "그래, 프란츠. 내가 보기에 그 편지는 아무것도 아니야. 그 애는 아싱거 맥주홀에 앉아서 여전히 당신을 기다리고 있더군. 내가 편지를 보여 주었지. 그러자 그 애는 당신이 화주와 카나리아 새를 기뻐하지 않더냐고 물었어."

"그건 그렇지만."

"자, 들어봐. 그 애는 눈썹 하나 까딱하지 않았다고 말할 수 있어. 내가 보기에는 흠잡을 데 없는 아이야. 정말 좋은 아가씨야. 내가 당신한테 조잡한 물건을 떠넘긴 게 아니라고."

프란츠는 표정이 어두워지면서 초조해하는 기색이다. 도대체 이게 어떻게 된 거야? 에바는 서랍장에서 폴짝 뛰어 내려와 프란츠의 무릎을 가볍게 톡톡 친다. "당신은 정말 사랑스러워, 프란츠. 아직도 모르겠어? 여자는 다 자기 남자를 위해 뭔가 하고 싶어 하는 법이라고. 당신이 장사다 뭐다 하면서 온종일 밖으로 돌아다닐 때 그 아가씨는 할 일이 뭐 있겠어, 당신을 위해 커피나 끓이고 방 청소하는 일 말고는 없다고. 그 아이도 당신한테 뭔가를 선물하거나 당신을 기분 좋게 해 주고 싶은 거야. 그래서 그런 일을 하는 거라고."

"그 때문에? 당신은 그런 말로 문제에서 슬쩍 벗어나고 있어. 그래서 나를 속이는 거라고?"

그러자 에바는 진지해진다. "속인다는 것은 말도 안 돼. 그 애는 단도직입적으로 그런 것은 아무런 문제가 되지 않는다고 했어. 누군가가 그 애한테 편지를 썼지만, 전혀 신경 쓸 것 없는 문제야, 프란츠, 어떤 녀석이 그녀에게 잠시 반해서 편지를 쓴 거라고, 그런 거야 당신한테 새삼스러운 일도 아니잖아."

프란츠는 차츰 뭔가를 깨닫기 시작한다. 아, 일이 그렇게 된 것이구나. 에바는 그가 마침내 상황을 깨닫기 시작했음을 알아차린다.

"그래, 그런 거였어. 아니면 대체 뭐겠어? 그 애는 돈벌이를 하고 싶은 거야. 그런데 그 애의 생각이 옳지 않아? 나도 내 돈을 벌고 있잖아. 당신이 아직 그런 팔로는 제대로 일도 할 수 없는 형편인데, 당신한테만 생계를 의존하는 것이 그 애한테는 편치 않은 거야."

"그건 그래."

"그 애는 곧장 그렇게 말했어. 눈썹 하나 까딱하지 않고. 이봐, 그 애는 아주 좋은 아가씨야, 당신이 믿을 수 있는 여자라고. 그 애는 당신이 올해 온갖 일을 겪었으니 몸을 아껴야 한다고 말하더라고. 하기야 예전이라고 해서 당신 형편이 특별히 좋은 것도 아니었지, 저기 테겔 교도소에 있었으니까, 내 말뜻 알겠지. 그 애는 당신을 그렇게 혹사시키는 걸 부끄럽게 생각하는 거야. 그래서 당신을 위해 일을 하는 거라고, 다만 당신한테 그 말을 하지 못한 거야."

"그래, 그래." 프란츠는 고개를 끄덕이면서 고개를 떨어뜨렸다.

"당신은 믿지 못하나 봐." 에바가 그의 곁에 앉아 그의 등을 쓰다듬는다. "그 아가씨가 당신을 얼마나 좋아하는지 몰라. 당신은 나를 원하지 않아. 아니면 — 나를 원해, 프란츠?"

그는 그녀의 허리를 끌어안고, 그녀는 조심스럽게 그의 무릎에 걸터앉는다. 그는 이제 한 팔만으로 그녀를 껴안을 수 있다. 그는 그녀의 가슴에 머리를 대고 나직하게 말한다. "당신은 참 좋은 여자야, 에바, 헤르베르트 곁에서 잘 지내도록 해. 그 친구는 당신이 필요해. 좋은 친구야."

이다를 만나기 전에 그녀는 그의 애인이었다. 하지만 그런 일은 이제 들추지 않는 것이 좋다, 다시 시작하지 않는 것이 좋다. 에바는 프란츠의 마음을 이해한다. "이제 미체한테 가 봐, 프란츠. 그 애는 아직도 아싱거 맥주홀에 앉아 있거나 문 앞에서 서성대고 있을 거야. 당신이 원치 않는다면 그 애는 다시는 집으로 돌아가지 않을 거야."

프란츠는 아주 조용히, 아주 부드럽게 에바와 작별을 나누었다.

그는 아싱거 맥주홀 앞, 즉 알렉스 광장의 사진관 바로 옆쪽에 자그마한 미체가 서 있는 것을 발견한다. 프란츠는 거리 반대편의 공사장 울타리 앞에 서서 오랫동안 그녀의 뒷모습을 바라본다. 그녀는 길모퉁이를 향해 걸어가고, 프란츠는 눈으로 그녀의 모습을 쫓는다. 결정을 내려야 할 순간이자, 마음을 정해야 할 순간이다. 그의 두 발이 한 걸음 두 걸음 움직이기 시작한다. 그는 길모퉁이에 서 있는 그녀의 옆모습을 본다. 얼마나 아담한 여자인가. 그녀는 갈색의 캐주얼화를 신었다. 조심해, 어떤 녀석이 이제 그녀한테 수작을 걸 수도 있어. 저 귀여운 주먹코. 그녀는 두리번거리며 찾고 있다. 그래, 나는 저쪽 티츠 백화점 방향에서 왔지, 그러니 저 애는 나를 보지 못한 거야. 아싱거 맥주홀의 빵 배달 차 하나가 길을 가로막고 있다. 프란츠는 공사장 울타리를 따라 모래 더미가 있는 길모퉁이까지 걸어간다. 그곳에서는 인부들이 시멘트를 섞고 있다. 이쯤이면 그녀가 그를 발견할 수도 있을 텐데, 그녀는 그가 있는 쪽을 쳐다보지 않는다. 중년 신사 하나가 그녀를 물끄러미 바라보지만, 그녀는 그 남자를 거들떠보지 않고 뢰저운트볼프 상회 쪽으로 걸어간다. 프란츠는 차도를 건너 반대편으로 걸어간다. 그리고 열 걸음 정도 간격을 유지하면서 그녀를 뒤따라간다. 햇빛이 밝은 7월의 어느 날이다. 어떤 여자가 그에게 꽃다발을 사 달라고 내민다. 그는 20페니히를 주고 꽃다발을 사서 손에 들지만, 아직은 미체에게 더 다가가지는 않는다. 아직 간격을 좁히지 않는다. 그러나 꽃에서는 좋은 향기가 난다. 그녀는 오늘 그를 위해 방에 꽃을 준비해 두고, 카나리아 새장과 술도 갖다 놓았다.

그때 그녀가 몸을 돌린다. 그녀는 그를 바로 알아보았다, 그는 손에 꽃을 들고 있다, 결국 그가 와 준 것이다. 그녀는 쏜살같이 그를 향해 달려온다. 그녀의 얼굴이 잠깐 상기되더니, 그의 왼손에 들린 꽃다발을 보자 마구 달아오른다. 그러더니 그녀의 얼굴이 다시 창백해지며 붉은 반점들만 남는다.

그는 심장이 쿵쾅거린다. 그녀는 그의 팔 아래쪽을 잡는다. 그들은 보도를 따라 란츠베르크 거리 쪽으로 말없이 걸어간다. 그녀는 그의 손에 들려 있는 꽃다발을 힐끔힐끔 보지만, 프란츠는 그녀 곁에서 똑바로 앞만 보고 걸어갈 뿐이다. 19번 버스가 굉음을 내며 지나가는데, 노란색 2층 버스는 아래층에서 위층까지 승객들로 가득 찼다. 오른쪽의 공사장 울타리에는 낡은 포스터가 하나 붙어 있다. 자영업자와 소상인들을 위한 정당, 차도 횡단 금지,경찰서 전용 차로. 그들이 길을 건너 '페르질' 세제 광고가 붙어 있는 광고탑까지 왔을 때, 프란츠는 아직 꽃다발을 손에 들고 있다는 것을 깨닫고는 그녀에게 건네주려 한다. 그의 눈이 그의 손을 내려다보는 동안에도 그는 다시 한 번 마음속으로 묻는다, 속으로 한숨을 쉰다. 아직도 마음을 정하지 못한 것이다. 꽃다발을 줘야 하나 말아야 하나. 이다, 그런데 이런 것이 이다와 무슨 상관이야, 테겔은 또 뭐야, 난 이 아가씨를 정말 사랑하고 있어.

페르질 광고탑이 있는 작은 안전지대에 들어서자, 그는 그녀의 손에 꽃다발을 쥐어 주지 않을 수 없다. 그녀는 몇 번이나 애처로운 눈빛으로 그를 올려다보았지만, 그는 아무 말도 하지 않았다. 이제 그녀는 그의 왼쪽 팔을 꼭 감싸 안더니 그의 손을 들어서 자기 얼굴에 갖다 댄다. 그녀의 얼굴은 다시 발갛게 달아오른다. 그녀의 얼굴에서 나오는 열기가 그에게 전해진다. 그러다가 그녀는 갑자기 멈춰 서더니 그의 팔을 축 늘어뜨린다. 그녀의 머리는 자연스럽게 그의 왼쪽 어깨로 기울어진다. 순간 프란츠는 깜짝 놀라 그녀의 허리를 잡는다. 그녀는 프란츠에게 속삭인다. "아무것도 아녜요, 프란츠. 괜찮아요."

그들은 하얀 백화점이 철거되고 있는 차도를 가로질러 계속 걸어간다. 미체는 어느새 정신을 차리고 다시 씩씩한 자세로 걷는다. "아까 왜 그렇게 멈추어 선 거야, 미체?"

그녀는 프란츠의 팔을 꼭 잡는다. "아까는 갑자기 불안한 느낌이 들었어요."

그녀는 이렇게 말하면서 고개를 옆으로 돌리는데, 눈에는 눈물이 글썽하다. 하지만 그녀는 그가 눈치채기 전에 얼른 방긋 웃는다. 정말 끔찍한 시간이었다.

그들은 위층에 있는 그의 방에 돌아와 있고, 아가씨는 하얀 원피스를 입고서 그의 앞에 있는 등받이 없는 걸상에 앉아 있다, 그들은 창문을 열어 놓았다, 방 안이 후끈후끈하다, 정말 지독한 더위다, 그는 셔츠 차림으로 소파에 앉아 계속 그녀를 바라본다. 그는 얼마나 그녀에게 빠져 있는가! 그녀가 여기 있는 것만으로도 나는 정말 기뻐, 이 얼마나 귀엽고 앙증맞은 손이야, 이봐, 내가 멋진 가죽 장갑을 사 줄 테야, 잘 들어, 그다음에는 블라우스도 사 줄 거야, 당신 하고 싶은 대로 해, 당신이 여기 있는 것만으로도 너무 좋아, 난 당신이 다시 돌아와 정말 기쁘다고, 젠장. 그리고 그는 그녀의 무릎에 머리를 기댄다. 그는 그녀를 자기 쪽으로 끌어당긴다. 그녀를 아무리 바라보고 끌어안고 어루만져도 양이 차지 않는다. 난 다시 사람이 되었어, 이제 다시 사람이 된 거야, 그래, 나는 다시는 너를 놓치지 않겠어, 다시는 놓치지 않을 거야, 무슨 일이 있어도. 그는 입을 연다. "이봐, 귀여운 미체, 당신은 무엇이든 당신 뜻대로 할 수 있어, 나는 당신을 놓아주지 않을 거야."

두 사람은 참으로 행복하다. 그들은 서로를 쳐다보고, 서로 어깨를 끌어안고, 또 카나리아 새를 바라본다. 미체는 주머니를 뒤지더니 오늘 낮의 편지를 꺼내 프란츠에게 보여 준다.

"당신은 그 인간이 써 보낸 하찮은 것 때문에 흥분했던 거죠?"

그녀는 편지를 마구 구겨서 뒤쪽 방바닥에 던진다.

"이봐요, 이런 거라면 당신한테 얼마든지 보여 드릴 수 있어요."

부르주아 사회를 상대로 한 방어전

그 뒤 며칠 동안 프란츠 비버코프는 아주 편안한 마음으로 산책을 한다. 그는 또 암거래를 할 때, 즉 장물아비한테서 받은 것을 다른 장물아비나 구매자에게 넘길 때 더는 그렇게 난폭하지도 않다. 그는 거래가 잘 성사되지 않아도 크게 개의치 않는다. 프란츠에게는 이제 여유와 인내심 그리고 마음의 안정이 생겼다. 날씨만 좀 더 좋아진다면 그는 미체와 에바가 제안하는 것을 실행에 옮기고자 한다. 발트 해변의 시비노우이시치에로 가서 휴식을 좀 갖는 것이다. 그런데 날씨가 이러니 어쩔 수가 없다. 매일 비가 내리는데 소나기가 오기도 하고, 보슬비가 내리기도 하고, 또 으슬으슬 춥기까지 하다, 호페가르텐에서는 나무들이 뿌리채 뽑혔다는데 저 바깥쪽은 어떠하겠는가. 프란츠는 미체와 사이가 아주 좋아 헤르베르트와 에바의 집에도 드나든다. 물론 미체에게도 그사이에 경제적으로 꽤 여유 있는 신사 친구가 하나 생겼는데, 프란츠도 아는 남자다. 프란츠는 그녀의 남편으로 행세하며 가끔 그 신사와 또 다른 남자까지 함께 어울리고, 셋이서 정답게 식사도 하며 술을 마시기도 한다.

우리의 비버코프는 이제 얼마나 높은 위치에 서 있는가! 그는 형편이 얼마나 좋아졌으며, 또 모든 것이 어떻게 변했는가! 그는 죽음 직전까지 갔었지만, 지금은 어떻게 다시 일어섰는가! 그는 이제 얼마나 풍족한 사람이 되어 있는가, 먹을 것, 마실 것, 입을 것, 어느 하나 부족함이 없다. 그를 행복하게 해 주는 아가씨도 있고, 돈도 그가 필요로 하는 것 이상으로 있다. 헤르베르트에게 진 빚도 다 갚았고, 헤르베르트와 에밀과 에바는 변함없는 친구로 남아 그가 잘되기를 바란다. 며칠 동안 그는 헤르베르트와 에바의 집에 앉아서 미체를 기다리거나 뮈겔 호수로 가서 다른 두 남자와 함께 노를 젓기도 한다. 프란츠는 날이 갈수록 왼팔로 살아가는 것에 능숙해지고 강해진다. 때때로 그는 뮌츠 거리의 전당포 근처를 서성대면서 이런저런 이야기에 귀를 기울인다.

너는 맹세했었지, 프란츠 비버코프, 진실하게 살겠다고. 그런데 너는 추잡한 삶을 살았고, 바퀴에 깔리는 추락을 맛보았으며, 결국 이다를 죽이고 그 대가로 감옥살이를 했지, 그것은 끔찍한 일이었어. 그런데 지금은 어떤가? 너는 옛날과 똑같은 지점에 머물러 있어, 이다가 미체로 이름이 바뀌었을 뿐이야, 네 한쪽 팔은 잘려 나갔어, 조심해, 너는 또 폭음까지 하려고 해, 그러면 모든 것이 다시 한 번 시작될 거야, 이번에는 전보다 훨씬 나빠질 것이고, 그러면 완전히 끝장이야.

— 허튼소리, 그게 왜 내 책임이야, 내가 자진해서 창녀의 기둥서방이 되겠다고 했나? 그건 허튼소리야. 난 내가 할 수 있는 일을 했고, 사람이 할 수 있는 모든 것을 했어, 한쪽 팔까지 잘려 나갔다고, 그러니 누구든 덤빌 테면 덤벼 봐. 이제 지긋지긋하다. 내가 장사도 하지 않았던가, 아침부터 저녁 늦게까지 이리저리 뛰어다니지 않았던가? 이제 더는 못하겠어. 그래, 나는 진실하지 못해, 난 기둥서방으로 살고 있어. 나는 그것을 부끄럽게 여기지는

않아. 도대체 당신은 뭐야? 당신은 무엇으로 먹고 살아가나, 혹시 보통 사람들과 다른 것을 먹고 사는 거야? 그렇다고 내가 누구를 치사하게 착취라도 하나?

— 네 삶은 결국 감옥에서 끝날 거야, 프란츠, 누군가 네 배에 칼을 꽂을 거야.

— 그렇게 해 보라지. 그 전에 내 칼을 맛볼 테니.

독일 제국은 공화국이고, 그것을 믿지 않는 자는 목덜미에 한 방 얻어맞을 것이다.* 미하엘 교회 거리 옆의 쾨페니크 거리에서 집회가 열린다. 집회장으로 사용되는 폭이 좁고 기다란 홀에는 노동자들, 실러풍의 옷깃이나 녹색 옷깃의 젊은이들이 열을 맞추어 앞뒤로 줄줄이 앉아 있고, 아가씨들과 부인들도 있다. 그리고 소책자 판매원들이 그 사이로 돌아다닌다. 테이블 너머 연단에는 머리가 절반쯤 벗겨진 뚱뚱한 남자 하나가 다른 두 사람 사이에 서서 청중을 선동하고, 유인하고, 웃기고, 자극하고 있다.

"결국 우리는 창밖을 향해 떠들어 대기 위해 여기에 온 것이 아닙니다. 그런 것은 국회에 있는 인간들이나 하는 짓이지요. 한번은 어떤 사람이 우리 동지들 중 하나에게 혹시 국회에 진출할 생각이 없느냐고 물은 적이 있습니다. 황금빛 둥근 천장에 푹신한 안락의자가 있는 의사당 말입니다. 그러자 우리의 동지는 이렇게 말했지요. 이보게, 동지, 내가 국회에 들어간다면, 건달이 하나 더 늘어나는 것에 지나지 않아. 굴뚝을 향해 떠들어 대기에는 우리는 시간이 없고, 그곳에서는 아무 결과도 없이 연기처럼 사라질 것이야. 공산주의자들은 어떤 책략도 없이 말합니다. 우리는 폭로 정치를 하겠다. 그 때문에 어떤 결과가 초래되는지를 우리는 보았습니다. 공산주의자들 자신이 부패해 버린 것이고, 폭로 정치에 더 이상 말을 소모할 필요가 없습니다. 그것은 속임수에 불과합니다. 그곳에서 무엇을 폭로할지는 독일에서는 장님도 아는 것이며, 그런 일을 위해 국회까지 갈 필요는 없습니다. 그것을 보지 못하는 사람은 국회가 있든 없든 어차피 아무 소용이 없습니다. 입만 살아 있는 그 잡소리의 전당이 국민을 기만하는 것 외에 아무 쓸모가 없다는 것은 이른바 노동자 계층을 대표한다는 사람들만 빼고 모든 정당이 다 아는 바입니다.

우리의 그 잘난 사회주의자들 얘기 좀 할까요. 참, 이제는 당내에 종교적 사회주의자들도 보이는데, 최후의 결정타는 이것입니다. 목사를 찾아가든 말든 누구나 종교인이 되어야 한다는 것입니다. 그 이유는 그들이 찾아가는 대상이 목사냐 수도승이냐는 상관없고 중요한 것은 복종이기 때문입니다. (청중의 환호. 그리고 믿는 것이다.) 당연한 일입니다. 사회주의자들은 원하는 것도 없고 아는 것도 없고 할 수 있는 것도 없기 때문입니다. 그들은 국회에서 늘 다수 의석을 차지하지만, 그것으로 뭘 해야 하는지는 모릅니다. 그저 푹신한 의자에 앉아 시가나 피우면서 장관 자리나 차지하는 것입니다. 그것을 위해 노동자들은 그들에게 표를 던지고 월급날에는 주머니에서 돈을 꺼내 준 것입니다. 노동자들의 희생으로 50명 또는 1백 명의 남자들만 살찌고 있는 것입니다. 사회주의자들이 정치권력을 잡은 것이 아니라, 정치권력이 사회주의자들을 손아귀에 쥔 것입니다. 사람은 소처럼 늙어 가면서도 뭔가를 배우는 법이지만, 독일 노동자처럼 멍청한 소들은 아직 제대로 태어났다고도 할 수 없습니다. 독일의 노동자들은 언제나 다시 투표용지를 손에 들고 투표소에 들어가 투표를 하고는 그것으로 자기 할 일이 다 끝났다고 생각합니다. 그들은 말합니다. 우리의 목소리가 국회에서 반향을 얻기를 희망한다. 글쎄요, 그들은 차라리 합창단을 조직하는 것이 나을 것입니다.

남녀 동지 여러분, 우리는 투표용지도 받지 않고 선거에도 참여하지 않을 겁니다. 투표가 있는 일요일에는 차라리 소풍을 가는 것이 건강에 훨씬 좋습니다. 왜냐고요? 선거를 하는 유권자는 합법성에 구속받기 때문입니다. 그런데 합법성이란 것은 야만적인 폭력이고, 지배자들이 행사하는 엄청난 완력에 불과합니다. 선거를 옹호하는 사람들은 우리를 꼬드겨서 투표를 하고 좋은 표정을 짓도록 유도하며, 진실을 은폐하고자 하며, 우리가 합법성의 정체를 깨닫는 것을 방해합니다. 그러나 우리는 합법성이 무엇인지, 국가의 실체가 무엇인지를 알기 때문에 투표하지 않는 것입니다. 우리는 어떤 구멍이나 문을 통해서도 국가 속으로 들어갈 수 없습니다. 기껏해야 국가의 나귀로서, 짐을 운반하는 자로서 들어갈 수 있습니다. 선거 운동가들이 노리는 것이 바로 이것입니다. 그들은 우리를 꾀어서 국가의 나귀로 교육하고자 합니다. 그들은 대다수의 노동자들을 상대로 이 목적을 달성했습니다. 우리는 독일에서 합법성의 정신을 교육받았습니다. 그러나 동지 여러분, 물과 불은 하나가 될 수 없는 것이고, 노동자들은 바로 이 사실을 알아야 합니다.

부르주아지들과 사회주의자들 그리고 공산주의자들은 한목소리로 외쳐 대며 기뻐합니다. 모든 축복은 위에서 내려온다고.* 국가로부터, 법률로부터, 신의 질서로부터 나온다는 것이죠. 그러나 그것이 그다음 어떻게 작동하는지 보십시오. 국가 안에 사는 모든 사람을 위하여 몇몇 자유는 헌법에 의해 규정되어 있습니다. 자유는 정해져 있는 겁니다. 그러나 정작 우리가 필요로 하는 자유는 아무도 우리에게 주지 않습니다. 우리 스스로가 쟁취해야 합니다. 이 헌법이라는 것은 이성적인 사람들의 정신을 망가뜨리려 합니다. 그러나 동지 여러분, 종이 위에 쓰여 있는 자유, 글로 된 자유를 갖고 무엇을 할 수 있습니까? 여러분이 어디 가서 자유를 행사하려 하면, 녹색 제복의 경찰이 와서 여러분의 머리를 곤봉으로 후려칠 겁니다. 만약 여러분이 '아니, 왜 이러는 거요, 헌법에 이렇게 적혀 있지 않나요' 라고 말하면 그는 이렇게 말할 겁니다. 말도 안 되는 소리 그만하쇼, 이 양반아. 그리고 실제 그 남자의 말이 맞습니다. 그 사람은 헌법 같은 것은 모르고 자신의 업무 규정만 알 뿐이며, 게다가 곤봉까지 갖고 있으므로 여러분은 결국 입을 다무는 수밖에 없습니다.

얼마 안 있어 주요 산업체에서는 동맹 파업을 못하게 될 것 같습니다. 여러분의 목에는 조정 위원회라는 단두대가 준비되어 있고, 그 아래에서만 여러분은 자유롭게 움직일 수 있습니다.

남녀 동지 여러분, 여러분은 매번 선거를 치르고, 그때마다 이런 말을 들을 겁니다, 이번에는 더 나아질 것이다, 자, 주목해 주세요, 그리고 좀 더 노력해서 가정에서, 공장에서 홍보를 해 주세요, 다섯 표만 더, 열 표만 더, 열두 표만 더 모으자고 합니다, 자, 그러고 나면 여러분은 무엇을 경험할 것입니다. 그래요, 여러분은 뭔가 경험할 수 있습니다. 그러나 그것은 무지몽매의 영원한 순환뿐입니다, 모든 것은 변하지 않고 그대로 있을 테니까요. 의회주의는 노동자 계층의 비참함만 연장할 뿐입니다. 그들은 사법부의 위기에 대해서도 말합니다. 사법부를 개혁해야 한다, 머리부터 발끝까지 전부 개혁해야 한다, 사법관 제도도 공화정에 걸맞게 변해야 한다, 국가 질서를 유지하고 공정한 방향으로 개혁이 이루어져야 한다고. 그러나 우리는 새로운 재판관들을 원하지 않습니다. 우리는 이 사법부 대신 다른 사법부를 원하는 게 아니라 사법부 자체를 원치 않습니다. 우리는 직접적인 행동을 통해 국가 기관들을 모조리 무너뜨릴 것입니다. 우리는 그것을 위한 수단을 갖고 있습니다. 노동력의 거부가 바로 그것입니다. 모든 바퀴를 멎게 하는 것입니다. 그러나 이것은 말로만 외치자는 것이 아닙니다. 남녀 동지 여러분, 우리는 의회주의나 사회복지, 온갖 사회 정책의 속임수에 넘어가 잠이 들어서는 안 됩니다. 우리가 아는 것은 다만 국가에 대한 적대감, 무법 그리고 자조(自助)입니다."*

프란츠는 영악한 빌리를 데리고 강연장 안을 이리저리 돌아다니며 귀를 기울이고 소책자 몇 권을 사서 주머니에 집어넣는다. 그는 본디 정치에 관심이 없다. 그러나 빌리는 그에게 열심히 설명하고 프란츠는 호기심에 차서 귀를 기울이는데, 약간은 이해를 하고 약간은 감동도 받지만 조금 지나면 다시 아무런 감동이 없다. 그러나 그는 빌리 곁에서 떠나지는 않는다.

— 현존하는 사회 질서는 노동자 계층의 경제적, 정치적, 사회적 노예화에 기반을 두고 있다. 그것은 소유의 독점인 재산권과 권력의 독점인 국가의 형태로 표현된다. 오늘날의 생산은 인간이 갖는 자연스러운 욕구의 충족이 아니라 수익에 대한 전망에 기반을 둔다. 모든 기술적인 진보는 유산 계급의 부를 무한히 증대시키는 것이고, 광범위한 사회 계층의 비참한 상황과는 수치스러울 정도로 대조되는 것이다. 국가는 유산 계급의 특권을 보호하고 대부분의 민중을 억압하는 데 봉사할 뿐이며, 온갖 술책과 권력 수단을 동원해 독점과 계급 격차를 유지하는 데 일익을 담당한다. 국가의 성립과 더불어 위로부터 아래로의 인위적인 조직의 시대가 시작된다. 이제 개인은 꼭두각시일 뿐이며, 거대한 기계장치 속의 죽은 톱니바퀴에 불과하다. 깨어나라! 우리는 다른 정당들처럼 정치권력을 쟁취하기 위해 노력할 것이 아니라 정치권력을

단호하게 뿌리 뽑기 위해 노력해야 한다. 이른바 입법 기구들에 협력하지 말라. 그것은 노예로 하여금 자신의 노예 신분을 확인하는 법의 도장을 찍도록 유혹당하는 것이다. 우리는 자의적으로 그어 놓은 모든 정치적, 민족적 경계를 배척한다. 민족주의는 근대 국가의 종교이다. 우리는 모든 민족적 통일도 배척한다. 그 배후에는 유산 계급의 지배가 숨어 있다. 깨어나라!*

프란츠 비버코프는 빌리가 삼키라고 주는 것은 뭐든 다 받아 삼킨다. 집회가 끝나면 토론이 벌어지는데, 그들은 그곳 술집에 있다가 한 중년의 노동자와 말다툼을 벌인다. 빌리는 그 사나이의 얼굴을 이미 안다. 그리고 그 노동자는 빌리가 자기와 같은 작업장에서 일하는 동료인 줄 알고 빌리에게 더 많은 선동을 하라고 요구한다. 능청맞은 빌리는 그 말을 듣고는 그저 웃기만 한다.

"이보쇼, 내가 언제부터 당신 동료라는 거요? 나는 공장 굴뚝의 남작 나리들을 위해 일하지는 않는다고."

"좋아, 그러면 당신이 몸담고 있는 곳, 일하는 데서나 해요."

"거기선 내가 할 일이 없으니까 그러는 거요. 내가 일하는 곳에서는 사람들이 뭘 해야 할지 이미 오래전부터 알고 있으니까."

그러면서 빌리는 배꼽을 잡고 웃으며 테이블 위로 엎어진다. 말도 안 돼, 그가 프란츠의 다리를 꼬집으며 말한다, 다음번에는 누군가 풀 통을 들고 돌아다니면서 저 친구들을 위해 포스터를 붙이고 있을 거야. 그는 은회색의 긴 머리에 셔츠의 가슴 부위를 열어젖힌 그 노동자를 보고 웃으면서 말한다. "이봐요, 동지 양반, 당신은 신문을 팔고 있죠, 『목사의 거울』, 『검은 깃발』, 그리고 『무신론자』 같은 신문 말이오,* 그런데 당신은 거기에 무엇이 쓰여 있는지 들여다보기는 한 거요?"

"이보게, 동지, 당신도 그놈의 입을 닥치게 될 거요. 언젠가 내가 직접 쓴 걸 보여 주겠소."

"에이, 그만둬요. 그러다 사람들이 당신을 정말 존경하게 될 수도 있으니. 그런데 결국 당신도 자신이 쓴 글이나 읽고, 그거나 고집하는 거 아니오? 여기 보니 이런 글이 있군요. 「문명과 기술」. 자, 들어봐요. '이집트의 노예들은 기계를 사용하지 않고 수십 년 동안 왕의 무덤을 만들었고, 유럽의 노동자들은 기계를 사용해서 수십 년 동안 자본가의 재산을 만들어 주느라고 피땀을 흘리며 노동한다. 이것을 진보라고 할 수 있는가? 어쩌면 그럴지도 모른다. 하지만 누구를 위한 진보인가?' 어떻소? 다음에는 나도 일을 하게 되겠죠, 에센의 크루프 일가나 베를린의 왕이라 불리는 보르지히* 일가가 한 달에 1천 마르크를 더 벌도록 말이오. 이봐요, 동지 양반, 당신을 아무리 봐도 내 눈에 당신이 어떻게 보이는지 아시오? 당신은 행동하는 인간을 표방하고 있는데, 도대체 당신의 어디에서 그런 모습이 보인다는 거요? 내가 보기에는 전혀 없어요. 자네 눈에는 보이는가, 프란츠?"

"그만하세, 빌리."

"아니, 말 좀 해 보라니까, 프란츠, 여기 있는 이 동지 양반과 사민당 사람들과 어떤 차이가 보이는지."

상대 노동자는 자기 의자에 꼼짝 않고 앉아 있다.

빌리가 말한다. "내가 보기엔 말이오, 동지 양반, 아무런 차이가 없어요, 그건 내가 말해 줄 수 있어요. 차이라는 것은 다만 종이, 신문에서만 있다, 이 말이오. 나야 아무래도 상관없어요, 당신들이 어떻게 생각하든 말이오. 하지만 그렇게 해서 당신은 무엇을 달성하고자 하는지, 나는 그것이 궁금한 거요. 그리고 당신이 하는 일에 대해 내게 묻는다면, 나는 주저 없이 이렇게 대답할 거요. 사민당 당원과 똑같은 일을 한다고. 한 치의 오차도 없이 똑같은 일이라고. 당신은 선반 기계 앞에서 일하고 당신이 받아야 할 3페니히짜리 동전 여섯 개를 집에 가져가고, 당신의 주식회사는 당신의 노동에서 나오는 배당금을 분배하는 거요. 유럽의 노동자들은 기계를 사용해 몇십 년에 걸쳐 한 자본가의 재산을 만들어 주느라 피땀을 흘리고 있다. 이런 내용이야 당신 혼자서 썼겠지."

회색 머리의 노동자는 눈동자를 굴리며 프란츠와 빌리를 번갈아 쳐다보더니 다시 주위를 둘러본다. 안쪽 바에는 아직 몇 사람이 서 있다. 노동자는 테이블에 더욱 바싹 다가앉으면서 속삭인다. "그래, 당신들은 무슨 일을 하지?" 빌리는 프란츠를 힐끔 쳐다본다. "말해 주게." 그러나 프란츠는 먼저 나서기가 싫어 자기는 정치에 관심 없다고 말한다. 그러나 회색 머리의 무정부주의자는 물러서지 않는다. "지금 우리가 하는 얘기는 정치 얘기가 아니오. 우리 자신들에 대한 얘기를 하는 거요. 그래, 당신들은 대체 어떤 일을 하시오?"

프란츠는 의자에서 몸을 일으켜 맥주잔을 움켜쥐고는 무정부주의자를 노려본다. 낫으로 베어 들이는 자가 있으니 그 이름은 죽음, 내가 산들 위에서 곡하고 울부짖으며 광야에서 가축 떼를 위해 슬퍼해야 함은, 이것들이 너무 황폐해져서 그 옆으로 지나가는 자가 아무도 없을 것이기 때문이리라, 하늘의 새들과 가축, 모두가 자취를 감추었다.*

"내가 무슨 일을 하는지 당신에게 말해 주겠소, 동료 양반, 그래, 우리는 동지가 아니니까. 나는 여기저기 돌아다니면서 일을 조금 보지만 나 자신이 노동을 하는 건 아니오, 다른 사람이 나를 위해 일하게 하는 거지."

저 작자가 도대체 무슨 헛소리야, 저것들이 나를 놀리려고 하는구나. "그렇다면 당신은 기업가군요, 직원들도 있을 것이고. 고용한 사람은 몇 명이나 되오? 그런데 자본가라면서 여기 우리에겐 무슨 볼일이 있는 거요?"

내가 예루살렘을 돌무더기로 만들고 승냥이의 소굴이 되게 할 것이며, 유다 성읍들을 아무도 살지 못하도록 황폐하게 만들 것이다.*

"이보쇼, 내가 팔이 한쪽밖에 없는 게 안 보이쇼. 난 외팔이오. 한쪽 팔이 떨어져 나간 거요. 이게 내가 노동한 대가요. 그래서 나는 이제 진실한 노동 같은 것에 대해서는 알고 싶지 않소, 무슨 말인지 알겠소?" 당신이 그런 걸 알겠어, 과연 이해할 수 있겠어, 당신한테 볼 수 있는 눈이 있을까, 내가 안경을 하나 사 줘야 하나, 나를 좀 똑바로 쳐다보라고. "아니, 당신이 어떤 일을 하는지 모르겠소, 동료 양반, 그것이 진실한 일이 아니라면 진실하지 않은 일이겠군."

프란츠는 테이블을 쾅 내리치고는 손가락으로 무정부주의자를 가리키며 그에게 머리를 들이민다. "보라고, 이 친구가 이제야 깨달은 것 같군. 바로 그거요. 진실하지 못한 일. 당신이 말하는 진실한 일은 사실 노예 짓거리에 불과한 거요, 당신 입으로 그렇게 말했잖아, 그게 바로 진실한 일이지. 그리고 나는 벌써 그것을 깨달은 거요." 당신 같은 인간이 없어도 그 정도야 얼마든지 안다고, 그걸 깨닫는 데 당신 같은 인간이 필요하지는 않아, 이 유약한 아첨꾼, 엉터리 신문장이, 입만 살아 있는 떠버리.

무정부주의자는 갸름하고 흰 손을 가졌고 숙련된 기계공이다. 그는 자신의 손가락 끝을 바라보며 생각한다. 이런 건달을 폭로하는 것, 이런 자의 정체를 벗기는 것은 당연한 일이야, 그 꼴을 지켜보고 들어 줄 사람을 하나 데려와야겠어. 그는 자리에서 일어난다. 그러자 빌리가 그를 제지한다. "어디 가는 거요, 동료 양반?

벌써 얘기 다 끝난 거요? 그래도 여기 이 동료하고는 얘기를 끝내야지, 설마 비겁하게 피하려는 건 아니죠." "나는 그저 우리 얘기를 들어 줄 사람 하나 데리러 가는 거요, 당신들은 둘인데 나는 혼자잖소." "뭐라고요, 사람을 하나 데려오겠다고, 난 그 누구도 필요 없소. 여기 있는 동료 프란츠에게 할 말이 있으면 그냥 하시오." 무정부주의자는 다시 자리에 앉는다. 그렇다면 우리끼리 이 문제를 마무리 지어야겠군. "그러니까 이 사람은 동지도 아니고 동료도 아니군요. 그는 일을 하지 않으니까. 그렇다고 실업 수당을 받는 것 같지도 않고."

프란츠의 얼굴이 굳어지더니 그의 눈에서 불꽃이 인다. "천만에, 그렇지 않소." "그러면 내 동지도 아니고 동료도 아니군, 그리고 실업자도 아니고. 그렇다면 다른 것은 나하고는 상관없는 일이니 이것 하나만 묻겠소. 대체 여기는 왜 온 거요?" 프란츠는 아주 단호한 표정을 짓는다. "사실 나는 당신이 바로 그 질문, 즉 여기에 무슨 용무가 있는지 묻기를 기다렸소. 당신은 여기서 전단지나 신문, 소책자를 팔고 있는데, 만약 내가 당신한테 그런 거 팔아서 벌이는 괜찮은가, 거기에 무슨 내용이 실려 있느냐고 물으면 당신은 이렇게 말하겠죠? 그런 건 왜 물으시오? 대체 여기 무슨 용무가 있는 거요? 그런데 빌어먹을 놈의 임금 노예질이라는 말을 하고, 우리가 배척당한 사람들이고 옴짝달싹할 수 없는 사람들이라고 쓴 것은 당신 아니오?" 깨어나라, 이 땅의 저주받은 자들아, 끝없이 굶주림으로 내몰리는 자들아!*

"아, 그렇다면 당신은 얘기를 끝까지 다 듣지 않은 거요. 내 얘기는 노동 거부에 대한 것이었소. 그러려면 우선은 일을 해야 하오." "나는 노동 거부 같은 걸 거부하오." "그런 것은 우리에게 아무 도움이 안 되오. 괜히 그러려면 그냥 침대에 누워 있는 편이 나을 거요. 내가 말하고 싶었던 것은 파업, 집단 파업, 총파업이오."

프란츠는 팔을 들어 올리며 웃는다, 그는 지금 격분한 상태다. "그런데 당신이 지금 하는 일이 직접적인 행동이라는 거요? 돌아다니며 전단지를 붙이고 연설을 하는 거 말이오. 그러는 사이 당신은 죽어가고, 자본가들은 더 강해지는 거 아니겠소? 이봐요, 동지, 이런 미련한 황소 같으니, 당신은 자신을 죽이는 데 사용될 수류탄을 열심히 만들면서 그런 걸 나한테 설교하려는 참이오? 빌리, 자네는 어떻게 생각해? 난 정말 놀라 자빠지겠어." "다시 한 번 묻겠소, 대체 무슨 일을 하시오?" "다시 한 번 말씀드리죠. 아무 일도 안 해요! 빌어먹을! 아무것도 안 한다니까! 나더러 당신들을 위해 무슨 일을 하라는 거요! 나는 아무 일도 해서는 안 되는 거요. 당신의 지론에 따르면 그런 거요. 난 자본가들을 더 강하게 만들고 싶지 않소. 난 사실 당신이 떠들어 대는 모든 것, 당신들의 파업이나 나중에 온다고 하는 당신의 동지들을 비웃지는 않아요. 나는 어엿한 남자요. 나는 필요한 것을 혼자서 해결합니다. 나는 자급자족하는 사람이오! 원, 참!"

그 노동자는 탄산수를 마시며 고개를 끄덕인다. "그렇다면 혼자서 잘해 보시오." 프란츠가 웃고 또 웃는다. 노동자가 말한다. "이 말은 당신한테 수십 번도 더 했을 거요. 당신 혼자서는 아무것도 할 수 없어요. 우리에게 필요한 것은 투쟁 조직이오. 우리는 국가의 폭력 지배와 경제적 독점에 대해 대중을 계몽해야 하는 거요." 그러자 프란츠는 계속 웃어 댄다. 그 어떤 높은 존재도 우리를 구해 낼 수 없어, 신도, 황제도, 호민관도 하지 못해, 우리를 궁핍에서 구해 주는 것은 우리 자신뿐이라고.*

그들은 말없이 마주 보고 앉아 있다. 녹색 옷깃의 나이 든 노동자는 프란츠를 응시하고, 프란츠도 그의 눈을 뚫어져라 쳐다본다.

뭘 그렇게 보는 거야, 이 친구야, 내게서 뭘 알아내겠다고, 뭐야. 노동자가 다시 입을 연다. "당신한테 말하는데, 이제 알겠어, 동지, 당신한테는 어떤 말도 먹히지 않는다는 거야. 당신은 고집불통이오. 그러다가 머리를 얻어터질 거야. 당신은 프롤레타리아의 핵심을 모르고 있소. 바로 연대라는 거요. 당신은 그걸 몰라." "자, 동료 양반, 이제 우리는 모자나 챙겨서 나갈 거요, 빌리, 이 정도로 합시다. 당신은 계속 똑같은 말만 하니까." "그래요, 나도 그렇게 할 거요. 당신들은 지하 술집에나 가서 죽치고 있으라고. 하지만 집회에는 얼씬도 하지 마시오." "실례했소, 선생. 마침 반 시간의 짬이 있어서 그랬던 거요. 고마웠소이다. 주인장, 계산 좀 합시다. 잠깐, 이 테이블은 내가 내겠소. 맥주 석 잔, 화주 두 잔, 그렇게 해서 1마르크 10페니히이군, 자, 여기 있소, 이런 게 직접적인 행동이오."

"대체 당신은 뭐 하는 사람이오, 동료 양반?" 나이 든 노동자는 끈질기게 캐묻는다. 프란츠는 거스름돈을 챙기며 말한다. "나요? 창녀들의 기둥서방이오. 그렇게 보이지 않소?" "그런가, 하기야 영 동떨어져 보이지는 않소." "나는 기둥서방이오, 아시겠소. 자, 이제 분명히 말했습니다. 자, 빌리, 자네도 무슨 일을 하는지 말하게." "그건 이 사람이 상관할 바가 아니야."

맙소사, 이 자식들 진짜 건달들이군. 예상했던 대로야. 저런 건달들이 나를 우롱하다니, 저런 엉터리 같은 자식들이 나한테 엉겨 붙은 거야.

"당신들은 자본가들의 늪에서 생겨난 찌꺼기 같은 존재야. 어서 꺼져. 당신들은 프롤레타리아도 못 돼. 그런 것을 우리는 부랑배라고 부르지."

프란츠는 벌써 자리에서 일어섰다. "하지만 우리는 구빈원에 가지는 않지. 잘 가시오, 직접 행동파 양반. 가서 자본가들 배나 실컷 불려요. 아침 7시에 출근, 뼈 빠지게 일하는 곳으로, 마누라에게 가져갈 월급봉투에는 달랑 5그로셴뿐." "여기에 다시는 나타나지 마시오!" "여부가 있소, 허튼소리나 하는 행동파 양반, 우리도 자본가들의 종들과는 상종하지 않을 거요."

그들은 유유히 밖으로 나간다. 먼지투성이 길을 따라 두 사람은 팔짱을 끼고 걸어간다. 빌리가 심호흡을 한다. "자네가 그 녀석을 제대로 골려 주었어, 프란츠." 그는 프란츠가 말수가 적은 것이 이상할 뿐이다. 프란츠는 잔뜩 화가 나 있다, 평소답지 않다, 프란츠는 증오와 분노에 차서 술집에서 나왔고, 속에서 뭔가가 부글부글 끓고 있다, 그 이유는 자신도 알지 못한다.

그들은 뮌츠 거리에 있는 카페 모카픽스에서 미체를 만난다. 카페 안은 사람들로 북적댄다. 프란츠는 미체와 함께 집으로 가지 않을 수 없다, 그녀와 이야기를 해야 하며, 그녀와 함께 있어야 한다. 그는 회색 머리 노동자와 나누었던 대화를 그녀에게 들려준다. 미체의 태도는 아주 상냥하다. 하지만 프란츠는 자신이 한 얘기가 옳은지 그녀의 의견을 듣고 싶어 한다. 그녀는 미소만 지을 뿐 그의 말을 이해하지 못하고 그의 손만 어루만진다. 카나리아가 잠에서 깼다. 프란츠는 한숨을 쉬지만 그녀는 그의 마음을 달랠 수가 없다.

여인들의 결탁, 우리의 사랑스러운 여인들이 발언권을 갖다, 여신 에우로페의 심장은 늙지 않는다

그런데 프란츠는 정치에서 손을 떼지 않는다. (왜? 무엇이 너를 괴롭히는가? 너는 무엇을 방어하고 싶은 거야?) 그는 거기서 무엇인가를 본다, 무엇인가를 본다, 그는 녀석들의 얼굴을 한 대 갈겨 주고 싶다, 그들이 계속 그를 자극한다, 그는 『붉은 깃발』*과 『실업자』를 읽는다. 그는 빌리를 데리고 헤르베르트와 에바의 집에 자주 들른다. 그런데 그들은 빌리라는 녀석을 좋아하지 않는다. 프란츠도 그를 썩 좋아하는 것은 아니지만, 그 젊은 친구와는 대화를 나눌 수 있고, 특히 정치 면에서 이 친구는 그들 모두보다 한 수 위다. 에바가 프란츠에게 그 녀석을 떼어 버려라, 빌리라는 녀석은 돈만 우려내고 소매치기에 지나지 않는다고 애걸하듯 말하면, 프란츠도 그녀의 생각에 전적으로 동감한다. 사실 프란츠는 정치와는 아무 관련도 없으며, 살아오면서 정치라면 신물이 나 있다. 그런데도 그는 오늘은 빌리를 떼어 버리겠다고 약속하고 내일이면 다시 그 건달 녀석과 산책도 하고 보트를 타러 가기도 간다.

에바가 헤르베르트에게 말한다. "만약 저 사람이 프란츠가 아니고, 팔을 잃는 그런 불행만 안 당했어도 내가 어떻게든 저 사람을 치료할 방도가 있을 것 같은데." "그래?" "장담해, 그가 저 풋내기 젊은이와 2주 이상 같이 다니지 못하게 할 거야, 그 녀석은 다른 사람 등쳐 먹기만 하는 인간이거든. 저런 인간과 누가 상종하겠어? 무엇보다 내가 미체라면 그를 신고해 체포되게 할 거야." "누구 말이야, 빌리?" "빌리나 프란츠 말이야. 누구든지 상관없어. 저 사람들 둘 다 좀 깨달아야 해. 누구라도 감방에 들어가면 과연 누가 옳았는지 곰곰이 생각해 보겠지." "에바, 당신은 프란츠에 대해서 너무 과격해." "그래야지, 그래서 그 사람한테 미체도 소개해 준 거야, 그런데 그 애는 저 두 남자 때문에 골치를 썩고 있어, 프란츠가 제대로 일할 수 있게 하느라 그러는 거지. 그러니까 프란츠도 이제 말을 좀 들어야 해. 팔이 한쪽밖에 없으면서 뭘 어떡하겠다는 거야? 그런데도 정치에 관여하고 다니니 그 아이는 속이 상하는 거지." "맞아, 미체가 많이 속상해 있더라고. 어제 나도 우연히 마주쳤거든. 거기 앉아서 하염없이 프란츠가 오기만을 기다리더라고. 참 팔자 한번 드센 아가씨야." 에바는 그에게 키스를 한다. "나도 마찬가지야. 만약 당신이 바깥으로 싸돌아다니고, 그런 허튼소리나 하면서 집회만 쫓아다닌다고 생각해 봐! 헤르베르트!" "그래, 그럼 어떻게 되는 거야, 귀여운 아가씨?"

"우선은 당신 눈부터 파낼 거야. 그러면 우리 사이가 끝장나고 당신은 달밤에나 나를 찾아올 수 있겠지." "그렇게 하지, 뭐, 내 사랑." 그녀는 그의 입을 손바닥으로 찰싹 때리고 웃으면서 헤르베르트를 잡고 흔든다. "당신한테 말하지만, 나는 소냐 그 아이가 저렇게 망가지도록 두고 보지 않을 거야, 그러기엔 너무 아까운 애야. 그런데 프란츠 그 인간은 아직도 뜨거운 맛을 보지 못한 것처럼 행동해, 단돈 5페니히도 안 생기는 일에 매달리고 있으니." "그래, 우리의 프란츠를 어떻게 좀 해 봐. 내가 아는 한, 그 친구는 사람 좋고 정 많은 녀석이야. 하지만 그 친구한테 아무리 말해 봤자 벽에 대고 말하는 것 같아, 도통 말을 들으려 하지 않아." 에바는 옛날 일을 생각한다. 그녀가 프란츠의 사랑을 얻으려고 애쓰던 차에 이다가 나타났고, 나중에는 그에게 경고도 했다. 그 남자 때문에 얼마나 큰 고통을 겪었던가, 그녀는 지금도 행복하지는 않다.

"그런데 아직도 납득이 안 가는 게 있어." 그녀는 방 한가운데 서서 말한다. "그 사람은 품스와 연루되어 그런 일을 당했잖아, 품스 패거리는 다 범죄자들인데, 그는 손가락 하나 까딱 안 하고 있어. 지금이야 뭐 잘 지내는 편이지만, 그래도 한쪽 팔을 잃은 건 잃은 거잖아." "내 생각도 그래." "그 사람은 그 일에 대해서는 도무지 말하려 들지 않아, 정말이야. 지금이니까 당신한테 말할 수 있지만, 헤르베르트, 미체도 당연히 그의 팔에 관해 알고 있어, 하지만 어디서 그런 일이 있었는지, 누가 그랬는지 하는 것만은 몰

라. 내가 전에 슬쩍 물어본 적이 있거든. 그 애는 잘 모르고 있고, 또 그 문제는 알고 싶지도 않다고 하더군. 미체는 워낙 여린 데가 있어서. 지금도 그 애는 혼자 우두커니 앉아서 그를 기다릴 때는 그것에 대해 생각할 거야. 프란츠는 어디에 가든 그런 일을 당할 가능성이 농후하거든. 미체는 지금까지 울기도 많이 울었어. 물론 프란츠 앞에서는 눈물을 보이지 않았지만. 그 사람은 불행 속으로 뛰어들고 있어. 자기 일에나 좀 더 신경 써야 할 텐데. 미체가 그 사람을 다그쳐서 품스와의 일을 마무리 짓게 해야 해."

"이거 큰일이네."

"그렇게 하는 게 더 나아. 내 생각은 그래. 그게 프란츠에게 어울리는 거야. 그가 혹시 칼이나 총을 집어 든다고 해도, 그게 옳지 않겠어?"

"나야 진작부터 그렇게 생각했지. 나도 이곳저곳 다니며 충분히 탐문을 했어. 그런데 품스 패거리는 철저히 입을 봉하고 있어. 사정을 아는 사람이 하나도 없어."

"그래도 아는 사람이 분명히 있을 거야."

"이봐, 당신은 도대체 어쩌자는 거야?"

"프란츠는 바로 그 문제에 신경을 써야 해, 빌리니 무정부주의자니 공산주의자니 하는 땡전 한 푼 생기지 않는 지저분한 것들에 관여하지 말고."

"괜한 일에 나섰다가 곤욕이나 치르지 마, 에바."

에바는 자신의 신사 친구가 브뤼셀로 가고 없는 틈을 타서 미체를 초대하여 상류층 사람들이 사는 모습을 보여 준다. 미체는 그런 것을 본 적이 없기 때문이다. 에바의 신사 친구는 에바에게 홀딱 반해서 그녀를 위해 아이 방까지 마련해 주었는데, 지금은 그곳에 두 마리의 새끼 원숭이가 살고 있다. "소냐, 이 방이 원숭이들을 위한 거 같아? 천만에. 방이 예뻐서 그냥 원숭이들을 갖다 놓은 거야, 그리고 이 원숭이들을 보면 헤르베르트는 좋아서 어쩔 줄 몰라 해. 그 사람은 여기 오면 늘 이것들과 즐거운 시간을 보낸다고." "어머, 그 사람을 이곳까지 불러들인다고요?" "그게 뭐 어때서? 우리 주인 양반도 그를 알아. 그래서 몹시 질투를 하지, 잘된 거지, 뭐. 만약에 그 양반이 그렇게 질투심을 느끼지 않았으면 나를 벌써 차 버렸을 거야. 그 양반은 사실 내가 자기 아이를 낳아 주기를 원해. 상상이 가? 그래서 이 방을 꾸며 준 거라고!"

둘은 큰 소리로 웃는다. 알록달록하게 색칠을 하고 리본 장식까지 한 아늑한 방이다, 조그만 아기 침대까지 들여놓았다. 새끼 원숭이들이 침대의 기둥들을 오르내린다. 에바는 그중 한 마리를 가슴에 안고서 침울한 눈빛으로 멍하니 앞을 바라본다. "난 벌써 아이를 하나 낳아서 그 양반에게 안겨 주었어야 해, 그런데 그 사람의 아이는 낳고 싶지 않아. 그래, 그 사람의 아이는 싫어." "그러면 헤르베르트는 아이를 원치 않나 봐요?" "천만에. 헤르베르트의 아이라면 나도 원하지. 아니면 프란츠의 아이. 혹시 화난 거야, 소냐?"

그러나 소냐는 에바가 예상했던 것과 아주 다른 반응을 보인다. 소냐는 날카로운 소리를 지르고 얼굴을 활짝 펴더니, 에바가 가슴에 안고 있던 새끼 원숭이를 밀쳐 내고서 행복하고 황홀한 표정으로 에바를 격렬하게 포옹한다. 소냐가 마구 키스를 하려 하자, 에바는 영문도 몰라서 얼굴을 돌린다. "이리 와 봐요, 에바, 어서요. 나는 화나지 않아요, 오히려 당신이 그이를 좋아한다니 기뻐요. 그이를 얼마나 좋아하는지 한번 말해 줄래요? 그이의 아이를 갖고 싶다는 거죠, 그럼 그이한테 직접 말해 봐요." 에바는 소냐를 간신히 밀쳐 낸다. "이봐, 미쳤어? 어서 말해 봐, 소냐, 도대체 왜 그러는 거야? 똑바로 말해 봐. 그 사람을 나한테 넘기겠다는 거야?" "아뇨, 내가 왜 그러겠어요, 나는 그 사람을 간직하고 싶어요, 나의 프란츠니까요. 하지만 당신은 나의 에바예요." "내가 뭐라고?" "나의 에바예요, 나의 에바."

에바는 저항하지 못한다, 소냐는 그녀의 입과 코, 귀와 목덜미에 키스를 퍼붓는다. 에바는 가만히 있다가 소냐가 그녀의 가슴에 얼굴을 파묻고 마구 비비자 소냐의 머리를 들어 올린다. "아니, 너 레즈비언이구나." "맹세코 아니에요." 소냐는 말을 더듬거리더니 에바의 손에서 머리를 다시 떼어 에바의 얼굴에 갖다 댄다. "나는 당신이 좋아요, 전에는 전혀 몰랐어요. 조금 전에, 당신이 그이의 아이를 갖고 싶다고 했을 때……." "그래, 그게 어쨌다는 거야? 갑자기 기분이라도 상한 거야?" "아니요, 에바. 나도 모르겠어요." 소냐는 발그스름하게 상기된 얼굴로 에바를 쳐다본다. "당신은 정말 그이의 아이를 갖고 싶어요?" "도대체 너 왜 그래?" "그이의 아이를 갖고 싶어요?" "아니야, 그냥 해 본 말이야." "그렇지 않아요, 당신은 그이의 아이를 갖고 싶은 거예요, 그냥 해 본 말이라지만, 정말 원하는 거예요, 원하고 있다고요."

그러면서 소냐는 다시 에바의 가슴에 얼굴을 파묻고는 에바를 끌어안고 환희에 차서 중얼거린다. "당신이 그이의 아이를 원한다니 정말 좋아요, 너무 좋아요, 아, 난 행복해, 정말 행복해."

그러자 에바는 소냐를 옆방으로 데려가 소파에 눕힌다. "너는 레즈비언이 확실해." "아니, 난 레즈비언이 아니에요, 여태껏 여자를 건드려 본 적도 없어요." "하지만 나한테는 그렇게 해 보고 싶어 하잖아." "그래요, 당신을 너무 좋아하고 당신이 그이의 아이를 갖기 원하니까요. 당신이 그이의 아이를 가졌으면 좋겠어요.” “지금 제정신이 아니야, 아가씨.”

소냐는 정신이 아주 혼미한 상태고, 자리에서 일어서려는 에바의 손을 꼭 잡고 말한다. “제발 싫다고 하지 말아요, 당신은 그이의 아이를 갖고 싶어 하잖아요, 그러겠다고 약속해 줘요. 어서요, 그이의 아이를 갖고 싶다고.” 에바는 완력을 써서 소냐를 떼어 낸다. 소냐는 축 늘어진 채 누워서 눈을 감고 입술로는 키스하는 소리를 낸다.

그러더니 소냐는 일어나 식탁으로 가서 에바 옆자리에 앉는다, 가정부가 포도주와 함께 아침 식사를 내 놓는다. 가정부는 소냐를 위해 커피와 담배도 가져다주는데, 소냐는 얼굴빛은 밝지만 뭔가 꿈을 꾸는 듯하고 넋을 잃은 눈빛으로 앞을 바라본다. 그녀는 평소처럼 소박한 흰 원피스를 입었다. 에바는 검은 비단 기모노를 입고 있다. “자, 소냐, 이제 좀 이성적인 얘기를 할 수 있겠지?” “얼마든지 할 수 있어요.” “어때, 우리 집이 마음에 들어?” “그럼요.” “그렇다면 말이야, 너 프란츠 좋아하지?” “그럼요.” “내가 하고 싶은 말은 네가 프란츠를 좋아한다면 그 사람을 더 잘 보살펴야 한다는 거야. 그 사람은 지금 좋지 않은 곳을 드나들고 있어, 언제나 빌리라는 그 부랑배 녀석과 함께 있다고.” “맞아요, 프란츠는 그 사람이 마음에 드나 봐요.” “그럼 너는?” “나요? 나도 마음에 들어요. 프란츠가 마음에 든다면 나도 그렇죠.” “이봐, 너는 그런 사람이야, 너는 사람 보는 눈이 없어, 아직 어려서 그래. 내가 말하는데, 그 녀석과 어울리는 것은 프란츠한테 좋지 않아, 헤르베르트도 같은 생각이야. 그 녀석은 심술궂은 건달이야. 프란츠를 나쁜 길로 이끌고 있다고. 프란츠는 팔 한쪽을 잃은 것으로 충분하지 않아?”

그 순간 소냐는 낯빛이 창백해지고 입에 물고 있던 담배가 축 아래로 처진다. 그녀는 담배를 치우고 낮은 목소리로 묻는다. “도대체 무슨 일인가요? 제발 말해 줘요." "무슨 일이 있는지 누가 알겠어. 내가 프란츠의 뒤를 쫓아다니는 것도 아니고, 너도 마찬가지잖아. 사실 너도 시간이 없다는 것은 알아. 하지만 때때로 그가 어디에 가는지는 알아 두어야지, 그가 그런 얘기는 해?" "아, 순전히 정치 얘기뿐이에요, 나는 도통 이해도 못하겠어요." "그것 보라고, 그는 그런 일을 하고 있어, 다른 것도 아닌 바로 그 정치야, 그것도 공산주의자니 무정부주의자니 하는 녀석들하고 어울리고 있어. 그놈들은 엉덩이에 성한 바지 하나 제대로 걸치지 못하는 녀석들이야. 프란츠는 그런 녀석들과 돌아다니고 있다고. 그게 네 마음에 들어, 이봐, 그러라고 네가 일을 하는 거야?" "하지만 난 프란츠에게 말 못해요, 이리 가라, 저리 가라, 이렇게는 말 못해요. 에바." "네가 그렇게 조그맣고 어리지만 않았다면 벌써 따귀라도 한 대 갈겼을 거야. 그에게 할 말이 그렇게도 없다는 거야? 너는 그가 다시 한 번 된통 당하기를 바라는 거야?" "그런 일을 겪지는 않을 거예요, 에바. 내가 주의를 기울이고 있으니까요." 작은 체구의 소냐는 눈물을 글썽였다. 그녀는 팔로 머리를 받치고 있다. 에바는 그녀를 바라본다. 그러나 이상하게 그녀의 마음을 종잡을 수가 없다. 저 여자애는 정말 그 사람을 사랑하는 걸까? "자, 적포도주를 좀 마셔, 소냐, 이 집 양반은 언제나 적포도주만 마시지, 자, 어서."

에바는 자그마한 소녀에게 반 잔 정도 술을 따라 준다. 그때 소냐의 뺨에서는 한 줄기 눈물이 흘러내린다. 그녀의 얼굴에는 슬픔이 가득하다. "한 모금 더 마셔, 소냐." 에바는 포도주 잔을 내려놓고서 소냐의 뺨을 어루만지며 생각한다. 이 아가씨는 이제 다시 흥분하게 될 거야. 그러나 소냐는 여전히 앞만 바라보더니 자리에서 일어나 창가로 가 밖을 내다본다. 에바는 소냐 옆으로 다가가

선다. 이 아가씨의 기분은 정말 종잡을 수가 없어. "프란츠의 일로 너무 상심하지 마, 소냐, 내가 말한 것은 그런 뜻이 아니야. 다만 프란츠가 빌리 같은 멍청한 인간과 어울리지 않게 하라는 거야. 프란츠는 천성이 순한 양이야, 그는 차라리 품스 녀석을 신경 쓰는 게 좋을 거야, 아니면 프란츠의 팔을 잃게 한 그 어떤 녀석이든 말이야." "신경 쓸게요." 그렇게 나지막하게 말하고서 자그마한 소냐는 고개 숙인 채 한 팔로 에바를 껴안는다. 그렇게 그들은 5분 정도 서 있다. 에바는 생각한다. 이 아이한테 프란츠를 맡기는 게 좋겠어, 그 밖에는 어떤 사람에게도 맡기지 않을 거야.

조금 뒤 그들은 새끼 원숭이들과 함께 이 방 저 방 뛰어다니며 난리를 친다. 에바는 이것저것 다 보여 주고 소냐는 에바의 옷가지, 가구들, 침대, 양탄자 등을 보고 놀라워한다. 당신은 픽사본 여왕*이 되는 아름다운 순간을 꿈꾸고 있나요? 여기서 담배를 피울 수 있나요? 물론이지, 나는 당신이 그 가격에 이런 고급 담배를 벌써 몇 년째 시장에 내놓을 수 있다는 것이 놀랍습니다. 당신에게 이런 고백을 할 수 있어 기쁩니다. 그런데 여기 좋은 냄새가 나요! 백장미의 근사한 향기, 세련된 독일 여성이 바라는 고상하면서도 개성을 완벽하게 드러내 주는 진한 향기. 아, 실제로 미국 유명 여배우의 사생활은 항간에 떠도는 전설이나 추측과는 판이하다. 커피가 들어오고, 소냐는 노래를 부른다.

옛날 아프루트판타 일대에는 사나운 산적 패거리가 활개를 쳤다네, 하지만 그들의 두목 구이토는 착하고 고상한 성품을 가졌다네. 어느 날 그는 어두운 숲 속에서 마르샨 백작의 딸을 만났다네, 얼마 안 있어 나무들 사이로 목소리가 울려 퍼졌네. 영원히, 영원히 나는 당신의 것!

하지만 그들은 곧 발각되었네, 추격하는 큰 무리가 다가오네.

행복에 잠겨 있던 그들은 깜짝 놀라 깨어나 어찌할 바를 모른다네. 아버지는 불쌍한 딸아이를 꾸짖고, 두목도 위험한 지경에 처하네. 딸이 애원하기를, 아버지, 불쌍히 여겨 주세요. 저는 죽음도 그이와 함께하겠어요.

구이토는 곧 어두운 탑에 갇혀 초췌해져 가네, 아, 끔찍한 삶이여! 이자벨라는 사랑하는 이를 구하고자 필사적이네. 마침내 그녀는 성공하고, 그는 곧 안전한 장소에 도착했네. 올가미에서 간신히 빠져나오자마자 그는 살인을 막을 수 있다네.

성을 향해 그는 다시 달려간다네, 성을 뛰쳐나왔던 그 여인과 함께 하네, 다시 성으로 달려가네. 그러나 이자벨라는 어느새 제단에 무릎을 꿇어야 하네, 원치 않는 혼인 서약을 강요당하고 있네. 그때 구이토는 창백한 입을 열고서 악행을 고발하네.

죽음의 힘에 이자벨라는 기절하여 쓰러지고 아, 어떤 키스도 그녀를 깨우지 못하네! 당당하고 고귀한 마음으로 그는 그녀의 아버지에게 말했네. 그녀를 죽게 한 것은 내가 아닙니다, 당신이 그녀의 심장을 찢어 놓고, 붉은 두 뺨을 창백하게 만들었어요.

말없이 관에 누워 있는 그녀를 다시 보려 얼굴 위로 몸을 숙이는데 아직 생명이 느껴지네. 사람들이 모두 놀라 바라보는 가운데, 그는 급히 그녀를 안고 도망치네. 그녀는 다시 깨어나고, 이제 그는 그녀의 동반자이자 수호자라네.

하지만 두 사람은 다시 도망쳐야 하는 신세, 어디에도 그들의 안식처가 없다네. 사법 당국의 추적을 받으면서 그들은 맹세를 한다네. 이제 우리 자수해요. 독배를 비우고 나면 신이 우리를 판결하리니, 저 하늘나라에서 우리는 변화의 기적을 체험할 거예요.

소냐와 에바는 그 노래가 장터에서 부르는 평범한 노래임을 알고 있다. 그림판 앞에서 그저 그렇게 연주되는 노래라는 것을. 그러나 노래가 끝나자 두 사람은 눈물을 쏟지 않을 수 없다. 그 때문에 담배에 다시 불을 붙이는 것도 잠시 잊는다.

정치여 안녕,
하지만 영원한 무위도식은 더 위험한 것

프란츠 비버코프는 잠시 더 정치판 주변에서 배회하고 있다. 과단성 있어 보이는 빌리는 돈이 별로 없고, 예리하고 머리 회전이 빠르기는 하지만 소매치기들 중에서는 초짜이다. 그래서 그는 프란츠한테서 돈을 우려낸다. 그는 한때 소년원에서 지낸 적이 있고, 그곳에서 어떤 사람으로부터 공산주의에 대해 많은 이야기를 들은 적이 있는데, 공산주의는 별것 아니고 분별력이 있는 사람은 오직 니체나 슈티르너만 믿고, 자기 마음에 드는 일만 하며 다른 것은 모두 허튼소리라는 것이다.* 영악하고 냉소적인 이 친구는 이제 정치 집회에 찾아가 연사들을 야유하고 반대파 만드는 것을 즐긴다. 또 집회에 찾아가 거래를 틀 만한 사람들을 낚거나 아니면 그들을 골려 준다.

프란츠는 그 녀석과 잠시만 더 돌아다닌다. 하지만 그것도 곧 끝내고, 그는 미체와 에바가 개입하지 않았는데도 정치에서 아예 손을 뗀다.

그러던 어느 날 늦은 밤, 그는 집회에서 알게 된 중년의 목수 하나와 술집에서 같은 테이블에 앉게 된다. 그동안 빌리는 바 쪽에 서서 다른 남자와 떠들고 있다. 프란츠는 팔을 테이블 위에 세워 왼손으로 머리를 괸 채 목수가 하는 말에 귀를 기울인다. 목수가 말한다. "이것 보시오, 동지, 사실 내가 집회에 갔던 것은 집사람이 아파서였소, 집사람은 저녁이면 내가 필요 없어지거든, 좀 쉬어야 하니까, 정확히 8시면 집사람은 차 한 잔과 수면제를 먹어요, 그러면 나는 불을 꺼 주어야 해요, 그러니 내가 거기 위층에서 뭘 하겠어요. 집 안에 아픈 아내가 있는 사람은 술집이나 전전하게 되죠."

"병원에 입원시키지 그래요. 집에 있는 것은 아무 소용이 없을 텐데."

"병원에는 벌써 가 보았죠. 그런데 퇴원했어요. 병원 음식이 집사람 입에 맞지 않는 데다 차도도 없어서."

"많이 아픈가 보군요."

"자궁이 직장에 유착됐다나, 뭐 그런 거요. 그래서 수술을 받긴 했는데 아무 소용이 없어요. 몸속이 뭔가 이상한 거요. 의사 말은 단지 신경성이고 다른 문제는 없다고 해요. 하지만 집사람은 통증이 심해 하루 종일 울고 있어요."

"거참."

"그런데도 의사는 집사람이 곧 건강해질 거라는 진단서를 쓰는 거요, 나 참. 집사람은 벌써 두 번이나 의료보험 지정 의사한테 갔어야 했는데 가 봤자 소용없는 거요. 의사는 건강하다는 소견을 써 줄 테니까요. 신경성 질환 정도는 병으로 치지도 않는 거죠."

프란츠는 남자의 얘기를 듣고만 있다. 그 자신도 아픈 적이 있다, 차에 치여 한쪽 팔을 절단해야 했다. 그는 마그데부르크 병원에 누워 있었다. 지금은 그깐 거 아무렇지도 않다, 그것은 다른 세계의 일이다. "맥주 한 잔 더 하시겠소?" "그러죠." "맥주 한 잔 주세요." 목수는 프란츠를 바라본다. "당신은 정당에 가입해 있지 않죠, 동지?"

"옛날에 가입한 적이 있죠. 지금은 아니오. 다 쓸데없는 거요."

술집 주인이 그들의 테이블에 와서 앉으며 목수에게 "안녕하시오, 에데" 하면서 인사를 하고는 아이들 안부를 묻고 이렇게 속삭인다. "이보게, 자넨 다시는 정치에 끼어들지 않을 거지?"

"마침 그 얘기를 하던 참이야. 이제는 그럴 생각이 추호도 없어." "그거 참 잘됐군. 자네한테 하는 말이지만, 에데, 내 아들 녀석도 내가 하는 말과 똑같은 말을 하더라고. 정치판에 끼어들어봤자 돈 한 푼 못 번다, 정치는 우리의 신분을 상승시켜 주지도 않고 땡잡는 놈들은 다른 놈들이라고."

그러자 목수는 실눈을 뜨고 술집 주인을 바라본다. "그래, 그 어린 아우구스트가 벌써 그런 말을 한다고?"

"그 녀석 제법이야. 자네는 아마 그 녀석을 속일 수 없을 거야. 다른 누구라 해도 마찬가지야. 우리는 돈을 벌려고 하고, 일도 잘 굴러가고 있어. 불평할 것 없지."

"그렇다면 건배, 프리체. 모든 것이 잘되길 바라."

"나로 말한다면 마르크스주의니, 레닌이니 스탈린이니, 또는 형제들이니 그런 것은 상관없어. 누가 나한테 신용 대출을 해 줄 것인가, 얼마나 많은 돈을 얼마나 오래 제공해 줄 것인가, 이런 게 중요하지. 자네도 보다시피, 세상은 다 이걸 중심으로 돌아가니까."

"음, 자네 많이 발전했군." 그러고는 프란츠와 목수는 말없이 가만히 앉아 있다. 술집 주인은 계속해서 떠들어 댄다. 그러자 목수가 투덜거리며 말한다.

"나는 마르크스주의에 대해 잘 몰라. 하지만 이것 보라고, 프리체, 자네가 머릿속으로 상상하듯 문제가 그렇게 간단한 것은 아니야. 마르크스주의나 그 러시아인들이 말하는 거나, 빌리가 떠들어대는 슈티르너나 내게 다 무슨 소용이겠어. 다 잘못된 것일 수 있어. 나한테 필요한 것은 매일 내 손가락으로 꼽을 수가 있지. 누군가 내 등짝을 사정없이 내리친다면, 나는 그게 무슨 뜻인지 이해할 수 있어. 또는 오늘 직장에 들어갔는데 더 이상 주문이 없어 내일 쫓겨나야 하는 경우, 물론 사장이나 지배인은 남겠지, 나만 거리로 쫓겨나고 실업 수당을 받으러 가야 하는 것이지. 그리고 애가 셋 있는데, 모두 초등학교에 다니는데, 큰딸이 구루병에 걸려 다리가 휘었어. 그렇다고 그 애를 어디 보낼 형편도 못 되고, 학교나 잘 나가면 그나마 다행이지. 어쩌면 집사람은 청소년 관청 같은 곳에 달려갈지도 몰라, 집사람은 뭔가 해야지 직성이 풀리는 성미거든, 지금은 아프지만 평소에는 수완이 좋은 여자야, 청어들도 팔고, 그런데 애들 교육 얘기인데, 걔들도 겨우 우리 정도만큼 배우게 되는 거야. 무슨 얘기인지 알겠지, 상황이 그래. 다른 사람들이 아이들에게 외국어를 가르치고 여름에는 해수욕장에 데려가는지 다 알아, 하지만 우리는 돈이 없어서 교외선 타고 테겔까지도 나가 보기가 어려워. 게다가 상류층 아이들은 구루병에 걸려 다리가 휘는 일도 잘 없어.* 내가 류머티즘 때문에 의사한테 갔더니 대기실에 우리 같은 사람이 서른 명이나 기다리고 있더군. 얼마 후 의사가 내게 물었어. 류머티즘이 오래된 것 같은데, 직장엔 얼마나 다녔나요? 서류는 받아 두었나요? 의사는 좀처럼 내 말을 믿으려 하지 않아. 그러면 의료보험 지정 의사에게로 가게 되지, 그리고 예컨대 봉급에서 늘 공제하는 국영 보험에 신청해 요양이라도 가려면 그들이 보내 줄 때까지 골골 앓고 있어야 해요. 프리체, 이 정도는 내가 안경을 쓰지 않아도 빤히 보이는 거야. 그런 것도 이해 못 하면 동물원의 낙타라고 해야겠지. 그것을 위해 카를 마르크스를 필요로 하는 사람은 아무도 없어. 하지만 프리체, 이건 사실이야."

목수는 희끗희끗한 머리를 들고 눈을 크게 뜨고는 술집 주인을 바라본다. 그는 파이프를 다시 입에 물고서 연기를 뻐끔뻐끔 내뿜으며 누군가의 대답을 기다린다. 술집 주인은 투덜거리며 입을 삐죽 내민다. 좀 불만스러운 듯하다. "그래, 자네 말이 맞아. 내 막내딸도 다리가 휘었어, 시골에 가서 요양할 돈도 없지. 하지만 가난뱅이와 부자는 항상 있어 왔어. 그것은 우리 둘이 아무리 해도 바꿀 수 없는 거야."

목수는 담담한 표정으로 담배를 피우고 있다. "가난하게 살고 싶은 사람이나 계속 가난하게 살라고 해. 그래, 다른 사람들이야 가난하든 말든 상관없어. 나는 가난하게 살고 싶은 생각이 없으니까. 가난이 오래가면 정말 진절머리가 나지."

그들은 아주 차분히 이야기하면서 천천히 맥주를 마신다. 프란츠는 말없이 줄곧 듣기만 한다. 바 쪽에 있던 빌리가 테이블로 건너온다. 프란츠는 나가기로 마음먹고 모자를 집어 들고서 밖으로 나간다. "안 되겠어, 빌리, 오늘은 일찍 자고 싶네. 자네도 어제 어떤 일이 있었는지 알잖아."

그렇게 해서 프란츠는 먼지가 풀풀 날리는 뜨거운 길을 혼자서 터벅터벅 걸어간다. 룸디 붐디 두멜 디 다이. 룸디 붐디 두멜 디 다이. 기다려, 잠깐만 기다려, 하르만이 곧 네게도 찾아갈 거야, 작은 정육점 손도끼로 너를 잘라 간소시지를 만들 거야, 기다려, 잠깐만 기다려, 하르만이 곧 네게도 찾아갈 거야*. 빌어먹을, 내가 지금 어디로 가는 거지, 빌어먹을, 내가 어디로 가고 있는 거야. 그는 걸음을 멈추지만 길을 건너갈 수가 없다, 그래서 다시 뒤로 돌아서 왔던 길을 걸어간다, 그 술집을 지나간다. 사람들은 아직 앉아 있고 목수는 맥주를 앞에 놓고 앉아 있다. 나는 저 안으로 들어가지 않겠어. 목수는 진실을 말한 거야. 그것이 진실이야. 정치, 그 쓰레기를 갖고서 내가 무엇을 하겠어? 나한테는 아무 소용이 없는 거야, 아무 소용 없는 거라고.

프란츠는 먼지가 풀풀 날리고 뜨겁고 소란스러운 길을 따라 다시 걸어간다. 8월이다. 로젠탈 광장은 점점 더 많은 사람들로 북적거리는데, 그곳에서 누군가 신문을 들고 서 있다. 『베를린 노동자 신문』, 마르크스주의적인 비밀 재판, 소년들을 성추행하는 체코의 유대인 호색가, 스무 명의 소년을 유혹했는데도 아직 체포하지 못하다, 나도 저렇게 신문을 팔았지. 오늘은 지독하게 덥다. 프란츠는 걸음을 멈추고 신문팔이에게서 신문을 하나 산다, 표지면 위쪽에 녹색의 갈고리 십자가가 보인다,* 댄스홀 '신세계'에서 만났던 그 애꾸눈의 상이용사다. 마셔라, 마셔, 형제여, 마셔라, 모든 걱정은 집에다 두고, 근심도 고통도 다 버려라, 그러면 인생은 즐거워질 테니, 근심도 고통도 다 버려라, 그러면 인생은 즐거워질 테니.

그는 광장을 빙 돌아서 엘자스 거리로 들어선다. 구두끈, 뤼더스, 근심도 고통도 다 버려라, 그러면 인생은 즐거워질 테니, 근심도 고통도 다 버려라, 그러면 인생은 즐거워질 테니. 벌써 오래전의 일이야, 작년 크리스마스 즈음이었지, 세상에, 시간이 그렇게 많이 흐른 거야, 나는 여기 파비슈 기성복 상회 앞에서 목청껏 외쳤지, 정말 시시한 물건이었는데, 넥타이 맬 때 쓰는 물건, 넥타이 홀더 같은 것이었어, 그리고 리나, 리나, 폴란드 출신의 그 뚱뚱한 여자, 그녀가 나를 데리러 오곤 했지.

프란츠는 계속해서 걸어간다, 뭘 원하는지 그 자신도 모른다. 그는 로젠탈 광장으로 다시 돌아갔다가, 아싱거 맥주홀 건너편에 위치한 파비슈 기성복 상회 앞 정류장에 선다. 그리고 거기서 기다린다. 그래, 그는 그것을 원하고 있다! 그는 거기에 서서 기다린다, 마치 자신이 자석의 자침 같다는 느낌이 든다 — 북쪽으로 가는 거야! 테겔을 향해, 교도소를 향해, 교도소 담장을 향해 가는 거야! 그는 그곳으로 가고자 한다. 그는 그곳으로 가야만 한다.

그때 우연찮게도 41번 전차가 와서 선다, 그리고 프란츠는 올라탄다. 그는 당연히 그렇게 해야 한다고 느낀다. 출발, 전차가 움직이기 시작한다, 전차는 그를 태우고 테겔을 향해 달린다. 그는 20페니히를 내고는 차표를 사고, 이제 테겔로 달려간다, 모든 것이 순조롭고, 근사하다. 그는 기분이 좋다! 정말 그곳으로 가고 있는 것이다. 브루넨 거리, 강변로, 가로수 길, 라이니켄도르프, 모든 것이 정말 그대로다. 그는 그곳으로 가고 있고, 저기에 그 사실이 적혀 있다. 여기는 모든 것이 그대로다! 그가 자리에 앉자 그것은 더욱 생생해지고, 분명해지고, 강렬하게 다가온다. 그가 느끼는 만족감은 그만큼 깊고 강렬하다. 더없는 안락감이 밀려와서 프란츠는 앉아서 눈을 감고 깊은 잠에 빠져든다.

전차는 어둠을 헤치고 시청을 지나갔다. 베를린 거리, 라이니켄도르프 서부, 테겔, 종착역. 차장이 그를 깨워 부축해 일으킨다. "전차는 더 이상 가지 않습니다. 당신은 어디까지 가시나요?" 프란츠는 비틀거리며 차에서 내린다. "테겔이오." "그럼 바로 여깁니다." 저 사람은 몹시 취했어, 상이용사들이 꼭 저렇게 연금을 술로 탕진해 버린다.

강력한 졸음이 덮쳐 오자 프란츠는 광장을 가로질러 가다가 가로등 뒤쪽의 첫 번째 벤치를 향해 미끄러져 간다. 얼마 후 순찰 중이던 경찰이 그를 깨운다, 새벽 3시다, 경찰은 그에게 별다른 조치도 취하지 않는다, 이 친구 점잖아 보이는데 만취 상태야, 혹시 강도를 당할 수도 있어. "여기서 잠을 자면 안 돼요, 집이 어디요?"

프란츠는 더 이상 견디기가 힘들다. 그는 하품을 한다. 침대에 눕고 싶다. 그래, 여기는 테겔이야, 내가 뭘 하러 여기에 온 걸까, 여기서 뭘 하려고 했을까, 생각들이 서로 뒤엉킨다, 일단 침대에 누워야겠어, 지금 당장 해야 할 일은 그것뿐이야. 그는 청승맞게 꾸벅꾸벅 존다. 그래, 맞아, 여기는 테겔이야, 그런데 그게 어쨌다는 거야, 그래, 예전에 여기 수감된 적이 있었지. 자동차 한 대가 지나간다. 또 뭐가 있었더라. 내가 테겔에서 무엇을 하려고 했지? 여보세요, 내가 잠들려고 하면 당신은 나를 깨우시는군요.

강력한 잠이 다시 그를 엄습한다, 잠은 그의 눈을 뜨게 하고, 프란츠는 모든 것을 깨닫는다.

그곳에 높은 산들이 있고, 노인은 자리에서 일어나 아들에게 말한다. 자, 함께 가자. 함께 가자, 노인은 이렇게 말하고는 먼저 걷기 시작한다, 아들도 그를 따라 나선다. 그들은 산속으로 들어간다, 산을 올라가고 산을 내려가고, 산과 골짜기 또 골짜기들을 지난다. 얼마나 더 가야 해요, 아버지? 그것은 나도 모른다, 우리는 산을 올라가고 산을 내려가며 더 산속으로 들어가는 거야, 어서 가자꾸나. 벌써 피곤한 거야, 이 녀석아, 함께 가고 싶지 않은 거냐. 아니에요, 피곤하지 않아요, 함께 가길 원하시면 기꺼이 그렇게 하겠어요. 그래, 따라오도록 해라. 산을 올라가고 산을 내려가고, 골짜기를 지나고 또 골짜기, 먼 여정이다, 시간은 어느덧 정오가 되었다, 이제 다 왔다. 주위를 한번 둘러보거라, 아들아, 저기 제단이 보이지. 무서워요, 아버지. 어째서 무서워하느냐, 아들아? 아버지는 저를 일찍 깨워서 밖으로 데리고 나왔어요, 우리는 희생 제물로 도살하려고 했던 거세된 숫양을 잊고 왔어요. 그래요, 숫양을 잊고 왔어요. 산을 오르고 산을 내려가고, 긴 골짜기들을 지나오며 우리는 그것을 잊고 있었어요, 거세된 숫양을 데려오지 않았어요, 그런데 저기 제단이 있어요, 저는 무서워요. 나는 외투를 벗어야겠다, 무섭니, 아들아? 네, 무서워요, 아버지. 나도 무섭단다, 아들아, 좀 더 가까이 와라, 무서워할 것 없다, 어차피 우리가 해야 할 일이니까. 우리가 무엇을 해야 하나요? 산을 오르고 산을 내려가고, 긴 골짜기들, 저는 일찍 일어났어요. 무서워하지 마라, 아들아, 기꺼운 마음으로 해라, 이리 가까이 와라, 나는 벌써 겉옷을 벗었다, 내 소매에 피를 묻힐 수는 없겠지. 무서워요, 아버지는 칼을 잡고 있잖아요. 그래, 나는 칼을 들었어, 너를 죽이지 않을 수 없어, 너를 제물로 바쳐야 하니까, 이것은 주님이 명하신 거야, 기꺼운 마음으로 받아들여라, 아들아.

싫어요, 저는 할 수 없어요, 소리를 지르겠어요, 저를 건드리지 마세요, 제물로 도살되기 싫어요. 어서 무릎을 꿇어라, 소리를 지르지 마라, 아들아. 싫어요, 소리 지를 거예요. 소리 지르지 마라. 네가 원하지 않는다면, 나는 그 일을 해낼 수가 없다, 하지만 나는 그렇게 하길 원한다. 산을 오르고 산을 내려가고, 왜 다시 집에 돌아가면 안 되나요. 집에서 무얼 하겠다는 거야, 주님은 집 이상이야. 나는 할 수 없어요, 아니, 할 수 있어요, 아니, 할 수 없어요. 이리 가까이 와라, 자 봐라, 나는 벌써 칼을 잡고 있어, 자세히 봐라, 아주 예리한 칼이야, 이것으로 너의 목을 찔러야 하는 거야. 그것이 제 목구멍을 찌른다고요? 그렇다. 그러면 피가 치솟나요? 그래. 주님의 명령이다. 그렇게 하겠느냐? 아직은 할 수 없어요, 아버지. 자, 어서 하자, 안 그러면 나는 너를 죽일 수가 없어. 네가 자발적으로 한 것처럼 되어야만 내가 그 일을 할 수 있기 때문이다. 자발적으로 한다고요? 아, 그래, 그것도 두려움 없이 말이다. 너의 생명을 아끼지 마라, 너의 생명을, 네 주님을 위해 그것을 드리는 거야. 어서 가까이 오너라. 우리의 주님께서 그것을 원하시나요? 산을 오르고, 산을 내려가고, 저는 그렇게 일찍 일어났어요. 너는 겁쟁이가 되고 싶지는 않겠지? 알아요, 알아요, 저도 알아요! 뭘 안다는 거냐, 아들아? 저한테 칼을 대세요, 잠깐, 옷깃을 젖히겠어요, 그래야 목이 완전히 드러나잖아요. 네가 이제 뭔가 깨달았구나. 너도 원하고 나도 원하고, 그래야 우리 둘이 그 일을 수행할 수 있어, 그러면 주님이 부르실 거야, 우리는 주님이 부르는 소리를 듣게 될 거야. 멈추어라. 그래, 어서 이리 와서 목을 내밀어라. 자, 여기요. 저는 무섭지 않아요, 기쁨으로 하겠어요. 산을 오르고, 산을 내려가고, 긴 골짜기들, 자, 어서 칼을 대어 치세요, 소리 지르지 않겠어요.

아들은 목을 뒤로 젖히고, 아버지는 그의 등 뒤로 가서 아들의 이마를 손으로 누르고 오른손으로 칼을 치켜든다. 아들이 그렇게 하기를 원한다. 그때 주님이 부르신다. 아버지와 아들은 얼굴을 땅에 대고 엎드린다.

주님의 음성은 어떠한가. 할렐루야. 산들을 지나고, 골짜기를 통과한다. 너희는 내게 순종하는구나, 할렐루야. 너희는 살 것이다, 할렐루야. 당장 멈추어라! 칼을 절벽에 내던져라. 할렐루야. 나는 너희가 순종해야 할 하느님, 너희가 언제나 오로지 순종해야 할 하느님이야, 할렐루야. 할렐루야. 할렐루야. 할렐루야. 할렐루야. 할렐루야. 할렐루야, 루야, 루야, 루야, 할렐루야, 루야, 할렐루야.*

"미체, 귀염둥이, 이 조그만 귀염둥이, 나한테 한바탕 욕을 퍼부어 봐." 프란츠는 미체를 자기 무릎에 올려놓으려 한다. "자, 말 좀 해 봐. 내가 어젯밤에 늦게 들어와서 무슨 일을 저지른 거야?"
"맙소사, 프란츠, 당신은 자신을 불행으로 몰고 가요, 당신은 누구하고 어울리는 거죠?" "무슨 말이야?" "운전사가 당신을 부축해서 계단 위쪽까지 데려다 줘야 했어요. 그리고 내가 당신한테 말을 걸었는데 아무 대답도 없고, 저기 눕더니 곯아떨어졌어요." "말해 주지, 나는 테겔에 갔었어, 그래 혼자서, 정말 혼자서 말이야." "말해 봐요, 프란츠, 그게 사실이에요?" "정말 혼자서 갔어. 예전에 거기서 몇 해를 보내야 했거든." "그런데 아직도 뭐가 남은 게 있나요?" "아니야, 단 하루도 에누리 없이 다 청산했어. 나는 그것을 한번 확인하고 싶었던 거야, 그러니까 그 때문에 화낼 필요 없어, 내 귀염둥이."

그녀는 그의 곁에 앉아서 평소처럼 부드럽게 그를 바라본다. "잘 들어요, 프란츠, 이제 정치판에 끼어들지 마요." "이제 정치 같은 건 안 할 거야." "집회에도 가지 마요." "가지 않겠어." "혹시라도 가면 저한테 말해 줄 거죠?" "그럼."

그러자 미체는 팔을 프란츠의 어깨 위에 걸쳐 놓고 머리를 그의 머리에 기댄다. 두 사람은 아무 말도 하지 않는다.

이렇게 해서 다시 한 번, 이 세상에서 이제 정치와 결별한 우리의 프란츠 비버코프보다 만족스러운 인간은 찾아보기 힘들다. 정치와 결별한 그이기에. 그는 그 문제로 다시 머리를 다치는 일도 없을 것이다. 이제 그는 술집에 앉아 노래를 부르기도 하고 카드놀이를 하기도 한다. 그사이에 미체는 또 한 신사 양반을 사귀는데, 그 사람은 에바의 정부와 맞먹을 만큼 부자다, 게다가 더 좋은 것은 결혼한 남자라는 것이다. 그는 미체에게 가구는 비치되어 있지 않은 두 개의 방이 딸린 아담한 집을 마련해 준다.

그리고 프란츠는 미체가 원하는 것이면 뭐든지 해 주고자 한다. 어느 날 에바가 그의 집을 방문해 프란츠를 덮친다, 미체 스스로가 그렇게 해 주기를 바라는데, 안 될 이유가 있겠는가, 하지만 에바, 그러다가 아이라도 생기면 어쩌려고, 이봐요, 나한테 아이가 생기면 내 주인 양반은 성(城)을 열 채라도 지어 줄 거예요, 그 정도로 기뻐할 거라고요.

파리가 기어오른다, 파리에게서 모래가 떨어진다, 파리는 곧 다시 날아오를 것이다

사실 프란츠 비버코프에 대해서는 할 이야기가 그렇게 많지 않다. 이제 여러분은 이 젊은이를 잘 안다. 암퇘지가 우리에 들어가면 어떤 행동을 보일지는 누구나 상상할 수 있다. 다만 돼지가 인간보다 나은 점은, 돼지는 그저 한 덩어리의 살과 지방으로 이루어져 있고, 또 먹는 것만 주어지면 나중 일은 큰 문제가 아니라는 것이다. 기껏해야 한 번 더 새끼를 낳을 것이고 생의 끝에 가서 칼이 기다리고 있는데, 이것 역시 그렇게 무섭거나 흥분되는 일이 아니다. 돼지는 뭔가를 알아채기도 전에 — 그런 가축이 무엇을 알아채겠는가 — 저세상에 가 있다. 그러나 인간은 볼 수 있는 눈이 있고, 가슴속에 많은 것을 담고 있으며, 모든 것이 복잡하게 얽혀 있다. 인간은 또 악마를 생각할 수도 있으며 (인간은 머리라는 끔찍한 것을 갖고 있어서) 앞으로 무슨 일이 닥칠지도 생각해야 한다.

뚱뚱한 몸집에 팔이 하나밖에 없는 우리의 사랑스러운 프란츠 비버코프는 그렇게 살고 있다. 이제 그는 빠른 걸음으로 8월 속으로 들어선다, 그래도 아직은 참을 만한 기온이다. 그리고 우리의 귀여운 프란츠는 왼손으로도 훌륭하게 노를 저을 수 있고, 물론 그가 신고를 하지 않기는 했지만, 더 이상 경찰로부터 아무 연락도 없다. 경찰들 역시 관할 구역에서 여름휴가를 즐기고 있을 것이다. 경찰이라고 해도 다리는 두 개밖에 없을 테니, 몇 푼 되지 않는 봉급을 위해 괜히 다리품을 팔지는 않을 것이다. 그러니 무엇 때문에 경찰이 여기저기 쏘다니며 프란츠 비버코프에게 무슨 일이 있는지, 하필이면 그 비버코프가 어떻게 지내는지, 왜 그가 이전에는 팔이 두 개였는데 지금은 하나밖에 없는지 알아내려고 하겠는가. 그런 친구는 그냥 서류철 속에서 썩게 둬라, 인간이란 또 다른 걱정거리가 있는 법이다.

거리들은 여전하다, 그곳에서 사람들은 온갖 것을 보고 듣게 되며, 과거의 어떤 일이 원하지도 않는데 문득 떠오르기도 한다, 삶은 그렇게 하루하루 흘러간다, 인생 행로에서 오늘 무엇이 나타나고 또 그것을 놓치고, 내일 다시 무엇이 다가와도 사람들은 그것을 잊고 하면서 우리의 삶에는 항상 무슨 일이 일어나는 법이다. 사는 거야 어떻게 잘되겠지, 하면서 우리는 꿈을 꾸고 몽상을 한다. 어느 따스한 날 창문에서 파리를 한 마리 잡아 화분에 집어넣고 그 위에 모래를 뿌려 보자. 건강한 파리라면 다시 밖으로 기어 나올 것이며 몸뚱이에 모래를 뒤집어쓰는 것 정도는 아무것도 아니다. 이것은 프란츠가 이런저런 것을 볼 때마다 해 보는 생각이다. 나는 형편이 좋다, 내가 뭣하러 이런저런 일에 신경을 쓰는가, 정치라는 건 나하고 아무 상관 없는 거야, 사람들이 다른 사람에게 착취를 당할 정도로 멍청하다면 나로서도 어쩔 도리가 없다. 누가 그 모든 사람을 위해 골머리를 앓아야 한단 말인가.

다만 폭음하는 것만큼은 미체가 강력하게 만류해야 하는데, 폭음은 프란츠의 아픈 약점이기도 하다. 그는 음주에 대한 욕구를 타고났으며, 그 욕구는 그의 내면에 숨어 있다가 수시로 튀어나온다. 술을 마시면 살도 찌고 생각을 많이 안 해도 된다고 그는 항변

한다. 그러나 헤르베르트는 프란츠에게 이렇게 충고한다. "이보게, 지나친 과음은 삼가게. 자네는 정말 행운아야. 이것 봐, 자네가 전에 어떤 신세였지? 신문팔이였어. 그런데 지금은 비록 한쪽 팔은 없지만, 미체도 있고 넉넉한 수입도 있잖아, 그러니 이다와 지내던 옛날처럼 그렇게 다시 폭음을 하지는 말아야 하네." "걱정 마, 헤르베르트. 술을 마시는 것도 한가할 때뿐이야. 술집에 앉아 있으면 뭘 하겠는가, 한 잔 또 한 잔 마시겠지, 그렇게 자꾸만 되는 거야. 그렇지만 나를 잘 보게, 나는 잘 참고 있어." "뭐라고, 자네가 참고 있다고? 살이 많이 찐 건 그렇다 치더라도, 거울을 한번 들여다보라고. 자네 눈이 어떤지 말이야." "내 눈이 어때서?" "한번 만져 보라고, 노인들처럼 눈두덩이 축 늘어졌어. 도대체 올해 몇 살이야, 자네는 술로 늙어 가고 있어, 술은 사람을 늙게 만들지."

"그 얘기는 그만하세. 자네들한테 무슨 새로운 소식 없나? 자네는 요새 뭘 하고 지내, 헤르베르트?" "이제 슬슬 시작하려고 해, 새로 젊은 친구 둘을 구했어, 괜찮은 녀석들이야. 크노프라는 녀석 알지, 그 왜 불도 삼킨다는 녀석 말야. 그 친구가 데려온 젊은이들이야. 그 친구가 녀석들에게 물었지. 그래, 나하고 일하고 싶다고? 그러면 먼저 너희가 뭘 할 수 있는지 보여 줘야 해. 한 녀석은 열여덟, 다른 녀석은 열아홉 살이야. 크노프는 단치히 거리 모퉁이에 서서 그 녀석들이 무엇을 할 수 있는지 지켜보았지. 녀석들은 한 노부인에게 눈독을 들였어, 노부인이 은행에서 돈을 찾아 가지고 나오는 것을 보았거든. 녀석들은 노부인의 뒤를 계속 밟았어. 크노프는 녀석들이 어느 지점에서 노부인을 밀치고 돈을 낚아채 달아날 것으로 생각했지. 웬걸, 그게 아니었어, 녀석들은 서두르지 않고 끈질기게 지켜보다가 노부인이 사는 집까지 따라간 거야, 그들은 먼저 가서 기다리고 서 있는 거야. 노부인이 터벅터벅 걸어올 때까지 말이야. 그러더니 녀석들은 노부인의 얼굴을 빤히 쳐다보는 거야. 혹시 뮐러 부인이신가요, 실제로 그게 노부인의 이름이야, 그러고 녀석들은 노부인과 뭐라고 수다를 떨다가, 전차가 다가오자 부인의 얼굴에 후춧가루를 뿌리고서 가방을 낚아채 가지고는 전차 문이 쾅 닫히자 순식간에 차도를 건너갔다는 거야. 크노프가 욕을 하면서 하는 말로는, 그들이 그 망할 전차 속으로 뛰어든 것은 쓸데없이 멍청한 짓이라는 거야. 노부인이 현관문을 다시 열고 누가 그런 짓을 했는지 알아차리기 전에, 녀석들은 얼마든지 태연스레 건너편 술집에 가 앉아 있을 수도 있었다는 거야. 그렇게 후다닥 뛰어가다가는 오히려 다른 사람들의 의심을 산다는 거지."

"그래도 녀석들은 재빨리 뛰어내렸겠군."

"그래. 그런데 녀석들은 크노프가 투덜거리는 동안에 또 한 가지를 해치웠어. 그들은 크노프를 데리고 나가 저녁 9시쯤에 벽돌을 한 장 집어 들고 로민텐 거리에 있는 어느 시계방의 창문을 부수고는 손을 집어넣어 일을 해치웠어. 그러고도 붙잡히지 않았지. 악명 높은 오스카만큼 뻔뻔한 녀석들, 그러고는 몰려든 사람들 가운데 가만히 서 있었다는 거야. 그래, 우리는 그런 애들이 필요해." 프란츠가 고개를 떨어뜨리며 말한다. "아주 대담한 친구들이군." "자네는 그런 녀석들 필요 없겠지?" "됐어, 난 필요 없어. 나중에라도 골치를 썩이는 일은 질색이야." "하여튼 폭음은 삼가게, 프란츠."

프란츠의 얼굴이 부르르 떤다. "어째서 술을 마시지 말라는 거야, 헤르베르트, 도대체 자네들이 나한테 원하는 게 뭐야. 난 아무것도 할 수 없어, 아무것도 할 수 없다고, 나는 100퍼센트 불구야." 그는 헤르베르트의 눈을 빤히 쳐다본다. 그의 입가 주름이 아래로 처진다. "모두 나를 두고 자꾸만 뭐라고 하는데 말이야, 누구는 폭음하지 말라 하고, 또 누구는 빌리와 상종하지 말라 하고, 또 다른 누구는 정치만은 그만두라고 하지." "정치, 난 그것은 반대하지 않아, 정치는 해도 좋아."

프란츠는 의자에 깊숙이 등을 기대고 앉아 친구 헤르베르트를 물끄러미 바라보고, 그때 헤르베르트는 속으로 생각한다. 저 녀석의 얼굴이 일그러지고 있어, 평소에는 선량한 우리의 프란츠인데, 이럴 때는 아주 위험한 녀석이야. 프란츠는 팔을 뻗어 그를 툭 치면서 속삭이듯 말한다. "그 자식들이 나를 이런 불구자로 만들었어, 헤르베르트, 이 꼴을 좀 봐, 나는 아무짝에도 쓸모가 없어." "그 정도로 하세. 에바나 미체한테 그런 말을 해 보라고." "잠자리에서나 하란 말이지, 그래, 알겠어. 그러나 여보게, 자네는 역시 대단해, 뭔가 해낼 거야, 그 젊은이들도 그렇고." "그건 그렇고, 자네도 정말 원한다면 한쪽 팔로도 일을 할 수 있어." "그들은 내가 마음대로 하도록 내버려 두지 않아. 미체도 원하지 않을 거고. 그 애는 나를 집요하게 설득했어." "그래도 해 보는 거야, 다시 한번 시도하는 거야." "그래, 이제 다시 시작하라는 거야? 그만두라고 했다가, 이제는 다시 시작하라는 거야. 내가 저기 저 똥개라도 된다는 거야. 테이블에 올라가, 테이블에서 내려와, 테이블에 올라가."

헤르베르트는 두 잔의 코냑을 따르면서 생각한다. 미체한테 조만간 단단히 일러야겠어, 이 친구는 지금 정상이 아니야, 미체도 조심해야 할 거야, 이 친구가 다시 한 번 광분하면 예전에 이다한테 했던 식으로 나올지 몰라. 프란츠는 자기 술잔을 단숨에 비운다. "난 불구자야, 헤르베르트. 여기 이 소매 좀 보라고, 속이 비었어. 밤이 되면 어깨가 얼마나 쑤시는지 자넨 모를 거야. 도무지 잠을 이룰 수가 없다네." "그럼 의사에게 가 보게." "싫어, 싫다고, 의사 얘기라면 아무것도 듣고 싶지 않아, 이미 마그데부르크에서 질렸다고." "그럼 내가 미체한테 말해 보겠어, 자네와 함께 여행 좀 다녀오라고, 베를린을 떠나서 바람 쐬고 오는 거야." "술이나 좀 마시게 내버려 두게, 헤르베르트."

헤르베르트는 그의 귀에 대고 속삭인다. "그러다가 자네 전에 이다한테 했던 대로 미체한테도 하게 될 거야." 프란츠는 귀를 기울인다. "그게 무슨 소리야?" "그렇다니까." 그래, 나를 좀 봐, 나를 좀 보라고, 자네는 4년을 감방에서 보내고도 모자라서 그러는 거야. 프란츠는 헤르베르트의 면전에서 주먹을 꽉 쥔다. "혹시 자네 말이야, 머리가 어떻게 된 거 아냐?" "아냐, 내가 그런 게 아니라 자네가 그렇지!"

에바는 문에 기대어 그들의 대화를 엿듣고서 그냥 바깥으로 나서려다 밝은 갈색의 단정한 옷차림으로 방으로 들어와서는 헤르베르트를 툭 치며 말한다. "저 사람 그냥 술이나 마시게 놔둬, 당신 도대체 왜 그래요." "거참, 당신은 뭘 몰라. 저 친구가 예전처럼 되어도 괜찮다는 거야?" "당신 정신 나갔어, 입 좀 다물어요."

프란츠는 멍하니 에바를 바라본다.

그리고 30분 뒤, 프란츠는 자기 셋집에서 미체를 만나 묻는다. "당신은 어때, 내가 술 마셔도 괜찮아?" "그럼요, 하지만 너무 많이는 말고. 너무 많이는 안 돼요." "당신도 혹시 취하도록 마셔 보고 싶지 않아?" "좋아요, 당신과 함께라면." 프란츠는 환호성을 지른다. "이런, 미체, 당신도 취하도록 마시겠다고, 당신은 아직 한 번도 취해 본 적 없어?" "물론 있어요. 자, 함께 진탕 마셔요. 당장."

조금 전까지만 해도 프란츠는 기분이 우울했지만, 지금은 그녀가 활활 타오르는 것을 본다, 얼마 전에 에바와 아이 이야기를 했을 때와 똑같은 모양새다. 그리고 프란츠는 그녀 곁에 서 있다. 정말 사랑스러운 착한 아가씨야, 그의 옆에 서면 그녀는 아주 자그마해서 재킷 속에 집어넣어도 될 것 같다. 그녀가 그를 힘껏 끌어안고, 그는 왼팔로 그녀의 허리를 휘감는다, 그런데 그때 — 그런데 그때…….

그런데 그때 프란츠는 한순간이지만 정신이 멍하다. 그녀의 허리를 휘감은 그의 팔은 아주 뻣뻣하다. 그러나 그는 머릿속에서는 하여튼 팔을 움직였다. 그 순간 그의 얼굴은 돌처럼 딱딱하게 굳었다. 머릿속에서 그는 조그만 나무 막대를 집어 들고서 미체를 내리쳤다, 그녀의 가슴팍을 내리쳤다, 한 번, 두 번. 그리고 그녀의 갈비뼈가 부서졌다. 병원, 공동묘지, 브레슬라우에서 온 남자.

프란츠가 미체를 풀어 준다, 그녀는 그가 왜 그러는지 영문을 모른 채로 그와 나란히 방바닥에 누워 있다. 그는 투덜대고, 헛소리를 지껄이고, 울부짖다가 그녀에게 키스를 하고 또 운다, 그녀도 함께 운다, 이유도 모르면서. 이어 그녀는 화주 두 병을 가져온다, 그러자 그는 거듭해서 "아니, 안 마실 거야"라고 하지만, 술은 그들을 행복하게, 정말 행복하게 해 준다, 두 사람은 마음껏 즐거워하고 마음껏 웃는다. 사실 미체는 진작 그녀의 기사에게 갔어야 했다. 이 아가씨는 어쩌면 좋은가, 그녀는 그냥 프란츠 곁에 남아 있다, 그녀는 걷기는커녕 일어서지도 못한다. 그녀는 프란츠가 입으로 머금은 술을 받아 마신다, 또 그는 그녀의 입속에 있는 술을 다시 받아 마시려 하지만, 술은 이미 그녀의 코로 흘러나온다. 그러면서 두 사람은 재미있다고 킬킬거리고, 프란츠는 밝은 대낮이 될 때까지 코를 골며 깊은 잠에 빠져든다.

왜 이렇게 어깨가 아픈 거지, 녀석들이 내 팔을 잘라 버렸어.

왜 이렇게 어깨가 아픈 거지, 왜 이렇게 어깨가 아픈 거야, 미체는 어디로 간 걸까. 나를 여기에 혼자 남겨 두고서.

그들은 내 팔을 잘라 버렸어, 팔을 없애 버렸다고, 어깨가 아프다, 어깨가. 빌어먹을 놈의 자식들, 내 팔이 잘려 나갔어, 그 녀석들이 한 짓이야, 개자식들, 그 녀석들의 짓이야, 개자식들, 그 자식들 짓이야, 개자식들, 내 팔을 잘라 버리고 나를 그곳에 방치했어. 어깨, 어깨가 아프다, 그 자식들이 내 어깨는 남겨 두었어, 아마 할 수만 있었다면 내 어깨도 잘라 버렸을 거야. 차라리 어깨까지 잘라 버리지. 어깨까지 잘라 버렸다면 이렇게 아프지는 않을 텐데, 젠장. 녀석들은 나를 죽이지 못했어, 개자식들, 실패한 거야, 운이 없었던 거야, 그 썩은 짐승 같은 놈들, 그러나 지금 상태도 좋아할 것 없어, 나는 이렇게 누워 있고, 여기에는 아무도 없어, 나의 이 울부짖음을 도대체 누가 들어 준단 말이야. 팔이 너무 아프다, 어깨도 아프다, 그 개자식들은 나를 차로 완전히 깔아뭉갰어야 했어. 나는 지금 반쪽짜리 인간이야. 내 어깨, 내 어깨, 더 이상 참을 수가 없어. 그 빌어먹을 더러운 자식들, 그 더러운 자식들, 그놈들이 나를 완전히 파멸시켰어, 이제 어떻게 해야 하나, 도대체 미체는 어디 간 거야, 날 이렇게 버려두고서. 아야, 아야, 아이고, 아야, 아야.

파리가 기고 또 긴다, 파리는 지금 화분 속에 갇혀 있다, 파리의 몸에서 모래가 떨어진다, 모래는 파리에게 아무런 피해도 주지 않는다, 파리는 몸을 흔들어 모래를 털어 낸다, 파리는 검은 머리를 내밀면서 밖으로 기어 나온다.

저기 물가에 음행의 어머니이자 지상의 모든 악행의 어머니인 큰 창녀 바빌론이 앉아 있다. 붉은 짐승을 타고 일곱 개의 머리와 열 개의 뿔이 달린 모습을 하고 있으니, 너는 그것을 보아야 한다. 네 한 걸음, 한 걸음이 저 여자를 기쁘게 한다. 저 여자는 자신이 갈기갈기 찢은 성도들의 피에 취해 있다. 보라, 저것들이 저 여자가 찌를 때 쓰는 뿔인데, 그녀는 심연에서 나와 멸망으로 나아간다, 자, 저 여자를 보라, 진주들과 다홍색 옷, 자색 옷을 보라, 드러내 놓은 저 이빨, 두툼하고 팽팽한 입술을 보라, 입술 위로 피가 흘렀는데 그녀는 저 입술로 피를 마셨던 것이다. 창녀 바빌론! 독기 어린 황금빛 눈, 부풀어 오른 목! 저 여자가 너를 보면서 비웃고 있다.

전진, 발을 맞추어,
쿵쿵 울리는 북소리 그리고 대대

조심해, 이 친구야, 수류탄이 날아오면 와장창 수라장이 될 거야, 전진, 다리를 높이 들고, 똑바로 헤치고 나아가라, 나는 나아간다, 앞으로 나아간다, 녀석들 아무리 해 봤자 내 뼈나 박살 내겠지, 둥둥둥, 발을 맞추어, 하나 둘, 하나 둘, 왼발 오른발, 왼발 오른발, 왼발 오른발.

프란츠 비버코프는 힘찬 발걸음으로 거리를 행진한다, 왼발 오른발, 왼발 오른발, 피곤하다는 핑계는 대지 말자, 술집 따위는 안중에도 없고, 이제 더는 마시지 않겠다, 우리는 보고 싶다, 총알이 날아오는 것을, 그것을 우리는 보고 싶다, 총알에 맞으면 나는 쓰러질 것이다, 왼발 오른발, 왼발 오른발. 쿵쿵 울리는 북소리 그리고 대대. 마침내 그는 마음껏 숨을 쉰다.

베를린을 누비며 행진한다. 군인들이 시내를 행진할 때면, 왜 그럴까, 바로 그 때문에, 에이 그놈의 칭다라다 붐다라 때문에, 에이 그놈의 칭다라다, 다다 때문이다.*

집들은 가만히 서 있고, 바람은 제 불고 싶은 대로 분다. 왜 그럴까, 바로 그 때문에, 에이 그 때문에, 에이 그놈의 칭다라다다 때문이다.

품스 패거리의 하나인 라인홀트는 지저분하고 우중충한 소굴 같은 방에 — 지저분한 방에, 왜 그럴까, 바로 그 때문에, 우중충한 방, 왜 그럴까, 바로 칭다라다다 때문에 — 앉아 있다. 군인들이 시가를 행진하면 아가씨들은 창문과 문밖으로 내다본다, 그는 신문을 읽고 있다, 왼발 오른발, 왼발 오른발, 나를 향한 것일까, 너를 향한 것일까, 그가 읽는 내용은 올림픽 경기에 관한 기사다, 하나 둘, 그리고 호박씨는 촌충 구제에 효능이 있다는 것을 읽는다. 그는 더듬거리지 않기 위해서 아주 천천히, 큰 소리로 읽는다. 혼자 있을 때는 그런대로 잘된다. 군인들이 시가를 행진하는 동안, 그는 호박씨에 관한 기사를 오려 낸다, 전에 촌충이 있었기 때문이고, 아직도 있을지 모른다, 똑같은 놈인지, 새로 생긴 놈인지, 옛날 것이 새끼를 친 것인지, 호박씨를 한번 먹어 봐야겠다, 껍질을 벗기지 말고 껍질째 먹어야 한다. 집들은 조용히 서 있고, 바람은 제 불고 싶은 대로 분다. 알텐부르크에서 열린 스카트 대회, 나는 카드놀이는 하지 않는다. 세계 일주, 경비는 주당 단돈 30페니히, 속이 보이는 뻔한 거짓말이다. 군인들이 시가를 행진할 때면 아가씨들은 창문과 문밖으로 내다본다, 왜 그럴까, 바로 그 때문에, 그놈의 붐다라다 붐 때문에. 문 두드리는 소리, 들어와요!

벌떡 일어나라, 행진하라, 행진하라. 라인홀트는 순간적으로 주머니 속의 권총을 잡는다. 총알 하나가 날아왔지, 나를 향한 것인가, 너를 향한 것인가, 그것은 전우를 쓰러뜨렸고, 전우는 내 발아래 쓰러져 있다, 마치 내 몸의 일부인 것처럼, 마치 내 몸의 일부인 것처럼. 눈앞에 그 녀석이 서 있다. 프란츠 비버코프. 팔 한쪽이 없는 상이군인의 모습을 하고, 저 자식이 술에 취했나, 아닌가. 움직이기만 하면 나는 쏘아서 고꾸라뜨려 버릴 것이다.

"누가 자네를 들여보냈나?" "네 주인집 아주머니." 선제공격, 선제공격을 하는 거야. "망할 여편네, 그 여자가 미쳤나?" 라인홀트는 문 쪽으로 걸어간다. "티취 부인! 티취 부인! 이게 어떻게 된 거요? 내가 집에 있다고 했소, 없다고 했소? 내가 '집에 없다' 고 말하면, 나는 집에 없는 거요." "죄송해요, 라인홀트 씨, 아무도 나한테 언질을 주지 않았어요." "집에 없다고 하면 없는 거요, 젠장. 그럴 때는 아무도 들여보내지 말라고요." "아마도 우리 딸년한테 말했나 보네요. 그 아이가 아래층에 와서는 아무 말도 전해 주지 않아서."

그는 권총을 잡은 채로 문을 쾅 하고 닫는다. 군인들. "나한테 무슨 볼일이 있는 거야? 우리가 서로에게 용건이라도 있나?" 그는 더듬거린다. 저 프란츠는 어떤 프란츠일까? 그것은 곧 알게 되겠지. 저 녀석은 얼마 전 차에 치여 한쪽 팔을 잃었다. 그 전만 해도 그는 진실한 남자였다, 그것은 맹세할 수 있다, 그런데 지금은 창녀의 기둥서방이 되어 있다, 그게 누구 탓인지는 한번 따져 보자. 북 치는 소리, 대대 정렬, 이제 그가 저기에 서 있다. "이봐, 라인홀트, 자네는 권총을 들고 있군." "그래서?" "그걸로 어쩌려고? 뭘 어쩌려고?" "나야, 아무 짓도 안 해!" "그렇다면 어서 치우지." 라인홀트는 권총을 앞쪽 테이블에 내려놓는다. "용건이 뭐야?" 저 자식이 저기 서 있다, 바로 저 자식이야, 건물 입구에서 내게 주먹을 날리고, 달리는 차에서 나를 밖으로 내던진 녀석이야, 그 일이 있기 전에는 내게 아무런 문제도 없었어, 칠리도 있었고, 나는 계단을 내려갔지. 그때의 일이 모두 떠오른다. 호수 위에 떠 있던 달, 그날 밤 휘영청 밝았던 달빛, 종소리. 지금 저 녀석은 권총을 갖고 있다.

"이리로 앉지, 프란츠, 술을 좀 마신 모양이지?" 저렇게 멍청하게 쳐다보는 꼴이 꽤나 퍼마신 것 같군, 저 녀석은 아마 술을 끊지 못할 거야. 그럴 거야, 저 녀석은 취한 게 분명해, 하지만 나한테는 권총이 있어. 아이! 그놈의 칭다라다 붐다라다 붐 때문이다. 그때 프란츠가 자리에 앉는다. 그리고 앉아 있다. 휘영청 밝은 달빛, 호수 전체가 번쩍인다. 지금 그는 라인홀트의 집에 와 있다. 바로 그가 여자들 문제로 도와주었던 녀석이고, 그에게 여자를 하나씩 넘겨주었던 녀석이다. 그리고 한마디 언질도 주지 않고 그로 하여금 망을 보게 했던 녀석이다. 지금 나는 창녀의 기둥서방, 하지만 앞으로 미체에게 무슨 일이 있을지 아무도 알 수 없다는 것, 이것이 현재의 상황이다. 그러나 이건 다 생각 속의 일이다. 현재 실제로 일어나고 있는 일은 단 한 가지, 라인홀트, 라인홀트가 저기 앉아 있다는 것이다.

"그냥 자네를 한 번 보고 싶었어, 라인홀트." 내가 원한 것은 바로 그거다, 저 녀석을 한 번 보는 것, 그것만으로 충분하다, 그래서 우리는 이곳에 함께 앉아 있다. "혹시 날 협박이라도 하겠다는 거야, 그때의 일 때문에? 안 그런가?" 가만히 버티는 거다, 꿈쩍도 하지 않고. 이 녀석아, 곧장 앞으로 행진하는 거야, 저런 수류탄 몇 개쯤이야. "협박하려는 거군. 그래, 도대체 얼마를 원해? 내겐 무기가 있어. 자네가 기둥서방질을 하고 있다는 것쯤은 다 알아." "그래, 나는 기둥서방이야. 한쪽 팔만 가지고 뭘 할 수 있겠어?" "그래, 원하는 게 뭐야?" "아무것도 없어, 아무것도." 똑바로 앉아, 긴장을 늦추지 마라, 저 녀석은 라인홀트야, 저런 식으로 빈틈을 노리는 거야, 녀석한테 당하지 않도록 조심해.

그러나 프란츠는 벌써부터 부들부들 떨고 있다. 옛날에 세 왕이 있었는데, 그들은 동방에서 왔고, 유향을 싣고 와서는 그것을 흔들고 또 흔들었다.* 그들은 연기로 사람을 뒤덮는다. 라인홀트는 곰곰이 생각한다. 이 녀석이 술에 취했으면 곧 돌아갈 것이고 그러면 아무 일도 없을 거야, 아니면 녀석은 뭔가를 바라는 거야. 그래, 이 녀석은 뭔가 원하는 거야, 그게 뭘까, 협박을 하려는 게 아니라면 도대체 뭘까. 라인홀트는 화주를 내오며 계속 생각한다. 이걸로 프란츠 녀석의 마음을 떠봐야겠어. 다만 헤르베르트가 우리를 끝장내려고 염탐차 녀석을 보낸 게 아니면 좋겠어. 라인홀트는 파란색 술잔 두 개를 테이블에 놓으면서 순간 프란츠가 떨고 있는 것을 본다. 달, 하얀 달, 달은 눈부신 빛을 뿌리며 호수 위에 높이 떠 있다, 아무도 그것을 쳐다볼 수가 없다, 눈이 너무 부시다, 내가 왜 이러는 걸까. 저것 봐, 저 녀석은 아무것도 할 수 없어. 저 녀석이 몸은 꼿꼿이 세우고 있지만 사실 아무 짓도 할 수 없어. 라인홀트는 속으로 기뻐하면서 테이블 위에 있던 권총을 천천히 집어 주머니에 넣고서 술을 따른 뒤 다시 살핀다. 저 녀석이 손을 떨고 있군, 수전증에 걸린 모양이야, 머저리 같은 자식, 허풍쟁이, 녀석은 권총을 보고 겁을 먹었거나 내가 무서운 거야, 나는 아무 짓도 하지 않는데. 라인홀트는 아주 침착하고 부드러운 태도를 보인다. 저 녀석이 떠는 것을 보니 기분이 좋군, 아냐, 녀석은 취한 게 아냐, 프란츠, 녀석은 무서워하고 있을 뿐이야, 저러다가 뻗어 버리겠어, 바지 속으로라도 기어 들어갈 기색이야, 사실은 내 앞에서 허풍을 떨고 싶었을 텐데.

그리고 라인홀트는 마치 우리가 어제 만나기라도 한 것처럼 칠리 이야기를 시작한다. 그 여자는 내게 와서 다시 몇 주일 지냈어, 그래, 그런 일도 있어, 나는 한 여자를 몇 달 안 보면 나중에 가서 다시 갖고 싶어지거든, 일종의 재연 같은 거지, 웃기는 일이야. 그러더니 그는 담배 몇 개와 음란한 그림 한 뭉치, 그리고 사진 몇 장도 가져오는데, 거기에는 칠리와 라인홀트가 같이 찍은 사진도 있다.

프란츠는 아무 말도 하지 못한다, 그는 줄곧 라인홀트의 손만 바라볼 뿐이다, 저 녀석은 두 손, 두 팔을 갖고 있다, 그 자신은 하나밖에 없다, 라인홀트는 그 두 손으로 그를 자동차 밖으로 내던졌던 것이다, 아 무엇 때문에, 아 바로 그 때문에, 내가 저 녀석을 때려죽여야 해, 아 그놈의 칭다라다 때문에. 헤르베르트는 때려죽여야 한다고 생각하지만, 내 생각은 전혀 그렇지가 않아, 도대체 나는 어떤 생각을 하는 걸까. 나는 아무것도 할 수 없다, 정말 아무것도 할 수 없어. 그래도 뭔가를 해야 해, 또 하고자 했잖아, 아 그놈의 칭다라다 붐다라다 때문에. 나는 남자도 아니야, 겁 많은 바보일 뿐이야. 그는 몸을 잔뜩 웅크리고 다시 부르르 떨기 시작한다, 그는 코냑을 한 잔 들이켠다, 또 한 잔, 그러나 아무 소용 없다. 그때 라인홀트가 낮고 부드러운 목소리로 말한다. "나는 말이야, 프란츠, 자네의 그 상처를 한번 보고 싶어." 에이 그놈의 칭다라다 붐다라다 때문이다. 그러자 프란츠 비버코프는 — 그는 바로 그런 위인이다 — 재킷을 열어 셔츠 소매 안쪽의 그루터기를 보여준다, 라인홀트는 인상을 찌푸린다. 아주 역겨운 모습이야. 프란츠가 재킷을 여미면서 말한다. "전에는 더 흉측했지."

그러자 라인홀트는 다시 프란츠를 바라보는데, 프란츠는 아무 말도 하지 않고 아무것도 할 수 없다. 돼지처럼 살이 쪄서 입을 열 수가 없다. 라인홀트는 히죽히죽 웃기만 한다, 웃음을 멈출 수 없다.

"이봐, 옷소매를 늘 주머니에 넣고 다니는 거야? 자네가 매번 집어넣나, 아니면 아예 꿰맨 거야?" "아냐, 내가 항상 주머니에 집어넣지." "다른 쪽 손으로? 흠, 옷을 입기 전에 하겠군." "뭐, 때에 따라 달라. 재킷을 입고 나면 사실 잘 안 되기는 하지."

라인홀트는 프란츠 옆으로 가서 소매를 당겨 본다. "그런데 오른쪽 주머니에는 아무것도 넣지 않도록 주의해야겠어. 거기에 뭘 넣었다간 쉽게 소매치기를 당할 수 있겠어." "나야 그런 일 없어." 라인홀트는 여전히 그것에 대해 생각한다. "그런데 두꺼운 외투를 입을 때는 어떻게 하나, 상당히 불편할 것 같은데. 텅 빈 소매가 두 개라서." "지금은 여름이잖아. 그거야 겨울이 되었을 때의 일이지." "그럼 앞으로 겪어야겠어, 상당히 불편할 것 같아. 의수를 하나 구입하는 것은 어때, 다리를 잃은 사람은 의족을 달고 다니잖아." "그렇게 안 하면 못 걸어 다니기 때문이겠지." "자네도 의수를 달면 보기도 나을 거야." "아냐, 불편하기만 하지." "나라면 하나 구입하겠어. 아니면 소매에 뭘 채워 넣든가. 자, 한번 해 보세." "뭣하러 그 짓을, 난 됐어, 이 친구야." "그러면 그렇게 소매를 덜렁덜렁하며 다니지 않아도 돼, 보기도 훨씬 좋고 사람들 눈에도 안 띄고 말이야." "그게 무슨 소용인가? 난 싫어." "이리 와 봐, 나무는 안 좋을 것 같고, 여기 긴 양말이나 셔츠를 넣어 보자고, 자."

그러면서 라인홀트는 바로 일을 시작한다, 그는 텅 빈 소매를 끄집어내 안쪽을 잡고서 서랍장으로 가서 긴 양말들과 손수건 따위로 속을 채워 넣는다. 프란츠는 안 하겠다고 버틴다. "아니, 왜 그러는 거야? 버팀목도 없이 그러면 꼭 소시지 같잖은가. 에이, 그만두게." "아니, 이건 재단사한테 부탁해야겠어, 팽팽하게 펴면 훨씬 보기가 좋을 거야, 그러면 불구자의 꼴을 하고 돌아다닐 필요 없어, 손만 주머니에 찔러 넣으면 되는 거야." 긴 양말들이 다시 밖으로 쏟아진다. "그래, 이건 재단사가 할 일이야. 그런데 나는 불구자를 보면 못 참아, 내 눈에는 불구자는 아무짝에도 쓸모없는 인간이거든, 그래서 불구자를 보면 이런 말이 튀어나오지. 에라, 차라리 당장 뒈져라."

프란츠는 그의 말을 계속 듣기만 한다, 그러면서 몇 번이나 고개를 끄덕인다. 그리고 자신의 의지와는 상관없이 다시 몸을 떨기 시작한다. 그는 알렉산더 광장 어딘가 주거침입 현장에 와 있고, 모든 것이 그에게서 빠져나간다, 아마도 예전의 그 사고 때문에 그런 것 같다, 그의 신경이 문제다, 일단 두고 보자, 그런데 뭔가가 그를 계속 잡아 뜯고 부들부들 떨게 한다. 자리에서 일어나, 출발, 계단을 내려가는 거야, 안녕, 라인홀트, 나는 도망쳐야 해, 발을 맞추어, 오른발, 왼발, 오른발, 왼발, 칭다라다.

이리하여 뚱보 프란츠 비버코프는 집에 도착한다, 방금까지 라인홀트의 집에 있다가 오는 길이다, 그의 손과 발은 여전히 떨고 있다, 입에 물고 있던 담배가 떨어진다. 위층의 그의 방에서는 미체가 신사 친구와 함께 앉아서 프란츠가 오기를 기다리고 있었다, 그녀는 애인과 이틀 동안 어디로 여행을 갈 거라고 한다.

그는 그녀를 한쪽 편으로 데려간다. "네가 나를 이렇게 대하는 거야?" "그럼 어떻게 해요, 프란츠? 제발 프란츠, 왜 그래요?" "아무것도 아니야, 당장 꺼져." "오늘 밤 안으로 돌아올게요." "당장 꺼지라니까!" 그는 울부짖다시피 고함을 지른다. 그녀는 애인 쪽을 슬쩍 쳐다보더니 프란츠의 목에 재빨리 키스를 하고 밖으로 나간다. 아래로 내려간 그녀는 에바에게 전화를 한다. "시간 되면 프란츠에게 좀 들러 주세요. 그에게 무슨 일이 있는 건지 모르겠어요. 제발 한번 들러 주세요." 그러나 에바는 그렇게 할 형편이 못된다, 헤르베르트가 온종일 그녀를 붙잡고 욕을 퍼부어 대서 그녀는 빠져나갈 수가 없다.

그동안 우리의 프란츠 비버코프는, 코브라이자 강철의 용사는 혼자 앉아, 완전히 혼자가 되어 앉아 있고, 창가에 앉아 손으로 창턱을 움켜잡으면서 라인홀트의 집에 찾아간 것이 헛수고, 참으로 멍청한 행동이 아니었는지 곰곰이 생각해 본다. 그것은 악마에게 내던져야 할 어리석기 짝이 없는 짓이야, 멍청한 짓을 한 거야, 군인들은 시가를 행진한다, 아무래도 헛된 짓, 미친 짓이야, 나는 밖으로 나가야 하고, 다른 방도를 찾아야겠어. 그러면서 그는 또 생각한다. 아무튼 나는 해야 해, 그 녀석에게 다시 가 봐야겠어, 계속 이렇게 두고 볼 수는 없어, 녀석은 나를 모욕했어, 내 옷소매 속에 잡동사니를 채워 넣었어, 그것은 누구한테 말할 수도 없는 거야, 나는 그런 수모를 당했어.

프란츠는 머리를 창문턱에 박고서 몸을 잔뜩 웅크린다, 그는 수치심을 느낀다, 너무나 창피하다. 내가 그렇게밖에 못하다니, 그런 수모를 당하고만 있다니, 나는 정말 멍청한 바보야, 그 녀석 앞에서 발발 떨다니. 그러자 치욕감은 더 커지고 더욱 강렬해진다. 프란츠는 분해서 이를 박박 간다, 자기 몸을 찢어발길 것만 같다. 그렇게 하려고 한 게 아니었어, 내 비록 팔이 한쪽밖에 없지만 난 겁쟁이가 아니라고.

나는 그 녀석에게 다시 가야 해. 그러면서 기진해 뻗어 버린다. 프란츠가 다시 정신을 차리고 의자에서 일어났을 때는 이미 저녁이다. 방 안을 둘러보는데, 화주가 눈에 띈다, 미체가 갖다 놓은 것이다. 나는 저것을 마시지 않겠어. 나는 수치를 당하고 싶지 않아. 프란츠의 본모습을 보여 주마. 나는 그 녀석에게 다시 가는 거야. 우르르 쿵쿵, 대포들, 나팔 소리. 전진, 아래로 내려가, 재킷을 입어, 그 녀석이 이 옷소매에 잡동사니를 채우려 했지, 나는 그 녀석 앞에 당당히 앉을 거야, 이번에는 눈 하나 깜박하지 않을 거야.

베를린! 베를린! 베를린! 해저에서 일어난 비극, 잠수함 침몰. 승조원 전원 질식. 그들이 질식했다면 이미 죽은 것이다, 이제 아무도 그것에 대해 신경 쓰지 않을 것이며, 그것은 지나간 일, 다 끝난 일, 덮어 버리는 거다. 행진, 행진. 두 대의 군용기 추락. 그들은 하늘에서 떨어진 것이고, 그렇다면 죽은 것이며, 아무도 그것에 대해 신경 쓰지 않을 것이다, 죽었다면 죽은 것이니까.

"좋은 저녁, 라인홀트, 자, 내가 다시 왔네." 라인홀트는 프란츠를 물끄러미 바라본다. "누가 들여보냈지?" "나를? 아무도. 문이 열려 있어서 그냥 들어온 거야." "그래, 초인종도 누를 줄 모르나." "자네 보러 오는데 무슨 초인종을 누르나, 술도 안 취했는데."

그렇게 해서 두 사람은 마주 앉아 담배를 피운다. 프란츠는 이번에는 떨지 않고 꼿꼿한 자세로 앉아 살아 있음에 기뻐한다, 오늘은 그가 자동차 밑에 깔린 이후 최고의 날이다, 그날 밤 그 일을 당한 뒤로 그가 한 일들 중에서 오늘 일이 가장 멋지다. 이곳에 와서 이렇게 앉아 있다니 정말 통쾌한 일이다. 이것은 어떤 집회보다도 좋고, 미체보다도 더 나은 것 같다. 그래, 무엇보다 멋진 일은, 저 녀석이 나를 어쩌지 못한다는 것이다.

저녁 8시 무렵, 라인홀트는 프란츠의 얼굴을 빤히 쳐다본다. "프란츠, 우리 둘 사이에 청산해야 할 일이 뭔지는 자네도 알겠지. 자, 내게 원하는 것이 있으면 솔직하게 털어놓게." "자네하고 청산할 게 뭐가 있겠어?" "그 자동차 건 말이야." "다 쓸데없는 일이야, 그런다고 내 팔이 다시 자라나는 것도 아니지. 그리고 또……." 프란츠는 주먹으로 식탁을 친다. "차라리 잘된 일이야.

난 그런 식으로 계속 살아갈 수 없었던 거야. 언젠가 일어날 일이 일어난 것일 뿐이야."

허허, 드디어 여기까지 이르렀군, 먼 길을 거쳐 여기까지 왔어. 라인홀트는 슬쩍 프란츠의 심중을 떠 본다. "혹시 자넨 그 길거리에서 장사하는 것을 말하는 거야?" "물론 그것도 있지. 그런데 나는 그때 머리가 정상이 아니었어. 그래, 이젠 다 지나간 일이야." "그리고 팔도 없어졌지." "그래도 한쪽 팔은 그대로 있어, 머리도 남아 있고, 두 다리도 멀쩡하다고." "요즘은 뭘 하고 지내나? 혼자서 일하나, 아니면 헤르베르트와 같이 하나?" "팔 하나로? 이런 꼴로는 아무것도 못하지." "그렇다고 창녀의 기둥서방으로만 사는 것도 지겨울 텐데."

라인홀트는 뚱뚱하면서도 튼튼한 모습으로 앉아 있는 프란츠의 모습을 바라보며 생각에 잠긴다. 녀석을 좀 골려 줘야겠어. 저 건방지게 앉아 있는 꼴 좀 봐. 저 녀석의 뼈를 분질러 놓아야겠어. 한쪽 팔만으로는 부족한 모양이야.

그들은 여자 이야기를 시작한다. 프란츠는 미체 이야기를 꺼낸다, 전에는 소냐라고 불렀는데, 돈도 잘 벌고 얌전한 아가씨라고. 그러자 라인홀트는 생각한다. 옳거니, 녀석한테서 그 계집애를 빼앗아야지, 그런 다음 녀석을 완전히 골로 보내는 거야.

지렁이들은 흙을 파먹고 다시 뒤로 흙을 싸는 짓을 반복하면서도 또다시 흙을 먹는다. 짐승들도 별로 나을 바가 없는데, 오늘 배를 가득 채워 줘도 내일이면 다시 달려들어 먹는다. 사람은 불의 경우와 마찬가지다. 불은 타고 있는 동안은 뭔가를 삼켜야 하고, 더 삼키지 않으면 꺼져 버린다, 꺼질 수밖에 없다.

프란츠 비버코프는 자신이 대견스럽다, 떨지도 않고 아주 자연스럽게, 갓 태어난 아이처럼 행복한 모습으로 거기 앉아 있는 자신이 말이다. 라인홀트와 함께 계단을 내려갈 때도 그는 그런 느낌을 다시 받는다. 군인들이 시가를 행진할 때면 오른발 왼발, 살아 있다는 것은 멋진 일이야, 여기 있는 사람들은 다 내 친구들이다, 이곳에서는 아무도 나를 내던지지 않아, 누구든 해볼 테면 해보라고. 에이, 무엇 때문에, 에이 바로 그 때문에, 소녀들은 창문턱과 문간에서 내다본다.

"나는 춤이나 추러 가겠네." 프란츠가 라인홀트에게 말한다. 라인홀트가 묻는다. "미체도 같이 가나?" "아니, 그 아가씨는 신사 친구와 이틀 예정으로 여행을 떠났어." "그녀가 돌아오면 나도 같이 가고 싶네." "그럼, 그럼, 그 아가씨도 기뻐할 거야." "정말 그럴까?" "분명히 말하지만, 자네를 물어뜯지는 않을 거야."

프란츠는 기분이 날아갈 것만 같다, 그는 새로 태어난 신생아, 행복한 아이가 되어 밤새도록 춤을 추었다, 처음에는 옛 무도장에서, 나중에는 헤르베르트의 집 근처 술집에서 추었다. 사람들은 그를 보며 즐거워했지만, 그는 그 자신이 아주 만족스러웠다. 그리고 에바와 춤을 추는 동안, 그가 마음속에서 가장 사랑한다고 느끼는 두 사람이 있다. 한 사람은 지금 그곳에 없는 것이 못내 아쉬운 여자 미체이고, 다른 한 사람은 바로 라인홀트다. 그러나 그는 그것을 입 밖에 내지는 않는다. 아주 멋진 밤을 보내며 그는 이 여자, 저 여자와 돌아가며 춤을 추면서도 그곳에 없는 그 두 사람만을 사랑한다, 그리고 그들을 생각하며 행복해한다.

테이블 위에 놓여 있는 주먹

여기까지 읽은 독자는 누구나 이야기에 방향 전환이 이루어졌음을 알 수 있을 것이다. 그것은 거꾸로 돌아가는 방향 전환이다, 프란츠의 경우 그러한 전환은 끝났다. 강한 남자, 프란츠 비버코프, 이 코브라가 다시 무대에 등장했다. 쉽지 않은 일이었지만, 그는 마침내 다시 나타났다.

미체의 기둥서방이 되어 금제 담배 상자를 들고 조정 모임의 모자를 쓰고서 자유롭게 돌아다닐 때, 그는 이미 이런 등장을 시작했던 것으로 보인다. 그러나 그가 환호성을 지르고 더 이상 두려움도 갖고 있지 않은 지금에야 그는 정말로 무대 전면에 등장한 것이다. 그의 눈에 이제는 지붕들도 흔들리지 않고, 그리고 그의 팔은, 그렇다, 이 모든 것은 그의 팔 덕분이다. 머릿속의 혼란도 다행히 말끔히 사라졌다. 그는 현재는 창녀의 기둥서방이고 앞으로는 다시 범죄자가 될 것이다. 하지만 이 모든 것은 그에게 더 이상 고통을 주지 않는다, 오히려 그 반대다.

그리고 모든 것은 처음 그대로이다. 그러나 우리가 분명히 알 수 있듯이 그는 예전의 그 코브라가 아니다. 예전에 우리가 알던 그 프란츠 비버코프가 아님은 분명하다. 처음에는 자신의 친구 뤼더스에게 배신을 당해서 균형을 잃고 나뒹굴었다. 두 번째는 절도 현장에서 망을 보는 역할을 맡았으나 거절하는 바람에 라인홀트에 의해 자동차 밖으로 던져져 차에 치였다. 그 정도면 프란츠는 충분히 당했다. 보통 사람이라면 이 정도로도 충분할 것이다. 그런데 그는 수도원으로 들어가지도 않고, 자신을 망가뜨리지도 않으며 전쟁의 길로 나선다. 그는 기둥서방에 범죄자일 뿐만 아니라 이제는 똑바로 전진만 하겠다고 한다. 이제 여러분은 혼자서 춤을 추거나 스스로에게 만족하고 자신의 인생을 즐기는 프란츠의 모습이 아니라, 춤추는 것 속에서, 즉 어떤 다른 것과 어울려 요란한 춤을 추는 가운데 그것이 얼마나 강한지를, 프란츠와 그것 중에서 누가 더 강한지를 보게 될 것이다.

프란츠 비버코프는 테겔 교도소에서 나와 다시 땅에 두 발을 딛고 섰을 때 큰 소리로 맹세했다. 난 진실하게 살겠다. 그런데 사람들은 그가 자신의 맹세를 지키지 못하게 만들었다. 이제 그는 아직도 무슨 할 말이 남았는지 알고자 한다. 그는 어째서 자신의 팔이 자동차에 치여 절단되어야 했는지 알고 싶어 한다. 그런 사나이의 머릿속이 어떨지는 알 도리가 없지만, 어쩌면 프란츠는 라인홀트한테서 자신의 팔을 돌려받으려 할지도 모른다.

제7권

이제 망치가 세차게 내리친다,

바로 프란츠 비버코프를 겨냥한 망치다.

푸시 울, 미국인의 물결,
빌마의 첫 철자는 W인가, V인가?

알렉산더 광장은 이런저런 공사로 무척 부산하다. 쾨니히 거리와 노이에 프리드리히 거리의 모퉁이에 위치한 살라만더 제화점 위쪽의 건물이 철거될 예정이고, 그 옆에 있는 건물은 벌써 철거 작업이 진행 중이다. 알렉산더 광장의 시내 전차 교각 아래쪽은 차량 통행이 더욱 힘들어질 전망이다. 철교의 교각을 가설하기 위해 새로운 기둥들을 세우고 있기 때문이다. 거기서 아래를 내려다보면 말끔하게 내벽으로 둘러싸인 수직 갱도가 보이고, 그곳에 기둥들이 발을 박고 서 있다.

시내 전차 정거장에 가려면 작은 나무 계단을 올라갔다가 다시 내려와야 한다. 베를린의 날씨는 아주 선선해졌고, 자주 소나기가 퍼붓는다. 그 때문에 자동차와 오토바이들이 많은 불편을 겪는다. 매일 몇 대씩 미끄러져 충돌하는 바람에 손해배상 청구 소송 등이 벌어지고 사람도 많이 다친다. 모두 날씨 탓이다. 여러분은 비행사 베제 아르님의 비극적인 운명을 아는가? 그는 오늘 범죄 수사관들의 심문을 받았다. 그는 늙어서 이용 가치가 없어진 퇴물 창녀 푸시 울의 집에서 총격 사건을 일으킨 장본인이다. 그 여자는 죽었다고 한다. 에드가 베제는 푸시 울의 집에서 총기를 난사했는데, 수사관들에 따르면 그는 특이한 인생을 살아왔다고 한다. 그는 전쟁 중에 1700미터 상공에서 격추를 당했고, 이때부터 비행사 베제 아르님의 비극적인 운명이 시작되는데, 1700미터 상공에서 추락한 후 결국 유산 상속까지도 사기를 당하고 가명을 쓴 채 교도소까지 간다. 하지만 이것으로 끝이 아니다. 추락한 후 집으로 돌아와 보니 보험 회사 지배인이 그의 돈을 착복한다. 그런데 그의 돈을 착복한 사람은 고등 사기꾼이었다, 그렇게 해서 돈은 아주 간단하게 비행사에게서 사기꾼에게로 넘어갔고, 비행사는 무일푼이 되고 말았다.

그때부터 그는 자신의 이름을 베제 오클레르로 바꾼다. 그는 자신이 진창에 빠져 있었으므로 가족들 보기를 부끄러워했다. 이 모든 것은 오늘 수사관들이 경찰서에서 밝혀내 조서에 기록한 내용이다. 그리고 조서에는 그가 그때부터 범죄의 길로 들어섰다고 적혀 있다. 한때 그는 2년 6개월을 교도소에서 보내야 했는데, 당시 크라흐토빌이라는 가명을 썼기 때문에 나중에는 폴란드로 추방당했다. 그 후 저 지저분하고 내막을 파악하기 어려운 푸시 울 사건이 베를린에서 일어난 것으로 보인다. 이 푸시 울이라는 여자는 여기서 언급하고 싶지 않은 특별한 의식과 함께 그에게 '폰 아르님' 이라는 이름을 붙여 주었고, 따라서 이후 그가 저지른 범죄는 모두 '폰 아르님' 이라는 이름으로 저지른 것이다. 이리하여 1928년 8월 14일 화요일, 폰 아르님은 푸시 울의 몸뚱어리에 총알을 한 방 박아 버렸는데, 범행 동기와 방법에 대해 이 불한당은 굳게 입을 다물고 있다. 그런 자들은 사형 집행관들 앞에서도 비밀을 누설하지 않는다. 그런 그들이 무엇 때문에 자신들의 적인 수사관들에게 그것을 알려 주겠는가? 알려진 것은 다만 하인이라는 권투 선수가 그 사건에서 한몫을 했다는 것이고, 인간의 본성을 잘 안다고 자처하는 사람들은 그것이 치정극이었을 것으로 잘못 추론한다.

나는 이 사건이 질투와는 아무 관련이 없다고 장담한다. 질투가 개입되었다 해도 그 질투의 원인은 돈과 관련이 있으며, 돈이 주된 동기일 것이다. 수사관들은 베제가 심적으로 완전히 넋이 나간 상태였다고 말하는데, 그것을 믿는 자는 복이 있을 것이다. 여러분은 내 말을 믿어도 좋은데, 그 친구가 정말 그런 상태였다면 그것은 이제 수사관들이 그의 뒷조사를 할 것이기 때문에, 그리고 그 자신이 늙은 갈보 푸시 울을 쏘아 죽였다는 사실에 화가 났기 때문에 허탈해하는 것이다. 왜냐하면 앞으로 살아갈 일이 막막하기 때문이다. 그는 그저 그 망할 계집이 죽지 않기만을 바랄 뿐이다. 이로써 우리는 1700미터 상공에서 격추당하고, 자신의 유산을 사기당하고, 가명을 쓴 채 감옥에 갇힌 한 비행사 베제 아르님의 비극적 운명에 대해 충분히 알게 되었다.

베를린을 방문하는 미국인들의 홍수는 멈출 줄을 모른다. 독일의 이 대도시를 찾아오는 수천의 사람들 중에는 공무나 개인 용무로 베를린을 찾는 저명인사도 많다. 국제 의원 연맹의 미국 대표단 수석 비서인 워싱턴 출신의 콜 박사가 이곳(에스플라나데 호텔)에 머물고 있으며, 그의 뒤를 이어 일주일 후에는 미국 상원 의원들이 베를린을 방문할 예정이다. 그리고 며칠 후에는 뉴욕 소방국의 존 케일런 국장이 베를린에 도착해 전 노동부 차관 데이비스처럼 아들론 호텔에 투숙할 예정이다.

런던으로부터는 세계 유대인 자유 종교 연합의 클로드 G. 몽테피오르 의장이 8월 18일부터 21일 사이에 열리는 베를린 회의 참

석차 이곳에 왔는데, 이번 여행에서 그를 보좌하는 직원 릴리 H. 몬테규 여사와 함께 에스플라나데 호텔에 묵고 있다.

날씨가 지독히 나쁘기 때문에 차라리 건물 안으로 들어가는 것이 좋다. 중앙시장 건물도 좋겠지만 그곳은 대단히 소란스럽다. 자칫하면 짐꾼들의 손수레에 부딪혀 넘어질 수도 있다. 그런데도 손수레 짐꾼들은 소리를 질러 경고도 하지 않는다. 그래서 차라리 차를 타고 침머 거리의 노동법원으로 가서 그곳에서 아침을 먹는 것이 낫다. 늘 별 볼일 없는 사람들만 상대해 온 사람은—아무리 봐도 프란츠 비버코프는 유명 인사는 절대 아니다— 한 번 차를 타고 서부 베를린으로 가서 그곳에서 벌어지는 일을 구경하는 것도 좋다.

노동법원 60호실, 간이식당. 그곳은 바와 커피포트가 있는 아주 작은 공간이고, 차림표에는 "점심 식사. 걸쭉한 쌀 수프, 쇠고기 롤 스테이크(순수 R식) 1마르크"라고 적혀 있다. 뿔테 안경을 낀 젊고 뚱뚱한 신사가 의자에 앉아 점심을 먹고 있다. 그의 모습을 보면 다음 사실을 알 수 있다. 그는 김이 모락모락 나는 쇠고기 롤과 소스와 감자가 담긴 접시를 앞에 놓고서 그것들을 차례로 삼키는 중이다. 그의 두 눈은 접시 위를 이리저리 오가는데, 그가 먹는 것을 빼앗아 먹을 사람은 없고 그의 근처에는 아무도 없으며 식탁에는 그 혼자만 앉아 있는데도 누가 빼앗아 먹기라도 할 것처럼 그는 음식을 잘라 눌러 다진 다음 얼른 입에 집어넣는다. 재빨리, 한 번, 또 한 번, 또 한 번, 또 한 번, 음식을 썰면서 입에 한 조각 집어넣고 또 빼고, 또 한 조각을 넣고 또 빼고 하는 작업을 한다. 또 자르고, 다지고, 삼키고, 냄새 맡아 보고, 맛을 보고, 꿀꺽 삼키는 동안 그의 두 눈은 접시 위의 점점 작아져 가는 음식물을 지켜

보고 주시한다, 마치 두 마리의 사나운 사냥개처럼 남은 음식 주위를 돌며 감시를 하고 남은 양을 재 본다. 다시 한 조각을 넣고, 또 뺀다. 마침표, 마침내 식사가 끝나고, 이제 그는 자리에서 일어난다, 나른하고 뚱뚱한 모습의 이 남자는 모든 것을 깨끗이 먹어 치웠고, 이제 계산할 순서다. 그는 상의 안주머니에 손을 넣어 뒤적거리며 입맛을 다신다. "아가씨, 여기 얼마요?" 그런 다음 그 뚱뚱한 남자는 밖으로 나가 숨을 헐떡이면서 배가 좀 편하도록 바지 멜빵을 느슨하게 풀어 놓는다. 그의 배에는 음식만 족히 3파운드가 들어가 있다. 이제 그의 배 속에서 어떤 일, 즉 노동이 시작되는데, 그가 집어넣은 것을 그의 배가 처리해야 하는 것이다. 장이 상하좌우로 꿈틀댄다, 마치 지렁이처럼 몸을 뒤집고 비튼다, 분비선들도 자신이 할 수 있는 일을 하는데, 집어넣은 음식물에 마치 소방대처럼 액을 끼얹는다, 위로부터는 침이 흘러내린다, 그가 침을 삼키면 그것은 장 속으로 스며들고, 그다음에는 뭔가가 콩팥으로 돌진한다, 마치 초여름 특판 행사 주간을 맞는 백화점 모습과 같다, 그리고 부드럽게, 부드럽게, 보라, 작은 물방울이 방광 속으로 한 방울, 한 방울 떨어지기 시작한다. 잠깐만, 이 친구야, 잠깐만, 너는 방금 왔던 길을 되돌아가 '신사용'이라고 적힌 문 앞에 설 것이다. 그것이 세상의 이치다.

문들 안쪽에서는 공판이 진행 중이다. 가정부 빌마, 이름의 첫 철자가 어떻게 되죠, 나는 V일 것이라 생각했는데, 음, 여기에는 이렇게 되어 있으니 W자로 해야겠어요. 그 여자는 매우 뻔뻔스러워졌고, 아주 불손한 태도를 보였어요. 어서 짐을 싸서 이 집에서 나가요, 우리 쪽에는 증인들이 있어요. 그래도 그녀는 말을 듣지 않더군요, 그러기에는 자존심이 너무 세요. 사흘의 차가 있긴 하지만 6일까지 일한 것으로 쳐서 10마르크를 지불할 용의가 있어요, 지금 아내가 병원에 있어요. 이의를 제기해도 좋아요, 아가씨, 쟁점이 되는 금액은 합해서 22마르크 75페니히지만, 나는 모든 것을 당하고만 있지 않겠다는 점을 분명히 말씀드리고 싶군요. "비열한 놈, 더러운 짐승." 내 아내가 다시 회복하면 소환해도 좋아요, 원고가 무례하게 행동한 것은 사실입니다. 당사자들은 다음의 합의에 이른다.

운전사 파프케와 영화 배급사 사장 빌헬름 토츠케. 이것은 무슨 사건인가, 방금 전 책상에 올라온 사건이다. 자, 기록하세요. 영화 배급업자 빌헬름 토츠케 본인이 출두함, 아니, 저는 다만 그의 위임장을 갖고 있을 뿐입니다, 좋아요, 그리고 상대편인 당신은 운전사로 일했죠, 비교적 짧은 기간이지만요, 나는 그 자동차와 충돌했습니다, 실마리가 될 만한 말을 좀 해 주세요, 그러니까 당신이 자동차를 몰다가 접촉 사고를 낸 거군요, 이에 대해 할 말 있나요? 지난 28일, 금요일이었습니다, 그는 빅토리아 거리에 있는 아드미랄 수영장으로 사장 부인을 모시러 가야 했지요, 당시 그가 만취 상태에 있었음은 사람들이 증언할 수 있어요. 그는 그 일대에서 술고래로 알려져 있거든요. 나는 질이 나쁜 맥주는 마시지 않아요. 그것은 독일제 자동차였는데, 수리비가 387마르크 20페니히 나왔습니다. 도대체 어떻게 충돌했나요? 순간적으로 차가 미끄러지는데 사륜 브레이크가 없어서 내 차의 앞바퀴가 상대 차의 뒷바퀴에 가서 부딪힌 것입니다. 당신은 그날 얼마나 마셨죠? 아침 식사 때도 좀 마신 것 같던데요. 저는 사장 집으로 갔어요, 그곳에서 식사를 하거든요, 사장님은 친절한 분이고, 직원들을 잘 챙겨 줍니다. 우리는 저 사람에게 배상 책임을 지우지는 않겠지만, 별도의 통고 없이 당장 해고했어요. 술에 취해서 그런 실책을 저지른 것이니까요. 당신 옷가지를 챙겨 가요, 그것들은 빅토리아

거리의 진창에 널려 있어요. 그리고 사장이 전화로 말했습니다, 저 녀석은 지독한 멍청이고, 녀석이 자동차를 그렇게 망가뜨렸다는 것이죠. 당신은 그런 소리를 들을 수 없었을 거요, 아니, 교양 없는 인간이 떠들 땐 당신의 전화기는 그렇게 큰 소리로 말하지요. 게다가 저 사람은 전화로 내가 예비용 타이어를 훔쳤다고 떠들더군요, 증인들의 진술을 들어 주시길 요청합니다. 나는 그럴 생각이 없어요, 당신들 쌍방이 모두 책임이 있어요, 사장은 저 사람 이름을 부르면서 멍청이니 건방진 자식이니 하는 말을 했습니다, 35마르크에 합의를 하시죠, 지금 시각이 11시 45분, 아직 시간은 있어요, 당신은 사장에게 전화를 해도 좋아요, 경우에 따라 사장이 12시 45분에 이곳에 출두해야 할 거요.

침머 거리 건물 아래층 문 앞에 아가씨가 하나 서 있는데, 마침 이곳을 지나가던 그녀는 우산을 들고 우체통에 편지를 집어넣는다. 편지에는 이렇게 적혀 있다. '사랑하는 페르디난트, 보내 주신 두 통의 편지는 고맙게 받았어요, 그런데 당신한테 정말 실망했어요, 당신이 그렇게 갑작스레 변할 것이라고는 생각지 못했거든요. 그래요, 이 사실은 당신도 인정해야 할 거예요, 우리가 굳은 인연을 맺기에는 아직 젊다는 것을 말이에요. 나는 당신도 결국 이해하리라고 믿어요. 당신은 내가 다른 여자와 별반 다르지 않다고 생각했겠지만, 잘못 생각하신 거예요. 아니면 당신은 내가 부유한 결혼 상대라고 생각했나요? 하지만 그것도 틀렸어요. 나는 노동자 집안의 여자에 불과해요. 이런 말씀을 드리는 것은 당신이 마음을 잘 정하도록 하기 위함이에요. 사실 우리의 일이 어떻게 될지 미리 알았더라면 이렇게 편지를 주고받는 일도 시작하지 않았을 거예요. 이제 제 마음을 아셨을 테니, 그것에 따라

당신 마음을 정하세요, 당신은 정말 자신의 진심이 무엇인지 알아야 해요. 안녕, 안나.'

같은 안채 건물의 어떤 집에서는 한 처녀가 부엌에 앉아 있다. 어머니는 장을 보러 나갔고, 그녀는 남몰래 일기를 쓰는데, 나이는 스물여섯이고, 직업은 없다. 지난 7월 10일에 쓴 일기는 다음과 같다. '어제 오후부터 다시 나아지고 있긴 하지만, 요즘은 좋은 날이 별로 없다. 내겐 속마음을 털어놓을 상대가 없다. 그래서 나는 모든 것을 기록하기로 결심했다. 생리가 시작되면 나는 아무것도 할 수가 없고, 사소한 일도 내게 큰 어려움을 안겨다 준다. 그럴 때는 눈에 들어오는 모든 것이 마음속에서 새로운 생각을 불러일으키고, 거기서 벗어날 수가 없다. 그러면 나는 극도로 흥분되어 도무지 아무것도 할 수가 없다. 내면의 큰 불안감이 나를 이리저리 몰아대 난 아무 일도 끝낼 수가 없다. 이를테면 아침에 눈을 떠도 잠자리에서 일어나기가 싫다. 그렇지만 일어나자고 자신을 다잡고, 스스로에게 용기를 불어넣는다. 그러나 옷을 입는 것조차 힘들고 시간도 꽤 걸리는데, 또다시 온갖 상념이 머릿속에 맴돌기 때문이다. 나는 혹시 내가 뭔가를 잘못해 화를 초래하는 게 아닐까 하는 생각으로 늘 괴롭다. 이따금 석탄 덩어리를 난로에 집어넣고서 불꽃이 튀어 오르는 것을 보면, 나는 깜짝 놀라며 혹시 불이 옮겨 붙지나 않았나, 혹시 불이 붙어 모든 것을 망치는 것은 아닌가, 혹시 내가 모르는 사이에 불꽃이 일면 어쩌나 하여 주변의 모든 것을 살펴보아야 한다. 온종일 그런 식이다. 내가 해야 하는 일이 모두 어렵게만 느껴지고, 좋든 싫든 그것을 해야 할 때면 빨리 끝내려고 아무리 애를 써도 시간만 흐를 뿐이다. 그렇게 하루가 어영부영 지나가고 한 일은 하나도 없다. 무슨 일을 할 때마다 생각에 빠져서 이런저런 고민만 하다 끝나기 때문이다. 아무리 노력을 해도 인생을 잘 헤쳐 나가지 못하니 나는 절망감에 빠져 엉엉 울 뿐이다. 나의 생리는 언제나 이런 식이다. 첫 생리를 겪은 것은 내 나이 열두 살 때였다. 나의 부모는 이 모든 것을 꾸며 낸 일이라고 생각했다. 스물네 살 때 나는 이런 상태가 견디기 힘들어 목숨을 끊으려 했다가 구조되었다. 그때까지만 해도 나는 섹스를 몰랐다, 그래서 섹스에 희망을 걸었지만, 유감스럽게도 아무 소용이 없었다. 나는 섹스를 해도 그냥 그랬다, 요즘에는 그런 것에 대해 더 이상 알고 싶지도 않다, 신체적으로 너무 허약해졌기 때문이다.

8월 14일. 일주일 전부터 몸이 아주 안 좋다. 이런 상태가 계속된다면 내가 어떻게 될지 알 수가 없다. 이 세상에 아는 사람이 아무도 없다면 아무 주저함 없이 가스 밸브를 틀어 버리겠지만, 엄마를 생각하면 그럴 수도 없다. 그러나 정말이지 큰 병이라도 앓게 되어 어서 죽기를 갈망한다. 나의 내면 상태가 어떤 모습인지를 그대로 적어 보았다.'*

결투가 시작되다! 비 내리는 날씨

그런데 무슨 까닭일까, (당신의 손에 키스를 해 드릴게요, 부인, 키스를 해 드릴게요.)* 무슨 까닭일까 한번 생각해 보자, 생각해 보자, 펠트 슬리퍼를 신은 헤르베르트는 자기 방에서 생각에 잠겨 있다, 밖에는 비가 내린다, 보슬비가 내리는데 그칠 줄을 모른다, 그래서 아래층으로 내려갈 수도 없다, 시가가 다 떨어졌는데, 그가 사는 건물에는 시가 판매상도 없다, 그런데 8월에 이렇게 비가 오는 것은 무슨 까닭일까, 빗줄기 속에서 한 달이 흘러간다, 아무것도 남기지 않고 덧없이 사라져 간다. 무슨 까닭에 프란츠는 라인홀트를 찾아가고 또 계속해서 그 녀석 이야기를 하는 것일까? (당신의 손에 키스를 해 드릴게요, 부인. 다른 사람도 아닌 지그리트 오네긴* 같은 여자도 자신의 노래로 사람들을 기쁘게 하여, 마침내 그 남자가 모든 것을 포기하고 자기 목숨까지 걸었고, 이로써 다시 목숨을 얻게 하였다.) 그 친구는 이유를 알겠지, 무슨 까닭에 그랬는지, 그 친구는 분명히 알고 있을 거야, 그런데 비가 하염없이 내리는군, 그 친구는 언젠가 여기로 찾아오겠지.

"어머, 뭐 그런 일로 그렇게 골똘히 생각해요? 기분 좀 내요, 헤르베르트, 그 사람은 달갑지 않은 정치에서 손 뗐잖아요. 라인홀트 그 사람이 그의 친구이기 때문이겠지, 어쩌면."

"뭐야, 에바, 그 녀석의 친구라고? 그런 생각은 그만둬, 아가씨. 내가 더 잘 알아. 프란츠는 그 녀석한테 뭔가 원하는 게 있어, 뭔가 원하는 게 있다고." (하지만 무슨 까닭에서일까, 판매는 주무 부서의 승인을 받는다, 따라서 가격은 적당한 것으로 볼 수 있다.) "그 친구는 뭔가 원하는 게 있어, 그가 원하는 게 뭘까, 왜 그 주변을 서성대면서 이런저런 말을 지껄여 대는 걸까. 그 친구는 저쪽에서 하나를 낚아보려는 속셈이야! 저쪽의 호의를 사려하고 있어, 조심해, 에바, 그 녀석은 그 안으로 들어가기만 하면 마구 쏘아 댈 거야, 어떤 일이 일어났는지는 아무도 모를 테니까."

"당신은 정말 그렇게 생각해?" "음, 그렇지 않기를 바라야지." 사태는 아주 분명하다, 당신의 손에 키스를 해 드릴게요, 부인, 비 한번 더럽게 오는군. "불을 보듯 뻔한 일이야, 이거, 너무나 분명해." "정말 그렇게 생각하는 거야, 헤르베르트? 자기 팔이 잘려 나가게 한 사람을 다시 찾아가다니, 내가 보기에도 좀 섬뜩한 느낌이야." "사태는 아주 분명한 거야! 그렇다니까!" 키스를 해 드릴게요.

"헤르베르트, 정말 우리는 그 사람한테 그 사실을 말하면 안 돼? 눈먼 사람처럼 아무것도 모르는 것처럼 해야 하는 거야?" "우리는 바보가 되는 거야, 사람들이 마음대로 갖고 노는 바보가 되는 거야." "그래요, 헤르베르트. 그 사람한테는 그게 좋겠어, 우리 그렇게 해요, 그렇게 해야겠어요. 그 사람은 정말 이해 못할 사람이야." 판매는 주무 부서의 승인을 받는다, 그렇게 해서 적당한 가격이 매겨진다, 하지만 무슨 까닭일까, 무슨 까닭일까, 곰곰이 생각해 보자, 생각해 보자, 이놈의 비.

"조심하라고, 에바, 우리는 입을 꼭 다물 수는 있지만 그래도 조심해야 해. 행여 품스 패거리가 냄새라도 맡으면 어떻게 되겠어, 안 그래?" "내 말이 그 말이야, 나도 방금 그런 생각을 했어, 맙소사, 그 사람은 어쩌자고 외팔을 해 가지고 그 인간을 찾아가는 건지." "그게 좋으니까 그러겠지. 우리는 다만 날카롭게 주시해야 해, 미체도 마찬가지야." "미체한테는 내가 말할 거야. 그런데 우리가 할 수 있는 일이 뭘까?" "그 녀석, 프란츠에게 눈을 떼지 않고 주시하는 거야." "미체의 나이 든 신사 친구가 그녀에게 시간을 좀 내주면 좋겠어." "그 늙은 녀석은 쫓아 버려야 해." "그 양반은 벌써 결혼 이야기까지 꺼내고 있는데." "하하하, 어이가 없군. 그래서 뭘 어떡하겠다는 거야? 그럼 프란츠는?" "웃기는 얘기야, 그 애는 그 늙은 양반이 무슨 말을 지껄이든 개의치 않아, 그 정도야 상관없지." "미체는 프란츠에게 좀 더 신경을 쓰는 게 좋겠어. 그는 지금 패거리 중에서 자기 사람을 찾고 있는 거야, 그런데 조심해, 어느 날 이곳에서 누군가 죽어 나갈 수도 있어." "제발, 헤르베르트, 그런 말 좀 그만해요!" "이봐, 에바, 그게 꼭 프란츠라는 말은 아니야. 아무튼 미체도 조심해야 해." "나도 그 사람한테 신경을 써야겠어. 정말이지, 이건 정치보다도 훨씬 고약하네."

"당신은 이해 못할 거야, 에바. 그런 것은 여자가 이해할 수 있는 게 아니지, 에바, 이제 프란츠가 시동을 건 거라고. 막 움직이기 시작한 거지."

당신의 손에 키스를 해 드릴게요, 부인, 그 남자는 목숨을 내놓고 목숨을 걸어서 목숨을 얻었노라, 올 8월은 유별나기도 해, 저것 좀 봐, 비가 억수로 내리잖아.

"녀석이 우리한테 와서 원하는 게 뭐야? 내가 말했지만 그는 미쳤어, 정말 멍청이야, 그래, 나는 그에게 말해 주었다고, 외팔을 해가지고 굳이 우리하고 일하겠다고 나선다고 말이야, 그랬더니 그 친구는." 품스가 말한다. "그래, 그 친구가 뭐라 하던가?" "뭐라고 했냐고? 그냥 히죽대며 웃는 거야, 바보 천치가 따로 없더군, 아마 그 일을 당하고서 맛이 갔나 봐. 처음엔 내가 뭘 잘못 들었나 했지. 그래서 물었지, 뭐야, 한 팔로 뭘 하겠다고? 그랬더니 녀석은 히죽 웃으면서 다른 쪽 팔은 힘이 충분하다는 거야, 나더러 한번 보라고 하더군, 무거운 것을 들어 올릴 수도 있고, 총도 쏠 수 있으며, 심지어 필요하다면 어디든 기어오를 수도 있다는 거야." "그게 정말이야?" "그러든 말든 나하고는 상관없어. 나는 녀석이 마음에 안 들어. 그런 녀석을 받겠다는 거야? 이보게, 품스, 우리는 그런 녀석의 도움은 필요 없다고. 녀석의 그 황소 같은 상판대기는 보기만 해도 역겨워, 아냐, 그만둬." "좋아, 자네 생각이 그렇다면. 나야 상관없다네. 이제 나는 가 봐야겠어, 라인홀트, 사다리를 구해야 하거든." "튼튼한 것이면 좋겠어, 쇠로 된 거나 접었다 폈다 할 수 있는 걸로. 베를린에서 구하지는 말고." "알았어." "그리고 도르래도. 함부르크나 라이프치히 것으로." "어떻게든 알아보겠네." "그 물건들을 이곳까지 어떻게 운반하지?" "그건 내게 맡기라고." "이미 말했지만 난 그 프란츠란 녀석은 안 데려갈 거야, 알겠나?" "라인홀트, 프란츠는 말이야, 우리한테 짐만 될 거야, 그 친구 때문에 신경 쓰기 싫으니까, 자네가 녀석하고 둘이서 상의하게." "잠깐만, 자네는 그 작자의 상판대기가 마음에 든다는 거야? 생각해 보라고. 내가 녀석을 차 밖으로 내던졌는데도 그 녀석은 곧장 나를 찾아온 거야, 내가 사는 위층까지, 나는 내 머리가 이상해졌나 생각했어, 녀석이 내 눈앞에 나타나 떡 버티고 있는 거야, 상상 좀 해 보라고, 그 바보 같은 녀석이 마구 떨면서 말이야. 그 멍청이 같은 녀석이 왜 내가 사는 곳까지 찾아오는 거냐고. 그러더니 히죽대면서 우리 일에 끼어 달라는 거야." "그러니까 녀석하고 타결을 보는 것은 자네가 알아서 하라고. 나는 이만 가 보겠네." "녀석이 어쩌면 우리를 밀고할 수도 있다고, 안 그래?" "그럴 수도 있어, 그럴 수 있다고. 그렇다면 자네는 그 녀석을 멀리하는 게 좋겠어, 그게 상책이야. 자, 잘 있게." "그 녀석이 우리를 불어 버릴 수 있어. 혹은 컴컴한 곳에서 우리 중 한 명을 쏴 죽일 수도 있다고." "잘 있게, 라인홀트. 나는 가 봐야겠어. 사다리를 구해야 한다고."

멍청한 자식, 그 비버코프라는 놈은 나한테서 뭔가를 노리고 있어. 그래서 겉으로 위선적인 행동을 하는 거야. 녀석은 나를 상대로 뭘 해 보겠다는 걸까. 하지만 내가 두 손 놓고 그냥 당할 거라 생각한다면 그건 오산이지. 발로 차서 너를 고꾸라뜨릴 거야. 화주, 화주, 화주, 독한 술은 손을 따스하게 해 주지, 아주 좋은 거야. 파울라 이모는 침대에 누워 토마토를 먹고 있네. 친구가 꼭 그렇게 해 보라고 권한 모양이라네.* 녀석은 내가 자기를 보살펴 줘야 한다고 생각하는 모양인데, 우리는 상이군인을 위한 보험 회사가 아니라고. 한쪽 팔밖에 없으면 가서 배급표나 받으면 될 거 아니야. (그는 방 안을 서성이다가 꽃을 들여다본다.) 화분이군, 화분이 생기면 저 아주머니는 매달 첫날 덤으로 2마르크를 받으니 화분에 물을 줄 수 있을 텐데, 그런데 이게 뭐야, 순전히 모래뿐이잖아. 이런 멍청한 밥통, 게으름뱅이, 돈만 삼키는 여자야. 언제 한번 제대로 따져야겠어. 화주나 한 잔 더 마시자. 이건 내가 그 녀석한테서 배운 것이지. 어쩌면 그 못난 녀석을 데려가야 할지도 몰라, 기다려 보라고, 네가 정 원한다면 그렇게 해 줄 수도 있지. 녀석은 내가 자기를 두려워한다고 생각하나 보지. 그런 생각을 하는 모양인데, 어림도 없지, 이 멍청아. 올 테면 와 보라고. 녀석은 돈이 필요한 게 아냐, 내 앞에서 그런 핑계를 내세울 필요는 없지, 녀석한테는 미체도 있고, 그 능청맞은 애송이도 아직 있어, 건방진 헤르베르트, 그 더러운 자식 말이야, 그 녀석이 돼지우리 한가운데 앉아 있는 꼴은 가관이야. 내 부츠가 어디 있지, 녀석의 발목쟁이를 밟아서 부러뜨릴까 보다. 어서 와라, 내 가슴에 와서 안겨라, 귀여운 친구, 참회의 의자로, 나한테는 참회의 의자가 있으니 언제든 와서 참회를 할 수 있지.

그는 발을 질질 끌며 방 안을 서성이다가 손가락으로 화분들을 톡톡 두드린다. 2마르크를 더 주는데도 아줌마는 물 한번 제대로 안 주는구나. 참회의 의자로 오라, 이 친구야, 자네가 오겠다면 잘된 일이야. 구세군에게로 가자, 내가 그곳으로 저 녀석을 한번 데려갈 거야, 저 녀석은 드레스덴 거리로 가야 해, 거기서 참회의 의자에 앉아야 해, 크고 음험한 눈을 가진 돼지 새끼, 기둥서방, 짐승 같은 자식, 그래, 영락없이 짐승이야, 그 자식은 앞쪽 참회의 의자에 앉아 기도를 할 거야, 그러면 나는 그것을 구경하는 거야, 정말 배꼽을 잡고 웃을 일이다.

그리고 그 프란츠 비버코프 녀석이 참회의 의자에 앉아서는 안 된다는 법이라도 있는가? 참회의 의자는 그가 앉을 자리가 아니라는 것인가? 누가 그런 말을 하는 거야?

구세군에 대해 무슨 할 말이 있다는 거야, 아니, 그것도 라인홀트가, 다른 사람도 아닌 라인홀트가 구세군에 대해 불손한 태도를 보이다니, 이 녀석 자신도 한 번, 내가 무슨 말을 하는 거야, 더 자주, 적어도 다섯 번이나 구세군을 찾아 드레스덴 거리로 달려갔었지, 그때 그는 어떤 상태였는가, 그런데 그들은 그를 도와주었다. 그래, 혀가 목에서 튀어나올 정도로 괴로워하던 그를 사람들이 구해 준 것이다, 물론 이런 망나니가 되라고 그렇게 해 준 것은 아니었다.

할렐루야, 할렐루야, 프란츠는 벌써 그것을 체험했다, 그 노래와 외침을. 칼이 그의 목을 건드렸다, 프란츠, 할렐루야. 그는 목을 내민다, 그는 자신의 목숨, 자신의 피를 찾고자 한다. 나의 피, 내 안에 있던 것이 마침내 밖으로 나온다, 이곳에 오기까지 참으로 긴 여행이었다, 신이여, 그것은 참으로 힘들었습니다, 지금 드디어 이곳에 이르렀습니다, 이곳에 나와 있습니다, 어째서 나는 참회의 의자로 오지 않으려 했던가, 좀 더 일찍 왔더라면 좋았을 것을, 아, 그래도 나는 지금 이곳에 있다, 여기에 와 있다.

프란츠가 참회의 의자에 앉아서는 안 된다는 법이라도 있는가, 그 축복의 순간은 언제 찾아올까, 그가 끔찍한 죽음 앞에 털썩 주저앉아 입을 벌리고, 그의 등 뒤의 많은 사람들과 이렇게 노래 부르는 것이 허락될 그 순간은.

오라, 죄 있는 자여, 예수에게로 오라, 오, 망설이지 마라, 깨어나라, 너 속박된 자여, 깨어나 밝은 빛으로 나오라, 오늘 완전한 구원을 맛보리라, 오, 주를 믿으라, 그러면 빛과 기쁨이 찾아오리라. 합창: 승리의 구세주, 모든 속박을 끊으리라, 승리의 구세주,

모든 속박을 끊고 강한 손길로 우리를 승리로 인도하시네, 강한 손길로 우리를 승리로 인도하시네.* 음악! 나팔을 불고 북을 쳐라, 칭다라다다. 모든 속박을 끊고, 강한 손길로 우리를 승리로 인도하시네. 트라라, 트라리, 트라라! 붐! 칭다라다다!.

프란츠는 굴복하지 않는다, 그것 때문에 마음에 평안이 없다, 그는 신이나 세계에 대해 묻지 않는다, 마치 술 취한 사람 같다. 그는 품스 패거리가 자신을 받아들여 주지 않지만 틈을 타서 패거리의 다른 녀석들과 함께 라인홀트의 방에 슬쩍 들어간다. 그는 사방을 향해 주먹질을 하고, 자신에게 남은 한쪽 주먹을 그들에게 보여 주며 소리를 지른다. "너희가 나를 못 믿고 사기꾼으로 여긴다면, 내가 너희를 밀고할 거라고 생각한다면 그만두자고. 내가 그런 짓을 하려 한다면 뭣하러 너희를 찾아오겠냐? 나는 헤르베르트한테 갈 수도 있고, 또 원하는 곳이면 어디든 갈 수 있다고." "그럼, 그렇게 하게." "그렇게 하라고! 이런 멍청한 자식들, 나한테 꼭 '그렇게 하라' 고 말해야겠어? 여기 이 팔 좀 똑똑히 보라고, 저기 있는 저 친구, 저 라인홀트가 나를 자동차 밖으로 내동댕이쳤지. 그래도 나는 그것을 참아 냈어, 그러다가 이곳을 찾아온 나한테 '그렇게 하라' 고 말하면 곤란하지. 내가 너희를 찾아와서 함께 일하자고 하면 말이야, 너희는 이 프란츠 비버코프가 어떤 사람인 것쯤은 알아야 하지. 여태껏 남을 속여 본 적이 없는 사람이야, 원한다면 아무 데나 가서 물어보라고. 나는 지나간 일에 연연해하지 않아, 내 팔은 어차피 달아난 거야, 나는 너희를 잘 알아, 그래서 여기까지 찾아온 거야, 이제는 너희도 알겠지."

키 작은 함석공은 여전히 이해하지 못한다. "나는 정말 궁금하다네, 알렉산더 광장을 떠돌며 신문을 팔던 자네가 어째서 지금은 함께 일하겠다는 거야. 도대체 누가 자네를 보낸 거야, 우리하고 일하라고 말이야."

프란츠는 의자에 꼿꼿이 앉아 한동안 아무 말도 하지 않는다. 그들 역시 말이 없다. 그는 진실하게 살겠다고 맹세했고, 또 여러분은 그가 몇 주 동안 진실하게 사는 것을 보았다. 하지만 그것은 말하자면 일종의 유예 기간에 불과했다. 그는 범죄에 휘말린다. 그는 그것을 원하지 않기에 저항을 해 보지만 그것은 그를 덮쳐 버린다. 그로서는 어쩔 수가 없다. 그들은 한동안 아무 말도 하지 않고 앉아 있다.

그때 프란츠가 다시 입을 연다. "프란츠 비버코프가 어떤 사람인지 알고 싶거든 란츠베르크 가로수 길에 있는 교회 묘지에 가 보라고. 그곳에 한 여자가 잠들어 있을 거야. 그 대가로 나는 4년을 감방에서 썩었지. 당시엔 온전하게 있던 내 팔이 그런 짓을 저질렀어. 거기서 나와서 나는 신문을 팔러 다녔어. 나는 내게 진실한 삶을 살려는 의지가 있다고 생각했거든."

프란츠는 가볍게 신음소리를 내며 침을 삼킨다. "내가 징벌을 통해 얻은 교훈이 무엇인지는 자네들이 보는 바야. 팔 한쪽이 없으면 신문팔이뿐만 아니라 다른 일도 할 수 없다고. 그래서 내가 이곳까지 찾아온 거야." "우리가 자네 팔 한쪽을 망가뜨렸으니 팔을 원상 복구시키라는 거야?" "그거야 자네들이 할 수 없지. 막스, 나는 알렉산더 광장을 떠돌아다니지 않고 이곳에 앉아 있는 것만으로도 만족이야. 나는 라인홀트도 원망하지 않아. 그에게 한번 물어보라고, 내가 무슨 원망의 말이라도 한 적이 있는지. 달리는 자동차에서 어떤 녀석이 수상쩍은 짓을 한다면 나 같아도 가만있지 않았을 거야. 내가 했던 우둔한 행동에 대해서는 그만 이야기하세. 막스, 자네도 그런 우둔한 짓을 하게 된다면 뭔가 교훈을 얻기 바라네." 이 말을 하고는 프란츠는 모자를 집어 들고 방에서 나간다. 상황은 이렇게 전개된다.

방에 있던 라인홀트는 휴대용 술통에서 술을 한 모금 들이켜고는 말한다. "이 문제에 대한 나의 입장은 정리됐어. 애당초 저 녀석을 내가 처리했으니까, 이번에도 내가 손보겠어. 자네들은 저 녀석과 일하는 것이 위험하다고 말할 수도 있어. 그렇지만 녀석은 이미 문제가 많아, 녀석은 기둥서방인데, 그것은 스스로도 인정하는 바야, 그러니까 진실하게 산다는 것은 물 건너간 얘기야. 한 가지 궁금한 것은, 어째서 저 녀석이 친구인 헤르베르트한테 가지 않고 우리한테 오느냐 이거야. 이유를 모르겠어. 온갖 생각이 다 드는군. 아무튼 프란츠 비버코프 같은 녀석 하나 제대로 다루지 못하면 우리는 멍청이에 불과한 거야. 일단 우리하고 같이 일하게 하자고. 그러다 혹시라도 엉뚱한 짓을 하면, 이번에는 몸통을 작살내는 거야. 그래, 올 테면 오라고 해." 그러자 곧바로 프란츠가 온다.

절도범 프란츠, 프란츠는 자동차 밑에 깔리지 않고 자동차 안에 올라타 있다, 그는 해낸 것이다

8월 초순, 이 범죄자 양반들은 아직 활동을 자제하고 휴식을 취하면서 소일거리에 몰두해 있다. 적어도 전문 털이범이라면 날씨가 어느 정도 좋을 때는 주거 침입을 하거나 그렇게 하려고 애쓰지 않을 것이다. 그런 일은 겨울철을 위해 남겨 두는 법이고, 그때가 되면 소굴에서 나와야 한다. 이를테면 유명한 금고털이범 프란츠 키르슈*는 8주 전인 7월 초에 다른 죄수와 함께 조넨부르크 교도소에서 탈출했다. 조넨부르크, 태양의 성이라는 이름은 멋지지만 요양하기에는 별로 적합하지 못한 곳이다. 그는 베를린에서 제대로 휴식을 취하고, 8주 동안 조용히 보낸 뒤 무슨 일을 할 것인지 구상 중에 있다. 그때 곤란한 일이 생기는데, 인생이란 늘 그런 법이다. 그는 전차를 타야 한다. 그런데 지금은 8월 말, 경찰이 라이니켄도르프 서부에 나타나더니 그를 연행해 간다, 그러면 휴식도 끝나는 것이고, 더 이상 아무 일도 할 수 없게 된다. 하지만 밖에는 여전히 그런 인간들이 수두룩하고, 그들은 서서히 작업에 나설 것이다.

그 전에 먼저 기상청이 예보한 베를린 날씨를 간단히 전한다. 전반적인 기상 상황은 다음과 같다. 서쪽에 있던 고기압이 중부 독일까지 세력을 확장함으로써 전반적으로 날씨가 좋아지고 있다. 그런데 고기압권에 들어 있던 남쪽에서는 이미 그 세력이 사라져 맑아지던 날씨는 오래 계속되지 못할 전망이다. 토요일까지는 고기압의 영향으로 대체로 좋은 날씨가 예상된다. 그러나 현재 스페인 상공에서 발달 중인 저기압이 일요일에는 우리나라 날씨에 영향을 끼칠 것으로 보인다.

베를린과 주변 지역 날씨는 다음과 같다. 곳에 따라 구름이 끼거나 맑겠으며, 바람은 약하게 불고 기온은 서서히 올라갈 것이다. 독일 전역의 날씨는 서부와 남부는 흐리고, 그 밖의 지역은 구름이 끼거나 맑겠으며, 동북부에서는 여전히 약간의 바람이 불겠지만 기온은 다시 올라갈 전망이다.*

이렇게 온화한 날씨에 품스 패거리는 슬슬 작업에 들어가고, 우리의 프란츠도 함께한다. 이 패거리와 손잡고 일하는 여자들 역시 사나이들이 잠시 행동에 나서는 것을 환영한다. 안 그러면 자신들이 길거리로 나서야 하기 때문인데, 이런 여자들 중 거리에 나서는 것을 좋아하는 여자는 없다, 어쩔 수 없는 경우가 아니라면 말이다. 그건 그렇고 우선 시장의 동향을 파악하고 구매자를 찾는 일이 중요하다. 또 남녀 기성복이 잘 안 나가면 모피 제품을 취급해야 한다. 여자들은 그런 일이야 식은 죽 먹기라고 생각한다. 밤낮 하는 게 똑같은 일이니 금방 익힐 수 있다고 보는 것이다. 그러나 경기가 안 좋으면 새로운 방향을 찾아야 하는데, 여자들은 그 문제에 대해서는 아는 것도 없고 참견할 수도 없다.

품스는 산소 용접에 솜씨가 있는 함석공 하나를 사귀어 놓았다. 그러니까 우리는 이제 그 사람은 확보한 셈이다. 그다음으로 파산한 장사꾼이 하나 있는데, 근사한 외모의 이 건달 녀석은 일하지 않고 빈둥거리다가 어머니한테서 쫓겨난 신세다. 하지만 남을 속이는 데 능하고 가게들을 잘 알고 있어 어디든 안심하고 보낼 수 있다. 그러면 그는 주변을 잘 살펴보고 한탕 할 준비를 한다. 품스는 패거리 중 베테랑급들에게 말한다. "사실 우리는 경쟁 같은 것은 신경 쓰지 않아도 돼. 우리가 하는 일에도 경쟁이 없는 것은 아니지만, 그 문제가 장애는 아니야. 하지만 일솜씨가 좋고 장비까지 잘 다룰 줄 아는 괜찮은 녀석들을 구하지 못하면 영 불리한 상황에 처할 수도 있어. 그렇게 되면 우리는 그냥 도둑질이나 하는 거야. 그런 일이라면 여섯, 여덟 명씩이나 필요치도 않아. 각자 알아서 하는 거야."

이제 그들은 기성복이나 모피 제품을 염두에 두고 있다. 다리가 달린 자라면 누구나 나가서, 사람들로부터 여러 질문을 받지 않고 사법 경찰의 수색에도 걸리지 않고서 물건을 당장 처분할 수 있는 가게들을 물색해야 한다. 물건들이야 얼마든지 모양새를 바꾸거나 다르게 보이도록 바느질을 할 수 있고, 여의치 않으면 그냥 쌓아 둘 수도 있다. 일단은 찾아내는 것이 중요하다.

다시 말해 품스는 요즘 바이센제 구역에 있는 장물아비 문제로 골치가 아프다. 그런 식으로 일하는 녀석과는 도저히 거래를 할 수가 없다. 나도 살고 상대방도 살게 해야 한다. 좋다. 지난겨울에 그 녀석이 손해를 많이 봤다고 하니까, 물론 그 녀석의 말이다! 손해만 보고 빚까지 졌다고 하니까, 게다가 이번 여름에 우리는 재미를 봤는데, 자기는 투기를 잘못해서 손해를 봤다며 찾아와서는 돈 좀 달라고 하소연하니까 말이다. 그렇다면 투기를 했다가 재산을 날렸다는 얘기야, 멍청한 자식, 형편없는 장사꾼, 사업에 요령부득인 자야, 우리에게는 쓸모없는 자라고. 우리는 당장 다른 장물아비를 찾아봐야 해. 말은 쉽지만 실행에 옮기기는 어렵다, 그래도 해야 한다. 그런 일을 잘할 수 있는 사람은 우리 일당 중에서 나이 든 품스밖에 없다. 그런데 여기저기서 이상한 소리가 들린다, 다른 젊은 패거리 녀석들도 물건 처분에 대해 신경을 쓰고 있다는 것이다. 단순히 훔치는 일만으로는 배를 채울 수가 없기 때문이다. 그것을 돈으로 바꾸는 작업이 있어야 한다. 그러나 녀석들은 모두 품스 주변에서 빈둥대다가 말한다. "우리에게는 품스가 있어, 품스라면 그 일을 얼마든지 해낼 수 있어."

그는 그것을 해낼 것이고, 해내고 있다. 그런데 만일 품스가 그 일을 해내지 못하면 어떻게 되는 거지? 맞아! 품스라고 해서 늘 할 수 있는 것은 아니다. 품스 역시 무슨 일을 당할 수 있다, 그도 결국 인간일 뿐이니까. 그렇게 되면 너희는 장물을 처분하는 문제를 고민하지 않을 수 없다, 남의 집에 들어가 도둑질하는 것만으로는 아무 소용이 없다는 것을 깨달을 것이다. 요즘에는 쇠지레나 용접기 같은 것만 가지고는 아무것도 안 되고, 모두가 사업가가 되어야 한다.

그래서 9월 초가 되자 품스는 산소 용접기뿐만 아니라 누구한테 물건을 넘길 것인지에 대해서도 신경을 쓰지 않을 수 없다. 그는 이미 8월에 그 일을 시작했다. 품스가 어떤 사람인지 알고 싶은가? 그는 아무도 모르게 다섯 개의 조그만 모피 사업장 — 그 사업장이 어디에 있는지는 상관없다 — 의 지분을 갖고 있는 사람이다. 그리고 그는 서너 군데의 작은 세탁소에도 투자했는데 진열창 안쪽에 다리미판을 설치한 미국식 세탁소이다. 셔츠 바람의 재단사가 그 앞에 서서 쿵쿵 소리가 나도록 다리미판을 들었다 놓았다 하며, 증기가 뭉게뭉게 피어오르는 곳이다. 그런데 안쪽에는 많은 양복이 걸려 있다, 그래, 중요한 것은 양복들이다, 그 양복들이 바로 문제의 양복들이다, 이 양복들이 어디서 난 거냐고 물으면, 이렇게 대답할 것이다. 고객들이 가져온 거죠, 다리미질해 달라고 또 수선해 달라고 맡긴 거요, 여기 주소가 있다고요, 형사가 들어와 아무리 살펴봐도 수상한 점은 하나도 없다. 이렇게 우리의 훌륭하고 뚱뚱한 품스는 벌써 겨울을 위해 착실하게 대비해 놓았다, 그러므로 우리는 이렇게 말할 수 있다, 이제 드디어 시작이다. 그러나 모든 일을 완벽하게 준비할 수는 없는 일이다, 약간의 행운이 없이는 일이 제대로 되지 않는 법이다, 하지만 우리는 미리부터 골치를 썩일 필요는 없다.

이제 우리의 이야기를 계속하자. 그러니까 때는 9월 초, 우리의 세련된 건달, 동물 소리 흉내를 잘 내는 친구 — 그 장기를 여기서 들어 볼 수는 없는 노릇이다 — 발데마르 헬러는 건달을 자처하며 '헬러' 라는 이름에 걸맞게 명석한 녀석으로 크로넨 거리와 노이에발 거리의 큰 기성복 매장에 눈독을 들이고 현장을 점검한다. 그는 출구, 입구, 앞문, 뒷문은 어디에 있는지, 위층에 누가 살고 아래층에 누가 사는지, 매장 문은 누가 닫는지, 순찰점검 시간표는 어디 있는지 따위를 알아낸다. 이것에 드는 경비는 품스가 댄다. 헬러는 얼마 전에 개장한 이른바 포젠 상회의 구매 담당 직원을 가장하고 그곳을 찾아간다. 그래, 사람들은 우선 포젠 상회가 뭔지 물어 보겠지, 좋아, 물어 볼 수 있지, 그런데 나는 나중에 천장을 타고 내려올 것에 대비해 그저 너희 가게 매장 높이가 얼마나 되는지 알고 싶을 뿐이야.

토요일에서 일요일로 넘어가는 밤에 실행된 그 원정에 처음으로 프란츠도 동행한다. 그는 마침내 뜻을 이루었다. 프란츠 비버코프, 그는 자동차에 타고 있다, 그들은 각자 맡은 일이 무엇인지 알고, 그도 다른 사람들처럼 맡은 역할이 있다. 모든 일은 업무를 처리하듯이 진행된다, 망보는 일은 다른 사람이 맡아야 하는데, 실은 진짜 망보기는 없다는 말이다, 이미 전날 저녁에 세 녀석이 한 층 위에 있는 인쇄소로 잠입했다, 그들은 사다리와 용접기를 상자에 담아 위로 나른 다음 종이 더미 뒤에 감추어 두었다. 그들 중 한 녀석은 차를 몰고 현장을 떠났고, 11시 정각에 남은 녀석들은 다른 패거리를 위해 문을 열어 놓는다. 건물 안에서는 어떤 인간도 낌새를 채지 못한다, 그 건물에는 사무실과 상점들 외에는 아무것도 없다. 그들은 편안하게 앉아서 작업에 착수한다, 한 녀석은 줄곧 창가에서 밖을 살피고 다른 녀석은 안뜰을 주시한다, 이윽고 그들은 용접기를 동원해 바닥을 뚫기 시작한다, 반 미터 길이의 정사각형 구멍을 뚫는 일은 보안경을 쓴 함석공이 맡아서 한다. 그들은 천장의 나무에 구멍을 낸다, 그때 우지끈 소리가 나고 아래층에서는 우당탕 소리가 난다, 별것은 아니고 두꺼운 회벽들이 아래로 떨어지는 소리다, 천장은 열기로 인해 탁탁 갈라지고, 이제 뚫린 첫 구멍으로 그들은 부드러운 명주 우산을 집어넣는다, 그러면 파편 덩어리들이 우산 안으로 떨어진다, 파편을 하나도 남김없이 우산에 담는 것은 불가능하지만 대부분의 파편은 거기에 담긴다. 이런 작업이 진행되고 있지만 아무 일도 일어나지 않는다, 아래층은 칠흑같이 어둡고 쥐 죽은 듯 조용하다.

10시*에 그들은 매장 안으로 진입한다. 멋쟁이 발데마르가 앞장을 서는데, 그가 그곳을 잘 알기 때문이다. 그는 고양이처럼 줄사다리를 타고 내려간다, 이 녀석은 이런 일을 처음 해 보는데도 전혀 불안해하는 기색이 없다, 꼭 뭔가 잘못되기 전까지는 대개 행운이 따르는 그레이하운드 같다. 이어서 또 한 녀석이 내려가야 하는데, 철제 사다리가 고작 2미터 50센티미터밖에 되지 않아 천장까지 닿지 않는다, 그래서 아래층에 있던 녀석들이 테이블을 몇 개 끌어다 쌓아 올린 다음 사다리를 천천히 내려 맨 위쪽의 테이블에 고정시켜 놓으면 그것을 타고 내려간다, 자, 이제 모두 매장 안으로 들어섰다. 프란츠는 위쪽에 남아 구멍 옆에 배를 깔고 누워 녀석들이 올려 주는 보따리를 마치 어부처럼 낚아채어 뒤로 넘긴다, 그의 뒤에는 다른 녀석이 서 있다. 프란츠는 힘이 세다. 함석공과 함께 아래층에 내려가 있던 라인홀트는 프란츠가 일을 해내는 모습을 보고 놀란다. 외팔이하고 같이 한탕을 하다니, 참 웃기는 일이다. 그런데 팔로 물건을 들어 올리는 폼이 꼭 크레인 같아, 정말 폭발적인 힘이야, 엄청난 녀석이다. 이어 그들은 바구니를 끌어 내린다. 아래 안뜰로 나가는 입구에서 한 녀석이 망을 보고 있는데도 라인홀트는 직접 감시에 나선다. 두 시간 동안 모든 것이 순조롭다. 경비가 건물 순찰을 돈다, 그 사람은 안 건드리는 것이 좋다, 그 사람은 아무것도 모르고 있을 테고, 혹시라도 몇 푼 안 되는 월급 때문에 총에 맞아 죽을 짓을 한다면 그것은 정말 어리석은 짓이다, 저것 보라고, 그가 물러가고 있어, 참 착한 녀석이야, 그를 위해 순찰 기록 시간표 옆에 푸른 지폐라도 한 장 남겨 두는 거야. 어느덧 2시가 되었고, 2시 반에는 차가 온다. 그사이 위층에 있는 녀석들은 아침까지 챙겨 먹는다, 하지만 화주를 너무 많이 마시면 안 된다, 나중에 자칫하면 큰 소란을 피울 수 있기 때문이다. 그러는 동안 어느덧 2시 반이다. 오늘 저녁에 두 사람이 처음으로 일당과 작업을 했는데, 바로 프란츠와 멋쟁이 발데마르이다. 두 사람은 재빨리 동전을 던진다, 발데마르가 이긴다, 그는 오늘의 원정을 마무리하는 기념 도장을 찍어야 한다, 그는 다시 한 번 사다리를 타고 깡그리 털어 버린 어두운 창고로 내려간다, 그런 다음 그곳에 쪼그리고 앉아 바지를 내리고서 배 속에 있는 것을 바닥 위로 밀어낸다.

이렇게 해서 3시 반에 짐을 다 부리고 나자, 그들은 재빨리 다음 도둑질에 착수한다, 언제 우리가 이렇게 팔팔한 모습으로 다시 만날 것인가, 푸른 슈프레 강변에서 우리 언제 다시 만날 수 있으려나.* 모든 일이 매끄럽게 흘러간다. 다만 돌아오는 길에 그들이 탄 자동차가 개 한 마리를 치게 되는데, 품스가 개를 좋아하기 때문에 이 일은 품스를 심히 자극했다, 품스는 지나치게 흥분하면서 운전대를 잡은 함석공에게 호통을 친다. 왜 제때 경적을 울리지 않았느냐, 저런 똥개들은 주인이 세금을 못 내서 거리로 쫓겨난 것인데 자네가 치어 죽인 거라고. 라인홀트와 프란츠는 꼰대가 개 때문에 흥분하는 것을 보고 껄껄대고 웃는다, 꼰대가 벌써 머리가 좀 이상해진 것 아니야. 저 개는 귀 먹은 개였다고, 나는 분명 경적을 울렸다니까, 그래, 한 번은 울렸지, 대체 언제부터 귀 먹은 개가 있다는 거야, 어이가 없군, 그럼 돌아가서 저 녀석을 병원에 데려갈까, 말도 안 되는 소리 작작해, 그냥 운전을 좀 조심하란 말이야, 이런 일은 난 딱 질색이라고, 그런 일이 생기면 재수가 없단 말이야. 그러자 프란츠가 함석공의 옆구리를 찌르면서 말한다. 꼰대는 지금 고양이를 두고 하는 말이야. 그러자 모두 폭소를 터뜨린다.

집에 돌아온 프란츠 비버코프는 이틀 내내 그사이에 무슨 일이 있었는지 한마디도 하지 않는다. 다만 품스가 그에게 2백 마르크를 보내 주면서 만약 필요치 않으면 되돌려 줘도 좋다고 하자, 프란츠는 비로소 웃는다, 돈이야 언제든지 있으면 좋은 것이다, 저것을 마그데부르크의 일로 도와준 헤르베르트에게 주어도 좋겠군. 그리고 그는 누구한테 갈까, 누구의 집에서 누구와 얼굴을 맞대고 있을까, 누구한테 갈까, 대체 누구한테, 대체 누구한테? 누구를 위해, 누구를 위해 나는 이 가슴을 이렇게 순수하게 간직해 온 것일까? 누구를 위해서, 누구를 위해서, 그야 오로지 그대만을 위해서지, 오늘 밤에는 내게 행복이 찾아들 거야, 그래서 나는 대담하게 너를 초대하고, 오늘 밤 네게 뜨겁게 맹세할 거야, 우리는 오직 우리만의 것이라고.* 귀여운 미체, 금쪽같은 나의 미체, 그대는 꼭 마지팬으로 만든 신부 같구나, 너는 작은 황금 구두를 신고, 거기 서서 기다리고 있구나, 그대의 프란츠가 작은 손가방을 가지고 무슨 일을 벌이는지. 그는 손가방을 무릎 사이에 끼우더니 고액권 지폐 몇 장을 꺼내 그녀에게 내보이며 테이블에 올려놓고는 환한 미소를 짓는다, 그는 자신이 할 수 있는 한 다정하게 그녀를 대한다, 이 거구의 녀석이 말이다, 그는 그녀의 손가락을 꼭 쥐어본다, 세상에 이 얼마나 앙증맞고 가녀린 손가락인가!

"자, 미체, 귀여운 미체?" "대체 무슨 일이죠, 프란츠?" "아무것도 아냐. 그저 당신이 있어서 좋은 거야." "프란츠." 그녀는 다만 그를 바라보고, 그의 이름을 부를 뿐이다. "나는 그저 기쁘다고, 다른 일은 없어. 이것 봐, 미체, 인생이란 참으로 우스운 거야. 내가 살아가는 삶은 다른 사람들과 달라. 저들은 팔자가 좋아서 이리저리 돌아다니며 돈도 잘 벌고 멋지게 살아가지. 그런데 나는 말이야, 나는 그들처럼 살아갈 수가 없어. 나는 내 껍데기에 늘 신경을 써야 해, 내 재킷 말이야, 소매가 문제야, 내게는 팔이 없으니까." "프란츠, 당신은 나의 훌륭한 프란츠야." "자, 이것 좀 보라고, 미체, 나는 생긴 게 이렇다고, 이 꼴을 어쩔 수가 없어, 누구도 어떻게 해 줄 수 없는 거야, 이런 꼴로 다니면 꼭 아물지 않은 상처 같잖아." "그게 어때서요, 프란츠, 나는 아직 당신 곁에 있어요, 또 모든 일이 잘 되고 있고요, 그러니 그런 괜한 말은 다시는 하지 마세요." "다시는 안 그럴게, 그러게 말이야, 다시는 그런 소리 하지 않겠어." 그러면서 그는 그녀의 얼굴을 바라보며 미소를 짓는데, 이 아가씨는 정말 탄력 있고 귀여운 얼굴과 사랑스럽고 생기 있는 눈동자를 가졌다.

"저것 좀 봐, 테이블의 고액권 지폐들 말이야. 내가 번 거야, 미체, 당신 가져." 그런데 왜 저렇지, 얼굴 표정이 저게 뭐야, 도대체 왜 그런 표정으로 돈을 쳐다보는 거야, 어째서 바로 달려들지 않는 거지, 저것은 좋은 돈이라고. "당신이 번 거라고요?" "그럼, 보라고, 아가씨, 내가 직접 벌어 온 거야. 나도 일을 해야지, 안 그러면 나는 끝장이야. 파멸할 거라고. 아무한테도 말하지 마, 품스와 라인홀트하고 한탕 한 거야, 지난 토요일 밤에. 헤르베르트한테는 말하지 마, 에바한테도 마찬가지야, 혹시라도 그들이 알게 되면, 그들과 나 사이는 끝장이야." "이 돈은 도대체 어디서 난 거죠?" "한탕 한 거라니까, 귀염둥이, 내가 말했지, 품스하고 말이야, 그런데 왜 그러는 거야, 미체? 이 돈은 내가 당신에게 선사하는 거야. 내게 키스해 주지 않을 거야, 어서?"

그녀는 고개를 푹 숙이고 있더니 뺨을 그의 뺨에 대며 키스를 하고는 그를 꼭 끌어안고 아무 말도 하지 않는다. 그녀는 그의 얼굴을 바라보지 않는다. "저 돈을 나한테 선사한다고요?" "그럼, 그렇고말고, 아니면 누구한테 주겠어?" 천생 여자야, 저 내숭 떠는 것 좀 봐. "왜 나한테 돈을 주려는 거죠?" "갖고 싶지 않아?" 그녀는 입술을 떨며 그에게서 몸을 떼더니 그제야 프란츠를 쳐다본다. 지금 그녀의 표정은 예전에 아싱거 맥주홀에서 나왔을 때와 똑같다. 그녀는 창백한 얼굴에 거의 탈진한 모습이다. 그녀는 의자에 털썩 주저앉아 파란 식탁보만 바라본다. 왜 저러는 거야, 정말 여자들의 마음은 종잡을 수가 없어. "아가씨, 당신은 이것을 갖고 싶지 않아? 나는 당신이 좋아할 거라 기대하고 기뻐했어, 이것 좀 보라고, 우리는 이 돈으로 함께 여행을 떠날 수도 있어, 알겠어, 어디든지 말이야." "그건 그래요, 프란츠."

그녀는 머리를 테이블 모서리에 대고 흐느껴 운다, 그녀가 울고 있다, 도대체 왜 우는 것일까? 프란츠는 그녀의 목덜미를 쓰다듬고 그녀를 다정하게 감싸 준다, 진심 어린 마음에서, 누구를 위해, 누구를 위해 나 이렇게 이 가슴을 고이 간직해 왔던가, 누구를 위해, 도대체 누구를 위해. "아가씨, 내 사랑 미체, 우리가 여행을 할 수 있다는데, 당신은 말이야, 당신은 나하고는 가기 싫다는 거야?" "그렇지 않아요." 그러면서 그녀는 고개를 다시 드는데 사랑스럽고 매끈한 얼굴, 화장분이 눈물과 엉겨 뒤범벅이 되었다, 그녀는 한쪽 팔을 프란츠의 목에 두르고 자그마한 얼굴을 그의 얼굴에 갖다 댄다. 그러다가 무엇을 깨물기라고 한 것처럼 얼른 얼굴을 떼었다가 다시 테이블 모서리에 엎드려 흐느껴 울기 시작한다. 그러나 까닭을 알 수 없다, 그녀는 아주 조용하고 말 한마디 하지 않는다. 도대체 내가 뭘 잘못한 걸까, 이 아가씨는 내가 일하는 게 싫은가. "자, 고개 좀 들어 봐, 어서, 그 조그만 머리 좀 들라니까, 대체 왜 우는 거야?" "당신은 말이야, 당신은……." 그녀는 얼른 그의 손길을 피한다. "당신은 나를 떼어 내고 싶은 거죠, 프란츠?" "아가씨, 지금 무슨 소리를 하는 거야." "그렇지 않은가요, 프란츠?" "천만에, 절대 그런 일은 없어." "그렇다면 당신은 무엇 때문에 돌아다니죠. 내가 돈을 많이 벌지 못해 그런가요, 아니에요, 나는 돈을 충분히 벌고 있어요." "미체, 나는 당신한테 뭔가 선사하고 싶었을 뿐이야." "됐어요, 나는 그런 거 바라지 않아요." 그러더니 그녀는 다시 머리를 딱딱한 테이블 모서리에 갖다 댄다. "미체, 그럼 나더러 아무 일도 하지 말라는 거야? 나는 그렇게는 살 수 없어." "그런 뜻이 아니에요, 다만 돈 때문이라면 그럴 필요가 없다는 거죠. 나는 그런 건 바라지 않아요."

미체는 자리에서 일어나 프란츠의 허리를 끌어안고 기쁜 표정으로 그의 얼굴을 바라보며 달콤한 말투로 종알대면서 애원하고 또 애원한다. "그런 돈은 없어도 돼요, 그런 돈은 없어도 돼요." 그런데 그는 뭔가 하고 싶은 말이 있으면서 왜 한마디도 않는 걸까, 아가씨, 난 말이야 필요한 것은 다 갖고 있어, 더 필요한 게 없거든. "나더러 아무것도 하지 말라는 거야?" "내가 하면 되잖아요. 안 그러면 내가 뭐 하러 여기 있겠어요, 프란츠." "그러면 나는 말이야, 나는……." 그녀는 그의 목을 끌어안는다. "아, 내게서 떠날 생각은 마요." 그녀는 계속 조잘대며 그에게 키스를 하고 매혹적인 몸짓을 한다. "그딴 거 그냥 남에게 줘요, 헤르베르트한테 주세요, 프란츠."

프란츠는 이 아가씨와 함께 있는 것이 행복하다. 참 착한 아가씨야, 그러니 그는 아무 말도 할 수가 없다, 이런 여자에게 품스 이야기를 꺼내다니 참으로 멍청한 행동이었어, 물론 이 여자는 무슨 말을 해 줘도 이해하지 못할 거야. "약속해 줘요, 프란츠, 다시는 돈 때문에 그런 일 하지 않겠다고." "내가 그런 일을 하는 것은 돈 때문이 아니야, 미체." 그제야 미체는 에바가 들려줬던 이야기가 생각난다, 에바는 그녀에게 프란츠를 잘 지켜보라고 했었다.

그러자 그녀에게는 뭔가가 더욱 분명해진다. 그러니까 저 사람은 돈 때문에 그러는 것이 아니야, 방금 전에 저 사람은 팔에 관해서 말했어, 저 사람은 늘 팔 생각을 하지 않을 수 없어. 저 사람이 지금 돈에 관해 하는 말은 진실일 거야, 돈은 전혀 중요하지 않아, 돈이야 그가 필요한 만큼 그녀한테서 받고 있다. 그녀는 이런저런 생각을 하면서 두 팔로 그를 꼭 끌어안는다.

사랑의 고통과 기쁨

그녀는 프란츠와 격렬하게 키스를 한 뒤 밖으로 나와 에바를 찾아간다. "프란츠가 내게 2백 마르크를 가져왔어요. 그 돈이 어디서 난 건지 아세요? 그 녀석들한테서 받은 거예요, 당신도 잘 알겠죠." "품스 일당?" "맞아요, 그이가 직접 그렇게 말했어요. 이걸 어떻게 하죠?"

에바는 헤르베르트를 불러들이고, 프란츠가 지난 토요일에 품스와 어디를 갔었다고 말한다. "어디라고 말했어?" "아뇨, 이 일을 어떻게 하죠?" 헤르베르트는 놀란 표정을 짓는다. "그러니까 그 녀석들과 직접 공모를 했다는 말이군." 에바가 말한다. "왜 그러는지 당신은 이해하겠어, 헤르베르트?" "잘 모르겠어, 좀 난감하군." "이제 어떻게 해요?" "일단은 두고 봐야지. 당신은 그 친구가 돈 때문에 그러는 거라고 생각해? 내가 당신한테 말했잖아. 그는 본때를 보여 주려는 듯 마구 달려들고 있어, 곧 그가 어떻게 하는지 소식을 듣게 되겠군."

에바는 미체와 마주 서 있다, 창백한 모습의 창녀였던 그녀를 에바는 인발리덴 거리에서 데려왔다, 지금도 그들은 처음 만났던 곳을 기억한다. 그곳은 발티쿰 호텔 옆의 술집이다. 에바는 그곳에 한 시골뜨기와 앉아 있다. 꼭 필요해서 그러는 것은 아니지만 그런 식으로 바깥나들이를 하는 게 그녀는 좋다. 그곳에는 아가씨도 많고 젊은 남자도 몇 명 있었다. 그리고 10시가 되자 경찰 단속원들이 들이닥쳐서 이들을 일렬종대로 세운 다음 슈테틴 역 파출소로 데려간다. 이들은 뻔뻔스러운 오스카처럼 담배를 꼬나물고서 뻣뻣하게 걸어간다. 경찰들이 행렬 앞뒤에서 호위를 하고, 맨 앞에는 물론 술에 취한 할망구 반다 후브리히가 선다. 파출소에 도착하자 한바탕 소란이 벌어진다. 미체, 그러니까 소냐는 에바 곁에서 울부짖는다. 이제 모든 것이 베르나우의 부모에게 알려질 것이기 때문이다. 그리고 녹색 제복의 경찰 하나가 술에 취한 반다의 손에서 담배를 빼앗는다. 이어 그 여자만 유치장에 끌려가고 그녀는 그 안에서 발길질을 하며 욕지거리를 해 댄다.

에바와 미체는 서로 얼굴을 쳐다본다. 에바는 다그치는 목소리로 그녀에게 말한다. "이제부터는 신경을 써야 해, 미체." 미체는 애원하는 투로 말한다. "대체 어떻게 해야 하죠?" "모든 것은 네게 달렸어. 어떻게 해야 할지는 스스로 깨달아야 해." "그래도 나는 모르겠어요." "어쨌든 이제 그만 징징대라고." 헤르베르트는 밝은 표정으로 말한다. "내가 보기에 그 친구는 훌륭해, 그 친구가 드디어 일을 시작해서 나는 기쁘다고. 분명히 모종의 계획이 있을 거야. 아주 영리한 친구니까." "맙소사, 에바." "그렇게 울지 마, 울지 말라고, 알겠어? 나도 신경을 쓸 테니까." 사실 너는 프란츠를 가질 자격이 없어. 그래, 이런 여자애는 안 돼, 이렇게 소란을 피워서는 곤란하지. 이 멍청한 것, 계집애가 징징대는 꼴이 뭐야. 따귀라도 한 대 올릴까 보다.

나팔을 불어라! 전투가 시작되고, 연대 병력이 행진한다, 트라라, 트라리, 트라라, 포병대와 기병대, 그리고 기병대와 보병대, 그리고 보병대와 항공대, 트라리, 트라라. 우리는 적진으로 진군한다. 그때 나폴레옹이 말했다. 앞으로, 앞으로, 중단 없이 전진하라, 위쪽은 말라 있고 아래쪽은 젖어 있다. 하지만 아래가 마를 때쯤이면 우리는 밀라노를 점령하고, 그대들은 모두 훈장을 받을 것이다, 트라리, 트라라, 트라리, 트라라, 우리는 진군한다, 얼마 안 있어 그곳에 도착한다, 오, 군인이라는 것, 이 얼마나 유쾌한 일인가!

미체는 오래 엉엉 울거나 뭘 해야 할지 고민할 겨를이 없다. 사건이 그녀에게 찾아오기 때문이다. 그때 라인홀트는 자기 셋집에서 예쁜 여자 친구와 시간을 보내고, 품스가 장물 처분을 위해 마련해 둔 가게들을 둘러본다. 그러면서 그는 이것저것 곰곰이 생각해 본다. 이 친구는 계속해서 따분해한다, 그런 것은 그와 맞지 않는다. 그는 돈이 있어도 별로 재미가 없고, 술에 취하는 것도 별것 아니지만 그럭저럭 술에 적응이 되어 간다, 그는 어슬렁어슬렁 술집을 돌며 여기저기 귀를 기울이고 일도 하고 커피도 마신다. 그런데 그가 품스를 찾아가거나 아니면 어디를 가든 늘 프란츠라는 녀석이 눈앞에 어른거린다. 이 멍청하고 뻔뻔스러운 외팔이 자식, 뭐 대단한 인물이라도 되는 듯 시건방진 행동을 보인다, 그것도 모자라서 마치 파리 한 마리 못 건드리는 황소 같은 모습을 해 가지고 가식으로 가득하다. 2 곱하기 2가 4인 것처럼 아주 분명해, 저 자식은 나한테서 뭔가를 원하고 있다. 저 비열한 자식은 늘 기분이 좋아 가지고 내가 들르는 곳, 일하는 곳마다 얼쩡거려. 자, 그렇다면 우리 제대로 한번 붙어 보자. 어디 제대로 붙어 보자고.

그런데 프란츠는 뭘 하고 있는 걸까? 이 친구는? 대체 그는 어떻게 할 셈인가? 그가 세상을 살아가는 모습, 그것은 여러분이 상상해 볼 수 있는 가장 평온하고 평화로운 모습일 것이다. 그는 무슨 일을 당해도 상관이 없는데, 언제나 오뚝이처럼 두 발로 일어선다. 그런 사람이 많지는 않지만 분명히 있기는 있다.

포츠담에, 아니 포츠담 근교에 한 남자가 살았는데, 사람들은 나중에 그를 살아 있는 송장이라고 불렀다. 실제로도 그는 그런 괴짜였다. 보르네만이라고 하는 그 친구는 완전히 기력이 쇠하고 15년의 징역형을 받아 교도소 생활을 하다가 도망치는 일에 성공한다, 즉 그는 탈옥을 한다, 그런데 사실 그가 있던 곳은 포츠담 근교가 아니라 안클람 근교로 마을 이름은 고르케였다. 그러던 어느 날, 우리의 보르네만은 노이가르트 근처를 산책하던 중 슈프레 강물에 떠 있는 시체 하나를 발견한다, 노이가르트는, 아니 노이가르트 출신의 보르네만은 "나는 원래 죽은 목숨이야"라고 하면서 시체에 다가가 자기 신분증을 시체의 주머니에 쑤셔 넣는다, 그렇게 해서 이제 그는 죽은 사람이 된다. 그리고 보르네만 부인은 말한다. "나더러 어떡하라는 거죠? 나도 더는 어떻게 할 수 없어요, 그 사람은 죽었어요, 제 남편이냐고요, 천만다행으로 남편이네요, 그런 인간이라면 더 이상 잃을 것도 없으니까요, 그 사람한테서 대체 무얼 바라겠어요, 반평생 감옥살이를 한 사람이니 속이 다 시원해요." 하지만 나의 그이, 그 사람은 절대 죽지 않았다. 보르네만이었던 남자는 이제 안클람으로 간다, 물이라는 것이 좋은 것이라는 사실을 막 깨달았기 때문에 이제 그는 물을 좋아하게 된다, 그래서 그는 생선 장수가 되어 안클람에서 생선을 팔며 이름을 핑케라고 한다. 그렇게 해서 보르네만은 더 이상 세상에 존재하지 않는다. 그런데도 그는 다시 붙잡히고 만다. 어떻게 그렇게 되었는가, 자, 여러분은 자리에 그대로 앉아 있어야 할 것이다.

하필이면 그의 의붓딸이 일자리를 찾아 안클람으로 올 줄이야, 이렇게 넓은 세상에서 그 아이가 하필이면 안클람으로 와서 그 부활한 물고기를 만난 것이다. 이 물고기는 벌써 백 살이나 되었고 노이가르트에서 헤엄쳐 왔다. 그사이에 딸도 성장하여 집을 떠난 상태였고, 당연히 그는 딸을 못 알아보지만 딸아이는 그를 알아본다. 그녀가 그에게 말한다. "말씀해 주세요, 혹시 제 아버지가 아닌가요?" 그가 말한다. "아니, 혹시 아가씨 머리가 돈 거 아니오?" 그녀가 그의 말을 믿지 못하자, 그는 자신의 말을 증언해 줄 아내와 그 사이에 얻은 다섯이나 되는 아이를 부른다. "이 사람은 핑케요, 생선 장수가 맞아요." 오토 핑케, 마을의 누구나 그것을 다 안다. 이것은 누구나 아는 사실이다, 그 남자는 핑케 씨이고, 죽은 다른 남자의 이름은 보르네만이다.

그러나 그녀 입장에서는 그것은 아무 효과도 없는 것이었다, 그녀는 전혀 납득할 수가 없었다. 그 여자는 일단 자리를 떴다, 하지만 그녀의 마음속에서는 무슨 일이 일어나는가, 그녀의 머리에는 엉뚱한 생각이 둥지를 튼다. 그녀는 베를린 경찰국 4a과로 다음과 같은 편지를 쓴다. "저는 핑케 씨 가게에서 여러 차례 생선을 샀습니다. 저는 그 사람의 의붓딸인데도 그 사람은 제 아버지임을 인정하지 않습니다. 그러면서 제 어머니를 속이고 있습니다, 다른 여자와 결혼해서 다섯 명의 아이를 두고 있습니다." 결국 아이들은 이름이야 그대로 지닐 수 있지만, 성(姓)은 속은 꼴이다. 다시 말해 아이들은 어머니의 성을 따서 훈트이다, 그렇게 해서 그들은 졸지에 사생아가 된다, 민법 조항에 따르면 정식 혼인에 의하지 않고 태어난 아이들과 친부 사이에는 친족 관계가 없다.

이 핑케라는 인물과 마찬가지로 프란츠 비버코프도 완벽한 평온과 온유한 모습을 하고 있다. 예전에 그는 야수에게 습격당해 한쪽 팔을 잃었지만 다음에 야수를 혼내 주었고, 이제 그 야수는 입김을 씩씩 뿜으며 그의 등 뒤에서 살살 기어 다니고 있다. 프란츠와 함께 다니는 인간들 중에서 단 한 사람을 빼고는 그가 야수를 제압하여 그 야수가 그의 등 뒤에서 살살 기어 다닌다는 사실을 알지 못한다. 프란츠는 다리를 쭉 펴서 보무당당하게 걷고, 자신의 단단한 머리도 곧추 세우고 다닌다. 그는 다른 사람들처럼 일을 하지는 못하지만, 눈빛만큼은 아주 밝다. 그러나 그가 손끝 하나 건드리지 않은 한 사나이, 그 사나이는 묻는다. "저 녀석은 대체 뭘 원하는 걸까? 내게 뭔가를 원하는 게 분명해." 프란츠 그 녀석은 다른 사람들이 보지 못하는 모든 것을 보고, 모든 것을 이해하고 있어. 프란츠의 근육질 목덜미가 사실상 그에게 아무 위협이 되지 못할 것이고, 탄탄한 다리나 유쾌한 잠도 마찬가지일 것이다. 그런데 이런 것들이 그에게 뭔가 해를 끼칠 것만 같아 그는 가만히 있을 수가 없다. 그는 어떤 식으로든 응답해야 할 것 같다. 그런데 어떻게?

마치 미풍에 문이 열리며 가축 떼가 우리를 박차고 나오는 것 같다. 또 파리에게 괴롭힘을 당한 사자가 앞발로 파리를 잡으려 하면서 무섭게 으르렁거리는 듯하다.

마치 간수가 작은 열쇠를 빗장에 꽂고 조금만 돌리면 한 무리의 범죄자들이 밖으로 뛰쳐나와 그때부터 살인, 타살, 주거 침입, 절도, 살인강도질 등이 마구 일어나듯이.

라인홀트는 자기 셋집에서도 서성이고, 프렌츨라우 문 근처의 술집에서도 서성이며 이건 어떨까, 저건 어떨까 생각하고 또 생각한다. 어느 날, 프란츠가 함석공과 만나 머리를 맞대고 뭔가 궁리를 하고 있다는 것을 알아챈 그는 미체를 찾아간다.

그렇게 해서 그녀는 생전 처음으로 그 인간과 대면하게 된다. 그런데 이 친구는 별로 특색이 없어, 미체, 당신 생각이 옳아, 그 친구는 용모가 그리 나쁜 것은 아니야, 약간 슬퍼 보이고 기운이 없고 어딘가 병색도 있고 얼굴빛도 누런 편이야. 하지만 그렇게 상태가 나빠 보이지는 않아.

하지만 그를 자세히 들여다보라, 네 귀여운 손으로 그와 악수도 해 보고 그의 얼굴을 한번 찬찬히 뜯어보아라. 그 얼굴은 말이야, 귀여운 미체, 이 세상의 어떤 얼굴들보다 네게 중요한 얼굴이야, 에바의 얼굴보다도 중요하고 심지어 네가 사랑하는 프란츠의 얼굴보다도 중요한 얼굴이야. 그 녀석이 이제 계단을 올라가고 있어, 오늘은 여느 날과 다를 게 없는 날이야, 9월 3일, 목요일, 그런데 잘 보라고, 너는 아무것도 감지하지 못하고 있어, 아무것도 모르고 있어, 다가올 네 운명을 전혀 예감하지 못하고 있어.

자, 그게 뭘까, 베르나우에서 온 작은 미체여, 네 운명은 도대체 어떤 것일까? 너는 건강하고 돈도 잘 벌고 프란츠를 사랑하는데, 바로 그 때문에 미지의 그것은 계단을 올라와 네 앞에 서서 네 손을 톡톡 건드리고 있어, 그것은 프란츠의 운명을—그리고 지금은—너의 운명을 건드리는 손길이야. 그의 얼굴을 자세히 들여다볼 필요는 없어, 오로지 그 손을, 그의 두 손을, 회색 가죽에 싸인 평범한 두 손을 눈여겨볼 필요가 있어.

라인홀트는 가장 멋있는 옷으로 빼입었고, 첫 순간 미체는 그를 어떻게 대해야 할지 몰라 난감해한다. 혹시 프란츠가 보낸 건가, 아니면 프란츠가 쳐 놓은 함정인가, 그러나 그런 것 같지는 않다. 그때 그가 먼저 말을 꺼낸다, 프란츠에게는 내가 여기 왔었다고 말하지 마요, 그 친구는 아주 예민하거든. 그러니까 이 사람은 그녀와 이야기를 하고 싶어서 온 것이다, 프란츠는 사실 팔을 하나 잃었으니 무척 힘들 것이며, 그런 상태로 일을 하는 게 옳은 일인지 다들 관심이 많다는 것이다. 그러나 미체는 아주 영리하고, 프란츠가 무엇을 원하는지 헤르베르트에게서 들은 것이 있어 알고 있다, 그래서 그녀가 말한다. 아뇨, 돈벌이 같은 거라면 사실 그 사람은 그렇게 절실하지 않아요, 그를 도와줄 사람은 얼마든지 있거든요. 그래도 그는 그게 성에 차지 않는 모양이에요, 남자들은 일을 하고 싶어 하니까요. 라인홀트가 자기 생각을 말한다. 사실 맞는 말이오, 그 친구도 뭔가를 해야 해요. 다만 우리가 하는 일이 힘들다는 게 문제요, 그것은 보통 일이 아니고, 양쪽 팔이 성한 사람도 제대로 해내지 못하거든요. 자, 대화가 이런 식으로 오가고, 미체는 그가 무엇을 원하는지 전혀 알 수가 없다, 그때 라인홀트가 코냑을 한 잔 달라고 하면서 말을 잇는다. 그는 단지 프란츠의 경제적 형편이 어떤지 알아보고 싶었을 뿐이다, 만약 상황이 그렇다면 그의 동료들은 그를 배려할 것이며, 그것은 당연하다는 것이다. 그러더니 그는 코냑을 한 잔 더 마시고 나서 묻는다. "혹시 나를 아세요, 아가씨? 그 친구가 나에 대해 아무 얘기도 않던가요?" "아뇨." 그녀는 이렇게 말하면서 속으로 생각한다. 도대체 저 사람이 뭘 알고 싶어서 저러는 거야, 에바라면 이런 식의 대화에는 나보다 훨씬 능숙했을 텐데. "우리는 오래전부터 아는 사이죠, 프란츠와 나 말이오, 당신이 있기 전부터요, 그때 그에게는 다른 여자가 있었죠, 칠리라는 여자요." 저 사람은 바로 저런 걸 들먹이려군, 내 앞에서 프란츠를 비방하려는 거야, 또 저 사람은 자기가 아는 비밀을 다 까발리는 부류야. "아니, 왜 그 사람한테 다른 여자가 있어서는 안 된다는 거죠? 나도 다른 남자들이 있었어요, 그래도 그이는 여전히 내 사람이고요."

그들은 차분히 마주 보고 앉아 있다, 미체는 의자에, 라인홀트는 소파에 자리를 잡고 있고 둘 다 편안한 자세다. "그럼요, 그는 분명히 당신 사람이죠, 그런데 아가씨, 설마 내가 당신한테서 그를 쫓아내려 한다고 생각하는 건 아니겠죠, 절대 그럴 생각은 없으니까요. 다만 나와 그 사이에는 웃기는 일도 참 많았는데, 그런 얘기는 안 하던가요?" "웃기는 일이라니, 그게 뭐죠?" "정말 웃기는 일이 있었지, 아가씨. 아예 솔직하게 말해야겠네요. 프란츠가 우리 패거리에 가담한 것은 다 나 때문이오, 오직 나 때문이고 그 사건 때문이죠. 우리는 어디를 가든 늘 붙어 다녔거든요. 내가 아가씨한테 가장 웃기는 일을 하나 얘기해도 되겠죠?" "그러세요, 그런데 여기 앉아 이야기나 할 만큼 그렇게 한가하세요?" "아가씨, 하느님도 가끔은 휴일을 갖는데, 우리 인간도 적어도 이틀은 쉬어야지." "당신은 사흘은 쉬는 것 같은데요." 두 사람은 웃는다. "아가씨 말도 틀리지는 않아. 나는 힘을 비축하고 있어요, 게으름이 수명을 연장시킨다고 하죠, 그래야 힘을 써야 할 때 제대로 쓸 수 있거든요." 그러자 그녀는 그에게 미소를 지으며 말한다. "그렇다면 힘을 아끼긴 아껴야겠네요." "잘 아시네요, 아가씨. 사람마다 사정이 다른 거죠. 그런데 아가씨, 프란츠와 나는 늘 여자들을 교환했어요, 이 문제는 어떻게 생각해요?" 그러면서 그는 머리를 옆으로 숙이고서 술잔을 홀짝이며 저 어린 아가씨가 무슨 말을 하기를 기다린다. 예쁜 여자군, 곧 내 걸로 만들어 버려야지, 그런데 우선 이 여자애 다리를 어떻게 꼬집어 줄까.

"여자를 바꾼다는 얘기는 당신 할머니한테나 가서 하세요. 누군가한테 들은 것 같은데, 러시아에서는 그런다더군요. 당신도 그곳 출신인가 보죠, 여기서는 그런 일이 없거든요." "그렇지만 내가 그런 말을 하고 있잖소." "그런 말도 안 되는 헛소리는 그만해요." "그러면 프란츠가 그 얘기를 해 줄 수도 있을 거요." "아마 반반한 여자들이었겠죠, 50페니히면 사는 여자들, 난민촌에서 데려온 여자들 말이에요" "그만해요, 아가씨, 우리가 그 정도는 아니니까." "그럼 말해 봐요, 당신은 왜 내 앞에서 자꾸 그런 허튼소리를 지껄이는 거죠? 도대체 의도가 뭐예요?" 이런 맹랑한 것 좀 보게. 그래도 참 귀여운 여자야, 그 녀석한테 푹 빠져 있군, 잘됐어. "아무 의도도 없소, 아가씨, 의도라니? 나는 좀 알아보고 싶은 게 있었던 거요. (이 귀여운 악마, 판코, 판코, 간질간질, 앗싸)* 품스가 내게 직접 부탁을 한 거요, 이제 그만 작별 인사를 해야겠소, 언제 우리 클럽에 들르지 않겠어요?" "거기서도 그런 얘기나 하려고요?" "그리 나쁠 거야 없지 않겠어요, 아가씨, 나는 당신이 아는 줄 알았지. 그건 그렇고 사업 관계 얘기를 좀 더 할 게 있소. 품스가 나보고 당신을 찾아가 돈이나 그 밖의 것을 물어보면 좋겠다고 했어요, 프란츠는 팔 때문에 예민한 상태니까 당신도 프란츠에게 그런 말은 꺼내지 않는 게 좋겠다고. 프란츠가 이런 걸 알 필요는 없어요. 나 역시 집에서도 그 정도는 알아낼 수 있었겠지만, 굳이 은밀하게 할 필요가 있을까 생각했던 거요. 당신이 여기 위층에 있을 테니 차라리 당당하게 찾아와 당신한테 직접 물어보는 게 좋을 것 같았소." "그 사람한테 말해서는 안 된다는 건가요?" "그래요, 말하지 않는 게 더 낫겠어요. 하지만 굳이 말하겠다면 우리로서도 어쩔 수 없소. 아가씨가 좋을 대로 하세요. 자, 그럼 잘 있어요." "아니, 출구는 오른쪽이에요." 괜찮은 여자군, 이제 다 뜻대로 되겠어, 행운을 비는 거야.

그때 방 안에 혼자 남은 조그만 미체는 아무것도 보지도 느끼지도 않고 다만 그곳에 놓여 있는 술잔을 바라보며 뭔가 생각에 잠긴다, 그래, 그녀는 무슨 생각을 하는 걸까, 그녀는 술잔을 치우면서 무슨 생각인가를 한다, 그러나 그것이 뭔지는 그녀도 모른다.

왜 이렇게 흥분되지, 그 자식이 나를 흥분시켰어, 온몸이 부들부들 떨리네. 그 자식이 무슨 얘기를 해서 그런 거야. 그 자식이 노리는 게 뭘까, 도대체 뭘 원해서 그런 얘기를 지껄이는 걸까. 그녀는 장식장 안에 들어 있는 술잔을, 오른쪽 끝의 마지막 유리잔을 응시한다. 내 안의 모든 것이 떨리고 있어, 일단 앉아야겠어, 하지만 소파는 싫어, 그 녀석이 앉았던 자리야, 의자에 앉는 거야. 그러면서 그녀는 의자에 앉아 그가 앉았던 소파를 바라본다. 나는 지금 몹시 흥분해 있어, 왜 이렇게 흥분하는 걸까, 두 팔과 가슴속이 덜덜 떨린다. 그런데 프란츠는 여자나 바꾸는 그런 추잡한 인간이 아니야. 그 비열한 자식, 라인홀트 같은 녀석은 그러고도 남겠지, 하지만 프란츠 그 사람은, 만약 그게 사실이라면, 녀석들이 프란츠를 가지고 놀았던 거야.

그녀는 손톱을 깨물며 곰곰이 생각한다. 만약 그게 사실이라면? 그런데 프란츠는 약간 어수룩한 구석이 있어, 사람들에게 잘 속아 넘어가거든. 그러니 녀석들이 그를 자동차 밖으로 내동댕이친 거야. 녀석들은 그런 인간들이야. 그런데 프란츠가 그런 부류의 인간들과 또 어울리고 있어.

그녀는 손톱을 깨물고 또 깨문다. 에바에게 말할까? 모르겠어. 프란츠에게 말해 버릴까? 모르겠어. 아무한테도 말하지 말자. 그러니까 이곳에 찾아온 사람은 없었던 거야.

그녀는 창피한 생각이 든다, 그녀는 두 손을 테이블에 올려놓고 집게손가락을 깨물어 본다. 아무 소용이 없다, 목구멍이 탄다. 나중에 녀석들은 나한테도 그런 못된 짓을 할 거야, 나 역시 팔아먹겠지.

뜰에서 손풍금 소리가 들려온다. 나는 내 마음을 하이델베르크에서 잃어버렸네. 나도 그래, 나도 내 마음을 잃어버렸어, 이제 그것은 없어졌어, 그녀는 웅크리고 울기 시작하네, 그것은 없어졌어, 내게 마음은 사라지고 없어, 그리고 앞으로의 내 모습이 훤히 보인다. 녀석들이 나를 조롱해도 나는 어떻게 할 수 없을 거야. 하지만 나의 프란츠는 그런 짓을 하지 않아, 그는 여자나 교환하는 러시아 사람이 아니야, 그것은 모두 허튼소리야.

그녀는 푸른색 줄무늬의 잠옷 차림으로 열린 창가에 서서 손풍금 연주자의 노래를 따라 부른다. 나는 내 마음을 하이델베르크에서 잃어버렸네. (녀석들은 사기꾼 패거리야, 녀석들을 소굴에서 다 내몰겠다고 한 그이의 말은 맞는 얘기야.) 어느 달콤한 여름밤이었지. (그이는 언제나 올까, 계단으로 마중 나가야겠어.) 나는 사랑에 눈이 멀었다네. (그이한테는 아무 말도 하지 않겠어, 그런 지저분한 이야기로 그를 맞기는 싫어, 단 한마디도, 단 한마디도 안 할 거야. 나는 그이를 사랑하니까. 자, 블라우스를 입어야지.) 그녀의 입은 한 떨기 장미처럼 미소를 머금었네. 문 앞에서 작별을 하며 마지막 키스를 나눌 때 나는 분명히 느꼈네. (헤르베르트와 에바가 한 말이 맞아, 녀석들은 뭔가 낌새를 챈 거야, 그래서 그것이 사실인지 내게 직접 와서 들어 보려는 거야, 얼마든지 와서 엿들어 보라고, 그런 목적이라면 더 어리석은 여자를 찾아야지.) 나는 내 마음을 하이델베르크에서 잃었다네, 내 마음은 이제 네카르 강변에서 뛰고 있다네.*

대단한 수확 전망,
그러나 오산일 수도 있다

그는 떠돌아다닌다, 늘 떠돌아다닌다, 세상을 늘 떠돌아다닌다, 그것은 여러분이 보기에 가장 완벽한 평안과 평화의 모습일 것이다. 이 친구를 여러분 하고 싶은 대로 해 볼 수 있지만, 그는 언제나 오뚝이처럼 일어선다. 세상에는 그런 사람들이 있다. 포츠담에 어떤 남자가 살았다, 안클람 근처의 고르케라는 마을이었다. 이름은 보르네만이고, 교도소에서 탈출한 후 슈프레 강가에 이르게 된다. 그곳에는 누군가 강물에 둥둥 떠 있다.

"어이, 이리 좀 와 보게, 프란츠, 어때, 그 아가씨의 이름이 뭐라고 했지, 자네 색시 말이야." "미체 말이군, 그거야 자네도 알잖아, 그런데 라인홀트, 전에는 소냐라고 불렀지." "그런가, 그런데 자넨 그 여자를 한번 보여 주지 않겠다는 거야. 우리 같은 사람들에게는 너무 고상하다는 것이군." "아니, 내가 무슨 동물원을 차린 것도 아닌데, 그 여자를 보여 달라는 건가. 그 여자는 늘 쏘다녀. 게다가 정부까지 있어서 돈도 잘 벌지." "그런데 자네는 그녀를 안 보여 주잖아." "왜 자꾸만 보여 달라는 거야, 라인홀트. 그 아가씨는 할 일이 있다고." "그래도 한 번쯤은 데려올 수 있지 않을까, 아주 예쁘다고 하던데." "그렇다 치자고." "한번 보고 싶은데, 자네는 영 내키지 않아?" "이보게, 라인홀트, 우리가 전에 거래를 한 적이 있는데 기억나는가, 장화하고 모피 옷깃 말이야." "이제 그런 짓은 하지 말아야지." "그래, 그런 짓은 더 이상 하면 안 돼. 그런 지저분한 일에는 이제 신물이 난다고." "알았어, 이 친구야, 그냥 한번 물어본 거야." (이런 개자식, 여전히 그따위 생각만 하고 있어, 여전히 지저분한 말만 늘어놓고 있어. 조금만 기다려라, 이 자식아.)

강가에 다다른 보르네만은 익사한 지 얼마 안 된 시신이 물에 떠 있는 것을 발견했다. 그때 보르네만의 머릿속에 뭔가 번쩍였다. 그는 주머니에 들어 있던 모든 증명서를 꺼내서 그 남자인가 여자에게 주었다. 이 얘기는 앞에서 했지만, 한 번 더 상기한다고 해서 나쁠 것도 없다. 이어서 그는 시신을 나무에 묶었다, 안 그러면 시체가 떠내려가 사람들 눈에 띄지 않을 것이기 때문이다. 그런 다음 그는 즉시 슈테틴행 교외선 열차를 집어타고 차표를 끊었다, 그리고 베를린에 도착하자 그는 술집에서 아내에게 전화를 걸어 기다리고 있으니 어서 와 달라고 부탁한다. 아내는 그에게 돈과 옷가지를 가져다주고, 그는 아내의 귀에 대고 속삭인다. 유감스럽지만 그는 그녀와 작별을 해야 한다. 그때 그녀는 그 시신이 자기 남편이라고 확인해 주기로 약속했다, 돈이 좀 생기면 보내주겠다고 하자 그녀는 자기 한 몸이나 잘 추스르라고 한다. 그러고 나서 그는 급히 떠나야 했는데, 안 그러면 다른 사람이 시신을 발견할 수도 있기 때문이다.

"나는 그냥 알고 싶어서 그런 거야, 프란츠, 자네는 그녀를 무척 사랑하나 보군." "이제 여자들 얘기 같은 허튼소리는 그만하지." "그냥 알고 싶었을 뿐이야. 그런다고 자네한테 해로울 거야 없지 않은가?" "나야 손해될 것도 없지, 그러나 라인홀트, 자네는 다르지, 자네는 비열한 건달이잖아." 프란츠가 웃자 상대방도 따라 웃는다. "자네 색시는 어떻게 생겼어, 프란츠? 나한테 정말 한번 보여 주지 않겠나?" (이것 좀 봐, 너는 정말 웃기는 녀석이야, 라인홀트, 나를 자동차 밖으로 내동댕이친 녀석이 이제 와서는 이렇게 접근하고 있어.) "이봐, 도대체 원하는 게 뭐야, 라인홀트?" "원하는 거 없어. 자네 색시를 한번 보고 싶을 뿐이야." "그 여자가 나를 좋아하는지 보고 싶다는 거야? 자네에게 말하지만, 그 아가씨는 머리부터 발끝까지 내 생각으로 가득 차 있다고. 그 여자는 그저 사랑하고 좋아하는 것밖에 몰라. 이봐, 라인홀트, 그녀가 얼마나 나에게 빠져 있는지 자네는 감도 못 잡을 거야. 자네 에바를 알지?" "그래서, 그게 어쨌다는 거야." "이봐, 미체는 내가 에바와……. 아니야, 말하지 않겠네." "도대체 뭐야, 말해 보라고." "아니야, 그런 것은 생각할 수조차 없는 일이야, 하지만 그 여자가 바로 그렇다니까, 자넨 여태껏 그런 얘기는 들어 보지 못했을 거야, 라인홀트, 나도 평생 그런 거래는 처음이야." "아니, 대체 무슨 일인데? 에바하고의 일인가?" "그래, 하지만 비밀은 꼭 지켜 주게, 미체 말이야, 그 여자애는 에바가 내 아이를 가졌으면 좋겠다는 거야."

맙소사. 두 사람은 앉은 채 서로 얼굴만 바라본다. 프란츠는 허벅지를 치며 웃음을 터뜨린다. 라인홀트도 미소를 지으며 웃기 시작하지만, 어쩐지 어색하다.

그 뒤 그 남자는 핑케라는 이름을 달고 고르케로 가서 생선 장수가 된다. 그러던 어느 화창한 날, 그의 의붓딸이 안클람에 와서 직장을 구한다. 그녀는 생선을 사려고 손에 그물 바구니를 들고 핑케를 찾아와 이렇게 말한다.

라인홀트는 빙그레 웃다가 마구 웃기 시작한다, 하지만 어쩐지 어색하다. "그 여자 혹시 레즈비언이야?" 프란츠는 다시 허벅지를 치면서 낄낄거린다. "아니, 그 여자는 나를 사랑해." "도저히 상상이 안 가네." (그런 일이 있다니 믿을 수 없어, 더욱이 저런 멍청이가 그런 행운을 갖는다는 게, 그러니 저렇게 히죽거리지.) "에바는 뭐라던가?" "두 사람은 친구 사이야, 서로를 잘 알거든, 내가 미체를 만난 것도 사실 에바를 통해서야." "이봐, 정말 내 호기심을 자극하는군, 프란츠. 어서 말해 봐, 언제 미체를 보여 줄 수 있나, 20미터 정도 떨어져서 봐도 괜찮아, 혹시 자네가 불안하다면 창살을 통해서도 괜찮고." "아니, 불안하다는 말은 가당치도 않아! 더없이 정숙하고 사랑스러운 여자야, 자네는 꿈도 꾸지 못할 거야. 전에 내가 한 말 기억나, 너무 많은 여자와 관계하지 말라던 말, 그러다가는 건강을 망치고, 아무리 신경이 튼튼해도 손상을 입게 되지. 결국에는 뇌졸중을 일으킬 거야. 그러니까 자네는 정신 차려야 해, 그게 자네에게 좋을 거야. 내 말이 얼마나 맞는지 앞으로 똑똑히 보게 될 거야, 라인홀트. 자네한테 그 여자를 보여 주지." "하지만 그 여자가 나를 봐서는 안 돼." "무엇 때문에 안 된다는 거야?" "아니, 내가 그러고 싶지 않아서야. 그냥 그 여자만 보여 주게." "그러면 그렇게 하자고, 이 사람아, 나야 기쁘다네. 자네한테 도움이 될 거야."

그리고 오후 3시가 되어 프란츠와 라인홀트가 나란히 거리를 걸어간다. 각종 에나멜 간판, 에나멜 제품, 독일 정품 페르시아 양탄자, 12개월 할부, 계단용 양탄자, 식탁보와 의자 커버, 누비이불, 이중 커튼, 라이스너 상회, 『당신을 위한 패션』을 구독하세요, 만약 구독하지 않으면 즉시 무료 배달을 요청하세요, 주의, 생명 위험, 고압 전류. 그들은 프란츠의 집으로 들어간다. 이제 너는 내 집에 들어서는 거야. 나야 잘 지내고 있지, 아무도 나를 건드릴 수 없어, 내가 어떻게 사는지 네 두 눈으로 똑똑히 보라고, 내 이름은 프란츠 비버코프야.

"자, 지금부터는 발소리를 죽이자고, 먼저 내가 문을 열고 그녀가 집에 있는지 확인해 보겠어. 아니, 없군. 자, 여기가 내가 사는 곳이야, 그 여자는 금방 돌아올 거야. 이제 잘 생각해 보자고, 우리가 어떻게 할지, 우리는 지금 연극을 벌이는 거야, 하지만 찍소리도 내서는 안 돼." "조심하도록 하지." "이게 가장 좋겠어, 자네는 여기 침대에 누워 홑이불을 통해 보는 거야, 라인홀트, 이 침대는 낮에는 사용하지 않거든, 나도 그녀가 침대로 접근하지 않도록 신경을 쓰겠네, 자네는 침대에서 홑이불을 통해 볼 수 있을 거야. 자, 누워 보게, 잘 보이는가?" "그래, 잘 보여, 그런데 부츠를 좀 벗어야겠어." "그게 좋겠군. 잘 들어, 부츠는 복도에 내다 놓을 테니 나중에 나갈 때 직접 챙겨 가라고." "이보게, 프란츠, 일이 잘못되지는 않겠지?" "걱정하는 거야? 난 그런 걱정 안 해, 혹시 그녀가 뭔가 낌새를 채면 그냥 얼굴을 보여 주는 거야." "아니, 나를 봐서는 곤란하다고." "어서 눕기나 해. 그녀가 지금 당장이라도 나타날 수 있어."

각종 에나멜 간판, 에나멜 제품, 독일 정품 페르시아 양탄자, 페르시아인과 페르시아 양탄자, 무료 배송을 요청하세요.

그때 슈테틴 경찰서에서 수사반의 블룸 경감이 말했다. "당신은 그 남자를 어디서 알게 됐죠? 어떻게 그를 알아본 건가요, 어떤 점에서, 그러니까 뭔가 특별한 점이라도 있었나요?" "그 사람은 내 의붓아버지예요." "좋아요, 그럼 함께 고르케로 가 봐야겠군요. 만약 그게 사실이라면 당장 그를 연행할 겁니다."

누군가 현관문에 열쇠를 꽂고 돌린다. 프란츠는 복도에 나와 있다. "이봐, 놀란 거야, 미체? 귀여운 내 사랑, 내가 벌써 돌아왔다고. 어서 들어와. 침대에는 아무것도 놓지 마. 거기에는 당신을 깜짝 놀라게 할 것이 있거든." "그럼 당장 살펴봐야겠어." "잠깐, 우선 맹세부터 하라고! 미체, 손을 올려, 맹세하는 거야. 모두 기립, 자, 나를 따라 해요. 나는 맹세합니다." "나는 맹세합니다." "침대 쪽으로 가지 않을 것임을." "침대 쪽으로 가지 않을 것임을." "내가 말할 때까지는." "내가 그쪽으로 갈 때까지는." "당신은 이곳에 있어야 해. 다시 맹세하는 거야. 나는 맹세합니다." "나는 맹세합니다, 침대 쪽으로 가지 않을 것임을." "내가 당신을 직접 침대에 눕힐 때까지는."

그러자 그녀는 진지한 표정이 되어 그의 목을 끌어안고 한동안 그대로 있다. 순간 그는 그녀에게 무슨 일이 있음을 알아챘다, 그는 그녀를 문 쪽으로 내몰아 복도로 데리고 나가려 하지만 오늘따라 잘 안 된다. 그녀는 가만히 서 있다. "침대 근처에도 안 갈 테니 이제 그만해요." "무슨 일이 있는 거야, 나의 귀여운 미체, 나의 새끼고양이 미체? 나의 귀염둥이."

그녀는 그를 소파로 이끈다, 두 사람은 서로 얼싸안은 채 나란히 소파에 앉아 있다, 그녀는 여전히 아무 말이 없다. 이윽고 그녀는 뭐라고 중얼거리고는 그의 넥타이를 잡아당기더니 마침내 말을 꺼낸다. "귀여운 프란츠, 내가 당신한테 뭣 좀 말해도 돼요?" "물론이지, 귀여운 미체." "내가 사귀는 신사 양반과의 일인데요, 무슨 일이 좀 생겼어요." "그게 뭔데, 귀여운 아가씨?" "저기……." "도대체 무슨 일이야, 귀염둥이?" 그녀는 그의 넥타이만 만지작거린다, 대체 이 아가씨에게 무슨 일이 있는 걸까, 하필이면 오늘 같은 날 저 자식이 여기 와서 누워 있다니.

수사반의 경감이 말한다. "이름이 왜 핑케인가요? 신분증은 갖고 있나요?" "그런 일이야 주민등록 관청에 가 보면 되잖소." "관청에 뭐라고 되어 있는지는 우리가 알 바 아니오." "나는 신분증명서도 갖고 있어요." "좋아요, 일단 우리가 그것을 보관하겠소. 그리고 밖에 노이가르트에서 온 관리가 있어요. 그 사람은 노이가르트 출신 보르네만이란 사람을 담당하는 관리인데, 그를 안으로 들어오게 하겠소."

"프란츠, 요즘 그 신사 양반의 집에 매번 그의 조카가 와 있어요, 초대하지도 않았는데 그냥 오는 거예요." 프란츠는 뭐라 중얼거리며 얼굴이 싸늘해진다. "무슨 말인지 알겠어." 그녀는 프란츠의 얼굴에서 자기 얼굴을 떼지 않은 채 말한다. "그 사람을 알아요, 프란츠?" "내가 어떻게 알겠어?" "혹시나 해서요. 그런데 그 사람이 늘 집에 와 있어요, 그러다가 어느 날에는 저를 따라왔어요." 프란츠는 몸을 부르르 떤다, 그는 눈앞이 캄캄해진다. "왜 그 말을 한 번도 안 했지?" "어떻게든 그를 떼어 낼 수 있다고 생각했어요. 누가 그냥 따라다닌다고 해서 꼭 말해야 하는 건 아니잖아요." "그래서 지금 말이야……."

그의 목에 대고 있는 그녀의 입술이 더욱 심하게 실룩댄다, 무언가 촉촉한 기운이 느껴진다, 그녀는 프란츠에게 바싹 매달려 있다. 이 여자가 나한테서 떨어지지 않으려 하는군, 끈질긴 구석이 있어, 한마디도 하지 않다니, 이 여자 마음은 아무도 몰라, 그런데 왜 이렇게 질질 짜는 거야, 저 자식이 저기 누워 있는 상황인데, 마음 같아서는 저 녀석이 아예 일어나지도 못하게 몽둥이로 침대를 후려치고 싶어, 이 빌어먹을 계집, 나를 이렇게 놀림감으로 만들다니. 그러나 그는 몸이 부들부들 떨린다. "그래 지금은 어떻게 되었어?" "아무것도 아니에요, 프란츠, 걱정할 것 없어요, 저를 그냥 좀 내버려 둬요, 아무 일도 없었으니까요. 그런데 그 사람이 다시 따라왔어요, 아침 내내 죽치면서 내가 그 신사 양반의 집에서 내려올 때까지 기다리고 있는 거예요. 밖에 나오면 그 사람이 서 있어요. 그러면 나는 그와 함께 차를 타고 갈 수밖에 없는 상황이 되는 거예요, 어쩔 수가 없어요." "물론 그럴 수밖에 없겠지." "나도, 나로서도 어쩔 수가 없어요, 도대체 내가 어떻게 해야 하죠? 프란츠, 그렇게 미친 듯이 달라붙으면 말이에요. 게다가 아주 젊은 사람이요. 그러면 나는……." "대체 어디를 갔는데?" "처음에는 늘 베를린을 지나 그뤼네발트 일대로 갔어요, 그다음은 나도 잘 모르는데, 산책을 했어요, 나는 그 사람한테 제발 가 달라고 간청했어요. 그러면 그 사람은 아이처럼 울면서 내 앞에 엎드려 애걸하는 거예요, 그렇게 젊은 친구가 말이에요, 그 철물공이." "그렇다면 일을 해야지, 그 게으른 자식, 그렇게 돌아다니지 말고."

"나도 모르겠어요. 프란츠, 제발 화내지 말아요." "도대체 어떻게 된 영문인지 모르겠군. 그런데 왜 우는 거야, 엉?" 그녀는 다시 입을 꾹 다물고는 그에게 매달려 넥타이만 만지작거린다. "화내지 마세요, 프란츠." "그 녀석한테 홀딱 빠진 거야, 미체?" 그녀는 아무 말도 하지 않는다. 그는 얼마나 불안한지 머리부터 발끝까지 싸늘해진다. 그는 그녀의 머리카락에 대고 속삭인다, 라인홀트의 존재에 대해서는 까맣게 잊은 듯하다. "녀석한테 홀딱 빠진 거야?" 그녀는 프란츠에게 몸을 더욱 밀착시킨다, 그는 그녀의 몸을 완전히 느낀다. 이제 그녀의 입에서 한마디가 흘러나온다. "그래요." 아, 아, 그는 들었다, 그렇다는 그녀의 말을. 그는 그녀를 떼어 놓으려 한다, 이 여자를 두들겨 패야 하나, 이다, 브레슬라우에서 온 남자, 다시 또 그것이 찾아오고 있다, 그의 팔은 마비된다, 그는 마비되었다, 그러나 그녀는 그를 마치 짐승처럼 꼭 붙잡고 있다, 이 여자는 대체 왜 이러는 거야, 그녀는 아무 말도 않고 그를 꼭 붙잡은 채 얼굴을 그의 목에 묻고 있다, 그는 몸이 돌처럼 굳어져서 그녀의 머리 너머 창문을 바라본다.

프란츠는 그녀를 흔들어 떼어 내면서 소리를 지른다. "왜 이러는 거야? 나를 좀 놓아 주라고." 이 더러운 계집을 어떻게 하지. "그래도 나는 여기로 왔어요, 프란츠. 나는 당신한테서 도망치지 않았어요, 여전히 여기 있다고요." "어서 꺼져, 너 같은 건 필요 없으니까." "그렇게 소리 지르지 마세요, 제발, 내가 뭘 어쨌다는 거예요." "그 녀석이 좋다면 당장 그 녀석한테 가란 말이야, 이 망할 년." "나는 망할 년이 아니에요, 진정해요, 프란츠, 벌써 그 사람한테 말했어요, 안 된다고요, 그리고 나는 당신 거라고요." "나는 너 같은 것은 이제 싫어, 너처럼 헤픈 계집은 싫다고." "하지만 나는 당신 거예요, 그 사람한테도 분명히 말했어요, 그러고서 이렇게 도망쳐 온 거예요, 당신은 오히려 날 위로해 줘야 해요." "맙소사, 이게 미쳤구나! 나 좀 놓아줘! 이게 미쳤어! 녀석과 사랑에 빠졌으니 나더러 위로해 달라고." "그래요, 그렇게 해 줘야 해요, 프란츠, 나는 당신의 미체니까요, 당신은 나를 사랑하니까 나를 위로해 줄 수 있어요, 아, 그 사람은 지금쯤 방황하고 있을 거예요. 그 젊은이 말이에요……." "그만, 이제 닥치라고, 미체! 당장 그 자식한테 가 보라니까, 가서 그 녀석을 붙잡으라고." 순간 미체가 날카로운 비명을 질러 댄다, 그는 그녀를 떼어 놓을 수가 없다. "자, 어서 가 보라고, 나를 놓아 줘." "싫어요, 그렇게는 못해요. 그러고 보니 당신은 나를 사랑하지 않는가 봐요, 내가 싫어서 그러는 거죠? 내가 뭘 어쨌다고."

그때 프란츠는 그녀가 잡고 있던 팔을 풀고 그녀에게서 벗어난다, 그러자 그녀는 그의 뒤를 쫓아간다, 순간 프란츠는 홱 돌아서며 그녀의 얼굴을 갈긴다, 그녀는 뒤로 주춤하며 비틀거린다, 그가 다시 그녀의 어깨를 밀치자 그녀는 바닥에 쓰러진다, 프란츠는 그녀의 몸에 올라타 한쪽 팔로 마구 두들겨 팬다. 그녀는 울부짖으며 몸부림친다, 아, 아, 그이가 나를 두들겨 팬다, 그이가 나를 마구 팬다, 그녀는 배와 얼굴을 감싸며 나뒹군다. 그는 잠깐 멈추고 숨을 돌린다, 그의 주위로 방이 빙빙 돈다, 이제 그녀는 돌아눕더니 벌떡 일어선다. "막대기는 안 돼요, 프란츠, 이제 그만해요, 막대기는 안 돼요."

그녀는 블라우스가 온통 찢긴 채로 앉아 있다, 한쪽 눈은 감겼고, 코에서는 피가 흘러 왼쪽 뺨과 턱을 물들였다.

하지만 프란츠 비버코프는 — 비버코프, 리버코프, 치버코프, 그에게는 이름 같은 것은 이제 없다 — 어떤가, 방이 빙빙 돌고 저쪽에는 침대들이 있다, 프란츠는 침대들 중 하나를 꽉 잡고 있다. 저기 저 안에 라인홀트가 누워 있다, 그 자식이 부츠를 신은 채로 침대를 더럽히고 있다. 저 녀석이 여기 무슨 볼일이 있다는 거야? 녀석도 제 방이 있잖아. 녀석을 끌어내야겠어, 그렇게 하는 거야, 그렇게 하는 거야, 녀석을 여기서 끌어내는 거야. 프란츠 비버코프, 치버코프, 리버코프, 비더코프는 침대로 달려가, 이불 속에 손을 넣어 녀석의 머리를 움켜잡는다, 그러자 녀석이 꿈틀댄다, 이불을 홱 젖히며 라인홀트가 일어나 앉는다.

"어서 나와, 라인홀트, 나오라고, 저 여자를 보라고, 그리고 썩 꺼지라고."

미체의 입이 떡 벌어진다, 지진, 번개, 천둥, 선로가 뚝 끊어지고 휘어진다, 기차역, 선로 막사들이 뒤집혀 있다, 광란의 소리, 바퀴 구르는 소리, 연기, 연무, 아무것도 보이지 않는다, 모든 것이 사라진다, 사라진다, 수직으로, 사방으로 흩날린다.

"무슨 일이야, 뭐가 잘못된 거야?"

울부짖는 소리, 그녀의 입에서 계속 터져 나오는 울부짖음, 연기 뒤편의 침대에 있는 것을 향해 내지르는 고통에 찬 비명 소리, 그것에 마주하는 비명의 장벽, 비명의 날카로운 창(槍), 그것을 향해 더 높이, 비명의 돌멩이들.

"주둥이 좀 닥쳐, 뭐가 망가진 거야, 그만하라고, 이 집에 사는 사람들이 다 모여들겠어."

계속 터져 나오는 비명 소리, 저기 있는 그것을 향해, 때도 없고, 시간도 없고, 해도 없다.

프란츠는 이미 비명의 파도에 휩쓸렸다. 그는 그럴수록 더욱 미쳐 날뛴다. 그는 침대 앞에서 의자를 냅다 들어 뒤흔든다, 의자는 그의 손에서 떨어져 나가 우지끈 소리를 내며 부서진다. 그러더니 그는 미체를 덮치는데, 그녀는 아직도 쪼그리고 앉아 비명을 질러 대고 있다. 그는 그녀의 등 뒤에서 입을 틀어막으며 그녀를 뒤로 넘어뜨리고는 그녀 위에 올라타더니 그녀의 얼굴을 가슴으로 짓누른다. 이 계집을 — 죽여 — 버리겠어.

마침내 비명 소리가 그치고, 그녀가 허공을 향해 발버둥을 친다. 라인홀트가 프란츠를 옆으로 밀쳐 낸다. "이봐, 그러다가 그 여자 질식해 죽겠어." "저리 꺼져, 이 자식아." "어서 일어나, 일어나라고." 그는 프란츠를 그녀에게서 떼어 놓는다. 그녀는 배를 깔고 바닥에 누운 채 고개를 이리저리 돌리며 신음하고 낑낑대며 두 팔을 버둥거린다. 프란츠는 더듬대며 말한다. "이 더러운 계집 좀 보라고, 더러운 계집 같으니. 이게 누구를 때리려 드는 거야, 이런 더러운 년." "어서 밖으로 나가, 프란츠, 어서 옷을 입어, 나가서 한숨 돌리고 오라고." 미체는 밑에서 흐느끼다가 눈을 뜬다. 오른쪽 눈두덩이 벌겋게 부어올라 있다. "어서 나가라고, 이봐, 자칫하다가 저 여자를 잡겠어. 어서 재킷을 입어, 자."

프란츠는 숨을 헐떡이면서 라인홀트의 도움을 받아 외투를 입는다.

그때 미체가 얼른 몸을 일으키더니 가래침을 뱉고는 뭔가 말하려 한다. 그녀는 일어나 앉아 가랑거리는 목소리로 말한다. "프란츠!" 그는 이미 외투를 입은 상태다. "모자는 저기 있어요."

"프란츠……." 그녀는 이제 울부짖지 않고 목소리를 되찾았다. 그녀는 바닥에 침을 뱉으며 말을 잇는다. "나도, 나도, 나도 같이 가겠어요." "안 돼요, 당신은 여기 남아 있어요, 아가씨, 내가 도와줄게요." "프란츠, 잠깐만요. 나도, 나도 같이 가요."

그는 서서 머리에 모자를 쓰며 입맛을 다시고 헐떡이면서 침을 뱉고는 문 쪽으로 걸어간다. 쾅. 덜컹.

미체는 신음 소리를 내면서 겨우 일어나 라인홀트를 밀치고는 문 쪽을 향해 더듬거리며 간다. 복도 문까지는 왔지만 그 이상은 가지 못한다. 프란츠는 밖으로 나가 벌써 계단 아래로 내려가 있다. 라인홀트는 그녀를 다시 방 안으로 데려온다. 그가 침대에 눕혀 놓으면, 그녀는 헐떡이며 자꾸만 일어나 침대 아래로 기어 내려와 피를 뱉으면서 문 쪽으로 가려 한다.

"나가야 해, 나가야 해." 그녀는 계속 이 말만 반복한다. "나가야 해, 나가야 해." 그녀의 한쪽 눈은 그를 응시하고 있다. 그녀의 두 다리는 흐느적거린다. 그리고 심하게 흘려 놓은 침. 그것을 보자 라인홀트는 구역질이 난다. 여기에 더 이상 있으면 안 되겠어, 나중에 사람들이 오면 내가 저 여자를 저 꼴로 만들었다고 생각할 거야. 이런 지저분한 일이 나하고 무슨 상관이야. 잘 있어, 아가씨, 모자를 쓰고 방 한가운데를 지나서 퇴장이다.

아래로 내려온 그는 왼손에 묻은 피를 닦는다, 어지간히도 토했네, 그는 소리 내어 웃는다. 고작 이런 꼴을 보여 주려고 나를 제 집까지 데려간 거야, 정말 기가 막힌 소동이었어, 한심한 녀석. 고작 이런 꼴이나 보여 주려고 나를 부츠를 신은 채로 침대에 숨긴 거야. 저 멍청이도 지금쯤 분통을 터뜨리고 있겠지. 제대로 한 방 먹었으니 말이야, 지금쯤 어디를 헤매고 있을까?

그는 어슬렁거리며 그곳을 떠난다. 각종 에나멜 간판, 에나멜 제품. 저 위층에서는 정말 대단했어, 정말 멋졌어. 저런 멍청한 녀석, 잘했어, 이 자식아, 언제나 그렇게 하라고. 정말 우스워 죽겠군.

이어 보르네만은 다시 슈테틴 경찰서 유치장에 갇혔다. 사람들은 그의 아내를 데려왔다, 단아한 숙녀였다. 경감님, 그 여자는 제발 괴롭히지 마세요, 그 여자는 맹세를 했어요, 그녀가 한 말은 다 사실입니다. 나야 2년의 형을 더 살겠지요, 하지만 상관없어요.

그리고 저녁때, 프란츠의 방이다. 그들은 웃는다. 그들은 얼싸

안고 뒹굴며 키스를 한다, 정말 다정하다. "그때 하마터면 당신을 죽일 뻔했어, 미체. 어쩌다 그렇게 심하게 손찌검을 했을까, 나 참." "괜찮아요. 그래도 당신이 돌아왔잖아요." "그 자식은 금방 집에서 나갔나? 라인홀트 말이야." "네." "미체, 그 자식이 왜 이곳에 왔는지 알고 싶지 않아?" "알고 싶지 않아요." "전혀 알고 싶지 않아?" "네, 그래요." "그렇지만 미체." "그래, 그건 진심이 아니겠죠." "도대체 무엇을 말하는 거야?" "당신이 나를 그 사람한테 팔아넘기려 한 거요." "뭐라고?" "그건 진심이 아니겠죠." "그럼, 미체." "나도 다 알아요, 그리고 아무렇지도 않아요." "녀석은 내 친구이기는 하지만 여자 문제가 아주 고약한 녀석이지. 그래서 녀석한테 참한 여자란 어떤 것인지 보여 주려 했던 거야. 그에게 직접 보여 주고 싶었을 뿐이라고." "그래, 좋아요." "당신 아직도 날 사랑해? 아니면 그때 말하던 그 젊은 녀석을 사랑하는 거야?" "나는 당신 거예요, 프란츠."

8월 29일, 수요일

그리고 그녀는 이틀간 자신의 정부인 신사 양반을 기다리게 해 놓고 그 시간을 내내 사랑하는 프란츠와 보낸다. 그녀는 그와 함께 에르크너라든가 포츠담으로 놀러 가기도 하고 되도록 그에게 다정하게 대해 주고자 한다. 그녀는 이제 이전보다 많은 비밀을 그와 공유한다, 그리고 사랑하는 프란츠가 품스 패거리와 무슨 일을 꾸며도 불안해하지 않고, 그녀 자신도 뭔가를 시도할 작정이다. 그녀는 무도회장이나 볼링장에는 어떤 사람들이 오는지 직접 가서 살펴볼 생각이다. 프란츠는 미체를 그런 곳에 데리고 가지 않는다.

헤르베르트는 그런 모임에 에바를 데려가지만, 프란츠는 이렇게 말한다. 그런 곳은 당신한테 어울리지 않아, 나는 당신이 그런 지저분한 친구들과 어울리게 하고 싶지 않아.

하지만 귀여운 소냐, 귀여운 미체는 프란츠를 위해 뭔가 하고 싶어 한다. 우리의 귀여운 고양이는 그를 위해 그냥 돈을 벌어다 주기보다 더 멋진 일을 하고 싶은 것이다. 그녀는 모든 것을 알아내어 그를 지켜 주고자 한다.

그리고 바로 다음 무도회 때 품스 패거리는 친구들과 함께 란스도르프 구역에서 은밀한 파티를 연다. 그중에는 아무도 모르는 여자가 하나 끼어 있다. 함석공이 데려온 여자로 그의 정부이다. 그녀는 가면을 쓰고 있다. 그녀는 심지어 프란츠와 춤까지 춘다. 단 한 번뿐이지만. 나중에 프란츠는 그녀의 향수 냄새를 기억한다. 파티 장소는 뮈겔호르트 레스토랑. 저녁이 되자 정원에 등불이 켜지고 유람선 한 척이 출발한다. 사람들로 가득하다. 유람선의 출발에 맞춰 악대는 이별의 곡을 연주한다. 그들은 새벽 3시가 넘도록 선상에서 춤을 추고 술을 마신다.

그곳에서 미체는 함석공과 함께 이리저리 거닌다. 함석공은 자기 색시가 얼마나 예쁜지 모르겠다며 자랑한다. 그녀는 품스와 품스의 부인, 우울한 표정으로 앉아 있는 라인홀트— 이 녀석은 언제나 기분에 좌우된다 — 그리고 그 멋쟁이 장사꾼 녀석도 본다. 2시가 되자 그녀는 함석공과 자동차를 타고 떠난다. 그녀는 차 안에서 함석공이 거칠게 키스를 해도 가만있다. 그렇게 하지 못할 것도 없지 않은가. 그녀는 이제 더 많은 것을 알게 되었고 그런 만큼 쉽게 해코지를 당하지 않을 것이다. 미체는 무엇을 알고 있는가? 그녀는 품스 패거리가 어떤 녀석들인지 알게 되었고, 덕분에 함석공은 그녀에게 애무를 할 수 있는 것이다. 그래도 그녀는 여전히 프란츠의 여자로 남을 것이다. 밤이 깊어 간다, 바로 이런 밤에 녀석들은 그녀의 사랑하는 프란츠를 자동차 밖으로 내동댕이쳤다, 그리고 이제 프란츠는 그 녀석의 뒤를 쫓고 있다, 녀석도 왜 그러는지 다 안다, 녀석들은 모두 프란츠를 겁낸다, 안 그러고서야 왜 라인홀트가 찾아오기까지 하겠는가. 아무튼 내 사랑 프란츠는 정말 과감하고 대단한 남자야, 나는 이 함석공 녀석을 키스로 죽여 버릴 수도 있어, 나는 그 정도로 프란츠를 사랑하니까, 그래, 나한테 계속 키스를 해 보라고, 네 녀석의 혀를 깨물어 잘라 줄 테니까, 이보세요, 그렇게 차를 몰다가는 도랑에 빠지겠어요, 만세, 오늘 밤은 네 녀석들과 정말 즐거웠어, 오른쪽으로 갈까, 왼쪽으로 갈까, 당신 가고 싶은 대로 가세요, 당신은 참 사랑스러운 여자야, 미체, 그래, 제가 마음에 들어요, 카를, 나를 좀 더 자주 데리고 나와 주세요, 어이쿠, 이런 바보 자식, 취했나 보군, 이러다가 자동차를 슈프레 강에 처박겠어.

그러면 안 돼, 그러면 내가 익사하는 거잖아, 나는 아직 할 일이 많아, 나는 사랑하는 프란츠의 뒤를 캐야 해, 나는 그가 무엇을 계획하는지 모르고, 그도 내가 무엇을 하려는지 몰라, 그가 원하고 내가 원하는 한 그것은 우리 사이에서 비밀로 남아 있어야 해, 우리는 둘 다 같은 것을 원해, 우리는 둘 다 같은 것을 원한다고, 아, 몸이 뜨거워요, 어서 좀 더 키스해 줘요, 자, 나를 꼭 끌어안아 줘요, 카를, 몸이 녹는 것만 같아요, 몸이 녹는 것만 같아요, 맙소사.

사랑스러운 카를, 사랑스러운 카를, 그대는 이 세상에서 가장 멋진 사람이어야 해요, 가로수 길을 따라 검은 떡갈나무들이 휙휙 스쳐 지나가네요, 올해의 남은 128일을 전부 당신에게 드릴게요, 아침과 낮과 밤을 함께요.

그런데 공동묘지에 푸른 제복을 입은 경찰 두 명이 나타났다,

안녕하세요, 안녕. 그들은 묘석에 편히 앉아 지나가는 사람들에게 혹시 카시미르 브로도비츠라는 사람을 본 적 없느냐고 물었다. 그 사람은 30년 전에 무슨 범행을 저지른 사람인데, 그게 정확히 뭔지는 우리도 모르지만 앞으로 또 범죄를 저지를 가능성이 있거든요, 그런 자들이 돌아다니면 안전하지 못해요, 그래서 그자의 지문을 채취하고 신상을 파악해 두려는 겁니다, 물론 가장 좋은 것은 사전에 그를 붙잡아서 연행하는 거죠, 녀석을 우리에게 좀 데려와 주세요, 트라리 트라라.

라인홀트는 바지 자락을 걷어 올리고서 방에서 왔다 갔다 한다. 이 친구에게는 안정된 삶이나 많은 돈 따위는 어울리지 않는다. 그는 최근의 여자도 내보냈는데, 고상한 여자도 지겨워진 것이다.

사람이란 뭔가 색다른 것을 경험하고 싶어 한다. 이 친구는 프란츠에게 무슨 짓이든 저지르려 한다. 그 한심한 녀석이 다시 주변을 돌아다니고, 득의의 미소를 지으며 제 색시를 자랑하고 있다, 마치 대단한 일이라도 되는 것처럼. 녀석한테서 내가 그 여자를 빼앗을 수도 있어. 지난번에 그 여자가 토악질을 해서 구역질이 나긴 했지만.

성이 마터인 함석공, 물론 경찰에는 오스카 피셔라는 이름으로 알려져 있다, 이 친구는 라인홀트가 소냐에 대해 물어 보자 깜짝 놀란 듯한 표정을 짓는다. 라인홀트가 단도직입적으로 소냐에 대해 묻자 마터 역시 서슴없이 대답한다, 그래, 혹시 자네가 뭔가 알고 있다면 자네가 알고 있는 그대로야. 그러자 라인홀트는 마터의 허리를 팔로 감싸 잡으며, 소풍을 가려고 하는데 혹시 그 여자를 빌려 줄 생각이 없느냐고 묻는다. 그때 소냐는 프란츠의 여자지 마터의 여자가 아니라는 점이 분명해진다. 그래, 그러면 그 마터는 여자를 프라이엔발데*로 드라이브를 갈 때 데려올 수도 있을 것이다.

“그거야 나한테 말고 프란츠에게 물어 봐.” “나는 프란츠에게 물어볼 형편이 아니야. 예전부터 그 녀석과 나는 좀 복잡한 사연이 있어. 게다가 그 여자는 나를 좋아하지 않는 것 같아. 그 정도는 눈치채고 있거든.” “하여튼 나는 그런 일에 끼고 싶지 않아. 나하고 그녀 단둘이라면 몰라도.” “자네야 그런 식으로 하면 되지. 나는 그냥 드라이브나 한번 하자는 거야.” “자네가 원하는 여자를 다 가진다 해도 나야 상관 않겠어. 라인홀트. 그 여자도 마찬가지야. 하지만 뭘 훔치는 일도 아닌데 내가 어떻게 그 여자를 데려오느냐고.” “그야 그 여자가 자네라면 같이 외출할 테니까. 어이, 카를, 이 갈색의 고액권 한 장 주면 될까.” “그런 거야 언제나 환영이지.”

푸른 제복 차림의 경찰 둘이 커다란 돌 위에 앉아 지나가는 사람들이나 자동차들을 붙잡고 물어본다. 혹시 누런 얼굴에 검은 머리칼의 남자를 보지 못했느냐고. 그들은 그런 남자를 찾고 있다. 그들은 그 남자가 무슨 짓을 했는지, 그리고 앞으로 무슨 짓을 저지를지는 모르며 그런 것은 경찰 기록에나 적혀 있을 것이다. 그러나 그런 남자를 보았다고 하는 사람은 아무도 없다. 그래서 두 경찰관은 가로수 길을 따라 좀 더 걸어가야 한다. 도중에 형사 두 명이 그들과 합류한다.

1928년 8월 29일 수요일, 올해도 벌써 242일이 지나갔고 남아 있는 날도 그리 많지 않은 시점이다. 지난날들은 마그데부르크로의 행차, 회복과 치유, 라인홀트가 화주에 적응한 것, 미체의 출현 등과 더불어 돌이킬 수 없이 흘러갔다. 그리고 그들은 올해 들어 처음으로 도둑질을 한다. 프란츠는 다시 마음의 평화와 안정을 되찾는다. 그때 함석공은 귀여운 미체를 차에 태우고서 시골을 향해 질주한다. 그녀는 그 사람, 그러니까 프란츠에게는 후견인 신사 양반과 드라이브를 나간다고 핑계를 댔다. 그런데 그녀는 자신이 왜 이런 드라이브에 나선 것인지 알지 못한다. 프란츠를 도와주고 싶은 마음은 가득하지만 어떻게 도와야 할지는 그녀도 모른다. 그녀는 간밤에 꿈을 꾸었다. 그녀의 침대와 프란츠의 침대가 주인집 부부의 거실 램프 아래에 있는데, 문 앞의 커튼이 움직이더니 뭔가 희뿌연 것이, 유령 같은 것이 커튼 뒤에서 천천히 풀려나와 방 안으로 들어오는 것이다. 아, 그녀는 신음 소리를 내며 침대에서 일어나 앉았고, 프란츠는 옆에서 곤히 잠들어 있었다. 내가 이 사람을 도울 거야, 이 사람에게 아무 일도 일어나지 않게 할 거야, 이렇게 말하고 그녀는 다시 자리에 누웠다, 참 이상도 해라, 우리 침대가 어째서 거실 한가운데로 옮겨져 있는 걸까.

끼익, 그들은 프라이엔발데에 도착했다. 프라이엔발데는 온천이 있는 휴양지로 아름다운 곳이다, 노란 자갈이 깔린 예쁜 정원도 있고 많은 사람이 그곳을 산책한다. 정원 옆의 테라스에 앉아 막 점심 식사를 마친 그들은 그곳에서 과연 누구를 만나게 될 것인가?

지진, 번개, 번개, 천둥, 선로들이 갈라지고, 기차역이 무너진다, 바퀴 구르는 소리, 희뿌연 연기, 증기, 구름, 모든 것이 사라졌다, 시커먼 연기, 아무것도 보이지 않는다, 수증기, 터져 나오는 비명 소리……. 나는 당신 거예요, 영원히 당신 거예요.

저 사람한테 오라고 하세요, 여기 앉으라고 해요, 나는 저 남자가 두렵지 않아요, 저런 남자는 전혀 두렵지 않다고요, 나는 저 사람의 얼굴을 조용히 쳐다볼 거예요. "이쪽은 미체 양. 혹시 벌써 아는 사이야, 라인홀트?" "잠깐 본 적이 있지. 만나서 반가워요, 아가씨."

그렇게 그들은 프라이엔발데의 휴양소 정원에 앉아 있다. 식당에서 누군가가 멋지게 피아노를 연주하는 소리가 들려온다. 나는 지금 프라이엔발데에 앉아 있고, 그 녀석은 내 앞에 앉아 있다.

지진, 번개, 시커먼 연기, 모든 것이 사라졌다. 그래도 저 사람을 만난 것은 잘된 일이야. 나는 저 사람을 통해 품스 패거리가 저지른 일들을 모두 알아낼 거야. 그리고 프란츠가 하는 일에 대해서도. 저런 사람은 살살 욕망을 달궈 주면 그걸 얻어낼 수 있을 거야. 그러면 제 발로 접근해 오겠지. 미체는 행운의 여신이 자기편이라고 생각한다. 피아노 연주자가 노래를 부른다. 내게 '위' 라고 말해 줘요, 내 사랑, 그건 프랑스 말. 내게 독일어로 '네' 라고 말해 줘요, 그리고 중국어로도 말해 줘요, 어느 나라 말을 하건 다 좋아요, 사랑에는 국경이 없으니까요. 장미꽃을 들고 말해도 좋고, 콧소리로 말해도 좋아요, 살며시 말해도 좋고 황홀경에 빠져 말해도 좋아요. 내게 '위' 라고 말해 줘요, '예스' 라고, 또는 '네' 라고 말해 줘요. 그 밖의 다른 말로 해도 나는 다 좋아요!*

술잔이 식탁으로 배달되고 그들은 각자 한 모금씩 마셔 본다. 미체가 자신도 그 무도회에 갔었다고 밝히자 활기찬 대화가 시작된다. 피아노 앞에 앉은 악장이 손님들의 요청에 따라 「스위스와 티롤에서」를 연주한다. 프리츠 롤러와 오토 슈트란스키가 작사하고 안톤 프로페스가 곡을 붙인 춤곡이다. 스위스와 티롤에 가면, 정말 기분이 좋아요. 티롤에는 따스한 우유가 있고, 스위스에는 멋진 융프라우*가 있으니까, 야호! 그런데 여기에는 솔직히 말해 그런 것을 기대할 수 없어요. 그래서 나는 스위스와 티롤이 좋아! 홀로로이디! 레코드 가게에 가면 어디서나 구할 수 있습니다. 홀로로이디. 미체는 웃는다. 내 사랑하는 프란츠는 지금쯤 내가 기사 양반과 함께 있을 것으로 생각하겠지. 하지만 내 마음은 그이의 곁에 있어. 그 사람은 그걸 모르겠지만.

그럼 나중에 근처를 우리 자동차로 둘러봅시다. 그것은 바로 카를, 라인홀트 그리고 미체가 원하는 바다, 거꾸로 말하면 미체, 라인홀트, 카를 또는 라인홀트, 카를, 미체가 원하는 바다. 이쯤에서 전화가 걸려 오고 웨이터가 외치기로 되어 있다. 카를 마터 씨, 전화 왔어요, 당신이 미리 눈으로 신호를 준 게 아닌가요, 라인홀트, 젊은 친구, 자, 그런 얘기는 하지 말자고, 미체도 웃는다, 두 사람 다 반대 의사가 없으니 정말 멋진 오후가 되겠군. 그때 카를이 다시 돌아온다. 오, 귀여운 카를, 오, 귀여운 카를, 그대는 이 세상에서 가장 멋진 남자, 무슨 문제라도 있는 건가요? 아냐, 당장 베를린에 가 봐야 해, 당신은 이곳에 남아요, 미체, 무슨 일인지는 모르겠지만 나는 가 봐야 해요. 그러면서 그는 미체에게 다시 한 번 키스를 한다. 아무 말 말아요, 카를, 알지, 내 사랑, 남자라면 누구나 어디서든 엉뚱한 일이 생기는 법이지, 안녕, 라인홀트, 즐거운 부활절, 즐거운 오순절이 되길 바라네. 그는 모자걸이에서 모자를 집어 들고 그곳을 떠난다.

우리는 여기에 그대로 앉아 있다. "자, 할 말이라는 게 뭐죠?" "저 아가씨, 얼마 전에 그랬던 것처럼 그런 일로 그렇게 소리 지를 필요는 없었다는 거요." "그때는 너무 무서웠거든요." "내가 그렇게 무서운가?" "물론 사귀다 보면 차츰 친해지겠죠." "정말 듣기 좋은 말이군요." 저 조그만 작부가 눈을 굴리는 꼴 좀 봐, 요 귀엽고 사랑스러운 것, 장담하건대 내 오늘 안으로 너를 차지할 거야. 잠깐만 기다려, 이 젊은 친구야, 그냥 네 녀석 애만 태우게 할 테니, 그러면 알고 있는 것을 전부 털어놔야 할 거야. 그래, 저 녀석의 눈길 좀 봐. 김칫국부터 마시는군.

그때 피아노 연주자의 노래가 끝났다, 피아노도 지쳐서 자고 싶어 한다, 그러자 라인홀트와 미체는 함께 언덕으로 산책을 나선다,

그리고 숲 속을 잠시 거닌다. 둘은 이런저런 이야기를 나누며 팔짱을 끼고 걷는다. 이 남자도 그렇게 나쁜 사람 같지는 않네. 6시가 되어 다시 휴양소 정원으로 돌아오니, 카를이 그들을 기다리고 있다. 그는 자동차를 몰고 어느새 다시 돌아온 것이다. 벌써 집으로 돌아가려는가, 오늘은 보름달도 떴는데, 숲으로 함께 산책이나 하면 어때요, 아주 멋질 것 같아요, 그렇게 합시다. 세 사람은 밤 8시에 숲으로 산책을 간다, 그러나 카를은 잠시 후 얼른 호텔로 돌아가 방을 예약하고 자동차를 살펴봐야겠다고 한다. 그럼 이따가 정원에서 만나기로 해요.

그들이 들어선 숲에는 나무가 많다, 많은 사람들이 팔짱을 끼고 숲 속을 거닌다, 호젓한 오솔길도 있다. 두 사람은 꿈꾸는 듯한 눈빛으로 나란히 걷는다. 미체는 줄곧 뭔가를 물어보려 하지만, 뭘 물어야 할지 모른다, 이 사람하고 이렇게 팔짱을 끼고 걸으니 정말 기분이 좋아, 아, 다음에 물어봐야겠다, 오늘은 정말 멋진 저녁이야. 맙소사, 프란츠는 이러는 나를 어떻게 생각할까, 어서 숲에서 빠져나가야겠어, 아무튼 이렇게 숲 속에서 산책하는 것은 정말 멋진 일이야. 라인홀트는 아래쪽에서 그녀의 팔을 받치고 있다, 이 사람은 오른팔이 있구나, 이 사람은 나의 왼쪽에서 걷고 있어, 프란츠는 언제나 오른쪽에서 걷는데, 이렇게 걷는 것도 색다른 맛이야, 이 억세고 튼튼한 팔 좀 봐, 정말 건장한 남자야. 그들은 나무들 사이로 천천히 걷는다, 땅이 부드럽다, 프란츠 녀석 취향이 제법이군, 그 녀석한테서 이 여자를 낚아채야겠어, 한 달간은 내 것으로 만들고, 그다음에는 녀석이 마음대로 하라지. 혹시 녀석이 뭐라고 하면 다음번 원정 때 크게 당하게 될 거야, 그러면 다시는 일어서지 못할 거야, 이 여자 정말 멋져, 새침하고 게다가 녀석에게 정절까지 지키니 말이야.

그들은 거닐며 이런저런 이야기를 나눈다. 날이 시나브로 어두워진다. 서로 말을 하는 것이 더 좋아. 미체는 한숨을 내쉰다, 아무 말도 하지 않고 상대를 느끼기만 하면서 걷는 것은 위험한 일이다. 그녀는 길을 걸으면서 줄곧 어디로 뻗어 있는지를 살핀다. 내가 이 사람한테서 정말 무엇을 원하는지 모르겠어. 맙소사, 내가 이 사람과 뭘 하려는 거지? 그들은 숲을 한 바퀴 돈다. 미체는 그가 눈치채지 못하게 큰길 쪽으로 발걸음을 돌린다. 자, 눈을 떠 보세요, 당신은 다시 제자리로 돌아왔어요.

8시다.* 그는 손전등을 꺼낸다, 이제 호텔로 돌아가는 길이다, 숲에서 빠져나온 것이다, 작은 새들, 아, 작은 새들이 정말로 아름답게 지저귀었다. 그의 몸이 떨기 시작한다. 이상할 정도로 호젓한 길이었다. 그는 눈이 좋다. 그는 그녀 곁에서 가만히 걷는다. 함석공은 혼자서 테라스에서 기다리고 있다. "방은 구했어?" 라인홀트는 이렇게 말하며 고개를 돌려 미체를 찾아보는데, 그녀는 벌써 시야에서 사라지고 없다. "그 여자가 어디로 갔지?" "자기 방으로 올라갔어." 그는 노크를 한다. "그 여자가 예약을 해 놓았었나 봐, 잠자리에 든 모양이야."

그의 가슴이 떨린다. 정말 아름다웠다. 어두운 숲, 새들. 대체 나는 저 여자를 어떻게 하려는 거지. 프란츠 녀석, 정말 좋은 여자를 얻었어, 그 여자를 내 것으로 만들어야겠어. 라인홀트는 카를과 함께 테라스에 앉아 굵은 시가를 피운다. 둘은 서로를 바라보며 씩 웃는다. 대체 우리는 여기서 뭘 하는 거야? 잠이야 집에서 자도 그만인 걸. 라인홀트는 깊은 숨을 들이마시며 시가를 한 모금 천천히 빤다. 어두운 숲, 우리는 숲을 한 바퀴 돌았어, 그 여자가 나를 출발점으로 되돌아오게 한 거야. "자네가 원한다면, 카를, 오늘 밤 나도 여기에 있겠네."

그런 다음 둘은 숲의 가장자리를 따라 거닐다가 그곳에 앉아서 지나가는 차들을 바라본다. 이 숲에는 나무들이 많고, 지면은 걷기에 아주 부드러우며, 많은 사람들이 팔짱을 끼고서 숲 속을 거닌다, 나는 얼마나 비열한 인간인가.

9월 1일, 토요일

이상은 1928년 8월 29일 수요일의 일이다.

사흘 뒤 모든 일이 그대로 반복된다. 함석공은 차를 몰고 온다. 그리고 미체는, 미체는 라인홀트도 함께 가고 싶어 한다며 혹시 프라이엔발데에 다시 갈 생각 없느냐는 그의 제안을 받자 금방 승낙한다. 그녀는 자동차에 오르면서 생각한다, 이번에는 더 강하게 나가야지, 그 사람과 숲으로 산책을 나가지는 않을 거야. 그녀가 그렇게 금방 승낙한 것은 프란츠가 전날 매우 우울해 보였기 때문이다. 그런데 그는 그 이유를 말해 주지 않아, 내가 직접 그것을 알아내야겠어, 원인이 뭔지 그 배후를 캐고 말 거야. 그는 내게서 충분한 돈을 받고 있어, 때문에 모든 것을 다 갖고 있고 부족한 게 없어, 그런데도 왜 그렇게 침울해하는 것일까.

라인홀트는 차에 타자 그녀 옆에 앉아 얼른 팔로 그녀의 허리를 감는다. 모든 것은 철두철미하게 미리 계산된 것이다. 네가 너의 사랑하는 프란츠에게서 작별하는 것도 오늘이 마지막이야, 오늘은 내가 원하는 대로 내 곁에 있어야 해. 너는 내가 여태껏 차지했던 여자들 중 5백 번째 또는 1천 번째 여자야, 지금까지는 모든 일이 문제없이 잘 풀렸고, 앞으로도 잘될 거야. 이 여자는 앞으로 무슨 일이 벌어질지도 모르고 태평으로 앉아 있군, 나는 그것을 알지, 그래 잘된 일이다.

프라이엔발데에 이르자 그들은 모텔 앞에 차를 세워 둔다. 카를 마터는 미체와 단둘이서 프라이엔발데의 숲을 누비며 산책을 한다. 때는 9월 1일 토요일 오후 4시다. 라인홀트는 숙소인 모텔에 들어가 한 시간 정도 낮잠을 자겠다고 한다. 6시가 지나자 라인홀트는 침대에서 기어 나와 자동차를 만지작거리고 나서 한 잔 들이켜고는 어디론가 떠난다.

숲에서 미체는 행복감을 느낀다. 카를은 매우 다정하고 이야깃거리도 무궁무진하다. 이를테면 그는 특허를 하나 갖고 있었는데 그가 일하던 회사에서 그것을 빼앗아 갔다, 피고용인들은 늘 그런 식으로 사기를 당하므로 그런 것은 미리 문서로 만들어 두어야 한다, 아무튼 그 특허 덕분에 회사는 백만장자가 되었다, 그가 품스하고 손잡고 일하는 까닭은 이번에 새 모델을 하나 개발 중인데, 이 모델만 나오면 회사에서 훔쳐 간 것은 모두 휴지 조각이 될 것이기 때문이다. 그런 모델은 완성하는 데 돈이 많이 들고, 엄청난 비밀이라서 미체에게도 알려 줄 수가 없다, 그것이 성공하면 세상의 모든 것이 달라질 것이다, 그 모델은 전차, 소방대, 쓰레기 운반 등 모든 것에 적용될 수 있다. 그들은 가장무도회가 있던 날 즐겼던 드라이브 이야기도 한다, 가로수 길을 따라 떡갈나무들이 휙휙 스쳐 지나가네요, 나는 당신에게 올해의 128일을 드리겠어요, 아침과 낮과 밤을 함께요.

"야호, 야호." 라인홀트가 숲을 향해 소리를 지른다. 저것은 라인홀트의 목소리다. 그들이 대답한다. "야호, 야호." 그사이 카를은 어디론가 가서 몸을 숨긴다, 라인홀트가 나타나자 미체는 얼굴 표정이 더 심각해진다.

그때 돌 위에 앉아 있던 푸른 제복의 두 경찰이 자리에서 일어나며 이렇게 말했다. 아무리 지켜봐도 소용없군, 다 쓸모없는 일이야, 우리가 할 수 있는 게 아무것도 없어, 여기서는 성가신 일만 생길 뿐이야, 상부에 보고서나 작성해 보내는 거야. 혹시 무슨 일이 생기면 어차피 알게 될 거고, 광고탑에도 부착될 것이다.

그런데 숲 속에는 미체와 라인홀트만이 거닐고 있었다, 새 몇 마리가 짹짹거리며 지저귈 뿐이었다. 머리 위에서는 나무들이 노래하기 시작했다.

먼저 한 나무가 노래를 부르면 다른 나무가 뒤따라 노래를 했으며, 이어서 나무들은 함께 노래했다, 그러다가 나무들은 다시 조용해졌다가, 이어서 두 사람의 머리 위에서 다시 노래를 불렀다.

낫질하는 자가 있으니, 그 이름은 죽음, 위대한 신으로부터 받은 권능을 갖고 있다. 오늘 그는 칼을 갈고 있고, 칼은 훨씬 잘 들 것이다.

"아, 프라이엔발데에 이렇게 다시 올 수 있어서 기뻐요, 라인홀트. 그저께의 일을 기억하시죠, 정말 좋았어요, 안 그런가요?" "다만 조금 짧아서 아쉬웠죠, 아가씨. 당신은 좀 피곤했나 봐요, 당신 방을 노크했는데도 안 열어 주더군요." "공기가 좀 따가웠고, 드라이브나 다른 것들도 좀 힘들었어요." "그래도 그런대로 근사하지 않았나요?" "물론 근사했어요, 그런데 무슨 말을 하는 거예요?" "그저 그렇게 산책을 하는 게 그렇다는 거요. 그것도 이렇게 귀여운 아가씨하고 말이죠." "귀여운 아가씨라고요, 마음에 없는 말 말아요. 아무리 그래도 당신에게 '귀여운 신사'라는 말은 안 할 테니까요." "당신하고 이렇게 함께 걷는 것은……." "그게 어떻다는 거죠?" "내게는 그 이상 좋은 일이 없을 거란 생각이 들어요. 당신하고 이렇게 함께 걷는 것은 말이오, 아가씨, 진심에서 하는 말이오, 정말 기쁜 일이오." 괜찮은 젊은이군. "정말로 여자 친구가 없나요?" "여자 친구? 요즘은 여자 친구라는 게 대체 뭘 의미하는지요?" "뭐라고요?" "그러니까 내 말은 여자 친구도 가지가지라는 얘기요. 당신은 모를 거요, 아가씨. 당신한테는 올곧은 남자 친구가 있지요, 그리고 그 친구는 당신을 위해 무언가를 하잖아요. 그런데 어떤 여자는 그저 즐기려고만 하고, 진심 같은 것은 전혀 없지요." "운이 없었던 모양이네요." "그것 봐요, 아가씨, 그러다 보니까 그 일을 하게 된 거요, 그러니까 여자들을 서로 바꾸어 갖는 거 말이오. 물론 그런 얘기는 듣고 싶지 않겠지?" "아, 어서 얘기해 보세요. 그게 도대체 어떻게 하는 건가요?" "자세히 얘기해 줄게요, 이번엔 당신도 이해할 수 있을 거요. 아무런 가치도 없는 여자를 몇 주일 또는 몇 달간 데리고 있을 수 있겠어요? 어때요? 그저 쏘다니기나 하고 좋은 면이라고는 하나도 없고, 아무것도 이해 못하는 바보 천치에다 모든 일에 간섭하려 들고 게다가 술까지 퍼마신다면?" "정말 역겹겠군요." "그것 봐요, 미체. 내가 바로 그랬다니까요. 그런 일은 누구나 겪을 수 있어요. 순전히 쓸모없는 물건, 쓰레기, 오물에 지나지 않아요. 그야말로 쓰레기통에서 나온 것들이죠. 당신 같으면 그런 사람과 결혼하고 싶겠어요? 나는 못 해요, 단 한 시간도. 물론 얼마 동안은 참을 수 있을 거요, 몇 주 정도? 그 이상은 힘들 거요, 그러면 그 여자는 나가야 하고, 나는 다시 혼자가 되는 거죠. 그것은 좋은 일이 아니죠. 그러나 지금 이곳에 있으니 참 좋군요." "혹시 기분 전환이 돼서 그런 건 아닐까요?" 라인홀트는 웃는다. "그게 무슨 말이오, 미체?" "그러니까 당신도 가끔은 다른 여자를 탐내는 것이 아닐까요?" "왜 안 그렇겠소, 우리 모두가 똑같은 인간인데."

그들은 웃으며 팔짱을 끼고 걷는다. 9월 1일이다. 나무들은 그치지 않고 노래를 부른다. 그것은 긴 설교다.

모든 것이 때가 있고, 하늘 아래 모든 계획이 이루어질 때가 있다, 모든 것이 자신의 연수가 있으니, 태어날 때가 있고 죽을 때가 있으며 심을 때가 있고 심은 것을 뽑을 때가 있다, 모든 것이 때가 있다, 목 졸라 죽이고, 치료하고, 부수고, 세우고, 찾고, 잃어버리는 것도 때가 있고 간직할 때가 있으면 내버릴 때가 있고, 찢고, 꿰매고, 잠잠하고, 말하는 것, 그 모든 것이 때가 있다. 그러므로 나는 사는 동안 즐거워하는 것보다 더 나은 것이 없음을 깨닫는다. 즐거워하는 것보다 더 나은 것 말이다. 즐겁게 지내자, 즐거워 하자. 태양 아래에는 웃고 즐거워 하는 것보다 나은 것은 없다.*

라인홀트는 미체의 손을 잡고 그녀의 오른쪽에서 걷는다, 그는 팔이 참으로 튼튼하다. "이봐요, 미체, 사실 나는 당신을 초대할 용기가 없었어요, 그때는 말이오, 알겠소?" 우리는 30분이나 거닐면서도 거의 말을 하지 않고 있다. 말없이 오래 걷는 것은 위험한 일이다. 그런데 그의 오른팔이 느껴진다.

이 사랑스러운 아가씨를 어디에 앉힐까, 아주 특별한 여자야, 나중을 위해 일단 아껴 둬야 할 것 같아, 사람은 즐겨야 하는 거야, 어쩌면 이 여자를 호텔로 데려갈 수도 있겠지, 그것도 밤에 말이야, 달빛이 깨어나는 밤에. "당신 손은 흉터투성이이고 문신도 했는데, 혹시 가슴도 그런가요?" "그래요, 한번 보겠어요?" "도대체 문신 같은 것은 왜 해요?" "어디에 하느냐가 중요한 거요, 아가씨." 미체는 킥킥거리면서 그의 팔짱을 낀 채로 몸을 흔든다. "대충 짐작이 가요, 프란츠를 알기 전에 나도 그런 남자를 사귄 적 있어요, 온몸에 문신을 했어요, 말하기가 좀 그럴 정도예요." "고통이 있기는 하지만 아름다운 거요. 한번 보겠어요, 아가씨?" 그는 잡고 있던 그녀의 팔을 놓고서 얼른 단추를 풀어 셔츠를 열어젖히고 가슴을 내보인다. 월계관을 두른 모루 문양의 문신이다. "이제 옷을 여며요, 라인홀트." "자, 찬찬히 살펴봐요." 그의 속에서 불꽃, 걷잡을 수 없는 욕정이 일어나고, 그는 그녀의 머리를 움켜잡더니 자기 가슴에 끌어당긴다. "키스해 줘, 아가씨, 키스해 줘, 키스해 달라니까." 그녀는 키스하지 않는다, 그녀의 머리는 그의 두 손에 눌린 채로 그대로 있다. "어서 놔 줘요." 그가 풀어 주면서 말한다. "그렇게 새침 떨지 마, 젠장." "그만 갈래요." 저런 괘씸한 것, 목을 비틀어 버릴까 보다, 나한테 말하는 꼬락서니 좀 봐. 그는 셔츠 앞깃을 다시 여민다. 저 여자를 꼭 차지하고 말겠어, 저것이 비싸게 굴고 있어, 일단은 두고 보는 거야, 이 친구야. "당신한테 무슨 몹쓸 짓을 한 것도 아니고, 벌써 단추도 채웠소. 자, 봐요. 남자 몸을 본 게 한두 번이 아닐 텐데."

내가 무엇 때문에 저 녀석하고 여기서 얼쩡거리고 있는 거지, 저 사람은 내 머리를 헝클어 놓았어, 불한당 같은 놈이야, 어서 도망가야겠어. 모든 것은 때가 있는 법이다. 모든 것, 모든 것이 그렇다.

"너무 기분 나빠하지 말아요, 아가씨, 급작스럽게, 순식간에 일어난 거요. 한순간의 일, 당신도 알다시피, 사람이 살다 보면 그런 순간이 있는 거요." "그렇다고 머리를 그렇게 움켜잡아요?" "너무 화내지 말아요, 미체." 내가 너의 다른 곳을 잡아 주지. 격렬한 욕정이 다시 그를 사로잡는다. 이 여자를 어떻게 좀 만질 수만 있다면. "미체, 우리 다시 화해하지 않겠소?" "좋아요, 하지만 점잖게 굴어야 해요." "그래요." 두 사람은 다시 팔짱을 낀다. 그는 그녀를 보며 미소를 짓고, 그녀는 풀밭을 내려다보며 미소를 짓는다. "아주 언짢은 것은 아니었죠, 미체? 우리 같은 사람은 그냥 짖기만 하지 물어뜯지는 않아요." "궁금한 게 있는데, 왜 하필이면 모루 문신이죠? 다른 사람들은 대개 여자나 하트 같은 걸 새기던데, 당신은 모루 문신이네요." "당신 생각은 어때요, 미체?" "모르겠어요. 도무지 짐작이 안 가요." "이건 내 문장(紋章)이오." "모루가요?" "그래요, 그 위에 누군가를 눕힌다는 뜻이죠." 그는 그녀를 쳐다보며 씩 웃는다. "당신은 정말 추잡해요. 차라리 침대를 그려놓지 그래요." "천만에, 모루가 훨씬 나아요. 모루가 더 좋다고." "당신은 대장장인가 보군요?" "그런 면도 있어요. 나 같은 사람이야 모든 것을 다 하니까. 그런데 당신은 이 모루의 속뜻을 잘 모르는 것 같군, 미체. 누구든지 내게 너무 가까이 왔다가는 제대로 당할 수 있다는 뜻이야, 아가씨. 그렇다고 내가 당장 물어뜯는다고 생각하면 안 돼요, 특히 당신을 물어뜯지는 않을 거요. 이곳은 산책하기 아주 좋은데, 어디 아늑한 곳이 있으면 좀 앉았으면 좋겠어." "품스 패거리는 당신처럼 다 그 모양인가 보죠?" "경우에 따라 달라요, 미체, 우리하고 어울리기가 쉽지는 않아요." "당신들은 도대체 뭘 하는데요?" 어떻게 너를 저 아늑한 구덩이에 앉게 할까, 여기는 지나가는 사람도 없군. "아, 미체, 그런 건 당신의 프란츠에게 물어보는 게 좋아요, 그 친구도 나만큼 알거든." "하지만 그 사람은 아무것도 말해 주지 않아요." "그게 잘하는 거요. 그는 참 영리한 친구요. 아무 말도 안 하는 게 더 좋은 거요." "하지만 나한테까지." "도대체 알고 싶은 게 뭐요?" "당신들이 무슨 일을 하는지." "그러면 내게 키스해 줄 거요?" "그걸 말해 주면요."

그러자 그는 두 팔로 여자를 끌어안는다. 이 남자는 튼튼한 두 팔이 있어. 그리고 얼마나 억세게 끌어안을 수 있는가. 모든 것에는 때가 있다. 심을 때가 있고 뽑을 때가 있으며, 찾을 때가 있고 잃어버릴 때가 있다. 이거 숨이 막히는군. 이 남자는 놓아주지 않을 셈이야. 정말 뜨겁군. 그만 놓아줘. 몇 번만 더 이렇게 하면 죽을 것 같아. 어서, 이야기를 해 달라니까, 프란츠에게 무슨 일이 있는지, 대체 프란츠가 뭘 하려는 건지, 과거에는 무슨 일이 있었는지, 그리고 패거리는 무슨 생각을 하고 있는지. "이제 그만 놔줘요, 라인홀트." "좋아." 그는 그녀를 풀어 주고서 그 자리에 서 있다가 털썩 그녀 앞에 무릎을 꿇더니 그녀의 구두에 키스를 한다. 이 남자가 미쳤나. 그는 스타킹에 키스를 하고 좀 더 올라가 그녀의 원피스와 손에 키스를 한다. 모든 것에는 때가 있다. 이어 그의 키스는 목 있는 곳까지 올라온다. 그녀는 웃으며 두 팔을 휘두른다. "비켜요, 저리 가요, 아이참, 당신 미쳤나 봐요." 이 남자는 지금 불이 붙었어, 한바탕 찬물을 끼얹어야겠어. 그는 거칠게 숨을 몰아쉬면서 그녀의 목에 파고들고자 한다. 또 더듬거리면서 뭐라고 중얼대는데 도무지 알아들을 수가 없다. 그러더니 그녀의 목에서 저절로 떨어진다. 꼭 황소 같다. 그의 팔은 여전히 그녀의 팔을 끼고 있다. 둘은 다시 걷기 시작한다. 나무들이 노래를 한다. "저것 좀 봐, 미체, 저기 근사한 구덩이가 있어, 꼭 우리를 위해 만들어 놓은 것 같아. 저기를 좀 봐. 주말 연인들을 위한 보금자리야. 누군가 여기서 요리까지 해 먹은 모양이야. 일단 좀 치우자고. 바지가 더러워질 수 있으니까." 여기에 앉아 볼까? 그러면 저 남자가 얘기를 더 잘해 줄지도 몰라. "나는 괜찮아요. 외투를 깔고 앉으면 나을 거예요." "잠깐만, 미체, 내 외투를 벗을게." "정말 친절하시네요."

이렇게 해서 그들은 풀이 우거진 구덩이에 비스듬히 누웠다. 미체는 발로 통조림 깡통을 멀리 차 버리고는 배를 깔고 엎드린다. 그러고서 한쪽 팔을 그의 가슴 위에 슬쩍 올려놓는다. 이렇게 우리는 여기까지 온 거야. 그녀는 그를 쳐다보며 미소를 짓는다. 그가 입고 있던 조끼를 가슴에서 밀어젖히자 모루 문신이 드러났지만 그녀는 고개를 돌리지 않는다. "이제 얘기해 줘요, 라인홀트." 그는 그녀를 힘껏 가슴에 끌어안는다, 우리는 여기까지 왔어, 훌륭해, 이 아가씨를 여기까지 데려오다니, 모든 것이 순조롭구나, 예쁜 아가씨야, 끝내주는군, 이 여자는 오래 붙잡아 둬야겠어, 그러면 프란츠가 악을 쓰겠지, 그래도 이 여자를 쉽게 내주지 않을 거야. 라인홀트는 아래로 미끄러지면서 미체를 잡아당겨 자기 몸 위로 오게 하고는 그녀를 끌어안고서 그녀의 입술에 키스를 한다. 그는 입술을 마구 빨아 댄다, 머릿속에는 아무 생각도 없다, 황홀과 욕정, 야성뿐이다, 모든 몸짓은 이미 정해진 대로 옮겨 간다, 이제 누구든 방해할 자만 나타나지 말라. 이어 무언가 터져서 산산조각으로 흩어진다, 어떤 폭풍이나 굴러떨어지는 바위도 그것을 막을 수 없다, 그것은 대포의 탄환이고, 폭발하는 지뢰다. 자기 쪽으로 날아오는 것은 무엇이든 부수며 해치운다, 그렇게 계속해서 전진, 전진한다.

"아, 그렇게 꽉 죄지 말아요, 라인홀트." 이 남자가 나를 약하게 만들고 있어. 만약 정신을 집중하지 않으면 이 녀석에게 완전히 넘어가겠어. "미체." 그는 눈을 껌뻑이며 고개를 쳐들지만, 그녀를 놓아주지 않는다. "이봐, 미체." "왜요, 라인홀트?" "대체 내게서 뭘 알아내려는 거야?" "이봐요, 당신은 지금 나한테 고약한 짓을 하고 있어요. 프란츠를 안 지는 얼마나 되죠?" "당신의 프란츠?" "그래요." "당신의 프란츠, 그래, 그 사람은 아직 당신 거요?" "그럼 뭐겠어요?" "그러면 난 뭐지?" "그게 무슨 말이죠?" 그녀는 그의 가슴에 고개를 묻으려 하지만, 그가 그녀의 머리를 치켜세운다. "그럼 나는 뭐냐고?"

그녀는 몸으로 그를 덮치며 입술로 그의 입을 막는다, 그러자 그는 다시 몸이 달아오른다, 나도 이 남자에게 약간은 호감이 생기고 있어, 이 녀석이 몸을 쭉 뻗고 달아오르고 있군. 그 불길은 어떤 물로도, 어떤 커다란 소방대 호스로도 끌 수 없는 것이고, 불길은 건물의 안쪽에서 시작해 밖으로 뻗어 나온다. "그만해요, 이제 나를 놓아줘요." "나한테서 원하는 게 뭐야, 아가씨?" "아무것도 없어요. 그냥 당신과 함께 있는 거요." "뭐, 그렇다면 나도 당신 거야, 안 그래? 혹시 프란츠와 다투기라도 한 거야?" "아뇨." "그와 다투었지, 미체?" "아뇨, 그냥 그 사람 얘기나 좀 해 줘요, 당신은 오래전부터 그를 알잖아요." "그 친구 얘기는 해 줄 것이 없어." "어서, 해 주세요!" "내가 해 줄 수 있는 이야기가 없다니까, 미체." 그는 그녀를 움켜잡더니 옆으로 눕힌다, 그녀는 그와 엎치락뒤치락한다. "안 돼요, 난 싫어요." "그렇게 고집부리지 마, 아가씨." "그만 일어날게요, 여기 있다가는 옷이 다 더러워지겠어요." "만약 내가 뭔가를 얘기해 준다면?" "그럼 좋아요." "그럼 나는 무엇을 얻지, 미체?" "당신이 원하는 것." "무엇이든?" "그래요, 일단 두고 봐요." "무엇이든 다?" 바싹 붙은 그들의 얼굴이 마구 달아오른다. 그녀는 아무 말도 하지 않는다, 내가 왜 이러는 건지 나도 모르겠어, 그를 뚫고 뭔가 지나간다, 생각도 사라진다, 아무 생각도 없다, 아무 의식도 없는 상태.

그는 몸을 일으킨다, 얼굴 좀 씻어야겠어, 어휴, 이 숲, 여기 있다가는 정말 지저분해지겠어. "그럼 당신의 프란츠에 대해 들려주지. 그 친구를 알게 된 지는 꽤 됐어. 그 친구는 좀 별난 녀석이야. 그를 만난 것은 프렌츨라우 대로의 술집에서였어. 지난겨울이었지. 그 친구는 신문을 팔고 있었어, 그러다가 거기서 또 한 사람을 알게 되었는데, 맞아, 메크라는 친구였어. 그곳에서 그를 알게 되었어. 그 뒤로 우리는 거기서 가끔 만났지, 여자들 얘기는 이미 당신한테 해 주었고." "그러면 그 얘기가 사실인가요?" "사실이냐고? 그 친구는 바보야, 그 비버코프, 그 바보코프, 그 친구는 여자들 얘기도 자랑할 것이 없어, 여자들도 전부 내 손을 거쳐서 얻은 거니까, 혹시 그 친구가 나한테 여자들을 주선했다고 생각해? 맙소사, 그의 여자들. 천만에, 그 친구의 길을 따라갔으면 아마도 우리는 구세군에 갔을 거야, 나를 고친다는 명목으로 말이야." "그런데 당신은 개선된 게 아무것도 없나요, 라인홀트." "보다시피, 나는 어쩔 수가 없는 사람이야. 나야 있는 그대로의 모습으로 보아주면 그만이야. 이건 교회에서 하는 아멘처럼 확실한 거라서 어떻게 바꿀 수도 없어. 그래도 그 친구 정도라면, 미체, 당신이 어떻게 바꿀 수 있을 거야. 미체, 당신의 기둥서방 말이야, 당신은 참 예쁜 여자야. 그런데 어쩌다가 당신 같은 여자가 그런 녀석을 고를 수가 있지, 그런 외팔이를 말이야, 당신처럼 귀여운 아가씨가. 그 정도 인간이라면 당신은 열 손가락 하나하나에 다 거느릴 수 있지 않겠어?" "에이, 허튼소리는 그만해요." "하기야 사랑에 빠지면 눈이 머는 법이니까, 그래도 그렇지! 그 녀석, 당신의 기둥서방이라는 자가 지금 우리한테 와서 뭘 하는지 알아? 그 친구는 우리한테 와서 뻐기고 잘난 체를 하려는 거야, 하필이면 우리한테 와서. 처음에는 나를 참회의 의자에 앉히려고 했지, 구세군 말이야, 하지만 그게 뜻대로 안 되었어. 그러자 이제는." "그만해요. 그 사람을 그렇게 욕하지 마세요, 도저히 듣고 있을 수가 없어요." "그래, 알겠어, 당신의 사랑스러운 프란츠니까, 그는 여전히 당신의 사랑하는 프란츠야, 안 그래?" "그 사람이 당신한테 무슨 해를 끼치는 건 아니잖아요, 라인홀트."

모든 것에는 때가 있는 법, 모든 것, 모든 것이 그렇다. 이 자식 정말 끔찍한 녀석이야, 제발 나를 놓아주면 좋겠어, 이 녀석에 대해 아무것도 알고 싶지 않아, 얘기 같은 것은 안 해 줘도 좋아. "그래, 그 친구가 우리에게 해를 끼치지는 않지, 그러다 정작 봉변을 당하는 것은 그 녀석이니까, 미체. 그런데 당신은 정말 대단한 친구를 만난 거야, 미체. 그 친구는 자기 팔 얘기를 해 주지 않았나? 뭐라고 했어? 당신이 그 친구의 색시니까, 아니, 색시였으니까 말이야! 이리 와 봐, 귀여운 미체, 당신은 내 달콤한 사랑이야, 건드리지 않을 테니까."

내가 지금 뭘 하고 있는 거지, 나는 이 남자를 원치 않아. 심을 때가 있고 심은 것을 뽑을 때가 있으며, 꿰맬 때가 있고 찢을 때가 있으며, 울 때가 있고 춤출 때가 있으며, 슬퍼할 때가 있고 웃을 때가 있다. "이리 와 봐, 미체, 그런 시건방진 얼간이와 뭘 하겠다는 거야? 당신은 내 달콤한 사랑이야. 그렇게 까탈 부리지 말라고. 그런 녀석 곁에 있으니까 당신은 백작 부인이 못 되는 거야. 그 녀석한테서 벗어난 것을 기뻐하라고." 나더러 기뻐하라고, 왜 내가 기뻐해야 하지? "이제 그 친구는 울고불고할 거야, 더 이상 미체를 가지지 못하니까." "이제 그만하세요, 그리고 그렇게 짓누르지 좀 마세요, 내 몸은 무쇠가 아니라고요." "그래 아니지, 살덩이, 아름다운 살덩이로 만들어졌지, 미체, 어서 당신의 그 귀여운 입술을 좀 내게 줘." "왜 이래요, 정말, 그렇게 짓누르지 말라니까요. 괜히 착각하지 말아요. 내가 언제부터 당신의 미체라는 거죠?"

어서 여기서 빠져나가야 해. 저기에 모자를 두고 왔군. 저 사람은 나를 내리칠 거야, 어서 달아나야겠어. 그는 아직 구덩이에서 몸을 일으키지 않고 있는데, 그녀는 벌써 소리를 지르기 시작한다, 그녀는 프란츠를 외쳐 대며 달려 나간다. 그러자 그가 일어나 뛰어가서 한달음에 그녀를 따라잡는다. 그는 셔츠 바람이다. 두 사람은 나무 근처에서 쓰러져 그곳에 드러눕는다. 그녀는 발버둥을 치고, 그는 그녀 위에 올라타고서 그녀의 입을 틀어막는다. "소리 지를 거야? 이런 빌어먹을 계집, 또 소리 지르겠다는 거야, 도대체 왜 그렇게 악악대는 거야? 내가 뭘 어떻게 한다고, 조용하지 않을 거야? 저번에는 그 자식이 네 뼈를 온전하게 남겨 두었지. 하지만 조심해, 내 방식은 좀 다르니까." 그는 그녀의 입을 막고 있던 손을 뗀다. "소리 지르지 않을게요." "그래, 좋아. 어서 일어나, 돌아가서 네 모자를 가져와. 나는 여자한테 폭력을 쓰는 사람이 아니야. 지금까지 살아오면서 한 번도 그런 적이 없다고. 하지만 이런 식으로 나를 열 받게 하지 않는 게 좋을 거야. 그러다가는 힘들어져."

그는 그녀의 뒤에서 걸어간다.

"프란츠라는 인간을 갖고 그렇게 빼길 것까지는 없어, 당신이 그 녀석의 갈보라고 해도 말이야." "이제 돌아갈래요." "돌아가겠다니 그게 무슨 소리야, 당신은 정신이 나간 모양이군, 지금 누구를 상대하고 있는지 모르는 모양이지, 너의 얼간이 녀석하고야 그런 식으로 말해도 되겠지." "어떻게 해야 할지 나도 모르겠어요." "아까 그 구덩이로 들어가 얌전히 있어."

송아지를 도살할 때는 송아지 목에 줄을 묶어 도살대 쪽으로 데려간다. 그런 다음 송아지를 들어서 도살대에 올려놓고 단단히 묶는다.

그들은 구덩이 쪽으로 걸어간다. 그가 말한다. "어서 누워." "나보고 하는 말이에요?" "소리만 질러 보라고! 나는 당신이 좋아, 아가씨, 그렇지 않았다면 이곳에 오지 않았을 거야, 다시 한 번 말하지만 당신은 그 친구의 갈보이지 백작 부인이 아니야. 나한테서는 소란을 피우지 않는 게 좋을 거야. 그래 봤자 누구한테도 이로울 게 없으니까. 나는 남자든 여자든 가리지 않아, 그따위로 굴면 나는 신경이 곤두서지. 당신 기둥서방한테 가서 물어보라고. 그 녀석은 당신한테 무슨 말을 해 줄 수 있을 테니까. 물론 그 녀석이 당황하지 않는다면 말이야. 하지만 나도 말해 줄 수 있어. 그 친구가 정말 어떤 사람인지 알 수 있게 말해 줄 수 있다고. 당신이 나하고 일을 시작하면 어떻게 되는지도 말이야. 그 친구는 한때 머리에 품은 생각을 실행에 옮기고자 했어. 어쩌면 자식은 우리를 밀고하려 했는지도 몰라. 그 녀석은 우리가 작업을 나갔던 현장에서 망을 본 적이 있어. 그런데 자식이 자기는 진실한 사람이라면서 함께 일을 하지 않겠다는 거야. 자기는 양말에 구멍 하나 없는 사람이라는 거지. 그래서 나는 그 친구에게 함께 해야 한다고 말해 주었지. 그렇게 해서 녀석도 우리와 차에 타게 되었어, 나는 그 멍청이를 어떻게 처리해야 할지 몰랐어, 항상 입만 살아 큰 소리를 쳤거든, 그때 뒤에서 자동차 한 대가 우리를 따라오는 거야, 순간 나는 생각했어, 조심해, 이 자식아, 늘 잘난 척하는 녀석아, 우리한테도 좀 예의 바르게 대해 보라고. 그런 다음 녀석을 차 밖으로 내동댕이친 거야. 이제 그가 어디서 팔 하나를 잃었는지 알겠지."

얼음처럼 차가운 손, 얼음처럼 차가운 발, 이 자식은 원래 그런 놈이었어. "자, 어서 누워, 그리고 얌전하게 구는 게 좋을 거야." 이 자식은 살인자야. "이 더러운 자식, 비열한 악당." 그는 득의의 표정을 짓는다. "이런, 또 소리를 지르는군." 이제 너는 고분고분해질 것이다. 그녀는 울부짖고, 눈물을 흘린다. "이 개자식, 너는 그 사람을 죽이려 했어, 그 사람을 불행하게 만들었어, 그러고서 이제 나까지 차지하려는 거야, 이 더러운 자식." "그래, 내가 원하는 게 바로 그거야." "이 더러운 자식. 얼굴에 침을 뱉어 주겠어." 그는 그녀의 입을 막는다. "정말 이럴 거야?" 그녀는 얼굴이 새파래져서 그의 손을 힘껏 잡아챈다. "살인자, 도와줘요, 프란츠, 프란츠, 어서 와 줘요."

모든 것이 때가 있다! 때가 있다! 모든 것은 다 때가 있는 법이다. 목을 조를 때가 있고 치료할 때가 있으며, 부술 때가 있고 세울 때가 있으며, 찢을 때가 있고 꿰맬 때가 있으니, 모든 것은 때가 있는 법이다. 그녀는 쓰러지며 도망치려 한다. 그들은 구덩이 속에서 드잡이를 한다. 도와줘요, 프란츠!

이제 우리는 일을 해치우고 말 거다, 너의 프란츠를 좀 골려 주마, 그러면 녀석은 일주일 내내 골머리 좀 썩겠지. "집에 가겠어요." "가 볼 테면 가 보라고. 지금까지 그러겠다고 나섰던 것들이 한둘이 아니야."

그는 그녀의 등에 올라타 무릎을 꿇고는 두 손으로 그녀의 목을 감는다, 양쪽 엄지손가락이 그녀의 목덜미를 짓누른다. 그녀의 몸이 움츠러들고 또 움츠러든다, 그녀의 몸이 움츠러든다. 모든 것이 다 때가 있는 법, 태어날 때가 있고 죽을 때가 있고, 태어날 때가 있고 죽을 때가 있다, 모든 것이 다 때가 있다.

너는 나보고 살인자라고 하는구나, 나를 이곳으로 유인해서 내 코를 꿰려고 하고 있어, 나쁜 년, 라인홀트가 어떤 사람인지 제대로 보여 주지.

권능, 권능, 낫으로 베어 들이는 자, 그는 위대한 신으로부터 권능을 받았다. 어서 놓아줘요. 그녀는 여전히 버둥거리며 몸부림을 친다. 우리는 이 일을 잘 해치울 거야, 그러면 개들이 와서 네 몸뚱어리를 먹어 치울 거야.

그녀의 몸이 움츠러들고 또 움츠러든다, 바로 미체의 몸이다. 그녀는 살인자라고 소리친다. 이제 그녀는 그것을 직접 경험해 보아야 할 것이다, 프란츠 그 녀석이 너에게 그런 것을 부담시켰어, 너의 사랑스러운 프란츠가 말이다.

그러고 나서 나무 몽둥이로 짐승의 목덜미를 내리치고 칼로 목 양쪽의 동맥을 절개한다. 그리고 대야에 피를 받는다.

시간은 어느덧 8시, 숲 속은 상당히 어두워졌다. 나무들이 좌우 전후로 흔들린다. 그것은 힘든 작업이었다. 저 계집이 아직도 뭐라고 지껄이고 있나? 아니, 더 이상은 꽥꽥대지 못한다, 더러운 년. 저런 더러운 년하고 산책을 하다 보니 이런 꼴을 당하는군.

덤불로 덮고, 나중에 다시 찾을 수 있도록 옆에 있는 나무에 손수건을 걸어 두는 거야, 이 계집을 이제 해치웠어, 카를은 어디 있는 거지, 이제 가서 그 녀석을 데려와야 해. 그는 한 시간쯤 지나 카를과 함께 돌아온다, 이런 겁쟁이 자식, 달달 떠는 꼬락서니하고는, 다리까지 휘청대는군, 이런 풋내기하고 일을 해야 하다니. 사방에 칠흑 같은 어둠이 깔린 상태에서 그들은 손전등을 들고 여기저기를 살펴본다, 저기 손수건이 보인다. 그들은 자동차에서 삽을 가져온다. 이제 시체를 파묻는 작업을 한다, 시체 위에 모래를 덮고, 다시 덤불을 얹는다, 발자국을 남겨서는 안 돼, 이봐, 흔적을 깨끗이 지워야 해, 정신 바싹 차려, 카를, 마치 자네가 저지른 것처럼 허둥대는군.

"자, 여기 내 여권이 있어, 훌륭한 여권이야, 카를. 그리고 여기 돈도 있고, 공기가 심상치 않은 동안은 어디 가서 좀 피해 있어. 돈도 받을 수 있으니 걱정할 필요 없어. 연락은 언제나 품스 주소로 하고. 나는 자동차를 타고 다시 돌아가겠네. 나를 본 사람도 없고, 자네를 의심할 사람도 없어, 게다가 자네는 알리바이도 있으니까. 자 됐으니, 여기서 나가세."

나무들이 흔들리고 비틀거린다. 모든 것, 모든 것이.

칠흑 같은 밤이다. 그녀의 얼굴은 박살이 났다, 이도 박살 나고,

눈도 박살 났다, 그녀의 입도, 그녀의 입술도, 그녀의 혀도, 그녀의 목도, 그녀의 몸뚱어리도, 그녀의 다리도, 그녀의 허벅지도. 나는 당신 거예요, 나를 위로해 주세요. 슈테틴 역 파출소, 아싱거 맥주홀, 나는 몹시 아파요, 어서 와 줘요, 우리는 곧 집에 이를 거예요, 나는 당신 거예요.

나무들이 흔들린다, 바람이 휘몰아친다. 후, 후우, 후우-우우. 밤이 깊어 간다. 그녀의 몸뚱어리는 박살이 났다, 그녀의 눈도, 그녀의 혀도, 그녀의 입도, 어서 와 줘요, 어서 집에 가고 싶어요, 나는 당신 거예요. 숲 가장자리의 나무 하나가 삐걱 소리를 낸다. 후, 후우, 후, 우우, 우후, 폭풍이다, 폭풍은 북을 울리고 피리를 불어 대며 다가온다, 지금은 저기 숲 위쪽에 머물고 있다, 이제 아래로 내려온다, 울부짖는 소리가 나면 폭풍은 아래에 와 있는 것이다. 덤불에서 흐느끼는 소리가 흘러나온다. 마치 무엇을 긁어 대는 소리 같다, 우리에 갇힌 개처럼 울부짖고 낑낑거린다. 저기 훌쩍거리는 소리를 들어 보라, 누군가가 짓밟은 것 같다, 그것도 묵직한 뒤꿈치로, 이제 그 소리는 다시 그친다.

후, 후우, 후우-우우-후, 폭풍이 다시 불어닥친다, 지금은 밤이고 숲은 조용하다, 어깨를 맞대고 나란히 서 있는 나무들. 평화롭게 우뚝 솟은 나무들, 이것들은 가축의 무리처럼 떼를 지어 서 있다, 그렇게 붙어 서 있으면 폭풍도 쉽게 접근하지 못한다, 다만 가장자리 나무들과 약한 나무들은 폭풍을 피할 수 없다. 우리는 서로 붙어서 꼼짝하지 말고 버티는 거야, 밤이다, 해는 이미 졌다, 후, 후우, 우우, 후, 다시 시작된다, 폭풍이 밀려온다, 폭풍은 이제 아래, 위에 그리고 사방 어디에나 와 있다. 하늘에는 주황빛이 번지고 다시 밤이다, 주황빛, 밤, 흐느낌과 새된 소리는 더욱 커진다. 가장자리에 있는 나무들은 무엇이 닥치는지를 알고 있다, 나무들은 흐느낀다. 풀들도 흐느낀다. 그러나 이들은 몸을 굽힐 줄도 알고 나부낄 줄도 안다. 그러나 굵은 나무들은 어떡할 것인가. 그러다가 갑자기 바람이 더 이상 불지 않는다. 바람은 부는 것을 포기했다. 더 이상 불지 않는다. 아직도 나무들은 바람 때문에 낑낑거린다. 바람은 이제 무엇을 하려는 것일까.

집을 허물 때 맨손으로는 할 수 없다. 큰 망치를 사용하든가 집 아래에 다이너마이트를 파묻어야 한다. 바람은 가슴을 약간 펼 뿐이다. 조심하라. 바람이 숨을 들이마셨다가 내뿜는다. 후, 후우, 우후, 우우, 후. 또 숨을 들이마셨다가 내뿜는다. 후, 후우, 우우, 후. 바람의 숨결은 하나하나가 산만큼 무겁다. 바람이 숨을 내쉰다. 후, 후우, 우우, 후. 산이 앞으로 굴렀다 뒤로 굴렀다 한다. 앞으로 갔다 뒤로 갔다 한다. 바람의 숨결은 묵직한 공과 같다. 숲을 향해 돌진하는 공과 같다. 그리고 숲이 언덕 위에 가축의 무리처럼 서 있으면 바람은 그 가축의 무리를 향해 휘몰아치고 그 사이를 뚫고 지나간다.

이제 시작이다. 휘잉, 휘잉. 북소리도 없고 피리 소리도 없다. 나무들이 좌우로 몸을 흔든다. 휘잉, 휘잉. 하지만 나무들은 박자를 맞출 수 없다. 나무들이 막 왼쪽으로 휘어지면 바람은 다시 왼쪽으로 휘몰아친다. 그러면 나무들은 딱, 우지끈, 뚝딱 소리를 내며 부러지고 쪼개지고 타닥타닥, 툭툭, 쿵 소리를 내며 쓰러진다. 폭풍이 휘잉 하고 몰아친다. 너는 왼쪽으로 휘어져야 해. 후후, 우우, 후. 이제 다시 돌아온다. 이제 지나갔다. 폭풍이 떠나갔다. 다만 적절한 순간을 엿보아야 한다. 휘잉, 폭풍이 다시 온다. 조심하라. 휘잉, 휘잉, 휘잉. 이거야말로 공중에서 투하하는 폭탄이다. 폭풍은 숲을 찢어 버리려고 한다. 숲 전체를 압사시키려 한다.

나무들이 울부짖고 몸을 흔들고 타닥거리는 소리를 내다가 부러진다, 우지직거리는 소리, 휘잉, 생사가 달려 있다, 휘잉, 휘잉, 해는 져 버렸다, 휘몰아치는 무게, 밤, 휘잉, 휘잉.

나는 당신 거예요, 어서 와 줘요, 우리는 곧 거기 이를 거예요, 나는 당신 거예요. 휘잉, 휘잉.

제8권

그것은 아무 소용이 없었다. 여전히 아무 소용이 없었다.

프란츠 비버코프는 내리치는 망치를 그대로 맞았다, 그는 자신이 졌음을 안다, 하지만 왜 그런지 그 이유는 여전히 알지 못한다.

프란츠는 아무것도 알아채지 못하고,
세상은 계속 굴러간다

9월 2일. 프란츠는 여느 때처럼 돌아다니며 그 약삭빠른 장사꾼과 함께 차에 올라 반제 호수의 야외 수영장으로 나들이를 간다. 3일 월요일, 그는 이상한 생각이 든다, 미체가 아직 돌아오지 않은 것이다, 그녀는 아무 말도 남기지 않았고, 셋집 여주인도 특별히 기억하는 것이 없다, 그녀는 전화도 하지 않았다. 그래, 어쩌면 그녀의 후견인 역할을 하는 그 고상한 신사 양반과 어디로 소풍 갔는지도 몰라, 그는 곧 미체를 돌려보내겠지. 일단 저녁까지 기다려 보자.

한낮, 프란츠가 집에 앉아 있는데 초인종이 울린다, 파이프라인을 통해 전달된 우편물이다, 미체의 후견인 신사 친구가 그녀에게 보낸 것이다. 아니, 이게 무슨 일이야, 나는 미체가 그 사람하고 있는 줄로 생각했는데, 어찌 된 일이야. 편지를 좀 뜯어 봐야겠다. "전화 한 통도 안 하니, 소냐, 참으로 궁금해. 어제도 그제도 나는 약속한 대로 사무실에서 너를 기다렸어." 이게 무슨 소리야, 대체 이 여자는 어디에 있는 거야?

프란츠는 자리에서 일어나 모자를 찾아 쓴다. 도무지 이해할 수가 없군, 일단 그 노신사를 찾아가 봐야겠어. 그는 택시를 탄다. "미체가 당신한테 오지 않았다고요? 마지막으로 온 게 언제죠? 금요일? 그렇군요." 두 사람은 서로의 얼굴을 쳐다본다. "조카 되는 사람 있죠? 혹시 그 사람과 있는 건 아닐까요?" 노신사는 역정을 낸다, 뭐라고요, 당장 그 녀석을 오라고 하겠소, 당신은 여기서 기다려요. 그들은 천천히 적포도주를 마신다. 신사의 조카가 나타난다. "이분은 소냐의 남편 되는 분이야, 그 여자가 지금 어디 있는지 아냐?" "내가요? 대체 무슨 일이죠?" "그 여자를 마지막으로 본 게 언제냐?" "그녀를 본 지는 오래됐어요, 두 주일 전인가 그래요." "맞아. 미체도 나한테 그 얘기를 해 주었어. 그 뒤로는 안 만났다는 거니?" "안 만났어요." "무슨 소식 들은 것도 없고?" "전혀 못 들었어요, 왜 그러세요, 무슨 일이라도 있나요?" "여기 신사분이 직접 설명할 거야." "미체가 없어졌어요, 지난 토요일부터. 한마디 말도 없이. 다른 것은 모두 그대로 있는데, 어디 간다는 말도 없었거든요." 후견인 신사가 말한다. "혹시 다른 남자가 생겼을 수도 있어요." "그렇지는 않을 겁니다." 그들 셋은 적포도주를 마신다. 프란츠는 말없이 앉아 있다. "일단 좀 더 기다려 봐야 할 것 같군요."

그녀의 얼굴은 박살이 났다, 이도 박살 나고 눈도 박살 났다, 그녀의 입술도, 그녀의 혀도, 그녀의 목도, 그녀의 몸뚱어리도, 그녀의 다리도, 그녀의 허벅지도 박살이 났다.

이튿날도 그녀는 돌아오지 않았다. 그녀는 더 이상 보이지 않는다. 모든 것은 그녀가 놓고 나간 그대로 있다. 그녀만 없다. 혹시 에바가 뭔가를 알고 있을까. "혹시 그 애하고 다투기라도 한 거야, 프란츠?" "아냐, 두 주 전에 다툰 적은 있지만 이젠 사이가 좋아졌다고." "혹시 다른 남자를 사귄 것은 아닐까?" "그것도 아니야, 나한테 신사 친구의 조카 얘기를 해 준 적이 있는데, 그 친구는 집에 있더라고, 내가 직접 만나 보았어." "그래도 그 사람을 잘 지켜봐야겠어, 미체가 그 사람 집에 가 있을 수도 있으니까." "그렇게 생각해?" "어쨌든 잘 살펴봐야 해. 미체는 종잡을 수가 없는 애야. 변덕이 심한 여자라고."

그녀는 계속 나타나지 않는다. 프란츠는 이틀 동안 아무 일도 하지 못하고 생각한다. 일단 그 여자애를 찾으러 다니지는 않을 거야. 그런데 그는 여전히 아무 소식도 듣지 못한다, 아무 소식도, 그래서 그는 하루 종일 그 조카라는 자의 뒤를 밟는다, 다음 날 점심 무렵에 조카라는 자의 집주인이 외출하자 프란츠와 세련된 장사꾼은 얼른 그의 방으로 들어가 본다, 문은 갈고리로 쉽게 열리는데 방에는 아무도 없다, 방에는 책들뿐이고 여자라고는 흔적도 없다, 벽에는 멋진 그림 몇 점이 걸려 있고 책들만 있을 뿐, 미체는 그곳에 없다. 나는 미체의 분 냄새를 잘 알아, 이 방에는 그런 냄새가 나지 않아, 나가자고, 아무것도 손대지 마, 저 불쌍한 집주인을 생각해서, 아마도 세를 받아 먹고사는 여자일 거야.

도대체 어찌 된 일일까. 프란츠는 방에 앉아 있다. 몇 시간 동안 그대로. 미체는 어디 있을까. 그녀는 없어졌다, 아무런 소식도 없이. 이런 경우 무슨 말을 해야 하나. 방 안에는 모든 것이 뒤죽박죽이다, 그는 침대를 분해했다가 다시 조립한다. 그녀가 나를 버려두고 떠났어. 그럴 수는 없는 일이야. 그럴 수는 없어. 나를 버리고 떠나다니. 내가 무슨 잘못을 했다는 거야, 나는 그 애한테 아무 짓도 안 했어. 그녀는 그 조카라는 녀석과의 일 때문에 나한테 더 따지지도 않았어.

누가 오는 걸까? 에바다. “왜 그렇게 컴컴한 데 앉아 있어, 프란츠, 가스등이라도 좀 켜.” “미체가 나를 버려두고 떠났어. 이런 일이 있을 수 있어?” “그만해요, 제발. 그 애는 반드시 돌아올 거야. 당신을 좋아하잖아, 당신을 버리고 떠날 애가 아니야, 이래 봬도 내가 사람 보는 눈이 있다니까.” “나도 알아. 내가 그것 때문에 걱정하는 거 같아? 그래, 미체는 틀림없이 돌아올 거야.” “그럼요. 그 애한테 잠시 무슨 일이 생긴 것일 수 있어, 아마 예전에 사귀던 남자를 만나 잠시 여행을 떠났을 거야, 당신이 그 아이를 알기 훨씬 전부터 나는 그 아이를 알았잖아, 그 애는 늘 그런 식이야, 갑자기 엉뚱한 생각을 하는 애야.” “그래도 이상한 생각이 들어. 난 모르겠어.” “그래도 그 애는 당신을 사랑한다고. 자, 내 배를 좀 만져 봐요, 프란츠.” “무슨 일이야?” “이거, 당신이 만든 거야, 기억 안 나요, 당신 아이잖아. 그 애가 원했어요, 미체가요.” “뭐라고?” “정말이라니까.”

프란츠는 에바의 배에 머리를 갖다 댄다. “미체가 원했다고. 나 좀 앉아야겠어. 이건 말도 안 되는 일이야.” “조심해, 프란츠, 그 애가 지금 돌아오면 얼굴을 찌푸릴 수도 있다고.” 그러더니 에바는 흐느끼기 시작한다. “이봐, 에바, 지금 흥분한 사람이 누구인지 알아? 바로 당신이야!” “아, 나를 이렇게 울컥하게 만들다니. 나는 그 애를 정말 이해할 수가 없어.” “이제는 당신까지 위로해야 할 판이군, 젠장.” “아니야, 그냥 신경이 예민해진 것뿐이야, 아마 배 속의 아이 때문일 거야.” “당신 조심해야 할 거야, 미체가 돌아오면 이 일로 한바탕 소동을 피울 수도 있어.”

에바는 계속해서 흐느낀다. “어쩌지, 프란츠? 이건 전혀 그 애답지 않은 행동이야.” “아니, 처음에는 그 애가 원래 그렇다며 누구하고 여행 떠났을 거라더니, 이제 와서 그런 건 그 애답지 않은 행동이라는 거야." "나도 모르겠어, 프란츠."

에바는 프란츠의 머리를 팔로 끌어안는다. 그러면서 프란츠의 머리를 내려다본다. 마그데부르크의 병원, 녀석들이 이 사람의 팔을 차에 치이게 했어, 이 사람은 이다를 죽였고, 맙소사, 이 사람은 대체 무슨 운명을 타고난 거야. 정말 불운이 따라다니는 사람이야. 미체는 죽었을지도 몰라. 늘 뭔가가 이 사람 뒤를 따라다녀! 미체한테 무슨 일이 생긴 것 같아. 에바는 의자 위에 털썩 주저앉는다. 공포에 질려 두 손으로 얼굴을 가린다. 프란츠는 갑자기 두려움에 사로잡힌다. 그녀는 훌쩍훌쩍 흐느낄 뿐이다. 그녀는 예감한다, 이 사람의 뒤엔 뭔가가 따라다니고 있고, 미체에게 무슨 일이 생겼음을.

프란츠는 왜 그러느냐고 다그치지만, 에바는 아무 말도 하지 않는다. 이윽고 그녀는 정신을 차리고서 말한다. "나는 이 아이를 떼지 않을 거야. 헤르베르트가 골머리를 썩인다고 해도 상관하지 않겠어." "그 친구는 뭐라고 해?" 6마일이 넘는 생각의 비약이다. "아니. 그 사람은 자기 아이라고 생각해. 나는 그것을 비밀로 간직할 거야." "좋아, 에바, 내가 아이의 대부가 되어 주지." "당신은 기분이 좋은가 봐, 프란츠." "나한테 이렇게 금방 마음을 여는 사람도 없어. 자, 기운 내자고, 에바. 내가 그래도 미체를 잘 알지 않겠어? 그 애라면 버스에 치이는 일은 없을 거야, 곧 다 밝혀지겠지." "당신 말이 맞아. 안녕, 프란츠." "자, 키스해 줘." "당신은 기분이 좋아 보이네, 프란츠."

우리는 다리가 있다, 우리는 이가 있다, 우리는 눈이 있다, 우리는 팔이 있다, 어떤 놈이든 와서 우리를 물어뜯을 테면 물어뜯어 보라고, 이 프란츠를 한번 물어뜯어 보라고, 어떤 놈이든 와 보라고. 놈이 팔이 둘이든, 다리가 둘이든, 근육이 있든, 모든 것을 단숨에 산산조각 내는 놈이라도 좋다. 하지만 그놈은 프란츠를 제대로 알아야 할 것이다, 프란츠는 나약한 졸장부가 아니다. 우리 뒤에 무엇이 있든, 우리 앞에 무엇이 있든, 어떤 녀석이든 나올 테면 나와 보라고, 우리는 그것을 기념해 한 잔, 두 잔, 아홉 잔의 건배를 하겠다.

우리는 다리가 없다, 아, 슬프다, 우리는 이가 없다, 우리는 눈이 없다, 우리는 팔이 없다, 그래서 누구든 와서 프란츠를 물어뜯을 수 있다, 그는 나약한 졸장부다, 아, 슬프다, 그는 자신을 방어할 수가 없다, 오로지 술만 퍼마실 줄 안다.

"내가 어떻게든 손을 써 봐야겠어, 헤르베르트, 가만히 보고만 있을 수 없어." "대체 무얼 하겠다는 거야, 아가씨?" "가만히 보고만 있을 수 없다고, 그 사람은 아무것도 알아차리지 못하고 집에 앉아서 미체가 돌아올 거야, 돌아올 거야, 하는 말만 하고 있어. 나도 날마다 신문을 들여다보지만 거기에는 별 기사도 없어. 혹시 무슨 소식 들은 거 없어?" "아무것도 없어." "당신이 밖에 나가서 좀 알아보지 그래요, 누가 무슨 소리라도 들었는지." "당신이 지금 하는 말은, 에바, 모두 바보 같은 소리야. 당신이 생각하기에는 그 사건이 애매해 보일지 모르지만, 내가 보기에는 하나도 애매하지 않아. 그게 뭐겠어? 그 여자애는 그 친구를 떠난 거야. 맙소사, 그런 일로 골치 아파하며 다리품을 팔기는 싫다고. 그 친구는 금방 다른 여자를 얻을 거야." "당신은 나를 두고도 그런 식으로 말할 거야?" "이제 그만해, 에바. 그런 여자라면 그렇다는 거지." "미체는 그런 여자가 아니야. 내가 프란츠한테 소개해 준 애라고, 나는 벌써 시체 공시소도 다 둘러봤어, 이봐, 헤르베르트, 그 애한테 무슨 일이 생긴 게 분명해. 프란츠는 늘 불행을 달고 다니는 남자야. 뭔가 늘 그의 뒤를 따라다니고 있어. 이봐, 당신은 정말 아무 말도 못 들었다는 거지?" "전혀 들은 게 없다니까." "그래도 클럽 같은 곳에 가면 때때로 누군가 하는 말을 들을 수 있잖아. 아무도 그 여자애를 보지 못했다는 거야? 이 세상에서 그렇게 감쪽같이 사라져 버릴 수는 없잖아. 만약 그 애가 조만간 돌아오지 않는다면, 난 경찰서에 찾아갈 생각이야." "아니, 당신이 그런 짓을 하겠다고? 경찰서를 찾아가겠다고!" "비웃지 마, 그렇게 하고 말 테니까. 어쨌든 그 아이를 찾아내야 해, 헤르베르트, 무슨 일이 일어난 거야, 그 여자애는 제 발로 떠난 게 아니야, 나를 두고 그런 식으로 가지는 않아, 프란츠를 두고서도 마찬가지야. 그런데 프란츠는 그걸 몰라." "그런 소리는 도저히 더 못 들어 주겠어. 모두 쓸데없는 얘기야, 이제 영화나 보러 가자고, 에바."

영화관에 가서 그들은 영화 한 편을 본다.

3막에서 고귀한 기사가 악당에게 죽임을 당한 듯이 보이자 에바는 한숨을 쉰다. 헤르베르트가 옆에서 보니 에바는 좌석에서 미끄러져 내려간다, 그야말로 정신을 잃은 듯하다. 영화가 끝나고 두 사람은 말없이 팔짱을 끼고 거리를 걸어간다. 헤르베르트가 놀란 표정으로 말한다. "당신의 그런 모습을 보면 늙다리 신사 양반이 아주 재미있어할 거야." "그 악당이 기사를 쏘아 죽였어, 당신도 보았잖아, 헤르베르트?" "영화에서만 그런 거야, 저건 만들어 낸 거라고, 당신은 그것을 제대로 보지 못했어. 그런데도 아직까지 떨고 있다니." "당신이 어떻게 손 좀 써 봐, 헤르베르트, 이런 식으로 계속돼서는 안 돼." "여행을 좀 떠나는 게 좋겠어, 당신의 신사 양반한테 아프다고 말해." "아냐, 뭔가를 해야 해. 어서 어떻게 좀 해 보라고, 헤르베르트, 당신은 프란츠가 팔에 사고를 당했을 때도 그를 도왔잖아, 이번에도 어떻게 좀 해 봐! 제발!" "나는 어떻게 손을 쓸 수가 없어, 에바, 도대체 나더러 어떡하라는 거야?" 그녀는 운다. 그는 그녀를 부축하여 자동차에 태운다.

프란츠는 구걸하러 다닐 필요가 없다, 에바가 뭔가 슬쩍 가져다주기도 하고 품스한테도 뭔가 받는 것이 있기 때문이다, 그들은 9월 말에 다시 한탕 하기로 약속이 잡혀 있다. 9월 말이 되자 함석공 마터가 돌아온다. 그는 기계 조립 등의 일로 얼마간 외국에 나가 있었다. 그는 프란츠를 보자 폐가 안 좋아서 요양을 하고 오는 길이라고 말한다. 그런데 그는 여전히 형편없는 몰골이고, 몸이 완전히 회복되지 못한 것 같다. 프란츠는 미체가 사라졌다고 전해 준다, 함석공도 아는 여자인 것이다. 그러나 그는 다른 사람한테는 소문내지 말라고 부탁한다, 여자가 도망쳤다고 하면 배꼽을 잡고 웃을 사람들이 있는 법이다. "그러니까 라인홀트에게는 절대 말하면 안 돼, 그 녀석과는 옛날에 여자들 때문에 문제가 좀 있었거든, 녀석은 이런 소식을 들으면 마구 비웃을 거야." 프란츠는 미소를 지으며 말을 잇는다. "다른 여자는 아직 생기지 않았어, 사실 얻고 싶은 생각도 없어." 그렇게 말하는 그의 이마와 입가에 슬픔이 배어 있다. 그러나 그는 머리를 꼿꼿이 세우고서 입을 굳게 다문다.

베를린 시내엔 활기가 넘친다. 권투 선수 터니가 세계 챔피언 타이틀을 지켰다, 그러나 미국 사람들은 그것을 별로 기뻐하지 않는다, 그들은 이 선수가 마음에 들지 않는 모양이다. 그는 제7라운드에서 다운당해 아홉을 셀 때까지 바닥에 누워 있었다. 그러다가 상대 선수 뎀프시가 그로기 상태에 빠진다. 그 경기는 뎀프시가 벌인 마지막 위대한 대결이었다. 경기는 1928년 9월 23일, 4시 58분에 끝났다. 이것도 화젯거리이고, 쾰른-라이프치히 구간의 비행 기록에 관한 소식도 이야깃거리다. 그리고 오렌지와 바나나 사이에 경제 전쟁이 있을 거라는 소문도 돈다. 사람들은 이런 이야기를 실눈을 하고서 작은 통풍창을 통해서 듣는다.

식물들은 추위에 맞서 어떻게 자신을 보호할까? 많은 채소류는 약간의 서리에도 견디지를 못한다. 그런데 어떤 식물은 추위를 이겨 낼 수 있는 화학 물질을 자체의 세포 안에서 형성함으로써 추위에 대항할 수 있다. 가장 효과적인 방어는 세포 안의 전분을 당분으로 바꾸는 것이다. 많은 식용 식물이 물론 이런 당분 형성을 통해 더욱 유용해지는 것은 아닌데, 얼어서 단맛을 띠게 된 감자가 이를 잘 입증해 준다. 그러나 얼어서 식물이나 열매의 당도가 높아지는 경우는 유용하다고도 할 수 있는데, 예컨대 야생 열매가 그렇다. 이러한 열매들은 약간 어는 날씨가 될 때까지 나무에 그대로 두면 곧장 당분을 만들어 내 그 맛이 변하면서 더 개량될 수도 있다. 산사나무 열매가 이에 해당한다.

베를린 출신의 카누 선수 두 명이 도나우 강에서 익사했다거나 뉭제세르*가 자신의 비행기 '화이트 버드' 와 함께 아일랜드 근처에 추락한 것이 무슨 대수로운 일인가. 신문팔이들은 그게 뭐라고 저렇게 거리에서 소리를 질러 대는가, 사람들은 10페니히를 주고 사서 읽고는 아무 데나 던져 버린다. 한편 헝가리 총리가 자동차로 어느 농부의 아들을 치었다고, 사람들이 그에게 린치를 가하려 했다. 실제로 린치를 가했다면 신문에는 이런 제목이 실렸을 것이다. '헝가리 총리, 코포슈바르 시 근교에서 린치 당해', 그랬더라면 더욱 떠들썩했을 것이다, 그리고 배웠다는 사람들은 린치를 런치로 읽으며 웃었을 것이고, 나머지 80퍼센트의 사람들은 이렇게 말했을 것이다. 그리 딱한 일도 아니야, 혹은 좀 유감이기는 하지만 나하고 무슨 상관이야, 그런 일은 차라리 여기에서 일어났으면 좋겠어.

베를린에는 웃음소리도 넘쳐난다. 빌헬름 황제 거리 모퉁이에 있는 도브린 제과점에 세 사람이 한 테이블에 앉아 있다. 쾌활한 성격의 뚱보 남자와 그의 조그만 애인이다. 포동포동한 이 여자는 웃을 때 비명 소리 좀 지르지 말았으면 좋겠다. 그리고 또 한 사람이 있는데, 그는 앞서 말한 남자의 친구다. 이 친구는 별 존재감이 없는 사람으로 뚱보 남자가 그의 음식값을 내 주는 대신 그는 듣기만 하고 그들과 함께 웃어 주는 것이 전부다. 다 걱정이 없는 사람들이다. 그 통통한 창녀는 5분마다 잘난 척하는 허풍선이 애인의 입술에 키스를 하며 소리를 지른다. "이 양반은 정말 착상이 뛰어나요!"

그러면 남자는 그 여자의 목을 핥아 대는데, 족히 2분은 걸린다. 다른 친구가 그 모습을 지켜보며 무슨 생각을 하든 그들은 아랑곳하지 않는다. 허풍선이 뚱보 남자가 다시 이야기를 시작한다. "그때 여자가 남자한테 이렇게 말했어, 당신 방금 나한테 무슨 짓을 한 거예요? 그 여자가 그에게 말했어, 방금 무슨 짓을 했느냐고요. 세 번째로 들려줄 얘기는 이거야, 한 방 쐈지!" 같이 있던 친구가 싱긋 웃으며 말한다. "자네는 정말 끝내주게 웃기는 친구야." 허풍선이는 기분이 좋아져서 응수한다. "그래도 나의 영악함이 자네의 그 멍청함을 따라가지 못하지." 그들은 고기 수프를 먹는다, 뚱보 남자는 다시 이야기를 꺼낸다.

"어떤 낚시꾼이 연못가를 지나가는데 아가씨 하나가 앉아 있는 거야. 낚시꾼이 그 아가씨에게 말을 걸지. '저기, 피셔 양, 우리 함께 물고기 잡으러 갈까요?' 그러자 그녀가 말했어. '내 이름은 피셔가 아니고, 포겔이랍니다.'* '그럼 더 잘됐네요.'" 세 사람은 폭소를 터뜨린다. 뚱보가 말한다. "오늘은 우리가 정말 잡탕 수프를 먹고 있는 거야." 창녀가 하는 말, "이분은 정말 착상이 뛰어나!"

"자, 이것 좀 들어 봐, 이런 얘기 들어 봤나? 한 아가씨가 말했어. '혹시 아프로포가 무슨 뜻인지 아세요?' '아프로포? 그건 앞에서부터 들어오라는 뜻이지.' 그러자 아가씨가 말했어. '아, 그렇군요, 저는 그 말을 듣는 순간 망측한 말일 거라 생각했어요! 호호호!'" 아주 유쾌하고 흥겨운 자리다, 젊은 여자는 여섯 번이나 화장실을 들락거려야 했다. "그때 암탉이 수우우탉한테 말했어. 아, 나도 한번 하아아게 해 줘. 웨이터, 여기 계산요, 코냑 석 잔, 치즈 빵 두 개, 고기 수프 3인분에다 고무 슬리퍼 3인분." "고무 슬리퍼라뇨? 그건 비스킷이었는데." "그래, 당신이 원한다면 그렇게 불러요. 나는 고무 슬리퍼라고 부를 거요. 좀 더 작은 돈은 없소? 우리 집에는 꼬맹이가 요람에 누워 있는데, 나는 언제나 빨아 먹으라고 그로셴 은화 하나를 입에 물려 준다오. 자, 아가씨, 갑시다. 웃고 즐기는 시간은 끝났어요, 이제 계산대로 가요, 어서 갈 길을 갑시다."

부인 몇 명과 아가씨들도 알렉산더 거리와 광장을 지나간다, 각자 배 속에는 태아가 자라고 있고 태아는 법적으로 보호를 받는다. 부인들과 아가씨들은 바깥 열기 때문에 땀을 흘리지만, 태아는 편안히 아기집에 들어앉아 있다, 아기집 안쪽은 태아를 위해 온도가 적절하게 조절되어 있다, 태아는 지금 알렉산더 광장을 걸어가고 있다, 하지만 어떤 태아는 나중에 좋지 않은 상황을 겪을 수도 있으니, 너무 일찍 웃지 않는 게 좋을 것이다.

어떤 사람들은 거리를 돌아다니면서 무엇이든 훔치려 하고, 어떤 사람들은 배를 든든하게 채운 상태이지만, 또 어떤 사람들은 무엇으로 배를 채울까 궁리 중이다. 하안 백화점은 완전히 몰락했다, 다른 건물들에는 가게가 가득 들어서 있다. 그러나 그것들은 가게의 외양만 하고 있을 뿐이다. 사실 외침 소리, 호객 소리, 지저귀는 소리, 짹짹거리는 소리, 숲도 없는데 지저귀는 소리만 날 뿐이다.

나는 돌이켜 태양 아래서 일어나는 모든 부당한 일을 보았다. 보라, 저들의 눈물을, 저들은 억울한 일을 당해 눈물을 흘리지만 저들을 위로해 주는 자 아무도 없다. 저들을 학대하는 자들은 너무 권세가 강하다. 그래서 나는 살아 있는 산 자보다 죽은 자들이 복되다고 찬양하였다.*

나는 죽은 자들이 복되다고 찬양하였다. 모든 것은 때가 있으니, 꿰맬 때가 있고 찢을 때가 있으며 간직할 때가 있고 내버릴 때가 있다. 나는 죽어서 나무 아래에 누워 잠자는 자들이 복되다고 찬양했다.

그리고 다시 에바가 사람들 눈을 피해 찾아온다. "프란츠, 이제 조치를 취해야 하지 않겠어? 벌써 3주가 지났다고, 만약 당신이 내 사람인데 그렇게 걱정도 안 하고 있다면……." "나는 아무한테도 말할 수가 없어, 에바, 그것을 아는 사람은 당신과 헤르베르트 그리고 함석공 정도야, 그 밖에는 없어. 나는 누구한테도 말할 수가 없다고, 그랬다가는 모두 나를 비웃을 거야. 그렇다고 경찰서에 신고할 수도 없잖아. 당신이 나한테 아무것도 안 줘도 괜찮아, 에바. 나는 말이야, 나는 다시 일하러 갈 거야." "아니, 어쩌면 그렇게 전혀 슬퍼하지도 않을 수가 있어요, 눈물 한 방울도 안 흘리고! 젠장, 당신을 마구 흔들어 주고 싶어. 하지만 어떻게 해야 할지 모르겠어요." "나도 그래."

분위기가 심상치 않다, 악당들끼리 다투다

10월 초가 되자 품스가 우려하던 갈등이 패거리들 사이에서 벌어진다. 문제는 돈이다. 품스는 언제나처럼 패거리에서 가장 중요한 일은 장물의 처분이라고 보는 반면 라인홀트, 프란츠를 비롯한 다른 사람들은 물건을 훔치는 일이라고 여긴다. 그러니까 장물의 처분 실적이 아니라 물건을 훔쳐 온 실적에 따라 이익을 배분해야 한다는 것이다. 사람들은 품스가 늘 너무 많은 배당금을 챙기고 장물아비들과의 독점적인 관계를 남용하며, 믿을 만한 장물아비들은 품스하고만 거래를 하려 한다고 비난한다. 비록 품스가 많은 양보를 하고 모든 가능한 통제를 허용하고는 있지만, 어떤 변화가 있어야 한다고 패거리는 주장한다. 다수가 원하는 것은 협동조합 같은 방식이다. 품스는 이미 그렇게 하고 있다고 말한다. 하지만 그들은 그의 말을 믿으려 하지 않는다.

그러던 중 슈트랄라우 거리에서 주거 침입 사건이 벌어진다. 품스는 더 이상 주도적인 역할을 할 수 없는데도 그들과 함께한다. 절도의 대상은 슈트랄라우 거리에 있는 붕대 공장인데, 안뜰이 딸린 건물이다. 그들은 사무실의 금고에 돈이 있다는 냄새를 맡은 것이다. 이번에는 품스를 한 방 먹이자고, 물품이 아닌 현금을 훔치는 거니까. 그러면 돈을 배분할 때 속임수도 있을 수 없다. 그것이 이번에 품스가 직접 나선 이유이기도 하다. 패거리 중 두 사람이 소방용 비상계단을 타고 올라가 사무실 앞문 자물쇠를 연다. 함석공이 작업에 투입된다. 사무실에 있는 캐비닛을 모조리 열어 보는데, 겨우 돈 몇 마르크와 우표 몇 장이 있을 뿐이다, 복도에는 휘발유 통이 두 개 있다, 혹시 쓸모가 있을지 모른다. 이어 그들은 함석공 카를이 작업을 끝내기를 기다린다. 그런데 운이 나쁘게도 그는 금고 여는 작업을 하다가 용접 버너에 손을 데어 더 이상 작업을 할 수 없다. 라인홀트가 대신 시도해 보지만 서툴기만 하고, 품스가 그의 손에서 용접기를 빼앗아 보지만 역시 신통치 않다. 일이 이상하게 꼬인다. 그들은 작업을 중단해야 한다, 경비원이 곧 들이닥칠 것이다.

그들은 화가 나서 휘발유 통을 집어 들고서 모든 가구에, 그리고 빌어먹을 금고에다 들이붓고 성냥불을 그어 던진다. 이렇게 되면 품스가 승리하는 건가? 그러나 그들은 그의 승리를 허용하고 싶지 않다. 그래서 성냥불을 은근슬쩍 빨리 던져서 품스가 약간의 화상을 입는다, 적어도 그들은 그 일을 해낸 것이다! 하여튼 저 자식은 여기 올 이유가 없었어. 그는 등을 데었고, 그들은 계단을 뛰어 내려가며 "경비원"이라고 신호를 보낸다, 그때 품스는 간신히 자동차에 올라탄다. 이 친구는 이번 일에서 교훈을 얻었을 것이다. 그런데 돈은 어디서 구할 것인가.

품스는 속이 후련하게 웃을 수 있다. 결국 물건을 훔치는 것이 더 나은 선택이다. 무엇을 하든 전문가가 있어야 한다. 이제 어떻게 할 것인가. 품스는 착취자, 사업가, 사기꾼이라는 비난을 받는다. 하지만 녀석들은 그를 너무 몰아세우면 그가 자신의 인맥을 활용해 새로운 패거리를 조직할 수 있다는 것을 모른다. 다음 목요일에 스포츠 클럽에서 그는 이렇게 선언할 것이다. 나는 내가 할 수 있는 것을 하고 있다, 너희가 원한다면 계산서를 제시할 수도 있다, 그렇다, 그에게는 입증할 수 있는 과실이 아무것도 없다, 만약 우리가 함께하지 않겠다면 클럽에서 저쪽 편 녀석들은 이렇게 말할 것이다, 너희가 함께할 생각이 없다면 우리로서는 어쩔 수 없다, 그는 자기가 할 수 있는 것만 할 뿐이니까, 그가 돈을 좀 더 가져간다고 해서 그렇게 흥분할 것도 없다, 너희는 돈벌이를 하는 여자들이 있지 않은가, 하지만 저 사람에게는 보잘것없는 늙은 마누라밖에 없다. 이리하여 그들은 계속해서 저 빌어먹을 착취자, 사업가라는 인간과 예전처럼 일을 하는 수밖에 없다.

그들은 끓어오르는 분노를 슈트랄라우 거리에서 일을 제대로 처리하지 못하는 바람에 그들을 모두 바보로 만든 함석공에게 쏟아붓는다. 저런 돌팔이 같은 녀석은 필요 없어. 그는 손에 화상을 입어 이런저런 치료를 다 받고 있다, 늘 일을 잘했던 그였지만 지금은 욕만 얻어먹고 있다.

저 녀석들이 나를 동네북 취급하는군, 그는 이렇게 생각하면서 속으로 앙심을 품는다. 겨우 일거리를 하나 얻었는데 녀석들이 그것을 망쳐 놓았어. 내가 술이라도 좀 마시면 여편네가 투덜거리지, 섣달 그믐날에는 집에 들어가 보니 마누라가 집에 붙어 있지도 않더군. 그 망할 계집. 아침 7시가 되어 귀가하는데, 다른 놈과 자고 온 거야, 나를 속인 거야. 결국 나는 일자리도 없어지고 여편네도 잃었어. 그리고 저 조그만 미체 말이야, 그 개자식, 라인홀트 녀석. 그 여자애는 내 거였어, 그놈한테는 가고 싶어 하지 않았지, 그 애는 나와 함께 차를 타고 가로수 길을 달려 파티에도 갔었어, 그때 그녀는 내게 키스도 해 주었어, 그런데 그 자식이 그녀를 빼앗아 간 거야, 내가 불쌍한 부랑배여서. 개자식, 그러더니 그 여자를 몰래 죽였어, 살인마 자식, 그 여자가 자기를 좋아하지 않는다고 말이야, 그리고 지금은 통이 큰 놈이나 되는 것처럼 거드름을 피우고 있어, 나는 손에 화상이나 입고, 녀석이 그 여자를 옮기는 것을 도와주기까지 했어. 아주 지독한 놈, 못된 살인자. 차라리 나 혼자서 차지할걸 그랬어, 저런 사기꾼을 위해 일하다니. 나는 정말 얼간이야.

함석공 카를을 조심하라,
그의 마음속에서 무슨 일인가 벌어지려 한다

함석공 카를은 대화를 나눌 만한 상대를 찾아 나선다. 그는 티츠 백화점 건너편의 알렉산더 크벨레 술집에 앉아 있다. 그의 옆에는 소년원에서 도망쳐 나온 소년 둘과 정체를 알 수 없는 남자 하나가 있다. 남자는 닥치는 대로 무슨 일이든 다 한다고 말한다. 본래는 도제 훈련을 마친 수레 전문 목수라고 한다. 이 사람은 그림을 잘 그린다. 그들이 테이블에 둘러앉아 소시지를 먹는 동안 젊은 수레 전문 목수는 노트에다 야한 그림들, 뭐 여자들과 남자들 그림을 그리고 있다. 소년원생들은 그것을 보고 무척 좋아하고, 함석공 카를도 넘겨다보면서 그림 솜씨가 썩 좋다고 생각한다. 세 젊은이는 계속 웃어 댄다. 두 소년원생은 아주 당찬 녀석들이다. 그들은 방금 전 뤼커 거리에 있었는데 거기서 경찰의 불심검문이 있자 뒷문으로 잘 도망쳐 왔다. 함석공 카를은 바 쪽으로 걸어간다.

그때 막 두 명의 남자가 천천히 술집 안을 돌면서 좌우로 분위기를 살피다가 한 남자에게 다가가 말을 건넨다. 그러자 그 남자는 신분증을 꺼내 보여 준다. 그들은 신분증을 들여다보며 몇 마디 더 건넨다. 그리고 두 남자는 드디어 세 젊은이가 앉아 있는 테이블로 다가온다. 녀석들은 깜짝 놀라기는 했지만 찍소리도 안 낸다. 단 한마디도 하지 않는다. 그냥 자연스럽게 하던 얘기를 계속하는 거야. 저들은 분명 형사야. 뤼커 거리의 술집에서 온 것 같아. 거기서 우리를 본 모양이야. 수레 전문 목수는 별일 없다는 듯 음란한 그림을 계속 그리는데, 형사 하나가 그에게 귀엣말로 "경찰이오"라고 속삭이면서 외투를 열어젖혀 조끼에 달린 경찰 배지를 보여 준다. 옆에서 동료 형사도 다른 두 젊은이를 상대로 똑같은 행동을 한다.

두 젊은이는 신분증이 없고, 수레 전문 목수는 진단서와 어떤 아가씨에게서 받은 편지를 가지고 있을 뿐이다. 세 사람 다 빌헬름 황제 거리의 파출소로 가야 한다. 젊은이 두 명은 위층으로 올라가자 즉시 왜 그러냐고 묻는다. 다음 순간 그들은 놀라 자빠질 지경이 된다. 형사들은 그들을 뤼커 거리에서는 본 적이 없고 알렉산더 크벨레 술집에서 만난 건 순전히 우연이었다고 말하기 때문이다. 에이, 그런 줄 알았으면 도망쳐 나왔다는 말을 하지 않았을 거예요. 그들은 모두 껄껄대고 웃는다. 형사는 그들의 어깨를 두드리며 말한다. “원장님도 너희가 돌아가면 기뻐하실 거야.” “그런데 원장 선생님은 지금 휴가 중인 걸요.”

수레 전문 목수는 파출소에서 자신의 상황을 제법 잘 변명한다. 그의 주소지도 맞다. 다만 수레 전문 목수치고는 손이 너무 곱다. 형사 하나가 그것을 문제 삼으며 목수의 손을 요리조리 뒤집어 본다. 사실 지난 1년 동안 일거리가 전혀 없었어요. 내 눈에 당신이 어떻게 보이는지 말해 줄까요. 당신은 동성애자, 호모라고. 글쎄요. 무슨 말씀인지 전혀 모르겠네요.

한 시간 후 그는 다시 술집으로 돌아온다. 함석공 카를은 여전히 테이블에 앉아 빈둥거리고 있고, 수레 전문 목수는 얼른 그에게로 다가가 털썩 주저앉는다.

“당신은 뭘 해서 먹고사시오?” 카를이 이 질문을 던진 때는 12시다. “무엇으로 먹고사냐고? 그러는 당신은 도대체 뭘 하나요?” “뭐든 닥치는 대로 하지요.” “나한테 털어놓고 싶지 않나 보군요.” “당신도 실은 수레 전문 목수가 아니잖아요.” “당신이 함석공이라면 나는 수레 전문 목수요.” “그런 말 말아요. 내 손을 좀 봐요. 이

건 화상 자국이오, 용접 작업까지 하고 있죠." "보아하니 그때 그 일에 가담했다가 화상을 입었나 보군." "그 일이라니! 거기서는 아무 소득도 없었소." "그런데 대체 누구와 손잡고 일하는 거요?" "재미있는 사람이군, 뭘 그런 걸 캐묻고 그래요?"

카를은 수레 전문 목수에게 묻는다. "당신은 어느 클럽 소속이지?" "쇤하우스 구역." "그렇다면 볼링 클럽이군." "당신도 아는군." "그럼, 그 볼링 클럽을 잘 알지. 거기 사람들한테 한번 물어봐요, 혹시 함석공 카를을 아는지 말이오, 미장이 파울레는 아직 있나?" "젠장, 그를 알고 있군, 내 친구요." "우리는 브란덴부르크에 같이 있은 적이 있소." "맞아. 그래요. 그런데 혹시 내게 5마르크 정도 줄 수 있겠소, 나는 지금 수중에 한 푼도 없어, 하숙집 안주인에게 쫓겨날 판이오, 쫓겨나면 아우구스트 거리의 보호 시설로 가야 하는데 거기는 정말 가기 싫거든요, 공기가 언제나 험악해서 말이야." "5마르크, 그 정도야 주지. 그 정도만 원한다면." "정말 고맙소. 자, 그러면 우리 사업에 대해 한번 얘기해 볼까요?"

수레 전문 목수는 허풍이 심하고, 때로는 여자들, 때로는 소년들에게 관심을 보인다. 그리고 곤경에 처하면 남에게 돈을 빌리거나 도둑질을 한다. 이 목수와 함석공 그리고 쇤하우스 클럽 출신의 또 다른 남자, 이렇게 셋은 독립해서 일을 하기로 작정한다, 이들은 무기를 마련하고 재빠르게 몇 차례 도둑질에 나선다. 뭔가 훔칠 것이 있으면 수레 전문 목수가 속한 클럽에서 누군가가 그들에게 알려준다. 그들은 먼저 오토바이 몇 대를 훔친다, 그것으로 기동성을 갖춘 그들은 주변을 돌아다니며 잘 정탐할 수 있다. 이렇게 해서 그들은 무슨 묘안이 떠오르거나 우연찮게 교외에서 뭔가를 발견하는 경우, 활동 범위를 베를린에만 국한하지 않는다.

그들이 저지른 일 중의 하나는 정말 웃긴다. 엘자스 거리에는 기성복 가게가 있고, 그들의 클럽에는 훔친 물건을 잘 처분할 수 있는 재단사가 몇 명 있다. 어느 날 새벽 3시에 세 사람은 그 가게 앞에 서 있다, 그런데 마침 경비원도 그곳에 서서 건물을 살펴본다. 수레 전문 목수가 묻는다. 이 집에 무슨 일이 있지, 그러자 다른 녀석들도 대화에 끼어든다, 화제는 도둑질로 넘어간다, 요즘은 세상이 험해서 대부분의 밤손님이 주머니에 권총을 넣고 다닌다, 그런 녀석들은 발각되기만 하면 그 자리에서 사람을 쏴 죽인다는 것이다. 그러자 다른 세 사람이 말한다. 저런, 우리 같으면 그런 일에는 끼어들지 않겠어, 그런데 저 기성복 가게에는 뭐 가져갈 만한 게 있나? 아니, 무슨 소리요, 물건이 널렸어요, 신사복, 외투 등 없는 게 없다고. 그렇다면 당장 올라가서 새 옷을 입어 봐야겠군요. "당신들 머리가 어떻게 된 거 아냐, 괜히 주인을 힘들게 하지 말라고." "힘들게 하다니, 누가 지금 그런 말을 하는 거요? 이웃 양반도 결국 사람이잖아, 형편이 그리 좋지도 않을 거고, 대체 여기서 경비를 서고 얼마를 받나요, 동지?" "그런 얘기는 물어볼 것도 없어요. 나이 예순이 넘고 연금은 몇 푼밖에 안 되는데 아무 일도 할 수 없는 신세라면 시키는 대로 할 수밖에 없는 거요." "내가 하고 싶은 말이오, 당신 같은 노인이 밤에 이런 곳에 서 있다가는 류머티즘이나 걸리는 거죠, 당신도 전쟁에 나간 적이 있겠죠?" "향토 방위대로 폴란드에서 근무했소, 하지만 삽질은 안 했어요, 믿기지 않겠지만 우리는 참호에 틀어박혀 지내야 했어요." "말해 주지 않아도 알겠습니다. 우리도 겪은 일이니까요, 병에 걸리지 않은 사람은 누구나 즉시 참호에 투입되었죠, 그 덕에 당신은 여기 이렇게 서서 저 위층에 있는 부자 양반의 물건을 훔쳐 가지 못하게 지키는 거요. 어때요, 이웃 양반, 이곳에서 한탕 해 보지 않겠소? 당신 숙직실이 어디요, 이웃 양반?" "안 돼, 그건 안 돼요,

이봐요, 나는 그렇게 강심장이 아니오, 바로 옆이 주인집이오, 그 양반이 금방 알아챌 거요, 워낙 잠귀가 밝은 사람이니까.” “우리는 쥐 죽은 듯이 할 거요. 자, 가서 커피나 한잔 합시다, 커피포트는 있겠죠, 가서 얘기나 하자고요. 저런 기름진 양반을 당신이 걱정해 줄 필요는 없어요.”

그러고 나서 그들 네 사람은 정말로 위층 사무실 안의 숙직실에 올라가 커피를 마신다. 이들 중에서도 수레 전문 목수는 머리 회전이 가장 빠르다, 그는 나직한 목소리로 경비원과 무슨 말을 주고받는다, 그사이 다른 두 사람은 슬쩍 빠져나가 물건들을 챙기기 시작한다. 경비원은 자꾸 자리에서 일어나려 한다, 임무대로 순찰을 돌아야 한다, 그는 저들의 일거리에는 관심도 없다, 마침내 목수가 말한다. “저 두 사람이 하는 일에 대해선 모른 척해요, 당신이 모른다고 하면 뭐라 할 사람 아무도 없으니까.” “모른 척한다는 것이 대체 무슨 말이요?” “우리 계획을 말해 드리죠, 내가 당신을 묶겠소, 당신은 습격을 당한 거요, 당신은 노인이니 갑작스럽게 당신 머리에 보자기를 뒤집어씌우면 꼼짝도 못해요, 게다가 입에는 재갈을 물리고 두 다리까지 묶는다면, 당신이 어떻게 저항할 수 있겠소.” “이런 말도 안 되는 소리.” “자, 쓸데없는 소동 피우지 마요, 그런 거만하고 뚱뚱한 돼지 자식 때문에 머리에 구멍이라도 뚫리고 싶은 거요? 자, 커피나 마저 마십시다, 그리고 정산은 모레쯤 하는 거요, 자, 어디 사는지 잘 적어 주세요, 정직하게 몫을 나눌 거요, 맹세.” “그러면 나는 얼마나 받는 거요?” “저들이 무엇을 챙겨 오느냐에 달렸어요. 1백 마르크는 보장하겠소.” “2백 마르크로 합시다.” “좋아요.” 그런 다음 그들은 담배를 피우고 커피포트의 커피를 다 마신다, 그들은 챙길 대로 다 챙긴다, 자, 이제 안전한 자동차가 필요하다, 함석공이 어디론가 전화를 건다. 그들은 운이 좋다. 30분 뒤 장물을 운반할 자동차가 문 앞에 대기한다.

이어 재미있는 상황이 벌어진다. 나이 든 경비원이 안락의자에 앉자 수레 전문 목수는 구리선으로 그의 다리를 묶는데, 너무 아프지는 않게 한다. 경비원은 정맥류가 있어서 다리 부분이 예민하다. 이어 목수는 노인의 팔을 전화선으로 꽁꽁 묶는다. 그런 다음 세 젊은이는 이제 노인을 놀리기 시작한다. 얼마나 가지고 싶은가, 3백, 아니면 3백 50마르크? 이어 그들은 아동용 바지 두 벌과 튼튼한 여름 외투 한 벌을 가져온다. 그들은 아동용 바지로 경비원을 안락의자에 꽁꽁 묶는다. 그러자 경비원은 이제 그 정도면 충분하다고 말한다. 그러나 그들은 경비원을 더욱 짓궂게 놀리고, 경비원은 저항하다가 뺨만 몇 대 얻어맞는다. 경비원이 소리를 지르기 전에 그들은 외투를 머리에 뒤집어씌우고 혹시 몰라서 손수건으로 가슴팍을 동여맨다. 그들은 물건들을 끌고 가서 차에 싣는다. 수레 전문 목수는 종이 판지 두 개에다 이렇게 쓴다. "주의! 방금 묶은 것임!" 그는 이 표찰을 경비원의 가슴과 등에 걸어 놓는다. 그런 다음 그들은 떠난다. 이렇게 편하게 돈을 벌어 본 것도 참으로 오랜만이다.

그러나 경비원은 겁이 나기도 하고 그렇게 꽁꽁 묶여 화가 나 속이 부글부글 끓는다. 여기서 어떻게 빠져나가지. 녀석들이 문을 열어 놓고 가 버려서 다른 녀석들이 들어와 또 물건을 훔쳐 갈 것이다. 두 손을 움직일 수는 없지만 다리의 구리선은 쉽게 풀린다. 앞을 볼 수만 있으면 좋겠다. 노인은 몸을 웅크리고서 종종걸음으로 앞으로 나아간다. 안락의자를 등에 진 꼴이 자기 집을 등에 업은 달팽이 같다. 그는 사무실을 가로질러 무작정 앞으로 나아간다. 그런데 양손이 꽉 묶여 있어 손도 뻗아 내지 못하고, 머리에 뒤집어씌워진 두꺼운 외투도 벗어 버릴 수가 없다. 그는 여기저기 가서 머리를 부딪히면서 복도로 통하는 문까지 더듬어 나아간다. 그러나 문을 빠져나가지는 못한다. 순간 그는 걷잡을 수 없는 분노에 사로잡혀 뒤로 물러났다가 몸을 날려 안락의자로 문짝의 정면과 옆면을 후려친다. 안락의자는 떨어져 나가지 않지만 문짝이 우지끈거리고, 고요한 건물 안에 그 소리가 울려 퍼진다. 앞을 보지 못하는 경비원은 뒤로 물러섰다가 앞으로 돌진하기를 반복하고, 그때마다 문짝이 우지끈, 쾅 소리를 낸다. 누가 와야 해, 앞을 볼 수만 있으면 좋겠군, 그 개자식들은 뜨거운 맛을 봐야 해, 우선 이 외투를 좀 벗어야겠어. 그는 도와달라고 소리를 지르지만, 여전히 외투가 소리를 죽인다. 그런데 2분도 채 안 되어 주인이 잠에서 깨어난다. 3층에서도 사람들이 몰려온다. 그때 노인은 뒤로 가다가 안락의자에 주저앉고, 의자에 비스듬히 매달린 상태로 정신을 잃는다.

이윽고 난리법석이 난다. 강도가 들었어, 그들이 노인을 꽁꽁 묶어 놓았어, 어쩌자고 이런 늙은이를 고용한 거야, 돈 아끼려다 결국 이런 꼴을 당하는 거야.

그 소수의 패거리는 쾌재를 부른다.

보라고, 우리에게 품스나 라인홀트, 그 밖에 온갖 골칫거리 인간들이 무슨 필요가 있겠어.

그러나 사태는 중대한 국면을 맞고, 그들이 생각하는 것과는 전혀 다르게 흘러간다.

사태가 중대한 국면을 맞다, 함석공 카를이 체포되어 모든 걸 실토하다

라인홀트는 프렌츨라우에 있는 술집에서 함석공에게 다가가 자기들과 함께 일하자고 말한다, 철물공을 하나 찾아보고는 있지만 구하지 못했으니, 카를이 그들과 합류해야 한다는 것이다. 두 사람은 별실로 들어간다. 라인홀트가 말한다. "왜 함께하지 않겠다는 거야? 대체 지금 무슨 일을 하는데? 우리도 다 들어서 알고 있어." "자네들한테 괴롭힘을 당하고 싶지 않거든." "다른 일이 있는 모양이군." "내가 무슨 일을 하든 자네들이 상관할 바는 아니지." "돈이 좀 있나 보군, 하지만 우리 일에 가담해서 돈을 벌고는 이제 와서 안녕하겠다고, 그런 법은 없지." "그런 법이 없다니, 그게 무슨 소리야! 너희가 먼저 나 같은 놈은 필요 없다고 해 놓고는 이제 와서 갑자기 합류해야 한다는 거야?" "자네가 있어야 해, 사람을 구할 수가 없다고, 아니면 우리하고 일해서 챙겨 간 돈 다 내 놔. 임시직 일꾼은 필요 없으니까." "그러면 진작 찾아왔어야지, 라인홀트, 지금은 남아 있지 않다고." "그렇다면 함께 일해 줘야겠어." "그렇게는 못 하겠다고 이미 말했잖아." "이것 봐, 카를, 자네 뼈다귀를 다 부러뜨릴 거야, 자네를 산 채로 굶겨 죽이겠어." "웃기고 있군. 자네 취한 모양이야. 혹시 나를 자네 마음대로 주무를 수 있는 돼지 새끼로 여기는 거야?" "그래, 좋아, 이제 그만하세. 자네가 돼지든 아니든 그건 상관없어. 잘 생각해 봐. 다시 보자고." "좋아." 낫으로 베어들이는 자가 있다.

라인홀트는 어떻게 하면 좋을지 다른 녀석들과 상의한다. 철물공이 없으면 그들은 맥을 못 출 것이다, 게다가 지금은 철이 좋다, 라인홀트는 품스에게서 빼내 온 두 명의 장물아비에게서 주문까지 받은 참이다. 그들은 모두 함석공 카를을 고문실에 처넣어야 한다는 데 의견이 일치한다, 녀석은 사기꾼에 불과해, 언제라도 우리 클럽에서 도망칠 녀석이야.

함석공은 자신을 두고 모종의 음모가 진행되고 있음을 알아차린다. 그는 프란츠를 찾아간다, 프란츠는 거의 셋방에 죽치고 있다, 프란츠에게 뭔가 감추고 있는 사실을 알려 주거나 도와줄 것을 부탁한다. 프란츠가 말한다. "자네는 저기 슈트랄라우 거리 위층에서 우리를 물먹였잖아, 그러더니 나중에는 우리를 내팽개치고 말이야, 더 이상 말할 것도 없어." "그것은 라인홀트를 더 이상 상대하기 싫어서 그랬어. 그놈은 비열한 개자식이야, 자네만 모르고 있지." "그는 괜찮은 녀석이야." "자네는 정말 멍청이군, 세상 물정을 그렇게 모르다니, 보는 눈이 없어." "내 머리를 더 이상 그런 쓸데없는 말로 채우지 말게, 카를, 이제 신물이 날 만큼 들었으니까, 우리는 한탕 하려 하는데, 자네가 우리를 내버려 두고 있다고. 조심하게, 내 말해 두지만, 자네는 결국 좋지 않은 일을 당할 거야." "라인홀트 때문에? 웃는 내 얼굴이나 좀 보라고! 더 이상 입을 크게 벌릴 수가 없군. 배가 뒤틀릴 정도야. 나도 그 녀석만큼 강하다고. 그 녀석은 나를 돼지 새끼 정도로 여기지, 그래, 더 이상은 말하지 않겠네. 하지만 그 녀석 한번 덤벼 보라고 해." "여기서 나가게, 아무튼 몸조심하라고."

그런데 우연하게도 이틀 후 함석공은 동료 두 명과 함께 프리덴 거리에서 한탕 하던 중에 체포된다. 수레 전문 목수도 붙잡히고, 망을 보던 또 다른 녀석만 피신한다. 경찰서에서 곧 카를이 엘자스 거리의 절도 사건에도 연루되었다는 사실이 드러났다, 커피 잔에 지문이 여기저기 묻어 있었던 것이다.

어쩌다가 내가 붙잡혔을까, 카를은 곰곰이 생각한다. 형사들이 어떻게 알아냈지? 분명히 저 개자식 라인홀트야. 그 자식이 밀고한 게 틀림없어! 열이 받쳐서 그랬을 거야! 내가 녀석과 같이 일하지 않는다고. 그 개자식이 나를 물먹이려고 하는군. 더러운 자식. 녀석이 우리를 함정에 빠뜨린 거야. 이런 더럽고 치사한 악당 녀석은 내 생전 처음이야. 그는 수레 전문 목수에게 비밀 쪽지를 보낸다. 라인홀트의 짓이야. 그 녀석이 우리를 밀고한 거라고. 나는 그 녀석도 가담했다고 말하겠어. 수레 전문 목수는 복도에서 그를 보자 고개를 끄덕여 보인다. 카를은 예심 판사에게 면담을 요청하고 경찰서에서도 이렇게 주장한다. "라인홀트도 그 자리에 있었어요. 다만 먼저 도망쳤습니다."

그들은 그날 오후에 라인홀트를 즉시 잡아들인다. 그런데 그는 모든 혐의를 부인하고, 또 자신의 알리바이까지 댈 수 있다. 그는 예심 판사의 방에서 두 사람을 보고는 분노로 얼굴이 하얗게 된다. 저 자식들은 기성복 가게 털이 현장에 라인홀트도 있었다고 진술하는 게 아닌가. 예심 판사는 이 모든 것을 귀담아들으면서 그들의 표정을 살핀다. 이 사건은 뭔가 수상쩍은 구석이 있어. 저 녀석들은 서로에 대해 분개하고 있어. 결국 이틀 후 결과가 나오는데, 라인홀트의 알리바이는 틀림없으며 그는 창녀의 기둥서방이기는 하지만 이번 사건과는 아무 관련이 없는 것으로 밝혀진다.

10월 초순의 일이다.

그렇게 해서 라인홀트는 다시 풀려나지만, 형사들은 그가 깨끗하지 않다는 것을 눈치채고는 그에 대한 감시를 두 배로 강화하기로 한다. 다른 두 사람, 즉 수레 전문 목수와 카를은 예심 판사에게 호통을 맞는다. 여기서는 허튼소리를 해서는 안 되며, 라인홀트의 알리바이는 입증되었다는 것이다. 그러자 두 사람은 굳게 입을 다문다.

카를은 감방에 앉아 있는데 속이 부글부글 끓는다. 그의 처남이 그를 찾아온다. 그와 이혼한 전 아내의 남동생인 그와는 여전히 사이가 좋다. 그는 처남을 통해 변호사를 하나 소개해 달라고 하면서 형사 사건에 밝은 사람으로 해 달라고 요구한다. 그는 변호사에게 이것저것 질문을 던져 일을 제대로 할 줄 아는지 탐문한 뒤, 혹시 죽은 사람을 땅에 묻는 것을 도와주면 어떻게 되느냐고 묻는다. "그게 무슨 말이오?" "죽은 사람을 우연히 발견해서 매장할 경우 어떻게 되냐고요." "혹시 당신이 감추려는 사람인가요? 경찰의 총에 맞아 죽었거나, 뭐 그런 사람?" "아무튼 자기가 직접 죽이지는 않았지만 시체가 발견되는 것을 원치 않을 경우 말입니다. 이럴 경우 어떤 불이익을 받나요?" "그런데 죽은 사람이 당신이 아는 사람인가요, 당신은 그 사람을 묻을 경우 어떤 이득을 보나요?" "이득은 전혀 없고 그냥 우정 때문에 도운 거요, 사람이 쓰러져 있는데 이미 죽은 상태였고, 그 시체가 발견되는 걸 바라지 않았던 거죠." "경찰한테 발견되는 것 말이죠? 그 정도면 단순한 증거 은닉죄에 불과해요. 그런데 그 사람은 어떻게 죽었나요?" "나야 모르죠. 그 자리에 없었으니까. 다른 사람이 알아봐 달라고 해서 대신 질문을 드리는 거요. 그러니까 나는 도와주지도 않았어요. 그리고 그것에 관해 전혀, 아무것도 몰랐어요. 그런데 그냥 죽어서 누워 있었던 거죠. 그리고 누군가가 나한테 그걸 땅에 묻고자 한다며 거들어 달라는 거였어요." "누가 당신한테 그런 말을 했나요?" "묻어 달라는 말? 그냥 어떤 사람이죠. 나는 그저 내가 어떻게 되는지 알고 싶을 따름입니다. 땅에 묻는 것을 거들어 주는 것만으로도 위법 행위가 되나요?" "이봐요, 당신이 말한 대로라면 위법 행위가 성립하지 않아요, 설사 그렇다 해도 그렇게 심하지는 않아요. 당신이 그 일에 전혀 가담하지 않았고 거기서 어떤 이득도 보지 않았다면 말이죠. 그런데 뭐 하러 묻는 걸 도운 거요?" "그냥 우정 때문에 도와준 거라고 조금 전에 말씀드렸죠. 하지만 어차피 그건 상관없어요. 내가 함께 저지른 일도 아니고, 시체가 발견되든 발견되지 않든 어떤 이득도 없었으니까요." "혹시 당신들 패거리 사이에서 암살 같은 게 있었던 건 아니오?" "그럴 수도 있죠." "아니, 이런, 관둡시다. 대체 당신이 원하는 게 뭔지 갈피를 못 잡겠소." "됐어요, 변호사 양반. 나로서는 궁금했던 것을 다 알았으니까요." "그 사건에 대해 좀 더 자세히 말해 주지 않겠소?" "하룻밤 더 지내며 생각해 볼게요."

그러고 나서 함석공 카를은 침대에 누워 잠을 청해 보지만 잠은 오지 않고 속에서 부화만 치밀어 오른다. 나야말로 세상에 둘도 없는 멍청이야. 라인홀트 녀석을 밀고하려 했지만 녀석은 지금쯤 벌써 다 알아차리고서 가만있지 않고 줄행랑을 쳤을 거야. 나는 정말 바보야. 더러운 자식, 개 같은 자식, 나를 이렇게 곤경에 빠뜨리다니. 하지만 반드시 그를 잡고야 말겠어.

그렇지만 그날 밤은 카를에게 지나갈 것 같지가 않다. 언제쯤 첫 종소리가 울릴까. 모든 것이 나하고는 상관없는 일이야. 땅에 묻는 것을 도와주었을 뿐이니 그 때문에 크게 고초를 당하지는 않을 거야. 처벌을 받아야 몇 달 정도 살겠지. 하지만 녀석은 종신형에 처해질 거야. 모가지가 날아가지 않는다고 해도 다시는 바깥세상에 나오지 못할 거야. 예심 판사는 언제나 오려나. 지금 몇 시나 되었을까. 지금 이 시간에도 라인홀트 자식은 기차를 타고 멀리 도망치고 있겠지. 그런 비열한 악당은 내 생전 처음이야. 그런데 비버코프가 그 녀석의 친구라고. 그 녀석은 팔 하나로 어떻게 먹고살지. 상이군인도 저런 꼴을 당하다니.

그러던 중 방사형 건물 안이 활기를 띤다. 카를은 자신의 면담 표지판을 얼른 밖에다 내건다. 11시에 그는 예심 판사의 방으로 간다. 이런, 예심 판사의 표정이 심상치 않은걸. "그런데 당신은 그 친구를 무척 미워하는군요. 그 친구를 벌써 두 번째로 고발하는 거요. 그러다가 부디 난처한 입장에 처하지 않기를 바라겠소." 그러나 카를이 아주 자세하게 진술을 하자, 정오에 자동차 한 대가 마련된다. 예심 판사가 직접 차에 오르고 두 명의 건장한 경찰관이 동승한다. 카를은 양손이 묶인 채로 두 사람 사이에 앉는다. 자동차는 프라이엔발데로 향한다.

그렇게 해서 그들은 옛길을 따라 달린다. 이렇게 차를 타고 달리니 기분이 좋군. 젠장, 자동차에서 뛰어내릴 방도만 있다면 얼마나 좋을까. 이 개자식들이 사람을 옴짝달싹도 못하게 묶어 놓아 아무것도 할 수가 없어. 게다가 저들은 권총까지 갖고 있어. 어쩔 수가 없다, 어쩔 수가 없다. 그들은 달리고 또 달린다, 가로수 길이 쏜살같이 뒤로 지나간다. 나는 당신에게 180일을 드리겠어요, 미체, 내 무릎에 앉아, 내 사랑, 그 녀석은 더러운 악당이야, 라인홀트 그 자식, 양심도 없는 냉혈한이야, 잠깐만 기다려라, 이 자식아. 다시 한 번 미체를 생각하자, 당신 혀를 깨물어 줄게요, 그녀는 애무도 참 잘하지, 어느 쪽으로 갈까, 오른쪽 아니면 왼쪽, 나야 상관없어요, 아, 참으로 사랑스러운 아가씨.

그들은 언덕을 넘어서 숲 속으로 들어선다.

프라이엔발데는 풍광이 좋고, 온천장이 있는 아담한 휴양지다. 요양소 정원에는 노란 자갈들이 산뜻하게 깔려 있고, 안쪽에는 테라스가 딸린 술집이 있다. 저기서 우리 셋은 앉아 있었다. 스위스와 티롤에 가면, 정말 기분이 좋아요, 티롤에는 갓 짜낸 따스한 우유가 있고, 스위스에는 높은 융프라우가 있지, 야호. 그러고 나서 녀석은 그녀를 데리고 사라졌어, 돈 몇 푼 받고서 나는 그 자리를 피해 준 거야, 그런 건달에게 그 가여운 아가씨를 팔아먹은 거야, 그리고 그 자식 때문에 내가 지금 고초를 당하는 거야.

바로 그 숲이다, 가을빛이 완연하고, 햇살도 따뜻하며, 나무의 우듬지들도 잠잠하다. "여기를 따라 한참 가야 해요, 그는 손전등을 들고 있었어요, 찾기가 쉽지는 않을 거요, 하지만 그 장소를 보면 금방 알아볼 수 있어요, 거의 공터였는데, 전나무 한 그루가 비스듬히 서 있고 구덩이가 하나 있었거든요." "널린 게 구덩이인걸." "잠깐만요, 경감님. 너무 멀리 온 것 같아요, 모텔에서 20분이나 25분밖에 안 걸리는 거리였어요. 이렇게까지 멀지는 않았거든요." "하지만 당신 말로는 뛰었다고 하지 않았소." "숲에 들어와서 뛴 거지 도로에서는 안 뛰었어요, 그랬다가는 사람들 눈에 띄었을 테니까요."

그러던 중 드디어 탁 트인 공터가 나타나고, 비스듬히 서 있는 그 전나무도 보인다, 모든 것이 그날 보았던 그대로이다. 나는 당신 거예요, 그녀의 심장이 박살 나고, 그녀의 두 눈이 박살 나고, 그녀의 입이 박살 났다, 조금만 더 걸을까요, 너무 그렇게 세게 끌어안지 마요. "이게 바로 그 검은 전나무요, 맞아요."

남자들이 말을 타고 그 고장으로 왔다, 조그만 갈색 말을 타고 먼 곳에서 왔다. 그들은 계속 길을 물었고 마침내 물가에, 큰 호숫가에 이르러 말에서 내렸다. 그들은 말을 떡갈나무에 매어 놓은 다음, 물가에서 기도문을 외우고는 땅에 엎드렸으며, 이어 배를 타고 물을 건넜다. 그들은 호수를 노래했고, 호수를 향해 말을 걸었다. 그들은 호수에서 무슨 보물을 찾으려는 것이 아니라, 다만 위대한 호수에 경의를 표하기 위함이었다, 호수 아래에는 그들의 우두머리가 누워 있었다. 바로 그 때문에, 그 때문에 그 남자들은 그곳을 찾아온 것이다.*

경찰관들은 삽을 챙겨 가지고 왔으며, 함석공 카를은 이곳저곳 살피다가 한 지점을 가리켰다. 그들은 삽으로 땅을 찔렀다, 삽을 땅에 박자 땅바닥은 금방 부드러워졌다, 그들은 더 깊이 흙을 파내어 위로 던져 올렸고, 바닥을 파헤쳤다, 아래쪽에 전나무 덤불이 묻혀 있었다, 함석공 카를은 그 자리에 서서, 들여다보고 또 들여다보며 기다린다. 바로 여기야, 분명 여기였어, 그들은 그곳에 그 아가씨를 파묻었던 것이다. "깊이가 얼마나 됐소?" "25센티미터 정도, 그 이상은 아닙니다." "그러면 벌써 나왔어야 하는데." "그래도 여기가 맞아요, 조금만 더 파 보세요." "계속해서 파라, 계속 파라고 했다가 아무것도 안 나오기만 해 봐라!"

땅이 파 엎어지면서 안쪽에서 푸른 풀이 묻어 나오는데, 누군가 어제나 오늘 땅을 파헤친 것이 분명하다. 지금쯤은 그 여자의 모습이 보여야 하는데, 그는 줄곧 소맷자락으로 코를 막고 있다, 벌써 심하게 부패했을지 몰라, 묻은 지 여러 달 지난 데다 비까지 내렸으니. 구덩이 속에서 땅을 파고 있던 한 사람이 위쪽을 향해 묻는다. "여자는 어떤 옷을 입고 있었소?" "검은 스커트와 핑크색 블라우스요." "혹시 실크인가요?" "아마 그럴 거요, 하여튼 밝은 핑크색이오." "혹시 이런 거요?" 한 남자가 레이스 조각 하나를 들어 보이는데, 흙이 묻어 지저분하기는 했지만 분명 핑크색이다. 그는 그것을 예심 판사에게 보여 준다. "아마 소맷자락에서 떨어져 나온 것 같습니다."

그들은 계속해서 땅을 판다. 이곳에 뭔가가 묻혔던 것은 분명하다. 어제 아니면 오늘 누군가가 이곳을 다시 파헤친 것 같다. 카를은 그곳에 서서 생각한다. 그렇다면 상황은 이런 거야, 그 녀석이 위험한 낌새를 느끼고는 시체를 다시 파내 어딘가 물속에라도 던져 버렸을 거야, 그러고도 남을 인간이야. 예심 판사는 경감을 한쪽으로 데려가 한참 동안 이야기를 나눈다, 경감은 메모를 한다. 그런 다음 그들 셋은 자동차 쪽으로 돌아가고, 현장에는 한 사람만 남는다.

예심 판사는 걸어가며 카를에게 묻는다. "그러니까 당신이 왔을 때는 그 여자가 이미 죽어 있었다는 거요?" "그렇습니다." "그걸 어떻게 증명할 수 있죠?" "그건 왜죠?" "이봐요, 만약 라인홀트가 나서서 당신이 그 여자를 죽였다거나 아니면 당신이 도왔다고 진술한다면 말이오." "시체를 옮기는 것은 도왔지요. 대체 내가 왜 그 여자를 죽이겠어요?" "그 사람이 그 여자를 죽였거나 죽였을 법한 것과 같은 이유죠." "하지만 그날 저녁에 저는 그 여자와 있지도 않았습니다." "그래도 오후에는 함께 있지 않았소." "아무튼 그 후로는 같이 있지 않았어요. 그때만 해도 그 여자는 살아 있었지요." "알리바이를 입증하기가 쉽지 않을 거요."

차를 타고 가던 중 예심 판사는 카를에게 또 묻는다. "당신은 라인홀트와 일을 치르고 나서 그날 저녁 또는 밤에 어디 있었소?" 이런 젠장, 그렇다면 사실을 말해 줄게. "여행을 떠났습니다, 그 녀석이 내게 자기 여권을 주어 그걸 가지고 도망쳤습니다, 일이 밝혀질 경우 저의 알리바이를 입증하기 위한 조치였죠." "참 이상하군요. 왜 그렇게 한 거요, 그것은 사실 아주 어리석은 행동이오, 두 사람이 그렇게 친한 사이였소?" "그렇기도 하죠. 빈털터리 상태의 제게 그가 돈을 주었거든요." "그런데 이제는 더 이상 친구가 아니라는 거요, 아니면 그에게 돈이 없는 거요?" "그 자식이 제 친구라고요? 천만에요, 판사님. 판사님은 제가 왜 감방 신세를 지고 있는지 아시잖아요, 경비원 사건 때문이죠. 녀석이 나를 밀고

한 겁니다."

예심 판사와 경감은 서로 얼굴을 쳐다본다. 자동차는 질주하고 이따금 도로의 움푹 팬 곳에 빠졌다가 튀어 오르며 달린다. 가로수가 쏜살같이 스쳐 지나간다. 이곳은 녀석과 함께 달렸던 곳이다. 당신에게 180일을 드리겠어요. "당신들 사이에 무슨 일이 생겼나 보죠. 우정에 금이 간 건가요?" "그래요. 그런 셈이죠. (내 속을 떠보려고 하는군. 어림도 없지. 그런 것에 넘어가 공연한 소리를 늘어놓을 내가 아니지. 당장 그만두라고. 그런 속셈 정도는 다 아니까.) 사정을 말씀드리면 이렇습니다. 판사님. 라인홀트는 아주 포악한 녀석이라서 사실상 나까지도 제거하려고 했습니다." "그래요. 그가 당신을 해치려고 무슨 일을 꾸몄다는 건가요?" "그런 건 아니고요. 하지만 그런 말은 했습니다." "그 이상의 것은 없어요?" "그렇습니다." "그러면 일단 두고 봅시다."

미체의 시신은 이틀 뒤 그 구덩이에서 약 1킬로미터 떨어진 곳에서 발견된다. 같은 숲 속이다. 그 사건이 신문에 보도되자마자, 두 명의 정원사 조수가 그곳 숲에서 어떤 남자가 혼자서 아주 무거운 트렁크를 들고 가는 것을 보았다고 신고를 해 온 것이다. 두 사람은 그때 그것을 보고서 뭘 저렇게 낑낑대며 운반하지 하며 이야기를 나누었으며, 나중에 보니 그 남자는 한숨 돌리려고 구덩이에 앉아 있더라는 것이다. 반 시간 뒤에 그곳으로 돌아와 보니, 그 남자는 셔츠 바람으로 여전히 거기에 앉아 있었다. 트렁크는 보이지 않았는데, 분명 구덩이 속에 있었을 것이다. 두 사람은 그 남자의 인상착의를 제법 정확하게 묘사한다. 키는 1미터 75센티미터 정도, 어깨는 아주 넓고, 검은 중절모를 쓰고, 밝은 회색의 여름 양복을 입고, 점박이 무늬 재킷을 걸치고 어딘가 아픈 사람처럼 걸을 때 다리를 질질 끌고, 튀어나온 이마에 가로 주름이 많다. 두 정원사 조수가 지목한 지역에는 구덩이가 아주 많아서 경찰견도 소용이 없다. 때문에 부근의 구덩이를 모두 파 보기로 한다. 그러던 중 한 구덩이를 몇 번 삽질하자 금방 갈색의 큰 마분지 상자가 나타난다. 상자는 끈으로 묶여 있다. 경찰들이 상자를 열어 보니 안에는 여자의 옷가지, 찢긴 슈미즈, 밝은 색의 스타킹, 갈색의 낡은 양모 스커트, 지저분한 손수건, 두 개의 칫솔이 나온다. 마분지 상자는 물기가 좀 있기는 했지만 흠뻑 젖은 상태는 아니고, 전체 정황으로 보아 거기 묻힌 지 그리 오래된 것 같지는 않다. 이해할 수 없는 일이다. 죽은 여자는 핑크색 블라우스를 입고 있었는데.

곧이어 다른 구덩이에서 문제의 트렁크를 발견하는데, 그 안에는 주검이 웅크린 자세로 들어 있다. 주검은 블라인드 끈으로 단단히 묶여 있다. 그날 저녁, 모든 경찰서와 교외 파출소에는 혐의자에 대한 인상착의와 함께 공지문이 전달된다.

라인홀트는 그때 경찰서에서 조사를 받으면서 뭔가 좋지 않은 일이 다가오고 있음을 금방 알아차렸다. 그래서 그는 프란츠를 이 일에 끌어들이기로 한다. 프란츠가 그렇게 하지 않았다고 할 근거가 어디 있겠는가. 함석공 카를 같은 녀석이 무엇을 증명할 수 있겠는가. 당시 프라이엔발데에서 누군가 나를 알아보았을 가능성은 희박하다. 혹시 레스토랑이나 길에서 나를 본 사람이 있을 수도 있지만, 그거야 크게 신경 쓸 것 없어, 한번 해 보는 거야, 그러려면 프란츠를 어디론가 떠나보내야 해, 그러면 그가 이 사건에 연루된 것처럼 보일 거야.

라인홀트는 경찰서에서 나오던 그날 오후에 곧바로 프란츠를 찾아간다, 함석공 카를 녀석이 우리를 불었어, 그러니까 자네는 어서 도망쳐야 해. 프란츠는 15분 만에 짐을 꾸린다, 라인홀트가 짐 꾸리는 것을 도와준다, 그들은 함께 카를을 욕한다. 에바는 빌머스도르프에 사는 옛 여자 친구인 토니에게 부탁을 하여 프란츠를 맡아 달라고 한다. 라인홀트도 함께 자동차를 타고 빌머스도르프로 간다, 그래서 그들은 트렁크를 사러 나간다. 라인홀트는 외국으로 나간다면서 큰 트렁크가 필요하다고 한다, 처음에는 옷장 형태의 트렁크를 원하다가 나중에는 자기가 들고 갈 수 있는 가장 큰 나무 트렁크로 하겠다고 말한다. 짐꾼들도 믿을 수가 없어, 그 인간들은 사람을 염탐하거든, 주소는 자네한테 금방 알려 주겠네, 프란츠, 에바에게도 안부 전하게.

프라하의 끔찍한 사고, 21명의 사망자 이미 발굴, 150명은 폐허 더미에 매몰. 이 폐허 더미는 불과 몇 분 전만 해도 7층 높이짜리 신축 건물이었다, 지금 그 아래에는 수많은 사망자와 중상자가 깔려 있다. 80만 킬로그램이나 나가는 철근 콘크리트 건물이 한꺼번에 지하 2층 공간에 이르기까지 무너져 내린 것이다. 도로에서 근무 중이던 경찰은 건물이 무너지는 소리를 듣고 보행자들에게 경고를 했다. 그는 또 달려오던 전차에 침착하게 뛰어올라 직접 브레이크를 작동했다. 대서양에서는 강한 폭풍우가 휘몰아치고 있다. 대서양의 현재 기상 상황은 다음과 같다. 폭풍을 동반한 저기압권이 줄지어 북아메리카에서 동쪽으로 이동 중이고, 중앙아메리카와 그린란드 그리고 아일랜드 사이에 위치한 고기압권은 고착 상태에 있다. 신문에는 벌써 비행선 '체펠린 백작' 호와 임박한 비행과 관련된 기사들이 여러 면에 걸쳐 실리고 있다. 비행선의 세부 구조, 선장에 대한 인물 소개 그리고 시험 비행의 성공 여부에 대한 전망 등이 자세히 언급되고, 독일인의 우수한 기술력과 체펠린 비행선의 탁월한 성능을 찬양하는 논설이 실려 있다. 지금까지 비행기가 우수한 것처럼 알리는 대대적인 선전이 있었지만, 미래의 비행 수단은 비행선이 될 것으로 본다. 그러나 '체펠린' 호는 출항하지 않는다, 에케너는 쓸데없는 위험을 감수하지 않고자 한다.

미체의 시신이 들어 있는 트렁크가 열렸다. 그녀는 베르나우 출신 전차 차장의 딸이었다. 자녀가 셋이나 있었지만 엄마는 남편을 버리고 집을 나갔다, 그 이유는 아무도 모른다. 미체는 혼자서 집안의 모든 일을 떠맡아야 했다. 저녁때면 그녀는 가끔 베를린으로 가서 댄스홀을 찾았는데, 레스트만 댄스홀이나 근처의 다른 곳을 드나들었다. 그러다가 몇 번은 남자와 호텔로 갔으며, 시간이 너무 늦으면 집으로 돌아갈 엄두를 못 내고 베를린에 남았다. 그러다가 에바를 만났으며 그렇게 해서 일은 시작되었다. 두 사람은 슈테틴 역 근처의 경찰서에서 만났다. 그렇게 해서 미체의 유쾌한 삶이 시작된 것이다, 그녀는 처음에는 소냐라는 이름으로 불렸고 지인과 친구를 많이 사귀었다, 그러나 나중에는 한 남자가 좋아서 붙어 지냈는데, 팔이 하나밖에 없는 건장한 체격의 남자였다, 미체는 첫눈에 그 사람에게 반했으며 마지막 순간까지 그를 사랑했다. 그러나 미체는 결국 끔찍한 최후, 슬픈 종말을 맞았다. 왜, 왜, 대체 그녀가 무슨 잘못을 저질렀단 말인가, 그녀는 베르나우에서 베를린의 소용돌이 속으로 뛰어들었고, 분명히 순진무구한 여자는 아니었다, 하지만 그 남자에 대한 사랑은 진심에서 우러나오는 확고한 것이었고, 그녀는 낭군으로 생각한 그 남자를 어린아이 다루듯이 보살펴 주었다. 그런 그녀가 박살이 났는데, 하필이면 그녀가 그 자리에 있다가, 우연히 그 남자 곁에 있다가 그렇게 되었다, 참으로 생각하기 어려운 일이지만, 그게 바로 인생이다. 그녀는 자신의 낭군을 지키려 프라이엔발데에 갔다가 목이 졸려, 목이 졸려 죽었다, 저세상으로 갔다, 끝장났다, 삶이란 그런 것이다.

이제 그들은 그녀의 목과 얼굴에서 지문을 채취한다, 그들에게 이 여자는 하나의 형사 사건에 불과하고, 그것은 전화선을 까는 것처럼 기술적인 과정에 지나지 않는다, 어차피 그녀가 겪어야 할 과정이다. 사람들이 그녀의 데스마스크를 만들어 자연스러운 색깔을 입히자 놀라울 정도로 실물과 흡사하다, 하지만 그것은 셀룰로이드로 만든 것이다. 그렇게 해서 미체가 거기 있다, 그녀의 얼굴과 목은 다른 서류들과 함께 서류장 안에 있다, 어서 와 줘요, 어서 와 줘요, 우리는 곧 집에 이를 거예요, 아싱거 맥주홀, 당신은 나를 위로해 줘야 해요, 난 당신 거예요. 그녀는 이제 유리장 안에 있다, 그녀의 얼굴이 박살 났다, 그녀의 심장이 박살 났다, 그녀의 허벅지가 박살 났다, 그녀의 미소가 박살 났다, 당신은 나를 위로해 줘야 해요, 어서 와 줘요.

나는 돌이켜 태양 아래 일어난 모든 부당한 일을 보았다*

프란츠, 너는 왜 한숨짓는가, 프란츠, 왜 에바는 늘 살그머니 다가와서 네게 물어야 하는가, 무슨 생각을 하고 있냐고, 그러고는 아무 대답도 듣지 못하고 다시 돌아가야 하는가, 왜 너는 그렇게 우울해하는가, 왜 너는 작은 방구석에서, 조그만 커튼 뒤에서 몸을 움츠리고 있는가, 또 왜 너는 그렇게 살금살금 걸어 다니는가? 너는 인생이 뭔지 안다, 너는 어제 갑자기 이 세상에 나온 것이 아니다, 너는 사물의 냄새를 맡을 줄도 알고 느낄 줄도 안다. 너는 아무것도 보지 못하고, 듣지 못하지만 그래도 느낄 수는 있다, 그러나 너는 감히 그쪽으로 눈길을 돌릴 용기가 없어 곁눈질만 할 뿐이다. 그렇다고 도망치지도 않는다. 도망치기에는 너는 너무 고집이 세다. 그래서 너는 이를 악물었다. 너는 비겁하지 않다. 하지만 대체 어떤 일이 일어날지, 네가 과연 그 일을 감당할 수 있을지, 그것을 감당할 만큼 네 어깨가 강한지를 모를 뿐이다.

우스 땅의 욥이라는 사람, 그는 모든 것을 알게 되고 그에게 더 이상 어떤 일도 일어나지 않게 되기까지 얼마나 많은 고통을 겪었던가. 스바에서 적들이 쳐들어와 그의 양치기들을 죽였으며, 하늘에서 하느님의 불길이 떨어져 양 떼와 양치기들을 태워 죽였다. 칼데아 사람들은 그의 낙타와 낙타 몰이꾼들을 죽였고, 그의 아들과 딸들이 그의 맏아들 집에 모여 있을 때 사막에서 강풍이 불어와 그 집의 네 귀퉁이를 무너뜨리니 남자 아이들이 다 깔려 죽었다.

그것만 해도 가혹한 고난이었으나, 그것으로 끝이 아니었다. 욥은 입고 있던 겉옷을 갈기갈기 찢고 손을 물어뜯고 머리를 쥐어뜯었으며 제 몸에 흙을 뒤집어썼다. 그러나 그것으로도 끝이 아니었다. 악창이 욥을 뒤덮었다. 발바닥에서 머리끝까지 악창이 돋아 그는 모래 가운데 들어가 앉았지만 온몸에서 고름이 흘러나왔고 토기 조각으로 몸을 긁었다.

친구들이 찾아와서 그의 꼴을 보았다. 데만 사람 엘리바스와 수아 사람 빌닷과 나아만 사람 소발이다. 친구들은 그를 위로하려고 멀리서 찾아와 그를 보고 울부짖었다. 그들이 알아보지 못할 정도로 욥이 무서운 재앙을 당하였기 때문이다. 전에는 아들 일곱과 딸 셋을 두었고 양 7천 마리, 낙타 3천 마리, 겨릿소 5백 마리, 암나귀 5백 마리와 수많은 하인을 거느렸던 욥이었다.*

너는 우스 땅의 욥처럼 그렇게 많은 것을 잃은 것은 아니다. 프란츠 비버코프야. 그러나 네게도 뭔가가 서서히 다가오는구나. 너는 네게 일어난 일을 향해 한 걸음씩 천천히 다가가고 있다, 너는 스스로에게 1천 마디의 위로의 말, 다독거리는 말을 해 주고 있는데, 그것은 네가 일단 그렇게 해 보기로 마음먹었기 때문이다, 너는 더 가까이 가기로 결심했고 가장 극단적인 것까지 맞을 각오를 한 것이다, 하지만 아, 슬프다, 가장 극단적인 것까지 각오하다니? 그것은 아니다, 아, 그렇게는 하지 마라. 너는 스스로를 격려하고 너 자신을 사랑한다. 아, 올 테면 와라, 아무것도 일어나지 않을 거야, 우리는 피할 수도 없는 상태야. 그러나 네 안에서는 그것을 원하기도 하고 원치 않기도 한다. 너는 이렇게 탄식한다. 재앙이 닥쳐오는데 나는 어디에서 피난처를 찾고 무엇에 의지할 수 있을까. 그것이 더욱 가까이 다가온다! 그리고 너 역시 가까이 다가간다, 한 마리의 달팽이처럼, 너는 비겁하지 않다, 너는 튼튼한 근육을 가졌을 뿐만 아니라 너는 프란츠 비버코프다, 너는 코브라 뱀이다. 보라, 저기 덤벼드는 괴물을 향해 코브라 뱀이 조금씩, 조금씩 꿈틀거리며 나아가는 모습을.

너는 한 푼의 돈도 잃지 않을 것이다, 프란츠, 그러나 네 영혼은 가장 깊은 곳까지 불에 타버릴 것이다! 보라, 벌써 저 창녀가 기뻐하는구나! 창녀 바빌론이다! 일곱의 대접을 든 일곱의 천사 중 하나가 나를 찾아와 말했다. 오라, 네게 큰 물가에 앉아 있는 큰 창녀, 바빌론을 보여 주겠다. 저기 한 여자가 붉은 짐승 위에 앉아 손에 황금 잔을 들고 있는데, 이마에는 하나의 이름, 하나의 비밀이 쓰여 있다. 그 여자는 모든 성도들의 피에 취해 있다.*

너는 지금 그녀의 존재를 예감한다, 너는 그녀를 느낀다. 그런데 너는 강해질 수 있을 것인가, 너는 파멸을 피할 수 있을 것인가.

프란츠 비버코프는 빌머스도르프 거리에 있는 빌라의 아름답고 환한 방에 앉아 기다린다.

코브라 뱀이 똬리를 틀고서 햇빛 속에 누워 몸을 덥히고 있다. 따분하기 그지없고, 혈기 왕성한 그는 뭔가를 하고 싶지만, 지금은 그냥 뒹굴고 있을 뿐이다, 그들은 어디서 만날지 아직 약속도 하지 않았다, 뚱뚱한 여인 토니는 그에게 검은 뿔테 안경을 사 주었다, 새 신사복이라도 한 벌 장만해야겠어, 아니면 뺨에 칼자국이라도 그어 볼까. 그때 누군가 안뜰을 가로질러 달려간다. 저 사람은 아주 바쁜 모양이야. 나는 급한 일이라고는 없는데. 사람들이 그렇게 서두르지 않고서 살면 두 배는 더 오래 살 것이고, 세 배는 더 많은 것을 이룰 것이다. 엿새 일정의 사이클 경기가 그렇다, 선수들은 페달을 밟고 또 밟는다, 줄곧 평온을 유지하는 것이다, 또 인내심을 발휘한다, 그러면 우유가 끓어서 넘치는 일은 없다, 관중이 휘파람을 불어 대도 개의치 않는 것이다, 관중이 그 깊은 뜻을 어찌 알겠는가.

복도에서 노크하는 소리가 난다. 대체 왜 초인종을 울리지 않는 거야. 빌어먹을, 집 밖으로 나가야겠어, 그런데 이 방엔 출입구가 하나밖에 없으니. 일단 귀를 기울여 보자.

한 발자국, 한 발자국 너는 다가가고 있다, 너는 너 자신에게 수많은 위로의 말을 하고, 스스로를 칭찬하고 기분을 돋운다, 너는 극단적인 일까지 맞을 각오가 되어 있다, 그러나 최악의 것을, 아 슬프구나, 최악의 것을 맞을 준비는 되어 있지 않다.

한번 들어 보자. 저게 뭐야? 내가 아는 여자군. 저 목소리는 내가 아는 목소리야. 비명을 지르고, 울고 또 우는구나. 어디 한번 보자. 놀라움, 경악, 너는 무슨 생각을 하는 거야? 사람이란 온갖 생각을 한다. 그래, 내가 아는 여자야. 에바다.

문이 열린다. 밖에는 에바가 서 있고, 뚱뚱한 토니는 두 팔로 그녀를 껴안는다. 신음 소리, 애처롭게 울먹이는 소리, 저 아가씨가 왜 저러는 거야. 온갖 생각이 스쳐 간다, 도대체 무슨 일이 일어난 것일까, 미체는 비명을 질러 대고 라인홀트는 침대에 누워 있다. "안녕, 에바, 이것 봐, 에바, 왜 그러는 거야, 진정하라고, 무슨 일이 일어난 모양이군, 그래도 아주 나쁜 일은 아닐 거야." "나 좀 내버려 둬요." 왜 저렇게 비명을 지르는 거야, 어디서 크게 얻어터진 모양이군, 누군가에게 두들겨 맞은 거야, 잠깐만. 저 여자가 헤르베르트에게 무슨 말을 했나, 헤르베르트가 아이 일을 알게 되었나 보군. "헤르베르트가 당신을 때린 거야?" "나 좀 내버려 둬요. 나를 잡지 말라니까요, 제발." 왜 저런 눈초리를 하고 있지. 이제 나 같은 놈하고는 아무 상관도 하고 싶지 않다는 태도야, 자기가 그걸 먼저 원해 놓고서. 도대체 무슨 일인데 저러는 걸까, 무슨 일이지, 사람들이 몰려오겠군, 일단 문을 잠가야겠어. 토니는 문밖에 서서 에바를 열심히 달랜다. "자, 자, 에바, 진정해, 진정하고 말 좀 해 봐, 대체 왜 그러는 거야, 안으로 들어가자고, 헤르베르트는 어디 있어?" "나는 안 들어가, 들어가지 않을 거야." "어서 안으로 들어가서 좀 앉자고, 내가 커피를 끓일게. 당신은 나가요, 프란츠." "왜 나더러 나가라는 거야, 나는 아무 짓도 안 했다고."

그때 에바가 눈을 부릅뜬다, 마치 누군가를 잡아먹을 듯한 무서운 눈초리다, 그녀는 날카로운 소리를 질러 대며 프란츠의 조끼를 움켜잡는다. "이 사람도 같이 들어가야 해, 같이 가야 한다고, 이 사람도 함께 있어야 해, 당신도 여기 우리와 같이 들어가요!" 저 여자가 왜 저러는 거야, 혹시 돌아 버린 걸까, 어떤 놈한테서 무슨 얘기를 들었나. 에바는 소파로 가서 뚱뚱한 토니 곁에 앉아 부들부들 떤다. 저 여자는 얼굴이 부은 것 같고 몸을 몹시 떨고 있어, 임신을 해서 그런 것 같아, 나한테서 비롯된 일이기도 하지, 그러니 그녀에게 손대지 말아야겠어. 그때 에바는 뚱뚱한 토니에게 팔을 두르고서 그녀의 귀에 뭔가 속삭인다, 처음에는 제대로 말도 못하더니 마침내 뭐라고 내뱉는다. 이제 뭔가가 토니에게 전달된다. 그녀는 두 손을 소리가 나도록 마주 치고, 에바는 부들부들 떨면서 주머니에서 구깃구깃한 종이를 하나 꺼낸다, 저 여자들이 미쳤나, 아니면 나를 두고 무슨 연극을 하려는 거야, 아무튼 신문에 뭐가 실린 걸까, 아마도 우리가 슈트랄라우 거리에서 저지른 일에 대해 실렸겠지, 프란츠는 자리에서 일어나 소리를 지른다, 참으로 멍청한 계집들이다. "이런 멍청이들, 나한테 그런 연극은 하지 마, 나를 무슨 놀림감으로 아는 거야?" "맙소사, 이런 맙소사!" 뚱뚱한 토니는 그대로 앉아 있고 에바는 계속 부들부들 떨기만 할 뿐 아무 말도 못하고 흐느끼며 몸을 들썩거린다. 그러자 프란츠는 테이블 너머로 손을 내밀어 뚱뚱한 토니에게서 신문을 낚아챈다.

사진이 두 장 나란히 실려 있군, 아니, 이럴 수가, 이렇게 끔찍한 일이 있을 수가, 놀라 까무러칠 일이군, 이것은 나잖아 — 바로 나라고, 그런데 왜, 슈트랄라우 거리에서의 일 때문일까, 도대체 왜, 이렇게 끔찍한 일이, 이것은 나야, 그리고 이것은 라인홀트군, 기사 제목을 보자, 살인, 프라이엔발데에서 창녀 살해당하다, 피살자는 베르나우 출신의 에밀리 파르준케. 미체야! 이게 어찌 된 일일까. 내가 여기에 실려 있어. 난로 뒤에 생쥐 한 마리가 앉아 있네, 녀석은 곧 도망쳐야 한다네.*

그의 손이 경련을 일으키며 신문지를 움켜잡는다. 그는 천천히 안락의자에 주저앉는다, 그는 잔뜩 웅크린 자세로 앉아 있다. 도대체 신문에 쓰여 있는 게 뭔 소리야. 난로 뒤에는 생쥐 한 마리가 앉아 있네.

두 여자는 멍하니 바라보며 울고 있다, 그들은 멍하니 프란츠

쪽을 바라본다, 두 여자가, 이게 무슨 말이야, 살인이라니, 어떻게 된 거야, 미체가, 이거 미치겠군, 어찌 된 일일까, 이게 대체 뭐야. 그의 손이 다시 테이블 위로 향한다, 여기 신문에 실렸어, 한번 읽어 보자. 내 사진, 나, 그리고 라인홀트, 살인, 베르나우 출신의 에밀리 파르준케, 프라이엔발데, 그런데 미체는 어떻게 프라이엔발데로 간 것일까. 이게 무슨 신문이지, 『모르겐포스트』군. 그의 손은 신문과 함께 올라갔다가 신문과 함께 내려간다. 에바, 에바는 뭘 하지? 그사이 그녀의 눈빛이 바뀌었다, 그녀는 그의 쪽으로 다가온다, 그녀는 더 이상 울부짖지 않는다. "이봐요, 프란츠?" 목소리다, 누군가 말하고 있다, 나도 뭔가 말해야 한다, 두 여자, 살인, 살인이라니, 프라이엔발데에서, 내가 그녀를 프라이엔발데에서 죽였다는 거야, 그런데 나는 여태껏 프라이엔발데에 가 본 적도 없다, 그게 대체 어디 있는 거야. "자, 말 좀 해봐, 프란츠, 어찌 된 일이야."

프란츠는 그녀를 바라본다, 커다란 두 눈으로 그녀를 응시하고, 손으로는 신문지를 잡고 있으며, 머리를 떨고 있다, 그는 또 신문을 읽고 더듬더듬 말을 하는데, 목이 메어 컥컥거린다. 프라이엔발데에서 살인, 베르나우의 에밀리 파르준케, 1908년 6월 12일생. 미체를 말하는 거야, 에바. 그가 뺨을 긁적대며 에바를 바라본다, 초점이 없고 공허하고 멍한 눈빛, 차마 쳐다볼 수 없는 눈빛이다. 미체를 말하는 거야, 에바. 맞아. 당신은 어떻게 생각해, 에바. 그 애가 죽은 거야. 그래서 우리가 못 찾은 거야. "그런데 당신도 신문에 났어요, 프란츠." "내가?"

그는 다시 신문을 집어 들고 들여다본다. 내 사진이군.

그의 상체가 이리저리 흔들린다. 맙소사, 맙소사, 에바. 그녀는 점점 불안해하며, 의자 하나를 그의 안락의자 곁으로 밀고 간다.

그는 끊임없이 상반신을 앞뒤로 흔들고 있다. 맙소사, 에바, 맙소사, 맙소사. 그러면서 그는 계속 상반신을 흔들고 있다. 이제 그는 숨을 몰아쉬며 헐떡거리기까지 한다. 이번에는 마치 우습다는 듯이 실실 웃는 듯한 표정을 짓는다. "맙소사, 이거 어떻게 해야 하나, 에바, 어떻게 해야 하나." "그런데 왜 당신 사진을 실었을까?" "어디?" "거기." "그건 나도 몰라, 맙소사. 대체 이게 뭐야, 도대체 어떻게 된 거야, 허허, 정말 어이가 없군."

이어 그는 어쩔 줄 모르고 덜덜 떨면서 그녀를 바라보는데, 순간 그녀는 기뻐한다, 저건 인간적인 눈빛이다, 그녀의 눈에서 다시 눈물이 흐른다, 뚱뚱한 토니도 훌쩍거린다, 이어 그의 팔은 그녀의 어깨를 감싸 안고 그의 손은 그녀의 어깨를 어루만진다, 그리고 얼굴을 그녀의 목에 파묻은 채 프란츠는 흐느낀다. "이게 다 뭐야, 에바, 우리 미체가 어떻게 된 거야, 대체 무슨 일을 당한 거야, 그 아이는 죽었어, 그 아이한테 그런 일이 일어났던 거야, 이제 밝혀졌어, 그녀는 나한테서 도망친 것이 아니야, 어떤 녀석이 그 아이를 죽인 거야, 에바, 누군가가 우리 미체를 죽였다고, 나의 미체를 말이야, 이게 어찌 된 일이야, 이게 정말이야? 말 좀 해줘, 이건 사실이 아니야."

그러면서 그는 미체를 떠올린다, 순간 그의 가슴속에서 뭔가 치솟는다, 불안이 치솟는다, 공포가 그를 향해 이리 오라고 손짓한다, 저기 있구나, 낫으로 베어 버리는 자, 그의 이름은 죽음, 손도끼와 몽둥이를 들고 다가온다, 그는 작은 피리를 분다, 그런 다음 그는 턱을 크게 벌려 나팔을 들고서 불어 댈 것이며 북을 칠 것이다, 그러면 시커멓고 무시무시한 성벽 부수는 철퇴가 다가온다, 쾅, 조금 약하게, 쿵.

에바는 프란츠의 턱이 천천히 부드득 소리를 내며 부딪치는 것을 본다. 그녀는 프란츠를 꼭 붙잡고 있다. 그의 머리가 떨린다, 그의 목소리가 나오기 시작한다, 처음에는 컥컥거리다가 점차 소리가 가늘어진다. 그것은 제대로 말이 되지 못했다.

그는 자동차에 깔린 적이 있다, 지금이 꼭 그때와 같다, 그곳에는 분쇄기가 있다, 채석장이 있다, 계속 내 위로 돌을 쏟아붓는다, 나는 어떻게든 정신을 차리고 견뎌 보려 하지만 아무 소용이 없다, 그것은 나를 박살 내려 한다, 내가 강철 들보라 해도 그것은 나를 박살 내려고 한다.

프란츠는 부드득 이를 갈면서 중얼댄다. "뭔가 다가오고 있어." "뭐가 다가온다는 거야?" 어떤 종류의 분쇄기일까, 바퀴가 돌아가고 있다, 바람의 힘으로 돌아가는 풍차일까, 물의 힘으로 돌아가는 물방아일까. "조심해, 프란츠, 당신은 수배를 받고 있어." 내가 그녀를 죽였다는 건가, 내가? 그는 다시 몸을 부르르 떤다, 얼굴은 다시 실실 웃는 표정이 된다, 내가 그녀를 한번 호되게 때린 적은 있어, 내가 이다를 때려 죽였기 때문에 그들은 그렇게 생각하는 모양이야. "여기 꼼짝 말고 있어, 프란츠, 아래로 내려가지 말라고, 대체 어디를 가려는 거야? 그들이 당신을 찾고 있어, 당신 팔을 보면 금방 알아볼 거야." "그들은 나를 못 잡아, 에바, 내 발로 찾아가지 않는 한 그들은 나를 못 잡아, 내 말을 믿어. 내려가서 광고탑을 한번 봐야겠어. 무엇이 적혀 있는지 꼭 봐야겠어. 또 술집에 가서 신문을 한번 읽어 봐야겠어, 무슨 내용이 실렸는지, 도대체 어떻게 그런 일이 일어났는지." 그런 다음 그는 에바 앞에 서서 그녀를 응시하는데, 이제는 허탈한 웃음을 터뜨리지 않고는 한마디도 할 수 없다. "나 좀 봐, 에바, 뭐 수상쩍게 보일 만한 것이 있어? 나를 좀 보라고." "없어요, 없어." 그녀는 소리치며 그를 잡는다. "자, 나 좀 봐, 뭔가 수상쩍은 게 있냐고, 뭔가 그런 것이 있을 거야."

없어요, 없어. 그녀가 울부짖는 사이에 그는 문으로 걸어가 씩 웃으면서 옷장에서 모자를 꺼내 들고 밖으로 나간다.

보라, 부당한 일을 당하고 위로받지 못한 사람들의 눈물이었다*

프란츠는 의수를 갖고 있지만 평소에는 거의 착용하지 않는다. 지금은 인공 팔을 매달고 거리로 나선다. 가짜 손은 외투 주머니에 꽂아 두고, 왼손에는 시가를 든 모습이다. 그는 집에서 간신히 빠져나왔다. 에바가 울부짖으며 복도 문 앞에서 그를 막아섰던 것이다. 그는 그녀에게 도망치지 않을 것이며 조심하겠노라고 약속했다. "커피를 마시러 다시 돌아올 거야." 그는 이 말을 남기고는 아래로 내려갔다.

그가 일부러 잡히지 않는 한, 그들은 프란츠 비버코프를 체포하지 못했다. 두 천사가 그의 좌우에 붙어 따라가면서 사람들의 시선을 그에게서 다른 곳으로 돌렸다.

오후 4시에 그는 커피를 마시러 집으로 돌아온다. 헤르베르트도 와 있다. 그때 그들은 처음으로 프란츠가 길게 말하는 것을 듣는다. 그는 밖에서 신문을 읽었다, 그의 친구 함석공 카를 이야기도 읽고 그 녀석이 그들을 밀고했다는 것도 읽었다. 그 친구가 왜 그런 짓을 했는지는 그도 모른다. 그리고 함석공 카를도 프라이엔발데에 갔었고, 녀석들은 그곳으로 미체를 끌고 갔다. 라인홀트가 강제로 한 짓이다. 그 녀석은 자동차를 갖고 와서 얼마간 미체와 드라이브를 한 것 같다, 그다음에 카를이 차에 오르고 그들은 합세하여 그녀를 꼼짝 못하게 한 다음 프라이엔발데로 끌고 갔을 터인데 아마 밤이었을 것이다. 그들은 이미 가는 도중에 그녀를 죽였을지도 모른다. "그런데 왜 라인홀트는 그런 짓을 했을까?" "그 녀석이 바로 나를 자동차 밖으로 내동댕이친 놈이야, 이제 자네들도 알겠지, 바로 그 자식이 그랬어, 하지만 그건 상관없어, 그 때문에 녀석에게 화가 나는 것은 아니야, 사람은 모름지기 뭐든 배워야 하고, 배우지 못하면 아무것도 알지 못하거든. 그러면 멍청이처럼 세상을 이리저리 떠돌 뿐 세상 이치를 전혀 깨닫지 못해, 나는 그 녀석을 미워하지 않아, 전혀 그렇지 않아. 그런데 녀석은 나를 완전히 깔아뭉개려 했어, 나를 마음대로 할 수 있다고 생각한 거야, 그런데 그게 통하지 않았지, 녀석은 그걸 깨달았고 그 때문에 내게서 미체를 빼앗아 그런 짓을 한 거야. 미체가 무슨 저항을 할 수 있었겠어."

바로 그 때문에, 에이 무엇 때문에, 바로 그 때문에, 북소리, 대대 행진, 군인들이 시가를 행진할 때면, 에이 무엇 때문에, 바로 그 때문에, 에이 그저 칭데라다 붐데라다 붐 때문이다.

그래서 나는 그의 집으로 행진해 갔다, 그리고 녀석은 그런 식으로 응답한 것이다, 내가 행진해 들어간 것은 저주요 잘못이었다.

내가 행진해 간 것은 잘못이었다, 잘못이었다, 잘못이었다.

그러나 그것은 이제 아무것도 아니다, 이제는 더 이상 아무것도 아니다.

헤르베르트는 눈을 부릅뜨고, 에바는 아무 소리도 내지 않는다. 헤르베르트가 말한다. "어째서 자네는 미체한테 귀띔도 해 주지 않았나." "그것은 내 잘못이 아니야, 어쩔 수가 없었어, 녀석도 내가 그의 방에 찾아갔을 때 나를 쏴 죽일 수도 있었다고. 다시 한 번 말하지만 어쩔 수 없는 일이었어."

일곱 개의 머리와 열 개의 뿔, 손에는 가증스러운 것으로 가득 찬 술잔. 그들은 이제 나를 완전히 포획하겠지만, 나는 어쩔 도리가 없다.

"자네가 살짝 귀띔이라도 해 줬으면, 이 친구야, 그랬더라면 미체는 죽지 않았을 거 아니야, 그 대신 다른 녀석이 곤경에 처했을 텐데." "그건 내 잘못이 아니야, 그런 자식이 무슨 일을 벌일지 자네는 결코 몰라. 그가 지금 무슨 짓을 하고 있는지도 전혀 감을 잡지 못할걸, 자네는 결코 알아내지 못할 거야." "내가 꼭 밝혀내고 말겠어." 그러자 에바가 그에게 간청한다. "그런 자식에게 가까이 가지 마, 헤르베르트, 나도 걱정된다고." "조심할게. 일단 그 녀석이 어디 처박혀 있는지부터 알아낼 거야, 그러고 나서 반 시간 정도 지나면 형사들이 녀석을 체포하는 거지." 프란츠가 눈짓을 보내며 말한다. "그런 녀석 상대할 생각 하지 마, 헤르베르트, 그 녀석은 자네가 감당할 수 있는 적수가 아니야. 자, 악수로 약속하자고." 에바가 말한다. "어서 악수해, 헤르베르트. 그런데 당신은 어쩔 셈이야, 프란츠?" "나야 무슨 미련이 있겠어. 그런 더러운 일은 나한테 맡겨."

그러더니 그는 얼른 구석진 곳으로 가 그들에게 등을 돌리고 선다.

그리고 훌쩍이는 소리, 흐느끼는 소리가 들린다. 프란츠는 자신과 미체의 신세를 생각하며 울고 있다, 그들은 그 소리를 듣는다, 에바도 테이블에 엎드려 울부짖는다, '살인' 기사가 실린 신문은 여전히 테이블 위에 놓여 있다, 미체는 살해당했다, 누가 무슨 짓을 한 것도 아닌데, 그런 운명이 그녀에게 닥친 것이다.

그래서 나는 이미 죽은 자들을 칭송하였다*

저녁 무렵에 프란츠 비버코프는 다시 볼일을 보러 나선다. 참새 다섯 마리가 바이에른 광장을 걷고 있는 그의 머리 위로 날아다닌다. 그들은 이미 죽임을 당한 다섯 명의 악당들인데, 이미 여러 번 프란츠와 마주친 적이 있다. 녀석들은 그를 어떻게 하면 좋을지, 그에게 어떤 결정을 내릴지, 그를 어떻게 불안과 두려움에 떨게 할지, 그리고 그를 어떻게 들보에 걸려 넘어지게 할지를 상의한다.

첫 번째 참새가 소리친다. 저기 녀석이 걸어간다. 저것 봐, 가짜 팔을 달고 있어, 아직도 자신의 패배를 인정하지 않고 있어, 남의 눈에 띄고 싶지 않은 모양이야.

두 번째 참새가 말한다. 말쑥하게 차려입은 저 녀석은 지금까지 많은 악행을 저질렀어. 저 친구는 중범죄자야, 감방에 처넣어야 해, 종신형을 살게 해야 한다고. 여자를 하나 죽였고, 좀도둑질도 했고 주거 침입도 했고, 다른 여자까지 죽게 만들었어, 그것도 저 인간 탓이야. 이제는 또 뭘 하려는 거지?

세 번째 참새가 말한다. 저 녀석은 잘난 척 뽐내고 있어. 자기가 무척이나 순진하고 결백한 것처럼 행동한다고. 착실한 사람인 척하는 거야. 저 건달 녀석을 잘 보라고. 혹시 형사가 나타나면 저 녀석의 모자를 쳐서 떨어뜨리자고.

다시 첫 번째 참새가 말한다. 왜 저런 녀석을 오래 살려 두는 거야. 나는 감옥에서 9년을 썩다가 죽었어. 나는 저 녀석보다 훨씬 젊었을 때 죽었어, 찍소리도 못하는 신세가 되었지. 모자를 벗어, 이 멍청아, 그 빌어먹을 안경도 벗으라고, 너는 편집 담당이 아니잖아, 멍청한 자식, 구구단도 외우지 못하는 자식이 말이야, 학자처럼 뿔테 안경을 쓰고 다니다니, 조심해, 이제 사람들이 너를 어떻게 잡는지 보라고.

네 번째 참새가 말한다. 이봐, 그렇게들 소리 지르지 마. 자네들은 대체 저 녀석을 어떻게 하겠다는 거야. 저 녀석을 잘 보라고, 머리통도 있고 두 다리로 걷고 있잖아. 우리 같은 작은 참새들이야 녀석의 모자 위에 똥이나 갈기는 수밖에 없어.

다섯 번째 참새가 말한다. 가서 녀석 앞에서 악악대며 마구 지저귀자고. 저 녀석은 머리가 이상해, 나사가 하나 풀려 있다고. 녀석은 두 천사와 걷고 있지만 녀석의 애인은 경찰서에 데스마스크로만 남아 있지, 저 녀석을 어떻게 좀 해 봐. 소리를 질러 주는 거야.

그래서 참새들은 그의 머리 위로 빙빙 돌면서 소리치고, 짹짹거린다. 프란츠는 고개를 들어 본다, 생각이 뒤죽박죽이다, 새들은 앞다퉈 가며 그에게 욕지거리를 퍼붓는다.

가을의 정취를 느끼게 해 주는 날씨다, 타우엔트치엔팔라스트 극장에서는 「프란체스코 최후의 날」*이 상영 중이고, 예거카지노 클럽에는 50명의 무희가 대기 중이다, 라일락 한 다발을 갖고 오면 내게 키스할 수 있어요.* 그때 프란츠는 생각한다. 내 인생은 끝났어, 나는 끝장난 거야, 이 정도면 충분해.

전차들은 도로를 따라 달린다, 모두 어디론가 달려간다, 나는 어디로 가야 할지 모르겠군. 51번 전차는 북부 종점, 실러 거리, 판코, 브라이테 거리, 쇤하우스 가로수 길 역, 슈테틴 역, 포츠담 역, 놀렌도르프 광장, 바이에른 광장, 울란트 거리, 슈마르겐도르프 역, 그루네발트, 일단 올라타자. 안녕, 자, 여기 앉자, 어디든 원하는 곳으로 나를 좀 데려가 보라고. 이어서 프란츠는 제 발자취를 잃어버린 개처럼 도시를 관찰하기 시작한다. 이 도시는 대체 어떤 도시인가, 참으로 거대한 도시야, 이곳에서 그는 어떤 삶을,

대체 어떤 삶을 살아왔는가. 그는 슈테틴 역에서 내려 인발리덴 거리를 따라 걸어간다, 이윽고 로젠탈 성문이 나온다. 파비슈 기성복 가게, 지난 성탄절에는 바로 여기 서서 넥타이 홀더를 사라고 외쳐 댔었다. 그는 41번 전차를 타고 테겔을 향해 간다. 붉은 담장들이 눈에 들어온다, 왼쪽에 붉은 벽돌담, 육중한 철문들이 보인다, 그러자 프란츠는 더욱 침착해진다. 저것은 내 삶의 일부야, 나는 저것을 살펴보고 또 살펴봐야 해.

담장은 붉은색이고 그 앞쪽으로는 가로수 길이 길게 뻗어 있다, 41번 전차는 그곳을 지나간다, 파페 장군 거리다. 라이니켄도르프 서부, 테겔, 보르지히, 망치 소리가 들린다. 프란츠 비버코프는 붉은 담벼락 앞에 서 있다가 반대편으로 건너간다, 그곳에 술집이 있다. 그러자 담벼락 뒤쪽에 있는 붉은 집들이 흔들리고 물결치기 시작한다, 측면이 부풀어 오른다. 창문마다 죄수들이 서서 머리를 창살에 맞대고 있다, 머리는 모두 까까중처럼 짧게 잘랐고 초췌한 몰골이다, 체중도 미달 상태이고, 모두 생기 없고 꺼칠꺼칠한 얼굴에 눈알을 굴리면서 신세 한탄을 하고 있다. 저기에는 살인범, 강도, 절도범, 사기범, 강간범 등 온갖 범죄자들이 있어 잿빛 얼굴을 하고서 탄식한다, 바로 저기에 그 자식들이 들어앉아 있다, 잿빛 얼굴들, 그들이 이번에는 미체의 목을 눌러 죽였다.

프란츠 비버코프는 거대한 교도소 주변을 둘러본다, 교도소 건물은 여전히 흔들거리고 출렁이면서 그를 부른다, 그는 밭을 지나고 숲을 통과해 나무들이 늘어서 있는 도로 쪽으로 다시 빠져나온다.

이제 그는 나무들이 늘어선 도로 위에 서 있다. 나는 미체를 죽이지 않았어. 나는 그런 짓을 하지 않았어. 그러니 이곳을 찾을 일은 없어, 다 지나간 일이야. 나는 더 이상 테겔과는 관계가 없어,

어쩌다가 일이 이 지경이 되었는지 알 수 없어.

시간은 어느덧 저녁 6시, 프란츠는 혼잣말을 한다. 미체한테 가 봐야겠어, 공동묘지로 가 봐야겠어, 그녀는 그곳에 묻혀 있을 거야.

다섯의 범죄자, 즉 참새 다섯 마리가 다시 그가 있는 곳에 나타난다, 참새들은 멀리 전신주 위에 앉아서 아래를 향해 소리친다. 그녀한테 가 봐, 이런 건달 녀석, 그녀를 찾아갈 용기가 있기나 한 거야, 그녀를 찾아가는 게 부끄럽지도 않아? 그녀는 구덩이 속에 있을 때 너를 향해 소리쳤어. 공동묘지에 가서 그녀를 잘 보라고.

고인들에게 명복이 있기를. 베를린에서는 1927년에 사산아를 제외하고 4만 8782명이 죽었다.

4570명은 결핵으로, 6443명은 암으로, 5656명은 심장병으로, 4818명은 혈관 질환으로, 5140명은 뇌졸중으로, 2419명은 폐렴으로, 961명은 백일해로 죽었고 어린아이들 중 562명은 디프테리아로, 123명은 성홍열로, 93명은 홍역으로 죽었으며 그 밖에 3640명의 영아가 죽었다. 총 출생 수는 4만 2696명이다.

죽은 사람들은 공동묘지의 자기 무덤에 누워 있고, 묘지기는 막대기를 들고 다니면서 휴지 조각을 쿡 찔러서 줍는다.

어느덧 6시 반이 되었는데 밖은 아직도 환하다, 그때 한 그루의 너도밤나무 앞 자신의 무덤 앞에 모피 외투 차림이지만 모자는 쓰지 않은 아주 젊은 여인 하나가 머리를 숙이고 말없이 앉아 있다. 여자는 검은 장갑을 끼고 손에는 작은 편지 봉투 모양의 쪽지를 들고 있다, 프란츠는 쪽지를 읽어 본다.

"나는 더 이상 살아갈 수가 없어요. 부모님께 한 번 더 인사를 드리고, 내 귀여운 아이에게도 안부를 남겨요. 사는 것이 내게는 고통일 뿐입니다. 비리거만이 내 불행에 대해 양심의 가책을 느끼겠지요. 그래도 그 사람이 인생을 실컷 즐기기를 바랄 뿐이에요. 그는 장난감 공처럼 나를 갖고 놀았고 심하게 착취했어요. 비열하기 짝이 없는 난봉꾼이에요. 나는 오직 그 사람 때문에 베를린으로 왔는데, 바로 그 사람이 나를 이렇게 불행에 빠뜨렸어요, 나는 완전히 망가진 인생이 되고 말았어요."

프란츠는 그녀에게 봉투를 다시 돌려준다. "아 슬프다, 아 슬프다, 미체가 여기에 있단 말인가?" 슬퍼하지 말자, 슬퍼하지 말자. 그는 운다. "아 슬프다, 아 슬프다. 나의 귀여운 미체는 어디 있을까?"

크고 부드러운 침대 모양의 무덤이 하나 있고, 거기에 학식이 많은 교수가 누워서 프란츠를 올려다보며 싱긋 웃는다. "무슨 걱정이 있는 거요, 젊은이?" "미체가 보고 싶어요. 그래서 우연히 이곳에 오게 되었습니다." "보다시피 나는 이미 죽은 몸이오, 인생을 너무 진지하게 여길 것도 없네, 죽음도 마찬가지야. 모든 것을 좀 더 가볍게 받아들일 수도 있는 거야. 내가 삶에 지치고 병들었을 때 어떻게 했는지 아나? 욕창이 생길 때까지 기다렸을 줄 아나? 뭣하러 그러고 있나? 나는 아편을 담은 병을 곁에 두게 하고 이렇게 말했지, 음악을 들려줘, 피아노를 쳐, 재즈를 들려줘, 최신 유행가도 연주해 줘. 그리고 플라톤의 아름다운 대화록, 그 위대한 『향연』*도 낭독해 달라고 했지, 그동안 나는 이불 속에서 몰래 주사를 계속 놓았어, 횟수를 헤아려 보았어, 치사량의 세 배를 놓았더라고. 그러면서도 나는 여전히 피아노 연주 소리를 들었네, 유쾌한 기분으로, 또 늙은 소크라테스의 대화를 듣고 있었지. 그래, 세상에는 현명한 사람들과 덜 현명한 사람들이 있을 뿐이야."

"낭독, 아편? 그런데 미체는 어디 있나요?"

끔찍하게도 어떤 남자가 나무에 목을 매달고 있고, 그의 곁에는 아내가 서 있다가 프란츠가 다가가자 탄식한다. "어서 좀 와 보세요, 저 양반 좀 내려 줘요. 저 양반은 무덤에 가만히 있지를 않고 자꾸만 다시 나무에 올라가 목을 매려고 해요." "맙소사, 맙소사, 도대체 왜 저러는 거요?" "나의 에른스트는 오랫동안 지병에 시달렸어요, 아무도 그를 도울 수 없었죠, 사람들은 요양을 보내 주기는커녕 저 사람이 꾀병을 부린다고 말했죠. 그러던 어느 날 그이는 못과 망치를 갖고 지하실로 내려갔어요. 지하실에서 망치질 소리가 들리더군요, 그래서 나는 생각했어요, 무엇을 만들고 있나 보다, 줄곧 빈둥대며 앉아 있는 것보다는 무슨 일이든 하는 게 좋겠지, 혹시 토끼장을 만드는 건가. 그런데 저녁때가 되어도 올라오지 않는 거예요, 나는 불안해졌죠, 이 양반이 어디 있나, 지하실 열쇠는 위층에 있겠지, 그런데 위층에 열쇠가 보이지 않는 거예요. 그래서 이웃 사람들이 지하실로 내려갔어요, 그다음 경찰도 왔죠. 그이는 천장에 튼튼한 못을 하나 박았어요, 매우 야윈 양반이었지만 확실하게 끝장내고 싶었던 것 같아요. 그런데 당신은 여기서 뭘 찾는 거죠, 젊은 양반? 뭣 때문에 그렇게 슬피 우세요? 스스로 목숨을 끊을 생각이에요?"

"그게 아니라, 내 색시가 살해당했는데 혹시 이곳에 묻혔나 해서요."

"아, 그러면 저 안쪽을 찾아보세요, 거기 새 무덤들이 있어요."

이어 프란츠는 길가의 한 텅 빈 무덤가에 털썩 엎드린다, 그는 울부짖을 수조차 없다, 다만 입을 땅바닥에 대고 흙을 깨문다. 미체, 도대체 우리가 무슨 일을 저질렀다고 녀석들이 너를 이 지경으로 만든 거야, 너는 아무 잘못도 하지 않았어, 사랑하는 미체. 내가 무엇을 할 수 있을까, 왜 녀석들은 나를 네가 있는 이 무덤

속에 던져 넣지 않는 거야, 나는 얼마나 더 험한 꼴을 당해야 한단 말이냐.

그는 자리에서 일어선다, 제대로 걸을 수가 없다, 그래도 그는 어떻게든 몸을 추스르고 무덤들 사이로 비틀대며 걸어서 밖으로 나간다.

이제 프란츠 비버코프는, 뻣뻣한 팔의 그 남자는 바깥으로 나와서 자동차에 오른다, 차는 그를 바이에른 광장으로 데려간다. 에바는 그를 보살피느라고 할 일이 참으로 많다. 에바는 낮이고 밤이고 그를 돌보아 준다. 그는 살아 있는 것도 아니고 죽은 것도 아니다. 헤르베르트는 거의 코빼기도 보이지 않는다.

그리고 그 뒤로 며칠 동안 프란츠와 헤르베르트는 라인홀트의 뒤를 쫓느라 바쁘다. 중무장을 하고서 곳곳을 찾아다니며 라인홀트를 붙잡으러 나선 것은 헤르베르트이다. 프란츠는 처음에는 원치 않다가 곧 자신도 달려드는데, 그것은 이 세상에서 그를 치유해 줄 마지막 약이다.

요새가 완전히 포위되고, 최후의 출격이 이루어진다, 하지만 그것은 위장 공세에 지나지 않는다

어느덧 11월로 접어든다. 여름은 이미 오래전에 끝났다. 가을이 되어서도 비가 계속 내리고 있다. 몇 주 동안 기쁨의 열기가 거리를 뒤덮고 사람들은 가벼운 옷차림으로 거리를 누비고, 여자들이 슈미즈 바람으로 활보했지만 그런 시절은 벌써 지나간 지 오래다. 흰 드레스와 머리에 꼭 맞는 차양이 있는 모자, 프란츠의 색시 미체는 바로 그런 차림이었는데, 어느 날 자동차에 올라 프라이엔발데로 가더니 다시는 돌아오지 않았다. 지난여름의 일이다. 법원은 베르크만 사건을 심리 중인데, 그 사람은 경제를 좀먹는 기생충으로 공공의 안전에 위협이 되는 파렴치한 범죄자다. 비행선 '체펠린 백작'이 시계가 좋지 않은 날씨에 베를린 상공에 도착하는데, 그것이 새벽 2시 17분에 프리드리히스하펜을 출발할 때는 밤하늘에 별빛이 영롱했다. 중부 독일에서 예보된 궂은 날씨를 피하기 위해 비행선은 슈투트가르트, 다름슈타트, 마인 강변의 프랑크푸르트, 기센, 카셀, 라테노를 거치는 우회 경로를 택한다. 8시 35분에는 나우엔 상공을 지나고, 8시 45분에 슈타켄 상공에 이른다. 그리고 9시 직전에 체펠린 호는 베를린 상공에 모습을 드러낸다. 비가 내리는데도 건물의 지붕마다 구경꾼들이 잔뜩 기다리고 있다가 비행선에 환호를 보냈고, 비행선은 베를린의 동쪽과 북쪽을 거치는 우회 비행을 계속했다. 그리고 9시 45분에 슈타켄에서 착륙을 위한 첫 로프를 내렸다.

프란츠와 헤르베르트는 함께 베를린을 샅샅이 뒤지고 다닌다. 그들은 거의 매일 집 밖에 나와 있다. 프란츠는 구세군의 쉼터나 남자들을 위한 구빈원을 찾아가 살펴보고, 아우구스트 거리에 있는 아우구스트 쉼터도 둘러본다. 그는 드레스덴 거리에 있는 구세군을 찾아가 앉아 있다. 그곳은 예전에 라인홀트와 간 적이 있는 곳이다. 사람들은 찬송가 66장을 부르고 있다. 형제여, 왜 아직도 지체하는가? 일어나 어서 나아오라! 너의 구세주께서는 너를 이미 오래전부터 부르셨노라. 그분께서는 네게 평화와 안식을 주실 터이니. 합창단, 왜, 왜, 왜, 그대는 오지 않는가? 왜, 왜, 그대는 평화와 안식을 원치 않는가? 오 형제여, 너는 네 가슴속에 성령의 생기를 느끼지 못하는가? 너는 속죄를 원치 않는가? 너는 죄에서 구원받기를 원치 않는가? 오, 어서 예수께로 오라! 왜 아직 지체

하는가, 형제여? 죽음과 심판이 곧 닥쳐올 텐데! 어서 오라, 문은 아직 열려 있으니, 예수의 피가 이제 너를 변호하리라!

프란츠는 혹시 라인홀트를 찾아낼 수 있을까 해서 프뢰벨 거리의 노숙자 쉼터 '종려나무'에 가 본다. 그는 뼈대만 있는 침대에 눕는다, 오늘은 이 침대에, 내일은 저 침대에, 이발 10페니히, 면도 5페니히, 그들은 앉아서 자신의 신분증명서를 정리한다, 구두와 셔츠를 거래한다, 어이, 당신은 여기가 처음인가 보군, 옷을 벗을 필요는 없어, 그래야 내일 아침 당신 물건을 쉽게 찾을 수 있다고, 부츠 신발, 이것 보라고, 그 신발은 한 짝씩 침대 다리 밑에 따로 눌러 놓아야 해, 안 그러면 몽땅 도둑맞을 거야, 여기서는 심지어 의치까지 도둑을 맞는다고. 혹시 문신을 하지 않겠어? 그리고 정적, 밤이다. 검은 정적, 제재소에서 들리는 것 같은 코 고는 소리, 하지만 그 녀석은 찾지 못했다. 정적. 땡땡땡, 이게 무슨 소리야? 교도소인가, 나는 테겔에 와 있는 줄 알았다. 기상. 그때 그곳에서 주먹다짐이 벌어진다. 다시 바깥으로 나가자, 6시다, 여자들이 거리에 서서 애인을 기다린다, 그들은 애인을 데리고 싸구려 술집으로 들어가 구걸해서 모은 돈을 다 날린다.

라인홀트는 이곳에 없다, 녀석을 찾는 것은 정말 공연한 짓거리 같아, 녀석은 다시 여자 사냥이나 하고 있겠지, 엘프리데, 에밀리, 카롤리네, 릴리. 갈색 머리, 금발 머리.

그리고 에바는 매일 밤 프란츠의 굳은 얼굴을 본다, 그는 애무도 다정한 말 한마디도 건네지 않고, 거의 먹지도 말하지도 않고 화주와 커피만 들이마신다. 그러고는 그녀와 함께 소파에 누워 울부짖고 또 울부짖는다. 녀석을 찾아낼 수가 없어. "이것 봐요, 그 딴 놈은 잊어버려!" "도저히 그 녀석을 찾을 수가 없어. 어떻게 하면 좋지, 에바?" "이제 그만해, 다 의미 없는 짓이야, 그러다가 괜히 당신만 망가지는 거야." "우리가 하고 있는 일을 당신은 몰라. 그런 것은 당신이 겪어 보지 못한 거야, 에바, 그러니 이해하지 못할 거야, 헤르베르트는 조금은 알겠지. 우리가 어떻게 하면 좋지? 나는 녀석을 반드시 잡고 싶어, 녀석을 잡을 수만 있다면 교회에 나가 무릎을 꿇고 기도라도 올릴 거야."

그러나 이 모두는 사실이 아니다. 그래, 그것들은 모두 사실이 아니다. 라인홀트를 잡으러 다니는 것은 모두 사실이 아니다, 그것은 신음이며 섬뜩한 불안의 표시일 뿐이다. 주사위는 벌써 그의 머리 위에 던져져 있다. 이제 그것이 떨어져 어떤 결과를 보여 줄지를 그는 알고 있다. 모든 것은 의미를 드러낼 것이다, 아무도 예상치 못한 섬뜩한 의미를. 그 숨바꼭질은 그리 오래 걸리지 않을 것이다, 이 친구야.

그는 라인홀트의 집 주변을 감시한다, 그런데 그의 눈은 무엇을 제대로 살피는 것이 아니다, 그는 계속 바라보고만 있지 아무것도 느끼지 못한다. 많은 사람들이 그 집 앞을 지나가고 어떤 사람들은 안으로 들어간다. 그도 안으로 들어가 본다, 그것은 그저 칭데라다 붐데라다 붐 때문이다.

그 건물은 그가 서 있는 모습을 보고는 너털웃음을 터뜨린다. 건물은 제 이웃인 횡랑과 측랑을 불러 모아 그 친구를 함께 구경하려는 것 같다. 저기 가발을 쓰고 의수를 단 녀석 좀 보라고, 얼굴이 벌겋게 달아오른 꼴이 술을 잔뜩 마셨나 봐, 서서 뭐라 중얼거리는군.

"안녕하시오, 비버코프. 오늘은 11월 22일이야. 여전히 비가 오는 날씨군. 감기라도 걸리고 싶은 거야, 차라리 단골 술집에 가서 코냑이나 한잔 마시지 그래?"

"당장 내놔!"
"당장 들여놔!"
"라인홀트 자식을 내놔!"
"불가르텐 병원*에나 가 보게, 신경이 많이 쇠약해진 모양이야."
"당장 내놔!"
그러던 어느 날 저녁, 프란프 비버코프는 그 건물에 들어가 작업을 해 두고, 석유통과 병을 숨겨 둔다.
"당장 나와, 거기 숨어 있지, 이 독종, 발정난 개자식아. 밖으로 나올 용기도 없는 거야?"
건물이 말한다. "도대체 누구한테 소리를 지르는 거야, 그 녀석은 여기 없다고. 직접 들어와서 찾아봐"
"그 많은 구멍을 다 들여다볼 수도 없잖아."
"네가 찾는 자는 여기 없어. 그 자식이 미치지 않고서야 여기 있겠어?"
"당장 그 자식을 내놔. 안 그러면 재미없을 거야."
"재미없다는 말은 내가 늘 듣는 소리지. 이 친구야, 당장 집에 가서 잠이나 푹 자라고, 좀 취한 것 같으니, 먹은 게 없으니 그 모양이지."
이튿날 아침, 그는 신문팔이 여자가 지나간 직후에 그곳에 나타난다.
가로등들은 그가 줄행랑치는 것을 지켜보고는, 흔들거리기 시작한다. "저런 큰일 났네, 불이야!"
연기, 다락방 창에서 치솟는 불길. 7시 정각에 소방대가 도착하고, 그 시각에 프란츠는 이미 헤르베르트 집에 와 앉아 있다, 두 주먹을 불끈 쥔 채. "나도 모르는 일이고 자네도 모르는 일이니까 아무 말도 하지 마, 녀석은 이제 은신처가 없어졌어, 어디 한번 나와서 숨을 곳을 찾아보라지. 그래, 그 집에 불을 질러 버렸어."

"맙소사, 그 자식은 이제 거기 안 살아, 그는 몸조심하고 있을 거야." "거기가 녀석의 소굴이었다고, 녀석도 알 거야, 불을 지른 게 나라는 것을. 오소리 잡듯 연기를 피웠으니까 보라고, 이제 녀석이 뛰쳐나올 거야." "난 모르겠어, 프란츠."

그러나 라인홀트는 나타나지 않는다. 베를린은 시끌벅적 여전히 분주하게 돌아가고, 신문에는 녀석이 잡혔다는 기사가 실리지 않는다, 그 녀석은 도망친 모양이야, 외국으로 빠져나간 거야, 그러니 녀석을 잡기는 어려울 것이다.

이제 프란츠는 에바 앞에서 서서 울먹이며 몸을 뒤튼다. "나는 할 수 있는 게 없어, 그저 견뎌 낼 수밖에 없다고, 녀석이 나를 망가뜨릴 거야, 그 자식이 내 색시를 죽였는데도 나는 얼간이처럼 여기 이러고 있어. 이건 부당한 일이야, 이건 부당하다고."

"프란츠, 그런다고 달라질 것도 없어요." "나는 할 수 있는 게 없어. 나는 끝났어." "왜 끝났다는 거예요, 프란츠?" "할 수 있는 일을 다 해 봤어. 이건 부당한 일이야, 이건 부당하다고."

두 천사가 그의 양옆에서 걸어간다, 그들의 이름은 자루크와 테라이다.* 두 천사는 이야기를 나누고, 프란츠는 붐비는 인파 속에 있다가 인파 사이로 걸어간다, 그는 아무 말이 없지만, 천사들은 그가 사납게 울부짖는 소리를 듣는다. 순찰을 도는 형사들이 그의 옆을 지나가지만 프란츠를 알아보지 못한다. 두 천사가 그의 양옆에서 걸어간다.

왜 두 천사는 프란츠의 곁에서 걸어갈까, 이 무슨 어린애 장난 같은 소리인가, 천사들이 인간과 나란히 걸어 가다니, 그것도 1928년 베를린의 알렉산더 광장에서 예전에 사람을 때려죽였고 지금은 주거침입 절도범이자 창녀의 기둥서방인 인간과 걸어가다니. 그렇다. 프란츠 비버코프에 대한 이야기, 힘겹고 참되며 계몽적인 그의 삶에 대한 이야기는 이제 이만큼이나 진척되었다. 프란츠가 더욱 저항하며 입에 거품을 물수록 모든 것은 더욱더 뚜렷해질 것이다. 모든 것이 드러날 시점이 점점 다가온다.

천사들은 그와 나란히 걸어가며 이야기를 나눈다. 그들의 이름은 자루크와 테라이다. 프란츠가 티츠 백화점의 쇼윈도를 들여다보고 있는 동안 그들이 나눈 대화는 이렇다.

"어떻게 생각해, 자루크, 만약 우리가 이 친구를 그냥 버려두고 혼자 있게 해서 이 친구가 붙잡히면 어떻게 되는 건가?"

자루크가 말한다. "근본적으로 크게 달라질 건 없을 거야. 내 생각은 그래. 이 친구는 어차피 체포될 거고 그건 피할 수 없는 일이야. 이 친구는 교외의 그 붉은 건물을 유심히 보고 왔었지. 그의 생각이 맞아. 몇 주 지나지 않아 그곳에 들어가 있게 될 거야." 테라가 말한다. "그렇다면 우리가 사실 불필요한 존재라는 건가?" 자루크 : "어느 정도는 그런 생각이 들어. 만약 우리에게 그를 이 지상에서 완전히 데려갈 권한이 허용되어 있지 않다면." 테라: "자네는 아직 어린애야, 자루크, 이 지상의 삶을 본 지 몇천 년밖에 안 되니. 만약에 우리가 이 사람을 이 세상에서 데려가 다른 곳, 다른 삶으로 옮겨 놓는다면, 과연 그는 이곳에서 해내지 못한 일을 해낼까? 대략 1천 개의 존재와 생명 중에서 7백 개, 아니 9백 개는 실패작이라는 걸 자네가 알아야 해." "그렇다면 대체 이런 인간을 보호해야 할 특별한 이유가 뭐야, 테라, 그저 평범한 인간이잖아. 나는 왜 이 친구를 보호해야 하는지 모르겠어." "평범하니, 비범하니, 그게 다 뭔가? 거지는 평범하고 부자는 비범하다는 거야? 부자도 내일 거지가 될 수 있고, 거지도 부자가 될 수 있는 거야. 여기 이 친구는 이제 막 눈을 뜨려는 참이야. 이 단계까지는 대부분 도달하지. 그러나 이 사람은 이제 막 느끼는 단계까지 왔어. 이 보게, 자루크, 온갖 경험을 하고 다양한 인생살이를 한 사람은 그저 뭔가 알고 싶어 하다가 그다음엔 회피하거나 죽으려는 경향이 강하지. 그는 더 이상 흥미가 없는 거야. 온갖 경험의 길을 통과해 오고 나니 이젠 지친 거야, 몸과 영혼이 완전히 탈진한 거지. 무슨 소린지 알겠나?" "그래."

"하지만 온갖 풍상을 다 겪고 뭔가를 깨달은 다음에도 굳건히 붙들고 있는 것, 쓰러지지도 죽지도 않고 오히려 자신을 펴고 쭉 펴고서 느끼는 것, 또 피하지 않고 자신의 영혼으로 맞서며 꿋꿋하게 버티는 것, 그것은 대단한 일이야. 자네는 모를 거야, 자루크, 어떻게 자네가 지금의 자네가 되었는지, 과거에는 자네가 무엇이었는지, 그리고 어쩌다가 나와 함께하면서 다른 생명을 보호하는 역할을 맡게 되었는지 말이야." "그건 맞는 말이야, 테라, 정말 모르겠어, 기억이 전혀 없어." "서서히 되살아날 거야. 사람은 혼자 힘으로, 자신만을 통해서 강해지는 게 아니야, 뭔고 겪고 나서야 그렇게 되는 거지. 힘이라는 것은 획득하는 거야, 자네는 어떻게 해서 그런 힘을 얻게 되었는지 모를 거야, 아무튼 자네는 그런 강한 모습으로 여기 서 있는 거야, 다른 사람들을 파괴하는 것들조차 자네에게는 전혀 위험이 되지 않아." "그런데 이 친구는 우리를 원치 않아, 비버코프 말일세, 이 친구가 우리에게서 벗어나려 하고 있어." "그는 죽고 싶어 하는 거야, 자루크, 여태껏 말이야, 이 세상에서 정말로 위대한 발걸음을, 그 끔찍한 발걸음을 내디딘 사람치고 죽고 싶다는 생각을 하지 않은 경우는 없어. 그리고 자네 말이 맞아, 대부분의 사람은 이 지점에서 쓰러지지." "그래서 자네는 그 친구한테 희망을 거는 건가?" "그럼, 이 친구는 강인하고 손상되지 않았으니까, 그리고 두 번이나 굳건하게 버터 냈으니까. 그러니 우리가 이 친구를 지켜 주자고, 테라, 제발 그렇게 부탁하고 싶어." "물론이지."

탄탄한 몸매의 젊은 의사가 프란츠와 마주 앉아 있다. "안녕하세요, 클레멘스 씨. 여행을 한번 가시는 게 좋겠어요. 집안에서 상을 당한 경우 이런 일이 종종 일어나죠. 다른 환경을 찾아볼 필요가 있어요, 지금은 베를린의 모든 것이 당신을 짓누를 테니까요, 환경을 바꾸어야 해요. 기분 전환을 좀 하고 싶지 않으세요? 그리고 이분은 사촌이라고 하셨죠? 혹시 동반해 줄 사람이 있나요?" "꼭 가야 한다면, 나 혼자라도 갈 수 있어요." "꼭 가야 합니다. 클레멘스 씨, 나는 지금 당신이 꼭 해야 할 것을 말씀드리는 겁니다. 휴식과 요양, 그리고 약간의 기분 전환이지요, 하지만 너무 지나쳐도 곤란해요. 지나치면 역효과를 보니까요. 늘 적당한 것이 좋아요. 어디를 가나 지금은 날씨가 아주 좋을 때입니다. 어디로 가고 싶으세요?" 에바가 말한다. "강장제, 그런 건 안 좋을까요, 레시틴 같은 거 말입니다, 그러면 혹시 숙면을 취할 수 있지 않을까 해서요." "다 처방에 넣어 드리죠, 잠깐만요, 아달린을 넣읍시다." "아달린은 벌써 써 봤어요." (그런 독약은 필요 없어.) "그러면 파노도름을 드세요. 저녁에 한 알씩 페퍼민트 차와 마시면 됩니다. 차는 몸에 좋아요, 차와 드시면 약이 더 빨리 흡수되지요. 그리고 이분을 데리고 동물원에도 가 보세요." "동물원은 싫어요, 동물들을 좋아하지 않거든요." "그러면 식물원도 괜찮아요, 조금만 바람을 쐬는 겁니다, 너무 지나치면 안 되고요." "신경안정제도 처방에 넣어 주세요, 원기 회복을 위해." "기분을 돋우기 위해 약간의 아편을 쓰는 것도 괜찮겠어요." "술 같은 건 벌써 마시고 있어요, 의사 선생님." "그게 아니고, 됐어요, 아편은 좀 다른 건데. 그렇다면 여기 이 레시틴을 처방해 드릴게요, 새로 나온 약인데, 복용법은 겉봉에 적혀 있습니다. 복용한 다음에 목욕을 하세요, 기분을 안정시키는 목욕 말입니다, 목욕 시설은 있겠지요, 부인?" "물론 다 있어요, 의사 선생님." "그래요, 요새 새로 지은 주택의 장점이 그거지요. 대개의 경우 그게 당연한 일이지만 나의 경우는 그렇지 않았어요. 모든 시설을 내가 직접 설치해야 했으니까요, 비용도 엄청 들었어요, 그리고 방마다 그림도 그려 놓았고요, 보시면 아마 놀랄 겁니다, 여기엔 없지만요. 그건 그렇고 레시틴을 드시고 목욕을 하는 겁니다, 이틀에 한 번씩 오전에, 그런 다음 마사지를 해서 모든 근육을 제대로 풀어 주세요, 그러면 잘 움직일 수 있어요." 에바가 말한다. "네, 그렇게 할게요." "마사지를 제대로 받아요, 그러면 몸이 한결 가뿐해질 거요, 클레멘스 씨. 걱정 말아요, 원기를 되찾을 겁니다. 그런 다음 여행도 하세요."

"이 사람에게는 그게 쉽지 않아요, 선생님." "걱정 마요, 잘될 겁니다. 자, 클레멘스 씨, 어때요?" "뭐가요?" "의기소침해지지 마시고요, 이 약들을 규칙적으로 복용하고 수면제와 마사지도 잊지 마세요." "알겠습니다, 의사 선생님. 안녕히 계세요, 우선 감사드립니다."

"이제 당신이 원하는 대로 됐군, 에바." "목욕 준비를 해 놓고 신경안정제를 가져다줄게." "그래, 그렇게 해." "내가 돌아올 때까지 여기 꼼짝 말고 있어야 해." "알았어, 에바, 그렇게 할게."

에바는 외투를 걸치고 아래층으로 내려간다. 그리고 15분 정도 지나 프란츠도 밖으로 나간다.

전투 개시.
우리는 북소리, 나팔 소리와 함께 지옥으로 달려간다

전쟁터가 우리를 부른다, 전쟁터가!

우리는 북소리, 나팔 소리와 함께 지옥으로 달려간다. 우리는 이 세상에 대해 더 이상 미련도 관심도 없다, 이 세상의 모든 것, 위에 있는 것이든지 아래에 있는 것이든지 또는 더 위에 있는 것이든지, 그 모든 것이 우리와 무슨 상관이란 말인가. 이 세상의 모든 부류 중에서 남자들이건 여자들이건, 더러운 깡패들이건 믿을 수 있는 자는 하나도 없다. 내가 새라면 한 덩어리 오물을 움켜잡아 두 발로 냅다 던지고 날아갈 것이다. 내가 말이라면, 개라면, 고양이라면 이 세상에 똥을 갈기고 얼른 자취를 감추는 것보다 좋은 일은 없을 것이다.

이 세상에는 아무 일도 일어나지 않고, 나는 다시 곤드레만드레 술에 취할 기분도 나지 않는다, 하려면 못할 것도 없지, 마시고, 마시고, 또 마시고, 그러면 이 지옥 같은 더러운 일을 처음부터 다시 시작하게 될 뿐이다. 선하신 하느님이 이 세상을 만들었다고 하는데, 무슨 목적으로 만든 것인지 그 이유를 목사가 내게 말해 줄 수 있을까. 그런데 사실 하느님은 목사들이 아는 것보다 세상을 훨씬 잘 만들어 놓았다, 하느님은 우리가 이 모든 기적 위에 오줌을 갈기는 걸 허락하셨고, 우리에게 두 손을 주시고 밧줄까지도 주셨다, 이 지저분한 인생 어서 끝내라고, 그것이 우리가 할 수 있는 일이다. 그러면 이 더럽고 치사한 꼴도 끝날 것이다, 큰 즐거움, 나의 축복, 우리는 북소리, 나팔 소리와 함께 지옥으로 달려간다.

내가 라인홀트를 붙잡을 수만 있다면 나의 분노도 누그러질 거야, 그러면 녀석의 목을 잡아 비틀어서 더는 살지 못하게 할 거야, 그러면 내 기분도 나아질 거야, 그러면 내 마음도 흡족할 거야, 그것은 정당한 일이고 나도 마침내 마음의 평화를 되찾게 될 거야. 그러나 내게 온갖 못된 짓을 한 그 자식, 나를 다시 범죄자로 만들고 내 팔마저 부러뜨린 그 개자식은 스위스 같은 곳에서 지금 나를 비웃고 있을 거야. 나는 비루한 개처럼 비참하게 돌아다니고 있고, 그 녀석은 마음대로 나를 가지고 놀 수 있어, 아무도 나를 도와주지 않아, 경찰도 마찬가지야, 그들은 내가 미체를 죽이기라도 한 것처럼 나를 잡으려고 혈안이야, 그 악당 자식이 나를 그런 곤경으로 끌어들인 거야. 그러나 항아리도 물을 너무 채우면 터지는 법. 나도 참을 만큼 참았고 할 만큼 했다, 더 이상은 못 하겠다. 누구도 내가 저항하지 않았다고는 말하지 못할 것이다. 그러나 참는 데도 한계가 있다. 라인홀트를 죽일 수 없으니 나 스스로 목숨을 끊을 수밖에. 나는 북소리, 나팔 소리와 함께 지옥으로 달려간다.

저기 알렉산더 거리에서 한 걸음 한 걸음 천천히 움직이는 사람은 누구인가? 그의 이름은 프란츠 비버코프, 그가 여태껏 무슨 짓을 하며 살아왔는지는 여러분이 잘 알 것이다. 창녀의 기둥서방, 중범죄자, 불쌍한 인간, 패배자, 이제 그는 이 모든 것에 책임질 때가 되었다. 그를 쓰러뜨렸던 빌어먹을 주먹들! 그를 움켜잡았던 끔찍한 주먹! 다른 주먹들도 그를 팼지만 그는 도망쳤다, 한 대 날아올 때마다 상처가 남았지만 그것도 아물곤 했다. 프란츠는 변하지 않았으며 계속해서 그의 길을 갔다. 그런데 이번의 주먹은 그를 놓아주지 않는다, 이번의 주먹은 힘이 엄청나며, 그의 몸과 영혼까지 움켜쥐고 있다, 프란츠는 조금씩 발걸음을 옮기면서 깨닫는다. 내 인생은 더 이상 내 것이 아니다. 이제 어떻게 해야 할지 모르겠다. 프란츠 비버코프는 이제 완전히 끝장났다.

11월의 어느 늦은 저녁 9시경, 녀석들은 뮌츠 거리를 어슬렁거린다. 전차와 버스들의 소음 그리고 신문팔이들이 외치는 소리가 시끌벅적하다. 경찰들이 고무 곤봉을 들고 병영에서 출동한다.

란츠베르크 거리에는 붉은 깃발을 든 행렬이 지나간다. 깨어나라, 이 세상의 저주받은 자들이여!

'모카 픽스', 알렉산더 거리, 명품 시가, 고급 머그잔으로 마시는 최고 품질의 맥주, 카드놀이 엄금, 친애하는 손님 여러분, 손님들이 입고 오신 옷은 각자 잘 보관하시기 바랍니다. 본 업소에서는 분실물에 대해 책임을 지지 않습니다. 주인백. 아침 식사, 오전 6시에서 낮 1시, 75페니히, 커피 한 잔, 삶은 달걀 두 개, 버터 바른 빵 하나.

프란츠가 프렌츨라우 거리의 카페에 들어가 자리에 앉자, 사람들이 그를 향해 환호한다. "남작님!" 그들은 그가 쓰고 있던 가발을 벗긴다. 그는 의수를 풀어 놓고 맥주를 주문한다. 외투는 벗어서 무릎에 올려놓는다.

잿빛 얼굴의 남자 셋이 그곳에 앉아 있다. 말할 필요도 없이 죄수들이다. 도망쳐 나온 것 같은데, 그들은 쉬지 않고 온갖 수다를 떨고 있다.

그러니까 나는 목이 마르고, 그래서 속으로 이렇게 말하는 거야, 뭘 그리 멀리 가, 저기 마침 지하 술집이 있군, 폴란드 놈들이 하는 집이야, 나는 그들에게 내 소시지와 담배를 보여 주는 거야, 그랬더니 그들은 어디서 났는지는 물어보지도 않고 내게 화주까지 한 잔 주는 거야, 그래서 나는 그곳에 몽땅 두고 나오는 것이지. 그리고 아침에 그들이 술집을 나가는 것을 지켜보고 있다가 지하실로 잠입하는 거야, 손에 갈고리를 들고서, 모든 게 그대로 있어, 내 소시지와 담배 말이야, 그래서 그걸 들고서 도망치는 거야. 괜찮은 사업이지, 안 그래?

경찰견들, 그것들이 뭘 할 수 있겠어. 내가 있던 곳에서는 다섯 녀석이 담벼락을 뚫고 도망쳤어. 어떻게 했는지는 내가 자세히 말해 주지. 담벼락 양쪽에는 함석이 붙어 있어, 넉넉히 8밀리미터는 되는 철판이야. 그런데 녀석들은 바닥을 뚫고서 도망친 거야, 기가 찰 노릇이지, 시멘트 바닥이었는데 구멍을 판 거야, 물론 작업은 밤에만 했고, 결국 그들은 담벼락 밑을 통과해 빠져나갔어. 그러자 경찰들이 와서 우리더러 분명히 그 소리를 들었을 거라고 하는 거야. 무슨 소리요, 우리는 자고 있었습니다. 우리가 왜 그런 소리를 들어야 하는 거요, 왜 하필 우리가?

웃음소리, 흥겨운 분위기, 오 즐거운 그대, 오 행복으로 가득한 그대, 우리 테이블 주위로 돌림노래가 한 바퀴 돌아간다, 흥겹게.

그리고 그 뒤로 물론 누가 왔을까, 바로 경찰 경비대장, 슈밥 경사야, 그는 온갖 폼을 잡으면서 이렇게 말하더군. 모든 이야기는 이미 그저께 다 들었지만 출장 중이었다는 거야. 그 잘난 출장. 무슨 일이 일어나면 그들은 항상 출장 중이지. 맥주 한 잔 더, 나도, 그리고 담배 셋.

젊은 아가씨가 테이블에 앉아 키가 큰 금발 머리 남자의 머리를 빗질해 준다, 그 남자는 노래를 부른다. "오 조넨부르크, 오 조넨부르크*." 사람들이 잠깐 쉬는 사이에 그는 다시 노래를 부른다, 그는 태양을 찬미하는 노래를 불러야 한다.

"오, 조넨부르크, 오, 조넨부르크, 언제나 푸른 네 잎. 그해 여름 나는 스물여덟이었고, 베를린도 단치히도 아닌 곳에 앉아 있었지, 쾨니히스베르크도 아닌 곳에 앉아 있었어, 그럼 내가 갇혔던 곳은 어디일까? 이것 봐, 자네는 모를 거야. 조넨부르크, 조넨부르크에 앉아 있었지.

오, 조넨부르크, 언제나 푸른 네 잎. 너는 뼛속까지 교도소, 그곳은 아침부터 늦은 밤까지 인간애가 넘치는 곳. 그곳에서는 사람을 때리지도 들볶지도 않고, 학대하지도 트집을 잡지도 않는다네, 그곳에는 필요한 것은 다 있다네, 마실 때나 먹을 때나 피울 때나.

침대에는 푹신한 새털 이불, 화주, 맥주 그리고 담배, 이보게, 여기는 지낼 만한 곳이네, 간수들은 마음을 다하고 손을 놀려서 우리를 돌봐 준다네, 우리는 간수들에게 군화를 주고, 너희는 우리에게 담배를 주는 거야, 마음을 다하고 손을 놀려서. 너희는 우리를 실컷 마시게 내버려 두지, 마음을 다하고 손을 놀려서, 우리는 너희를 통해 전쟁에서 나온 군화와 군복을 팔고 싶다네, 우리는 개조를 원치 않으니, 너희가 어서 팔아 주었으면 좋겠네, 우리는 돈이 필요하다네, 우리는 가난한 죄수들이니.

거만한 놈들이 몇 놈 있는데 우리를 밀고하려고 한다네, 우리는 녀석들의 뼈를 부술 거야, 녀석들은 한번 생각해 보는 것이 좋을걸, 우리와 함께 즐길 것인지, 아니면 먼지가 폴폴 날리도록 얻어맞을 것인지, 자칫하다가는 우리에게 쓴맛을 톡톡히 볼 거라네.

멍청한 것은 오로지 소장님뿐, 오랫동안 아무것도 몰랐으니까. 최근에 새로 부임한 소장님은 자유로운 조넨부르크 교도소를 샅샅이 조사하려 했네, 그러나 아무 소용이 없었네. 왜 소용없었는지, 왜 아무 소용이 없었는지, 그것을 이제 이야기해 주겠네. 우리는 술집에 앉아 있었네, 간수 둘도 우리와 합석했다네, 한창 술을 마시며 즐기고 있는데, 그래, 누가 나타났을까, 대체 누가 나타났을까.

그것은 바로 쿵쿵, 그것은 바로 쿵쿵, 그것은 바로 검열관 나리래요, 너희는 이제 무슨 말을 하려는가? 우리는 건배라고 말하는 거지, 만세, 검열관 나리 만세, 펄쩍 뛰어 천장에 붙으셔도 좋아요, 코냑 한잔하시죠, 어서 내 옆에 앉으세요.

그러면 검열관은 뭐라고 할까? 나로 말할 것 같으면 검열관, 쿵쿵, 그가 왔노라, 나는 검열관이다, 쿵쿵, 그가 왔노라, 너희는 모두 감방행이다, 죄수든 간수든, 너희는 이제 된맛 좀 볼 것이다, 모두들 각오해야 할 거야, 쿵, 그가 왔노라, 쿵쿵, 그가 왔노라, 쿵쿵.

오, 조넨부르크, 오, 조넨부르크, 언제나 푸른 네 잎. 우리는 녀석의 얼굴이 붉으락푸르락해지도록 화나게 만들었어, 녀석은 마누라에게 달려가 화풀이를 했지. 쿵쿵 그가 왔노라, 쿵쿵 그가 왔노라, 쿵쿵 검열관 나리가 왔노라. 아, 맙소사, 이제 당신은 바보처럼 보이지 않아요, 아, 우리한테 화내지 마시라."

갈색 바지와 검은 무명 상의! 한 녀석이 보따리에서 갈색 죄수복을 꺼낸다. 최고 입찰자에게 넘기는 경매, 완전 헐값에 판매, 갈색 상품 할인판매 주간, 저렴하게 건질 수 있는 재킷, 코냑 한 잔 값이다. 이 물건이 필요한 사람? 즐겁고 기쁘다, 오, 즐거운 그대, 오, 행복한 그대, 이보게, 형제여, 자네 애인의 이름은 뭔가, 한 잔씩 더 마시자고. 그다음은 아마포 구두 한 켤레, 교도소에서 신기 안성맞춤이고, 바닥에 짚을 대어 도망칠 때도 최고의 물건이다, 그리고 또 모포 한 장. 이 친구야, 그건 소장님께 반납하고 왔어야지.

술집 여주인이 살짝 들어와 문을 살며시 닫는다. 너무 소란 피우지 마요, 앞방에도 손님들이 있어요. 한 녀석이 창문 쪽을 쳐다본다. 옆에 있던 녀석이 웃으며 말한다. 문제는 창문이 아니야. 만약에 공기가 심상치 않으면 말이야, 자, 보라고. 그는 테이블 아래쪽을 잡더니 마룻바닥의 뚜껑을 들어 올린다. 지하실이야, 최고 좋은 것은 곧장 옆집 안뜰로 튈 수 있다는 거지, 기어오를 필요도 없어, 모든 게 편리하게 돼 있으니까. 다만 모자는 쓰고 있는 게 좋을 거야, 남의 눈에 띄지 않도록 말이야.

그들 중 늙수그레한 녀석이 웅얼거리며 말한다. "방금 부른 노래 아주 좋았어. 그런데 다른 노래들도 있어. 그것들도 그리 나쁘지 않아. 혹시 이런 노래 아는가?" 그는 주머니에서 종이 한 장을 꺼낸다, 구겨진 편지지다, 너덜너덜하다, 거기에는 알아보기 힘든 글씨체로 이렇게 적혀 있다. '죽은 죄수.' "하지만 너무 슬픈 이야기가 아니면 좋겠네!" "슬프다니, 당신이 부른 노래만큼 진실한 내용이야." "울지 마, 울지 마, 화덕에는 아직 비스킷들이 남아 있다고, 그러니 울지 마."

"죽은 죄수. 비록 가난하였으나 그는 젊음의 패기로 한때 의로운 길을 걸었네, 고귀한 것을 신성시하며 비열하고 나쁜 것은 멀리했지. 그러나 인생의 고비마다 불행의 악령들이 서 있었고, 그는 나쁜 짓을 했다는 혐의를 받고 추적자들에게 쫓기는 신세가 되었네. (추적, 추적, 빌어먹을 추적, 저 빌어먹을 개들이 나를 뒤쫓았어, 얼마나 지긋지긋하게 쫓아오는지, 놈들에게 잡혀 거의 죽을 뻔했어. 그것에서 벗어날 방법을 알지 못하니, 추적은 그렇게 계속될 뿐이지, 추적은 계속되고 빠져나갈 방법은 없어, 아무리 해도 그렇게 빨리 달릴 수는 없어, 할 수 있는 만큼 달려 보지만 결국에는 잡히고 마는 거야. 이제 당신은 프란츠를 잡았어, 이제 포기할 때가 된 것 같군, 가 볼 때까지 간 거야, 자, 건배, 즐거운 식사, 건배.)

그의 모든 외침, 결백을 주장하는 맹세, 그의 온갖 분노가 그를 구할 수는 없었다네, 모든 증거와 증언이 그에게 불리했고, 쇠고랑을 차는 것은 이미 확실한 것이었네. 지혜로운 재판관들도 착오를 범하고서(추적, 추적, 빌어먹을 추적), 그에 대한 판결을 내렸다네(저 빌어먹을 개들이 지긋지긋하게 쫓아온다), 그러나 그의 명예의 방패가 부서졌으니 그의 결백함이 무슨 소용이란 말인가. 여러분, 여러분, 그는 꺼이꺼이 울면서 소리치네, 어째서 여러분은 나를 짓밟으려 하는 거요, 나는 누구에게도 나쁜 짓을 한 적이 없건만. (그것에서 벗어날 방법을 알지 못하니, 추적은 그렇게 계속되지, 추적은 계속되고 벗어날 방법은 알지 못하네, 아무리 해도 그렇게 빨리 달릴 수는 없네, 그저 할 수 있는 만큼 달릴 뿐이네.)

그가 감옥의 담장에서 나와 다시 낯선 방랑자가 되어 돌아왔을 때 세상은 더 이상 예전의 세상이 아니었고, 그 자신도 다른 사람이 되어 있었네. 강변을 배회하지만 다리는 무너져 있었고, 마음은 병들고 원한에 사무쳐 그는 하릴없이 밤의 세계로 되돌아갔네. 그에게 빵 한 조각 건네주는 사람 없었고 (추적, 추적, 그 빌어먹을 추적), 그는 더 이상 참을 길이 없었네, 그는 스스로 일어서 삶의 전선에 뛰어들었지. 그런데 이번에는 정말로 죄를 짓게 되었네.

(유죄, 유죄, 유죄, 그래, 그거야, 죄를 지을 수밖에 없어, 죄를 지을 수밖에 없다고, 아직도 천 번은 더 그렇게 될 수밖에 없다고!) 그런 행위는 더욱 엄한 처벌을 받는다고 도덕과 관습은 정해 놓았네, 그래서 그는 탄식하면서 다시 감방으로 처량하게 발길을 옮기네. (프란츠, 할렐루야, 들었나, 사람은 천 번도 더 죄를 짓는 거야, 사람은 천 번도 더 죄를 짓는 거야.) 그래, 다시 한 번 자유의 세계로 뛰어들어 강도질, 살인, 도둑질을 일삼고, 이 인간들을, 야수와 같은 존재를 인정사정없이 때려눕히는 거야. 그렇게 그는 밖으로 나갔으나, 얼마 안 가 무거운 짐을 짊어지고 다시 돌아왔네. 마지막 도취는 금세 사라지고 죄악과 형벌은 종신토록 남았네. (추적, 추적, 그 빌어먹을 추적, 그가 옳았어, 그가 옳은 짓을 한 거야.)

하지만 이제 그는 한탄도 안 하며 책망을 들어도 받아들이고, 짓밟혀도 아무 말 하지 않는다네, 말없이 멍에를 짊어질 뿐, 남의 비위를 맞추는 법도 배우고 기도하는 법도 배운다네. 그는 묵묵히 자기 일만 할 뿐이네, 날마다 똑같은 일이라네, 그의 정신은 이미 산산조각이 났으니 그것은 그가 송장이 되기 이미 오래전이었네. (추적, 추적, 그 빌어먹을 추적, 그들은 계속해서 내 뒤를 쫓고 있어, 나는 늘 최선을 다했는데도 지금 궁지에 몰렸어, 그것은 내 잘못이 아니야, 대체 나더러 어떡하라는 거야. 내 이름은 프란츠 비버코프, 여전히 프란츠 비버코프다, 조심하라고.)

오늘 그는 달리기를 마무리했네, 봄날의 화창한 햇볕이 내리쬐는 가운데 사람들은 그를 무덤 속에, 죄수들이 선망하는 최고의 방에 안치하네. 그리고 교도소의 종은 그에게 마지막 작별의 종소리를 울리네, 세상에서 버림받고 감옥에서 죽을 수밖에 없던 그를 위해. (조심하세요, 신사분들, 여러분은 아직 프란츠 비버코프가 어떤 사람인지 모릅니다, 그는 돈 몇 푼에 자신을 파는 사람이 아니지요, 그가 무덤으로 들어가야 할 때가 되면 그에게는 그의 손가락 수만큼의 친구들이 있어 그들이 먼저 하느님 앞에서 이렇게 증언할 겁니다. 저희가 먼저 왔고, 곧 프란츠가 옵니다. 그가 저렇게 화려한 마차를 타고 왔다고 놀라시지 않아도 됩니다, 사랑하는 하느님, 사람들이 직접 나서서 그를 그렇게 몰아갔거든요, 이제 그는 멋진 마차를 타고 도착합니다, 지상에서는 참으로 보잘것없었지만 이제 천상에서 자신의 본모습을 보여 줄 것입니다.)”

그들은 여전히 테이블에 앉아 노래하고 떠들고 있다, 프란츠 비버코프는 계속 꾸벅꾸벅 졸다가 이제 다시 활력과 힘이 솟는다. 그는 몸을 추스르고 자신의 팔을 끼워 맞춘다, 전쟁 통에 팔을 잃은 것이고, 전쟁은 늘 있다. 살아 있는 한 전쟁은 그치지 않는다, 중요한 것은 두 다리로 서는 것이다.

이제 프란츠는 카페의 철제 계단을 따라 거리로 나선다. 밖에는 비가 오는데, 한 방울 두 방울 떨어지더니 이내 억수같이 쏟아진다, 밖은 어두워져 있고, 프렌츨라우 거리는 매우 번잡하다. 그런데 저기 건너편 알렉산더 거리에 웬 사람들이 모여 있고, 경찰의 모습도 보인다. 그러자 프란츠는 방향을 바꾸어 그쪽으로 천천히 걸어간다.

알렉산더 광장에는 경찰서가 있다

저녁 9시 20분. 유리 지붕이 덮인 경찰서 안뜰에서 몇 사람이 서서 이야기를 나누고 있다. 그들은 농담을 주고받으며 양쪽 다리를 번갈아 들었다 놓았다 한다. 젊은 경감 하나가 그들에게 다가와 인사를 건넨다. "벌써 9시 10분이오, 필츠 씨, 차량 수배는 제대로 한 거죠? 우리는 9시에 차량이 필요합니다." "방금 동료 하나가 2층에 올라가서 다시 알렉산더 병영에 전화를 걸고 있습니다, 차량은 어제 오전에 신청했거든요." 또 다른 사람이 다가선다. "네, 그들 말로는 9시 5분 전에 차량을 보냈는데 길을 잘못 들었다는군요. 그래서 다른 차량을 보내겠답니다." "아니, 길을 잘못 들었다고? 우리가 기다리는 수밖에 없군." "그래서 대체 차는 어디다 둔 거냐고 물으니까, 상대방이 저더러 누구냐고 따지더군요. 그래서 필츠 서기관이라고 했죠, 그 사람은 아무개 경위라고 하더군요. 그래서 이렇게 말했습니다. 경위님, 우리 경감님의 지시로 요청을 드리는데, 어제 우리 부서에서 오늘 밤 9시에 있을 일제 단속을 위해 차량을 보내 달라고 서면으로 신청했는데 혹시 접수가 제대로 되었는지 확인을 부탁합니다. 자, 들어 보세요, 그 경위라는 사람이 얼마나 친절하게 나왔는지 말이죠, 물론 모든 차량을 보냈는데 도중에 사고가 있었다느니 어쩌느니 하는 겁니다."

차들이 도착한다. 그중 한 대에는 몇몇 신사와 숙녀가 올라타는데, 형사들과 경감들 그리고 여경들이다. 나중에 그 차를 타고 프란츠 비버코프가 대략 50명의 남녀들 틈에 끼어 이곳으로 오게 된다. 그때는 천사들이 그를 떠났을 것이다. 그의 눈빛은 아까 싸구려 카페에서 나올 때하고는 사뭇 다르다. 그러나 천사들은 춤을 출 것이다. 신사 숙녀 여러분, 여러분이 믿든 말든 그런 일이 일어날 것이다.

사복 차림의 남녀들을 태운 차량이 달려가고 있다. 이 차는 본래 전쟁용 장갑차는 아니지만 전투와 법정 일을 위해 사용되는 차량으로 긴 의자에는 사람들이 앉아 있다. 이 차량이 알렉산더 광장을 지나 무해한 트럭과 택시들 사이로 달려간다. 이 전투 차량에 탄 사람들은 모두 유쾌한 모습이다. 그것은 선전 포고 없는 전쟁이고, 이들은 자신의 직무를 수행하러 가는 중이다. 어떤 사람은 태연스레 파이프를 피우고 또 어떤 사람은 시가를 피운다. 숙녀들이 묻는다. 저기 앞에 있는 신사분은 신문사에서 나온 모양입니다. 내일이면 신문에 다 나겠어요. 이렇게 그들은 만족한 표정으로 란츠베르크 거리를 따라 오른쪽으로 올라간다. 그들은 일부러 우회해서 목적지에 접근하는데, 그렇게 하지 않으면 술집들이 자기들에게 닥칠 일을 미리 알아챌 것이기 때문이다. 하지만 저 아래쪽에서 걸어오는 사람들은 차량을 잘 볼 수 있다. 그들은 오래토록 쳐다보지 않고도 안다. 뭔가 고약한 일, 끔찍한 일이 벌어지겠어, 금세 끝나겠지, 범죄자들을 체포하러 출동한 모양이야, 그런 일이 일어난다는 것은 끔찍해, 우리는 영화나 보러 가자고.

뤼커 거리에 이르러 그들은 차에서 내린다. 차는 그 자리에 서 있고, 그들은 걸어서 도로를 따라 올라간다. 작은 거리는 텅 비어 있고, 일단의 경찰관은 천천히 보도를 따라 간다. 저기 뤼커 거리의 술집이 나타난다.

그들은 현관문을 점거하고 입구에 보초를 세운다. 길 건너편에도 몇 사람을 배치한다. 나머지는 모두 술집 안으로 들어간다. 안녕하세요, 종업원이 인사를 하면서 미소를 짓는다. 우리야 무슨 일인지 다 알고 있어요. 뭘 좀 드시겠습니까, 신사분들? 고맙지만 시간이 없네, 손님들 술값 계산을 끝내, 일제 단속이야. 모두 경찰서로 데려가는 거야. 웃음소리, 항의, 이게 무슨 짓이오, 흥분하지 마세요, 욕설, 웃음소리, 진정해요, 나는 신분증명서가 있다니까요, 그럼 잘되었군요, 반 시간 뒤면 다시 돌아올 수 있어요, 그게 무슨 소용이죠, 나는 일하러 가야 한다니까요, 그렇게 흥분할 거 없어요, 이 양반아, 야간 조명을 한 경찰서나 마음껏 구경하는 거요. 자, 어서 올라타서 칸을 채워요. 차는 통조림처럼 꽉 채워지고, 어떤 남자가 노래를 부른다. 어떤 녀석이 치즈를 정거장으로 가져갔는가, 정말 파렴치하네, 어떻게 그런 짓을 할 수 있지, 아직 세금도 안 낸 치즈인데. 경찰은 속아 넘어가고, 이제 몹시 화를 내며 분노하네, 누군가 치즈를 정거장으로 굴려 보냈기 때문이지.

차가 출발하고, 모두들 손을 흔든다. 어떤 녀석이 치즈를 정거장으로 가져갔는가.

연행 작업은 아주 순조로웠다. 자, 우리는 걸어서 간다. 그때 멋진 신사가 차도를 건너가며 인사를 한다, 관할 경찰서의 경위인가, 경감인가? 그들은 어떤 건물의 현관으로 들어서고, 나머지는 제각기 흩어진다. 집결지는 프렌츨라우 거리와 뮌츠 거리가 만나는 모퉁이다.

알렉산더 크벨레 술집은 손님으로 가득 찼다, 오늘은 금요일, 임금을 받은 사람이라면 누구나 한잔 꺾으러 간다. 음악 소리, 라디오 소리, 형사들이 바를 천천히 지나면서 밀치고 들어간다, 젊은 경감이 어떤 신사와 이야기를 나누고, 악단은 연주를 중단한다. 일제 단속이오, 경찰입니다, 모두 경찰서로 가 주셔야겠습니다. 사람들은 테이블에 둘러앉아 웃으며 전혀 아랑곳하지 않는다, 그들은 계속해서 떠들고 종업원들은 계속 시중을 든다. 아가씨 하나가 통로에 서서 다른 두 아가씨의 부축을 받으며 소리를 지르고 울음을 터뜨린다. 나는 거주지를 옮기면서 퇴거 신고를 했는데, 새로 이사한 집의 여주인이 아직 전입 신고서를 제출하지 않은 거예요. 뭐, 그렇다면 하룻밤만 거기 머물면 돼요, 대수롭지도 않아요, 나는 안 갈래요, 어떤 경찰도 나한테 손댈 수 없어요, 너무 흥분하지 말아요, 그러다가는 건강만 해치게 될 거요. 나를 좀 내보내 줘요, 아니, 지금 나가겠다니 무슨 말이오, 당신 차례가 되면 나갈 수 있어요, 차량이 이제 막 떠났단 말이오, 그럼 차를 더 마련할 수 있는 것 아니오, 그런 식으로 우리 머리 좀 아프게 하지 마요. 웨이터, 여기 발 좀 씻게 샴페인 한 병 줘요. 이봐요, 난 일을 하러 가야 한다고요, 라우 상회로 일하러 가야 해요, 일을 못하면 누가 시간 수당을 줄 거요, 자, 하여튼 지금은 함께 가야 해요, 난 공사판에 가 봐야 하는데 이러는 건 불법 감금이잖소, 여기 있는 사람은 다 가는 겁니다, 당신도 마찬가지요, 이런, 너무 그렇게 흥분할 것 없어요, 저 사람들은 일제 단속을 해야 하죠, 안 그러면 그들이 무엇 때문에 여기 왔겠어요.

사람들은 몇 명씩 무더기로 밖으로 나오고, 차들은 계속해서 경찰서를 오간다, 형사들은 이리저리 걸어 다닌다, 그때 여자 화장실에서 비명 소리가 난다, 아가씨 하나가 바닥에 쓰러져 있고 그 옆에는 그녀의 애인이 서 있다, 아니, 남자가 여자 화장실에서 뭘 하는 거야. 아가씨가 발작을 일으켰어요, 이것 좀 보세요. 그러자 형사들은 빙그레 웃는다, 신분증명서는 가지고 있지요, 좋아요, 그러면 당신은 여자분 곁에 남아 있어요. 여자는 계속 비명을 지른다, 두고 보라, 이제 모두 사라지면 저 여자는 벌떡 일어나 둘이 탱고를 출 것이다. 미리 말해 두지만, 나한테 손대는 자는 어퍼컷을 한 방 먹을 줄 알라고, 두 번째 어퍼컷은 시체 훼손이 될 뿐이야. 술집은 거의 텅 비었다. 문간에 한 남자가 서서 두 경찰관에게 양팔을 잡힌 채로 으르렁대며 소리친다. 내가 맨체스터, 런던, 뉴욕 다 가 보았지만 대도시에서 이런 일은 한 번도 겪은 적 없었어, 맨체스터나 런던에서는 이따위 일이 없다고. 그들은 그를 빠르게 몰아간다. 계속 차도에서 비켜요, 당신 상태는 어떤가요, 고맙소, 세상을 하직한 자네 애완견에게 인사 좀 전하시오.

11시 15분 정각, 연행 작업도 거의 마무리되고 위층으로 통하는 계단이 있는 안쪽과 측면 모퉁이의 몇 테이블에만 손님이 남아 있을 무렵, 출입이 통제된 지 한참이나 되었는데도 한 남자가 술집 안으로 들어선다. 경찰들은 단호한 태도로 누구도 안으로 들여보내지 않지만, 이따금 아가씨 하나가 진열창을 통해 안을 들여다본다. 여기서 데이트 약속이 있다고요, 안 돼요 아가씨, 정 그렇다면 12시에 다시 와 봐요, 그동안 당신 애인은 아마 경찰서에 가 있을 거요. 나이가 있어 보이는 그 노신사는 밖에서 연행되는 마지막 무리의 모습을 지켜보았고, 입구를 지키던 경찰들은 경찰봉을 들고 상황을 정리하고 있었다, 차에 탈 수 있는 인원보다 많은 사람들이 차에 오르려 했기 때문이다. 차가 떠나고 나자, 주위가 좀 듬성듬성해졌다. 그때 그 남자는 두 형사 곁을 지나 유유히 문 안으로 걸어 들어갔다, 마침 그때 몇몇 사람이 다시 술집으로 들어가려고 경찰들과 입씨름을 하는 바람에 두 형사는 그쪽을 바라보고 있었다. 바로 그때 길 저편에서는 한 무리의 경찰이 와 하는 함성과 함께 막사에서 쏟아져 나온다, 이들은 행진을 하며 가죽띠를 더욱 단단히 조인다. 그때 머리가 희끗한 그 남자는 술집 안으로 들어와 스탠드에 서서 맥주를 한 잔 주문해 그것을 들고 계단을 올라간다, 그곳의 여자 화장실에서는 아직도 아가씨가 소리를 지르고 있다, 술집 안에 남은 몇 명 안 되는 사람들은 웃고 떠들고 있다, 그 모든 일이 자신과는 아무 상관 없다는 듯이.

그 남자는 한 테이블에 혼자 앉아 맥주를 들이켜며 술집 안을 내려다본다. 그때 그의 발에 뭔가가 걸린다, 벽 옆 바닥에 뭔가가 놓여 있다. 이게 뭐야, 그는 손을 뻗어 물건을 잡는다, 권총이군, 어떤 녀석이 여기에 슬쩍 치운 모양이야, 나쁠 것도 없어, 나는 이제 권총을 두 자루나 가진 거야. 손가락마다 하나씩, 사랑하는 하느님이 대체 왜 그러냐고 물으면 이렇게 대답할 거야. 저는 장비를 제대로 갖추고 왔습니다, 아래 있을 때 갖지 못했던 것을 여기 위에서는 가질 수 있으니까요. 경찰은 지금 일제 단속을 하고 있고, 그것은 잘하는 짓이다. 경찰서에서 누군가가 아침을 든든히 먹고 나서는 이렇게 말했을 것이다. 한번 대대적인 일제 단속을 해야겠어, 그래야 나중에 신문에 뭔가 나오지 않겠어. 위에 계신 분들도 우리가 열심히 일하고 있다는 것을 알아야 해, 월급을 더 많이 받고 싶은 사람, 아내가 모피를 원하는 사람도 있을 거야. 그래서 그들은 사람들을 잡아들이는 거야, 그것도 사람들이 임금 봉투를 받는 금요일에.

남자는 모자를 쓴 채 오른손을 주머니에 찌르고 있는데, 맥주잔을 잡지 않을 때는 왼손도 주머니에 들어가 있다. 술이 달린 사냥꾼 모자를 쓴 형사 하나가 유쾌하게 술집 안을 돌아다닌다, 사방에 테이블들이 비어 있고 바닥에는 담뱃갑들, 신문지, 초콜릿 포장 종이가 떨어져 있다. 이제 다 끝났군, 마지막 차량이 곧 도착할 거야. 그는 노신사에게 묻는다. "계산은 다 끝낸 거요?" 노신사는 툴툴대며 앞만 쳐다본다. "나는 방금 들어왔소." "이런, 안 들어오는 게 좋았을 텐데, 하지만 당신도 함께 가 주셔야겠어요." "그것은 내가 알아서 하겠소."

어깨가 떡 벌어지고 체격이 다부진 그 형사는 노신사를 위에서부터 내려다본다, 이 친구 허공을 응시하는 폼이 시비를 걸고 싶은 모양이야. 형사는 아무 말도 않고 천천히 계단을 내려가 홀을 가로질러 간다, 그때 노신사의 번뜩이는 눈초리가 그를 찌르듯이 본다, 이런 제기랄, 저 눈빛 좀 봐, 뭔가 수상한 구석이 있어. 그는 다른 경관들이 서 있는 문 쪽으로 간다, 그들과 뭔가 소곤거리더니 함께 밖으로 나간다. 몇 분 뒤 다시 술집 문이 열린다. 형사들이 들어온다. 자, 남은 분들, 다 같이 출발하는 거요. 종업원이 웃으면서 말한다. "다음번에는 나도 데려가 줘요, 경찰서에서 벌이는 시시껄렁한 소동을 한번 구경하게요." "자, 한 시간만 있으면 이곳이 다시 바빠질 거야, 보라고, 밖에는 처음 실려 갔던 사람들이 벌써 술집 안으로 들어오려 기다리고 있어."

"갑시다, 선생도 함께 가셔야겠소." 이 친구가 나한테 하는 말이군. 그대에게 색시가 하나 있고 그대가 진심으로 마음을 주었다면, 그대는 언제, 어디 따위는 묻지도 않을 거야, 그녀가 키스만 잘할 줄 안다면.*

신사는 꼼짝도 하지 않는다. "이봐요, 귀가 먹었소? 당신도 일어서라니까요." 당신은 봄이 보내서 왔군요, 당신을 만나기 전엔 나의 모든 재주는 임자를 못 만났어요.* 좀 더 많은 사람을 불러와야 할걸, 한 사람으로는 나를 어쩔 수 없을 거야, 내 마차는 다섯 필의 말이 끌고 있거든.

이미 경찰 셋이 계단에서 기다리고 있다. 첫 번째 경관부터 올라온다. 다른 형사들은 술집을 가로질러 온다. 젊고 키가 큰 경감이 앞장선다. 그들은 몹시 서두른다. 너희도 이제 나를 추격할 만큼 했고, 나도 내가 할 수 있는 만큼은 다했다. 내가 인간이던가, 아니던가?

그때 그는 주머니에서 왼손을 빼더니 일어서지도 않고 앉은 자세로 사납게 달려드는 첫 번째 경관을 향해 방아쇠를 당긴다. 탕. 자, 이렇게 해서 지상의 모든 일을 마무리했으니, 우리는 나팔 소리와 함께 지옥으로 간다. 북소리 그리고 나팔 소리와 함께.

그 경관은 휘청거리면서 옆으로 쓰러진다. 프란츠는 자리에서 일어나 벽 쪽으로 가려 한다. 순간 문간에 있던 경찰들이 무더기로 술집 안으로 달려 들어온다. 이거 아주 잘됐군, 모두들 들어오라고. 프란츠가 팔을 쳐드는데, 등 뒤에 한 사람이 있다. 프란츠는 그를 어깨를 쳐서 넘어뜨린다. 그 순간 그의 손을 향해 주먹 한 방이 날아온다. 얼굴에도 한 방, 모자 위에도 한 방, 팔에도 한 방이 날아온다. 내 팔, 내 팔, 나는 팔이 하나뿐인데, 저들이 내 팔을 완전히 박살 내는구나. 이를 어쩌지. 저들이 나를 때려죽이려 한다. 미체를 죽이더니 이제는 나까지 죽이려 한다. 다 소용없어, 소용없다고. 이 세상 모든 것, 모든 것이 아무 소용 없는 거야.

그러더니 그는 비틀대다가 난간 옆에 쓰러진다.

총을 한 방 더 쏘기도 전에 프란츠 비버코프는 난간 옆에서 비틀거리다 쓰러졌다. 그는 포기했다. 그는 자신의 생을 저주하고 무기를 넘겼다. 그는 그 상태로 쓰러져 있다.

형사들과 경찰들은 테이블과 의자들을 한쪽으로 치우고서 그의 옆에 무릎을 꿇고 앉아 그의 몸을 뒤집어 놓는다. 이 친구 한쪽 팔이 의수야. 권총 두 자루를 소지하고 있어. 신분증명서는 어디 있지, 잠깐만, 이런, 가발을 썼잖아. 그들이 가발을 잡아당기자 프란츠 비버코프가 눈을 뜬다. 그러자 그들은 그를 흔들고 어깨를 잡아 일으킨 다음 두 다리로 서게 한다. 그는 똑바로 설 수 있고 또 서야만 한다. 그들은 그에게 모자를 씌워 준다. 밖에서는 모두 차에 앉아 있다. 그때 그들은 프란츠 비버코프의 왼손에 수갑을 채우고는 그를 문 밖으로 연행한다. 뮌츠 거리는 난리가 났다. 사람들이 구름처럼 몰려들었다. 술집 안에서 총소리가 났어. 저것 봐, 저기 그 사람이 나오고 있어. 저 사람이야. 부상을 입은 경관은 이미 자동차로 후송되었다.

이 차가 바로 아까 9시 반에 경감들과 형사들, 여경들을 태우고 경찰서를 나섰던 차이다. 이제 그들은 경찰서로 출발하고, 프란츠 비버코프는 그 차에 타고 있다. 앞서 내가 보고한 대로 천사들은 그를 떠났다. 연행된 사람들은 유리 지붕으로 덮인 경찰서 안뜰에 내려진다. 그들은 안쪽의 작은 계단을 올라가 넓고 긴 복도로 들어선다. 여자들은 별도의 방으로 들어간다. 그리고 풀려난 사람이나 신분증명서가 확인된 사람들은 차단 횡목을 지나 형사들 쪽으로 가야 한다. 이때 형사들은 한 사람씩 가슴, 바지, 신발에 이르기까지 다시 한 번 검사한다. 남자들은 웃고, 복도에서는 욕하고 재촉하는 소리가 떠들썩하다. 그 젊은 경감과 형사들은 이리저리 다니며 조금만 참으라면서 소동을 잠재운다. 문마다 경찰들이 서 있어 경찰의 동행 없이는 화장실도 다녀올 수 없다.

안쪽에는 사복 차림의 수사관들이 책상에 앉아 사람들에게 이것저것 캐묻고, 신분증명서가 있는 경우 그것을 살펴보며 큰 카드에 다음 사항을 적는다. 범행 장소, 관할 법원 소재지, 체포 장소, 4구역 관할 경찰서. 자, 이름이 뭐죠, 체포된 이유는? 가장 최근에 체포된 것은 언제죠? 나부터 처리해 줘요, 일하러 가야 해요, 경찰서장, 제4과, 인도 일시, 오전, 오후, 저녁, 성명, 신분 또는 직업, 생년월일, 출생지, 주거 부정, 거주지를 제시할 수 없었고, 제시한 주거지는 관할 구역의 조사 결과 맞지 않는 것으로 밝혀졌습니다. 당신은 당신 관할 구청에서 회신이 올 때까지 기다려야 해요, 그렇게 빨리는 안 됩니다, 그 사람들도 손이 두 개밖에 없으니까요, 그 밖에도 그들은 상대해야 할 사람이 많아요, 이미 주소를 제시한 사람들인데, 그들이 제시한 주소는 정상이고 사는 사람도 일치해요, 다만 직접 주소지를 방문해 보니 다른 사람이 살고 있는 경우도 있지요, 그 사람이 다른 사람의 신분증을 갖고 있는 경우인데, 다른 사람의 것을 슬쩍한 경우이거나 부정한 거래로 구한 거죠. 지명 수배 여부 조회, 회색 카드 폐기되었음, 회색 카드 없음. 경찰 조서에 기록될 증거물들, 현재 의심되는 범죄 또는 다른 범행과 관련 있는 물품들, 체포된 자가 자해하거나 타인에게 손상을 가할 수 있는 물품들, 개인 소지품들, 지팡이, 우산, 칼, 권총, 격투용 반지.

프란츠 비버코프가 심문을 받을 차례다. 이제 프란츠 비버코프는 끝장이다. 그들은 수갑을 채운 채로 그를 끌고 온다. 그는 머리를 가슴께에 떨어뜨렸다. 그들은 아래층, 즉 1층의 당직 경감 방에서 심문하려 한다. 그러나 이 남자는 입을 열지 않는다, 그는 아주 뻣뻣한 태도를 보이면서 자기 얼굴을 자꾸만 만진다, 고무 곤봉에 맞아 오른쪽 눈이 부었다. 그는 팔까지 아래로 축 늘어뜨린다, 그러다 세차게 몇 대 얻어맞는다.

아래층에는 풀려난 사람들이 어두운 안뜰을 가로질러 거리로 나선다, 이들은 아가씨들과 팔짱을 끼고 건들거리면서 유리 지붕 안뜰을 지나간다. 네게 애인이 있다면, 네가 진심으로 사랑하는 애인이 있다면, 자, 우리는 가노라, 우리는 가노라, 노래를 부르며 이 식당 저 식당을 누비노라.* 상기 진술이 틀림없음을 확인함, 서명 완료, 사건 처리 관리의 이름과 근무 번호, 베를린 중부 지방 법원, 151과, 예심 판사 IA 귀하.

마지막으로 프란츠 비버코프가 소개되고 신원 확인이 이루어진다. 이 남자는 알렉산더 크벨레 술집에서 일제 단속 때 총을 발사했고, 그 밖에도 형법에 저촉되는 행위를 저질렀다. 경찰은 알렉산더 크벨레 술집에서 뻗어 있는 이 남자를 발견하였으며, 30분이 지나서 경찰은 지명 수배 중이던 소년원생들과 함께 훌륭한 단속 성과를 거두었음을 알게 되었다. 그 이유는 총을 발사하고 쓰러진 이 남자가 당시 오른팔에 의수를 착용하고 회색 가발을 쓰고 있었기 때문이다. 이러한 사실과 경찰이 갖고 있던 사진을 근거로 이 남자가 바로 문제의 인물임을 알아낸 것이다. 즉 이 남자는 프란이엔발데에서 일어난 창녀 에밀리 파르준케 살해 사건에 연루된 공범으로 그 전에 이미 과실 치사와 매춘 중개 혐의로 전과가 있는 프란츠 비버코프였다.

그는 오랫동안 경찰에 신고할 의무를 기피해 왔다, 이제 우리가 한 녀석을 잡았으니, 다른 한 명도 곧 잡게 될 것이다.

제9권

프란츠 비버코프의 지상에서의 여정은 이제 막바지에 이르렀다. 바야흐로 그가 산산조각 날 시간이 다가온 것이다. 그는 어두운 힘의 손아귀에 떨어지는데, 그것은 죽음이라 불린다, 그는 죽음을 자신이 머무를 적절한 장소로 여긴다. 그러나 그는 이 어두운 힘이 자신을 어떻게 생각하는지 알게 된다, 그것도 그가 전혀 예상하지 못했던 방식으로, 또 지금까지 그가 겪었던 모든 것을 뛰어넘는 방식으로 경험한다.

죽음은 그와 결산을 한다. 죽음은 그의 잘못과 오만과 무지에 대해 아주 분명하게 그에게 일러 준다. 이렇게 해서 옛날의 프란츠 비버코프는 무너지고, 그의 인생행로도 끝난다.

이 남자는 망가졌다. 그러나 예전의 비버코프와는 비교할 수 없을 정도로 훌륭하고 자신에게 주어진 일을 더 잘해 낼 것으로 기대되는 새로운 비버코프가 이제 모습을 드러낼 것이다.

라인홀트의 검은 수요일,
그러나 이 장은 생략해도 좋다

경찰은 '이제 우리가 한 녀석을 잡았으니 다른 한 명도 곧 잡게 될 것'이라고 예상했는데, 일이 실제로 그렇게 전개된다. 물론 그들이 예상했던 것과 똑같은 방식은 아니지만. 그들은 녀석을 곧 체포할 것으로 본다. 그러나 경찰은 이미 녀석을 잡아 둔 상태였다. 녀석은 바로 붉은 경찰서 건물을 거쳐 갔으며, 다른 방과 다른 손들을 거쳤던 것이다. 녀석은 이미 모아비트 교도소에 수감되어 있다.

라인홀트의 경우에는 모든 일이 빨리 진행된다. 그래서 녀석은 그 일을 깔끔하게 끝맺음해 버린다. 이 친구는 질질 끄는 것을 좋아하지 않는다. 우리는 전에 그가 프란츠를 어떻게 처리했는지 잘 알고 있다. 다시 말해 라인홀트는 프란츠가 무슨 짓을 꾸미고 있음을 알고는 금세 상대를 제압하고 나선다.

이 라인홀트는 어느 날 저녁 모츠 거리에 나가 봤다. 그때 그는 속으로 중얼거린다. 현상금이 걸린 살인범 수배 전단이 온 시내 광고탑에 붙어 있군, 그렇다면 신분증을 위조해서 미리 체포되도록 손을 써야겠어, 핸드백 강탈과 같은 그럴듯한 일을 꾸미는 거야. 공기가 수상할 때는 감방이 제일 안전한 법이다. 모든 것이 계획대로 잘 되어 간다, 그는 다만 귀부인의 싸대기를 너무 세게 갈겼다. 하지만 상관없어, 라인홀트는 생각한다, 중요한 건 그저 사람들 눈에서 내가 잠시 사라지는 거야. 그래서 경찰들은 그에게서 가짜 신분증을 찾아낸다, 폴란드 출신의 소매치기 모로스키에비츠군, 당장 모아비트 교도소로 이송해, 경찰은 자기들이 잡은 녀석이 누구인지를 눈치채지 못한다, 그 녀석은 여태껏 한 번도 감방에 들어간 적이 없다, 또 수배자들의 인상착의를 다 머리에 입력하고 다니는 사람이 어디 있겠는가. 그리하여 그에 대한 심리는 아주 조용하게 진행된다, 마치 그가 경찰서에 살그머니 잠입한 것처럼 아주 은밀하고도 차분하게. 하지만 그가 실은 폴란드에서도 수배 중인 소매치기이고, 그런 건달이 부자 동네를 돌아다니며 사람들을 때려눕히고 귀부인의 핸드백을 강탈한 것, 그것은 정말 들어 본 적이 없는 일이다, 여기는 러시아 지배하의 폴란드도 아니야, 도대체 어쩌자고 그런 범행을 저지른 거야, 이런 녀석은 일벌백계감이야. 그는 결국 징역 4년에 5년간의 공민권 박탈, 경찰 보호관찰 등의 형을 선고받고, 격투용 반지도 압수당한다. 소송 비용은 피고가 부담합니다, 10분간 휴정합니다, 법정이 너무 더워요, 자, 휴정하는 동안 창문을 좀 열어 주세요, 피고는 그 밖에 무슨 할 말이 있습니까?

라인홀트는 물론 할 말이 없다, 그는 상고할 수 있는 권리 행사를 유보하며, 사람들이 자신을 그렇게 대해 준 것만으로도 기쁘다, 이곳에서는 더 이상 아무 일도 일어나지 않을 것이다. 그렇게 해서 이틀 뒤에는 모든 일, 정말 모든 일이 끝난다, 이제 한 고비

넘긴 것이다. 저 미체와 멍청이 비버코프 때문에 생긴 일은 정말 골칫거리였어, 하지만 일단은 멋지게 해치웠어, 할렐루야, 할렐루야, 할렐루야.

이야기는 여기까지 흘러왔다, 경찰이 프란츠를 붙잡아 경찰서로 연행하는 동안, 진짜 살인범 라인홀트는 이미 브란덴부르크에서 복역 중이다, 더 이상 그를 생각하는 사람 하나 없고, 그는 잠수를 탄 상태로 완전히 잊혔다, 세상이 두 쪽 나지 않는 한 그 누구도 그를 쉽사리 찾아내지 못할 것이다. 그는 아무런 양심의 가책도 느끼지 않고, 만약 그가 생각한 대로 모든 일이 흘러갔다면 그는 아직도 그곳에 수감되어 있거나 아니면 이송 도중에 도망쳤을 것이다.

그러나 세상살이란 다 그런 거다, 어리석기 짝이 없는 속담도 들어맞는 날이 온다, 이젠 됐다고 생각하는 순간, 절대 그렇지 않은 경우가 있다, 어떤 일을 계획하는 것은 사람이지만, 그것의 성취는 하느님에게 달려 있고*, 항아리도 깨지기 전까지는 물을 잘 담는 법이다. 이제 경찰이 어떻게 라인홀트를 붙잡게 되는지, 그가 얼마나 고난의 길을 걷게 되는지에 대해 곧 이야기하겠다. 그러나 이런 것에 흥미가 없는 독자라면 다음 몇 쪽은 건너뛰어도 좋다. 프란츠 비버코프의 운명을 다룬 이 책 『베를린 알렉산더 광장』에서 내가 말한 것들은 모두 진실이다, 그러므로 이 책을 두 번 세 번 읽고 마음에 새기다 보면 이 책 안에 손에 잡히는 진실이 있음을 알게 될 것이다. 그러나 라인홀트에게 부여된 역할은 여기서 끝난다. 그는 우리 삶에서 그 무엇으로도 변화시킬 수 없는 냉혹한 폭력을 대변하는 자이기 때문에, 나는 마지막 처절한 싸움을 벌이는 그 폭력의 모습을 여러분에게 보여 주고자 한다. 여러분은 냉혹하고 얼음장 같은 그의 모습을 끝까지 보게 될 것인데, 그의 인생은 아무런 변화 없이 끝난다. 반면에 프란츠 비버코프는 유연해져 자신을 굽히고, 마침내는 특정한 광선을 쬐면 다른 원소로 변하는 그런 원소처럼 된다. 아, '우리는 모두 인간이다' 라고 말하기는 얼마나 쉬운가. 그러나 만약 하느님이 있다면, 우리는 하느님 앞에서 우리가 지닌 악함이나 선함 때문에 서로 구별되는 것만은 아니다. 우리는 모두 서로 다른 성품과 삶을 갖고 있다. 천성과 출생, 미래의 운명에서 우리는 서로 다르다. 자, 이제 라인홀트가 마지막으로 어떤 운명을 겪게 되는지 들어 보시라.

라인홀트는 브란덴부르크 교도소에서 한 남자 재소자와 매트 작업반에서 일하게 된다. 그 재소자 역시 폴란드 사람이다. 그러나 진짜 폴란드 사람이며 또 진짜 소매치기로 아주 교활한 자이다. 이 남자가 모로스키에비츠를 안다. 모로스키에비츠라는 이름을 듣자 그는 라인홀트를 쳐다보면서 이렇게 중얼거린다. 내가 아는 사람인데 그가 도대체 어디 있다는 거야, 어, 정말 많이도 변했군, 어떻게 저런 일이 가능하지. 그러더니 그 남자는 시치미를 뚝 떼고 라인홀트의 정체를 전혀 모르는 척한다. 그러던 어느 날 재소자들이 담배를 피우곤 하는 화장실에서 슬쩍 라인홀트에게 다가와 담배꽁초 하나를 내밀면서 말을 건다. 라인홀트는 폴란드 말을 제대로 할 줄 모른다. 라인홀트의 입장에서는 그렇게 폴란드어로 말을 걸어오는 것이 불편해 매트 작업반에서 슬쩍 빠진다. 그가 매트리스 작업에 여러 번 어설픈 모습을 보이자 작업반장은 그를 운반 보조 인력으로 삼아 감방 파트로 데려간다. 그곳에서는 사람들이 그에게 접근할 기회가 거의 없다. 하지만 들루가라고 하는 그 폴란드 남자는 쉽게 단념하지 않는다. 라인홀트는 "완제품은 밖으로!"라고 소리치면서 이 감방 저 감방으로 돌아다닌다. 그가 작업반장과 함께 들루가의 감방 가까이 왔을 때, 마침 작업반장이 매트의 수를 세고 있는 틈을 타 들루가는 라인홀트의 귀에 대고 속삭인다. 내가 바르샤바 출신의 모로스키에비츠를 알고 있는데, 그 친구 역시 소매치기거든. 그런데 그 친구가 당신 친척인가? 이에 라인홀트는 깜짝 놀라 폴란드 남자에게 담배 한 갑을 슬쩍 찔러 주고는 발걸음을 옮기며 소리친다. "완제품은 밖으로!"

폴란드 남자는 담배를 받고서 흐뭇해한다. 뭔가 수상한 구석이 있긴 있나 보군. 그러면서 그는 라인홀트를 갈취하기 시작한다. 라인홀트는 어디서 나는 건지는 모르지만 늘 돈을 갖고 있기 때문이다.

이 일은 자칫하면 라인홀트를 무척 위험한 상황에 빠뜨릴 수 있다. 그러나 이번에도 그는 운이 좋다. 그는 공격을 잘 막아 낸다. 그는 동향 사람인 들루가가 자신에 대해 뭔가 알고서 고자질하려 한다는 소문을 퍼뜨린다. 그래서 휴식 시간에 끔찍한 구타 사건이 벌어지고, 라인홀트도 폴란드 남자를 흠씬 두들겨 팬다. 그 대가로 그는 일주일간 차가운 독방에 감금되고, 사흘째가 되어서야 침구와 따뜻한 음식을 제공받는다. 그러고 나서 그는 감금에서 풀려나고, 나와 보니 모든 것이 아주 조용하게 정리되어 있다.

그러나 그때부터 라인홀트는 스스로를 곤경으로 내몰아간다. 여자들은 평생 동안 그에게 행복과 불행을 가져다주었는데, 이번에도 사랑이 그를 파멸로 이끈다. 들루가와의 일은 그를 몹시 흥분시키고 분노하게 만들었다. 녀석 때문에 이런 곳에 기약도 없이 처박혀 있어야 하고, 그런 자식한테서 괴롭힘을 당해야 하다니. 정말 즐거움은 없고 외롭다. 한 주, 한 주가 지나면서 그런 생각이 더욱 그의 마음속에 파고든다. 그는 그런 상태로 얼마간 더 지내고 또 당장이라도 들루가를 때려죽이고 싶은 마음이 굴뚝같은데,

그때 그는 한 청년을 알게 되고 그에게 호감을 느낀다. 이 친구는 주거침입 절도죄로 들어온 자로 역시 브란덴부르크 교도소엔 처음이며 3월에 석방될 예정이다. 처음에 두 사람은 담배 밀거래와 들루가 녀석을 욕하는 데서 의기투합하다가 점차 속마음을 털어놓는 진짜 친구 사이가 된다. 그것은 라인홀트가 생전 처음 경험해 보는 일이다. 상대가 비록 여자도 아니고 젊은 청년이지만 너무나 좋다. 그 때문에 라인홀트는 브란덴부르크 교도소에 있는 것이 아주 행복하다. 들루가 자식과의 그 빌어먹을 사건이 그래도 내게 이런 좋은 것을 가져다주었어. 다만 이 친구가 곧 출감한다는 것이 아쉬울 따름이다.

"나는 이 검은 모자와 갈색 상의를 한참은 더 걸쳐야 할 것 같은데, 내가 여기 갇혀 있을 동안 자네는 어디에 가 있을 건가, 나의 콘라트?" 젊은이의 이름은 콘라트이다. 아니 스스로가 그렇다고 한다. 그는 메클렌부르크 출신으로 앞으로 큰 범죄자가 될 소질을 갖고 있다. 포메른에서 그와 함께 몇 번 주거침입 절도를 한 두 친구 중 한 녀석은 10년 형을 언도받고 이곳에 들어와 있다. 그리고 검은 수요일, 즉 콘라트의 출감을 하루 앞둔 전날 밤에 두 사람은 침실에서 다시 한 번 만난다. 라인홀트는 이곳에서 다시 아무도 없이 혼자가 된다는 생각에 거의 죽고 싶을 정도로 풀이 죽어 있다 — 누군가 곧 나타날 거요, 라인홀트, 당신도 곧 외부 작업을 하러 베르더나 다른 곳으로 나갈 수도 있어요 — 그러나 라인홀트는 아무래도 마음이 가라앉지 않는다. 그리고 도무지 납득되지 않는 것이 있는데, 자신의 일이 이렇게 꼬이게 된 것을 이해할 수가 없다. 그 빌어먹을 계집, 미체, 멍청한 자식 프란츠 비버코프, 그 돌대가리들이 나하고 무슨 상관이야, 나도 바깥에 있었으면 지금쯤 멋쟁이 놀음을 하고 있을 텐데, 이곳에는 그야말로 불쌍한 머저리

들만 들어앉아 있어. 그러다가 라인홀트는 거의 발작 상태가 되어 훌쩍이고 청승을 떨며 콘라트에게 애걸한다, 나도 데려가 줘, 나도 데려가 달라고. 콘라트는 할 수 있는 한 그를 위로하지만, 잘되지 않는다, 그렇다고 이곳에서 도망치라고 권할 수도 없는 노릇이다.

그들은 목공소의 동료를 통해 독주가 든 작은 술 한 병을 받은 게 있는데, 콘라트가 라인홀트에게 그 술병을 건네준다, 라인홀트가 그것을 받아서 조금 마시고 이어 콘라트도 마신다. 이곳에서 도망친다는 것은 불가능한 일이다. 최근에 두 명이 도망을 시도했는데 한 녀석만 노이엔도르프 거리까지 나갈 수 있었다, 그러나 자동차를 얻어 타려다 순찰대에 잡히고 말았다. 그 사람은 담벼락 꼭대기에 박아 놓은 그 빌어먹을 유리 조각에 찔려 피를 많이 흘리고 우선 병원으로 후송되어야 했다, 녀석의 손이 온전히 회복될지는 아무도 모른다. 그리고 또 한 명은 좀 더 약아빠진 녀석이어서 그 유리 조각을 보고는 얼른 교도소 안뜰로 도로 뛰어내렸다.

"안 돼, 탈옥은 어림도 없는 일이야, 라인홀트." 그러자 라인홀트는 후회의 빛이 역력해지며 풀이 죽는다, 그는 앞으로도 4년을 더 이곳에서 썩어야 한다, 이 모든 게 다 모츠 거리에서 저지른 바보짓 때문이다, 그리고 그 재수 없는 계집 미체와 멍청한 자식 프란츠 때문이다. 그는 목공소 동료한테서 얻은 술을 들이켠다, 어느덧 기분이 좀 나아졌다, 그들은 물건들을 모두 밖에 내놓았다, 칼은 짐 꾸러미 위에 올려놓았다, 이제 문을 폐쇄할 시간이 되어 자물쇠 돌아가는 소리와 함께 빗장이 두 번 질러지고, 잠자리가 정리된다. 두 사람은 콘라트의 침대에서 함께 소곤거리는데, 이는 라인홀트에게 울적한 시간이다. "이보게, 베를린에 가면 어디로 찾아가야 할지 일러 줄게. 여기서 나가거든 내 색시도 한번 찾아가 줘, 지금은 어떤 자식의 색시가 돼 있을지 모르지만, 아무튼 그 여자의 주소를 주겠네, 가거든 내게 사정을 좀 알려 주게. 그리고 내가 말한 그 일이 어떻게 되었는지도 알아봐 주게, 자네도 알겠지만 저 들루가 녀석이 뭔가 눈치를 챈 것 같아. 내가 베를린에 있을 때 사귄 녀석이 하나 있는데, 아주 멍청한 자식이야, 이름은 비버코프, 프란츠 비버코프야."

그는 작은 목소리로 이야기를 들려주면서 콘라트를 꽉 붙잡고 있고, 콘라트는 귀를 쫑긋하면서 계속 그래, 그래만 반복한다. 그렇게 해서 콘라트는 금방 모든 사정을 알게 된다. 그는 라인홀트가 잠자리에 드는 것을 도와야 한다, 라인홀트는 화가 치밀고 너무나도 외롭고 자신의 운명에 대한 울분으로 울고 있다, 게다가 어떻게 손쓸 수도 없는 덫에 걸렸다고 여기기 때문이다. 콘라트는 그까짓 4년이 뭐 별거냐고 말하지만, 소용없는 일이다. 라인홀트는 받아들일 수가 없다, 절대 받아들일 수가 없다, 도무지 견딜 수가 없다, 이런 식으로는 살 수가 없다, 이거야말로 감옥에서의 정신착란 증세다.

이상은 검은 수요일의 일이다. 금요일에 콘라트는 베를린에 사는 라인홀트의 색시를 찾아가서 진심 어린 환대를 받고, 며칠 동안 많은 이야기를 들려주며 그녀에게서 돈까지 받는다. 이것은 금요일의 일이다, 그리고 월요일에 라인홀트의 경우 모든 것이 끝장난다. 그날 콘라트는 호반 거리에서 한 친구를 만난다, 전에 재활원에 같이 있던 친구로, 지금은 백수 상태다. 콘라트는 그 친구에게 자신이 어떻게 지내는지 떠벌리고, 술값까지 계산한다, 그런 다음 아가씨들을 데리고 영화관에도 간다. 콘라트는 브란덴부르크 교도소에서 겪은 거친 이야기들을 들려준다. 그들은 여자들을 보내고 나서도 한밤중까지 그 친구의 하숙방에 함께 있는데, 벌써 화요일로 넘어가는 밤이다. 그때 콘라트는 라인홀트라는 자에 대해 말해 준다, 그 사람은 모로스키에비츠라는 가명을 쓰고 있고 아주 괜찮은 녀석이야, 그런 인물은 이런 바깥세상에서는 찾아보기 힘들 거야, 뭔가 중대한 사건으로 수배 중인 것 같은데, 녀석의 목에 얼마나 많은 현상금이 걸렸는지는 모르겠어. 그 말을 내뱉는 순간, 콘라트는 자신이 참으로 어리석은 짓을 저질렀음을 금방 깨닫는다, 그러나 그의 친구는 절대 발설하지 않겠다고 약속한다, 이것 보게, 우리는 서로 비밀을 지켜 주는 사이 아닌가, 그러면서 그 친구는 콘라트에게서 10마르크까지 받아 챙긴다.

이어 화요일이 밝아 오고, 이 친구는 경찰서 1층에 서서 포스터를 훑어본다, 콘라트의 말이 사실인지, 누가 현상 수배를 받고 있는지, 라인홀트라는 자가 수배자 명단에 있는지, 정말로 현상금이 걸려 있는지, 아니면 콘라트가 그냥 허풍을 떤 것은 아닌지를 확인하려는 것이다.

그리고 그 이름을 발견하고는 그는 너무 놀라 처음에는 자기 눈을 의심한다. 맙소사, 프라이엔발데에서 창녀 파르준케 양 살인범, 거기에 녀석의 이름이 버젓이 올라 있다, 정말일까, 맙소사, 현상금이 1천 마르크, 맙소사, 1천 마르크! 오금이 저린다, 1천 마르크라니, 그는 당장 그곳을 떠났다가 오후에 여자 친구와 다시 와서 본다, 그녀가 말한다, 콘라트를 만났는데 당신의 행방을 물어보더라, 아무래도 불길한 예감이 드는 모양이더라, 이걸 어떡하지, 어떻게 할까, 이봐요, 주저할 이유가 뭐 있어요, 녀석은 살인범이야, 당신하고 무슨 상관이야, 그리고 콘라트, 그 사람이 당신한테 무슨 소용 있어, 그 사람을 조만간 다시 볼 것도 아니잖아, 당신이 밀고했다는 것을 그 사람이 어떻게 알겠어, 그리고 저 현상금 좀 봐, 자그마치 1천 마르크야, 당신은 실업 수당이나 타 먹는 신세인데 1천 마르크를 두고 망설이는 거야? "이게 정말 그 남자겠지?" "자, 같이 들어가요."

그는 안으로 들어가 당직 경감에게 모로스키에비츠, 라인홀트, 브란덴부르크 교소도 등 자기가 알고 있는 것을 낱낱이 털어놓는다. 그러나 어디서 그런 정보를 입수했는지는 말하지 않는다. 그는 신분증명서를 소지하지 않은 까닭에 여자 친구와 함께 잠시 그곳에 남아 있어야 한다. 그러고 나서는 모든 것이 잘되었다.

콘라트는 토요일에 라인홀트를 면회하러 브란덴부르크로 가면서 라인홀트의 색시와 품스가 그에게 전달하라고 한 온갖 물건도 가져간다. 기차에 올라 보니 차량의 객실에 신문이 하나 놓여 있다. 이미 지난 것으로 목요일자 석간신문인데, 1면에 다음 제목의 기사가 실려 있다. "프라이엔발데의 살인범 잡히다. 가명으로 교도소에 수감 중." 콘라트의 발아래에서는 기차가 덜컹대며 달리고, 선로들이 끊임없이 부딪히며, 덜컹거리는 소리가 계속 난다. 이게 언제 신문이야? 무슨 신문이지? 『지역신문』으로 목요일자 석간이다.

그가 체포당했다. 베를린으로 이송되었다. 내가 그렇게 만들었다.

여자들 그리고 사랑이라는 것은 라인홀트에게 평생 행복과 불행을 선사하더니 마지막으로는 재앙을 안겨 주었다. 그는 베를린으로 이송되었다. 그는 미친 사람처럼 펄펄 뛰었다. 정도가 조금만 심했더라면 사람들은 그를 그의 옛 친구 비버코프가 수용되어 있는 정신 병원으로 데려갈 뻔했다. 모아비트 교도소에서 마음이 좀 진정되자 그는 자신의 재판이 어떻게 진행될지, 저쪽에서, 그러니까 그의 방조자 또는 교사자로 되어 있는 프란츠 비버코프가 어떤 식으로 나올지 기다리는 신세가 된다. 그러나 지금으로서는 비버코프가 어떻게 나올지는 아무도 모른다.

부호 정신 병원, 안전가옥

방사형 건축물인 경찰서 구치소에서 사람들은 처음에 프란츠 비버코프가 자신의 생사가 달린 문제이기 때문에 약삭빠르게 미치광이 행세를 하는 것이라고 의심한다. 그러나 의사는 그 죄수를 제대로 관찰한 후 모아비트 병원으로 이송할 것을 지시한다. 하지만 그곳에서도 그의 입에서는 한마디의 말도 나오지 않는다. 이 남자는 정말로 미친 것 같은데, 뻣뻣하게 누운 채로 겨우 눈만 껌뻑거릴 뿐이다. 그가 이틀 동안 음식물을 거부하자, 사람들은 그를 부호에 있는 정신 병원의 안전가옥에 집어넣는다.* 어찌 되었든 그것은 옳은 조치였는데, 이 남자는 지속적인 관찰이 필요했기 때문이다.

사람들은 프란츠를 처음엔 관찰 병동에 집어넣었다. 그는 늘 벌거벗은 채로 누워 아무것도 덮으려 하지 않았고 셔츠마저도 자꾸만 벗어던졌는데, 어찌 보면 그것은 프란츠 비버코프가 몇 주 동안 보여 준, 살아 있다는 유일한 표시였다. 그는 언제나 눈을 질끈 감은 채 뻣뻣하게 누워 있었으며, 어떤 음식물을 주어도 다 거부했다. 때문에 사람들은 식도에 대롱 모양의 소식자를 꽂아 강제로 음식을 먹여야 했다. 몇 주 동안은 우유와 달걀 그리고 약간의 코냑을 주입했다. 그러자 이 강골의 남자는 몸이 완전히 오그라들었다. 그래서 간호인 혼자서도 그를 쉽게 들어 목욕탕에 집어넣을 수 있었다. 프란츠는 목욕하는 것을 좋아했으며 목욕탕 안에서는 가끔 몇 마디 중얼거리기도 하고 눈을 뜨기도 하고 한숨을 내쉬며 신음 소리를 내기도 했다. 그러나 그가 내는 소리는 한마디도 알아들을 수 없었다.

부호 정신 병원은 마을에서 조금 떨어진 곳에 자리하고, 안전가옥은 단지 정신병을 앓고 있을 뿐 범죄를 저지르지 않은 일반 환자들이 머무는 병동들의 바깥쪽에 떨어져 있다. 안전가옥은 사방이 탁 트인 평평한 지대에 있어서 바람과 비, 눈과 추위, 낮과 밤이 그 건물을 향해 시도 때도 없이 마구 들이닥친다. 자연의 이런 요소들을 막아 줄 거리도 없고, 다만 몇 그루의 나무와 관목, 몇 개의 전신주가 있을 뿐이다, 그 밖에는 비와 눈, 바람과 추위, 낮과 밤만이 있을 뿐이다.

윙윙, 바람이 가슴을 활짝 편다, 바람은 숨을 잔뜩 들이마셨다가 다시 물통처럼 숨을 내뿜는다, 바람의 숨결은 하나하나가 산처럼 무겁다, 그 거대한 산이 다가와 쿵 소리를 내며 건물을 향해 굴러 온다, 낮게 우르릉대는 소리를 내면서. 윙윙, 나무들이 흔들린다, 박자를 맞출 수 없다, 바람이 오른쪽으로 불어 대는 동안 나무들은 아직 왼쪽으로 기울어 있다, 그러면 바람은 우지끈 소리를 내며 나무 위로 지나간다. 휘몰아치는 무게, 내리치는 압력, 우지끈거리고 타닥대는 소리, 쾅, 윙윙, 나는 당신 거예요, 어서 오세요, 우리는 금방 도착할 거예요, 윙, 밤이다, 밤.

프란츠는 그 외침 소리를 듣는다. 윙윙, 이제 그칠 만도 한데 그치질 않는다. 간호인은 책상에 앉아 뭔가 읽고 있군, 내 눈엔 다 보여, 저 친구는 바람의 울부짖음에도 아랑곳하지 않는군. 나도 이렇게 누워 있은 지가 꽤 됐어. 추적, 그 저주받을 추적, 그들이 나를 허겁지겁 추적했다, 나는 팔과 다리가 부러졌다, 내 목덜미도 늘어나고 부러졌다. 윙윙, 저거야 얼마든지 흐느껴도 상관없다, 나는 이곳에 이미 오랫동안 누워 있다, 나는 일어설 수 없다, 프란츠 비버코프는 이젠 일어서지 않는다. 최후 심판의 나팔 소리가 울린다고 해도 프란츠 비버코프는 일어나지 않는다. 그들이야 소리칠 테면 소리쳐 보라고, 소식자를 사용하려면 사용해 보라고,

내가 입을 열지 않으니까 음식물 섭취 대롱을 콧구멍에 쑤셔 넣고 난리군, 하지만 나는 결국 굶어 죽을 거야, 저들이 그 잘난 의술로 무엇을 할 수 있겠어, 할 테면 해 보라고. 그 더러운 물건, 그 빌어먹을 기구, 이젠 다 지난 일이야. 이젠 간호인 녀석이 맥주를 마시는군, 저것도 내게는 지나간 일이다.

웡 탁, 웡 탁, 웡, 성문 부수기, 웡, 성문 박살 내기. 휘몰아치고 달리며 우지끈대며 흔들어 대며 폭풍은 무서운 기세로 몰려들어 머리를 맞대고 회의를 한다, 지금은 밤이다, 어떻게 하면 프란츠를 깨어나게 할 수 있을까, 그의 사지를 결딴내자는 게 아니야, 그런데 이 병동 건물은 벽이 너무 두꺼워, 그러니 그는 이들이 아무리 소리쳐도 듣지 못한다, 바깥에 나와 그들과 함께 있으면 그들을 느끼고 또 미체가 울부짖는 소리를 들을 수 있을 것이다. 그러면 그의 마음이 열리면서 그의 양심도 깨어날 것이다, 그러면 그는 자리에서 일어날 것이다, 그러면 모든 것이 좋을 텐데, 하지만 그들은 지금 어찌해야 할지 모른다. 도끼를 들고 단단한 나무를 찍으면 아무리 고목이라도 비명을 지르기 시작하는 법이다. 하지만 이처럼 뻣뻣하게 누워 있는 것, 단단히 속으로 오그라드는 것, 불운을 고집하는 것, 이거야말로 세상에서 가장 고약한 일이다. 우리는 이대로 체념해서는 안 돼, 성벽 부수는 무기를 동원해 저 단단한 건물로 들어가는 거야, 창문을 부수거나 채광창을 들어 올리는 거야. 저 친구가 우리를 느끼고 이 외침 소리를 듣는다면, 우리가 실어 온 미체의 울부짖음 소리를 듣는다면, 그는 다시 살아나고 사태가 어떤지 좀 더 파악할 수 있을 것이다. 우리는 그를 겁먹게 만들고 놀라게 해야 해, 저렇게 침대에 편안하게 누워 있게 해서는 안 돼, 당장 이불을 걷어치워야지, 방바닥에 굴러떨어지게 만들겠어, 저놈의 간호인 손에서 책과 맥주를 빼앗아 버려야지, 윙윙, 저 녀석의 램프를 뒤집어엎고, 전구를 내던져 버리고 말겠어, 그러면 건물에 전기가 합선되어 불이 날 거야, 윙윙, 정신 병원에 불이야, 안전가옥에 불이야.

프란츠는 귀를 틀어막은 채 더욱 뻣뻣해진다. 안전가옥 주위에 낮과 밤이 바뀌고, 맑은 날씨와 비 오는 날씨가 교차한다.

마을에서 온 어떤 아가씨가 벽에 기대어 서서 간호인과 이야기를 하고 있다. "내가 운 것처럼 보여요?" "아니, 한쪽 볼만 약간 부은 것 같아요." "온 머리가 그래요, 뒤통수도, 전부요." 그녀는 울면서 핸드백에서 손수건을 꺼낸다, 얼굴이 심하게 일그러진다. "나는 아무 짓도 안 했다고요. 빵집에 뭘 좀 가지러 갔어요, 빵집의 아가씨와는 아는 사이여서 뭘 하며 지내느냐고 물었더니 오늘은 제빵사들의 무도회에 간다는 거예요. 날씨도 나쁜데 집에만 붙어 있을 수 있나요. 아가씨는 마침 표가 한 장 더 있으니 같이 가자고 하더군요. 돈 한 푼도 안 든다면서요. 정말 친절한 아가씨죠, 안 그래요?" "정말 그렇군요." "그런데 우리 부모님, 특히 엄마가 뭐라 그러는지 아세요, 거기 가면 안 된다는 거예요. 왜 안 된다는 걸까요, 점잖은 무도회거든요, 그리고 사람이란 가끔 즐기고 싶어 하잖아요, 인생에서 낙이 뭐겠어요. 아니, 무조건 가지 말라는 거예요, 날씨도 나쁘고 아버지도 편찮으시니까. 그런데도 나는 가겠다고 했어요. 그러다 이렇게 된통 얻어맞은 거예요, 이게 괜찮은 건가요?"

그녀는 다시 울먹이면서 앞만 멍하니 바라본다. "뒤통수가 너무 아파요. 얘야, 오늘은 우리를 생각해서 집에 좀 있어 줄래, 하고 엄마가 부탁하는 거예요. 그래도 이건 너무 심하잖아요. 어째서 외출하면 안 된다는 거죠? 나도 나이가 스물인데요, 어머니는 저더러 토요일과 일요일에는 외출해도 좋다는 거예요, 문제는 그 아가씨가 목요일 표를 갖고 있다는 거죠." "아가씨가 원한다면 손수건을 빌려 드리죠." "아, 벌써 여섯 장이나 눈물로 적셨는걸요. 게다가 코감기까지 걸렸어요, 나는 이렇게 하루 종일 울었어요, 빵집 아가씨한테는 뭐라고 하죠, 얼굴 꼴이 이래 가지고는 그 가게에 갈 수도 없어요, 저는 다만 한번 외출하려고 했던 거예요, 기분전환도 하고 싶고요, 제프라고 하는 그 사람하고 말이죠, 당신 친구 있잖아요. 그 사람한테 편지를 썼어요, 우리 사이는 이제 끝났어요, 그 사람은 답장도 하지 않았어요, 우리 사이는 진짜 끝났나봐요." "그 녀석은 포기해요. 당신은 그 녀석이 수요일마다 시내에서 다른 여자를 만나는 걸 볼 수 있을 거요." "나는 그 사람이 정말 좋아요. 그래서 집에서 나오려고 했던 거예요."

프란츠의 침대에 딸기코 노인 하나가 와서 걸터앉는다. "여보게, 눈 좀 떠 봐, 내 말 들리지. 나도 자네와 같은 수법을 쓰고 있지. 홈, 스위트 홈, 즐거운 나의 집, 나한테는 그게 땅속이라네. 편안하게 지낼 집이 없다면 땅 밑으로 들어가야지. 새대가리 녀석들이 나를 혈거인으로 만들려고 해, 동굴에 사는 인간 말이야, 나더러 이 동굴 속에 처박혀 살라는 거야. 자네도 알지, 동굴 종족 말이야, 바로 우리 같은 사람들이야, 깨어나라, 항상 굶주림을 강요당하는 이 지상의 저주받은 자들아, 성스러운 민족애를 품고 싸우다가 희생당한 너희여, 너희는 민족과 생명과 행복과 자유를 위해 모든 것을 바쳤다. 그게 바로 우리란 말이야, 젠장. 전제 군주는 호화스러운 방에서 향연을 즐기지, 술을 마시며 불안한 마음을 달래는 거야, 그런데 벌써 손 하나가 오래전부터 진수성찬의 식탁 위에다

들이닥칠 위험을 경고하는 글자를 쓰고 있다네. 나는 독학자야, 모든 것을 나 스스로 깨친 거야, 이곳 감옥, 이 요새 같은 병동에서 깨친 거라고, 녀석들은 지금 나를 여기에 가두고 있어, 민중에게 금치산 선고를 내리고 있어, 내가 공공에 너무 위협이 된다는 거지. 맞아, 나는 그런 사람이야. 나는 생각이 자유로운 사람이야, 그래 맞아, 나 좀 보라고, 나는 말이야, 이 세상에서 가장 조용한 사람이라고, 그러나 녀석들이 나를 자극하면 이야기가 달라지지. 때가 오고 있어, 민중, 강력하고 힘차고 자유로운 민중이 잠에서 깨어나는 때가 오고 있어, 그러므로 평온한 안식을 취하라, 형제들이여, 너희는 우리를 위해 고귀하고도 위대한 희생을 치렀도다.

이보게, 친구, 어서 눈 좀 떠 보게, 내 말에 귀 기울이고 있다는 걸 내가 알도록 말이야, 그래, 눈을 좀 떠 봐, 더 이상은 필요 없어, 나는 자네를 절대 배반하지 않아, 대체 자네는 무슨 짓을 했는가, 폭군 한 명을 해치운 건가, 너희 형리와 폭군들에겐 죽음뿐이다, 노래하라. 이보게, 자네가 그렇게 누워만 있군, 그런데 나는 밤새 잠을 이룰 수가 없어, 밖에서는 언제나 윙윙 바람 소리가 들려오고, 자네도 저 소리가 들리나, 저놈의 바람이 이젠 건물 전체를 마구 후려칠 거야. 저들의 말도 맞아. 나는 간밤에 계산을 해 봤네, 밤새도록, 지구가 1초에 태양 주위를 몇 바퀴 도는지, 계산하고 또 계산을 했어, 내 생각으로는 스물여덟 번이야, 그런데 마침 옆에서 여편네가 자고 있다는 생각이 들더라고, 그래서 여편네를 깨웠지, 여편네가 이렇게 말하는 거야. 여보, 흥분하지 마요. 그것은 그냥 꿈일 뿐이에요.

그들은 나를 술 때문에 가두었어, 나는 술이 들어가면 분노, 분노에 사로잡히지, 그런데 나 자신에게만 화가 나는 거야, 그러면 앞을 가로막는 것은 무엇이든 때려 부숴야 해, 내 의지를 제어할 수 없기 때문이지. 한번은 연금 문제로 관청에 갔어, 시시껄렁한 녀석들이 실내에 앉아 펜대를 빨면서 나리 노릇을 하는 것 같았어, 나는 문을 확 열어젖히고 들어가서 말했지, 그러자 그들이 이렇게 묻더군. 대체 용건이 뭐요? 당신 누구요? 그래서 내가 책상을 후려치면서 말했지. 당신하고는 말하고 싶지 않소, 실례지만 당신은 누구요, 나는 쇠겔이란 사람이오, 전화번호부 좀 주시오, 구청장과 직접 얘기하고 싶으니까. 그러고는 그곳의 기물을 마구 부숴 버렸어, 그 머저리 같은 직원 녀석들 중 둘은 내 말을 믿더라고."

윙, 쾅, 윙, 쾅, 윙, 성문 부수기, 윙, 성문 박살 내기. 휘몰아치고 달리며 우지끈대며 흔들어 대기. 이 거짓말쟁이 프란츠 비버코프, 새대가리 비데호프, 멍청한 병신 자식, 그 녀석은 도대체 어떻게 된 놈이야, 눈이 올 때까지 죽치고 기다릴 셈이군, 그러면서 그때쯤이면 우리가 떠나가 다시는 오지 않을 거라고 생각하는 모양이야. 그 녀석은 대체 무슨 생각을 하고 있을까, 사실 저런 녀석이 생각이나 할 수 있겠어, 대가리 속에 지혜가 없는 녀석, 그저 여기 누워서 고집을 피우고 있는 거야. 하지만 우리는 그의 계획을 망쳐 놓을 거야, 우리는 무쇠 뼈를 가졌어, 쿵쾅, 잘 보라고, 문을 부수는 거야, 문에 구멍을 내는 거야, 문에 틈을 내는 거야, 자 보라고, 문이 없어졌어, 다만 휑한 구멍만 남았어, 동굴에 불과해, 윙윙, 자 보라고, 윙윙.

덜커덩, 폭풍 속에서 덜커덩거리는 소리가 나고, 세차게 몰아치는 폭풍 속에서 덜커덩 소리는 더욱 커진다, 한 여자가 붉은 짐승 위에 앉아서 고개를 돌린다. 여자는 일곱 머리에 뿔이 열 개나 달렸다. 여자는 쉬지 않고 지껄이고, 손에는 잔을 하나 들고 있다, 여자는 비웃고 프란츠를 놀리면서 거센 폭풍의 무리를 향해 건배

한다. 쯧쯧, 쯧쯧, 진정들 해요, 여러분, 이 녀석 때문에 그렇게 무리할 필요 없어요, 이 녀석은 별로 대단한 녀석이라고도 할 수 없어요, 팔도 하나뿐이고 살과 기름기도 다 빠져서 금방 싸늘해질 거요, 사람들이 벌써 그의 침대에 따뜻한 물병을 넣어 두었어요, 나는 이미 그의 피도 챙겼어요, 그에게는 아주 약간의 피가 남아 있을 뿐이죠, 그래서 더 이상 빼길 수도 없는 신세라고요. 자, 다시 말하지만, 진정들 해요, 여러분.

프란츠의 눈앞에서 이런 광경이 벌어진다. 바빌론의 창녀는 일곱 머리를 움직이고 소리를 꽥꽥 지르며 고개를 끄덕인다. 그녀가 올라타고 있는 짐승은 발을 굳게 딛고서 머리를 위아래로 흔든다.

포도당과 장뇌 주사,
그러나 결국에는 다른 사람이 개입한다

프란츠 비버코프는 의사들과 싸움을 벌이고 있다. 그는 의사들에게서 고무호스를 빼앗을 수 없다, 그는 자기 코에 끼워져 있는 호스를 빼낼 수도 없다. 그들은 고무호스에 기름칠을 한다, 그러면 호스는 그의 구강을 거쳐 목구멍으로 미끄러져 들어가고, 우유와 달걀이 그의 위장으로 흘러내려 간다. 그러나 음식물 주입이 끝나면 프란츠는 구역질을 하며 토하기 시작한다. 그것은 힘들고 고통스러운 일이다. 그러나 그는 이렇게 한다. 비록 손이 묶여 손가락을 목구멍에 집어넣을 수 없지만 말이다. 사람은 원하기만 하면 얼마든지 토해 낼 수 있어, 어디 한번 보자고, 저들과 나 중에서 누구의 의지가 더 강한지, 이 저주스러운 세상에서 나를 억지로 더 살게 할 수 있는지. 나는 의사들의 실험 대상이 아니야, 저들은 나한테 무슨 일이 일어나고 있는지 전혀 모른다.

이렇게 프란츠는 자기 의지를 관철하면서 점차 약해져 간다. 의사들은 그에게 온갖 방법을 다 써 본다. 이런저런 말을 걸어 보기도 하고, 맥박을 짚어 보기도 하며, 침대의 높이를 높였다가 낮추기도 하고, 카페인 주사와 장뇌 주사 또 포도당과 식염 주사를 혈관에 놓기도 한다. 그의 침대 곁에서 혹시 관장을 해 보면 어떨까 상의를 하기도 한다. 어쩌면 추가로 산소 호흡을 시켜야 할지도 모르는데, 그는 산소마스크를 떼어 버리지는 못할 것이다. 정작 프란츠는 저런 지체 높은 의사 양반들이 왜 나 같은 사람을 갖고 이렇게 신경을 쓰는 걸까, 생각한다. 베를린에서는 하루에도 1백 명이나 되는 사람들이 죽어 간다. 또 사람이 아파도 돈이 없으면 의사들은 오려고 하지 않는다. 그런데 저 의사들은 하나같이 내게 달려왔다. 그렇다고 나를 도와주려고 온 것은 아니다. 저들은 나 같은 사람이야 어떻게 되든 상관하지 않을 것이고, 다만 내가 아마도 흥미로운 사례에 해당할 것이다. 그리고 자기들 마음대로 해결이 되지 않아 나한테 화를 내는 것이다. 저들로서는 그게 영 마음에 들지 않는 것이다. 그냥 죽는 것은 이곳의 질서, 이곳 정신병원 규정에 어긋나는 것이기 때문이다. 만약에 내가 죽어 버리면, 저들은 한 사람을 깨끗이 교살한 셈이 되는 것이다. 게다가 저들은 나중에 미체와 그 밖의 다른 문제로 나를 법정에 세우려 한다. 그러기 위해서는 내가 우선 두 다리로 일어서야 하는 것이다. 내가 보기에 저들은 그야말로 형리의 하수인들, 형리는 아니지만 형리의 조력자들, 몰이꾼들이다. 그러면서 의사 가운을 입고 다니며 창피한 줄도 모른다.

거듭해서 회진이 있고서도 프란츠가 여전히 꼼짝 않고 누워 있자 수감자들 사이에 조롱 섞인 속삭임이 들린다. 저 사람 때문에 의사들이 곤욕을 치르고 있어, 계속 새로운 주사만 놓고 있어, 다음번에는 저 사람을 완전히 거꾸로 매달아 놓을 거야, 이제 저들은 수혈 문제까지 의논해, 하지만 어디서 피를 구하지, 여기서는 저들에게 피를 뽑힐 멍청이는 하나도 없거든, 저 불쌍한 녀석을 왜 그냥 내버려 두지 않는 거야, 인간의 의지가 곧 하늘나라인 것을, 누구나 자기가 원하는 바를 얻고자 하는 법이지. 병동의 환자들은 모두 한목소리로 오늘은 프란츠가 어떤 주사를 맞을지 궁금할 따름이다, 그들은 의사들 등 뒤에서 비웃어 댄다, 그러한 시도가 아무 소용 없고 저 사람한테서는 아무것도 얻어 낼 수 없기 때문이다, 저 친구는 강골의 젊은이, 세상에서 가장 고집불통이야, 그는 그들 모두에게 그것을 보여 주고 있어, 또 자신이 무엇을 원하는지 알고 있어.

의사 양반들이 진찰실에서 하얀 가운으로 갈아입고 있다. 이들은 수석 의사와 일반의, 수습 의사, 수련의이다, 이들은 하나같이 이것은 일종의 혼수상태라고 말한다. 비교적 젊은 의사들은 이런 상태에 대해 나름의 소견을 갖고 있다, 이들은 프란츠가 겪고 있는 고통을 심인성의 측면에서 본다, 다시 말해 그의 몸이 뻣뻣하게 굳은 것은 그 원인이 정신적인 것에 있다는 것이다, 그것은 억압과 구속의 병적 상태로 만약 한 가지 분석이 이루어질 수만 있다면 가장 초기의 심리 단계로의 퇴행으로 밝혀지리라고 보는 것이다, 물론 만약—아주 중대하고 유감스러운 가정, 상당한 장애가 있는 가정이기는 하지만—프란츠 비버코프가 말을 하게 되어 의사들과 함께 갈등 해결을 위해 상담 테이블에 앉아 주기만 하면, 이러한 해명이 가능할 것이다. 프란츠 비버코프와 관련해 젊은 의사들이 염두에 두고 있는 것은 '로카르노 회의'* 같은 것이다. 이 젊은 의사들, 즉 두 명의 수습 의사와 인턴은 오전과 오후의 회진이 끝난 후 번갈아 한 명씩 프란츠가 있는 격자 창살의 작은 병실로 찾아와 어떻게든 그와 대화를 터 보려고 노력한다. 이를테면 그들은 무시하는 방법을 동원하기도 한다. 그러니까 그가 모든 것을 다 알아듣는 것처럼 가정하고 그에게 말을 건네는 것이다. 사실 괜찮은 방법이기도 하다. 그렇게 그를 유도해서 고립 상태에서 벗어나 빗장을 부수게 만드는 것이다.

그러나 그 방법이 별로 효과를 거두지 못하자, 수습 의사 한 명이 건너편 병동에서 전기 치료 장치를 가져와 프란츠 비버코프에게 감응 전류 요법을 써 본다. 우선 상체에 실험을 해 보고, 이어서 특히 턱과 목, 구강 부위에 감응 전류를 흐르게 하는 것이다. 수습 의사는 그 부위가 특별한 자극을 필요로 한다고 말한다.

나이를 좀 더 먹은 의사들은 활기차고 세상 경험이 많은 사람들이다. 이들은 일부러 다리품을 팔아가며 안전가옥을 찾아온다. 이들은 많은 것을 용인한다. 수석 의사는 진찰실 책상의 서류 더미 앞에 앉아 왼쪽에 있는 수석 간호사가 넘겨주는 서류를 검토하고, 보다 젊은 두 친구, 즉 일반의와 수련의는 격자 창살의 창가에 서서 이런저런 잡담을 나누고 있다. 수면제 목록에 대한 검토가 끝나고, 새로 온 간호사가 자기소개를 한 후 수석 간호사와 밖으로 나간다. 의사들만 남아서 지난번 바덴바덴에서 있었던 학회의 보고서를 들추어 본다. 수석 의사가 말한다. "조금만 있으면 여러분도 마비가 정신적 결과이며 스피로헤타라는 것도 우연히 뇌 속에 들어간 기생충에 불과하다고 생각하겠군. 영혼이여, 영혼이여, 오, 현대의 감정 상자여! 노래의 날개를 탄 의학이여."

두 젊은 의사는 아무 말도 않고 속으로 미소를 짓는다. 늙은 세대는 말이 많아, 일정한 나이가 되면 아마 뇌에 석회가 쌓여서 새로운 지식을 더는 받아들이지 못하는 모양이야. 수석 의사는 담배 연기를 내뿜으며 서류에 계속 서명을 하면서 이야기한다.

"이것 보라고, 전기라는 것은 좋은 거야, 하여튼 쓸데없는 잡설보다는 낫지. 하지만 약한 전류를 사용하면 아무 소용이 없을 거야. 만약 보다 강한 전류를 쓰면 자네들이 뭔가 느끼는 게 있을지도 모르지. 다 전쟁을 통해 알게 되었어, 강한 전류 요법이라, 맙소사, 그런 건 허용할 수 없어, 현대판 고문이라고." 그러자 젊은 의사들이 용기를 내어 묻는다. 비버코프의 경우는 어떻게 하는 것이 좋을까요? "먼저 진단을 내려야지, 가능하면 정확한 진단을 말이야. 이론의 여지가 없는 영혼이라는 것 말고도—읽은 지 좀 오래되기는 했지만 우리도 괴테나 샤미소* 같은 사람을 알고 있지—코 출혈, 티눈, 다리 골절상 같은 진단도 있잖아. 얌전하게 부러진 다리나 티눈은 의사에게 요구하는 방식으로 치료해야 하는 거야. 망가진 다리의 경우 여러분이 좋을 대로 다룰 수가 있지, 하지만 단순히 말을 건다고 해서 그것이 치료되지는 않아, 덧붙여 피아노를 쳐 준다고 낫는 것은 아니라고. 그것이 원하는 것은 부목을 대고 뼈를 제대로 맞춰 주는 것이고, 그러면 즉시 상태가 호전되지. 티눈도 마찬가지야. 그것이 요구하는 것은 붓으로 약을 바르거나 더 좋은 신발을 사서 신는 것이지. 후자가 돈이 더 들기는 하지만 목적에는 더 부합하지." 연금 받을 정도의 지혜는 있지만, 지적인 내용은 꽝이다. "그러면 비버코프의 경우에는 어떻게 해야 하죠, 수석 의사 선생님의 소견은요?" "정확한 진단을 내리는 거야. 물론 좀 구식이 되기는 했지만 나의 진단에 따르면, 이것은 긴장성 마비라는 거야. 물론 다른 신체 기관에는 심각한 장애가 없다는 것을 전제로 한 진단이야, 여기서 심각한 상태란 뇌에 종양 같은 게 있다든가, 간뇌에 무엇이 있다든가 하는 경우인데,

아시다시피 우리들, 즉 나이 든 세대가 뇌염의 경우에서 배운 것이지. 어쩌면 부검을 위한 해부실에서는 충격적인 것을 경험할 수도 있을 거야, 물론 그런 일이 처음은 아니지만.” “긴장성 마비라고요?” 선생님이야말로 새로운 부츠를 사 신어야겠어. “그렇다네. 경직 상태로 저렇게 누워 있는 것, 발한 상태, 그리고 가끔씩 눈을 껌뻑이며 우리를 훌륭하게 관찰하면서도 아무 말도 하지 않고 아무것도 먹지 않는 것, 이 모든 증상은 긴장성의 문제로 보여. 저 사람이 꾀병을 부리는 것인지 아니면 심인성 환자인지는 결국 밝혀질 거야, 그러나 굶어 죽는 것, 저 사람은 그렇게까지는 가지 않을 거야.” “이 진단의 경우 어떻게 하면 환자의 상태를 호전시킬 수 있을까요, 선생님, 그것만으로는 아무 도움도 안 될 것 같은데요.” 우리는 이제 이 양반을 꼼짝 못하게 잡은 거야.

그런데 수석 의사는 너털웃음을 터뜨리면서 자리에서 일어나, 창가로 가서 일반의의 어깨를 두드리며 말한다. “자, 우선은 자네 둘이 그 환자를 잘 돌보는 거야. 적어도 잠이라도 편히 잘 수 있게 말이야. 그 환자한테는 그게 이로울 거야. 자네와 자네 동료가 그 환자 앞에 가서 계속 떠들어 대기만 하면 그 환자가 결국에는 지루해하지 않을까? 그 밖에 내가 무엇을 근거로 이런 확고한 진단을 내린 줄 아는가? 자, 보라고, 설명할 테니까. 만약 그 환자가 정말로 여러분이 말하는 그런 영혼의 문제였다면 그 환자는 이미 오래전에 나름대로 손을 썼을 걸세. 그 친구처럼 노련한 복역수들은 속으로 이렇게 말할 거야, 나에 대해 별로 아는 것도 없는 애송이 의사들이 와서 — 미안, 이건 우리끼리의 얘기지만 — 나를 고쳐 보겠다고 기도나 읊고 있구나, 저런 친구에게 자네 같은 사람들은 좋은 먹잇감에 불과해. 저 사람은 그런 것을 필요로 할 수 있다고. 만약 그렇다면 저 친구는 어떻게 나올까, 이미 오래전부터 어떤 행동을 보였을까? 이것 보라고, 만약 저런 친구가 이성과 추론하는 능력을 가졌다면 말이야."

눈먼 수탉이 드디어 알곡 한 알을 찾아냈나 보다, 어쩌면 저렇게 꼬꼬댁거리며 찍어 먹나.

"하지만 저 사람은 장애를 겪고 있습니다, 수석 의사님, 저희 소견으로는 심리적 요인들에 의한 차단 상태인데—실망과 좌절에 따른 현실과의 접촉 상실, 그다음 현실에 대한 유아적인 충동 욕구들, 현실과의 접촉을 다시 회복해 보려 하지만 잘 안 되는 거죠." "심리적 요인, 말도 안 되는 소리야. 그런 경우라면 그 친구는 다른 심리적 요인을 가질 수도 있어. 그러면 저 사람은 이러한 차단과 장애 상태를 중단할 거야. 그것은 아마 여러분에게 성탄 선물이 되겠지. 일주일 후면 저 친구는 자네들 도움으로 일어나겠군. 맙소사, 자네들이야말로 위대한 기도 치료자들이군, 새로운 치료법 만세, 자네들은 빈의 프로이트에게 경의를 표하는 전보를 보내겠지, 다음 주면 저 친구는 자네들의 부축을 받으며 복도를 걷고 있겠군, 기적이야, 기적, 할렐루야. 또 한 주가 지나면 그는 안뜰을 구석구석 돌아다니며 익힐 것이고, 또 한 주가 지나면 자네들의 선의의 도움 덕분에 자네들 등 뒤에서 할렐루야, 만세를 부르며 줄행랑을 치겠지." "무슨 말씀인지 모르겠네요, 그래도 한 번 해 봐야 하지 않을까요, 저는 생각이 좀 다릅니다, 수석 의사님." (나는 다 알아, 자네만 모르지, 꼬꼬댁, 꼬꼬, 우리는 다 안다고.) "그래도 내 소견은 그래. 자네들도 알게 될 거야. 경험의 문제지. 자, 이제부터는 저 친구를 괴롭히지 말고, 내 말대로 하게, 그런 시도는 아무 소용없다고." (나는 이제 9호 병동으로 가 봐야 해, 이 풋내기 녀석들아, 모든 것을 사랑하는 하느님의 섭리에 맡기는 자, 그건 그렇고 대체 지금 몇 시야?)

이제 프란츠 비버코프는 의식이 없고 혼미한 상태이다. 얼굴빛이 창백하면서 누렇게 떴으며, 관절에는 물집이 생겨 기아부종 증세를 보이고, 몸에서는 굶주린 사람 냄새, 달착지근한 아세톤 냄새가 난다. 이 방에 들어서는 사람은 이곳에서 뭔가 특별한 일이 일어나고 있음을 금방 알아챌 것이다.

프란츠의 영혼은 이제 심층에 이르렀고, 의식은 아주 간헐적으로 돌아올 뿐이다. 때문에 그를 이해하는 것은 저 위층 창고에 사는 회색 쥐들이나 밖에서 뛰어다니는 다람쥐와 산토끼들뿐이다. 쥐들은 부흐 정신 병원의 안전가옥과 본관 병동 사이에 있는 자기들의 보금자리에 살고 있다. 그때 뭔가가 파닥거리며 프란츠의 영혼을 박차고 나와 이리저리 돌아다니며 뭔가를 찾고 소곤거리고 물어보고 하다가, 앞을 보지 못하는 상태에서 결국 건물 안 침대에 누워 숨을 쉬고 있는 자신의 보금자리로 다시 돌아간다.

쥐들은 프란츠를 초대하여 함께 식사를 하면서 슬퍼하지 말라고 말한다. 무엇 때문에 슬퍼하느냐고 그들은 묻는다. 그때 말을 한다는 것이 그에게는 쉬운 일이 아님이 밝혀진다. 그들은 그에게 왜 완전히 끝장을 내지 않느냐고 보챈다. 인간은 추악한 동물이다. 모든 적들 중의 적, 이 세상에서 가장 역겨운 존재, 고양이보다 더 고약하다.

그는 말한다. 인간의 몸뚱어리를 하고 살아가는 것은 좋지 않다. 나는 차라리 땅속에 웅크리고 있거나 들판을 뛰어다니며 내가 찾은 것을 먹고 싶다. 그곳에는 바람이 불고, 비가 내리고, 추위가 왔다가 사라진다. 그것이 인간의 몸뚱어리를 하고 살아가는 것보다 낫다.

쥐들이 돌아다니고, 이제 프란츠도 한 마리 들쥐가 되어 함께 땅을 판다.

그는 안전가옥의 침대에 누워 있다. 의사들이 와서 그의 몸이 기력을 잃지 않게 조치해 주지만, 그러는 동안에도 그는 점점 창백해져 간다. 이제는 의사들 자신도 그가 더 이상 버티지 못할 것이라고 말한다. 그의 안에 짐승으로 있었던 것이 들판 위를 달리고 있다.

이제 그의 안에 있던 무언가가 살그머니 빠져나와 더듬대며 뭔가를 찾고 자신을 해방시킨다. 평소에는 그가 거의 느끼지 못하거나 어렴풋하게 느끼던 그 무엇이다. 그것은 쥐구멍들 위로 헤엄치며 달려 풀숲으로 들어가 땅속을 더듬어 본다. 그곳엔 식물들이 뿌리와 씨앗을 감추어 두고 있다. 그러자 그 무엇은 식물들과 이야기를 나누고, 식물들은 그것이 하는 말을 이해한다. 그것은 이리저리 부는 바람 소리 같기도 하고 씨앗들이 대지 위로 떨어질 때 나는 소리 같기도 한데, 프란츠의 영혼이 자신의 씨앗들을 대지에 되돌려 주고 있는 것이다. 그러나 지금은 때가 좋지 않다. 춥고 땅은 얼어붙었다. 들판에 빈터는 얼마든지 있지만 그 씨앗들이 몇 개나 뿌리를 내릴지는 아무도 모르는 일이다. 프란츠는 자기 안에 많은 씨앗을 갖고 있어 날마다 건물 밖으로 불어 젖히면서 새로운 싹들을 퍼뜨리고 있다.

죽음이 느리고 느린 노래를 부른다

세찬 폭풍들이 이젠 잠잠해졌다. 다른 노래가 시작되었기 때문이다. 그것은 폭풍들이 잘 아는 노래이고, 폭풍들은 그 노래를 부르는 자가 누구인지도 안다. 그가 목소리를 높이면 폭풍들은 언제나 잠잠해지고, 심지어 세상에서 가장 광포한 것들조차 조용해진다.

죽음이 느리고 느린 노래를 시작했다. 죽음은 말더듬이처럼 노래하는데, 낱말 하나하나를 되풀이한다. 한 소절을 노래하고 나면, 새로운 소절을 시작하기 전에 그 소절을 다시 한 번 반복한다. 죽음의 노래는 마치 톱질하는 것과 같다. 톱은 아주 천천히 움직이며 이윽고 살 속으로 깊이 파고들어 점점 더 세차게, 점점 더 높게 새된 소리를 지른다, 그러다가 한마디 소리와 함께 멈춘다. 그런 뒤 톱질은 다시 천천히, 천천히 다시 시작되고, 사각사각, 그 소리는 점점 높아지고 세차게 변하며, 서걱거리는 소리와 함께 톱날은 살 속으로 파고든다.

죽음이 천천히 노래한다.

"이제 드디어 내가 네 앞에 나타날 때가 되었구나, 씨앗들이 벌써 창문 밖으로 날아가고 너는 더 이상 누워 있지 않을 것처럼 침대 시트를 털고 있으니 말이다. 나는 단순히 낫질하는 자도 아니요, 단순히 씨를 뿌리는 자도 아니다, 내가 이 자리에 온 까닭은 보존하는 것이 내 의무이기 때문이다. 오, 그렇다! 오, 그렇다! 오 그렇다!"

오, 그렇다! 죽음이 한 소절을 마칠 때마다 반복하는 소리다. 그는 힘찬 동작을 할 때도 '오, 그렇다!' 고 노래하는데, 그러면 기분이 좋아지기 때문이다. 그러나 그 소리를 듣는 자들은 눈을 감아버린다, 그것은 견딜 수 없는 소리이기 때문이다.

죽음은 천천히, 천천히 노래한다, 사악한 창녀 바빌론이 죽음의 노래에 귀를 기울이고, 세찬 폭풍들도 귀를 기울인다.

"나는 여기서 기록해야 한다. 이곳에 누운 채 자신의 생명과 육체를 내주는 자는 프란츠 비버코프. 어디에 있든 그는 자기가 가는 길이 어디인지, 자기가 원하는 게 뭔지 알고 있다."

참으로 아름다운 노래다. 그런데 프란츠는 저 노래를 듣고 있는 걸까, 그리고 저건 무슨 말일까, 죽음이 저런 노래를 한다는 건가? 만약 저 노래가 책에 인쇄되어 있거나 누군가 낭송을 한다면 마치 시처럼 느껴질 것이다, 슈베르트가 비슷한 노래들을 작곡한 적이 있다, 「죽음과 소녀」였던가, 그런데 왜 지금 저 노래가 들리는 것일까?

나는 가장 순수한 진실만을 말하고자 한다, 가장 순수한 진실만을. 그리고 그 진실이란 이렇다. 프란츠 비버코프는 죽음의 소리를, 바로 그 죽음의 소리를 듣고 있다, 죽음이 느릿느릿 부르는 노래, 말더듬이처럼 더듬거리는 노래, 목재 속으로 파고드는 톱처럼 천천히 반복해 부르는 노래를 듣고 있다.

"나는 여기서 기록해야 한다, 프란츠 비버코프, 네가 이곳에 누워 있고 또 내게 오려 한다고. 그래, 프란츠, 나한테 오기로 한 것은 잘한 일이다. 인간이 죽음을 찾지 않는다면 어떻게 성숙할 수 있겠어? 참된 죽음, 진실한 죽음 말이다. 너는 일생 동안 네 목숨을 보전해 왔다. 지키는 것, 지키는 것, 그건 인간들의 끔찍한 욕망이다, 그래서 늘 한 지점에 머물러 있는 것이고 한 걸음도 앞으로 나아가지 못하는 것이다.

네가 뤼더스에게 속임을 당했을 때 나는 처음으로 너와 이야기를 나누었다, 그때 너는 술에 절어 있었으며 너 자신을 지켜 냈다! 너의 팔은 부러지고 네 목숨도 위험에 처해 있었지만, 프란츠, 고백하라, 너는 단 한 순간도 죽음을 생각하지 않았다, 나는 네게 모든 것을 보냈지만 너는 나를 알아보지 못했다, 나를 알아보는 순간 너는 더욱 절망하고 기겁을 하여 내 앞에서 도망쳤다. 너는 너 자신과 네가 한 짓에 대해 돌이켜 보고 뉘우칠 생각조차 하지 않았다. 너는 발작적으로 힘에만 매달렸고 그런 발작은 아직도 식지 않았다, 하지만 다 소용없는 짓이다, 그게 아무 소용 없다는 것은 너 스스로도 느꼈다, 그 어떤 것도 소용이 없는 최후의 순간은 오고 만다, 죽음은 너를 위해 부드러운 노래도 불러 주지 않고 너의 목을 매달 고리를 둘러 주지도 않는다. 나야말로 생명이요 가장 참된 힘이다, 이제야 너는 드디어, 드디어 너 자신을 지켜려 하지 않는구나."

"뭐? 뭐라고! 나한테 지금 무슨 말을 하는 거야, 나를 어쩌겠다는 거야?"

"나야말로 생명이요 가장 참된 힘이다, 나의 힘은 이 세상에서 가장 큰 대포보다도 강력하다, 너는 나를 바라보며 그 어딘가에서 평온하게 살고 싶은 생각이 없는가 보다. 너는 너 자신을 알고 싶어 하고, 스스로를 시험해 보려 한다, 생명이라는 것도 내가 없으면 아무런 가치도 없다. 자, 어서 내 곁으로 오라, 어서 와서 내 얼굴을 봐라, 프란츠야, 저 아래 심연에 누워 있는 네 모습을 보아라, 나는 네게 사다리를 주겠다, 그러면 새로운 전망이 열릴 것이다. 이제 내가 있는 곳으로 올라와라, 내가 너를 위해 사다리를 붙잡아 주겠다, 너는 비록 팔이 하나뿐이지만 꽉 잡도록 해라, 두 다리를 굳게 딛고서 꽉 잡고 올라서라, 이리 가까이 오라."

"어두워서 사다리가 안 보인다, 도대체 사다리가 어디 있다는 거야, 게다가 나는 팔이 하나뿐이어서 올라갈 수가 없다."

"너는 팔로 올라오는 것이 아니라 다리로 오르는 것이다."

"나는 몸을 제대로 지탱할 수가 없어, 네가 나한테 하는 요구는 말도 안 된다."

"나한테 올 생각이 없는 모양이구나. 그렇다면 내가 불을 켜 주지, 어디로 가야 할지 보일 거다."

그러면서 죽음은 등 뒤로 오른팔을 쳐든다, 이제 왜 그가 오른팔을 등 뒤에 감추고 있었는지가 드러난다.

“어둠 속을 걸어서 내게 올 만한 용기가 없다면, 내가 너를 위해 불을 켜 주지, 어서 기어 올라오너라.”

그때 도끼 하나가 허공을 가르며 번쩍인다, 번쩍 불꽃이 일더니 이내 사라진다.

“좀 더 가까이 기어 오너라, 좀 더 가까이!”

죽음이 도끼를 휘두른다, 그가 도끼를 머리 위로 치켜들어 뒤에서 앞으로 휘두르자, 팔로 원을 그리며 앞을 향해 내리치자, 도끼는 쉭 소리를 내며 그의 손에서 빠져나가는 것 같다. 그러나 그의 손은 어느새 그의 머리 뒤로 올라가더니 다시 한 번 도끼를 휘두른다. 도끼는 번쩍 섬광을 일으키며 아래로 떨어지는데, 공중에서 반원을 그리고 마치 단두대의 칼처럼 공기를 가르며 앞쪽으로 떨어진다. 퍽, 퍽, 휙 소리를 내며, 또다시 퍽, 퍽, 휙 소리를 내며, 또다시 휙 소리를 내며.

높이 휙 쳐들었다가 퍽 내리찍어라, 높이 휙 쳐들었다가 퍽 내리찍어라, 높이 휙 쳐들었다가 퍽 내리찍어라, 높이 휙 쳐들었다가 퍽 내리찍어라, 높이 휙 쳐들었다가 퍽 내리찍고, 쳐들었다가 퍽 내리찍어라.

번쩍이는 섬광 속에서 도끼가 쳐들렸다가 번쩍이며 내리찍히는 동안, 프란츠는 엉금엉금 기어가며 사다리를 더듬어 찾는다, 프란츠는 소리 지르고, 소리 지르고, 소리 지른다. 그러면서도 그는 뒤로 물러서지 않는다. 프란츠는 소리 지른다. 죽음이 거기에 있다.

프란츠는 소리 지른다.

그는 소리를 지르고, 기어가고, 소리를 지른다.

그는 밤새도록 소리를 지른다. 행진해 왔으니, 그 이름 프란츠다.

그는 소리 지르며 하루를 시작한다.

그는 소리 지르며 오전을 시작한다.

휙 쳐들었다가 퍽 내리치고, 휙 쳐들었다가 퍽 내리찍는다.

그는 한낮이 되어도 소리 지른다.

그는 오후가 되어도 소리 지른다.

휙 쳐들었다가 퍽 내리친다.

휙, 퍽, 퍽, 휙, 휙, 퍽, 퍽, 퍽.

휙 쳐들었다가 퍽 내리친다.

저녁이 되어도 소리 지른다, 저녁이 되어도. 밤이 온다.

밤이 되어도 소리 지른다, 밤이 되어도 프란츠는 소리 지른다.

그의 몸뚱어리는 계속 앞으로 나아간다. 그의 몸뚱어리는 형틀 위에서 한 토막, 한 토막씩 잘려 나간다. 그의 몸뚱어리는 자동으로 앞으로 나아간다, 앞으로 나아갈 수밖에 없고, 다른 도리가 없다. 도끼가 허공을 가른다. 번쩍 섬광을 일으키며 떨어진다. 그의 몸뚱어리는 1센티미터씩 잘려 나간다. 그리고 저쪽, 이렇게 센티미터 단위로 잘려 나간 조각들 저편에서는 그의 몸뚱어리는 죽지 않았다, 그것은 계속 앞으로 나아간다, 천천히 앞으로 나아간다, 아래로 떨어지는 것은 아무것도 없고, 모든 것은 계속 살아 있다.

바깥에 있는 사람들은 그의 침대 곁을 지나가기도 하고, 그의 침대 옆에 서서 그의 눈꺼풀을 까뒤집어 반응이 있는지 살펴보기도 하고 실낱같은 그의 맥박을 재 보기도 한다, 그들의 귀에는 그가 외치는 소리가 들리지 않는다. 그들은 다만 프란츠가 입을 벌린 것을 보고 목이 마른가 보다 생각하고는 조심스럽게 물 몇 방울을 흘려 넣어 준다, 그가 토하지만 않아도 다행이고, 더 이상 이를 악물지 않고 있는 것만도 좋은 징조다. 한 인간이 이렇게 오래 목숨을 부지할 수 있다니, 어떻게 그것이 가능한가.

"아, 고통스럽다, 고통스러워."

"고통을 겪는다는 것은 좋은 일이야. 네가 고통스러워하는 것보다 더 좋은 일은 없어."

"아, 나를 그만 고통스럽게 해. 제발 끝장을 내 줘."

"그럴 필요가 없다. 종말이 가까워 왔으니."

"제발 끝장을 내 줘. 그것은 네 손에 달려 있잖아."

"내 손에는 도끼밖에 없다. 그 밖의 다른 모든 것은 네 손에 달린 거야."

"대체 내 손에 뭐가 있다는 거야? 어서 끝장을 내 줘."

이제 목소리는 포효하기 시작하고, 완전히 변했다.

한없는 분노, 걷잡을 수 없는 분노, 미친 듯이 걷잡을 수 없는 분노, 광포하게 날뛰는 분노.

"이렇게 해서 내가 여기 서서 너와 이야기할 수 있는 상황까지 왔구나. 내가 짐승 가죽을 벗기는 자나 형리가 되어 독하고 사나운 짐승을 잡듯 너의 숨통을 끊어야 할 때가 온 것이야. 나는 너를 부르고 또 불렀지만, 너는 언제나 나를 기분 나면 돌리는 축음기 정도로 생각했지, 그래서 나는 외쳐야 했어, 그런데 너는 싫증이 나면 나를 그냥 꺼 버리는 거야. 너는 나를 꼭 그런 축음기 정도로, 그딴 것쯤으로 생각했지. 너야 계속 그렇게 생각할 수 있겠지, 하지만 보아라, 이제는 사정이 완전히 바뀌었어."

"내가 뭘 어쨌다고 그러는 거야. 나도 고생할 만큼 했다고. 나처럼 비참하게 온갖 고통 다 겪은 사람을 나는 보지 못했다."

"너는 한번도 그런 자리에 있지 않았어, 이 더러운 자식아. 나는 평생 프란츠 비버코프라는 놈을 본 적이 없어. 내가 네 녀석한테 뤼더스를 보냈을 때 너는 눈을 뜨지 않았어, 너는 주머니칼처럼 자신을 접고서 술만 퍼마셨지, 화주에 또 화주, 허구한 날 술만 퍼마셨어."

"나는 진실하게 살려고 했는데, 그 자식이 나를 속인 거야."

"너는 눈을 뜨지 않았단 말이야, 이 비뚤어진 자식아! 너는 사기꾼들을 욕하고 사기 치는 일을 욕하면서도 인간들을 제대로 살펴보지도 않고 왜 저럴까, 어째서, 라고 묻지도 않는다. 너 같은 놈이 무슨 사람들을 판단해, 보는 눈도 없으면서? 너는 눈이 멀었던 거야, 게다가 뻔뻔스럽고 오만했어, 고상한 동네 출신의 비버코프 씨였지, 그러니 세상도 자기 뜻대로 굴러가야 한다고 생각한 거지. 하지만 실상은 그렇지가 않아, 이 녀석아, 이제야 너는 그걸 깨달은 거야. 세상은 너 같은 것은 신경도 안 써. 라인홀트가 네놈을 움켜잡고 자동차 밑으로 내동댕이쳐서 한쪽 팔이 망가졌을 때도 우리의 프란츠 비버코프는 결코 쫄지 않았지. 자동차 바퀴에 깔렸을 때도 이렇게 맹세했지. 나는 강해지겠노라고. 한번 생각을 해 봐야겠어, 마음을 가다듬어 봐야겠어, 이렇게 말하지는 않았어. 천만에, '나는 강해질 거야' 라고만 했지. 너는 내가 말해 주는 것을 전혀 깨달으려 하지 않았어. 이제야 내 말을 듣고 있군."

"내가 아무것도 깨닫지 못했다고, 왜? 도대체 뭘?"

"그리고 마지막으로 미체 말이야, 프란츠, 부끄러운 줄 알아라, 정말 치욕이야, 말해 보라고, 치욕이라고, 소리를 질러, 치욕이라고!"

"못 하겠어, 내가 왜 그렇게 해야 해?"

"치욕이라고 소리 지르라니까. 그 여자애는 너를 찾아갔지, 아주 귀여운 아가씨였어, 너를 보살펴 주고, 너와 함께하며 행복해했어, 그런데 네 녀석은? 그 사람은 네 녀석에게 어떤 사람이었지? 꽃과 같은 사람이었어, 그런데 너는 그냥 라인홀트를 찾아가서 그 여자애 자랑을 늘어놓았지. 너에게는 더할 나위 없이 신나는 일이었겠지. 너는 그저 강해지려고만 했어. 너는 라인홀트에 대적할 수 있다는 것, 그자보다 우월하다는 것을 과시하면서 녀석을 찾아가 그 여자애를 들먹이며 약을 올리는 것으로 행복해했지.

곰곰이 생각해 보라고, 그녀를 죽게 만든 것이 너 자신이 아닌지 말이야. 그러고도 너는 그녀를 위해 눈물 한 방울 흘리지 않았어, 그녀는 너 때문에 죽은 건데도, 아니면 누구 때문에 죽었겠어?

네 녀석은 늘 푸념만 했지. '나는 말이야.' 그리고 또 '나는 말이야.' 그리고 또 '내가 당한 이 부당한 일' 하면서. '내가 얼마나 고상한 사람인데, 얼마나 멋진 사람인데, 내가 어떤 사람인지 보여 줄 기회를 주지 않는구나.' 치욕이라고 말해, 치욕이라고 외치라고!"

"뭔 소리를 하는 거냐."

"너는 전쟁에서 진 거야, 이 녀석아. 내 아들아, 너는 이제 끝장난 거야. 이제 짐이나 꾸려. 좀먹지 않도록 제대로 간수해. 나는 너를 내 명단에서 삭제했어. 이제 마음껏 울부짖고 한탄해도 좋아. 이런 비열한 자식. 심장이 있고, 머리가 있고, 눈이 있고, 귀까지 다 있는 녀석이 고작 생각한다는 게 진실하게 살기만 하면 된다고? 그래 그게 무슨 소린데, 아무것도 못 보고, 아무것도 못 듣고, 되는 대로 막무가내로 살아가고, 사람이 자기 원하는 대로 할 수야 있지."

"도대체 나보고 뭘 어쩌라는 거야?"

죽음의 대갈일성. "나는 너한테 더 이상 말하지 않을 거야, 나한테 허튼소리 좀 지껄이지 마. 너는 머리도 귀도 없는 녀석이야. 너는 아직 제대로 태어나지도 않은 거야, 이 자식아, 너는 세상에 나오지도 않은 거라고. 너는 망상에 사로잡힌 기형아야. 자기만 잘난 줄 아는 비버코프 교황님, 이런 인간도 태어나야 할 운명이었군, 그 모든 상황을 우리가 좀 더 알 수 있도록. 이 세상은 너와는 다른 인간들을 필요로 한다고, 너보다 머리가 좋고 더 깨달은 사람, 너처럼 오만불손하지 않은 인간들을 필요로 한다고. 이 세상의 이치를 아는 인간들 말이다, 이 세상이라는 게 설탕으로만 되어 있지 않으며 설탕과 오물, 온갖 것이 뒤죽박죽 섞여 있다는 것을 아는 인간들 말이야. 이 바보 같은 자식아, 당장 네 심장을 이리 내놔, 이제 너를 끝장낼 수 있게 말이야. 너의 심장을 원래의 자리인 오물 더미에 던져 넣겠어. 네 주둥이는 네가 간직해도 좋아."

"잠깐만 시간을 줘. 생각을 좀 해 보게. 잠깐만. 아주 잠깐만."

"어서 심장을 내놔, 이 녀석아."

"잠깐만."

"안 그러면 내가 직접 꺼내 가겠다."

"잠깐만."

이제 프란츠는 죽음의 느린 노래를 듣는다

번쩍 번쩍 번쩍, 번쩍이던 것, 번쩍이던 것이 그친다. 퍽 내리찍고 휙 떨어지고 퍽 내리찍고, 퍽 휙 퍽 소리도 멈춘다. 프란츠가 소리를 지르기 시작한 지 이틀째 되는 밤이다. 떨어지고 자르는 것이 그친다. 그는 더 이상 소리를 지르지 않는다. 번쩍거리는 것도 그친다. 그의 두 눈이 깜빡거린다. 그는 뻣뻣하게 누워 있다. 이곳은 홀 형태의 공간이고, 사람들이 오가고 있다. 입을 그렇게 꾹 다물면 안 돼요. 사람들은 그의 입에 따스한 것을 흘려 넣는다. 번쩍거리는 것이 없어졌다. 자르는 것도 없다. 사방의 벽들. 잠깐만, 잠깐만, 도대체 그다음은? 그는 두 눈을 감는다.

프란츠는 눈을 감고서 뭔가 일을 하기 시작한다. 여러분은 그가 무슨 일을 하는지 볼 수 없다, 그저 그가 꼼짝 않고 누워 있고 손가락 하나 안 움직이니 곧 세상을 뜰 것이라 생각할 것이다. 그는 외치며 이리저리 돌아다닌다. 그는 자신에게 속한 모든 것을 불러

모은다. 그는 창을 넘어 들판으로 나가서 풀잎을 잡고 흔들고 쥐구멍 속으로 기어 들어간다. 어서 나와라, 어서 나와, 대체 여기에 뭐가 있지, 혹시 내 것들이 여기 있는 거야? 그러면서 그는 풀을 잡고 흔든다. 어서 나오라고, 모든 허튼소리는 집어치워, 모든 게 아무 의미가 없어, 나는 너희가 필요해, 나는 아무에게도 휴가를 줄 수 없어, 나는 할 일이 많아, 자, 즐겁게, 나는 너희 하나하나가 다 필요해.

사람들은 그의 입에 고기 수프를 흘려 넣어 주고, 그것을 그는 삼킨다, 토하지 않는다. 그는 이제 토하려 하지 않는다, 토하고 싶지 않다.

죽음이 한 말을 프란츠는 입에 담고 있고, 아무도 그 말을 그에게서 앗아 가지 못할 것이다, 그는 그 말을 입 안에서 굴려 본다, 그것은 돌, 단단한 돌덩이 같고, 거기서는 아무런 영양분도 우러나지 않는다. 바로 이 단계에서 수많은 사람이 죽었다. 그들은 더 이상 전진할 수가 없었던 것이다. 그들은 단 한 가지 고통만 감내하면 앞으로 나아갈 수 있다는 것을 몰랐고, 더 나아가기 위해서 단 하나의 작은 걸음이 필요했으나 그 한 걸음을 떼어 놓지 못했다. 그들은 그것을 깨닫지 못했다, 얼른 깨닫지 못했거나 손을 쓸 수 있을 만큼 빨리 깨닫지 못했던 것이다, 그것은 어떤 쇠약 상태, 몇 분 몇 초의 경련 상태였는데, 그들은 이미 이 세상 사람이 아니었다, 이제 그들은 더 이상 카를도 아니고 빌헬름도 아니고 민나도 아니고 프란치스카도 아니다, 분노와 절망으로 지치고, 암담하게 지친 상태, 벌겋게 달구어진 상태로 잠이 든 사이에 저세상으로 넘어가 버렸다. 그들은 자신이 조금만 더 하얗게 불꽃을 태웠더라면 몸이 부드러워지며 모든 것이 새로워졌을 것임을 몰랐던 것이다.

다가오게 놔두라 — 밤을, 그것은 여전히 컴컴하고 또 아무것도 아닌 것처럼 보일 수 있다. 다가오게 놔두라, 컴컴한 밤을, 서리로 뿌옇게 뒤덮인 전답과 단단히 얼어붙은 국도를. 다가오게 놔두라, 붉은 불빛이 새어 나오는 고즈넉한 벽돌집들을, 다가오게 놔두라, 추위에 떠는 방랑자들을, 채소를 싣고 시내로 들어가는 채소 마차 위의 마부들과 마차를 끄는 말들을. 다가오게 놔두라, 제 몸 위로 교외선 열차와 급행열차를 지나게 하며 어둠 속에서 양쪽으로 하얀 불빛을 던지는 광활하게 펼쳐진 말없는 평원을. 다가오게 놔두라, 정거장에 있는 사람들을, 어린 소녀와 양친 간의 작별, 소녀는 나이 든 두 친지와 함께 대양 저편으로 떠난다, 표는 다 구해 놓았어요, 그런데 맙소사, 너무도 어린 소녀다, 하지만 저쪽 생활에 잘 적응할 것이다, 착실한 소녀라면 별문제 없을 것이다. 다가오게 놔두라, 그리고 영접하라, 한 구간 내에 있는 모든 도시를, 브레슬라우, 리크니츠, 조머펠트, 구벤, 오데르 강변의 프랑크푸르트, 베를린을. 기차는 이 도시들을 통과해 역에서 역으로 달려가고, 정거장마다 도시들, 크고 작은 도로를 품고 있는 도시들이 나타난다. 슈바이트니츠 거리와 빌헬름 황제 거리의 환상 형태, 선제후 거리가 있는 브레슬라우, 그리고 어디를 가나 집들이 있어 그곳에는 사람들이 몸을 녹이고, 서로 사랑스러운 눈길로 바라보거나 추워서 옹기종기 앉아 있다, 그리고 싸구려 하숙집과 술집들이 있어 누군가 피아노를 연주하는 소리가 들린다, 귀여운 인형, 에라, 저렇게 오래된 유행가라니, 1928년에는 「마돈나, 그대가 더 아름다워」나 「라모나」 같은 신곡이 없다는 듯이.

다가오게 놔두라, 저 자동차들, 마차들을, 그대는 알겠지, 얼마나 많이 그것들을 탔는지, 어떻게 저것들이 덜거덕거렸는지, 혼자 앉아 있거나 아니면 한두 사람이 옆에 앉았지, 차량 번호 20147.

빵이 화덕 속으로 들어간다.

화덕은 어느 농가의 안뜰에 있고, 농가 뒤에는 경작지가 있다. 화덕은 마치 한 무더기 벽돌처럼 보인다. 아낙들이 장작을 잔뜩 잘라 놓았고 마른 가지도 모아 화덕 옆에 쌓아 놓고는 이제 그것들을 화덕에 쑤셔 넣고 있다. 이번에는 한 아낙이 반죽을 올려놓은 큰 빵틀들을 들고서 마당을 건너온다. 한 소년이 화덕 문을 열자 안에서는 불이 활활 타오른다. 엄청나게 이글거리면서. 열기가 대단하다. 그들은 막대기로 빵틀을 안으로 밀어 넣는다. 저 안에서 빵은 부풀어 오르고, 물기는 증발하며, 반죽은 갈색으로 변할 것이다.

프란츠는 반쯤 몸을 일으킨 채 앉아 있다. 그는 음식을 삼키고 기다린다. 바깥에서 떠돌던 그의 것들이 이제 거의 다 그에게로 돌아왔다. 그는 몸을 떨고 있다. 죽음이 뭐라고 했지? 죽음이 한 말을 그는 알아야만 한다. 문이 열린다. 이제 그것이 올 것이다. 무대의 막이 오른다. 저 녀석은 내가 아는 자야. 뤼더스군, 내가 기다리고 있던 녀석이야.

녀석들이 무대 안으로 들어온다. 떨면서 기다리던 녀석들이다. 뤼더스에게는 무슨 일이 일어난 것일까. 프란츠가 신호를 보내자, 의사들은 그가 수평으로 오래 누워 있어서 가슴이 답답한 모양이라고 생각했다. 그는 다만 몸을 좀 더 꼿꼿하게 세우고 앉고 싶을 뿐이다. 지금 녀석들이 오고 있기 때문이다. 이제 그는 상체를 조금 높인 채 누워 있다. 어서 시작해라.

그들이 한 명씩 들어온다. 뤼더스, 이런 형편없는 녀석, 저렇게 체격이 왜소한 녀석. 그사이 꼬락서니가 어찌 됐나 한번 보자. 그는 구두끈을 들고 계단을 오르고 있다. 맞아, 우리가 한때 저런 일을 했지. 저 녀석 누더기를 입은 초라한 꼴을 하고 있군, 전쟁 때 입던 옷을 아직도 입고 있어. 마코표 구두끈입니다. 부인, 한 가지

묻고 싶은 게 있어요, 커피 한잔 주시겠어요, 남편분은 어떻게 된 건가요, 전사하셨나요. 그는 황급히 모자를 쓴다. 자, 어서 몇 푼이라도 내놓아야지. 저건 틀림없는 뤼더스야, 나와 함께 다니던 녀석이야. 여자는 얼굴이 벌겋게 달아올랐고, 한쪽 뺨은 눈처럼 창백해져 있다, 그녀는 지갑을 뒤적거리고, 숨을 할딱거리다가 쓰러진다. 녀석은 서랍을 열어 마구 뒤진다. 낡은 잡동사니뿐이군, 어서 달아나야 해, 안 그러면 저 여자가 소리를 지를 거야. 그는 복도로 나서서 문을 쾅 닫고는 계단을 내려간다. 그래, 녀석은 저렇게 했어. 도둑질을 한 거야. 많이도 훔쳤군. 그때 나는 한 통의 편지를 받았지, 그녀한테서 온 편지였어, 그런데 나한테 무슨 일이 일어난 거야, 갑자기 나의 두 다리가 잘려 나갔어, 도대체 왜 그런 것일까, 나는 일어설 수가 없다. 코냑 한잔 들겠소, 비버코프? 집안에 상이라도 당한 모양이오. 그래, 무엇 때문에, 그 때문에, 대체 왜 내 두 다리가 절단된 것일까, 정말 영문을 모르겠다. 저 녀석한테 한번 물어봐야겠어, 먼저 말을 걸어 봐야겠어. 이보게, 뤼더스, 좋은 아침, 뤼더스, 어떻게 지내나, 잘 지내지 못한다고, 나도 별로야, 이리로 잠깐 와서 의자에 앉아 보게, 그렇게 도망가지 말고, 대체 내가 자네한테 무슨 큰 잘못을 저지른 거야, 도망가지 말라니까.

다가오게 놔두라. 컴컴한 밤이 다가오게 놔두라, 자동차들이, 단단히 얼어붙은 국도가 다가오게 놔두라, 어린 소녀와 양친 간의 작별, 소녀는 한 여자와 한 남자와 함께 떠난다, 소녀는 그쪽 생활에 잘 적응할 것이다, 얌전하게 잘 지내면 별문제 없을 것이다. 모든 것이 다가오게 놔두라.

라인홀트! 아, 이 악마 같은 자식! 이런 비열한 놈, 네 놈이 왔구나, 네가 여기 무슨 볼일이 있는 거야, 또 내 앞에서 거드름을 피우고 싶은 거야, 너 같은 자식은 어떤 빗물로도 깨끗이 씻지 못할 거야, 이런 불한당 녀석, 이런 살인범, 흉악범, 나하고 이야기할 때는 그 주둥아리에서 파이프부터 빼라. 그간 네 녀석 만나기를 고대했는데 잘 왔어, 당장 이리 와, 이 더러운 자식아, 저들이 아직도 너를 잡지 못한 거야, 푸른 외투는 걸치고 다니느냐? 조심하라고, 그런 차림으로는 바로 낭패를 당할 거야.

"너는 정체가 뭐야, 프란츠?" 내가 뭐냐고, 이 건달 녀석아? 나는 살인범이 아니야, 네 녀석이 누구를 살해했는지는 알고 있지? "그런데 그 아가씨를 나한테 보여 준 사람이 누구였나, 그 아가씨를 하찮게 여긴 사람이 누구였냐고, 나더러 이불 속에 들어가 누워 있으라고 한 게 누구냐고, 이 뺑쟁이야, 그렇게 한 것이 대체 누구였어?" 그렇다고 네 녀석이 그녀를 죽일 것까지야 없었지. "그게 어때서, 너도 그 여자애를 거의 불구가 될 만큼 두들겨 패지 않았냐고, 네가 말이야. 게다가 란츠베르크 대로의 무덤에 누워 있는 그 아무개 여인도 있지, 그 여자도 제 발로 걸어서 공동묘지로 간 게 아니겠지. 어때, 그렇지 않아? 이제 아무 말도 못하는군! 프란츠 비버코프 씨가 이런 상황에서 무슨 말을 할 수 있겠어, 타고난 뺑쟁이 양반." 네 녀석이 나를 자동차 아래로 내동댕이쳐서 내 팔이 잘려 나갔어. "하하하, 그거야 마분지로 하나 만들어 달고 다니면 되지. 그렇게 멍청한 주제에 나하고 어울려 다녔으니 말이야." "멍청이라고?" "저런, 스스로 멍청이인 줄도 모르고 있다니. 너는 부흐 정신 병원에 들어와 미친 척하고 있지만, 나는 잘 지내고 있어, 그렇다면 누가 정말 멍청이지?"

그러면서 그는 걸어 나간다, 녀석의 눈에서는 지옥의 불이 번쩍이고, 머리에서는 뿔들이 돋아난다. 그가 소리친다. 당장 나하고 한판 붙자, 어서 덤벼 보라고, 네가 어떤 사람인지 한번 보여 줘,

프란츠, 프란츠 비버코프, 닭대가리 비버코프! 프란츠는 두 눈을 질끈 감는다. 저 녀석과는 애당초 상종하지 말아야 했어, 저런 자식하고는 싸움도 벌이지 말아야 했어. 어쩌자고 내가 저 녀석을 물어뜯었을까.

"덤벼 보라고, 프란츠, 네가 어떤 사람인지 한번 보여 줘, 싸울 힘은 있어?"

나는 싸우지 말아야 했어. 저 녀석은 나를 자극하고 여전히 약을 올리고 있어, 아, 저주받을 놈, 나는 거기에 말려들지 말았어야 했어. 저 녀석한테는 아무 것도 할 수가 없어, 나는 거기에 말려들지 말아야 했어.

"싸울 힘은 있겠지, 프란츠."

나는 힘을 쓰지 말았어야 해, 특히 저런 녀석에게는 맞서지 말았어야 해. 지금 와서 보니 그렇게 한 것은 정말 잘못이었어. 내가 이 모든 한심한 짓을 한 거야. 당장 내보내, 저 녀석을 당장 내보내라고.

그는 가지 않는다.

꺼져, 당장 꺼지라니까.

프란츠는 고래고래 소리를 지르며 양손을 비빈다. 나는 다른 녀석을 봐야겠어, 그런데 왜 아무도 오지 않는 거야, 어째서 저 녀석은 안 가고 서 있는 거야?

"네가 나를 좋아하지 않는다는 걸 알아, 내가 맛이 좋은 놈이 못되니까, 곧 다른 사람이 올 거야!"

다가오게 놔두라. 다가오게 놔두라. 광활하게 펼쳐진 말없는 평원들, 붉은 불빛이 새어 나오는 고즈넉한 벽돌집들, 한 구간 내에 있는 모든 도시들, 오데르 강변의 프랑크푸르트, 구벤, 조머펠트, 리크니츠, 브레슬라우, 정거장마다 도시들이 나타난다, 크고 작은 도로를 품은 도시들이. 다가오게 놔두라, 저기 달리는 마차와 미끄러지며 쏜살같이 달리는 자동차들을.

라인홀트는 나가다 다시 한 번 프란츠를 쏘아본다. "자, 누가 더 센가, 누가 이겼나, 프란츠?"

프란츠는 몸을 떤다. 내가 이기지 못했다는 걸 난 안다.

다가오게 놔두라.

곧 또 다른 사람이 들어온다.

프란츠는 상체를 더욱 곧추세우고 앉는다, 두 주먹을 불끈 쥐고서.

빵이 화덕 속으로 들어간다, 거대한 화덕이다. 열기가 대단하다, 화덕에서 타닥거리는 소리가 난다.

이다! 녀석은 가 버렸구나. 다행이야, 이다, 당신이 와 주어서. 그 자식은 이 세상에서 가장 악질적인 깡패였어. 이다, 당신이 오니 정말 좋아, 그 자식은 나를 자극하고 약 올렸어, 당신은 그것을 어떻게 생각해, 나는 그사이 많은 고초를 겪었어, 그래서 지금은 여기에 와 있어, 여기가 어딘지 알지, 부흐 정신 병원이야, 관찰 대상이 되어 있지, 아니면 내가 정말 미친 걸까. 이다, 이리 와, 내게서 등을 돌리지 마. 그런데 이다는 무엇을 하고 있는 거야? 부엌에 서 있군. 맞아, 부엌에 있어. 뭔가 자질구레한 일을 하고 있는데, 그릇을 닦는 모양이야. 그런데 왜 저렇게 고꾸라지고 있지, 옆으로 계속 고꾸라지고 있어, 꼭 요통이라도 있는 사람 같아. 아니면 누구한테 옆구리를 얻어맞고 있나. 때리지 마, 이 친구야, 그건 비인간적이야, 때리지 말라고, 이 자식아, 제발 그만둬, 그 아가씨를 그대로 두라고, 그만하란 말이야, 아, 대체 누가 그녀를 때린 거야, 아가씨는 서 있을 수도 없구나, 몸을 똑바로 가누지도 못해, 이봐, 네 얼굴을 돌려 나를 바라봐, 당신을 그렇게 끔찍하게 때린 녀석이 대체 누구야?

"바로 당신이야, 프란츠, 당신이 나를 때려죽였잖아."

아냐, 아냐, 내가 그러지 않았어, 그것은 법정에서도 밝혀졌어, 나는 그저 상해만 입혔다고, 나는 살인죄를 저지른 게 아니라고. 그런 말 하지 마, 이다.

"아니야, 당신이 나를 때려죽였어. 그게 맞아요, 프란츠."

그는 아냐, 아냐, 하면서 소리친다, 그는 손을 얼굴에 갖다 대며 팔로 눈을 가린다, 그래도 그 광경이 보인다.

다가오게 놔두라. 다가오게 놔두라, 낯선 방랑자들을, 그들은 등에 감자 자루를 짊어지고 있다, 그들 뒤에서는 한 소년이 손수레를 끌고 있다, 소년의 귀가 얼어 있고 영하 10도의 날씨다. 슈바이트니츠 거리와 빌헬름 황제 거리, 선제후 거리가 있는 브레슬라우.

프란츠는 신음 소리를 낸다. 차라리 죽는 게 나아, 누가 저런 일을 감당할 수 있겠어, 누가 와서 나를 때려죽였으면 좋겠어, 나는 저런 일을 하지 않았어, 나는 정말 모르는 일이야. 그는 낑낑대며 웅얼거리지만, 제대로 말을 할 수가 없다. 간호인은 그가 뭘 원하는 것으로 생각한다. 간호인은 물어보고는 그에게 따뜻한 적포도주를 한 모금 먹여 준다, 같은 병실에 있는 다른 두 환자가 적포도주를 데워서 주어야 한다며 고집을 피웠기 때문이다.

이다는 여전히 고꾸라져 있다. 그렇게 고꾸라져 있지 마, 이다, 그 때문에 나는 테겔 교도소에서 감옥살이를 했어, 내가 받아야 할 형벌을 다 받았다고. 그러자 그녀는 이제 고꾸라져 있지 않고 의자에 가서 앉는다, 그리고 고개를 떨어뜨린다, 그러더니 점점 작아지면서 검은색으로 변한다. 이어 저기 관 속에 누워 꼼짝도 않는다.

흐느끼는 소리, 프란츠의 흐느낌 소리. 그의 두 눈. 간호인은 그에게 다가와 앉아서 그의 손을 잡아 준다. 누가 저것 좀 치워 줘.

누가 저 관을 치워야 한다고, 그런데 나는 일어설 수가 없어, 나는 할 수가 없어.

그는 손을 움직여 본다. 그러나 관은 움직이지 않는다. 그의 손이 거기까지 닿지 않기 때문이다. 그러자 프란츠는 낙심하여 운다, 그러면서 절망의 눈빛으로 그쪽을 쳐다보고 또 쳐다본다. 그가 눈물을 흘리며 절망하고 있는데 관이 사라진다. 하지만 프란츠는 계속해서 운다.

이 대목을 읽은 독자 여러분, 프란츠 비버코프는 무엇 때문에 우는 걸까요? 그는 자신이 고통을 받고 있다는 사실 때문에, 그리고 고통의 내용 때문에, 또 자신에 대한 연민 때문에 우는 것입니다. 그 모든 일을 자신이 저질렀고, 자신이 그러한 인간이었다는 사실 때문에 프란츠 비버코프는 울고 있는 것이지요. 이제 프란츠 비버코프는 자기 연민 때문에 우는 것입니다.

어느덧 밝은 한낮, 병동의 배식이 이루어진다, 배식차가 병원 아래쪽으로 내려갔다가 다시 본관 병동으로 돌아온다, 주방 담당 직원들과 별관에서 온 병세가 가벼운 두 환자가 배식차를 밀고 있다.

그리고 바로 한낮에 미체가 프란츠 앞에 나타난다. 그녀의 얼굴 표정은 아주 평온하고 부드럽다. 그녀는 나들이 옷차림에 머리에 꼭 맞는 모자를 썼는데, 모자는 두 귀와 이마까지 덮고 있다. 그녀는 그윽하고도 친근한 눈빛으로 프란츠를 바라보는데, 그건 길거리에서나 술집에서 늘 그를 바라보던 눈빛이다. 가까이 다가오라고 하자, 그녀는 다가온다. 그는 그녀에게 두 손을 달라고 한다. 그녀는 두 손으로 하나뿐인 그의 손을 잡는다. 가죽 장갑을 낀 채로. 그 장갑 좀 벗어. 그녀는 장갑을 벗고서 그에게 두 손을 내민다. 이리 와, 미체, 그렇게 낯설게 굴지 말고 내게 키스해 줘. 그러자 그녀는 조용히 다가와 그윽하고 다정한 눈빛으로 그를 바라보며 키스를 한다. 여기 내 곁에 있어 줘, 그가 그녀에게 말한다, 나는 당신이 필요해, 당신이 나를 도와줘야 해. "그럴 수 없어요, 프란츠. 나는 죽은 몸이에요, 당신도 알잖아요." 하지만 이곳에 있어 줘. "나도 그러고 싶지만, 그럴 수가 없어요." 그녀는 그에게 다시 한 번 키스한다. "당신도 프라이엔발데에서 있었던 일을 모두 아시죠, 프란츠? 그리고 나한테 화난 것은 아니죠?"

그녀는 가 버렸다. 프란츠는 몸부림친다. 그는 눈을 크게 떠 보지만 그녀의 모습은 보이지 않는다. 내가 무슨 짓을 한 걸까. 왜 그녀는 내 곁에 없는 것일까. 그 라인홀트 녀석에게 미체를 보여주지 말았어야 했어, 그런 녀석과는 상종하지 말았어야 했어. 대체 내가 무슨 짓을 한 거야. 그리고 지금의 이 꼬락서니는.

그는 얼굴을 잔뜩 찡그리며 간신히 한마디 내뱉는다. 그녀는 꼭 다시 돌아와야 해. 간호인은 그중에서 '다시'라는 말만 알아듣고는 벌어져 있는 그의 메마른 입에 포도주를 다시 부어 준다. 프란츠는 마시지 않을 수 없다, 어찌 달리 할 수 있겠는가.

화덕의 열기 속에 반죽이 놓여 있다, 반죽은 부풀어 오르기 시작한다, 효모가 반죽을 부풀게 하고, 기포가 형성되며, 빵이 불룩하게 일어서고 갈색으로 변한다.

죽음의 목소리, 죽음의 목소리, 죽음의 목소리.

이 세상에서의 강함이 무슨 소용인가, 아무리 진실하게 살아간들 무슨 소용인가, 아 그렇다, 아 그렇다, 저 여인을 보라. 깨닫고 그리고 참회하라.

프란츠가 갖고 있던 모든 것이 무너져 내린다. 그는 아무것도 잡지 않는다.

여기서는 고통이 무엇인지 서술해야 한다

여기서는 고통과 괴로움이 무엇인지 서술해야 한다. 고통이 얼마나 사람을 애태우고 갈기갈기 찢어 놓는가를. 왜냐하면 지금 찾아온 것은 고통이기 때문이다. 많은 사람들이 시를 통해 고통을 묘사하였으며, 공동묘지들은 날마다 고통을 목격한다.

여기서는 고통이 프란츠 비버코프를 어떻게 다루는지에 대해 묘사하고자 한다. 프란츠는 더 이상 버티지 않고 자신을 내던진다, 고통에게 자신을 제물로 바친다. 그는 불타는 화염 속으로 자신을 내던지고, 그렇게 해서 죽어 없어져 재가 되길 바란다. 고통이 프란츠 비버코프를 대하는 태도는 기릴 만하다. 여기서 우리는 고통이 성취해 낸 파괴에 대해 설명하고자 한다. 꺾어 버리고, 잘라 내고, 내동댕이치고, 해체해 버리는 것, 그것이 고통이 하는 일이다.

모든 것은 때가 있다. 교살할 때가 있고 치료할 때가 있으며, 부술 때가 있고 세울 때가 있으며, 울 때가 있고 웃을 때가 있으며, 통곡할 때가 있고 춤출 때가 있으며, 찾을 때가 있고 잃어버릴 때가 있으며, 찢을 때가 있고 꿰맬 때가 있다. 지금은 목을 조르고, 통곡하고, 찾고, 찢을 때다.

프란츠는 힘겨운 싸움을 벌이면서 죽음을, 자비로운 죽음을 기다린다.

그는 드디어 죽음이, 즉 자비롭고 끝맺음을 해 줄 죽음이 가까이 왔다고 생각한다. 그는 저녁나절 다가오는 죽음을 맞고자 다시 몸을 일으키며 떨고 있다.

그때, 낮에 그를 덮쳤던 자들이 다시 등장한다. 프란츠는 말한다. 무슨 일이 일어나도 상관없어, 마음대로 해라, 그래, 나 프란츠 비버코프는 너희와 함께 사라질 각오가 되어 있어 나를 데려가다오.

그는 몸을 부르르 떨면서 초췌한 뤼더스의 모습을 맞이한다. 사악한 라인홀트 녀석은 다리를 질질 끌면서 그에게 다가온다. 그는 몸을 부르르 떨면서 이다의 목소리와 미체의 얼굴을 맞이한다. 그녀가 왔다. 이제 모든 것이 성취되었다. 프란츠는 울고 또 운다. 다 내 잘못이야. 나는 인간이 아니야. 나는 짐승이고 괴물이야.

바로 그날 저녁에 프란츠 비버코프는 죽었다. 한때 가구 운반 노동자, 주거침입 절도범, 창녀의 기둥서방, 살인자였던 자다. 침대에는 다른 사람이 누워 있다. 이 사람은 프란츠와 신분증명서도 같고 외모도 같지만, 이제 새로운 세계에 살며 새로운 이름을 갖게 된다.

이것이 프란츠 비버코프의 몰락 과정으로, 나는 프란츠가 테겔 교도소에서 출소한 이후부터 1928~1929년 겨울 부흐 정신 병원에서 최후를 맞기까지의 과정을 서술해 보고 싶었다.

이제 나는 그와 똑같은 신분증명서를 가진 한 새로운 인간이 맞이하는 첫 몇 시간과 며칠간에 대한 보고를 첨부하고자 한다.

사악한 창녀의 퇴각, 위대한 희생자의 승리, 북을 치고 도끼를 휘두르는 자의 승리

정신 병원의 붉은 담벼락 앞에 황량한 풍경이 펼쳐져 있다. 앞의 들판에는 지저분한 눈이 남아 있다. 그때 북소리가 울리고 또 울린다. 패배한 것은 창녀 바빌론이고, 승리한 자는 죽음이다. 죽음은 북을 쳐서 그녀를 몰아내고 있다.

창녀는 욕지거리를 퍼부으며 왁자지껄 요란스럽게 소리를 질러 댄다. "저 녀석을 어쩔 건데, 당신은 프란츠 비버코프라는 자식을 어떻게 할 거냐고, 저 평범한 자식을 그냥 삶아 버려, 신맛이 나게 말이야."

죽음은 소용돌이치듯 북을 쳐 댄다. "네 잔에 뭐가 담겨 있는지 난 볼 수가 없다, 이 하이에나 같은 년아. 프란츠 비버코프라는 남자가 여기 있어, 나는 이 인간을 완전히 박살 냈지. 하지만 그는 천성이 강하고 선량하므로 이제 새 삶을 얻는 거야, 당장 길을 비켜라, 우리가 할 얘기는 다 끝났으니."

창녀가 완고하게 맞서며 입에 게거품을 물고 계속 덤비자, 죽음은 천천히 움직이면서 전진하기 시작한다, 죽음의 거대한 잿빛 망토가 펄럭이자 수많은 장면과 풍경이 눈에 보인다, 이것들은 그의 주변을 맴돌며 그의 발끝에서 가슴까지 에워싼다. 그리고 죽음의 주위로 울려 퍼지는 외침 소리, 포성, 아우성, 승리의 함성 그리고 환호성. 승리의 함성과 환호성. 창녀를 태운 짐승은 겁을 먹고 주춤대며 헛걸음질만 한다.

베레지나 강*, 행군하는 군단.

베레지나 강을 따라 행진하는 군단, 얼음장 같은 추위, 살을 에는 차가운 바람. 군단은 프랑스에서 넘어왔으며, 위대한 나폴레옹이 이끌고 있다. 바람이 몰아치고 눈보라가 휘날리며, 총탄이 빗발치듯 날아든다. 그들은 빙판 위에서 맞붙어 싸우고, 돌격하고, 쓰러진다. 그리고 끊임없는 외침 소리. 황제 폐하 만세, 황제 폐하 만세! 희생, 희생, 그것은 바로 죽음이다!

덜컹대며 기차 바퀴 굴러가는 소리, 쿵쿵대는 대포들의 포성, 귀청을 찢으며 터지는 수류탄 소리, 저지 사격, 슈맹 데 담, 랑게마르크*, 사랑하는 조국이여 안심하라, 사랑하는 조국이여 안심하

라. 엄폐호들은 박살 나고, 병사들은 쓰러진다. 죽음은 망토를 걷어 올리며 노래한다. 오, 그렇다, 오, 그렇다.

전진하라, 전진하라. 우리는 보무도 당당하게 전쟁터로 나아간다, 1백 명의 군악대가 우리와 함께한다, 아침노을, 저녁노을이여, 우리의 이른 죽음을 비추어 다오, 1백 명의 군악대가 북을 친다. 쿵쿵, 쿵쿵, 똑바로 나아가지 않으면, 비뚤게 나아간다, 쿵쿵, 쿵쿵.

죽음이 외투를 걷어 올리며 노래한다. 오, 그렇다, 오, 그렇다.

화덕에 불이 붙었다, 화덕에 불이 붙었다, 화덕 앞에는 한 어머니가 일곱 아들과 함께 서 있고, 그들 뒤에서는 민족의 신음 소리가 들린다, 그들은 자기 민족의 신을 부정할 것을 강요당하고 있다. 그들은 밝은 표정으로 거기 평온하게 서 있다. 너희의 신을 부정하고 굴복하겠는가? 첫째가 아니라고 대답하여 고초를 당한다, 둘째가 아니라고 대답하여 고초를 당한다, 셋째가 아니라고 대답하여 고초를 당한다, 넷째가 아니라고 대답하여 고초를 당한다, 다섯째가 아니라고 대답하여 고초를 당한다, 여섯째가 아니라고 대답하여 고초를 당한다, 일곱째가 아니라고 대답하여 고초를 당한다. 어머니는 곁에 서서 아들들을 격려한다. 마지막에 가서는 어머니도 아니라고 대답하여 고초를 당한다.* 죽음이 망토를 걷어 올리며 노래한다. 오, 그렇다. 오, 그렇다.

일곱 머리를 가진 여자는 제 짐승을 잡아당기지만, 짐승은 일어서지 않는다.

전진하라, 전진하라. 우리는 보무도 당당하게 전쟁터로 나아간다, 1백 명의 군악대가 우리와 함께한다, 그들은 북을 치고 피리를 분다, 쿵쿵, 쿵쿵, 어떤 사람에게는 똑바른 길이 나타나고, 어떤 사람에게는 굽은 길이 나타나며, 어떤 사람은 서 있고, 어떤 사람은 쓰러지며, 어떤 사람은 계속 달리고, 어떤 사람은 말없이 누워 있다, 쿵쿵, 쿵쿵.

환호성과 외침 소리, 여섯 명씩, 두 명씩, 세 명씩 전진한다, 프랑스 혁명이 전진한다, 러시아 혁명이 전진한다, 농민 전쟁들이 전진한다, 재세례파가 전진한다, 이들은 모두 죽음의 뒤를 따라 전진한다, 이들은 죽음의 뒤를 따르며 환호성을 울린다, 이들은 자유를 향해 나아간다, 자유를 향해, 낡은 세계는 무너져야 한다, 깨어나라, 그대 새벽 공기여, 쿵쿵, 쿵쿵, 여섯 명씩, 두 명씩, 세 명씩, 형제들이여, 태양을 향해, 자유를 향해, 형제들이여, 빛을 향해 일어나라, 어두웠던 과거를 헤치고 저기 미래가 우리를 밝게 비춘다, 발을 맞추어 오른발 왼발, 왼발 오른발, 쿵쿵, 쿵쿵.

죽음이 망토를 걷어 올리고 환한 얼굴로 웃고 노래한다. 오, 그렇다, 오, 그렇다.

위대한 창녀 바빌론은 마침내 제 짐승을 일으켜 세워 올라타고, 짐승은 터벅터벅 걷기 시작하더니 들판을 내달리다 눈 속에 가라앉는다. 그 여자는 고개를 돌려, 득의의 표정을 짓는 죽음을 향해 울부짖는다. 그녀의 울부짖음 소리에 짐승은 미친 듯이 날뛰다가 털썩 무릎을 꿇고, 순간 여자는 짐승의 목을 잡고 비틀거린다. 죽음은 망토를 여민다. 죽음은 환한 얼굴로 웃고 노래한다. 오, 그렇다, 오 그렇다. 온 들판이 화답한다. 오, 그렇다, 오 그렇다.

모든 시작은 어렵다

부흐 정신 병원에서는 한때 프란츠 비버코프였던 사내, 지금은 죽은 사람처럼 창백한 얼굴로 병상에 누워 있는 사내가 말을 하고 사물을 분간하기 시작하자, 형사들과 의사들이 이것저것 캐묻는다. 형사들은 그가 저지른 모든 범행을 밝혀내기 위해서이고 의사들은 진단 차원에서 그런 것이다. 형사들로부터 이 사내는 자신의 삶, 즉 자신의 예전 인생에서 중요한 역할을 했던 라인홀트가 체포되었다는 사실을 알게 된다. 그들은 브란덴부르크 얘기도 해 주면서 혹시 모로스키에비츠라는 남자를 아는지, 그리고 그 사람이 어디 있는지 아느냐고 묻는다. 그는 형사들이 몇 번이고 같은 이야기를 반복하도록 아무 말도 않고 가만히 있다. 그래서 그들은 하루 동안 그를 전혀 건드리지 않고 가만두었다. 낫으로 베어 들이는 자가 있으니 그의 이름은 죽음, 위대한 신으로부터 권능을 받았다. 오늘 그는 낫을 갈고 있다, 그러면 낫이 훨씬 잘 들 것이다. 조심해라, 너 작고 푸른 꽃이여!

이튿날 그는 경감 앞에서 프라이엔발데에서 일어났던 그 오래된 사건과 자신은 전혀 관계가 없다고 진술했다. 만약 라인홀트가 다른 말을 했다면, 그 사람이 엉터리 진술을 한 것이다. 그러자 완전히 무너져 버린 이 창백한 사나이는 당시의 알리바이를 대라고 요구받는다. 알리바이를 찾으려면 며칠이 걸린다. 이 사나이의 마음속 모든 것들은 그 길을 되돌아가기를 거부한다. 그것은 마치 통행이 완전히 차단된 길과 같다. 그는 신음하면서 몇 개의 날짜를 말해 준다. 그는 신음하면서 제발 자신을 내버려 달라고 부탁한다. 그는 개처럼 겁먹은 표정을 하고서 앞만 응시한다. 옛 비버코프는 죽었고, 새 비버코프는 아직 잠자고 있다. 그는 라인홀트에게 불리한 증언은 한마디도 하지 않는다. 우리는 다 같은 도끼 아래에 있는 처지야. 우리는 다 같은 도끼 아래에 있는 처지야.

그의 진술은 사실임이 확인되는데, 미체의 후원자와 그의 조카의 진술과 일치했기 때문이다. 이제 의사들은 이 사례에 대해 더욱 분명한 견해를 밝히게 된다. 긴장성 마비라는 진단은 슬쩍 뒷전으로 물러난다. 이번 사례는 일종의 의식 장애를 포함한 정신적 외상이었는데, 이 사나이가 가정적으로 원만하지 못하고 그 결과 알코올과 친해졌다는 점은 분명하다. 진단을 둘러싼 모든 논쟁은 결국 중요하지 않은 것으로 드러났는데, 아무튼 이 친구가 꾀병을 부린 것이 아님은 분명하다, 이 친구에겐 정신 질환의 소지가 있으나 이것이 고약한 부모에게서 물려받은 것은 아니다, 이 점이 중요하다. 자, 그 문제는 이 정도로 일단락 짓자, 한편 알렉산더 크벨레 술집에서 총질을 한 혐의에 대해서는 형법 51조가 적용된다. 다만 그를 이곳으로 다시 불러들일 수 있을지, 그것만이 우리에겐 궁금할 뿐이다.

이미 죽은 사람의 이름을 따라 비버코프라고 부르는 이 비틀거리는 사나이는 병동 안을 돌아다니거나 배식 일을 조금씩 하면서 이제는 더 이상 캐물어 오는 사람이 없으므로 아직도 그의 배후에서 여러 일이 진행되고 있다는 사실을 눈치채지 못한다. 그때 형사들은 그의 팔이 어떻게 된 것인지, 팔을 어디서 잃었는지, 어디서 치료를 받았는지 등에 대해 의문을 품는다. 그들은 마그데부르크 병원에도 조회를 해 본다, 그거 참 오래된 이야기군요, 그러나 형사들은 그런 케케묵은 이야기, 20년 이상 묵은 이야기에 관심이 많다. 하지만 그들은 어떤 사실도 밝혀내지 못한다, 우리는 이제 유쾌한 결말에 거의 다가온 것 같다, 헤르베르트 역시 명색은 포주다, 이런 친구들은 누구나 멋진 아가씨들을 하나씩 꿰차고 있다, 그래서 여자한테 모든 것을 다 맡겨 두고 돈을 타서 쓰는 처지라고 말한다. 형사들은 물론 누구도 그런 말을 곧이곧대로 믿지 않는다, 아마 저들도 아가씨들에게서 가끔 돈을 받기야 하겠지만, 독자적으로 하는 일도 분명 있을 것이다. 그러나 그 친구들은 이 문제만큼은 끝까지 입을 다문다.

폭풍우, 사나운 폭풍우도 역시 이 남자를 건드리지 않고 지나간다, 물론 이번에는 그의 모든 것을 용서해 주기로 한다. 아들아, 너는 돌아가는 승차권을 받은 거야, 이 친구야.

드디어 그가 석방되는 날이 찾아왔다. 경찰은 그가 풀려난 뒤에도 그를 계속 감시할 것임을 분명히 밝힌다. 그들은 보관실에서 옛 프란츠가 쓰던 물품을 내주고, 그는 모든 것을 되돌려 받는다, 그는 옛날 옷을 다시 입는데, 재킷에는 아직도 핏자국이 남아 있다, 당시 경찰이 곤봉으로 그의 머리를 내리쳤을 때 남은 흔적이다, 의수는 가져가지 않겠소, 가발도 여기다 놓고 가겠소, 언제 이곳에서 연극을 하면 그때 쓰십시오, 이곳은 매일매일이 연극이지만 우리는 가발을 쓰지 않아요, 퇴원증은 챙겼나요, 안녕히 계세요, 수석 간호사님, 그건 그렇고 날씨 좋을 때 부흐에 한번 들르세요, 그렇게 할게요, 정말 고맙습니다, 그럼 문을 열어 드리겠습니다.

이렇게 해서 우리는 이 부분의 일도 마쳤다.

사랑하는 조국이여, 안심하라,
난 깨어 있고 속지 않는다

인생에서 두 번째로 프란츠는 자신이 갇혀 있던 집을 떠난다, 이제 우리는 긴 여정의 마지막 지점에 와 있으며 프란츠와 함께 조금만 더 걷기로 한다.

그가 처음으로 들어갔다 나온 집은 테겔 교도소였다. 그는 겁에 질린 채로 붉은 담벼락에 기대어 서 있었다, 그가 마침내 발걸음을 옮겨 41번 전차를 타고 베를린으로 왔을 때, 집들은 가만히 서 있지 않았고 건물의 지붕들은 프란츠의 머리 위로 쏟아져 내릴 것만 같았다. 그는 오래도록 걷다 앉아 있다 했다. 이윽고 주변의 모든 것이 차분해졌고 이곳에 머무르며 다시 시작할 수 있을 정도로 힘도 충분히 생겼다.

지금 그는 아무런 힘이 없다. 그의 눈에는 안전가옥이 더 이상 보이지 않는다. 그런데 이게 웬일인가. 그가 교외선 연결 정거장인 슈테틴 역에 내려 보니 거대한 발티쿰 호텔이 그의 눈앞에 위용을 드러내는데, 움직이는 것이라고는 아무것도 없지 않은가. 집들은 가만히 서 있고, 지붕들도 단단하게 붙어 있어 그는 그 아래로 태연하게 걸어갈 수 있다. 굳이 어두운 안뜰로 기어들 필요가 없다. 그렇다, 바로 이 사람 — 우리는 그를 첫 번째 사람과 구분해 프란츠 카를 비버코프라고 부르고자 한다. 카를이라는 이름은 사실 프란츠가 세례를 받을 때 어머니의 아버지, 즉 외조부의 이름을 따라 받은 것이다 — 이 사람은 지금 천천히 인발리덴 거리를 따라 올라간다. 아커 거리 모퉁이를 지나 브루넨 거리 쪽으로 방향을 잡은 다음 노란 시장 건물을 지나고 차분한 눈빛으로 가게들과 집들 그리고 분주하게 걸어가는 사람들을 바라본다. 나는 오랫동안 이 모든 것을 보지 못했어. 그런데 이제 다시 돌아왔다. 비버코프는 오랫동안 떠나 있었다. 이제 비버코프가 다시 돌아왔다. 여러분의 비버코프가 돌아왔다.

다가오게 놔두라, 다가오게 놔두라, 광활하게 펼쳐진 평원들과 불빛이 새어 나오는 붉은 벽돌집들을. 다가오게 놔두라, 등에 자루를 짊어진 채 추위에 떠는 방랑자들을. 이것은 다시 만남, 아니 재회 이상의 것이다.

그는 브루넨 거리의 어느 술집에 자리를 잡고 앉아서 신문을 펼쳐 든다. 혹시 내 이름이 실리지 않았을까, 아니면 미체 이름이나 헤르베르트 이름, 라인홀트의 이름이? 아무것도 없다. 나는 어디로 가야 할까, 어디로 가지? 에바, 그래, 에바를 만나야겠어.

에바는 더 이상 헤르베르트의 집에 살지 않는다. 셋집 여주인이 문을 열어 준다. 헤르베르트는 체포되었어요, 형사들이 그의 물건을 샅샅이 뒤졌어요, 그 사람은 아직 돌아오지 않았고, 물건들은 위층에 그대로 있는데 혹시 그것들을 처분해야 하는지 묻고 싶어요. 프란츠 카를은 에바를 베를린 서부 지역에 있는 그녀의 후견인 신사 집에서 만난다. 그녀는 그를 반겨 준다. 그녀는 프란츠 카를 비버코프를 진심으로 반긴다.

"맞아, 헤르베르트는 체포됐어, 2년 형을 선고받았지, 그를 위해 할 수 있는 일은 뭐든 하고 있어, 사람들이 당신에 대해서도 많이 물어보았어, 특히 테겔 교도소 건에 대해서, 그런데 당신은 지금 뭘 하고 지내, 프란츠?" "나는 아주 잘 지내, 부흐 정신 병원에서 나왔어, 그들은 내게 금치산자 증명서를 주더라고." "얼마 전에 신문에서 읽었어." "별걸 다 기사로 쓰는군. 그런데 나는 몸이 너무 약해졌어, 에바. 병원 밥이라는 게 원래 그렇잖아."

에바는 그의 눈빛을 본다, 조용하고 어둡고 뭔가 살피는 눈빛, 예전의 프란츠에게서는 한 번도 보지 못했던 눈빛이다. 그녀는 자기 얘기는 한마디도 하지 않는다. 사실 그녀에겐 그와 관련된 일도 있었지만, 그는 지금 기진맥진한 상태이다, 그녀는 방을 하나 잡아 주고 또 그를 도와주면서 아무것도 하지 말라고 한다. 그녀가 그에게 방을 잡아 주고 나가려 하자, 그 자신도 이렇게 중얼거린다. 그래, 나는 지금은 아무것도 할 수가 없어.

그러고 나서 그는 뭘 하는가? 그는 거리로 나가 천천히 걸어 보기 시작한다. 베를린의 이곳저곳을 돌아다닌다.

베를린, 북위 52도 31분, 동경 13도 25분, 장거리 철도역 20개,

교외선 121개 노선, 순환선 27개 노선, 도시 철도 14개 노선, 조차선 7개 노선, 그리고 전차, 도시 고가 철도, 버스가 있다. 황제의 도시는 하나뿐, 이 세상에 빈은 하나뿐이라네.* 세 마디로 여자의 그리움을 표현한다면, 이 세 낱말에는 여자들의 온갖 갈망이 담기리. 상상해 보세요, 뉴욕의 한 회사가 새로운 화장품을 선보였습니다, 당신의 누런 망막을 청춘만이 누리는 저 신선한 푸른색으로 되살려 놓는 화장품입니다. 이 튜브만 사용하면 짙은 파란색에서 벨벳빛 갈색에 이르기까지 세상에서 가장 아름다운 눈동자를 가질 수 있습니다. 왜 모피 세탁에 그렇게 많은 돈을 쓰나요?

그는 시내 이곳저곳을 돌아본다. 심장 하나만 튼튼하면 건강해질 수 있는 방법이야 얼마든지 있다.

가장 먼저 찾은 곳은 알렉산더 광장. 광장은 여전히 그대로 있다. 특별히 눈에 띄는 것은 하나도 없다, 사실 겨우내 추위가 기승을 부렸으니까, 사람들도 일을 하지 않았고 하던 일을 그대로 버려두었다, 커다란 증기 항타기는 지금은 게오르크 교회 광장에 서 있다, 그리고 사람들은 하안 백화점의 잔해를 파내는 중이다, 그곳에 많은 선로를 박아 넣은 것으로 보아 역이 들어설 모양이다. 알렉산더 광장에는 그 밖에도 많은 일이 벌어지고 있는데, 무엇보다 중요한 것은 광장이 여전히 있다는 것이다. 그리고 광장에는 여전히 사람들이 지나다닌다, 진창이 엄청나다, 왜냐하면 베를린 시 당국은 너무나 고상하고 인간적이어서 눈이 몽땅 저절로, 아주 조금씩 녹아 진창이 되도록 손대지 않기 때문이다. 자동차들이 지나갈 때는 얼른 가까운 건물 현관으로 뛰어드는 것이 상책이다, 안 그랬다가는 공짜로 중절모자에 오물 세례를 받거나 아니면 공공의 재산을 무단으로 절취한 혐의로 고발당할지도 모른다. 우리의 옛 카페 '모카 픽스'는 문을 닫았고, 대신 모퉁이에 '멕시코' 라는 새 술집이 들어섰다. 세계적으로 센세이션을 일으킬 만한 것은 주방장이 창가에 서서 그릴을 하고, 게다가 인디언풍의 통나무집이라는 것이다. 알렉산더 경찰 병영 주변에는 공사 중 판자 울타리를 쳐 놓았는데, 내막은 알 수 없지만 아무튼 점포들이 헐리고 있다. 그리고 전차들은 사람들로 미어터질 정도인데, 각기 볼일이 있는 사람들이다. 승차권은 여전히 20페니히, 다시 말해 현금으로 5분의 1마르크이다. 원한다면 30페니히를 내도 좋다. 또 포드 자동차를 사서 타고 다닐 수도 있을 것이다. 도시 고가철도도 다니는데, 일등석과 이등석은 없고 삼등석뿐이며, 승객들은 피치 못해서 있는 경우가 아니면 모두들 편안하게 푹신한 의자에 앉아서 간다. 하지만 서서 가는 경우도 있다. 기차가 달리는 동안 선로에 무단 하차하는 것은 금지되어 있고 150마르크의 벌금에 처해진다. 그리고 무단 하차는 감전의 위험을 무릅쓰는 것이므로 매우 조심해야 한다. 구두약 '에귀'로 지속적으로 관리한 구두는 항상 경탄을 자아냅니다. 신속한 승하차를 부탁드리며, 혼잡할 때는 중앙 통로로 들어가 주시기 바랍니다.

모든 것이 다 멋지다. 다소 허약한 사람이라도 심장만 튼튼하면 이런 것들을 보면서 활기를 되찾고 두 다리로 일어설 것이다. 출입구에 기대서 있지 마세요. 맞다, 프란츠 카를 비버코프는 다른 사람들이 다 저만큼만 튼튼하면 좋겠다고 할 정도로 건강하다. 두 다리로 버틸 만큼 건강하지 못하다면 그런 사나이를 두고 이렇게 긴 이야기를 한다는 것은 어리석은 짓이다. 하루는 한 서적 행상이 비가 억수같이 쏟아지는데 길가에 서서 수입이 형편없다며 투덜대고 있는데, 체자르 플라이슐렌*이 그것을 보고는 책 장수의 손수레로 다가갔다. 그는 책 장수가 투덜대는 소리를 가만히 듣고 나더니 책 장수의 비에 젖은 양어깨를 두드리며 말했다. "그런 불평일랑 집어치우고 가슴에 태양을 품게.” 그는 이렇게 위로하고는 사라졌다. 이것이 그 유명한 태양의 시가 태어나는 계기가 되었다. 비버코프 역시, 물론 약간 다르기는 하겠지만, 그런 태양을 가슴에 품었는지도 모른다. 그는 약간의 화주와 맥아 추출물을 수프에 넣어 먹고는 서서히 원기를 되찾아 간다. 이 몇 줄의 글로 저는 여러분에게 1925년에 트라벤 뷔르츠가르텐에서 생산된 최고급 포도주를 권해 드립니다. 특판 가격으로 포장비 포함하여 50병에 90마르크, 낱개로 구입 시에는 병과 상자 값을 포함시키지 않을 경우 병당 1마르크 60페니히이며 병과 상자는 산정된 가격으로 추후 회수할 예정입니다. 동맥경화에는 디요딜을 쓰세요. 비버코프는 동맥경화증 같은 것은 없다. 다만 아직도 몸이 쇠약한 상태인데, 부흐에서 과도하게 단식을 했고 거의 아사 지경까지 갔으므로 살이 다시 붙으려면 시간이 필요하다. 그러므로 굳이 자기(磁氣) 요법* 치료사를 찾아갈 필요는 없다. 에바는 자신이 효과를 본 적이 있어서 그를 그 치료사에게 보내려는 것 같다.

일주일 뒤, 에바는 프란츠와 함께 미체의 무덤을 찾아갔을 때 즉시 놀라운 사실을 한 가지 발견하는데, 그것은 그의 상태가 전보다 훨씬 좋아졌다는 것이다. 그는 전혀 우는 모습을 보이지 않고, 튤립 한 다발을 무덤에 가만히 내려놓고 십자가를 어루만지고는 이내 에바와 팔짱을 끼고 그곳을 떠날 뿐이다.

그는 길 건너편에 있는 제과점에 앉아 벌꿀 케이크 조각을 주문해 먹는다. 그것은 미체를 기리는 것이기도 한데, 미체는 그 케이크 조각을 마음껏 먹어 보지 못했던 것이다. 맛이 좋긴 하지만, 뭐 그렇게 대단할 것까지는 아니다. 우리의 사랑스러운 미체를 보러 자주 오면 좋겠어요. 그렇다고 묘지에 자주 오는 것도 좋을 것은 없지만요, 자칫하면 감기에 걸릴 수 있으니까요. 내년에 그녀의 생일 때나 다시 다녀가야겠지. 이봐, 에바, 내 말 좀 들어 봐, 미체를 보러 이곳까지 찾아올 필요는 없다고 생각해, 묘지가 있든 없든 미체는 늘 내 마음속에 살아 있어, 그리고 라인홀트, 그 자식도 마찬가지야, 나는 그 녀석을 쉽게 잊지 못하겠어, 내 팔이 다시 돋아난다고 해도 그 자식은 잊지 못할 거야. 이 세상에는 많은 일이 있지, 하지만 그들을 잊는다면 그게 어디 사람이야, 한 무더기 잡동사니에 불과하지. 비버코프는 에바에게 이런 이야기를 하면서 벌꿀 케이크 조각을 먹는다.

한때 에바는 그의 애인이 되고자 했지만, 지금은 그런 생각을 접었다. 미체와의 일, 정신 병원, 이런 것들은 아무리 그녀가 그를 좋아한다 해도 감당하기 버거운 것이다. 전에 낳으려 한 그의 아이도 세상에 나오지 못했다, 그녀는 유산을 하고 말았다. 아이가 태어났으면 좋았겠지만 그렇게 되지 못할 운명이었고, 어찌 보면 오히려 잘된 일인지도 모른다. 헤르베르트가 없는 상황에서는 더욱 그렇다. 그리고 그녀의 후견인 신사를 위해서도 그녀에게 아이가 없는 것은 너무나 잘된 일이다. 결국에는 그 선량한 남자 친구 역시 다른 남자의 아이라는 사실을 알게 될 것이고, 또 그런 그를 비난할 수도 없는 일이다.

그렇게 두 사람은 말없이 나란히 앉아 지난 일과 앞으로의 일을 생각하며 벌꿀 케이크와 생크림을 얹은 초콜릿 과자를 먹고 있다.

발맞추어 행진,
오른발 왼발, 오른발 왼발

우리는 이 사나이를 라인홀트와 또 본명이 오스카 피셔인 함석공 마터의 공판정에서 다시 한 번 보게 된다. 이 두 사람은 1928년 9월 1일에 베를린 근교의 프라이엔발데에서 있었던 베르나우 출신의 에밀리 파르준케 살해 및 살인 방조 혐의로 기소되었다. 비버코프는 기소되지 않았다. 그러나 이 외팔이 사나이는 대중의 관심을 끌며 대단한 화제를 일으킨다. 사실상 그의 애인이 살해당한 사건이고 암흑가의 사랑, 애인의 죽음으로 정신 질환을 앓게 된 것, 공범 혐의, 비극적인 운명 등이 문제가 되었던 것이다.

이 외팔이 사나이는 다시 건강을 회복해 심리에 응할 수 있다는 전문가들의 소견에 따라 공판에 나서서 다음과 같이 진술한다. 죽은 사람은 그가 미체라고 부르는 여인으로 라인홀트와는 아무런 애정 관계가 없었으며, 라인홀트와 그는 친한 친구 사이였다, 그런데 라인홀트는 여자들에 대해 끔찍하고 괴팍스러운 욕망을 갖고 있었고, 그래서 그런 일이 벌어진 것이다. 라인홀트가 가학적인 성향이 있는지는 모르겠다. 자신이 짐작하기로는 미체가 프라이엔발데에서 라인홀트에게 저항하니까 격분한 나머지 그런 일을 저지른 것 같다. 그의 청소년기에 대해 아는 게 있습니까? 없습니다, 그때는 그 사람을 몰랐으니까요. 그는 당신한테 아무 이야기도 해 주지 않았나요? 그는 술을 마셨나요? 예, 그것에 대해 말씀드리면 그는 원래 술을 안 마셨는데 결국에는 마시기 시작했습니다, 얼마나 마시는지는 저도 모릅니다, 전에는 맥주 한 모금도 못 마셔서 늘 레몬주스와 커피만 마셨습니다.

그들은 비버코프를 통해 라인홀트에 관한 그 이상의 말은 얻어

내지 못한다. 그의 팔이나 두 사람 사이의 불화에 대해서도 아무 것도 밝혀내지 못한다. 나는 싸우지 말아야 했어, 저런 녀석과는 상종하지 말아야 했어. 방청석에는 에바와 품스 패거리 중 몇 명이 앉아 있다. 라인홀트와 비버코프는 서로를 뚫어지게 바라본다. 이 외팔이 사나이는 피고석에 두 경찰 사이에 앉아 재판을 받고 있는 그 녀석에게 한 치의 동정심도 갖고 있지 않다. 다만 생사의 기로에 있는 그 녀석에게 묘한 애착 같은 것만 남아 있다. 내겐 전우가 하나 있었지, 더 바랄 게 없는 좋은 전우였어. 나는 저 녀석을 쳐다봐야 해, 끝까지 쳐다봐야 해, 네 녀석을 쳐다보는 것보다 중요한 일은 없어. 이 세상은 설탕과 오물로 만들어져 있지, 나는 너를 조용히, 눈도 깜박이지 않고 쳐다볼 수 있어, 나는 네 녀석이 누군지 알아, 네 녀석을 여기서 만나다니, 이 자식아, 그것도 피고석에 있는 너를 말이다, 저 밖에서도 너를 수천 번은 더 만나겠지, 그런다고 해서 내 심장이 돌처럼 변하지는 않을 거다.

라인홀트는 공판 중에 무엇이든 자신에게 불리한 상황이 오면 품스 패거리가 벌인 일을 다 불어 버리겠다고 작정했다, 그는 그들이 자신을 자극할 경우 그들 모두를 곤경에 끌어들이려 했다, 특히 비버코프, 모든 것을 이 지경까지 오게 만든 그 개자식이 판사 앞에서 잘난 체를 할 경우 그렇게 할 심산이었다. 그런데 저기 방청석에는 품스 패거리도 와 있다, 저쪽에 있는 사람은 에바라는 그 여자야, 저 두셋은 형사들이고 내가 아는 자들이군. 순간 라인홀트는 마음을 누그러뜨리고 약간 뜸을 들이며 생각해 본다. 사람은 친구한테 기댈 수밖에 없어, 언젠가는 밖으로 나갈 텐데, 이 안에 있을 때도 저들이 필요할 수도 있어, 더욱이 우리 같은 인간들이야 형사들만 좋은 일 시켜 줄 필요는 없잖아. 그런데 저 비버코프 자식은 이상할 정도로 얌전하게 굴고 있군. 부흐 정신 병원에 있다 나왔다고 하더니 저 자식 정말 우습게 변했네, 저 우스꽝스러운 눈초리 좀 봐, 마치 눈깔 굴릴 줄도 모르는 것처럼 구네, 부흐에서 완전히 녹이 슬어 나온 모양이야, 게다가 말하는 것도 아주 느려 터졌어. 여전히 대갈통이 안 돌아가나 보군. 그러나 비버코프는 라인홀트가 불지 않는다고 해서 그리 감사할 이유도 없다는 것을 알고 있다.

라인홀트는 10년 징역형을 선고받는데 충동적 살인, 음주, 충동적 성격, 불우한 청소년기 등이 참작된 형량이다. 라인홀트는 자신의 형량을 받아들인다.

형량이 선고되는 순간 방청석에서 누군가 소리를 지르며 크게 흐느껴 운다. 에바다, 미체 생각으로 사무치는 모양이다. 그 소리에 비버코프는 증인석에 앉아 있다가 뒤를 돌아본다. 순간 그 역시 기진맥진하여 무너지면서 손으로 이마를 짚는다. 낫으로 베어들이는 자가 있으니 그 이름은 죽음, 나는 당신 거예요, 그녀는 사랑스러운 모습으로 네게 왔고 너를 보살펴 주었지, 그런데 너는 어떻게 했지, 당장 치욕, 치욕이라고 외쳐라.

재판이 끝나고 얼마 안 지나 비버코프는 어느 중소 공장의 수위 보조 자리를 제안받는다. 그는 제안을 받아들인다. 이제 그의 삶에 대해 더 이상 보고할 거리도 없다.

우리도 이야기의 막바지에 이르렀다. 이야기는 결국 엄청나게 길어졌다, 하지만 전체 사안이 비로소 드러나는 정점, 전환점에 이르기까지 이야기는 전개되고 계속 확장되지 않을 수 없었다.

우리는 어두컴컴한 가로수 길을 따라 걸어왔다. 처음에는 가로등 하나 켜 있지 않았고, 우리가 알고 있던 것은 다만 이쪽으로 가야 한다는 정도였다, 그러다가 그 길은 시나브로 밝아졌고, 마침

내 가로등이 나타나서 우리는 그 불빛 아래서 걸어온 거리의 표지판을 읽는다. 그것은 특별한 들추어내기 과정이었다. 그런데 프란츠 비버코프는 우리가 걸었던 그런 식으로 걷지 않았다. 그는 이 어두운 길을 맹목적으로 뛰어갔고, 여러 번 나무에 부딪혔는데, 달리면 달릴수록 점점 더 많은 나무에 부딪혔다. 주위는 벌써 어두웠고, 그는 나무에 부딪힐 때마다 화들짝 놀라며 두 눈을 질끈 감았다. 그리고 부딪히면 부딪힐수록 그는 더욱더 놀라며 눈을 꼭 감았다. 머리는 상처투성이가 되고, 거의 정신을 차릴 수 없는 상태에서 그는 마침내 목적지에 도달했다. 그는 쓰러지면서 비로소 눈을 떴다. 그러자 그곳에는 가로등이 그의 머리 위에서 환하게 빛나고 있었고, 그제야 그는 표지판을 읽을 수 있었다.

이제 그는 마지막으로 어느 중소 공장의 수위 보조가 되어 서 있다. 이제 더 이상 알렉산더 광장에 혼자 서 있지 않다. 그의 오른쪽에도 사람들이 있고, 왼쪽에도 사람들이 있으며, 그의 앞에도 사람들이 걸어가고, 뒤에도 사람들이 걸어간다.

많은 경우 불행은 혼자서 걸어갈 때 찾아온다. 사람이 여럿이면 상황은 달라진다. 다른 사람이 하는 말을 귀 기울여 듣는 버릇을 길러야 한다, 다른 사람들이 하는 얘기가 나하고도 상관이 있기 때문이다. 그때 나는 내가 누구인지, 내가 무엇을 할 수 있는지를 알게 된다. 나를 둘러싼 주변에서는 싸움이 벌어지고 있다. 그러니 정신을 바짝 차려야 한다, 미처 깨닫기도 전에 싸움의 한복판으로 들어갈 수도 있기 때문이다.

그는 어느 공장의 수위 보조다. 대체 운명이란 무엇인가? 하나의 운명은 나보다 강하다. 만약 우리가 둘이면, 이미 운명은 내가 혼자였을 때보다 더 강하기는 힘들다. 우리가 열이라면 더 그렇다. 그리고 우리가 1천이나 1백만 명이면 아예 상대가 안 된다.

그런데 다른 사람들과 함께하는 것이 훨씬 아름답고 좋은 것이기도 하다. 그때 나는 모든 것을 두 배나 더 잘 느끼고 잘 알게 된다. 배는 큰 닻이 없으면 확고하게 정박할 수 없고, 인간 역시 다른 많은 사람들 없이는 존재할 수 없다. 무엇이 진실이고 무엇이 거짓인지, 이제 나는 훨씬 잘 알 것 같다. 나는 한때 한마디 말에 넘어가 쓰라린 대가를 치러야 했다. 그런 일이 다시는 비버코프에게 생겨서는 안 된다. 저기 말들이 우리를 향해 굴러온다. 우리는 거기에 치이지 않도록 유념해야 한다. 버스를 조심하지 않다가는 치여서 묵사발이 될 수 있다. 나는 이 세상의 그 어떤 것을 두고도 맹세하지 않을 것이다. 사랑하는 조국이여, 안심하라, 나는 눈을 크게 뜨고 그리 쉽게 속아 넘어가지 않을 것이다.

사람들이 깃발을 들고 음악을 연주하고 노래를 부르며 그의 창가를 지나가곤 한다. 비버코프는 문간에 서서 차분한 눈빛으로 밖을 내다보고는 그냥 오래 집 안에 머물러 있다. 입 다물고 발맞춰 우리와 함께 행진하자고. 그러나 그런 행진에 끼었다가는 다른 사람들이 궁리한 것에 대해 내 목숨을 내놓아야 할 것이다. 그러므로 나는 우선 모든 것을 다 따져 보고, 모든 것이 정상이고 나한테도 맞는 경우에만 합세할 것이다. 인간은 이성을 부여받은 존재이고, 소처럼 멍청한 자들은 그것 대신에 패거리를 형성한다.

비버코프는 수위 보조로 일한다. 그는 번호표를 받고 차량을 통제하고 누가 들어오고 나가는지 살핀다.

깨어 있으라, 깨어 있으라, 이 세상에서는 무슨 일이 일어나고 있다. 이 세상은 설탕으로 만들어진 것이 아니다. 그들이 가스탄을 던지면 나는 질식하게 될 것이다. 그들이 왜 가스탄을 던졌는지는 알 수 없는 노릇이다. 그러나 중요한 것은 그게 아니다. 이미 그런 것에 대비할 태세가 되어 있어야 한다.

전쟁이 터져 내가 징집을 당하고, 왜 그런지 그 이유를 모르고 내가 관여하지 않았는데도 전쟁이 터졌다고 해도 그것은 내 잘못이고, 그것은 내게 그대로 들이닥친다. 깨어 있으라, 깨어 있으라, 사람은 혼자 살아가는 게 아니니다. 하늘에서 우박이 쏟아지고 비가 내리는 것, 그것은 우리가 어쩔 도리가 없다. 그러나 다른 많은 것은 막아 낼 수 있다. 그래서 나는 예전처럼 '운명이야, 운명이야!'라고 더 이상 소리치지 않겠다. 그것이 피치 못할 운명이라고 숭배해서는 안 되고, 그것을 눈여겨보고 움켜잡아 박살을 내야 한다.

깨어 있으라, 눈을 떠라, 조심하라, 수많은 사람이 같은 편이다. 깨어 있지 않은 사람은 조롱을 받거나 낭패를 당할 것이다.

그의 등 뒤에서는 북소리가 요란하다. 전진하라, 전진하라, 우리는 보무도 당당하게 전쟁터로 나아간다, 1백 명의 군악대가 함께하나니, 아침노을이여, 저녁노을이여, 우리의 이른 죽음을 비추어 다오.

비버코프는 평범한 노동자이다. 우리는 이제 알 만큼 다 알았다. 이를 위해 우리는 비싼 대가를 치러야 했다.

자유를 향해 나아가노라, 자유를 향해, 낡은 세계는 무너져야 한다, 깨어나라, 그대 새벽 공기여.

발을 맞추어 오른발 왼발, 오른발 왼발, 전진하라, 전진하라, 우리는 전쟁터로 나아간다, 1백 명의 군악대가 함께한다, 그들은 북을 치고 피리를 분다, 쿵쿵, 쿵쿵, 어떤 사람에게는 똑바른 길이 나타나고, 어떤 사람에게는 굽은 길이 나타나며, 어떤 사람은 굳게 서 있고, 어떤 사람은 쓰러지며, 어떤 사람은 계속 달려가고, 어떤 사람은 말없이 누워 있다, 쿵쿵, 쿵쿵.

주

8 **버터 바른 빵 이상의 것** 이 부분은 "사람이 빵으로만 살 것이 아니요"라는 성경 구절, 「신명기」 8장 3절과 「마태복음」 4장 4절을 생각나게 함.

18 **함성이 천둥처럼 울려 퍼진다** 프랑스와의 전쟁 위험을 경고하기 위해 1854년에 카를 빌헬름이 막스 슈네켄부르거의 시 「라인 강의 파수(Die Wacht am Rhein)」에 곡을 붙인 노래의 첫 부분. 애국주의적 음조가 특징인 이 노래는 제1차 세계대전 당시 군인들 사이에서 널리 불렸고 나치 독일에서도 애송되었음.

20 **옛날에 ~ 단정하였다** 구약 성경 중 「에스더서」 2장 5~7절 참조. 「에스더서」는 당시 민족 말살의 위협에 처한 유대인들과 에스더라는 한 여인의 용기와 민족에 대한 사랑을 기록한 책.

21 **신년 명절** '로시 하샤나'라고 불리는 신년 축제는 유대인의 축제 중 가장 중요한 축제로 유대 달력에 따라 9~10월에 시작하여 열흘간 계속됨.

22 **선지자 예레미야는 ~ 내릴 것이다** 예레미야는 유대 민족이 바빌론에 포로가 되었던 시기에 유다 왕국의 종말을 예언한 선지자. 본문의 예언은 구약 성경 「예레미야서」 51장 9~14절의 자유로운 인용임.

39 **고아** 1927년 8월에 상영을 시작한 프란츠 호퍼의 영화 「고아(Elternlos)」로 추측됨. 되블린은 영화광이었고, 영화 미학이나 기법에 매혹을 느

껴 이를 문학 창작에도 도입했음.

42 **옛날 옛날에 ~ 서로서로 사랑했더래요** 아힘 폰 아르님과 클레멘스 브렌타노가 편찬한 민요집 『소년의 마적』에 나오는 민요 「고귀한 왕의 자녀들」의 첫 소절.

개가 ~ 도랑을 뛰어넘으면 애국주의적인 민요 「용기가 가슴에 치솟으면」의 첫 소절을 패러디한 것임.

43 **구구 구구 구구, 귀여운 나의 수탉** 민요 「꼬마 프리츠가 아버지에게 말했네」의 후렴.

사랑스러운 조국이여, 안심해도 좋을 것이다 「라인 강의 파수」의 후렴.

44 **수프를 끓이나요 ~ 슈타인 아가씨** 당시 유행하던 노래의 한 구절.

성적 능력은 ~ 중요한 역할을 한다 이 부분은 되블린이 의사로서 갖고 있었던 의학 또는 성 의학 교과서의 내용을 인용한 것으로 보임.

45 **아가씨에게 사랑하고 좋아하는 남자가 있다면** 동프러시아 출신의 독일 작곡가 발터 콜로가 1913년에 작곡한 소극 「웃기는 남작(Der Juxbaron)」에 나오는 듀엣 행진곡의 후렴을 패러디한 것. 되블린은 1920년대에 베를린에서 오페라, 소극, 버라이어티 쇼 등을 자주 관람했고 당시 유행가의 일부를 작품에 많이 삽입했음.

테오도어 ~ 무슨 속셈이 있었나요? 당시의 풍자극 「세상의 죄(Die Sünden der Welt)」에 나왔던 유행가 「어제 산책을 할 때」의 후렴.

46 **그대는 고향이 ~ 싸늘하고 공허하다오** 어빙 벌린이 부른 샹송 「언제나」(1925)의 독일어 가사 첫머리.

47 **테스티포르탄 ~ 금욕 기간을 두는 것도 종종 효과가 있다** 이 부분은 광고나 의학 서적에서 인용한 것으로 보임. 성의학 연구자 마그누스 히르슈펠트는 『성의학』이라는 책을 저술하고 특히 동성애자들의 권리를 옹호했으며, 베를린 성의학 연구소 동료인 베른하르트 샤피로는 발기부전 담당 연구부서의 책임자였음.

48 **루머 디 부머** 베를린의 아이들 놀이에서 역할을 정하기 위해 숫자를 세는 노래의 운율.

49 **칼을 바치는 장면이다** 1870년 9월 2일, 나폴레옹 3세가 전투에서 패한

후 프로이센의 빌헬름 1세에게 자신의 칼을 바치는 그림. 빌헬름 1세는 1871년 1월 18일에 베르사유 궁전에서 독일 황제로 즉위함.

저는 항복했습니다 1820년에 한스 페르디난트 마스만이 지은 애국적인 노래의 첫 부분.

50 **나이팅게일, 네 노래는 참으로 아름답구나** 하인리히 호프만 폰 팔러스레벤이 쓴 시 「나이팅게일의 대답」(1844)의 첫 구절.

친구들 사이에서 ~ 평가한 것 같지는 않다 이 부분은 출처가 불분명한 신문 기사를 인용한 것으로 보임.

51 **트레프토 ~ 낙원** 트레프토는 베를린 동부 한 구역의 이름이기도 하며, 이 구역의 포도주 상회 트레프토는 '낙원'이라는 이름의 술집을 운영했음.

52 **트럼펫이 무슨 노래를 부르나** 에른스트 모리츠 아른트가 쓴 시 「사령관의 노래」(1813)의 첫 구절.

57 **서식 번호 968a** 되블린은 이 소설을 집필할 당시 베를린 경찰국의 부국장인 바이스 박사와 친구 사이였는데, 이런 계기로 인용된 것과 같은 경찰 문서를 접했던 것으로 추정됨.

65 **전혀 어렵지 않아요** 독일 작곡가 엥겔베르트 훔퍼딩크의 동화 오페라 「헨젤과 그레텔」(1891)에 나오는 노래.

67 **재무 및 세무** 이상의 픽토그램은 베를린 시 참사회가 1928년에 발간한 관보에서 따온 것임.

68 **슈판다우 다리 ~ 수여하였음** 이상의 세 부분은 1928년 1월 베를린 시 관보에 나온 내용의 일부로 장소와 인명은 바꾸어 실었음.

일기 예보 이 부분은 신문에 나온 일기 예보를 인용한 것임.

70 **생선을 드세요 ~ 유지할 수 있습니다** 1928년 3월 12일자 『베를린 타게스블라트』에 실린 광고 문구의 일부.

75 **이제 안녕, 내 사랑하는 조국이여** 아우구스트 디셀호프가 1848년 19세의 나이에 고향 아른스베르크와 작별하면서 지은 노래의 첫 구절.

80 **프랑크푸르트** 여기에 등장하는 프랑크푸르트는 잘 알려진 마인 강변의 프랑크푸르트가 아니라 베를린에서 멀지 않은 오데르 강변의 프

랑크푸르트를 말함.

82 **견본 시장 상인들은 ~ 늘어날 것이기 때문이다** 이 부분은 1927년 11월 한 신문에 실린 소식을 인용한 것으로 추정됨.

87 **샤프스코프** 샤프스코프는 '야코프' 라는 운율에 맞춰 부른 것으로 '양의 머리' 라는 뜻.

88 **독일의 미헬** '독일의 미헬' 은 독일인을 집단적으로 상징하는 캐리캐처적인 인물로 16세기 우직한 농부의 이미지에서 시작되었음.

90 **내가 있던 교도소에는 ~ 동참했던 자야** 1919년 1월 베를린에서 일어난 스파르타쿠스단(독일 사회민주당 내 분파)의 공화국 반대 봉기를 말하는 것으로 정부 지원 부대에 의해 무차별 진압되었음. 되블린은 베를린에서 일어난 소요 사태를 목격했고, 1919년 3월 12일에는 누이동생 메타가 목숨을 잃기도 했음. 항구 도시 킬과 빌헬름스하펜에서 1918년 3월 12일 선원들의 봉기로 시작된 '11월 혁명' 은 되블린이 나중에 4권으로 된 장편소설 『1918년 11월』에 상세하게 재현하였음.

91 **독일 총리 빌헬름 마르크스의 숙명론적인 연설** 되블린이 인용하는 이 대목은 1927년 11월 19일자 『민족 관찰자』 기사에 근거한 것임. 빌헬름 마르크스는 1923년부터 1928년까지 독일의 총리를 지냈음.

여러분 모두 ~ 살아가시길 바랍니다 마지막 부분은 18세기 독일 작가 크리스티안 퓌르히테고트 겔러트의 시 「죽음(Vom Tode)」에서 두 행('죽을 때 네가 원했던 삶을 살았다는 생각이 들도록 살아가라')을 패러디한 것.

95 **욜리** 당시 사기 혐의로 고소당했던 단식 광대로 1928년 10월 15일자 『베를린 신문』에 그에 관한 기사가 났음.

96 **도스 안** 1924년 미국의 재정 장관 도스가 제안하여 1차 세계대전 후 독일의 배상금 문제와 관련해 작성한 협정으로, 독일의 전비 배상금 지급 시기를 늦추어 극심한 인플레이션을 끝냈음.

97 **어렵지 않아** 엥겔베르트 훔퍼딩크의 동화 오페라 「헨젤과 그레텔」(1891)에 나오는 노래.

비스마르크나 베벨 오토 에두아르트 레오폴트 비스마르크는 프로이센과 통일 후 독일 제국의 재상으로 뛰어난 연설가였고, 아우구스트 베벨 또한 독일의 사회주의자이자 사민당 창립자로서 연설에 뛰어났음.

100 **『즐거운 삶』이군요** 『Lachendes Leben』 1925~1931년에 발간된 월간지로 주로 나체 사진을 실었음.

『피가로』, 『결혼』, 『이상적 결혼』, 『여자의 사랑』 이상은 모두 당시 베를린에서 발간된 잡지.

101 **부부의 성생활을 ~ 노예 행위다** 이것은 위의 잡지 『결혼하지 않은 자들』에 실린 칼 하인츠 디트의 기고문 중 일부임.

단눈치오 단눈치오(Gabriele d'Annunzio)는 세기말 이탈리아의 작가로 아래 내용은 소설 『쾌락』(1889)의 일부를 인용한 것임.

103 **175조** 민법 175조. 동성애에 관한 조항으로 동성 간의 '자연에 위배되는 성행위'를 처벌하는 것을 골자로 함. 되블린은 이 조항을 완화시킬 것을 주장했음.

107 **카를 대제** 카를 대제(747~814)는 신성로마제국을 창건한 황제로 제국에 첫 관료 행정을 도입했음.

여장을 하고 싶은 ~ 사랑을 위한 자유 잡지에 나오는 광고 문구.

108 **별빛 맑은 하늘이 ~ 거위 간** 이상은 주간지 『여자들의 사랑(Frauenliebe)』에 실린 젤리 엥글러의 연재소설 『인식』에서 발췌한 것으로 보임. 되블린은 마지막 부분에서 여러 문장 부호의 모양을 나열하면서 거위의 발, 거위 다리에서는 언어유희를 한 것임.

109 **홈부르크 왕자** 하인리히 폰 클라이스트의 희곡 「홈부르크 왕자」에 나오는 주인공.

110 **길카 술** 독일에서 퀴멜과 더불어 오래전부터 내려온 대표적인 리큐어로 회향풀과 미나리과 식물 커민을 원료로 만든 술.

111 **신세계** 하젠하이데에 위치한 술집 '신세계(Neue Welt)'는 베를린 동부 노이쾰른 구역의 공원에 있음.

마셔라, 마셔 ~ 인생은 흥겨운 것 1927년에 발표된 빌헬름 린데만의 히트곡.

114 **사랑스러운 달아 ~ 고요히 떠오르는구나** 카를 엔슬린이 작시한 노래 구절.

116 **불꽃 칼을 들고 ~ 되돌아가지 못하는 거요** 구약 성경 「창세기」 3장 24절 참조.

하르트만스바일러코프 독일의 남부 포게젠 산맥에 있는 봉우리로, 제1차 세계대전 당시 독일군과 프랑스군이 격전을 벌인 곳이다.

아름다운 해변에서 ~ 속삭임을 나누었지 당시 불리던 유행가 구절.

민족주의 성향의 신문들 이러한 신문으로는 1918년부터 간행되어 국가사회주의당의 선전지 역할을 한 『민족 관찰자』가 있음.

철모단 제1차 세계대전 직후 전선에서 돌아온 군인들로 구성된 준군사 우익 단체로 나치당과 이념적 성향이 비슷해 서로 동맹을 맺었음.

대림절 크리스마스 전에 경건한 마음으로 그리스도를 기다리는 4주의 기간.

117 **제국 깃발** 1924년 독일의 바이마르 공화국 수호를 위해 설립된 사회민주당의 방어 조직인데 1927년 5월 25일에 나치 당원 히르슈만을 살해했다는 이유로 고발되어 재판을 받음.

진정한 연방주의는 ~ 연설을 했다 이 부분은 1927년 11월 19일자 『민족 관찰자』에서 인용한 것임.

118 **흑백적** 독일 제국 국기의 삼색으로, '흑적황' 으로 이루어진 공화국 삼색기와는 차이가 있음.

아라스 전투와 코브노 전투 아라스는 프랑스 북부로 오랫동안 격전이 벌어졌던 곳이고, 코브노는 과거 러시아 지역의 도시(현재 리투아니아의 카우나스)로 1914년 8월 독일군에 점령된 바 있음.

122 **네부카드네자르 왕** 기원전 6세기경 바빌론을 통치했던 왕으로 예루살렘을 파괴하고 유대인들을 포로로 끌고 갔음.

익티오사우루스 중생대 쥐라기에서 백악기에 걸쳐 바다에 살았던 돌고래를 닮은 어룡.

저 높은 하늘에서 ~ 내려왔노라 마르틴 루터의 유명한 크리스마스 노래 첫 구절.

123 **로자, 카를 리프크네히트** 독일 공산당 창당에 가담한 로자 룩셈부르크와 카를 리프크네히트는 1918년 독일 혁명의 중심인물로서 같이 활동했으나 스파르타쿠스단 봉기가 진압된 후 체포되어 1919년 1월 15일 군인들에 의해 살해되었고, 로자 룩셈부르크의 시체는 5월 31일 란트베어 운하에서 발견되었음.

피가 흘러야 하리라 1848년 독일 혁명 당시 대학생들이 혁명을 조소하면서 부른 「헤커의 노래(Heckerlied)」 중 첫 구절로 1918년 좌파의 혁명에서도 등장하고 나중에는 나치 친위대의 군가에도 나왔음.

124 **치노비츠** 발트 해에 있는 휴양지.

125 **카를과 로자 추모 행진** 1919년 1월 15일에 살해된 두 사회주의자를 기억하면서 신봉자들은 범죄의 현장까지 추모 행진을 벌였음.

127 **아름다운 눈들이 ~ 마시지 않을 수 있으리** 음주를 원하는 출처 미상의 구절.

129 **비탄의 둥지** 구약 성경 「시편」 84장 7절 참조.

130 **최고의 것은 아니다** 이것은 실러의 『메시나의 신부(Braut von Messina)』(1803) 마지막 구절을 약간 변형한 것임.

131 **다른 족속** 여기서 비난의 대상이 되는 정치 세력은 사회민주당(SPD)인데, 사회민주당은 1918년 정권을 잡으면서 반민주적이고 공화국 적대적인 세력을 제어하는 데 성공하지 못하자 그들의 이상을 포기했음.

내게 전우가 하나 있었지 ~ 나의 좋은 전우여 루트비히 울란트가 1809년에 쓴 시 「좋은 전우(Der gute Kamerad)」에 프리드리히 질허가 곡을 붙인 노래로 군가로 인기 있었음.

138 **목재산업 경영자들은 ~ 22만 6천 명 증가** 1927년 12월 19일자 독일 공산당 중앙기관지 『붉은 깃발』 등 당시 신문 기사의 제목임.

139 **샤이데만 일파** 필리프 샤이데만은 독일 사회민주당 출신 정치가로 1918년 11월 9일 바이마르 공화국의 시작을 선포한 초대 수상이었으나 1919년 6월 베르사유 조약 반대 의견을 관철시키지 못해 사임함. 이후 그는 정부의 군사정책 노선에 대해 그리고 공화국 내의 반동적

경향에 대해 경고하는 발언을 하는데, 극우주의자들의 표적이 된 것이 아니라 좌파 세력으로부터 "혁명적 노동자들"의 배신자라는 비난을 받았음.

독일 중앙당 독일 제국과 바이마르 공화국 시기에 가톨릭교회 세력을 대변한 독일의 대표적 정당.

열네 명의 아이를 ~ 고려의 대상이 된다 이것은 당시 독일 공산당 기관지인 『붉은 깃발(Die Rote Fahne)』의 1927년 12월 29일자 기사를 변형한 것임.

승리의 월계관을 ~ 감자들이여 이것은 프로이센 국왕에 대한 찬가를 패러디한 것임. "승리의 월계관을 쓴 국왕 만세/ 조국의 통치자/ 국왕 만세!"

141 **둘이면 더 낫다** 이것은 1928년 6월 17일자 주간 신문 『평화의 전령』에 실린 시의 일부임.

142 **에리니에스** 그리스 신화에 나오는 복수의 세 여신으로 원래 억울하게 살해된 자들의 영혼으로 알려진 이 여신들은 행악자, 특히 친족을 살해한 자를 끝까지 추적하고 광기와 죽음으로 몰아간다고 함.

146 **숲을 향해 나아갔다** 되블린은 아이스킬로스의 극작품 「오레스테이아」의 내용을 자유롭게 인용함.

148 **괴롭힘을 당하는 것이다** 되블린은 아이스킬로스의 극작품 「아가멤논」의 내용을 자유롭게 인용함.

149 **나의 앵무새는 ~ 먹지 않아** 1920년대 독일에서 유행하던 유행가의 첫 구절.

157 **어제만 해도 늠름한 말을 타고 다녔건만** 소제목으로 사용된 "어제만 해도 늠름한 말을 타고 다녔건만, 오늘은 가슴에 총을 맞고, 내일은 차가운 무덤 속으로"는 빌헬름 하우프가 슈바벤 지역의 민요를 근거로 1824년에 쓴 시 「기사의 아침 노래」에 나오는 구절임.

165 **참으로 아름다운 낙원이었다 ~ 아담과 이브에게 말을 걸기 시작했다.** 구약 성경의 첫 번째 책 「창세기」 3장 첫 부분을 자유롭게 인용함.

사업은 사업인 거야 프랑스 작가 옥타브 미르보의 코미디 「사업은 사업이다(Les affaires sont les affaires)」(1903)의 제목에서 나온 어법임.

177 **너는 흙에서 왔으니 흙으로 돌아갈 것이다** 구약 성경 「창세기」 3장에서 하느님이 첫 인간 아담에게 한 말.

187 **교육자로서의 플락스만** 1901년에 초연된 오토 에른스트의 희극 제목.

188 **어떤 짐승은 ~ 야생 토끼에 관한 언급이 아직 없었다** 1927년 6월 14일자 베를린 지방 법원의 판결문을 인용한 것으로 보임.

194 **「파울루스」** 펠릭스 멘델스존 바르톨디가 1836년에 작곡한 첫 오라토리오.

'흑백적'의 삼색기 1871~1919년의 독일 제국에서 그리고 1933~1945년의 나치 제국에서 사용한 깃발.

198 **그대 아름다운 라인 강변에서 살아 보셨나요?** 1927년 11월 7일에 상영이 시작된 제임스 바우어 감독의 영화 제목.

센터포워드의 왕 축구 영웅을 주인공으로 한 프리츠 프라이슬러 감독의 영화로 1927년 11월에 베를린에서 상영됨.

200 **카프탄** 정통 유대인들이 걸치는 셔츠 모양의 기다란 정복.

갈리치아 우크라이나 북서부에서 폴란드 남동부에 걸쳐 있는 카르파티아 북쪽의 구릉과 평야 지대.

202 **뱀이 바스락 소리를 내며 ~ 들판의 채소를 먹어야 할 것이다** 구약 성경 「창세기」 3장 14~19절 참조.

203 **꼬마 마리가 ~ 한 발로, 혼자서** 당시 어린아이들이 즐겨 부르던 동요의 첫 부분.

조그만 집토끼야 ~ 소시지처럼 어서 꺼져 버려라 아이들의 동요에서 따온 구절들

메넬라오스 그리스 신화에 나오는 헬레네를 아내로 삼았던 스파르타의 왕이고, 나중에 오디세우스의 아들 텔레마코스가 아버지의 안부를 물은 적이 있음.

204 **짐승이 죽는 것처럼 사람도 죽는다** 구약 성경 중 「전도서」 3장 19절 참조.

215 **욥** 구약 성경 「욥기」에 나오는 주인공으로 시험을 받아 모든 것을 잃지만 신앙이 더욱 순수하게 되고 모든 것을 돌려받는 인물.

241 **그곳으로 ~ 그대 내 사랑이여** 괴테의 『빌헬름 마이스터의 수업 시대』(3권, 1장)에 나오는 유명한 '미뇽의 노래'를 약간 변형해 넣은 광고 문안의 일부.

243 **어떤 아가씨가 사랑하고 좋아하는 남자가 있다면** 당시 유행가의 한 구절.

257 **누가 그것을 말해줄까, 누가 그것을 고백할까** 괴테의 『파우스트』(3432행 이하)에 나오는 그레트헨과 파우스트 간의 종교적 대화를 패러디하여 인용함.

의미심장한 세 단어를 실러의 시 「신앙의 글귀」(1797)에 나오는 첫 구절을 인용한 것인데 실러는 자유, 덕성 그리고 신을 신앙의 중요한 세 단어로 들었음.

258 **어느 쪽으로 가는가, 요제프 비르트?** 당시 제국 의회에서는 학교법 관련 사회민주당과 우파 정당 간의 대연정이 합의에 이르지 못해 결국 1928년 5월 20일 새로운 선거가 실시되었음. 요제프 비르트는 바이마르 공화국 시절 중앙당 소속의 정치인으로 1921년 최연소 총리를 지냈고, 1929년에는 사민당의 헤르만 뮐러 총리 밑에서 '점령 지역 장관'을 역임함.

『민족 관찰자』 국가사회주의독일노동당, 즉 나치가 발행한 기관지로 반(反)유대인의 입장을 갖고 있었음.

260 **에베르트 대통령** 프리드리히 에베르트는 사회민주당 당수로 1919년 2월부터 바이마르 공화국의 대통령직을 수행했고 1925년 2월 28일 맹장염으로 사망함.

261 **최르기벨** 1930년 11월까지 베를린 경찰국장을 지낸 사민당 정치인으로 1928년 12월 당시 점증하는 가두시위에 대해 집회 금지령을 내렸고, 1929년 5월에 7명이 사망하는 유혈 사태를 일으킨 장본인이기도 함.

아마눌라 왕 아프가니스탄의 국왕으로 1928년 2월에 유럽을 순방 중이었음.

자르 지역의 정세 1919년 파리 평화회의에서 자를란트 지역을 15년간 국제연합의 치하에 두되 탄광은 프랑스에 귀속한다고 결의한 일로 계속해서 갈등과 소요가 있었음.

270 **베리츠** 포츠담 근교로 휴양 및 폐결핵 치료소로 유명함.

283 **낫으로 베어 들이는 자가 있으니 ~ 감수해야 하리라** 원래 17세기 독일 민요에 나타나는 '죽음의 사자' 라는 모티프인데, 독일 낭만주의 시인 클레멘스 브렌타노의 민요집 『소년의 마술피리』(1806) '추수'의 노래에 기록되어 있음.

285 **내게 순정을 ~ 당신과 마찬가지야** 당시의 유행가 가사로 추정됨.

286 **그대야 나하고 낚시질이나 가면 되지** 발터 콜로가 작곡한 폭스트롯의 시작 부분으로 트루데 헤스터베르크의 노래로 유명함.

288 **그로크 술** 럼주에 뜨거운 설탕물을 섞은 술.

291 **베를린에서는 러시아 대학생~결혼에 이르지는 못했다** 1928년 4월 18일자 『베를린 신문』의 보도를 인용한 것임.

292 「**쾨르 뷔브**」 프랑스 작가 자크 나탕송(1901~1975)의 희극 작품으로 르네상스 극장에서 1928년 4월 8일에 100회 기념 공연이 이루어짐.

294 **1928년 6월** 앞뒤 문맥으로 보아 작가가 시간을 착각한 것으로 보이며 '1928년 봄' 이 맞음.

296 **하지만 운명의 힘과는~성큼성큼 다가온다** 프리드리히 실러의 시 「종의 노래」(1800)에 나오는 구절을 약간 변형한 것임. '운명의 힘들과는 영원한 맹약을 맺을 수 없고, 불행은 빨리 다가오도다.'

299 **어머니는 홍당무를 삶지** 당시 독일에서 불리던 동요의 일부.

그 영국 왕이 아니다 1928년 2월 7일, 영국의 조지 5세 국왕이 의회 개회식에 참석함.

켈로그 협정 1928년 미국 국무 장관 켈로그와 프랑스 외상 브리앙이 제안한 전쟁 포기에 관한 조약으로 파리에서 독일을 포함한 15개국이 서명함.

300 **참회하는 죄인 ~ 의인보다 낫다** 「누가복음」 15장 7절에 비견되는 구절로 성경에서는 99명의 의인으로 되어 있음.

304 **예레미야 선지자가~누가 그 마음을 알겠는가?** 구약 성경「예레미야」17장 5~9절 참조.

313 **『포어베르츠』** 독일 사회민주당이 1884년부터 발간한 『베를리너 폭스블라트』가 1890년 『포어베르츠(Vorwärz)』('전진' 이라는 의미)로 개명됨.

『모텐포스트』 『베를린 모르겐 포스트』 신문의 애칭.

318 **피스카토르 무대** 독일의 연출가 피스카토르가 1927~1931년에 베를린에서 공연한 아방가르드 연극 무대를 말하는데, 1928년 초에는 레오 라니아의 희극「호경기」를 무대에 올렸음.

336 **불의의 재산이 번창하다** 구약 성경 중 솔로몬이 쓴「잠언」10장 2절에서 '불의하게 모은 재물은 번성하지 않는다' 는 격언을 패러디한 것.

341 **단검을 숨기고 있다** 프리드리히 실러의 담시「보증(Bürgerschaft)」(1799)에 나오는 구절. "폭군 디오니스가 있는 곳으로/ 다몬은 옷 속에 단검을 숨기고 잠입했노라."

차가운 키스 발터 콜로와 쿠어트 로비체크의 히트곡「두 송이의 빨간 장미, 부드러운 키스」(1926)를 패러디한 것으로 보임.

363 **그 불가리아 남자가 공주와 결혼한다** 앞에서도 나온 이 남자는 '불가리아 남자' 가 아니라 러시아 망명객 알렉산더 수브코프를 가리키며 27세의 나이로 과부인 61세의 빅토리아 마가레테 공주와 결혼했음.

364 **에바의 머리에 찬물을 끼얹는다** 에바는 여기서 히스테리 증세에 시달리는 인물로 그려지고, 정신과 의사였던 되블린은 프로이트와 마찬가지로 히스테리가 트라우마적인 체험에서 비롯된다는 것을 잘 알고 있었음.

365 **세상에는 많은 일이 일어난다** 이하의 소식들은 1928년 6월 9일자 『베를린 신문』에 실린 것임.

'매진' 이라고 써 놓을 겁니다 당시 베를린에서 상영된 한스 알버스 주연의 영화 주제가.

366 **나는 내 속눈썹을 ~ 시금치를 뿌릴 거야** 찰스 암베르크 작사에 프레드 레이먼드가 곡을 붙인 폭스트롯의 후렴.

367 **소포트** 폴란드 단치히 만에 있는 휴양지.

369 **큰 창녀, 창녀 바빌론이 ~ 성도들의 피에 취해 있다** 신약 성경의 「요한 계시록」 17장 3~6절 참조. 여기 인용된 구절은 소설의 이후 진행에서 주도 동기의 기능이 있음.

389 **형틀로 구워지고 있다** 이 대목은 실러가 1800년에 쓴 시 「종의 노래」의 첫 부분을 패러디한 것임. "땅속에 갇힌 채 진흙으로 된 형틀이 구워지고 있다."

나의 요하네스 ~ 사나이 중의 사나이 출처가 불분명한 천박한 노래 가사의 일부.

394 **철십자 훈장** 철십자 훈장은 1813년 당시 프로이센 국왕 프리드리히 빌헬름 3세가 '해방 전쟁' 참전 병사들의 무공을 치하하기 위해 처음 수여한 것에서 시작된 것으로 1870년의 '프로이센 - 프랑스 전쟁'과 1914년의 제1차 세계대전에서도 사용되었음.

소요 사태 1922년 5월 2일 베를린 시청 앞에서는 독일 공산당 당원들과 경찰력 사이의 유혈 충돌이 있었음.

402 **알라시 술** 발트 해 리보니아 지방에서 생산되는 퀴멜 주.

413 **독일 제국은 공화국이고 ~ 한 방 얻어맞을 것이다** 이것은 1919년에 제정된 '바이마르 헌법' 제1조에 대해 조소를 보이는 것임.

415 **모든 축복은 위에서 내려온다고** 이 문장도 실러의 시 「종의 노래」 제1연의 마지막 행을 옮긴 것임. "모든 축복은 위에서 오나니."

417 **결국 우리는 ~ 자조(自助)입니다** 되블린이 인용한 이 무정부주의 연설은 한 정치 집회에서 사용된 것으로 1928년 5월 20일에 있었던 제국의회 선거의 연설문일 가능성이 높음. 되블린은 당시 무정부주의 이념을 잘 알고 있었고 바쿠닌, 크로포트킨, 린다우어 같은 무정부주의 이론가들과도 친했음.

418 **현존하는 사회 질서는 ~ 깨어나라!** 이것 역시 출처가 불분명한 어느 무정부주의 연설의 한 대목임.

신문 말이오 『목사의 거울(Der Pfaffenspiegel)』은 반사회주의적인 교권주의에 반대하는 주간 신문으로 1927년에서 1929년까지 베를린에서 발행되었고, 『검은 깃발(Schwarze Fahne)』은 1925년부터 1929년 사이에 베를린에서 발행된 평화주의 경향의 신문이며, 『무신론자(Atheist)』는 1905년에서 1933년까지 라이프치히에서 발행된 자유주의 경향의 신문임.

419 **보르지히 일가** 크루프나 보르지히는 모두 당시 제련소를 소유했던 대규모 기업으로 '굴뚝 남작'으로 지칭된 기업가들이고, 보르지히는 베를린에서 가장 많은 사람을 고용해 '베를린의 왕'이라는 칭호를 얻었음.

420 **내가 산들 위에서 ~ 모두가 자취를 감추었다** 구약 성경의 「예레미야」 9장 10절 참조.

421 **내가 예루살렘을 ~ 황폐하게 만들 것이다** 구약 성경의 「예레미야」 9장 11절 참조.

422 **깨어나라 ~ 굶주림으로 내몰리는 자들아!** 「인터내셔널」의 첫 구절을 인용한 것임.

423 **그 어떤 높은 존재도 ~ 우리 자신뿐이라고** 「인터내셔널」의 두 번째 구절을 인용한 것임.

426 **『붉은 깃발』** 로자 룩셈부르크와 카를 리프크네히트가 혁명적 사회주의 단체(스파르타쿠스단)의 기관지로 창간하였고 나중에 독일 공산당의 신문이 되었으며, 1918~1933년에 발간됨.

433 **픽사본 여왕** 같은 이름의 샴푸 광고에 등장하는 아름다운 여성.

435 **모두 허튼소리라는 것이다** 여기서 '초인 사상'을 설파한 철학자 니체나 극단적인 개인주의 또는 유아론을 주장한 무정부주의 철학자 막스 슈티르너는 비버코프의 관점에서는 쾌락주의적이고 자기중심적인 삶의 방식을 주창한 인물들로 받아들여지고 있음. 되블린은 슈티르너의 사상은 진지하게 받아들이지 않았지만 니체의 저작에는 상당한 영향을 받았음.

438 **다리가 휘는 일도 잘 없어** 구루병은 비타민 D와 햇빛의 부족으로 뼈의 성장에 결함이 생기는 병으로, 뼈가 약해지고 다리가 휘는 것이 특징임.

439 **기다려, 잠깐만 ~ 네게도 찾아갈 거야** 프리츠 하르만은 당시 24명의 소년을 엽기적으로 살해했던 악명 높은 연쇄 살인범으로 1925년에 처형되었는데, 프리츠 하르만에 관해 아이들이 부른 동요를 옮긴 것임.

440 **표지면 위쪽에 녹색의 갈고리 십자가가 보인다** 『베를린 노동자 신문』은 '국가 사회주의 독일 노동자당'의 주간 신문으로 기사의 제목들은 이 신문의 극우주의 성향을 보여 주고 있음. 1928년 9월 말부터 이 신문은 표지에 검은색 갈고리 십자가 대신 녹색의 갈고리 십자가를 내걸었음.

444 **그곳에 높은 산들이 있고 ~ 할렐루야** 이상은 구약 성경 「창세기」 22장 3~12절 참조. 아브라함이 외아들 이삭을 번제로 드리는 장면을 자유롭게 재구성한 것임.

455 **군인들이 시내를 ~ 다다 때문이다** A. 코스마르의 익살극 「해적들」(1839)에 나오는 노래를 인용한 것임.

458 **옛날에 세 왕이 ~ 흔들고 또 흔들었다** 신약 성경 「마태복음」 2장 1절 참조.

481 **어제 오후부터 ~ 적어 보았다** 되블린은 여기서 어떤 여성 우울증 환자가 자신에게 보낸 편지를 날짜 등 일부만 바꾸어 인용하고 있음.

부인, 키스를 해 드릴게요 1928년 랄프 에르빈이 작곡한 유명한 탱고의 첫 소절, 1929년에는 마를레네 디트리히 주연으로 동명의 영화가 상영됨.

482 **지그리트 오네긴** 지크리트 오네긴은 스웨덴의 오페라 여가수로 1928년에 베를린에서 콘서트를 연 바 있음.

485 **파울라 이모는 ~ 권한 모양이라네** 발터 콜로가 작곡하고 헤르만 프라이가 작사한 폭스트롯의 후렴.

488 **오라, 죄 있는 자여 ~ 인도하시네** 구세군에서 흔히 부르던 찬송가를 인용한 것으로 영어 원곡은 윌리엄 제퍼슨이 쓴 것임.

490 **프란츠 키르슈** 금고털이범 프란츠 키르슈는 1928년 7월 초에 탈옥했다가 8월 말 다시 체포되었음.

491 **전반적인 기상 상황은 ~ 다시 올라갈 전망이다** 신문의 일기 예보를

그대로 인용한 것임.

496 **10시** 되블린이 쓴 원서에 10시로 되어 있는데 이것은 위의 동료들에게 문을 열어 준 시각이나 뒤쪽의 시간 언급과 맞지 않아 작가가 시간을 착각한 것으로 보임.

497 **언제 우리가 ~ 만날 수 있으려나** 하인리히 빌켄이 작사하고 루돌프 비알이 멜로디를 붙인 「푸른 슈프레 강변에서」의 후렴.

498 **누구를 위해서 ~ 오직 우리만의 것이라고** 당시 독일의 유행가 구절.

511 **판코, 판코, 간질간질, 앗싸** 판코는 베를린의 한 지역으로 주변 풍경이 아름다워서 소풍 장소로 사랑을 받았다. 많은 노래에 등장했는데, 이 부분은 카를 바파우스가 작곡한 폴카의 후렴으로 나온 것임.

513 **나는 내 마음을 ~ 네카르 강변에서 뛰고 있다네** 괄호 부분을 제외한 본문은 1925년 에른스트 노이바흐가 쓰고 당시 선풍적 인기를 끌었던 가요의 가사를 옮긴 것임.

529 **프라이엔발데** 프라이엔발데는 '바트 프라이엔발데'를 말하는 것으로 베를린 북동쪽의 오데르 강변에 위치한 휴양지임.

532 **내게 '위'라고 ~ 나는 다 좋아요!** 당시 유행가 가사의 일부로 추정됨.

융프라우 융프라우는 '처녀'라는 뜻이고 스위스에는 이 이름의 산봉우리가 있음.

535 **8시다** 앞에서 산책을 나선 시각이 8시로 되어 있어 아마도 되블린이 시간을 착각하여 쓴 것으로 보인다.

540 **모든 것이 때가 있고 ~ 나은 것은 없다** 구약 성경 「전도서」 3장 1~7절과 12절 참조.

567 **샤를 넹제세르** 제1차 세계대전에 참가했던 프랑스의 비행사.

568 **내 이름은 피셔가 아니고, 포겔이랍니다** 독일어로 '피셔(Fischer)'는 물고기 잡는 사람, 어부를 뜻하고 '포겔(Vogel)'은 새를 뜻하는데, '피셔'에 해당하는 동사 'fischen'은 '물고기를 잡다'라는 뜻이지만 '포겔'의 동사형인 'vögeln'은 비속어로 '성교하다'는 의미가 있어 단어를 가지고 말장난을 친 것임.

570 **나는 돌이켜 ~ 복되다고 찬양하였다** 구약 성경 「전도서」 4장 1~2절,

3장 1절, 5절, 7절 참조.

588 **남자들이 말을 타고 ~ 그곳을 찾아온 것이다** 인디언 소설을 패러디한 것으로 보이는데, 아마도 카를 마이의 작품을 패러디한 것으로 추정됨.

594 **나는 돌이켜 ~ 모든 부당한 일들을 보았다** 구약 성경 「전도서」 4장 1절 상반절 참조.

595 **우스 땅의 ~ 욥이었다** 구약 성경 「욥기」 1~2장 참조.

596 **보라, 벌써 저 창녀가 ~ 성도들의 피에 취해 있다** 신약 성경 「요한 계시록」 17장 1~6절 참조.

599 **난로 뒤에 생쥐 ~ 도망쳐야 한다네** 당시 베를린 지역에서 유행하던 노래의 후렴구로 아이들이 놀이에서 술래를 정할 때 사용하기도 함.

603 **보라 ~ 눈물이었다** 구약 성경 「전도서」 4장 1절 참조.

606 **그래서 나는 ~ 칭송하였다** 구약 성경 「전도서」 4장 2절 참조.

607 **「프란체스코 최후의 날」** 루트비히 클로프의 이 영화에 대해서는 1928년 10월 12일자 『베를리너 타게블라트』에서 보도한 바 있음.

라일락 한 다발을 ~ 키스할 수 있어요 출처가 불분명한 유행가의 일부.

610 **향연** 플라톤의 저작 『심포지온』을 말하는 것임.

616 **불가르텐 병원** 불가르텐 병원은 베를린 동부에 위치하였고 시에서 운영한 간질병 전문 치료 병원이었음.

617 **자루크와 테라이다** 구약 성경 「창세기」에 따르면 자루크라는 이름은 노아의 후손인 스룩에서, 테라는 아브라함의 아버지 데라에서 따온 것으로 추정됨.

625 **조넨부르크** 교도소가 있는 조넨부르크(Sonnenburg)는 독일어로 '태양의 성' 이라는 뜻임.

637 **그대에게 색시가 ~ 키스만 잘할 줄 안다면** 당시의 유행가 가사를 변형한 것임.

당신은 봄이 ~ 임자를 못 만났어요 그 시절의 유행가에서 차용한 것으로 보임.

641 **자, 우리는 가노라 ~ 저 식당을 누비노라** 당시 베를린에서 불리던 노래.

649 **어떤 일을 ~ 하느님에게 달려 있고** 구약 '잠언' 16장 9절 참조.

657 **부흐에 있는 정신 병원** 베를린 동북부에 있는 부흐 정신 병원은 되블린이 1906년 10월부터 1908년 6월까지 수습 의사로 일한 경험이 있고, 본관 건물에서 떨어진 별도의 '안전가옥'은 범죄자 중에서 정신병 치료가 필요한 사람을 수용하는 곳이었음.

666 **로카르노 회의** 1925년 유럽의 안전 보장과 관련해 독일 외무상 슈트레제만의 발의로 영국, 프랑스, 이탈리아, 폴란드, 체코 등 이웃 국가들이 스위스 로카르노에서 가졌던 국제회의로 독일의 동부 및 서부 국경을 현 상태로 유지하며 어떠한 강압적인 조치도 취하지 않는다는 내용을 골자로 한 조약이 체결되었음.

668 **샤미소** 프랑스 태생의 독일 낭만주의 작가로 『페터 슐레밀의 놀라운 이야기』라는 작품이 잘 알려져 있음.

694 **베레지나 강** 베레지나 강은 드네프르 강의 지류로 나폴레옹 군대가 러시아 원정에 나섰다가 이 강을 거쳐 퇴각하였고 결정적으로 와해되었음.

랑게마르크 파리 북동쪽 도시인 슈맹 데 담과 플랑드르 지방의 마을인 랑게마르크는 제1차 세계대전 당시의 격전지들임.

695 **화덕에 불이 붙었다 ~ 고초를 당한다** 성경 '칠십인역'에 포함된 「마카베오서」 하권 7장에 나오는 일곱 아들과 어머니의 순교에 관한 이야기 참조.

702 **황제의 도시는 ~ 빈은 하나뿐이라네** 오스트리아 출신의 음악가 요한 슈트라우스 2세가 1864년에 쓴 춤곡 「폴카」의 제목임.

703 **체자르 플라이슐렌** 서정성이 풍부한 시와 주로 자연주의적 수법의 소설, 희곡을 쓴 독일의 작가로 「네 가슴에 태양을 품어라」라는 시가 유명함.

704 **자기 요법** 자기 요법은 프리드리히 안톤 메스머(1734~1815)에서 비롯된 것으로 병의 원인을 자기장의 장애로 파악하여 치료하는 방법임.

대도시에서의 수난의 삶

권혁준(서울대 독문학 강사)

"우리(예술가)는 삶에 더욱 밀착해야 한다
(Dichter heran müssen wir an das Leben)."
— 알프레트 되블린이 1913년
미래파의 수장 마리네티에게 보낸 서한 중에서

『베를린 알렉산더 광장』은 독일 소설가 알프레트 되블린(1878~1957)의 대표작이자 현대 독일 문학의 걸작 중 하나다. 이 작품은 1929년 10월에 출판되자마자 여러 나라의 언어로 번역되는 등 세계적인 성공을 거두었다. 이 작품의 성공에 힘입어 당시 51세였던 되블린은 경제적 어려움에서 벗어났을 뿐 아니라 바이마르 공화국 시기(1919~1933)에 유명한 작가 중 한 사람으로 부상했다. 이 소설이 성공을 거둔 것은 이전에 발표한 작품들이 지리적으로 먼 중국(『왕룬의 세 도약』)이나 인도(『마나스』), 또는 역사적으로 거리가 있는 30년 전쟁(『발렌슈타인』)을 배경으로 한 것과 달리 당대의 베를린을 본격적으로 조명했기 때문으로 보인다. 아울러 20세기 독일 소설 중 중요한 작품으로 평가받는 것은,

현대 대도시의 모습과 그 속에서 살아가는 인간의 삶을 서사적으로 재현하는 데 내용은 물론 기법 측면에서도 기존의 소설들과는 다른 실험적 양식을 선보였기 때문이다.

총 9권으로 구성된 방대한 분량의 이 소설은 범죄자인 주인공 프란츠 비버코프의 삶을 중심으로 베를린이라는 도시의 모습을 여러 서사 기법을 동원해 담고 있다. 물론 이 소설은 주인공의 삶을 조망하는 전통적인 소설 양식과는 달리 1차 자료의 직접적인 인용, 영화적 구성, 비선형적 서사 구조 등 혁신적인 기법을 사용하고 프란츠 비버코프의 삶을 단속적으로 제시함으로써 전통 소설에 익숙한 독자에게는 독서의 어려움을 가져다주기도 한다.

그런데 모든 예술이 그 시대의 산물이듯, 되블린이 선택한 이러한 '현대적인' 소설 기법도 그 시대의 산물이라고 할 수 있다. 이것은 이 소설에 당대의 시대상이 내용적인 면에서 유입되었음을 의미할 뿐 아니라, 문체나 형식 면에서도 현대 대도시 사람들이 세상을 인지하고 경험하는 방식에 부합하고 있음을 말해 준다. 가장 많이 발견되는 것은 내용이나 문체가 다른 여러 이질적인 텍스트를 나열하는 이른바 '몽타주' 기법이다. 미술에서는 이와 유사한 것으로 질감이 다른 여러 재료(헝겊, 비닐, 타일, 나뭇조각, 종이, 상표 등)를 붙여서 화면을 구성하는 '콜라주' 기법이 있다. 소설에서는 행상인들의 외침, 광고문, 일기예보, 환자의 일기, 과학 교과서, 유행가 가사, 전단지, 문학작품, 성경 구절, 신문 기사, 관청의 공시 등 다양하고도 이질적인 텍스트가 마구 끼어들고, 인물의 생각("의식의 흐름")이 '내적 독백' 또는 '체험 화법'의 형식으로 화자(서술자)의 중개 없이 표현된다. 인물의 의식 속에서 일어나는 생각들이 이야기꾼의 개입 없이 그대로 재현되는가 하면, 영화에서 볼 수 있는 갑작스럽고 단속적인 장면 전환이 이루어진다. 여러 이질적인 것이 뒤섞인 이러한 기법은 바로 오늘날의 현실, 특히 전통적 의미의 총체성이 붕괴한 모더니티 공간으로서의 대도시를 구성하는 현대의 이질성을 고스란히 드러내 보이기에 적절하다. 따라서 아도르노가 지적했듯이, 기존의 고전적인 예술 작품이 조화를 추구한 것과는 달리 현대의 예술 작품은 오히려 이질성을 부인하거나 무마하려고 할 경우 허위적이고 잘못된 방식으로 현실과의 화해를 제시할 위험이 있다. 19세기 말에서 20세기 초에 나타난 표현주의, 미래파, 다다이즘, 초현실주의 등 아방가르드적 예술은 그 지향점에서는 다소 편차가 있지만, 새로운 현실에 직면하여 기존의 제한된 형식을 뛰어넘으려는 예술적 시도라고 볼 수 있다. 되블린은 이 소설을 통해 20세기 대도시의 변화된 시공간에 조응하는 새로운 서사문학을 창조한 것이다.

이 소설의 배경은 대도시 베를린이다. 베를린은 파리, 빈과 더불어 당시 유럽 대륙에서 대표적인 도시로 부상했다. 되블린이 작품을 집필하던 1920년대 말 베를린은 주변 지역까지 통합하면서 인구 4백만 명의 대도시로 성장했다. 대도시는 무엇보다 현대 삶의 단면을 잘 보여 주는 공간이라는 점에서 주목을 끌었다. 이에 따라 당대 연극, 영화, 소설 등 여러 매체에서 대도시라는 환경은 거대하고 위험하며 유혹적인 바벨탑 같은 공간으로 등장했다. 제임스 조이스의 『율리시스(*Ulysses*)』(1922)에는 아일랜드의 수도 더블린이, 더스패서스의 『맨해튼 역(*Manhattan Transfer*)』(1925)에는 20세기 초의 뉴욕이 등장한다. 『베를린 알렉산더 광장』은 1920년대 후반(제1차 세계대전 직후 혼란기) 베를린의 모습을 담은 기념비적인 작품이다. 원래의 제목은 『베를린 알렉산더 광장』이라는 지명으로만 되어 있고 '프란츠 비버코프에 관한 이야기'라는 부제는 출판사 요청으로 덧붙여진 것임을 고려한다면 베를린이라는 도시 자체가 이 소설의 주인공이라고 해석하는 것도 무리가 아닐 것이다.

베를린은 무엇보다 작가 되블린에게 삶의 체험 공간이기도 하다. 되블린은 원래 오데르 강 하구의 슈테틴에서 태어났으나 10세 무렵 부친이 20세 연하의 여자와 애정 행각을 벌이며 가족을 버리고 미국으로 도망하자 어머니가 5남매를 이끌고 외삼촌이 있는 베를린으로 이사하면서 이곳에 들어왔다. 베를린에서 되블린의 가족은 힘겨운 삶을 살아야 했다. 이곳에서 성장하고 학교를 다닌 그는 청소년 시절부터 대도시에서의 기술적 진보와 함께 어두운 측면을 체험했다. 특히 나중에 그는 의사로서 알렉산더 광장이 위치한 곳이자 빈민층이 많은 동베를린 지역에서 개업을 했다. '알렉산더 광장'은 새로운 문명적 공간인 대도시를 가장 압축적으로 보여 주는 지점이기도 하다. 그곳은 소설 속에서 자주 등장하는 지하철 공사장, 철도 공사, 재건축 공사가 말해 주듯 생성과 사멸이 진행되는 역동적인 공간이자 상업, 교통, 행정의 중심지였고, 대도시의 상징적 존재인 빈민층과 노동자 계층의 주 무대였다. 이곳에서 의사로 활동한 되블린은 다양한 계층과 도시민을 접하고, 베를린이라는 도시의 환경에 주목했다. 그것은 모든 상상을 넘어서는 다채롭고도 기괴한, 사회의 모순이 집약된 대도시의 현실이었다. 정신과 의사로서 그는 또한 가난한 노동자, 범죄자 등 사회 주변부 인물들과 그들이 처한 상황은 물론 그들의 언어에도 정통했다. 소설 곳곳에 이들의 상황이 고스란히 등장하며, 베를린 사투리와 주변부 사람들의 입말이 여과 없이 재현된다. 물론 되블린은 — 브레히트와는 달리 — 자신이 체험하는 사회적 상황을 묘사하되 정치 전망 속에서 변화를 지향하지는 않는다. 그가 체험하는 대도시의 세계는 오히려 — 소설 전반에서 드러나듯 — "2개 신들의 세계", 즉 건설과 몰락, 질서와 카오스가 공존하고 삶의 부침이 교차하는 세계다. 이것은 또한 이 소설의 주인공 프란츠 비버코프의 삶이 보여 주는 기본 구도이기도 하다.

되블린은—나중에(동 소설의 1955년 출판본) 고백했듯이—전체 줄거리를 미리 구상하고 소설을 집필한 것이 아니라 자신이 보고 체험한, 삶에 실패한 한 남자의 운명, 그런 인간의 동선을 따라갔다고 한다. 이러한 집필 태도는, 예술가는 삶에 더욱 가까이 가야 한다는 그의 지론에 따른 것이기도 하다. 따라서 그의 소설은 인물을 묘사할 때도 주관적이고 심리 과정을 묘사하는 방식이 아니라 인물의 행동과 사건을 관찰하고 나열하는 형태로 이루어진다. 되블린은 이 소설을 쓸 무렵에 '서사 작품의 구조'라는 강령적 글을 선보였는데, 여기서도 그는 예술을 허구 세계에서 해방시키고 예술과 삶을 통합해야 한다는 견해를 피력한다. 따라서 그는 기계 문명이 초래한 사물의 세계를 '축음기'처럼 기계적으로 모방하려는 미래파의 마리네티와는 달리, 문학이 대도시 삶의 현장으로 밀착해 들어갈 것을 요구한다. 대도시 삶의 양상을 총체적으로 묘사하고자 소설은 자유롭고 전지적인 화자도 등장시키지만 보고서, 스케치 형식의 재료를 혼합한 몽타주 기법, 등장인물과 결합된 서술 형식을 선호한다. 화자의 등장에도 불구하고 전체적으로 이야기가 매끄럽게 흘러가기보다는 연결이 부자연스럽고 단속적인 경우가 많은데, 이는 화자가 이야기에 더러 개입도 하지만 아주 가끔씩 필요한 설명을 하는 정도이고 대체로 사방에서 들리는 목소리, 수많은 광경과 인용문이 그대로 제시되기 때문이다. 또 변화된 청각 환경을 재현하는 의성어의 사용, 신속하고 반복적인 움직임에 상응하는 짧고 빠른 템포의 문장 구사, 마치 큐비즘의 회화에서 하나의 소실점을 포기하고 여러 개의 소실점으로 대상을 조명하듯 단속적이고 병렬적인 서술 기법도 동원되고 있다.

소설은 시멘트 공장 노동자이자 가구 운송 인부였던 프란츠 비버코프가 자신을 억제하지 못해 애인 이다를 죽인 후 4년 형기를 채운 테겔 교도소에서 출소하면서 시작한다. 그는 이제 옥살이를 마치고 석방된 몸이지만, 바깥세상이 낯설고 위협적이어서 석방된 삶을 처음에는 '형벌'로 여긴다. 내적 독백의 기법은 독자들로 하여금 프란츠 비버코프의 내면세계를 엿보게 해 준다. 이제 그는 '진실하게' 살겠다고 결심하지만, 그의 삶은 결심과는 다르게 흘러간다. 그는 이다의 여동생 민나를 찾아가 강간을 하는 등 충동에 이끌려 지낸다. 세상 역시 그가 진실하게 살도록 내버려 두지 않는다. 그는 행상을 시작하면서 겨우 베를린에 정착하지만, 동료 뤼더스의 고약한 배신을 겪고, 알렉산더 광장의 술집을 돌아다니며 고주망태가 된다. 그러다가 라인홀트를 만나면서 범죄자들의 세계에 말려들고 위험한 인물이 되어 간다. 그는 라인홀트의 여자를 넘겨받기도 하고, 어느 날은 원치 않게 대대적인 절도 행각에 가담하다 자동차에서 내던져져 한쪽 팔을 잃어버리는 불구자가 된다. 이후 외팔이 프란츠는 철십자를 달고 다니면서 상이군인처럼 행동한다. 그러다가 그는 베르나우 출신의 창녀 미체를 만나게 되고 그 자신은 창녀의 기둥서방, 장물 거래자로 살아간다. 그러나 그는 라인홀트 앞에서 미체를 자랑하며 여자 문제로 고전하는 라인홀트의 사생활에 간섭하려다 증오를 사고, 결국은 미체까지 살해당하는 비극이 벌어진다. 이어 그는 경찰에 체포되지만, 미체를 잃은 충격에 내적으로 무너져서 일종의 혼수상태에 빠지고 부흐 정신 병원으로 옮겨진다. 이곳에서 '옛 프란츠'는 죽고 정화되어 '새로운 프란츠'가 태어나며, 새로 태어난 프란츠가 한 중소 공장의 보조 수위로 새로운 삶을 살아가는 것으로 소설은 끝난다.

대도시의 범죄 세계에서 일어나는 사건들을 제시하는 데 되블린은 전지적 화자의 목소리를 취하고 있다. 소설의 초입에서 이 화자는 마치 옛날 '거리 발라드'(street ballad—17~19세기 영국, 독일, 서유럽에서 유랑하는 거리의 가수가 큰 장터 등에서 대개 무서운 이야기를 손풍금 반주에 맞추어 부르던 민요체 형식의 노래) 가수가 노래하는 음조로 앞으로 프란츠 비버코프에게 닥칠 운명을 예고한다. 또 총 9권으로 구성된 이 소설에서 화자는 새로운 권이 시작될 때마다 독자들이 무슨 내용을 기대해도 좋을지를 요약해 일종의 '이정표'를 제시한다.

되블린이 그려 내는 프란츠 비버코프, 라인홀트, 미체를 비롯한 주요 인물은 모두 대도시에서도 하층민에 해당하는 프롤레타리아 계층에 속한다. 베를린 사투리로 온갖 위트와 거침없는 욕설을 내뱉는 이 인물들은 개성이 뚜렷한 존재라기보다는 집단의 일원, 군상으로 등장한다. 이들은 말과 생각, 행동과 내면 사이에 아무런 차이가 없고, 그때그때의 상황에 따라 원초적인 대응을 보이며, 자신들을 산출한 도시라는 환경이 마치 '자연스러운' 환경이기라도 되는 듯 아무런 문제의식 없이 그 속에서 살아간다. 이들의 삶은 물론 고난과 고통으로 점철되어 있다. 하지만 그것은 카프카나 카뮈, 사르트르 소설의 주인공에서 찾아볼 수 있는 실존적인 소외나 불안은 아니고, 일종의 '사회적 상태'라고 할 수 있다. 대도시 프롤레타리아 계층이 겪는 소외의 증상은 소설에서 오히려 가난과 실업, 변화시킬 수 없는 상황에 대한 자포자기적 순응, 만인에 대한 만인의 투쟁, 늑대 같은 존재들과의 공존, 알코올과 범죄로의 도피 등으로 나타난다. 소설의 인물들은 그러한 일상을 별다른 의식 없이 운명적으로, 거칠게 경험하는데, 그 속에서도 위트를 잃지 않고 또 모든 생존 전략을 동원하기도 한다. 전체적으로 이 소설은 대도시의 사회적 환경에서 겪는 개별적인 운명을 서술하면서도 오히려 정치적 긴장, 실업, 빈곤, 범죄 등 다양한 사회적 대립이 지배하는 도시적 삶의 상황과 그 속에서 살아가는 일정한 사회 계층의 인간 유형들이 겪는 집단적 운명을 다루고 있다. 따라서 개별 인물이 부각되는 것이 아니라, 익명의 대도시 이야기라고 할 수 있을 정도로 대도시라는 현실이 전면에 부각된다. 등장하는 인물들은 오히려 현실에 뿌리를 내리지 못하고 대도시의 끊임없는 흐름 속에 떠다니는 존재들과 같다. 이들은 집단으로 나타났다가 갑자기 사라지고 도살장이나 공사장 장면, 거리에서 일어나는 우연한 사건, 신문 기사를 통해 전해지는 정치적 사건과 범죄 사건, 증시 소식과 일기예보, 잡다한 소식의 혼돈 속에서 다시 등장하기도 하지만 개별자이면서도 익명의 전체적 삶의 일부로 나타난다. 대도시는 개인의 운명에 대해 무관심하고 냉담한 현실인 것이다.

이 소설에서 화자의 시각은 이중적이다. 한편으로 화자는 도시에 실제 거주하는 인물로 장면의 외부가 아니라 속을 돌아다니면서, 동시에 프란츠 비버코프에 대해 논평을 하기도 한다. 이 소설에는 가공의 인물들이 펼치는 가공의 이야기와 1928년경 베를린에서 발견된 현실의 소재가 뒤섞여 있다. 다시 말해 작가가 만들어 낸 가공의 사건과 인물 그리고 작가가 관찰하고 기록한 르포적인 내용의 층위가 공존하면서 대도시의 다양하고도 혼란한 삶을 재현하고 있다. 이때 가공의 이야기는 다양한 재료의 우연한 에피소드들이 무의미한 사실의 나열로 흐르지 않도록 중심을 잡아 준다. 즉 소설 속의 몽타주 자료는 병렬적으로 진행되는 스토리 라인과 느슨하게 유기적인 관계를 맺는다. 그리고 하나의 의미를 드러내는 소설 결말부에 이르면 가공의 이야기는 하루하루 무의미하게 흘러가는 익명의 일상과는 점차로 구분된다. 대도시 삶의 흐름을 압축하면서 화자가 동원하는 표현은 '세상의 이치'라는 것이다. 화자는 세상의 이치, 즉 대도시에서 삶이 어떻게 굴러가는지를 총체적으로 제시해 보이고자 한다.

대도시 삶의 특징은 서로 아무 상관 없는 이야기가 동시에 흘러간다는 것이다. 우울증에 걸려 자살을 결심하는 아가씨의 에피소드가 있는가 하면 바로 그 옆에서는 점심 식사를 배 속에 우겨 넣는 법원 직원의 우스꽝스럽고도 사소한 에피소드가 있다. 모든 것은 우연적인 것처럼 보이고, 세계는 냉소적인 또는 냉담한 신의 세계처럼 보인다. 이처럼 대도시의 삶은 제임스 조이스나 더스패서스, 알프레트 되블린에게는 투시가 불가능해진 사회를 보여 주는 새로운 모델이 되고 있다. 대도시라는 공간에서는 집단적인 생존 시스템이 전체적으로 작동하고 있는 것은 분명하지만 그것을 구체적으로 추적한다는 것은 거의 불가능하고, 그러한 시스템이 어떤 공동의 높은 의미를 담고 있는 형식이라고 말하기는 더더욱 어렵다. 오히려 되블린과 같은 작가는 눈에 보이는 연관성을 파괴하고, 사건을 순수하게 개별적인 계기들로 해체하는 경향을 보인다. 현대적인 삶의 이질적인 재료들에서 헤겔이 상정한 것과 같은 보다 높은 현실로서의 이념은 더 이상 찾기 어렵고, 따라서 현상세계를 지배하는 우연과 임의성을 뛰어넘는 의미를 구성하는 작업 또한 어렵기 때문이다.

소설에서는 대도시의 삶을 제시하면서 다른 한편으로 사소한 일상사에 종교적 격정과 형이상학적 의미를 부여하고자 구약 성경의 구절이 동원되기도 한다. 다시 말해 표면적 현실의 층위에 근본적인 인간 조건을 성찰하는 상징적, 형이상학적, 종교적 논평의 층위가 침투해 있다. 두 층위는 예를 들어 개별적인 삶의 허약

함과 모든 것을 무로 돌리는 죽음의 힘을 인상적으로 묘사하고 있는 도살장 장면에서는 하나로 결합되어 나타난다. 되블린은 "사람의 운명이나 가축의 운명이 다를 바 없다, 가축이 죽는 것처럼 인간도 죽는다"는 「전도서」 구절을 표제어로 삼아 도살장 장면을 묘사하면서 인간의 삶으로 넘어간다. 짐승을 도살하는 장면, 그리고 후에 미체를 살해하는 장면에서는 마치 주도 동기적인 영화음악처럼 '낫으로 베어 들이는 자', 즉 죽음에 대한 노래가 등장한다. 전체적으로 보면 자연주의와 (구약) 성경적 허무주의가 결합된 것처럼 보인다. 하지만 이러한 결합을 통해 어떤 의미가 창출되는 것은 아니다. 오히려 널리 확산된 삶의 무상('바니타스')이란 주제는 모든 의미의 부재를 강조함으로써 인간의 삶은 태어나고 죽어야만 하는 생물학적인 사실로 환원된다.

소설의 후반부로 넘어가면서 되블린은 자연주의적이고 허무주의적인 시각에만 머물지 않고 대도시의 일상을 종교적 '수난극' 같은 것으로 만들고 있다. 수난극은 중세에 시작된 종교극으로 그리스도의 고난과 죽음, 부활을 다루는데, 루시퍼의 타락과 인간의 타락, 최후의 심판 같은 내용이 포함되기도 한다. 수난극의 조짐은 대도시에 대한 사실주의적 묘사와 더불어 욥과 아브라함의 이야기를 중간에 삽입해 종교적 의미를 부여하는 것에서부터 나타난다. 이 이야기들에서 제시되는 메시지는 인간이 운명을 받아들이고 희생될 각오를 해야 한다는 것, 인간이 고통을 통과하면서 정화와 구원을 경험한다는 것이다. 그런데 대도시의 세속적 삶이라는 현실과 종교적 의미 부여라는 이 두 가지는 결합될 수 있는가? 베를린의 하층 계급 출신의 범죄자인 프란츠 비버코프는 어떻게 새로운 도덕적, 종교적 모범으로 제시될 수 있을까? 프란츠 비버코프는 미체가 죽으면서 삶에서 절망하고 더 이상 삶을 지탱

해 나갈 근거를 상실한다. 한편 라인홀트라는 인물은 모든 사실적인 묘사에도 불구하고 신비에 싸인 인물로 그려진다. 미체를 살해하는 장면에서 그는 '죽음'에 비유되기도 한다. 여러 범죄 사건이나 병리학적 특성이라는 면에서 보면 그는 악마적인 존재이기도 하다. 누런 얼굴빛이나 걸을 때 발을 질질 끄는 습관은 흔히 악마적 존재를 묘사할 때 사용되는 표현이다. 그는 또 말더듬이이고, 흉계에 능하며, 색욕과 복수심에 시달리는 자이다. 그리고 세계의 사실주의적 재현은 8권 중반부터 9권에 이르면 프란츠 비버코프의 내면의 위기와 변화를 묘사하는 방향으로 전환된다. 되블린 자신이 의사로 근무한 적도 있는 부흐 정신 병원이 바로 수난극이 일어나는 현장이 된다. 미체의 살인 소식을 접한 프란츠는 영혼에 깊은 충격을 받고, 경찰에 체포된 뒤에는 정신 이상의 감정을 받아 부흐 정신 병원으로 옮겨진다. 이곳에서 프란츠는 혼수상태에 있는 동안 내적인 변화를 경험한다. 강한 폭풍이 찾아와 그의 경직된 영혼이 깨어나 눈을 뜨도록 건물을 뒤흔든다. 죽음은 그의 삶에서 중요한 모든 사람을 다시 한 번 눈앞에 지나가게 하면서 그의 실책을 깨닫게 한다. 그리고 위대한 창녀 바빌론과 죽음이 프란츠의 영혼을 서로 차지하고자 다툼을 벌인다. 창녀 바빌론은 유혹적인 현실, 몰락과 파괴력을 지닌 악한 대도시의 상징이라고 할 수 있다. 프란츠의 영혼을 둘러싼 싸움에서 승리자는 죽음이다. 이러한 수난 과정에서 프란츠 비버코프의 옛 사람(옛 아담)은 죽고 병적인 환상 속에서 새로운 비버코프(새로운 아담)가 태어난다. 그리고 이 '새로운 인간'은 이기주의적 자기 보전에만 매달리지 않고 자신을 내던질 태세를 갖춘 인간의 부활이라는 점에서 표현주의적인 비전을 연상시킨다.

하지만 소설의 마지막에서 독자가 만나는 프란츠 비버코프는 그 인격이나 정신적 성향이 '수난극'을 통해 부활한 인물의 그것과는 거리가 있어 보인다. 화자는 완전히 변모한 '새로운 인간'이라고 내세우는 제스처를 취하지만, 부흐 정신 병원에서 나온 프란츠 비버코프는 실은 기계인형과 같은 인상을 준다. 삶의 모든 야성, 공격성, 활력을 거세당하고 보조 수위로 일하는 이러한 인물은 물론 더는 범죄적인 인물이 되지 않을 것이다. 하지만 이 인물에게서 죽음과 생성이라는 위대하고 완전한 변화를 발견하기는 쉽지 않다. 이것은 현대 대도시에서 수난을 겪은 인간의 초라한 자화상이 아닐까? 프란츠 비버코프가 복귀하는 세상 역시 여전히 변하지 않은 모습 그대로의 세상이다. 이것은 세계의 재료를 제시하기는 하지만 그 재료에 해석을 가할 수 있는 신앙이나 기속력 있는 세계관이 부재한 상황에서 주인공의 새로운 삶에 의미를 부여하기가 쉽지 않은 현대 작가의 상황을 말해 주는 것 같다.

소설은 비버코프가 다른 무리와 대열을 이루며 행진하는 비전, 집단적인 전투의 노래로 끝난다. 개인의 삶에 의미를 부여하는 실체로 공동체 또는 집단이 등장하는 것이다. 이러한 결말은 정치적 공감을 기반으로 하는 새로운 공동체 의식을 통해 개인의 소외 증상이 극복될 수 있음을 암시하는 것일까? 되블린은 그저 소설에 특이한 결말을 제시하고, 실패한 삶을 산 주인공의 불안정한 삶에 하나의 방향성을 부여하고자 했던 것 같다. 그런데 공동체의 등장이라는 이미지는 소설이 출간되고 나서 4년 후인 1933년에 나치가 집권함으로써 악몽의 현실이 된다. 개인은 무력하고 공동체(민족)가 전부라는 생각에서는 파시즘의 잠재력이 엿보이기 때문이다. 실제로 유대계 작가였던 되블린은 나치가 정권을 잡자 스위스를 거쳐 파리로 이주하는 망명길로 내몰리는 역사적 사건들을 겪으면서 그러한 비전이 자신의 의도와는 다른 형태로 실현되는 것을 경험해야 했던 것이다.

되블린의 이 소설은 일찍부터 세계 문학의 고전으로 자리 잡았다. 그러나 방대한 분량과 다양한 서사 기법, 베를린 사투리와 구어 등의 문체로 독일 문학작품 중에서도 읽기가 쉽지 않을 뿐 아니라, 다른 언어로 옮기는 일은 많은 난관을 동반하는 작업이다. 이러한 상황에서 한국에서는 1970, 80년대에 지명렬, 장남준, 조견에 의해 일찍부터 우리말 번역이 시도되었고, 최근 들어서는 안인희, 김재혁을 통해 더욱 세심한 번역이 이루어졌다. 선배 번역자들의 이러한 노고가 없었더라면 이 번역서는 출간되기 어려웠을 것인 만큼, 모든 번역자에게 존경과 고마움을 표하지 않을 수 없다. 그럼에도 오역과 미흡한 부분이 있다면 그것은 옮긴이의 탓이다.

판본 소개

원본으로는 Alfred Döblin. *Berlin Alexanderplatz: Die Geschichte vom Franz Biberkopf. Roman.* Frankfurt am Main 2009를 사용했는데, 이 판본은 1929년 S. Fischer 출판사의 초판본을 토대로 하고 있다. 우리말로 옮기면서 이해를 돕는 각주를 위해서는 Gabriele Sander. *Alfred Döblin: Berlin Alexanderplatz. Erläuterungen und Dokumente.* Stuttgart 1998의 도움을 많이 받았다.

알프레트 되블린 연보

1878 8월 10일, 프로이센의 빌헬름 1세 시절에 현재 동부 독일의 오데르 강 하구에 위치한 슈테틴에서 폴란드 출신 유대인 부모의 다섯 아이 중 넷째로 태어남. 알프레트 되블린의 보고에 따르면, 생업으로 양복점을 경영하던 부친 막스 되블린(Max Döblin: 1846~1921)은 음악 등 예술 방면에 소질이 있었지만 상당히 불안정한 인물('허풍쟁이', '경박한 사람')이었고, 어머니('소피 프로이덴하임')는 냉철하고 실용적인 성격을 가졌음.

1885 슈테틴에서 프리드리히-빌헬름 예비학교에 입학함.

1888 알프레트 되블린이 10세 때, 아버지가 20세 연하의 여인과 애정 행각을 벌이며 미국으로 도피하자 어머니는 어려운 상황에서 다섯 남매를 키우기 위해 되블린의 외삼촌이 있는 베를린으로 이사함. 이곳에서 그의 가족은 어려운 삶('낙원에서의 추방')을 살았고, 알프레트 되블린은 청소년 시절부터 대도시에서 기술적 진보와 더불어 어두운 측면을 체험함. 베를린에서 프리드리히스하인 초등학교를 마치고, 인문계 고등학교(김나지움)에 진학하여 1900년까지 수학함. 학교생활은 어머니와 선생님들의 엄격한 도덕적 요구로 상당히 고통스러운 경험이었으나 후에는 엄격, 냉정, 근면 등의 프로이센적인 특성을 배운 것에 자부심을 가짐.

1900~1905 베를린 대학에서 의학 공부를 시작하고, 프라이부르크 대학으

로 옮겨 1905년 「코르사코프 증세에 나타나는 기억장애」에 관한 연구로 의학박사 학위를 취득함. 아울러 학창 시절에 독일 철학, 특히 칸트, 쇼펜하우어, 니체의 저작들과 횔덜린과 클라이스트의 문학 작품에 심취하였고, 소설을 쓰기도 함.

1905 레겐스부르크 정신 병원과 베를린 부흐 정신 병원에서 레지던트 생활을 시작함.

1906 베를린으로 옮겨 와 1908년까지 부흐 정신 병원에서, 1908~1911년에는 베를린 암 우르반 병원에서 일반의로 근무함. 베를린에서 첫 희곡 「리디아와 멕스헨(Lydia und Mäxchen)」을 공연함.

1910 대학 시절 친구인 헤르바르트 발덴(Herwarth Walden)이 베를린에서 창간한 표현주의자 예술가들의 잡지 『슈투름(Der Sturm)』에서 집필 협력자로 활동하며 의사와 작가로서 이중적 삶을 시작함. 『슈투름』에서 그는 1910년 당시 이탈리아에서 발생한 예술운동 '미래파'의 자극을 받아 이미 콜라주와 동시성의 기법을 선보였음. 표현주의적 양식을 기초로 한 이러한 기법은 1911년에 집필하여 1913년에 나온 산문집 「민들레꽃 살해(Die Ermordung einer Butterblume)」에도 적용되고, 후에 『베를린 알렉산더 광장』에서 완숙된 형태로 나타남.

1911 의료보험 소속 의사로서 빈민층이 많은 동부 지역에 내과 및 정신과 병원을 개업하고 1930년까지 의사로 활동함. 의사로서의 직업 경험은 다양한 계층과 도시민의 삶의 현장을 알게 해 주어 작가로서 집필 활동에 많은 자양분이 되었고, 또한 표현주의자들의 예술운동과는 거리를 갖도록 했음. 간호사였던 프리다 쿵케와의 사이에서 아들 보도 쿵케가 태어남.

1912 에르나 라이스(Erna Reiss)와 결혼하고 첫아이(페터 되블린)가 태어났는데, 이후 모두 네 자녀가 태어남.

1914~1918 제1차 세계대전 중 군의관으로 자원입대하여 엘자스 지역의 전염병 야전병원에서 근무함. 이 기간 중 18세기 중국 혁명을 소재로 한 장편소설 『왕룬의 세 도약(Die drei Sprünge des Wanglun)』(1915)을 발표하여 '폰타네 문학상'을 수상하였고(1916), '30년 전쟁'을 소재로 한 표현주의적 역사소설 『발렌슈타인(Wallenstein)』의 집필을 시작함.

1918 1차 세계대전의 종전을 맞아 베를린으로 돌아와 베를린-리히텐베르크에 다시 개업을 하면서 11월 혁명 기간 동안 독일 자주사회민주당(USPD)에 입당, 혁명의 과정을 경험했음. 이 경험은 나중에 독일 혁명을 소재로 한 작품 『1918년 11월. 독일 혁명(November 1918. Eine deutsche Revolution)』의 주제가 되었음. 『바트체크의 증기 터빈과의 싸움(Wadzeks Kampf mit der Dampfturbine)』 발표.

1920 표현주의적 역사소설 『발렌슈타인』을 발표함. 당시 방향을 상실하고 부동하는 대중과 무력한 개인을 다룬 이 소설에 대해, '알프레트 되블린 문학상'을 제정해 작가를 알리는 데 기여한 전후 독일의 대표 작가 귄터 그라스는 '나의 스승 되블린에 관하여'(1967)라는 강연에서 작가로서 많은 것을 배우게 해 준 소설이었다고 고백함. 귄터 그라스는 1979년에는 작가를 기념하는 '알프레트 되블린 문학상'을 제정하였음.

1921 『노이에 룬트샤우(Neue Rundschau)』지에 '링케 포트'라는 가명으로 「독일의 가면무도회(Der deutsche Maskenball)」 등 여러 비판적 에세이를 쓰고 독일 사회민주당(SPD)에도 입당함. 이러한 정치적 활동의 연장선에서 1925년에는 브레히트 등과 좌파 성향의 작가 모임 '그룹 25'를 결성해 활동함. 아울러 영화, 라디오 등 새로운 매체에도 긍정적인 반응을 보이면서 라디오 기고문을 쓰기도 하고 몽타주 같은 영화적 기법을 소설에 차용하기도 함.

1923 클라이스트 재단의 대변인 자격으로 빌헬름 레만과 로베르트 무질에게 '클라이스트상'을 줌.

1924 미래 사회에 대한 묵시론적인 비전을 다룬 소설 『산, 바다 그리고 거인(Berge, Meere und Giganten)』을 발표함. 9월부터 11월까지 폴란드를 여행하고 이듬해(1925) 『폴란드 기행(Reise in Polen)』을 발표함. 독일 작가동맹 초대 회장으로 선출되어 바이마르 공화국에

서 작가들의 이해를 대변하는 활동을 펼침.

1926 지그문트 프로이트의 70세 생일을 맞아 기념 강연.

1927 키르기스스탄의 민족 영웅을 소재로 한 서사시 『마나스(Manas)』를 발표하고 로베르트 무질에게서 극찬을 받음.

1928 자연철학적 에세이 『자연 위의 자아(Das Ich über die Natur)』를 발표하고, 프로이센 예술아카데미 문학분과 위원에 피선. 대학에서 '서사 작품의 구조(Der Bau des epischen Werks)' 강연.

1929 작가의 명성을 알린 『베를린 알렉산더 광장』을 출간함. 이 작품의 성공으로 경제적 어려움에서 벗어났을 뿐 아니라, 당대 인기 있는 작가의 한 사람으로 부상함.

1930 희곡 「결혼(Die Ehe)」 뮌헨에서 초연.

1931 라인란트 지방으로 강연 여행. 『베를린 알렉산더 광장』을 영화화하기 위한 각색 공동 작업. 『지식과 변화(Wissen und Verändern)』를 발표하여 소련에서와 같은 국가 사회의 교조적 형태를 비판함.

1932 독일과 스위스 강연 여행.

1933 『우리의 존재(Unser Dasein)』 발표. 유대인 혈통이라는 점과 '길거리 작가' 라는 세간의 비난에 괴로워하다가 나치가 정권을 잡으면서 나치의 음모에 의한 의사당 방화 사건(2월 28일) 직후 스위스로 도피함. 5월 10일 그의 작품들은 나치의 분서 대상 목록에 포함됨. 9월 다시 파리로 이주해 문인 활동을 계속함.

1934 초현실주의적인 장편소설 『바빌론의 방랑기(Babylonische Wanderung)』를 발표. 키르케고르의 영향을 받아 기독교에 접근하고, 이후 성경은 그가 가장 즐겨 읽는 책이 됨.

1935 장편소설 『용서는 없다(Pardon wird nicht gegeben)』를 발표함. 프랑스 망명 중에 프랑스 시민권을 획득함.

1939 장편소설 『시민과 군인, 1918(Bürger und Soldaten, 1918)』을 발표함. 뉴욕에서 열린 국제 펜클럽 대회에 참석함. 독일의 폴란드 침공으로 제2차 세계대전이 발발하자, 그해 10월부터 1940년 6월까지 프랑스 정보국에서 근무함.

1940 히틀러의 군대가 프랑스에 진격하고 프랑스가 독일에 항복하자 스페인, 포르투갈을 거쳐 미국으로 망명해 로스앤젤레스에 정주하면서 MGM 영화사의 각본가로 활동함. 한편 독일과의 접경 지대인 로렌 지방에 남았던 둘째 아들(볼프강)은 히틀러의 군대가 진군하자 자살함.

1941 11월 30일 가족과 함께 유대교에서 가톨릭으로 개종하였고, 이로 인해 베르톨트 브레히트 등 망명 작가들에게서 거부감을 불러일으켰음.

1943 미국에서 『대령과 시인(Der Oberst und der Dichter)』 발표.

1945 11월 9일 제2차 세계대전 종전과 함께 프랑스 점령군의 문화담당관으로 독일로 귀환함. 그가 맡은 임무는 독일에서 민주적 문화의 재건에 기여하는 것이었고 바덴바덴에서 활동하며 문학잡지 『황금의 문(Das goldene Tor)』을 발행함(~1951년까지).

1947 1933년 이후 처음으로 베를린을 방문함.

1949~1950 마인츠로 이주해 마인츠 예술원 설립에 참여함. 9월 베네치아에서 열린 국제 펜클럽 대회의 주빈으로 초대받음. 장편소설 『1918년 11월. 독일 혁명』을 4권으로 발표함.

1952 9월 심근경색으로 입원.

1953 망명 작가들에 대한 독일 사회의 냉담하고 적대적인 분위기, 그리고 1950년 초 서독에서의 보수적 경향에 상심하고 거의 실명 상태에서 다시 독일을 떠나 장남(페터 되블린)이 있는 파리로 이주하여 1956년까지 남은 생애를 보냄.

1954 파킨슨병 증세를 보임. 마인츠 예술원 문학상 수상.

1956 1945~1946년에 완성한 마지막 장편소설 『햄릿 또는 긴 밤은 끝났다(Hamlet oder Die lange Nacht nimmt ein Ende)』 발표.

1957 파킨슨병으로 슈바르츠발트 남부 지역의 요양원에서 자주 치료를 받음. 6월 26일 슈바르츠발트의 엠멘딩겐에서 요양하던 중 세상을 떠남. 둘째 아들이 묻혀 있는 로렌 지방의 공동묘지에 안장됨. 9월 14일, 아내 에르나 되블린도 파리에서 자살함.

새롭게 을유세계문학전집을 펴내며

을유문화사는 이미 지난 1959년부터 국내 최초로 세계문학전집을 출간한 바 있습니다. 이번에 을유세계문학전집을 완전히 새롭게 마련하게 된 것은 우리가 직면한 문화적 상황에 적극적으로 대응하기 위해서입니다. 새로운 을유세계문학전집은 세계문학의 역할이 그 어느 때보다 중요해졌다는 인식에서 출발했습니다. 오늘날 세계에서 타자에 대한 이해는 우리의 안전과 행복에 직결되고 있습니다. 세계문학은 지구상의 다양한 문화들이 평등하게 소통하고, 이질적인 구성원들이 평화롭게 공존할 수 있는 문화적인 힘을 길러 줍니다.

을유세계문학전집은 세계문학을 통해 우리가 이런 힘을 길러 나가야 한다는 믿음으로 만들어졌습니다. 지난 5년간 이를 준비하기 위해 많은 노력을 기울였습니다. 세계 각국의 다양한 삶의 방식과 문화적 성취가 살아 있는 작품들, 새로운 번역이 필요한 고전들과 새롭게 소개해야 할 우리 시대의 작품들을 선정했습니다. 우리나라 최고의 역자들이 이들 작품 속 한 문장 한 문장의 숨결을 생생히 전하기 위해 심혈을 기울였습니다. 또한 역자들은 단순히 번역만 한 것이 아니라 다른 작품의 번역을 꼼꼼히 검토해 주었습니다. 을유세계문학전집은 번역된 작품 하나하나가 정본(定本)으로 인정받고 대우받을 수 있도록 최선을 다했습니다. 세계문학이 여러 경계를 넘어 우리 사회 안에서 주어진 소임을 하게 되기를 바라며 을유세계문학전집을 내놓습니다.

을유세계문학전집

BC 401 **오이디푸스 왕 외**
소포클레스 | 김기영 옮김 |42|
수록 작품: 안티고네, 오이디푸스 왕, 콜로노스의 오이디푸스
그리스어 원전 번역
「동아일보」 선정 '세계를 움직인 100권의 책'
서울대 권장 도서 200선
고려대 선정 교양 명저 60선
시카고 대학 선정 그레이트 북스

1191 **그라알 이야기**
크레티앵 드 트루아 | 최애리 옮김 |26|
국내 초역

1496 **라 셀레스티나**
페르난도 데 로하스 | 안영옥 옮김 |31|

1608 **리어 왕 · 맥베스**
윌리엄 셰익스피어 | 이미영 옮김 |3|

1630 **돈 후안 외**
티르소 데 몰리나 | 전기순 옮김 |34|
국내 초역 「불신자로 징계받은 자」 수록

1699 **도화선**
공상임 | 이정재 옮김 |10|
국내 초역

1719 **로빈슨 크루소**
대니얼 디포 | 윤혜준 옮김 |5|

1749 **유림외사**
오경재 | 홍상훈 외 옮김 |27, 28|

1759 **신사 트리스트럼 섄디의 인생과 생각 이야기**
로렌스 스턴 | 김정희 옮김 |51|
노벨연구소 선정 100대 세계 문학

1774 **젊은 베르터의 고통**
요한 볼프강 폰 괴테 | 정현규 옮김 |35|

1799 **휘페리온**
프리드리히 횔덜린 | 장영태 옮김 |11|

1804 **빌헬름 텔**
프리드리히 폰 쉴러 | 이재영 옮김 |18|

1831 **예브게니 오네긴**
알렉산드르 푸슈킨 | 김진영 옮김 |25|

1835 **고리오 영감**
오노레 드 발자크 | 이동렬 옮김 |32|
서머싯 몸 선정 세계 10대 소설
연세 필독 도서 200선

1836 **골짜기의 백합**
오노레 드 발자크 | 정예영 옮김 |4|

1847 **워더링 하이츠**
에밀리 브론테 | 유명숙 옮김 |38|
서머싯 몸 선정 세계 10대 소설
서울대 선정 동서 고전 200선
미국대학위원회 SAT 권장 도서

1850 **주홍 글자**
너새니얼 호손 | 양석원 옮김 |40|

1855 **죽은 혼**
니콜라이 고골 | 이경완 옮김 |37|
국내 최초 원전 완역

1880 **워싱턴 스퀘어**
헨리 제임스 | 유명숙 옮김 |21|

1888 **꿈**
에밀 졸라 | 최애영 옮김 |13|
국내 초역

1896 **키 재기 외**
히구치 이치요 | 임경화 옮김 |33|
수록 작품: 섣달그믐, 키 재기, 탁류, 십삼야, 갈림길, 나 때문에

1899 **어둠의 심연**
조지프 콘래드 | 이석구 옮김 |9|
수록 작품: 어둠의 심연, 진보의 전초기지, 『청춘과 다른 두 이야기』 작가 노트, 『나르시서스호의 검둥이』 서문
미국대학위원회 SAT 권장 도서
연세 필독 도서 200선

1900 **라이겐**
아르투어 슈니츨러 | 홍진호 옮김 |14|
수록 작품: 라이겐, 아나톨, 구스틀 소위

1908 **무사시노 외**
구니키다 돗포 | 김영식 옮김 |46|
수록 작품: 겐 노인, 무사시노, 잊을 수 없는 사람들, 쇠고기와 감자, 소년의 비애, 그림의 슬픔, 가마쿠라 부인, 비범한 범인, 운명론자, 정직자, 여난, 봄 새, 궁사, 대나무 쪽문, 거짓 없는 기록
국내 초역 다수

1909 **좁은 문 · 전원 교향곡**
앙드레 지드 | 이동렬 옮김 |24|
1947년 노벨문학상 수상

1924 **마의 산**
토마스 만 | 홍성광 옮김 |1, 2|
1929년 노벨문학상 수상
서울대 권장 도서 100선
연세 필독 도서 200선
「뉴욕타임스」 선정 '20세기 최고의 책 100선'
미국대학위원회 SAT 권장 도서

1925 **소송**
프란츠 카프카 | 이재황 옮김 |16|

요양객
헤르만 헤세 | 김현진 옮김 |20|
수록 작품: 방랑, 요양객, 뉘른베르크 여행
1946년 노벨문학상 수상
국내 초역 「뉘른베르크 여행」 수록

위대한 개츠비
프랜시스 스콧 피츠제럴드 | 김태우 옮김 |47|
미 대학생 선정 '20세기 100대 영문 소설' 1위
모던 라이브러리 선정 '20세기 100대 영문학' 중 2위
미국대학위원회 추천 '서양 고전 100선'
「르몽드」 선정 '20세기의 책 100선'
「타임」 선정 '20세기 100대 영문 소설'

1927 **젊은 의사의 수기 · 모르핀**
미하일 불가코프 | 이병훈 옮김 |41|
국내 초역

1929 **베를린 알렉산더 광장**
알프레트 되블린 | 권혁준 옮김 |52|

1930 **식(蝕) 3부작**
마오둔 | 심혜영 옮김 |44|
국내 초역

1935 **루쉰 소설 전집**
루쉰 | 김시준 옮김 |12|
서울대 권장 도서 100선
연세 필독 도서 200선

1936 **로르카 시 선집**
페데리코 가르시아 로르카 | 민용태 옮김 |15|
국내 초역 시 다수 수록

1938 **사형장으로의 초대**
블라디미르 나보코프 | 박혜경 옮김 |23|
국내 초역

1946 **대통령 각하**
미겔 앙헬 아스투리아스 | 송상기 옮김 | 50 |
1967년 노벨문학상 수상 작가

1949 **1984년**
조지 오웰 | 권진아 옮김 |48|
1999년 모던 라이브러리 선정 '20세기 100대 영문학'
2005년 「타임」 선정 '20세기 100대 영문 소설'
2009년 「뉴스위크」 선정 '역대 세계 최고의 명저' 2위

1954 **이즈의 무희 · 천 마리 학 · 호수**
가와바타 야스나리 | 신인섭 옮김 |39|
1952년 일본 예술원상 수상
1968년 노벨문학상 수상

1955 **엿보는 자**
알랭 로브그리예 | 최애영 옮김 |45|
1955년 비평가상 수상

1955 **저주받은 안뜰 외**
이보 안드리치 | 김지향 옮김 |49|
수록 작품: 저주받은 안뜰, 몸통, 술잔, 물방앗간에서, 올루야크 마을, 삼사라 여인숙에서 일어난 우스운 이야기
세르비아어 원전 번역
1961년 노벨문학상 수상 작가

1964 **개인적인 체험**
오에 겐자부로 | 서은혜 옮김 |22|
1994년 노벨문학상 수상

1970 **모스크바발 페투슈키행 열차**
베네딕트 예로페예프 | 박종소 옮김 |36|
국내 초역

1979 **천사의 음부**
마누엘 푸익 | 송병선 옮김 |8|

1981 **커플들, 행인들**
보토 슈트라우스 | 정항균 옮김 |7|
국내 초역

1982 **시인의 죽음**
다이허우잉 | 임우경 옮김 |6|

1991 **폴란드 기병**
안토니오 무뇨스 몰리나 | 권미선 옮김 |29, 30|
국내 초역
1991년 플라네타상 수상
1992년 스페인 국민상 소설 부문 수상

1996 **아메리카의 나치 문학**
로베르토 볼라뇨 | 김현균 옮김 |17|
국내 초역

2001 **아우스터리츠**
W. G. 제발트 | 안미현 옮김 |19|
국내 초역
전미 비평가 협회상
브레멘상
「인디펜던트」 외국 소설상 수상
「LA타임스」, 「뉴욕」, 「엔터테인먼트 위클리」 선정 2001년 최고의 책

2002 **야쿠비얀 빌딩**
알라 알아스와니 | 김능우 옮김 |43|
국내 초역
바쉬라힐 아랍 소설상
프랑스 툴롱 축전 소설 대상
이탈리아 토리노 그린차네 카부르 번역 문학상
그리스 카바피스상

새로운 을유세계문학전집은 구 을유세계문학전집(1959~1975, 전100권)에서 단 한 권도 재수록하지 않았습니다.
을유세계문학전집은 계속 출간됩니다.